Subina Giuletti
Verrat mir deine Träume

Das Buch

Obwohl für Juliet so mancher Traum auf der Strecke blieb, ist sie glücklich mit Lorenz. Er ist Professor, anerkannt und gut aussehend. Juliets Leben scheint perfekt.

Doch von einem Tag auf den anderen zieht es ihr den Boden unter den Füßen weg.

Angetrunken stolpert sie in ein Datingportal und trifft dort auf David. Ein Mann, der einen krassen Gegensatz zu Lorenz darstellt und mit jeder Menge Widersprüche gesegnet ist. Von dem will sie ganz bestimmt nichts! Sie hat andere Pläne: sich selbst finden, um endlich zu erfahren, warum ihr das Leben stets verwehrt, was sie sich am sehnlichsten wünscht. Retreat auf Kreta, Mentalcoaching in England, ein Guru in Indien – irgendetwas muss doch helfen.

Aber so leicht lässt sich David nicht abwimmeln. Aus irgendeinem Grund will er mit auf die Reise – und ahnt nicht, welch tiefgreifendes Seelenabenteuer ihm und ihr bevorsteht.

Die Autorin

Subina Giuletti hat einen langen Weg hinter sich, der ihr tiefe Einblicke in verschiedene Aspekte des Lebens erlaubt. Es ist ihr ein Bedürfnis, Gefühle, Erlebnisse und Erkenntnisse in Geschichten zu packen, die nicht nur unterhalten und amüsieren, sondern auch Trost spenden, Hilfe geben und zum Nachdenken anregen.

Ihre Bücher sind ein Mix aus Unterhaltung und Tiefgang – sie fordern den Leser, der sich darauf einlässt, und sie geben ihm immer etwas mit.

Subina Giuletti

Verrat mir deine Träume

Roman

Deutsche Erstveröffentlichung bei
Tinte & Feder, Amazon Media EU S.à r.l.
38, avenue John F. Kennedy, L-1855 Luxembourg
Januar 2021
Copyright © der deutschsprachigen Ausgabe 2021
By Subina Giuletti
All rights reserved.

Umschlaggestaltung: bürosüd⁰ München, www.buerosued.de
Umschlagmotiv: © IvaFoto / Shutterstock; © Epitavi / Shutterstock
1. Lektorat: Claudia Wuttke
2. Lektorat und Korrektorat: Media-Agentur Gaby Hoffmann, www.profi-lektorat.com
Gedruckt durch:
Amazon Distribution GmbH, Amazonstraße 1, 04347 Leipzig /
Canon Deutschland Business Services GmbH, Ferdinand-Jühlke-Str. 7, 99095 Erfurt /
CPI books GmbH, Birkstraße 10, 25917 Leck

ISBN: 978-2-49670-5-768

www.tinte-feder.de

Und es kam der Tag, da das Risiko,
in einer Knospe zu verharren,
schmerzlicher wurde als das Risiko zu erblühen.

♫ Nobody Comes round Here ♫

Lucy Rose

Ich bin:
☐ Eine Frau
☐ Ein Mann

Ich suche:
☐ Eine Frau
☐ Einen Mann

Wie viel Zeit kostete es, den Fragenkatalog auszufüllen? Seine Augen suchten vergeblich nach einem Hinweis. Um sich einen Überblick zu verschaffen, wollte er durch die Seiten flippen, aber man musste die Fragen beantworten, bevor man für die nächste Seite freigeschaltet wurde. David zögerte. Die imperative Parole der Website wirkte auf ihn wie ein Marktschreier –»Finden Sie Ihr Glück! Jemand wartet auf Sie! Kontaktieren Sie ihn noch heute!« – und erreichte damit das glatte Gegenteil: Mit einer heftigen Geste klappte er den Laptop zu.

Nein, das wollte er nicht. Es musste irgendwie anders gehen. Leicht missgestimmt vertrödelte er den Tag, so wie er schon viele Tage zuvor vertrödelt hatte. Das machte ihn nicht froh, aber er hatte nicht die geringste Ahnung, wie er diesen Zustand beenden könnte.

※

»Hi, David, Gero hier.«

»Oh, Mann, du hast mir gerade noch gefehlt!«

»Hab dich auch unglaublich lieb! Hast du etwa ein schlechtes Gewissen?«

»Das plagt mich auch ohne dich. Du hättest dir den Anruf sparen können. Ich weiß, was du sagen willst.«

»Tja, dafür braucht es keine großen analytischen Fähigkeiten. Aber heute gibt es noch einen Nachsatz.«

»Der wäre?«

»Wenn du nicht endlich lieferst, wollen sie nicht nur den Vorschuss zurück, sondern streichen dich von der Vertragsliste. Also komm endlich in die Puschen!«

Gero war Davids Freund und Geschäftspartner, sie kannten sich schon ewig.

»Mensch, Gero, meinetwegen sollen sie den Vorschuss wiederhaben! Alles, was ich will, ist, dass sie auf meine Forderung eingehen. Ich will nicht ständig die gleiche Schiene fahren. Das liegt doch auch in ihrem Interesse!«

»Nein, das liegt eben nicht in ihrem Interesse.« Gero seufzte tief. »Hey, David, das haben wir so oft durchgekaut. Wenn du was anderes machen willst, funktioniert das nur parallel. Du lieferst, was sie wollen, und ziehst daneben dein eigenes Ding durch. Übrigens, was ist mit der Artikelreihe, die du uns seit Monaten versprichst?«

David stieß ein kurzes Lachen aus. »Geht's noch? Ich hab ja schon Schwierigkeiten, für eines der Projekte Ideen zu finden und du …!«

»Halt … warte mal«, unterbrach Gero ihn schwer beunruhigt. »Ideen finden? Heißt das, du willst was anderes machen und weißt noch nicht mal, was das sein soll?«

»Doch, natürlich weiß ich das«, behauptete David, obwohl das nicht der Wahrheit entsprach.

»Na, wunderbar, dann leg los! Was hält dich ab? Ich meine, was tust du denn den ganzen Tag?«

David schwieg. Was er den ganzen Tag tat? Prokrastinieren. Was ihn abhielt? Die Öde in seinem Inneren. Er fühlte sich völlig unmotiviert und ausgelaugt, das wollte er Gero allerdings nicht auf die Nase binden. »Was mich abhält, ist die Tatsache, nicht auf meiner bisherigen Leistung aufbauen zu können. Mit dem zweiten Projekt müsste ich bei null starten, und darauf habe ich keine Lust. Du weißt, wie schwierig das ist!«

»Ja, weiß ich, aber du stehst nun mal in der Vertragspflicht und hast gerade die zweite Deadline verstreichen lassen. Die meinen das ernst mit dem Rausschmiss.«

»Ach, komm, die bluffen doch nur! Nach all den Jahren werden sie den Teufel tun und …«

»Nein, David. Sie bluffen nicht. Ich konnte mit Mühe und Not eine letzte Deadline herausschinden – und glaub mir: Das *ist* die letzte!«

»Fuck! Und wann ist die? Vorgestern?«

»So ungefähr.«

»Dann gehe ich eben woandershin!«

»Dort fängst du erst recht bei null an! Und eine Vertragsstrafe handelst du dir obendrein ein.«

Frustriert und wütend kaute David auf seiner Lippe.

»Hör mal«, beschwor ihn Gero. »Du *musst* liefern. Über etwas anderes brauchen wir jetzt gar nicht zu reden. Du kannst das, David. Es wäre nicht das erste Mal, dass du innerhalb von wenigen Wochen was aus dem Hut zauberst. Bleib einfach dran.«

David schnaubte. Ob er wollte oder nicht: Gero hatte recht, es war der vernünftigere Weg. Aber das machte die Sache nicht leichter.

»Also gut«, grummelte er missgelaunt. »Ich stöbere mal in meinem Ideenpool, du elender Sklaventreiber!«

»Lebensretter trifft es besser.« Gero lachte. »Ich regle das mit den Spesen und allem, was du sonst noch brauchst ... Aber sei so gut: Schick mir was! Am besten heute noch! Lass mich nicht hängen, Alter!«

🎵 Alibi 🎵

David Gray

Gereizt legte David das Handy weg und schaute zum Fenster hinaus. Draußen dunkelte es bereits. Es war Februar, nieselig und kalt – eigentlich ideal, um am Computer zu arbeiten. Mit den Händen in den Hosentaschen wandte er sich um und starrte auf das Whiteboard an der gegenüberliegenden Wand. Die Fläche war so leer, wie er sich im Moment fühlte.

Um überhaupt etwas zu tun, schrieb er die neue Deadline in dicken Lettern auf das Board. Sie wirkte wie eine Drohung, machte Stress, aber Gero kannte ihn gut: Unter Druck war ihm schon so mancher Geistesblitz gekommen. Darauf baute David jetzt.

Mit dem Vorsatz, konsequent dranzubleiben und auch dem verrücktesten Ansatz nachzugehen, öffnete er eine Flasche Rotwein, legte fetzige Musik auf und durchstöberte Dokumente, in denen er Ideen und Anregungen festgehalten hatte. Doch nichts davon machte ihn an. Mann, das war langweilig! Alles schon mal da gewesen! Tot! Ätzend!

Nach Impulsen hungernd surfte er querbeet im Netz nach witzigen Ereignissen, interessanten Fakten, las Nachrichten und Artikel, blieb lange in der Rubrik »Kurioses« hängen, aber kein Text schaffte es, seine Aufmerksamkeit länger zu fesseln. Er wälzte Bücher mit unzähligen Markierungen darin, nur um festzustellen, dass er den meisten schon nachgegangen war. Endlich stieß er auf einen Text, der ihn packte: Ein Experiment mit dem Namen »Einstein-Podolsky-Rosen-Paradoxon« bewies, dass Elementarteilchen eine Wechselwirkung eingingen, sich verschränkten und damit Gedanken und Gefühle ohne jede Zeitverzögerung vermittelt werden konnten. Für die damaligen Wissenschaftler war das ein Phänomen. Alles brauchte normalerweise Zeit, um von A nach B zu kommen. Wie konnten Gedanken und Gefühle *ohne* Zeitverzögerung übertragen werden? Einstein, der postuliert hatte, es gäbe nichts, was schneller als Licht sei, hatte mit dieser Erkenntnis seine eigene Theorie widerlegt und den Rest seines Lebens damit verbracht, eine Erklärung dafür zu finden.

Andere Wissenschaftler jedoch hatten diesen Ansatz ebenso verfolgt und waren weitergekommen.

Fasziniert las David darüber, dass man inzwischen von einer »Nichtlokalität« außerhalb von Zeit und Raum ausging, in der sämtliche Informationen gespeichert waren und alles miteinander vernetzt war. Ein Gedanke war materialisierte Energie, der in diesem Netzwerk Gewicht hatte. Was der eine dachte, bewirkte simultan etwas im anderen und damit im Gesamtbild der Menschheit. Elektrisiert fragte sich David, was das in der Praxis bedeutete.

Waren seine Gedanken und Gefühle so wichtig, dass sie nicht nur ihn, sondern auch ein Rädchen im Weltgeschehen beeinflussten?

Nachdenklich notierte er sich den Link. Ob er jemals etwas damit anfangen konnte, war fraglich, aber immerhin! Ein Anfang war gemacht, eine erste Notiz haftete an der Pinnwand und er hoffte, damit das Eis gebrochen zu haben.

Doch der kleine gelbe Zettel sollte der einzige auf dem Board bleiben und wirkte im Vergleich zur fetten Deadline darüber wie ein einzelner Mann gegen ein Kriegsheer. Resigniert fuhr sich David durch sein kurzes, blondes Haar. Es war inzwischen nach zehn und er war seinem Ziel keinen Schritt nähergekommen.

»Herrgott noch mal!«, fluchte er halblaut. »Gib mir einen Hinweis! Ein Zeichen! Irgendwas!«

Verzweifelt glitt sein Blick über die Bücherstapel, die im Zimmer verstreuten Unterlagen und Ordner, und er beschloss, der tadelnden Stimme in seinem Kopf zum Trotz für heute Schluss zu machen.

Gerade wollte er den Rechner schließen, als eine Push-up-Nachricht wie ein Alarmsignal aufflammte und ein hektisches »Warte, warte, warte!« auszustoßen schien.

»Finden Sie Ihr Glück!«, beschwor sie ihn. »Jemand wartet auf Sie! Kontaktieren Sie ihn noch heute!«

Abrupt hielt er inne. Sollte das der Hinweis sein, um den er eben gebeten hatte?

☙❦❧

Langsam setzte er sich wieder und klickte die Seite an. Eine hübsche Frau blinzelte ihm verschwörerisch zu, verblasste, machte einem sympathischen Mann Platz.

Davids Augen schweiften zu den Worten, die er gestern schon gelesen hatte.

Ich bin:
☐ Eine Frau
☐ Ein Mann

Ich suche:
☐ Eine Frau
☐ Einen Mann

Noch immer zögerte er. Doch schließlich holte er tief Luft, ignorierte jeden inneren Widerstand und startete den Fragenkatalog.

Schon nach den ersten Seiten fragte er sich, ob das eine gute Idee gewesen war. Du liebe Zeit! Was die alles wissen wollten!

Wo möchten Sie leben? Schlafen Sie bei offenem Fenster? Wie reagieren Sie, wenn Ihr bester Freund sich das Auto zulegt, das Sie schon immer haben wollten?

Ein leicht verächtliches Lächeln kräuselte seine Lippen, als er das Rotweinglas ansetzte und einen kräftigen Schluck nahm.

Kein Mensch würde diese Fragen ehrlich beantworten. Und selbst wenn! Die meisten schätzten sich vollkommen falsch ein, allen voran Frauen! Es ging nur darum, sich gut darzustellen, den Köder so schmackhaft wie möglich zu verpacken, damit viele anbissen.

David war kurz davor, das Ding abzubrechen … Er sollte das nicht tun! Gleichzeitig konnte er sich nicht dagegen wehren, dass der Prozess etwas mit ihm machte, weil er ihn zwang, sich mit sich selbst zu beschäftigen – und das war ein äußerst seltsames Gefühl, eines, dem er instinktiv auszuweichen versuchte. Aber das Portal war unerbittlich. Keine der Fragen durfte übersprungen werden.

Was finden Sie an einem Partner besonders interessant?

Spontan kam ihm in den Sinn: »Wenn er möglichst schnell wieder geht.« Aber diese Option war nicht aufgelistet. Grummelnd las er die Vorschläge.

☐ Beruf und Ausbildung
☐ Geordnete finanzielle Verhältnisse
☐ Gesundheit und Vitalität
☐ Warmherzigkeit
☐ Äußeres Erscheinungsbild

Zwei Angaben waren möglich. Er entschied sich für Warmherzigkeit. Das kam besser rüber, als wenn man das äußere Erscheinungsbild vorzog. Nach Aussehen konnte man immer noch auswählen, wenn man die Profilfotos vor sich hatte. Ja … und gesund sollte sie natürlich sein. Nichts war schlimmer als eine von Migräne und Sonstigem geplagte Frau. Eine kranke Frau. Erinnerungen drängelten sich hoch. Erinnerungen, die er hastig in ihre Tiefen zurückstopfte. Der Zug um seinen Mund wurde bitter. Stoisch fixierte er die nächste Frage.

Bei Konflikten treffe ich stets den richtigen Ton.

Verflucht noch mal – das war eine Partnersuche! Wer zum Teufel gab zu, dass er im Streit völlig ausrastete? Kopfschüttelnd setzte er sein Häkchen bei »Ich bleibe immer ruhig und fair«.

Welche Einstellung bezüglich Treue passt am ehesten zu Ihnen?

Er las sich die Antworten durch, aber die seine war nicht darunter. Genervt wählte er die schwammige Alternative »Es ist mir wichtig, im Herzen treu zu sein«.

Wie wichtig sind Liebe und Zuneigung für Sie?

Liebe und Zuneigung. Seine Stimmung stürzte komplett ab und sein Hals schnürte sich zu. Die zuvor aufgeflackerten Erinnerungen überfielen ihn wie ein Schwarm Hornissen und er fühlte sich davon völlig überwältigt. Die aggressiv-rockige Musik, die schreienden Stimmen im Hintergrund erzeugten zusätzlichen Stress. Herrgott, warum tat er sich das an? Schluss! Ende! Das war totaler Blödsinn! In seinem Kopf war nur noch Chaos, seine Hand schon am Laptopdeckel, als die Playlist mit einem Paukenschlag endete, das Kreischen der E-Gitarre für Sekunden im Raum sirrte, verklang und einer magischen, wohltuenden Stille Platz machte. Eine Stille, die entspannte, die ihn nach innen zog, aufatmen ließ – und einen Break erzeugte. Die nächste Playlist begann.

Sanfte Klänge tröpfelten wie Balsam in den Raum, rissen sein Herz auf, füllten seinen trunkenen Kopf mit einer melancholischen Mischung aus Sehnsucht und Trotz. Eine Stimmung, die Gefahr bedeutete.

Schließ den Rechner, schrie es in seinem Inneren, doch sein Blick wanderte zur Notiz am Whiteboard, auf der stand, dass Menschen miteinander verbunden waren. Dass Kommunikation ohne Zeitverzögerung stattfand. Der Slogan des Datingportals gesellte sich hinzu: *Jemand wartet auf Sie! Kontaktieren Sie ihn noch heute!* Auf einmal beschlich ihn das eigenartige Gefühl, dass es jetzt, in dieser Sekunde, tatsächlich da draußen jemanden geben mochte, der empfänglich für seine Schwingungen war. Dass seine Existenz etwas aussandte, was einen anderen erreichte. Er schüttelte den Kopf.

»Alter«, murmelte er vor sich hin. »Du bist besoffen! Werd jetzt bloß nicht rührselig!«

Doch es war längst zu spät dafür. Die Musik im Hintergrund hatte seine Seele für eine Romantik geöffnet, die er selten gefühlt hatte – und nicht fühlen wollte. Seine Hand griff nach der Rotweinflasche wie nach einem Rettungsring.

Liebe und Zuneigung. Die beiden Worte sprangen ihn an, flogen in sein Herz, setzten kleine Funken hinein, die er panisch mit einem Schluck Alkohol zu ertränken versuchte, während die Frage wie ein bockiges Kind auf Antwort wartete.

Wie wichtig sind Liebe und Zuneigung für Sie?

Er rettete sich in Zynismus. Sein Kopf höhnte: *Leute, sehr wichtig natürlich! Warum sollte jemand mit mir ausgehen, wenn ich schreiben würde: Ist mir scheißegal! Hauptsache, der Sex passt!* Aber sein Sarkasmus war mit einem gehörigen Schuss Verzweiflung getränkt und konnte ihn nicht darüber hinwegtäuschen, dass er viel intensiver bei der Sache war als ursprünglich beabsichtigt.

Welche Motive und Ziele bestimmen Ihr Leben?

Er markierte die Aussagen, die am selbstlosesten klangen und von denen er glaubte, dass Frauen sie hören wollten.

Sie sind in Stresssituationen ausdauernd und belastbar?
Na, aber immer doch! Hab schon so manche Schlacht in meinem Leben geschlagen!
Ich teile mich gern mit?
Nö, eigentlich nicht. Lieber bringe ich andere zum Reden.
Auch wenn mich jemand verletzt, reagiere ich ohne Vorwürfe.
Ein unwilliger Laut entfuhr ihm. War das ernst gemeint? Allein die Option war … seltsam. Erneut switchten seine Gedanken in die Vergangenheit und verloren sich dort. Nur mit Mühe zwang er sich zur Frage zurück und setzte ein Häkchen nah am Optimum.
Bei Konflikten treffe ich stets den richtigen Ton.
Kreuzte da ernsthaft einer »Ja« an? Wer denn? Jesus? Nelson Mandela? Ein selbstgerechter Narzisst? Kopfschüttelnd wählte er Antworten, die sich besser anhörten als das, was er wirklich darüber dachte.
Ich brauche Freiraum in einer Partnerschaft.
Mehr als alles andere in der Welt! Am besten lebt es sich sowieso allein.
Die Beziehung wird durch Herausforderungen gestärkt.
Seine Augen wurden dunkel. Nein, jede Beziehung wurde durch Herausforderungen versaut. Beziehungen waren Machtkämpfe, in denen einer der Partner zu Kreuze kroch, nur damit das Ding weiterlief. Was am Ende dabei herauskam, waren faule Kompromisse. Kompromisse, die auf der Angst fußten, die die wenigsten zugaben: *Ich will nicht alleine sein. Ich will nicht alleine alt werden.* Niemand wollte das. Das war es, was die Leute zusammenbrachte! Angst! Nicht Liebe!
David schüttelte sich. O nein, eine Beziehung einzugehen war wie ein Suff mit Filmriss. Jedes Mal danach fragte man sich, ob der kurze Rausch die folgenden Tage im Elend rechtfertigte. Mit zusammengepressten Lippen setzte er ein Häkchen

bei: »Ja, ich bin der Meinung, jede Herausforderung macht die Beziehung tiefer.«

Was ist der Grund, warum Sie noch keinen Partner gefunden haben?

Mechanisch wählte er die Aussage, die als Entschuldigung noch am besten klang: »Hatte bisher wenig Zeit, tiefere Kontakte zu knüpfen«, und seufzte mit dem nächsten Klick erleichtert auf. Endlich war er durch mit diesem Mist! Nun fehlten nur noch Angaben zu seiner Person.

Name? Seine Mundwinkel bogen sich nach oben. Mit Schwung schrieb er »Peter Paul Waschlappen«, löschte es wieder, ersetzte es durch »Torsten Mülleimer« und lachte leicht. Danach versuchte er es mit »Kasimir Krautwurst«, aber cancelte auch das. Damit waren seine Chancen nicht sehr hoch, dass jemand auf sein Profil reagierte. Nachdenklich trommelten seine Finger auf dem Tisch herum.

Fuck! Wollte er das wirklich? Sein Blick glitt zur fetten, drohenden Deadline. Hatte er überhaupt Zeit? Doch die kleine gelbe Notiz darunter wirkte wie ein Mutmacher, und so holte er ein weiteres Mal tief Luft und tippte seinen richtigen Namen ein: David Schneider.

Beruf? Journalist.

Alter? 42, noch nie verheiratet.

Haben Sie Kinder? Nein.

Gott sei Dank! Es war geschafft! Er lud sein Profilfoto hoch, und siehe da: Der Supermarkt für Frauen war eröffnet.

289 mögliche Partner wurden ihm nach Abschluss des Fragenkatalogs angeboten, nach Punktzahlen, sogenannten Soulpoints, geordnet. Die Frauen, die die größte Schnittmenge mit seinen Vorstellungen hatten, wiesen über 95 Punkte auf und befanden sich oben auf der Liste. Die Fotos, inklusive seinem eigenen, blieben verschwommen. Trotzdem erreichte ihn fünf Minuten nach seiner Anmeldung die erste Kontaktanfrage.

Überrascht warf er einen Blick auf die Uhr. Es war elf Uhr nachts.

»Hey, David! ›Datingheart‹ meint, wir hätten viel gemeinsam. 96 Soulpoints! Very rare! Das hört sich doch sehr nach Seelenverwandtschaft an. Was meinst du? Sollen wir mal testen, ob das der Realität entspricht?«

»Hallo, David, willkommen bei ›Datingheart‹. Bin noch nicht so lange hier … hast du Lust, erst ein wenig zu schreiben, bevor wir eventuell ein Date ins Auge fassen?«

»Hi, David, ich bin Karen, schön, dich hier zu treffen! :) Habe gerade eine Bildfreigabe erteilt. Wäre toll, wenn du dein Foto auch freischaltest! Wir liegen bei sagenhaften 97 Soulpoints! Glaub mir, das hatte ich noch nie! Freu mich buchstäblich, dich zu sehen, und hoffe, es bleibt nicht bloß beim Foto.«

David war schlicht überwältigt. Seine Müdigkeit war wie weggeblasen. Motiviert griff er nach dem Weinglas und nahm einen tiefen Schluck. Der Alkohol im Kopf, die Musik im Hintergrund und die vielen Anfragen euphorisierten ihn. Übermütig antwortete er Karen.

»Hi, Karen, die Hoffnung ist ganz meinerseits! Natürlich gebe ich mein Bild frei, freu mich auch, dich zu sehen.«

Er klickte auf »Foto freigeben«, woraufhin ihn das Portal darüber aufklärte, dass er sich erst für ein Abo entscheiden müsse. Fluchend erwarb er das günstigste und kürzeste – und klickte gespannt Karens Foto an. Ein kleiner Laut entfuhr ihm.

Ohne Frage war sie hübsch, aber sein geübtes Auge erkannte, dass ihr Foto bearbeitet war, und ihr Lächeln wirkte, als sitze sie mit einem verstauchten Steiß auf einem nicht gepolsterten Stuhl.

Leicht ernüchtert registrierte er, dass sie angeregt weitere Nachrichten verfasste.

»Geile Jeans! Der Rest ist auch nicht schlecht! Siehst du wirklich so aus?«

Er musste lachen, schrieb: »Gibst du mir ein wenig Zeit? Bis ich mich hier akklimatisiert habe?«

»Aber sicher doch! Dreh ruhig 'ne Runde! Hoffe, du kehrst wieder an den Anfang deiner Liste zurück!«

Er konnte buchstäblich ihre Angst spüren, links liegen gelassen zu werden, was sich mit ihrer nächsten Nachricht bestätigte.

»Denk dran: Wir haben 97 Soulpoints! Das bedeutet was!«

»Ja, das kann kein Zufall sein. Ich melde mich«, antwortete er und widmete sich weiter der Liste. Viele waren schon länger hier, hatten professionelle Profile, in denen sie sich selbst mit kleinen Sprüchen charakterisierten.

»Wenn du öfter mal verschläfst (mit mir! / wegen mir!), anderen Leuten Getränke über die Klamotten schüttest und manchmal den Autoschlüssel in den Kühlschrank legst, bist du hier schon mal nicht falsch ...«

Das Besondere an mir ist ...
Wenn ich einen Traum hätte ...
Wenn ich mein Äußeres beschreiben sollte, würde ich sagen ...
Es macht mich glücklich, wenn ...

Er scrollte über die teils lustigen, teils ernsthaften Aussagen und die Berufe der Frauen: Assistentin der Geschäftsleitung, Managerin, Mediendesignerin, Einkäuferin, Köchin, Vorstand Finanzbuchhaltung, Ärztin ... bis er jäh bei einem Wort hängen blieb: Trauerrednerin.

David richtete sich in seinem Stuhl auf. Ein heißer Strahl durchfuhr ihn. Trauerrednerin? Sein Blick ging zu den Soulpoints: 56. Es gab kaum jemanden, der noch weniger mit ihm gemeinsam hatte.

Mit erhöhter Aufmerksamkeit las er ihre Profilbeschreibung und staunte noch mehr. Die Texte klangen ungeheuer trotzig – gar nicht so, als ob sie einen Partner suchen würde. Eher wirkten sie abweisend.

Wenn ich einen Traum hätte, würde ich niemandem verraten, welcher das ist.

Wenn ich mein Äußeres beschreiben sollte, würde ich sagen, ich sehe meistens scheiße und manchmal ganz okay aus.

Das Besondere an mir ist, dass es nichts Besonderes an mir gibt.

Es macht mich glücklich, wenn ...

Die letzte Aussage hatte sie offen gelassen.

David war es, als stürmte ein Wasserfall an Impulsen, Ideen, Anregungen und was nicht noch alles auf ihn ein. Sie war online! Ohne auch nur eine Sekunde nachzudenken, klickte er auf ihr Profil.

»Hey, Sonnenschein, bin neu hier. Wie du. Aber es würde mich glücklich machen, wenn ich dich glücklich machen könnte. Schreib mir.«

Sowie er die Nachricht abgeschickt hatte, erlosch ihr Chatsignal. Seinetwegen? Sollte er warten? Er trank sein Glas leer, wollte nachschenken, registrierte, dass er die ganze Flasche gekillt hatte und seine Blase unendlich drückte. Als er zur Toilette ging, wankte er so sehr, dass er gegen die Tischkante stieß. Nein, das wurde heute nichts mehr. Zeit, um ins Bett zu gehen. Gähnend stellte er den Laptop auf den Boden vor dem Bett, weil er noch ein wenig in den Profilen schmökern wollte, und schleppte sich ins Bad.

Während das Wasser in die Schüssel rieselte, drehte sich die letzte Nachricht in seinem Kopf.

Es würde mich glücklich machen, wenn ich dich glücklich machen könnte.

Jesus, Maria und Josef! Hatte er das wirklich geschrieben? Dem verpixelten Foto einer Frau, die von sich selbst behauptete, meistenteils scheiße auszusehen?

Er warf sich ein paar Hände kaltes Wasser ins Gesicht und ließ sich ins Bett fallen, während der Satz wie ein Mantra in seinem Kopf rotierte. Wie hatte er nur eine so verflucht kitschige Nachricht verfassen können? Hatte er nichts Besseres drauf? Und wieso regte er sich darüber eigentlich auf? Doch plötzlich wusste er, warum ihn dieser Satz nicht losließ. Weil er alles andere als kitschig war. Weil er eine tiefe Weisheit barg, eine, vor der er zeit seines Lebens geflüchtet war.

Aber er war viel zu benebelt, um diesen Faden weiter zu verfolgen, lediglich der Hauch eines Impulses sank in sein Unterbewusstsein, verschüttet und überdeckt von Hunderten weiterer Gedanken. *Sei's drum*, war der letzte davon. Die Anmache war ohnehin zu plump, als dass eine Frau darauf reagieren würde. Gleich morgen früh würde er das rausnehmen.

Der Rechner schaltete in den Ruhemodus, der Monitor verdunkelte sich. Davids Augen fielen zu. Und so sah er nicht, dass es fürs Löschen schon zu spät war.

Sie hatte bereits geantwortet.

🎵 Wishing 🎵

Alexis Ffrench

Ein heimeliger Mix an Deftigem und Süßem durchzog das Haus. Juliets Wangen waren von der Hitze des Herdes gerötet. Sie nahm den Topf mit dem leicht gegarten Gemüse von der Platte, widmete sich ihrer Spezialsoße, die Lorenz so mochte, und schaltete schließlich alles aus.

Ihr Blick schweifte über den liebevoll gedeckten Tisch. Efeu rankte sich um silberne Kerzenständer, kleine goldene Kugeln und einzelne Rosenblüten zierten die weiße Damasttischdecke – es sah schlicht zauberhaft aus. Juliets Herz weitete sich bei dem Anblick, und Vorfreude ergriff sie.

Beschwingt lief sie die Treppe hoch ins Bad. Noch vier Stunden! Ein kleiner Adrenalinstoß durchfuhr ihren Körper. Summend drehte sie den Wasserhahn an der Badewanne auf und suchte das Regal nach einer Hautmaske ab, als das Telefon klingelte.

»Hey, Belinda!«, grüßte sie erfreut.

»Hallo, Juliet! Störe ich dich bei deinen Vorbereitungen?«

»Nein, alles gut, in ein paar Minuten liege ich in der Wanne.«

Belinda lachte. »Hoffentlich mit einem Glas Sekt zum Vorglühen dabei!«

»Der kommt später. Erst muss ich das Essen auf die Reihe kriegen.«

»Falls ihr zum Essen kommt! Ich kenne euch doch!«

»Eben! Du weißt, dass Lorenz meine Gerichte nicht verschmäht.«

»Na, aber dich erst recht nicht«, schmunzelte Belinda. »Ich sollte das ja eigentlich nicht verraten, aber heute Vormittag habe ich ihn aus Billies Blumengeschäft kommen sehen. Der Strauß war so riesig, dass er ihn kaum halten konnte!«

»Mensch, Belinda, hast du nie Probleme damit, anderen die Überraschung zu versauen?«

»Ach, komm! Dass du heute Blumen kriegst, ist dir wohl als Allererste klar!«

»Ja, das stimmt.« Juliet lächelte. »Aber ich dachte an eine einzelne Rose. Das hätte eher zu ihm gepasst. Oh, ich bin so megaaufgeregt! Obwohl ich weiß, was passiert!«

»Bleib locker. Das Wichtigste ist eine Vase für den ordinär voluminösen Strauß, dafür brauchst du etwas in der Größe einer Regentonne! Und wehe, der Klunker hat zu wenig Karat!«

Juliet lachte. »Du bist so süß, Belinda! Jetzt muss ich mich aber schön baden. Ich melde mich, okay?«

Juliet lächelte, als sie ins warme Wasser stieg, seufzte wohlig, atmete den aromatischen Duft ein und schloss die Augen. Ihre Gedanken schweiften in die Vergangenheit, zu Lorenz … und ihren ersten, stürmischen Tagen.

Er war Professor an der hiesigen Universität und satte zwanzig Jahre älter als sie. Seine Frau Marlelle hatte ihn damals wegen eines anderen verlassen, was ihm sehr zu schaffen gemacht hatte. Ein Jahr danach war er der zwanzigjährigen Juliet begegnet. Aufgrund ihrer Jugend hatten sie ihre Beziehung ein halbes Jahr geheim gehalten, doch just in dem Moment, in dem

Lorenz sich offen für sie entschied, hatte Marielle wieder zu ihm zurückgewollt.

O nein, das war wahrlich nicht leicht gewesen. Das Gerede wegen des Altersunterschieds, der Kampf um Akzeptanz in der Gesellschaft, der Krieg mit Marielle, mit Lorenz' Töchtern Rebecca und Josefine ... Gott, was waren das für Zeiten gewesen! Aber sie bereute keine Sekunde.

Juliet liebte Lorenz mit jeder Faser ihres Herzens, liebte ihn so aufrichtig, dass es schon fast schmerzte. Alles, was sie wollte, war ein Leben mit ihm. Das Leuchten in ihren Augen, wenn sie ihn ansah, war dasselbe wie zu Beginn ihrer Beziehung. Und noch heute löste sein Anblick massives Herzklopfen bei ihr aus. Mit seinem grau melierten, halblangen Haar, den dunklen, intensiven Augen, seiner guten Figur, die meist in Jeans und lässigem Jackett steckte, war Lorenz eine überaus Aufmerksamkeit erregende Erscheinung und wurde nahezu von jeder weiblichen Studierenden angehimmelt.

Juliet hingegen wirkte auf den ersten Blick eher unscheinbar. Viele waren der Meinung gewesen, ihre Liebe wäre ein Strohfeuer, schnell entflammt, schnell verglüht, aber Lorenz und sie hatten alle Widrigkeiten überstanden. Nach fünfzehn Jahren waren sie immer noch zusammen, bereit für eine neue Stufe ihrer Partnerschaft.

Lorenz' Töchter, Rebecca und Josefine, waren vor Kurzem komplett ausgezogen, das Haus war leer. Letzte Woche hatten sie nicht nur Lorenz' fünfundfünfzigsten Geburtstag, sondern auch den Masterabschluss seiner jüngeren Tochter Josie gefeiert – und damit einen Lebensabschnitt hinter sich gelassen. Lorenz' seliges Lächeln während der Veranstaltung, die zügellose Art, mit der er Juliet im Hotelzimmer geliebt hatte, machten ihr klar: Er fühlte sich frei. Frei für ein Leben, das endlich nur ihnen beiden gehörte. Sie hatten ihre beste Zeit noch vor sich – und ihre beste Zeit war jetzt!

Ihr Herz tat einen Satz, als sie an diese Nacht zurückdachte. Lorenz hatte gar nicht aufgehört, sie zu liebkosen. Wieder und wieder war das Feuer zwischen ihnen aufgelodert. Selbst während der Rückfahrt hatte er, wann immer es ging, ihre Hand gehalten, sie auf seinen sich wölbenden Schritt gelegt, den sie gedrückt und gestreichelt hatte, bis er Hals über Kopf in ein kleines Waldstück gefahren war und sie sich im Kofferraum des Kombis geliebt hatten … Schauer jagten über ihren Rücken, als sie sich an seine Leidenschaft erinnerte, an diesen Grad an Hemmungslosigkeit, der keinen Zweifel daran ließ, wie sehr Lorenz sie begehrte. Es war so anders gewesen! So viel intensiver! Und kaum waren sie zu Hause angekommen, war es weitergegangen. Er hatte eine Flasche Wein geöffnet, den Kamin angezündet, Decken bereitgelegt, sie ausgezogen, nackt vor das Feuer gelegt und …

Ein Keuchen entfuhr ihr, sie erschauerte im warmen Wasser und ein seliges Lächeln umspielte ihren Mund. Jedem war klar, dass Lorenz nur eine passende Gelegenheit suchte, endlich das zu tun, worauf sie fünfzehn lange Jahre gewartet hatte – und kein Tag war besser geeignet als der heutige.

Heute vor fünfzehn Jahren hatte sie zum ersten Mal dieses Haus betreten, hatten sie sich das erste Mal geliebt. Heute war ihr Jahrestag.

Sie dachte an den Blumenstrauß. Und war glücklich.

♫ Twinkle of the Lights ♫

Johannes Bornlöf

David schlief. Doch nach zwei Stunden forderten der Rotwein und das Glas Wasser, das er reuevoll hinterhergeschüttet hatte, ihren Tribut. Seine überstrapazierte Blase weckte ihn. Er wollte nicht raus aus dem warmen Bett, tastete schlaftrunken nach dem Wecker und stöhnte. Oh, verdammt, es war halb drei – bis zum Morgen würde seine Blase geplatzt sein. Ächzend quälte er sich aus den Federn und stieß dabei mit dem Fuß gegen den am Boden stehenden Laptop. Das Licht des Monitors flammte auf. Er achtete nicht darauf und schlurfte ins Bad. Wieder rieselte das Wasser in die Schüssel, wieder ging ihm die Sache mit dem Datingportal durch seinen inzwischen klareren Kopf. Er durfte nicht vergessen, die Nachricht zu löschen, gleich morgen beim Frühstück. Zurück im Schlafzimmer leuchtete das Licht des Monitors noch immer. Er klappte den Deckel runter und legte sich in die Kissen.

Es würde mich glücklich machen, wenn ich dich glücklich machen könnte. Die Aussage schwirrte wie ein lästiger Moskito um ihn herum, hielt beharrlich Kurs auf ihn, ließ sich nicht verscheuchen. Verflixt, warum beschäftigte ihn das so? Im selben

Moment schoss ihm die Antwort in den Kopf: Weil er bisher noch nie jemanden glücklich gemacht hatte. Weil er noch nie von jemandem glücklich gemacht worden war. Weil das nicht ging. Wie sollte das auch funktionieren in einer Zeit, wo jeder seinem eigenen Glück hinterherjagte und daraus auch noch ein spirituelles Ereignis machte?

Er schlug die Augen wieder auf, es hatte keinen Sinn. Er war zu wach, er musste diese bescheuerte Ansage löschen, nicht nur vom Rechner, sondern auch aus seinem Kopf, damit er endlich schlafen konnte.

Das Fenster des Datingportals war noch offen. Karen hatte ihm weitere neckische Nachrichten geschickt und Fotos dazu, die noch neckischer waren. Zudem befanden sich mittlerweile zehn neue Kontakt- und Bildfreigaben im Postfach. Suchend wanderten seine Augen über den Bildschirm. Wo war diese Nachricht? Und wem zum Teufel hatte er überhaupt geschrieben? Er hatte nicht mal auf ihren Namen geachtet, sondern lediglich auf die Berufsbezeichnung. Das tat er nun wieder, ortete sie, bemerkte erst jetzt, dass sie kein Foto von sich eingestellt hatte. Das verschwommene Bild deutete eine Landschaft an und darunter stand »Bibi Blocksberg«. David lachte leicht.

»Sieh an«, murmelte er, »da hätte ich auch bei Torsten Mülleimer bleiben können.«

Er wollte gar nicht erst wissen, wer das war. Nachdem der Alkohol verdunstet war, kam ihm seine gefühlsduselige Anmache noch blödsinniger vor. Ausgerechnet jemanden, der Trauerreden schwang, wollte er glücklich machen? Doch statt des genervten Seufzers entfuhr ihm ein leiser Fluch. Sie hatte geantwortet!

»Vergiss es!«, las er. »Wir haben gerade mal 56 Soulpoints. Oder wird das so was wie eine persönliche Challenge? Da verzichte ich dankend drauf.«

David sah auf die Leiste. Sie war online. Um drei Uhr morgens? Was war denn mit der los? Ja, gut, er war ja auch online. Zwei einsame Seelen, die des Nachts vor dem Rechner hockten. Na, super.

Doch mit einem Mal berührte ihn das Wissen, dass da jemand war, der wie er nicht schlafen konnte. Der wie er auf einen Bildschirm starrte. Was dachte sie? Wie fühlte sie sich? Die kleine gelbe Notiz fiel ihm ein. *Gedanken und Gefühle sind Schwingungen im Raum, brauchen keine Zeit, um gesendet oder empfangen zu werden.* War das wirklich so? Wenn ja, welche Botschaft schickte sie ihm? Und was wollte er ihr schicken? Ging das überhaupt? Jemandem bewusst etwas zuzusenden? David legte die Finger auf die Tasten, schloss die Augen und sandte ihr einen Strahl aus seinem Herzen.

Augenblicklich begann sich eine zarte Verbindung zu knüpfen. David wurde anders zumute und die Härchen an seinen Armen stellten sich auf. Halluzinierte er? Aber er konnte sich nicht gegen den unfehlbaren Eindruck wehren, dass sich zwischen der Unbekannten und ihm etwas aufbaute, etwas Unsichtbares, das in der Schwärze und Stille der Nacht stetig dichter zu werden schien. Nein, das bildete er sich bestimmt nur ein! Am Ende war sie gar nicht online, sondern hatte schlicht vergessen, sich auszuloggen? Er beschloss, das herauszufinden.

»Hey, Bibi, bist du noch wach?«

Der Hinweis »Bibi schreibt« erschien ein paar Sekunden später und ließ sein Herz unwillkürlich stärker pochen.

»Ja, wie ich sehe, du auch.«

»Wegen deiner Frage – nein, es geht sicher nicht um eine Challenge. Du bist Trauerrednerin?«

»Findest du das komisch?«

»Überhaupt nicht. Ich finde es interessant! Wie kommt man denn dazu?«

»Indem man ein Seminar besucht, wo einem erklärt wird, was zu beachten und was zu tun ist. Es ist ein Job wie jeder andere auch.«

Das klang so kratzbürstig wie die Texte unter ihrem Profil. Jedenfalls nicht so, als ob sie an einem Partner interessiert wäre. David suchte nach einer passenden Erwiderung, als sie – fast verlegen – nachschob:

»Du hast hoffentlich keinen Anlass für eine Trauerrede? Das täte mir leid.«

»Nein, hab ich nicht. Ich möchte einfach gerne wissen, wie jemand denkt, der so einen Job macht. Ich meine, wie *du* denkst.«

David war aufgeregt und hatte keine Ahnung, warum. Die Verbindung wurde intensiver, als lade sich die Atmosphäre statisch auf, als flögen ihre Gefühle zu ihm. Schwere Gefühle, dichte Gefühle. Emotionen, die ihn berührten, so stark, dass er plötzlich der festen Überzeugung war, diese Sache weiterverfolgen zu müssen. Dass sich hinter dieser Bibi etwas verbarg, etwas Besonderes, Geheimnisvolles, etwas, was ihn weiterbrachte. In ihm kribbelte es heftig. Er musste sie unbedingt für ein Date gewinnen! Dürfte nicht schwierig sein, wenn man sich auf einem Datingportal befand.

»Okay, David«, schrieb sie unterdessen. »Das ist jetzt ein Eiertanz um das, worum es hier auf diesem Portal geht: ein Date. Aber ich will keines.«

David glotzte den Bildschirm an, als hätte der gerülpst. »Warum hast du dann ein Profil hier?«, erkundigte er sich perplex. »Um *kein* Date zu haben? Versteh ich nicht.«

»Musst du auch nicht. Ich war gerade dabei, mich abzumelden.«

»Warte! Du klingst ... traurig! Was ist los?«

»Komm schon, David. Ich kann nicht traurig klingen. Wir sprechen nicht, wir schreiben uns. Und jemand, der Trauerreden hält, muss nicht zwangsläufig traurig sein.«

»Nein, das meinte ich ja auch nicht. Also, du klingst … genervt? Entmutigt? Ich meine, das sind wir wahrscheinlich alle, sonst wären wir nicht hier. Das verbindet uns doch schon mal.«

Sie antwortete nicht. Im hektischen Bemühen, sie bei der Stange zu halten, schrieb er, was ihm in den Sinn kam.

»Warum ausgerechnet dieser Beruf? Was bewegt dich daran?«

»Die Stimmung auf dem Friedhof.«

In David verstärkte sich die Gewissheit, den Faden, den er erhascht hatte, auf gar keinen Fall mehr aus den Händen lassen zu dürfen. Sein Herz schlug laut und heftig.

»Aber haben die Angehörigen nicht das Bedürfnis, selbst etwas über die Person zu erzählen, die von ihnen gegangen ist?«

»Genau das fällt ihnen ja schwer. Weil sie mit ihrem Schmerz nicht zurechtkommen und weinen müssen. Unter anderem.«

»Unter anderem?«

Sie schien jedes Mal zu überlegen, ob sie überhaupt noch antworten sollte, denn es dauerte immer ein Weilchen, bis ihre Texte erschienen. David war ungemein froh, wenn ihm angezeigt wurde, dass etwas in der Pipeline war.

»Es gibt auch Leute, die erleichtert sind, dass die betreffende Person gegangen ist«, schrieb sie zurück. »Weil diese Person vielleicht nicht gut zu ihnen gewesen ist. In solchen Fällen fällt es den Hinterbliebenen besonders schwer. Sie wollen etwas sagen und können nicht. Ich persönlich finde es großartig, wenn sie trotz allem dafür sorgen, dass der Verstorbene seinen letzten Weg mit liebevollen Worten antreten kann.«

David saß inzwischen kerzengerade im Bett. In seinem Kopf klingelte es geradezu.

»Aber ist es nicht komisch für sie, gute Worte über eine Person zu hören, die ihnen Leid zugefügt hat? Und für den Verstorbenen selbst macht es doch keinen Unterschied. Ich meine, der kriegt das ja nicht mehr mit.«

Nun glaubte er zu spüren, wie sie ein klein wenig Widerstand aufgab, dass sie zum ersten Mal lächelte. Warum war er sich sicher, dass sie lächelte? Weil sich sein Herz öffnete. Spürbar. Das war eigenartig, aber er fühlte es klar und deutlich. Erneut kam ihm die kleine gelbe Notiz in den Sinn und er wurde immer aufgeregter.

»Gute Worte sind gute Worte«, erwiderte sie. »Und Worte sind Schwingungen. Woher weißt du, dass der Verstorbene sie nicht mitbekommt? Wenn Worte ausgesprochen werden, sind sie da. Außerdem: An einem Grab sind die Herzen oft weicher als sonst, weil wir mit unserer eigenen Vergänglichkeit konfrontiert werden, und Gutes bewirkt immer etwas. Das ist zumindest bisher meine Devise gewesen.«

»Heißt das, du glaubst jetzt nicht mehr an das Gute?«

Diesmal ließ ihre nächste Nachricht besonders lange auf sich warten. Und mit ihr wirkte sie wieder verschlossen. »Doch. Unbedingt.«

Fieberhaft überlegte David, wie er sie zurück in die Strömung bringen konnte.

»Okay ... und was war der Grund für dich, Trauerredner zu werden?«

»Ich habe mich von jeher gerne mit dem Tod beschäftigt.«

Ihre Antwort schlug eine Glocke in David an, die so laut läutete, dass er im selben Moment wusste, dass er diese Frau auf Teufel komm raus irgendwie zu einem Date bewegen musste. Sein Kopf gab ihm tausend Strategien vor, die er aus Zeitdruck gar nicht alle erwägen konnte, denn er spürte, dass sie drauf und dran war, die Konversation zu beenden.

»Bibi«, schrieb er. »Bitte, ich weiß, das kommt jetzt vollkommen plump rüber, aber würdest du mich daten?«
»Du willst mich daten? Warum denn?«
»Weil ich da eben etwas spüre, was ich nicht beschreiben kann.«
Er hatte so schnell getippt, dass er selbst über diese Erklärung erstaunt war.
»Trotz 56 Soulpoints? Und ohne zu wissen, wie ich aussehe?«
»Pfeif auf die Soulpoints! Und ja, es ist mir egal, wie du aussiehst!«
Keine Antwort. David bekam schwere Bedenken, sie könnte denken, er wäre so unattraktiv, dass er um jedes Date kämpfen musste. Hastig setzte er nach: »Aber ich würde gerne wissen, wie du heißt. Verrätst du mir deinen Namen? Und du möchtest bestimmt ein Foto von mir sehen. Ich schalte es sofort für dich frei!«
»Nein, ich möchte kein Foto von dir. Gib dir keine Mühe.«
Verflucht! Schroffer ging's nicht. David zermarterte sein Hirn nach einer Erwiderung, registrierte nervös, dass sie etwas schrieb – und wusste sicher, dass sie an ihrem Abschied feilte.
Bing! Da erschien er auch schon. »Also, David, ist echt nicht persönlich gemeint, aber noch mal: Ich will kein Date. Ich bin nur aufs Portal, um das Konto zu deaktivieren.«
»Scheiße! Heißt das, du willst komplett raus? Für immer? Tu das nicht! Bitte!«
Die Ansage kam in Schriftform genauso entsetzt rüber, als stünden sie sich gegenüber. David hatte geradezu geschrien, hätte sie am liebsten an den Schultern gepackt und durchgeschüttelt. In Gedanken sah er, wie ihre Finger auf der Tastatur verharrten, spürte, dass sie erneut Anlauf nahm, um ein abschließendes Statement zu verfassen. Er musste ihr zuvorkommen!
Bibi schreibt ... die zwei Worte wirkten auf ihn wie eine Zeitbombe, die es zu entschärfen galt. In seiner Verzweiflung

schickte er viele kleine Nachrichten im Stakkatostil ab. Bing! Bing! Bing! Eine nach der anderen erschien auf dem Monitor und brachte den Schriftzug »*Bibi schreibt*« tatsächlich zum Verschwinden.

»Tu mir den Gefallen und bleib hier!«

»Ich gebe gleich mein Foto frei, wenn dich das beruhigt!«

»Gib mir ein Date! Bitte! Danach kannst du dich doch immer noch abmelden!«

»Bitte, triff dich mit mir!«

»Ich weiß ja nicht, wie viele Dates du bereits hinter dir hast – aber lass mich zumindest dein letztes sein!«

»Komm schon! Ein Kaffee!«

Davids Augen ratterten über die flehenden Aufforderungen. Herrgott, was musste die Frau von ihm denken? Dass er total plemplem war? Bestimmt glaubte sie, dass er wie Kasimir Krautwurst aussah, auf jedes Date angewiesen war und sich deswegen als Beute eine Frau ausgesucht hatte, die von sich sagte, sie sähe meistens scheiße aus. Hektisch versuchte er, diesem Eindruck mit einem weiteren Bombardement entgegenzuwirken.

»Ich weiß, das hört sich seltsam an!«

»Aber ich bin nicht verrückt, ich bin ein ganz normaler Mensch!«

»Überzeug dich selbst davon!«

»Wir treffen uns in einem öffentlichen Lokal deiner Wahl!«

Die Sekunden tickten in den Raum, es kam jedoch kein Buchstabe mehr. Im Augenwinkel checkte David, dass ihr Signal nicht erloschen war. Noch war alles offen. Noch war sie da. Mit klopfendem Herzen wartete er, wusste er, dass es in ihr arbeitete, wusste genau, dass sie gerade heftig mit sich kämpfte, dass er einen kleinen Riss verursacht hatte, den er irgendwie offen halten musste.

»Nur ein Date! Bitte! Ein erstes!«, versuchte er es weiter. »Wenn ich dir nicht sympathisch bin, gehe ich dir danach nie mehr auf die Nerven! Ich bin zwar kein Brad Pitt, aber ich sehe nicht so schrecklich aus, dass ich jedem Date hinterherlaufen muss. Ich bin wirklich an dir interessiert. Sehr interessiert!«

Noch immer nichts.

»Sag mir, was ich tun muss, dass du dich mit mir triffst!«, schrieb er unter Hochdruck. Und da – JA! Hurra! Endlich! Es tat sich wieder etwas! David machte vor Erleichterung fast in die Hosen. Er hatte sie am Haken! Er hatte sie am Haken!

»Warum zum Henker bestehst du so darauf?«

»Hab ich doch geschrieben! Weil ich unbedingt mehr von dir wissen will!«

»Weil ich Trauerrednerin bin?«

»Weil du anders bist!«

»Woher willst du das wissen? Nur weil ich mich mit dem Tod beschäftige? Sag mal, du bist nicht zufällig pervers?«

»Ganz sicher nicht! Ich bin einfach spontan! So spontan, dass ich mich morgen mit dir in einen Zug setzen würde, ohne zu wissen, wohin er fährt und wer du bist!«

Er spürte den Schlag, den seine Antwort ihr versetzt hatte, fast am eigenen Körper. Warum war sie zurückgeprallt? Und woher wusste er, dass es so war? Aber er hatte gar keine Zeit, darüber nachzudenken, er musste das nutzen!

»Was ist an Interesse so falsch?«, bohrte er nach.

»Nichts. Ich verstehe es nur nicht. Und deine Spontaneität erst recht nicht.«

»Okay, sorry. Ich bin zu schnell vorangestürmt. Verzeih mir. Aber weißt du was? Lass uns das Ganze noch mal zurückdrehen. Wie wäre es, wenn wir beide mal tief ein- und ausatmen ... Machst du das? Bitte!«

Eine halbe Minute verging. Lächelte sie wieder? Sie lächelte! Ganz sicher!

»Okay. Ich habe geatmet.«

»Das ist gut! Sehr gut! Geht es dir besser?«

»Ja, ein bisschen.«

»Bitte, verrätst du mir deinen Namen?«

»Juliet.«

David atmete aus. Juliet! Sie hieß Juliet! Er empfand diese sechs Buchstaben wie einen Sieg.

»Juliet«, schrieb er, und aus seinem Herz strömte etwas, was er nicht greifen konnte. »Ein wunderschöner Name! Liebe Juliet, ich möchte dir einen Vorschlag machen. In drei Tagen ist Sonntag. Ich gehe davon aus, dass du da nicht arbeiten musst. Wie ich sehe, wohnst du nicht weit von mir. Ich kenne deine Stadt. Da gibt es ein uraltes Café, in das ich früher gern gegangen bin. Es heißt ›Coffee & Bubbles‹. Warte – ich schicke dir das eben.«

In Affengeschwindigkeit tippte er auf seinem Laptop herum. Ein Link erschien im Chatfenster, der mit einer Vorschau versehen war. Eine Sekunde später tauchte das Foto des Cafés auf dem Bildschirm auf.

»Ich bestelle zwei Gläser Champagner«, schrieb David dazu. »Ab zwei Uhr werde ich auf dich warten – den ganzen Nachmittag. Und ich werde erst gehen, wenn sie schließen.«

Er spürte ihre Fassungslosigkeit wie ein Loch, das sich in seinem eigenen Herzen bildete. Aus irgendeinem Grund wusste er, dass das nichts mit seiner Dreistigkeit zu tun hatte. Nein, er hatte gerade einen Volltreffer gelandet, einen sauber geführten, klaren Hieb, der den Ziegelstein genau in der Mitte zerbrochen hatte.

»Und wie erkenne ich dich?«

David jubelte innerlich. Keinem von beiden fiel ein, dass er doch einfach nur sein Foto freischalten müsste. Stattdessen irrte sein Blick durch den Raum und blieb an einem Gegenstand hängen.

»Ich nehme mein Alpaka mit! Es ist weiß.«

»Bitte? Du nimmst ein Alpaka mit ins Café?«

»Kein echtes! Es ist aus Plüsch! Ein Stofftier!« David schwitzte. Teufel! Was war schlimmer? Ein lebendiges oder ein Plüsch-Alpaka? Beide Varianten vermittelten einen äußerst debilen Eindruck von ihm – was ihre Antwort bestätigte.

»Du nimmst also dein Plüsch-Alpaka mit.«

Grinste sie? Oder runzelte sie die Stirn? Diesmal war er unsicher.

»Ja, es heißt Allie. Aber wenn dir 'ne Nelke im Knopfloch lieber ist – auch gut! Hauptsache, du kommst!«

Wieder blieb sie stumm. In David rotierte es. *Herrgott*, fluchte er innerlich. *David, du bescheuerter Hornochse! Du bist zweiundvierzig und besitzt ein Plüsch-Alpaka! Was soll die denn denken?* Hatte er es auf die letzten Meter verdorben? Er biss sich auf die Lippen, setzte erneut die Finger auf die Tasten.

»Wirst du kommen?«

»Ich glaube nicht, David.«

David versetzte es einen gewaltigen Stich. Aber er wollte nicht aufgeben. Trotz ihrer Absage verließ ihn nicht die Gewissheit, dass die Bruchstelle in ihrem Panzer noch immer offen war. Ein »Ich glaube nicht« war kein Nein! Instinktiv schloss er die Augen, konzentrierte sich auf sie, wollte erspüren, was um alles in der Welt er tun könne, um ihr den nötigen Schubs zu geben. Der Wunsch erhob sich aus der Tiefe seiner Seele, badete in seinem Herzen, strömte in seine Finger, ließ sie über die Tasten gleiten und formulierte schlicht die Worte …

»Bitte komm.«

Als er nach drei Sekunden die Augen wieder öffnete, war sie aus dem Portal verschwunden. Hex, hex!

Es gab keine Bibi Blocksberg mehr.

Sein Herz erlitt einen Tiefschlag – und er wusste noch nicht mal, warum.

🎵 Slow Fall 🎵

Nick Box

Es war Februar, die Tage nasskalt, die Sonne ging früh unter. Im gesamten Haus brannte sanftes Licht, das Essen verströmte seinen Duft, der Champagner lag im Eiskühler. Als Juliet vom Fenster aus Lorenz' Auto in die Garage fahren sah, schaltete sie Dinnermusik ein, öffnete die Flasche und schenkte zwei Gläser voll.

Ihre Aufregung prickelte mit der Kohlensäure um die Wette, steigerte sich mit dem Drehen des Schlüssels an der Haustür, den Geräuschen an der Garderobe, die ihr verrieten, dass Lorenz das Seidenpapier von den Blumen schälte – und den Strauß im Schirmständer parkte.

Und da kam er auch schon um die Ecke. Ein feines Strahlen überzog ihr Gesicht. Auch nach fünfzehn Jahren warf sein Anblick sie noch um.

»Hey, Juliet!«, rief er und umarmte sie. »Hier riecht es ja wieder mal fantastisch!«

»Hast du Hunger?«

»Ja, ein bisschen.«

Lorenz wirkte nervös. Juliet lächelte zärtlich, schaltete den Herd ein, stellte Häppchen auf den Bartisch und drückte ihm ein Glas in die Hand.

Lorenz sah ihr in die Augen, als sie mit ihm anstieß, mit einem Ausdruck, der jeder Beschreibung entbehrte. Gerührt merkte sie, wie er nach Worten suchte und keine fand. Um ihm zu helfen, hielt sie ihm die Platte mit dem Fingerfood hin und fragte ihn nach seinem Tag. Dankbar nahm er eines der Häppchen, fing an zu erzählen, aber blieb flatterig. Juliet konnte das nachvollziehen. Ihr ging es ja genauso!

Sie bemühte sich, nicht daran zu denken, dass die Blumen im Schirmständer kein Wasser hatten und Lorenz deren Einsatz offensichtlich nach dem Hauptgang plante. Gerade wollte sie vorschlagen, mit dem Essen anzufangen, als er es sich anders überlegte und Richtung Hauseingang verschwand. Ein Kribbeln durchlief ihren Körper, sie schenkte Champagner nach, wartete. Zehn Sekunden später leuchtete ein Meer an Blumen vor ihren Augen auf.

Belinda hatte recht gehabt: Das war der größte Strauß, den sie jemals gesehen hatte.

Sie öffnete den Mund, um ihrer Freude Ausdruck zu verleihen, aber Lorenz kam ihr zuvor.

»Juliet«, brach es aus ihm heraus. »Wenn es möglich gewesen wäre, dir einen noch größeren Strauß zu besorgen, hätte ich das getan.«

Sein Gesicht war fast ganz hinter den Blüten verborgen. Sein Blick flackerte. Er holte tief Luft und räusperte sich. »Juliet, meine liebe Juliet … mit diesen Blumen möchte ich meinen Dank aussprechen für jede einzelne Sekunde mit dir.«

Ihr schlug das Herz bis zum Hals. Lorenz drückte ihr die Blumen in die Arme. Ein Zucken ging durch seinen Körper und sie hatte den Eindruck, er wolle in die Knie gehen, aber seine Hand griff in die Hosentasche. Ihr Herz klopfte wie Pferdehufe auf dem Kopfsteinpflaster und sie schloss für einen Moment die Augen. Als sie sie wieder öffnete, wischte sich Lorenz mit einem Taschentuch über die Stirn. Juliet wollte einen aufmunternden Satz äußern – da platzte er heraus: »Danke für die wunderbaren Stunden, für die wunderbaren Jahre. Du hast mir so viel gegeben, so viel, auch den Kindern, und bitte glaube mir: Ich werde das nie vergessen. Niemals. Aber ... ich möchte mich hier und heute von dir trennen.«

Das Blut stürzte in Juliet in Überschallgeschwindigkeit nach unten, sie wankte, unfähig, den Sinn seiner Worte zu erfassen.

Lorenz' Blick war unerträglich schuldbewusst, als er sich zwang weiterzureden. »Juliet, ich möchte, dass du auszieht. Ich denke, es ist für uns beide das Beste.«

Ein Keuchen entfuhr ihr, der Strauß entglitt ihren Händen, klatschte zu Boden. Beide sahen sie ihm nach, dann trafen sich ihre Blicke. Unglücklich der von Lorenz. Fassungslos der ihre.

Juliets Lippen bewegten sich lautlos. Mit unendlicher Anstrengung brachte sie hervor: »Warum?«

Hilflos strich er sich durchs Haar. »Weil ... weil ich endlich wieder mein Leben leben will! Und du solltest deins leben! Du ... du solltest dich erst mal selbst finden! Du weißt doch gar nicht, was du wirklich willst! Wir sind viel zu lange zusammen gewesen!«

»Wir sind ... zu lange zusammen gewesen?« Maßlose Bestürzung malte sich in ihren Augen, und Lorenz wäre am liebsten geflüchtet.

»Juliet, es war ein Fehler. Und wir sollten nicht länger mit einer Lüge leben.«

»Mit einer ... Lüge? Lorenz! Was sagst du denn da? Eine Lüge? Unsere Beziehung soll eine Lüge gewesen sein? Ein Fehler?«

»Ja. Du warst zu jung! Du weißt überhaupt nicht, was du willst!«

»Doch. Ich weiß, was ich will«, krächzte sie heiser, während das Schwindelgefühl in ihrem Kopf dichter wurde. »Ich hab es immer schon gewusst. Ich will dich!«

Panik bemächtigte sich ihrer, als Lorenz nichts darauf erwiderte und die Bedeutung des Gesagten in diesem unheilvollen Schweigen Gestalt annahm.

»Ich will dich!«, wiederholte sie verstört und brach in Tränen aus. »Dich, Lorenz!«

»Aber ich bin doch kein Lebensinhalt! Es gibt mehr!«

»Ich brauche nicht mehr. Alles, was ich je wollte, ist ein Leben mit dir!«, schluchzte sie.

»Aber es ist nicht das, was ich will!«

In Juliet drehte sich alles. Sie konnte das Gesagte nicht begreifen, nicht erfassen. Es ging zu schnell. Es kam zu abrupt. Tränenblind krächzte sie: »Lorenz … bitte, sei ehrlich … Gibt es eine andere?«

»Nein, Juliet, es gibt keine andere, wirklich nicht.«

Der fette Kloß in ihrem Hals machte das Sprechen schwer. Sie wusste, es war falsch und sinnlos, auf dieser Schiene weiterzumachen, aber sie konnte nicht anders. »Aber du … du hast mir versprochen, dass du mich … dass wir ein Kind … dass wir eine Familie …«

»Juliet … nichts davon habe ich versprochen. Im Gegenteil, ich habe so oft gesagt, dass ich keine Kinder mehr will. Ich bin fünfundfünfzig! Bekämen wir jetzt ein Baby, wäre ich über sechzig, wenn es in die Schule käme! Ich kann das nicht! Und ich will es auch nicht!«

»Aber … darüber können wir doch reden! Wir …«

»Nein, bitte versteh – ich will nicht jedes Mal ein schlechtes Gewissen haben, weil ich dir nicht geben kann, was du willst. Ich will frei sein! Ich habe diesen Druck nun lange genug ausgehalten! Und ich habe ihn so satt! Erst mit Marielle, dann mit dir … das Gerede der Leute … ich kann nicht mehr! Schon lange nicht mehr! Ich will das leben, was *mir* wichtig ist! Und endlich habe ich nach all den Jahren den Mut, dir das zu sagen!«

Die Heftigkeit seines Ausbruchs, die schonungslose Ehrlichkeit darin ließen sie zurücktaumeln. »Druck?«, ächzte sie. »Du hast dich unter Druck gefühlt?«

»Ja! Ständig! In den letzten Jahren wurde mir das einfach zu viel.«

»So lange denkst du bereits daran zu gehen?«

Er ertrug diese unendliche Qual in ihrem Blick nicht mehr und sah weg. »Ja, aber ich wollte den Kindern keine zweite Trennung zumuten. Ich wollte, dass sie erst mal versorgt sind, bevor ...«

In Juliet tobte ein Tsunami. Er war nur wegen seiner Kinder bei ihr geblieben? Noch immer weigerte sich alles in ihr, die Tragweite seiner Aussage zu erfassen, sickerte das Gesagte portionsweise in ihren Kopf, bis die Panik sie vollständig überrollte. Er machte Schluss? Sie sollte von hier weg? Das war ihr Zuhause! Ihr Heim! Wo sollte sie denn hin?

»Wie gesagt«, fuhr er fort, um das mit Entsetzen gefüllte Schweigen zu brechen. »Du bist jung! Wer weiß, was das Leben noch für dich bereithält!«

Ein Felsbrocken lag auf ihrer Brust, sie atmete schwer. Seine Stimme drang wie Watte an ihre Ohren, eine Stimme, die ihr sachlich mitteilte, er hätte ihr ein Zimmer organisiert, eine Studentenbude, die für den Übergang reichen sollte. Er würde in der nächsten Woche nicht da sein, somit hätte sie Zeit, um auszuziehen. Ja, und wenn sie beide ein wenig Abstand gewonnen hätten, ergäbe sich sicher die Möglichkeit eines Gespräches. Aber nicht jetzt ... jetzt fühle er sich gar nicht danach. Er wolle weder diskutieren noch argumentieren, seine Entscheidung sei unumstößlich. Damit drehte er sich um. Floh nach oben. Packte seinen Koffer.

Juliet starrte ihm nach, sank auf einen Stuhl. Sie fror und schwitzte zugleich. Als er herunterkam, saß sie noch immer wie gelähmt am Tisch. Er schob ihr die Adresse für das Zimmer hin, zog sie wie eine leblose Puppe hoch, drückte ihr einen Kuss auf die Wange.

»Leb dein Leben, Juliet«, flüsterte er.

Ihr Herz zerbarst mit diesen Worten, sie bekam keine Luft mehr. Drei Sekunden später fiel die Haustür ins Schloss. Das Geräusch war wie ein Schuss, der alles in ihr zerfetzte.

Ihr Blick irrte über den Tisch. Der Champagner perlte unbeteiligt vor sich hin. Es roch angebrannt aus der Küche. Mechanisch zog sie die Töpfe weg, stellte den Ofen ab, lehnte sich mit weichen Knien dagegen.

Lorenz hatte sie verlassen. Mit Wucht katapultierte sich diese unfassbare Wahrheit endlich in ihren Kopf. Ihre Beine knickten ein. Ein lauter Heulton entrang sich ihrem Brustkorb, und als hätte dies ein Wasserreservoir in ihr geöffnet, stürzten ihr die Tränen in einer Menge aus den Augen, dass sie das Gefühl hatte, sie ertränke darin.

♫ The Everlasting Embrace ♫

Alexis Ffrench

Fünfzehn Jahre vorher

Langsam senkte sich der Eichensarg an der aufgehäuften Erde vorbei in die Vertiefung, setzte dumpf auf dem Boden auf. Es war Anfang November, grau, feuchtkalt, ein Wetter, das der schwermütigen Stimmung auf dem Friedhof entsprach. Die Leute fröstelten, wollten dem Verstorbenen die letzte Ehre erweisen, aber ihr Drang nach einer warmen, gemütlichen Umgebung, nach Lachen, Fröhlichkeit, den Gegenstücken des Todes, war ebenso spürbar.

Juliet stand am Rand des Grabes, zusammen mit den Hinterbliebenen, einer attraktiven Frau von Anfang vierzig und ihren drei Kindern. Ihr Mann, ein Textilunternehmer, war im Alter von nur fünfundvierzig Jahren unerwartet verstorben. In den Augen der Witwe glänzten Tränen, ohne herunterzutropfen, als sei sie noch im Schockzustand gefangen, den die

Nachricht vom Tod ihres Mannes ausgelöst hatte. Ihre Kinder wirkten nicht minder paralysiert. Mitfühlend beobachtete Juliet, wie zumindest ihnen die Tränen ungehindert über die Wangen liefen.

Dichte Trauer bedrückte die vielen schwarz gekleideten Menschen, schien ihnen jede Lebensfreude zu nehmen. Die meisten schauten Richtung Grab, auf den Rücken des Pfarrers, der den Weihrauchkessel schwang und Gebete murmelte.

Juliets Augen schweiften über die Trauergemeinde, als der Blick eines großen interessant aussehenden Mannes sie traf. Ein Stich durchfuhr sie und sie starrte völlig gebannt zurück. Registrierte seine halblangen Haare, in die sich einzelne graue mischten, die vollen Lippen, den klaren Schnitt seines Gesichts. Juliet wurde schwach zumute. Er musterte sie verwundert, konnte sichtlich nicht einordnen, wer sie war. Seine Lippen zuckten, als wolle er sie etwas fragen, und sie schaffte es nur deswegen, sich von ihm abzuwenden, weil die Witwe sie sacht am Ärmel zupfte und ihr mit einer Augenbewegung das Startzeichen gab.

Juliet riss sich zusammen, zog ein Bündel Karten aus ihrer Manteltasche und wartete, bis der Pfarrer ihr Platz gemacht hatte.

Ein leises, erstauntes Raunen ging durch die Gemeinde, als die junge Frau, eigentlich eher ein Mädchen, die Trauergemeinde begrüßte und anschließend ein paar Sekunden schwieg. Juliet gab den Leuten stets Zeit, sich an ihren Anblick zu gewöhnen, ließ währenddessen ihren dunkelgrauen Blick über die Trauernden gleiten, registrierte die Überraschung in deren Augen, die sich erheblich steigerte, als sie ihre Stimme erhob. Sie sprach nicht laut, aber sehr klar. Man konnte sie mühelos bis in die hinterste Ecke des Friedhofes verstehen.

»Liebe Anwesende«, begann sie. »Bei einem Anlass wie diesem wird oft mit dem Satz begonnen: Wir stehen heute hier, um von einer geliebten Person Abschied zu nehmen. Und doch möchte ich genau diese Worte infrage stellen.«

Die Aufmerksamkeit wurde dichter. Gemurmel erhob sich, der Pfarrer sah sie konsterniert an. Und überdeutlich, heiß, prickelnd fühlte Juliet die Augen des großen Mannes auf sich gerichtet.

»Was ist Abschied?«, fuhr sie fort. »Streng genommen bedeutet er nur eines: Etwas hört auf und etwas Neues beginnt. Doch weil Abschied für die meisten von uns Verlust bedeutet, fürchten wir ihn. Und den Tod fürchten wir am meisten, weil er unwiderruflich scheint, weil wir ihn nicht kontrollieren können – aber genau das möchten wir gern. Wir möchten alles unter Kontrolle haben, dabei wissen wir noch nicht mal, was in der nächsten Sekunde passieren wird. Der Tod ist die Erkenntnis, dass wir jeden Tag, jede Sekunde ins Unbekannte gehen, und er übt auf die meisten einen Schrecken aus, den er vielleicht gar nicht verdient. Die Katha-Upanischad, eine uralte Schrift, zeichnet ein anderes Bild. Dort findet eine Unterhaltung zwischen einem jungen Mann und dem Tod statt, in der dieser dem Jungen erklärt: ›Du bist unsterblich. Jeder Mensch ist unsterblich.‹«

Juliet stoppte kurz.

»Wie kann der Tod, ein Synonym für Sterblichkeit, so etwas behaupten? Im Grunde sagt er damit: ›Es gibt mich gar nicht. Ihr Menschen habt nur einem Neuanfang einen schreckenerregenden Namen gegeben. Einen, der euch unnötige Angst einflößt und doch nichts anderes ist als ein anderes Wort für Leben.‹

Und ist uns der Tod wirklich so unbekannt? Schließlich ist es der Zustand, in dem wir alle vor der Geburt gelebt haben. Wir gehen nicht einfach ins Ungewisse, wir gehen dahin zurück, wo wir hergekommen sind. Und wo kommen wir her? Die alten Weisen berichten, wir seien aus Liebe geboren. Aber

Liebe ist etwas Ewiges. Liebe kann nicht vergehen, und so frage ich nochmals: Ist es wirklich ein Abschied?

In der Physik gibt es das berühmte Phänomen der Verschränkung. Das bedeutet, dass zwei Teilchen, die ehemals als Paar auftraten, auch nach ihrer räumlichen Trennung miteinander verbunden bleiben. Egal, wie weit sie voneinander entfernt werden, sie verhalten sich für immer so, als seien sie noch zusammen. Wenn sich das eine ändert, ändert sich auch das andere. Sobald sich das eine bewegt, bewegt sich auch das andere. Daraus lässt sich ein wunderbares, tröstliches Resümee ziehen: Es gibt keine Trennung. Was einmal vereint war, bleibt auf ewig vereint. Kommunikation funktioniert über alle Grenzen hinaus. Unsere Gedanken und Gefühle erreichen den anderen, auch wenn er nicht mehr in diesem Körper weilt. Wir können nicht wissen, wo die Seele von Herrn Johannson jetzt ist, aber wir können ihm weiterhin unsere Liebe, unsere Freude und unsere Wärme senden. Diese Liebe lässt nicht nur unser Leben erstrahlen, sondern erhellt auch die Seelen unserer Liebsten, wo auch immer sie gerade sein mögen.«

Juliet machte eine kleine Pause. Ein Riss war durch die dichte Trauer der Gemeinde gegangen, in den sie mit ihren Worten Lichtpunkte zu streuen versuchte. Genau das stellte sie sich vor: In jedem dieser Menschen leuchteten Funken voller Liebe, die es nur anzufachen galt. Mit diesem Bild im Kopf erhob sie ein weiteres Mal ihre Stimme.

»Es ist Liebe, die die Verbindung aufrechterhält und uns gleichzeitig frei macht für den Weg, den wir hier auf Erden zu beschreiten haben, die uns öffnet für die Wunder, die auf uns warten. Können wir einem Ehemann, einem Vater, einem Sohn, einem Freund, Kollegen oder geschätzten Geschäftspartner mehr Ehre erweisen als auf diese Weise?«

Erneut ging mit diesen Sätzen ein sanfter Ruck durch die Gemeinde. Juliet atmete innerlich auf. Es war jedes Mal ein Balanceakt, die Trauer nicht zu negieren und doch die Stimmung heben zu wollen. Sie ging zum persönlicheren Teil über, erinnerte die Trauergemeinde an den fröhlichen Charakter des Verstorbenen, wie gern er gelacht, wie sehr er seine Familie geliebt hatte, flocht persönliche Details ein, die ihr Frau Johannson über ihren Mann erzählt hatte, und schloss mit den Worten: »Ja, wir können Horst Johannson keinen größeren Dienst erweisen, als aus unserem Leben das Beste zu machen und ihm Freude zu senden. Wenn es stimmt, dass Leid niederdrückt und Liebe erhebt, dann stehen wir alle hier an einer Kreuzung. Wir können uns heute, hier und jetzt bewusst für die Liebe entscheiden. Und vielleicht mögen Sie, wenn Sie an das Grab treten, Herrn Johannson Ihr Lächeln, Ihre Dankbarkeit und einen Strahl Ihrer Liebe schenken.«

Sanfte Pianoklänge aus einer tragbaren Anlage vermischten sich mit ihren letzten Worten. Der Regen hatte nachgelassen, der Glanz einer fahlen Sonne reflektierte sich in unzähligen Regentropfen, die an kahlen Zweigen hingen. Eine zarte Schwingung lag über der Trauergemeinde wie ein tröstender, wärmender Schleier aus Licht. In vielen Augen schimmerten Tränen, dennoch waren die Mundwinkel der meisten leicht nach oben gebogen, die Gesichter nachdenklich und entspannt.

Die Witwe seufzte tief, als sei sie befreit, als habe sie endlich eine Lösung gefunden, wie sie mit ihrer Trauer umgehen könne. Stumm beobachtete sie eine Zeit lang die Menschen, die Rosen und Erde auf den Sarg warfen und sich mit einem Lächeln von ihrem Mann verabschiedeten. Jedes Lächeln veränderte die Stimmung, jedes Lächeln erzeugte Wärme. Stumm wandte sie sich ihren Kindern zu, die sie innig umarmten.

Juliet war zur Seite getreten. Ihr Herz klopfte wie wild. Sie musste die Augen des großen Mannes nicht suchen. Sie wusste, dass er sie die ganze Zeit unverwandt angestarrt hatte. Sie hatte es bis in die letzte Zelle ihres Körpers gespürt.

Ein zweites Mal trafen sich ihre Blicke, verhakten sich ineinander. Ein heißer Strahl durchfuhr sie, sie schaute zu Boden, während ihr ihre eigenen Worte in den Sinn kamen: Liebe, die uns öffnet für die Wunder, die auf uns warten … Wilde Leidenschaft flammte in ihr auf, gewaltig und mächtig. Eine Leidenschaft, die ihr unmissverständlich klarmachte: Das war der Mann ihres Lebens. Er war das Wunder, auf das sie gewartet hatte.

⁂

Es war Sonntag. Die Sonne schien und nach den langen Regentagen zog es die meisten Leute nach draußen. Auch David hätte sich viel lieber mit seinen Freunden getroffen, die ihn zu einer kleinen Wanderung mit anschließendem Filmabend eingeladen hatten. Ein wenig missmutig schnappte er sich sein Plüsch-Alpaka und hielt es vor sein Gesicht.

»Hey, Allie«, sagte er. »Keine Ahnung, was das heute wird. Aber wenn sie kommt, musst du so charmant wie nur irgendwie möglich sein – und wehe, du lässt einen fahren!«

Er bewegte seine Hand, sodass es aussah, als ob das Plüschtier heftig und pflichtschuldig nickte.

Er wollte das Tierchen in den Rucksack stecken, aber hielt noch einmal inne.

»Meinst du, sie taucht auf?«, fragte er es.

Zweifelnd drehte sich Allie hin und her.

»Ja, denke ich auch«, stimmte David zu. »Die kommt bestimmt nicht. Wie wär's? Wir könnten zu den anderen stoßen!«

Empört fuhr Allie zurück und schien kräftig mit ihm zu schimpfen.

»Hey, hey, hey«, beruhigte er sie. »War doch nur 'n Witz!«

Er stopfte das Alpaka in den Rucksack, setzte seine Schiebermütze auf und machte sich auf ins »Coffee & Bubbles«. Das war lange eines seiner Lieblingscafés gewesen. Ein verschnörkeltes, schmiedeeisernes Schild hing über der Tür. Große, gemütliche Sessel und Sofas, süße Tiffany-Tischlampen und dunkle Eiche vermittelten ein nostalgisches Gefühl. Das Café, einem Londoner Vorbild nachempfunden, hatte sich auf Tee, Kaffee und Champagner spezialisiert. Vor allem war es bekannt für seine handgefertigten, außergewöhnlichen Süßigkeiten. Es gab zum Beispiel einen Käsekuchen, der nicht wie Kuchen, sondern wie ein runder Käse aussah; Baisers, die wie geköpfte hart gekochte Eier serviert wurden, oder eine Tarte, die täuschend echt einer Pizza nachgebildet war.

Im Café suchte er sich eine gemütliche Ecke, bestellte sich grünen Tee, zog seinen Laptop, ein Buch und Allie aus dem Rucksack und richtete sich geistig darauf ein, dass Juliet nicht kommen würde.

Aber insgeheim betete er um ein Wunder.

♫ Mad about You ♫

Hooverphonic

Fünfzehn Jahre zuvor

»Frau Johannson …«, flüsterte Juliet.

»Belinda«, raunte die zurück. »Wir waren doch schon beim Du.«

»O ja, stimmt.« Juliet lächelte und nickte leicht in Richtung des Mannes. »Wer ist das dort drüben?«

Belinda folgte ihrem Blick.

»Lorenz Ehrenberg«, informierte sic sie. »Wirtschaftswissenschaftler und Professor an der Universität hier. Horst und er waren beste Freunde. Aber nicht nur Horst hat ihn verlassen, auch seine Frau. Sie ist ebenfalls hier. Mit ihrem neuen Mann.«

Mit dem Kinn deutete sie diskret zu einer eleganten, aristokratisch wirkenden Blondine, die im Gespräch mit anderen vertieft stand. Die nächsten Kondolierenden näherten sich und Belinda widmete sich ihnen.

Juliets Grundprinzip war eigentlich, nach getaner Arbeit sofort den Ort zu verlassen. Diesmal jedoch hatte sie sogar Mühe, die erforderlichen Meter eines angemessenen Diskretionsabstandes zu wahren, denn gerade trat der Mann ihres Lebens auf Belinda zu, nahm sie so innig in den Arm, dass Juliet ein leichtes Keuchen entfuhr und sie sich mit einer Heftigkeit an deren Stelle wünschte, vor der sie selbst erschrak. Danach umarmte er den Rest der Familie, bildete mit ihnen einen vertrauten, kompakten Kreis und redete.

Juliet ordnete ihre Karten, suchte Unauffindbares in ihrer Umhängetasche und verlängerte ihre Anwesenheit, solange es nur irgendwie ging. Ihr Herz hämmerte wie verrückt und in ihr tobte ausschließlich ein Gedanke: Sie musste diesen Mann ansprechen! So etwas hatte sie noch nie gemacht, aber hier schien es ihr die natürlichste Reaktion überhaupt zu sein.

Endlich kam Bewegung in die Gruppe, der Kreis öffnete sich. Frau Johannson drehte sich suchend um, entdeckte Juliet, deutete in ihre Richtung, sagte etwas zu Ehrenberg und wandte sich dem Nächsten in der Schlange zu.

Juliet hatte nicht gewusst, dass ihr Herz zu solchen Kapriolen fähig war, als Ehrenberg auf sie zukam und ihr fast vorsichtig seine Hand hinstreckte. »Lorenz Ehrenberg«, stellte er sich vor.

»Juliet Marburg«, antwortete sie und konnte ihre Aufregung kaum unterdrücken.

Um seine Augen erschienen attraktive Fältchen. »Ich möchte nicht von hier weggehen, ohne Ihnen zu sagen, dass ich nicht erwartet habe, am Grab meines besten Freundes so erhebende Worte zu hören.«

»Danke«, erwiderte sie. »Das war das Ziel. Die meisten brauchen ja Trost und wollen nicht noch tiefer in ihren Schmerz fallen.«

Juliets Gesicht war mit einer feinen Röte überzogen und ihre Augen glänzten in einer Weise, die es Lorenz unmöglich machte, den Blick von ihr abzuwenden.

»Interessante Einsicht. Sie sind doch noch so jung – wie kommen Sie zu einer solchen Tätigkeit?«

»Ich würde sagen, aus einem Bedürfnis heraus. Vor vier Jahren starb meine Großmutter, und der Pfarrer hielt eine Rede über sie, die sie ganz bestimmt nicht verdient hatte. Meine Oma war meine Freundin, meine Mentorin und … vieles mehr. Ich war entschlossen, sie so nicht gehen zu lassen, und habe versucht, es besser zu machen. Ich glaube, der Pfarrer nimmt mir das heute noch übel.« Sie lachte leicht.

»Das klingt, als ob Sie dem Mann einfach ins Wort gefallen sind.« Lorenz musste schmunzeln, als sie verschmitzt antwortete.

»Das trifft es ziemlich genau.«

Ihr Lachen zauberte süße Grübchen in ihre Wangen, ließ ihre Augen blitzen und vermittelte Lorenz eine Fröhlichkeit, die ihn magisch anzog. Sie wirkte im ersten Moment eher farblos, aber je länger man sie betrachtete, desto mehr schöne Details kamen zum Vorschein. Ihr glänzendes, hellbraunes Haar, ihre glatten Lippen, vor allem ihr dunkelgrauer, uralt wirkender Blick, der ein reizvoller Gegensatz zu dieser kindlichen Heiterkeit war. All das faszinierte und verwirrte ihn.

»Wie alt sind Sie?«, fragte er unwillkürlich.

»Zwanzig.«

Er zuckte zusammen. »Zwanzig! Und halten Reden über den Tod?«

»Tja, der gehört nun mal zum Leben dazu. Ist das so erschreckend für Sie, dass Sie flüchten wollen?«

»Flüchten? Wer will denn hier flüchten?«

»Sie. Vor mir. Oder vor meinem Alter, besser gesagt.«

Sie hob ihr Kinn und sah ihm mit einem so unmissverständlichen Ausdruck in die Augen, dass ihm ein verblüffter Atemzug entfuhr. »Frau Marburg, was soll denn diese Ansage bedeuten?«

Sie wurde brandrot, aber reckte ihm erneut ihr Kinn entgegen.

»Sie soll Ihnen deutlich machen, dass mich Ihr Alter nicht stört. Ich meine, Sie sind vermutlich doppelt so alt wie ich und ...« Von sich selbst entsetzt, brach sie ab.

Er stieß so etwas wie ein Lachen aus, aber sein Gesicht war nicht sonderlich erfreut. »Äh, ist ja schön, wenn Sie mein ...«, er räusperte sich, »... Alter nicht stört. Dafür irritiert mich Ihre Direktheit umso mehr. Vor allem verstehe ich nicht, was Sie wollen.«

O doch! Er wusste genau, was sie wollte! Lorenz war es gewohnt, angeschwärmt zu werden, aber das hier war noch mal anders. Warum war das anders? Weil er sich verdammt noch mal von ihr angesprochen fühlte! Herrgott, er musste weg von hier! Was war das für ein Mädchen?

»Herr Ehrenberg, das haben Sie ganz falsch verstanden!«, versuchte sie, sich hektisch zu korrigieren. »Ich finde Ihr Alter superattraktiv, ich finde *Sie* superattraktiv!«

In Juliet raste es nur so. Ging es noch peinlicher? Sie hätte sich am liebsten die Zunge abgebissen. Aber als sie in Lorenz' Gesicht sah, setzte wieder etwas in ihr aus. Er hingegen war fassungslos und blickte sich peinlich berührt um. Die meisten Trauergäste begaben sich inzwischen in Richtung Ausgang. Es war offensichtlich, dass er das Gleiche vorhatte.

Fieberhaft überlegte Juliet, was sie sagen oder tun könne, um ihn zu halten. Ihr Brustkorb drohte auseinanderzuspringen, so sehr tobte ihr Herzmuskel darin. Sie musste ihn daten! Irgendwie! Mit Panik registrierte sie, dass er Anstalten machte zu gehen. Sie nahm all ihren Mut zusammen.

»Darf ich Sie auf einen Glühwein oder Tee einladen? Um zu erklären, wie ich das eigentlich meinte?« Bevor er auch nur die Chance hatte, eine Absage zu formulieren, setzte sie schnell hinterdrein: »Kennen Sie das ›Coffee & Bubbles‹ in der Innenstadt? Ich werde dort eine Stunde warten. Sie können entscheiden, ob Sie kommen wollen oder nicht. Wäre das okay für Sie?«

»Nein! Das ist nicht okay!«, stieß er ärgerlich hervor. »Das vergessen Sie mal ganz schnell.«

Er wollte auf »Auf Wiedersehen« sagen, merkte, wie unpassend der Gruß in diesem Fall war, und wandte sich wortlos ab, als er plötzlich ihre Hand an der seinen spürte. Ein Stromschlag durchzuckte ihn, ihre Blicke trafen sich und Lorenz fühlte, wie sich ein heißer Schwall in ihn ergoss, der jede einzelne Zelle in ihm vitalisierte.

»Oh, bitte komm«, hörte er sie flüstern. »Bitte, bitte komm!«

»Nein!«, blaffte er hilflos. »Warum sollte ich das tun?«

Ohne seine Hand loszulassen, trat sie einen Schritt auf ihn zu. Ihr Atem hauchte in sein Ohr und ihre Worte waren wie eine Verheißung.

»Weil wir füreinander bestimmt sind. Das weiß ich so sicher, wie ich hier stehe.«

⁓⁕⁓

»Hey, David! Wo steckst du? Gero sagt, du arbeitest! Das kann nicht sein! Nicht bei diesem Sonnenschein!«

»Hier gibt es leckeren Aperol Spritz! Uuuuunnnd … Hähnchen mit Kartoffelsalat!«

»Und jede Menge Sandwiches!«

Gläser mit orangefarbenem Inhalt und knusprige Hähnchenkeulen wanderten durch das Bild.

»Was?«, rief David. »Ihr macht Picknick? Bei gerade mal zehn Grad?«

»Das ist doch der Reiz!«, hörte er Gero ins Telefon rufen. »Wir sind alle dick eingepackt!«

»Hörst du den Bach, David? Hörst du ihn? Gluckerdigluck! Und hier ... was siehst du?«

Das Handy schwenkte auf ein fröhlich sprudelndes Gewässer, auf in der Kühle des Februartages dampfende Teebecher, danach über die übrige Szenerie: eine rot karierte Picknickdecke, auf der besagte Hähnchenkeulen nebst einer großen Schüssel Kartoffelsalat platziert waren, Gesichter, die ausgelassen in die Kamera grinsten.

»Vermisst du uns?«, rief Katharina, die von allen Katie genannt wurde. Ihr ultrakurzes, schwarzes Haar glänzte in der Sonne, ihr Mund war knallrot geschminkt, ihre Augen schwarz umrandet. Sie war eine echte Rockerbraut, schrieb für ein Motorrad- sowie ein Reisemagazin, absolvierte Extremtouren und berichtete darüber. David hatte sie auf einem Journalistenkongress kennengelernt.

Neben ihr grinste Gero in die Kamera, ebenso schwarzhaarig wie sie, aber vom Typ her konnte er unterschiedlicher nicht sein. Gero war zwei Jahre jünger als er, seine braunen Augen leuchteten im Dauermodus. Mit seinem Vollbart und seiner behäbigen Figur wirkte er, als könne ihn nichts aus der Ruhe bringen. Er war eine Seele von Mensch, einer der besten, die David kannte. Er kochte gern und war seit zwei Jahren geschieden, was Davids Ansicht über Ehen bestätigte.

Der Einzige, der seine Theorie durcheinanderbrachte, war Peter. Mit über sechzig Jahren war er der Älteste in der Gruppe, nannte einen Gemüsegarten sein Eigen und war seit vierzig Jahren glücklich mit seiner Frau Tina verheiratet.

»Hey, warum kommst du nicht?«, fragte die. »Frische Luft täte dir Bleichgesicht mal gut!«

»Hab 'n Termin«, brummte David griesgrämig. Er spähte aus dem Fenster. Der Himmel könnte blauer nicht sein! Mann, seit zwei Stunden saß er sich hier den Hintern wund! Und zu allem Übel hatte er den Ladenzeiten entnommen, dass das Lokal heute bis 19 Uhr statt bis 18 Uhr geöffnet war. Noch über drei Stunden! Er war kurz davor abzubrechen, aber unvermutet half ihm Gero beim Durchhalten.

»Ey, Leute, lasst David arbeiten, es geht um Leben und Tod!«, rief er in die Kamera.

»David ist dauernd kurz vorm Abnibbeln, wenn man dich so hört, Gero!«, nörgelte Katie. »Gönn dem Kerl doch mal ein bisschen Leben, du Leuteschinder!«

»Das gönnt der sich schon viel zu lange«, verteidigte sich Gero. »Gib mir mal das Handy, Katie.«

»Hi, Gero«, grüßte ihn David. »Wo seid ihr nachher?«

»Verrat ich nicht. Sonst kommst du womöglich! Hör zu, ich dachte, du schickst mir die Tage was.«

»Kriegst du noch. Bin grad an was dran.« David wurde rot. »Hast ja gehört, ich hab einen Termin.«

»Mir wäre eine Textdatei lieber.«

»Dafür brauch ich den Termin. Dann kriegst du auch die Textdatei.«

»Und was für ein Termin ist das?«

»Liest du in der Textdatei. Und jetzt stör mich nicht länger. Ich muss arbeiten.«

»Wenn du arbeitest und einen Termin hast, warum hast du dann Zeit anzurufen?«

»Weil sich mein Termin verspätet hat, Mann! Aber der kommt gerade … ich muss Schluss machen, wir hören uns.«

»Nein, ich will nichts hören!«, rief Gero. »Ich will was *lesen*, okay? Ich will ein Worddokument! Etwas, was ich weiterleiten kann!«

David bereute es zutiefst, überhaupt angerufen zu haben. Seine Laune war im Keller, als er auflegte. Zum x-ten Mal spähte er auf die Uhr. Verdammt! Die Tussi tauchte nicht auf!

Er konnte es ja sogar verstehen! Er wäre ja auch nicht gekommen. Was saß er eigentlich hier herum? Okay, noch eine halbe Stunde würde er warten. Maximal!

Resigniert lehnte er sich zurück. Er sollte die Zeit nutzen, um an einem Plan B zu feilen. Den brauchte er dringend. Weil Plan A nie ein echter Plan gewesen war.

♫ Moon River ♫

Andy Williams

Fünfzehn Jahre zuvor

Mit einem Mix aus Aufregung und Selbstvorwürfen saß Juliet im »Coffee & Bubbles«. Poster von Stars aus den 50ern und 60ern hingen an den Wänden: Cary Grant, Elizabeth Taylor, Gregory Peck und Audrey Hepburn versprühten den unnachahmlichen Flair der damaligen Zeit. Im Hintergrund unterstrichen Songs wie »Greensleeves«, »Some like It Hot« und »Moon River« die nostalgische Romantik.

Juliet konnte kaum glauben, dass das gerade wirklich geschehen war und sie einen zwanzig Jahre älteren, renommierten Universitätsprofessor angemacht hatte. Am Grab seines besten Freundes! Ging es noch schlimmer? Ein unwilliges Schnauben entfuhr ihr und sie wand sich vor Scham. Aber allein die Erinnerung an Lorenz' Anblick rechtfertigte alles. Dass er älter war – sie schätzte ihn auf Anfang vierzig –, fand sie erregend. Sie war noch nie auf ihre Altersgenossen abgefahren, die Pokémon spielten und sich zu Weihnachten den neuesten

Ego-Shooter wünschten. Immer schon hatte sie sich zu reiferen Männern hingezogen gefühlt. Lorenz war der Inbegriff aller Wunschvorstellungen, die sie je über das andere Geschlecht gehabt hatte.

Nervös checkte sie die Uhrzeit. Von den sechzig Minuten war ein Drittel vorbei. Sie schenkte Tee nach, zerkrümelte das Plätzchen, das auf der Untertasse lag. Weitere fünfzehn Minuten verstrichen. Juliet versuchte, sich in eine Zeitung zu versenken. Ungelesen verschwammen die Buchstaben vor ihren Augen, während sie sich in quälenden Gedanken verlor. Sie hatte das völlig falsch angepackt! Hatte ihre Chance vertan, bevor es überhaupt eine hätte werden können! Sie war so peinlich gewesen! Vollkommen daneben! Wäre sie denn gekommen? Nein! Sie hätte jemanden wie sie schlicht für durchgeknallt erklärt und ...

»Frau Marburg?«

Herausgerissen aus ihrem Kopfkarussell schreckte sie auf und wurde bleich. Lorenz stand vor ihr, und ihr wurde so flau im Magen, dass sie nicht einen Finger bewegen konnte. Doch in der nächsten Sekunde kam Leben in sie, Glanz in ihre Augen und sie erhob sich. Er war einen ganzen Kopf größer als sie, blickte auf sie hinunter, auf ihre geröteten Wangen, in ihre vor Freude strahlenden Augen.

»Oh«, hauchte sie hingerissen und ein Lächeln erschien auf ihrem Gesicht. »Du bist tatsächlich gekommen!«

»Nur keine falschen Schlüsse ziehen, Frau Marburg. Frau Johannson hat mich gebeten, Ihnen Ihr Honorar auszuhändigen, nachdem ich wusste, wo Sie sich aufhalten, und da das Café auf meinem Weg liegt ...«

Er reichte ihr einen Umschlag. Unbesehen legte ihn Juliet auf den Tisch. Ihr war genauso klar wie ihm, dass Belinda viele Möglichkeiten gehabt hätte, ihr das Geld zukommen zu lassen. Ihr dunkelgrauer Blick funkelte.

»Möchtest du dich nicht setzen, wenn du schon mal hier bist?«

»Frau Marburg, würden Sie bitte aufhören, mich zu ...«

»Schschsch ...«, unterbrach sie ihn und legte ihren Finger auf seinen Mund. »Bitte. Setz dich doch und trink einen Tee mit mir.«

Er zuckte zurück. Seine Lippen glühten von der sanften Berührung. Ihr Finger hatte eine Lunte in Brand gesetzt, die durch seinen Körper raste, direkt zwischen seinen Beinen endete und aus seinem Unterleib einen Glutofen machte. Er hatte unendliche Mühe, den Ausbruch dieses Feuers zu verbergen. Peinlich berührt von seiner Reaktion, schlug er fast feindselig den Mantel um sich. Doch der Blick, mit dem sie ihn ansah, weckte etwas Animalisches in ihm, warf alles durcheinander, brachte ihn dazu, sich zu setzen, statt zu verschwinden.

Juliet konnte das kaum glauben. Intuitiv befolgte sie die Motivation der kleinen Schritte. Er war hier. Er saß. Jede Sekunde, die ihr mit ihm vergönnt war, verbuchte sie als Erfolg.

»Möchtest du etwas trinken?«, fragte sie.

Kühl antwortete er: »Ich wüsste nicht, dass ich Ihnen das Du angeboten habe.«

»Sie könnten es mir ja anbieten.«

»Warum sollte ich?«

»Weil ... weil es vertrauter ist mit dem Du.«

»Womit wir beim Thema wären: Es gibt keinen Grund für diese Vertrautheit. Ich finde sie unangebracht.«

»Vielleicht ist nur der Zeitpunkt unangebracht – es kommt zu früh«, gab sie zu. »Tut mir leid, dass ich so vorangeprescht bin. Gut, bleiben wir beim Sie.«

Wieder lächelte sie auf diese sonnige, tiefe Art. »Danke, dass Sie gekommen sind. Und bitte glauben Sie mir, normalerweise bin ich nicht so ... so ...«

»Unverschämt?«, half er mit dünnem Lächeln nach und zog eine Augenbraue hoch.

Zu seiner Überraschung prustete sie leicht heraus, als hätte er einen Witz gemacht.

»Okay ... ja, ich war wohl unverschämt«, entgegnete sie keine Spur zerknirscht. »Aber ich kann beim besten Willen nicht sagen, dass es mir leidtut.«

»Darauf habe ich nach allem, was ich bisher mit Ihnen erlebt habe, auch gar nicht gehofft«, hielt er frostig dagegen.

Sie lachte, nahm ihre Teetasse in beide Hände, neigte sich ihm gespielt verschwörerisch zu und raunte: »Es gibt im Übrigen sehr wohl einen Grund für diese Vertrautheit.«

»Na, da bin ich jetzt aber ganz Ohr.« Lorenz verschränkte die Arme vor der Brust. »Kommt jetzt die Sache mit ›Wir sind füreinander bestimmt‹?«

»Genau«, bestätigte sie und wurde ein wenig ernster. »Ich weiß, dass sich das vollkommen bescheuert anhört. Aber glauben Sie mir, mich überwältigt das selbst. *Sie* überwältigen mich.«

»Tja, ist hilfreich, wenn es auf Gegenseitigkeit beruht.«

»Das stimmt. Aber vielleicht gibst du dem ja eine Chance.«

»Habe ich Ihnen schon wieder das Du angeboten, ohne dass ich davon weiß?«, nörgelte er angesäuert, aber konnte nicht verhindern, dass sich ein winziges Lächeln in seine Augen stahl. Sie war so ... zwanglos! So unverdorben! Gleichzeitig umwehte sie eine seltsame Mischung aus Melancholie und Heiterkeit, auf die er sich keinen Reim machen konnte.

»Warum sind Sie wirklich gekommen?«

»Belinda hat mir ein wenig von Ihrem Schicksal erzählt. Danach kam mir meine Reaktion etwas schroff vor und ich wollte das korrigieren.«

»Aber warum denn? Das konnten Sie schließlich nicht wissen. Außerdem ist es lange her – und ausgestanden.«

»Ist es das? Wie schaffen Sie es, so heiter zu sein?«, erkundigte er sich ehrlich interessiert.

»Weil niemand etwas davon hätte, wenn es anders wäre. Und ich am allerwenigsten. Wenn ich an eines glaube, dann daran, dass Liebe nicht nur etwas in mir, sondern auch etwas in anderen bewirkt. Auch wenn sich das in den Ohren eines Akademikers wohl ziemlich lächerlich anhört.« Sie wurde rot.

»Nein«, erwiderte Lorenz leise. »Das tut es nicht. Eigentlich hört es sich hoffnungsvoll an.« Er ahnte, dass es besser wäre aufzustehen, sich von diesen glänzenden Augen zu lösen und das Feuer in seinem Unterleib zu ersticken. Aber wohin sollte er gehen? Ihn erwartete nur ein großes, leeres Haus. Darauf hatte er keine Lust. Da wollte er lieber hier sein, in dieser plüschigen Romantik, mit alten Melodien im Ohr, und herausfinden, was das für ein seltsames Mädchen war. Langsam lockerte sich seine Abwehrhaltung, setzten sich die Geschehnisse des Nachmittags, ließen ihn an den Moment denken, als Juliet vor das Grab und die Leute getreten war. Die Stimmung war so niedergeschlagen und trostlos gewesen, bis sie die Menschen aus dieser Traurigkeit herausgehebelt hatte – und ihn ganz besonders. Eine Traurigkeit, die ihn schon so lange begleitete, die zur Schlucht geworden war, eine Schlucht namens Depression. Er war kurz davor gewesen hineinzustürzen.

Doch irgendwie hatte ihm diese Kleine einen mächtigen Schubs in die Gegenrichtung versetzt, der ihm über den Verlust seines Freundes und seiner Frau hinweghalf. Endlich hatten seine Gedanken eine mögliche Ausfahrt aus der leidvollen Autobahn in seinem Gehirn entdeckt, die die Scheuklappen aus Trauer ihn nicht mehr hatten wahrnehmen lassen.

Ja, für ihn war der Nachmittag buchstäblich erhebend gewesen. Ihre Rede, der ungewöhnliche Ort, ihr grauer, glänzender Blick, in dem alles lag, wonach er sich sehnte: aufrichtige Liebe. Eine Liebe, die ihm aus irgendeinem Grund genauso natürlich erschien wie ihr. Deswegen war er hier. Sie hatte recht. Es bestand eine nicht zu leugnende Verbundenheit zwischen ihnen. Doch eine andere Stimme zerrte ihn massiv zurück. Sie war zwanzig! Sie war jünger als mancher seiner Studierenden!

Die Bedienung unterbrach das Schweigen, fragte nach ihren Wünschen.

»Zwei Gläser Champagner«, hörte sich Lorenz sagen. Seine Stimme klang heiser.

Juliets Herz schlug einen Purzelbaum.

»Ich glaube, etwas Sprudelndes wäre jetzt ganz angebracht«, erklärte er und verschwieg, dass er sich am liebsten einen doppelten Cognac hinter die Binde gegossen hätte. Aber er war mit dem Wagen hier und fügte mit einem schiefen Lächeln hinzu: »Für ein bisschen mehr Leichtigkeit sozusagen.«

»Ja, Leichtigkeit ist gut.« Sie presste ihre Lippen zusammen, dann brach es aus ihr heraus. »Herr Ehrenberg, es tut mir total leid! Ich habe das völlig vergeigt! Und ich hoffe, Sie denken trotz allem nicht schlecht von mir. Ich habe so etwas wirklich noch nie gemacht, aber als ich Sie sah ... da ...«

Ihr Blick gab ihm den Rest. »Hey«, sagte er leise. »Ist schon okay.«

Juliets Lippen bebten. Sie brannte. Nicht nur körperlich, auch ihre Seele glühte mit einer Leidenschaft, die ihr die Luft zum Atmen raubte. Ihr ganzes Sein sehnte sich nach diesem Mann, danach, von ihm in die Arme genommen, von ihm berührt zu werden, seine Haut zu spüren, seine Lippen auf ihrem Mund, seinen Körper auf dem ihren. Nichts daran war logisch. Diese Liebe war aufgeflammt mit dem ersten Blick auf ihn. Überwältigt davon senkte sie die Lider, aber alles, was sie empfand, drang wie Parfüm durch jede Pore, und ehe sie sichs versah, legte sie ihre Hand auf die seine und drückte sie leicht.

»Frau Marburg«, sagte Lorenz heiser und zog die Hand vom Tisch. »Bitte, lassen Sie das.«

»Sorry«, murmelte sie. »Ich weiß, es beruht nicht auf Gegenseitigkeit und ich stürme zu schnell vorwärts.«

Er blieb stumm, vermisste ihre Berührung in derselben Sekunde, in der ihre Finger von seiner Haut geglitten waren. Noch nie hatte er sich so ausgeliefert gefühlt. Lorenz' Gedanken wanderten zurück zu den minderwertigen Gefühlen, als seine Frau ihn verlassen hatte. Nicht gut genug zu sein. Sie an jemanden zu verlieren, der ihr, wie sie schonungslos zugegeben hatte, besseren Sex bot und ein bunteres Leben.

Und hier saß nun dieses Mädchen, zwanzig Jahre jung, und betete ihn an. Heizte ihn auf, schürte Begierden, obwohl sie keineswegs mit ihren Reizen spielte. Trotzdem erweckte sie ein solch schmerzhaftes Verlangen in ihm, dass er kaum an sich halten konnte. Verlangen, an das er sich selbst in den heißesten Nächten, die er je mit Frauen verlebt hatte, nicht erinnern konnte. Herrgott noch mal, was sollte das! Er wollte das nicht! Aber sein Körper spielte verrückt, sein Schritt pulsierte in einer herrlichen, lange nicht mehr erlebten Lebendigkeit – und er schämte sich dafür.

Das Schicksal schien ihnen beiden einen Schubs geben zu wollen. Im selben Moment, in dem die Bedienung die vor Kälte beschlagenen Gläser mit dem prickelnden Inhalt auf den Tisch stellte, begann der Song »Moon River«. Die süßen Klänge unterstrichen die Magie der kleinen Dinge um sie herum. Es war kuschelig warm hier drinnen. Das gedimmte Licht reflektierte das Gold im Paisleymuster der Tapeten, spiegelte sich in den Champagnerperlen wider. Sanftes Kerzenlicht flackerte im Glas, Regen prasselte ans Fenster, Tropfen liefen in Rinnsalen die Scheiben hinab. Und diese unerklärliche Liebe in ihrem Blick ... Eine innige Stimmung begann sich auszubreiten. Lorenz erhob sein Glas.

»Also, dann ... auf einen ungewöhnlichen Nachmittag.«

»Ja«, lächelte sie verzaubert. »Auf diese wunderschöne Begegnung mit Ihnen.«

Behutsam begann sie, ihn Berufliches zu fragen, und Lorenz taute auf, weil jeder, der zufällig das Gespräch belauscht hätte, den Eindruck eines Professors bekam, der mit einer Studentin redete. Juliet stellte viele Fragen und hörte so interessiert zu, dass Lorenz ihr einige seiner für die Wirtschaft entwickelten Theorien auf ein Blatt Papier malte und gestenreich erklärte. Das Gespräch hatte Fahrt aufgenommen, wie ein Rinnsal, das einer Quelle entsprang, gemächlich dahinsprudelte, zum Bach wurde und schließlich zu einem Fluss anwuchs. Nach kurzer Zeit rauschte die Unterhaltung mit der Strömung dahin, mühelos, verbindend und heiter. Beide Gesichter waren gerötet, beide Augenpaare glänzten. Wärme schwang zwischen ihnen wie ein leichter Duft und ließ sie die Welt um sich herum vergessen. Sie lachten viel und oft, bis sie schließlich wieder beim Begräbnis landeten.

»Ich mag Frau Johannson«, sagte Juliet angeregt. »Sie ist eine starke Frau. Und herrlich unkompliziert! Mit ihr war ich übrigens nach drei Minuten per Du! Und sie hat dein Alter!«

Lorenz lachte laut. »Sie geben wohl nie auf, was?«, schmunzelte er. »Ja, Belinda ist toll und klug obendrein. Bin sicher, dass sie die Geschäfte auch ohne Horst gut weiterführt.«

Die Stunden waren verstrichen, die Gläser längst leer. Erschrocken schaute Lorenz auf die Uhr und verlangte die Rechnung.

»Vielen Dank für den Champagner«, sagte Juliet, während sie sich erhob. »Und vor allem, dass Sie gekommen sind.«

Sie schenkte ihm ein spitzbübisches Lächeln, nicht ahnend, was sie damit in ihm auslöste. Wie auf Knopfdruck schlug wieder diese verflucht heiße Flamme in ihm hoch. Unfähig, etwas zu erwidern, nickte er nur kurz, half ihr in den Mantel und trat mit ihr in die feuchte Dunkelheit. Die Kälte vertrieb jede Romantik und ließ ihn in eine förmliche Haltung zurückschnellen.

Er streckte ihr die Hand hin. »Sie waren eine interessante Begegnung, Frau Marburg. Nochmals Kompliment zu Ihrer Grabrede. Ich werde Sie weiterempfehlen. Und alles Gute für Ihre Zukunft.«

Sie zuckte zusammen, als hätte er ihr eine schallende Ohrfeige versetzt. Sie *war* eine interessante Begegnung? *Ich werde Sie weiterempfehlen?* Verdrossen schob sie ihre Unterlippe vor, als sie die dargebotene Hand ergriff.

»Ich wünsche Ihnen auch alles Gute, Herr Professor«, erwiderte sie verstimmt. »Und ich hoffe, wir sehen uns wieder.«

Ihre Hand hielt ihn fest. Jeder wartete auf den anderen, dass der etwas sagte, was die Sache entweder weitergehen ließ – oder beendete. Der Moment dehnte sich, wurde peinlich.

Lorenz kämpfte mit sich. Er könnte sie nach Hause fahren. Was war eigentlich dabei? Er hatte heute nichts vor und sein Abend würde sein wie viele, viele Abende auch. Seine Kinder waren bei seiner Frau. Er war allein. Er würde das Kaminfeuer anzünden, sich in irgendeine Arbeit vertiefen und seine Einsamkeit mit Rotwein betäuben. Darauf hatte er gerade nicht die geringste Lust! Als wollte ihn das Wetter zu einer Entscheidung drängen, ging das Nieseln in einen Sturzregen über. Ihre Hände lösten sich, sie hob ihre Tasche über den Kopf, Lorenz schlug seinen Mantelkragen hoch.

»Wo steht Ihr Wagen?«, fragte er.

»Ich habe keinen. Ich fahre mit dem Bus.«

Der Regen wurde heftiger, trommelte auf den Asphalt, schlug Blasen.

»Kommen Sie, mein Auto steht um die Ecke. Ich bringe Sie schnell nach Hause.«

Sie eilten zu seinem Fahrzeug, er öffnete ihr trotz des strömenden Regens die Tür, bevor er selbst einstieg, und startete den Motor.

»Wo wohnen Sie?«

Sie nannte eine Straße, die einen nicht allzu großen Umweg bedeutete. Wortlos manövrierte er sein Fahrzeug aus der Parklücke. Stumm genoss Juliet jeden Moment, den er ihr schenkte.

Doch Lorenz war kaum auf die Straße ausgeschert, als sich die zwischen ihnen schwelende Erotik explosionsartig im Wageninneren ausbreitete und mit jeder Sekunde dichter zu werden schien. Es war kaum auszuhalten. Sie hatten beide Mühe, damit fertigzuwerden. Juliet verkniff sich ein Keuchen, presste ihre Beine zusammen, drückte ihr Becken minimal nach hinten, eine subtile Bewegung, die Lorenz, der auf der gleichen Frequenz schwamm, so deutlich wahrnahm, als hätte sie laut gestöhnt. Juliet wiederum spürte Lorenz' Hunger nach Berührung, nach Zärtlichkeit und handfestem Sex wie eine massive, heiße Windbö, die ihr ins Gesicht blies.

Doch ebenso deutlich nahm sie diesmal auch seine Qual wahr. Sie begann zu ahnen, welche Gefahr es für ihn bedeutete, wenn er diesem Verlangen nachgab. Wie viele Frauen behaupteten hinterher, den Sex nicht gewollt zu haben? Schon aus einem Kuss konnte in seiner Position eine sexuelle Belästigung gemacht werden. Plötzlich erkannte sie in aller Schärfe, dass ihr Altersunterschied eine ungesicherte Bombe war, die seinen Ruf und sein Leben gefährden konnte.

Das ernüchterte sie schlagartig, beleuchtete seine Reserviertheit und ihr Verhalten neu, machte sie nachdenklich und stumm. Aber eines wusste sie auch: Sie begehrte Lorenz mit jeder Faser ihres Herzens. Und sie war bereit, jede Hürde zu nehmen, um mit ihm zusammen sein zu können.

🎵 You Give Me Something 🎵

James Morrison

Lorenz schien mehr als froh zu sein, als sie aus dem Auto stieg. Juliet spürte das und war verzweifelt.

Ihr Gefühl war auch ganz richtig. Er war unendlich erleichtert, dass sie nicht mehr neben ihm saß. Wäre sie noch eine Sekunde länger im Wagen geblieben, hätte er für nichts mehr garantiert. Wie konnte eine Unbekannte solche heftigen, unkontrollierbaren Begierden in ihm wecken, die ihn alle möglichen Szenarien herbeiwünschen ließen? Szenarien, über die Marielle sicher entzückt gewesen wäre, die ihm aber mit ihr nie in den Sinn gekommen waren. Das war der erfreuliche Teil an dem Ganzen – die Erkenntnis, so empfinden zu können. Doch die Bedenken waren weit größer. Er beschloss, sie schnellstmöglich zu vergessen.

Juliet konnte in dieser Nacht nicht schlafen. Sie träumte von Lorenz, verzehrte sich nach ihm. Und obwohl die Tage ohne jeden Kontakt verstrichen, änderte das nichts an ihrer Überzeugung, dass er der Mann ihres Lebens war.

Nach zwei Wochen schrieb sie sich als Gaststudent an der Uni ein, lauschte seinen Vorlesungen und verschlang ihn mit den Augen. Unter den Studierenden fiel sie nicht auf, aber ihr war klar, dass genau das sein Problem war. Sie ging in die Uni, um ihn zu sehen, aber niemals sprach sie ihn an und verschwand stets, bevor sie herausfinden konnte, ob er das Wort an sie gerichtet hätte.

Mit verträumtem Blick saß sie im Büro des Familienunternehmens Neuweger, in dem sie seit ihrem sechzehnten Lebensjahr beschäftigt war, zusammen mit Ronny, einem hageren, sanftmütigen, dreißigjährigen Mann, und Sieglinde, einer Frau Anfang fünfzig, die es auf über hundert Kilo brachte und auf ihrem Bürostuhl residierte wie Queen Elizabeth persönlich. Die Firma der Neuwegers belieferte Textilfirmen, unter anderem das Unternehmen von Belinda Johannson, und es waren Beate und Dieter Neuweger gewesen, die Belinda Juliet als Trauerrednerin empfohlen hatten. Juliet musste lächeln, als sie an ihr erstes Gespräch mit der burschikosen Witwe zurückdachte.

Zu ihrer Überraschung war die elegant gekleidete Dame gleich zum Du übergegangen, hatte Sekt auf den Tisch gestellt und Juliet neugierig angestarrt.

»Beate hat mir versichert, dass du die Einzige bist, die etwas Positives über den Tod sagen kann, ohne in Allgemeinplätze abzurutschen oder peinlich zu werden. Jetzt bin ich aber mal gespannt!«

Sie waren sofort vertraut miteinander gewesen. Juliet hatte das Gefühl, einer Freundin gegenüberzusitzen statt einer Kundin. Belinda war offen, unsentimental und machte keinen Hehl aus dem, was in ihr vorging.

»Ich mag den Tod nicht«, hatte sie im Laufe des Nachmittags bitter geäußert, »weil er Leben zerstört. Nicht nur das meines Mannes – auch das meine.«

»Ist denn dein Leben zerstört?«, hatte Juliet sanft nachgefragt. »Oder ist es bloß anders geworden?«

Belinda hatte auf die Frage geschwiegen, aber in ihren Augen war ein Funke aufgeglommen. Ab diesem Moment hatte sie Juliet ohne weitere Nachfragen die Zügel für die Rede überlassen. Sie war nicht enttäuscht worden.

Zu Juliets Freude pflegte Belinda die Beziehung zu ihr auch nach der Beerdigung weiter, lud sie gelegentlich zum Kaffee ein oder rief an. Über sie erhaschte Juliet so manche Info über Lorenz.

So wusste sie, dass Lorenz schwer unter der Trennung von seiner Frau litt, ebenso wie seine zwei Töchter Rebecca und Josefine.

»Wie kann man denn jemanden wie Herrn Ehrenberg verlassen?«, wunderte sich Juliet. »Er ist doch ein Bild von einem Mann!«

»Na ja, Marielle ist ziemlich impulsiv. Zu impulsiv. Sie hat sich aus einer Laune heraus von ihm getrennt. Apropos, warum fragst du nach ihm? Und er nach dir?«

Juliet verschluckte sich fast an ihrem Kaffee und setzte mit zitternden Händen die Tasse ab.

»Er … fragt nach mir?«

»Ja, tut er.« Belinda beobachtete Juliet halb belustigt, halb besorgt. »Er will wissen, wie es dir geht. Warum will er das wissen, Juliet? Sei ehrlich, da läuft doch was!«

»Ich wünschte, es wäre so!«

»Aber Juliet, du könntest seine Tochter sein!«

»Das ist ja das Problem! Belinda, ich weiß, das hört sich hirnrissig an, aber ich liebe diesen Mann! Denkst du, das Ding hat eine Chance? Weil er … weil er nach mir fragt?«

»Weiß nicht. Du bist zumindest die erste Frau, die ihn nach Marielle zu interessieren scheint. Aber welcher Art dieses Interesse ist, kann ich nicht sagen.«

Belinda hatte bei dem Wort »Frau« leicht gezögert, aber Juliet bekam fast Schluckauf vor Aufregung.

»Wie meinst du das?«

»Es könnte ja sein, dass ihn einfach nur dein Schicksal rührt.«

»Ach so.« Enttäuscht biss sich Juliet auf die Lippe und schwieg. Belinda beobachtete sie.

»Hör zu«, bestimmte sie energisch. »Am Samstag gebe ich ein kleines Dinner. Neuwegers werden da sein, damit ist auch deine Anwesenheit gerechtfertigt.«

Als Juliets Augen wie zwei Sterne aufleuchteten, bremste sie sie schonungslos aus. »Ich will ja kein Spielverderber sein, aber du solltest dir vorher klarmachen, welche Bürde du dir auf die Schultern lädst, sollte er deine Gefühle erwidern. Die Akademikergesellschaft um Lorenz herum ist der Dünkel persönlich! Da gibt es so einige arrogante Ekelpakete samt Gattinnen, die selbst erstellte Anforderungsprofile für den Eintritt in ihre erlauchten Kreise erfüllt sehen möchten.«

Aber Juliet hörte gar nicht mehr richtig zu. Ihre Gedanken kreisten ausschließlich um den Samstag und sie überlegte, ob sie es sich leisten könnte, ein neues Kleid zu kaufen.

Sie konnte sich kaum auf die Arbeit konzentrieren und verschusselte im Büro ein Ding nach dem anderen.

»Sag mal, was ist denn mit dir los?«, fragte Ronny erstaunt. »Du schießt hier herum wie eine Seegurke im Mixer!«

»Ronny!«, fuhr Sieglinde grollend dazwischen. »Das sieht doch ein Blinder, dass die Kleene kolossal verliebt ist. Und deine Vergleiche sind so dermaßen dämlich, dass sich einem die Fußnägel hochrollen!«

»Gar nicht! Hast du gewusst, dass eine Seegurke keine Nerven hat und man sie im Mixer pürieren kann, ohne dass die was spürt? Und das Beste ist, dass sie sich nach einer Zeit von alleine wieder zusammensetzt.«

Sieglinde tat so, als müsse sie sich übergeben. »Was hat das denn mit Juliet zu tun?«, ächzte sie. »Kein Wunder, dass du kein Mädel findest, wenn du so bescheuerte Ansagen bringst!«

»Nur, weil du mit deinem Hans keinen Sex mehr hast, muss das nicht auf jeden zutreffen«, biss Ronny angriffslustig zurück.

»Also, die Wahrscheinlichkeit, dass du Sex hast, ist ungefähr so hoch wie meine Chancen, Germany's Next Topmodel zu werden«, nölte Sieglinde.

»Warte mal, hab ich ein Schild auf der Nase: ›Ich hatte seit zwei Jahren keinen Sex‹?«

»Mach aus den zwei Jahren drei, dann haut das einigermaßen hin«, gab Sieglinde ungerührt zurück. »Onanieren zählt nicht. Und jetzt arbeite mal wieder was! Du hast die letzten zwei Stunden voll gefaulenzt!«

»Ich hab nicht gefaulenzt, ich war im Energiesparmodus!«

»Ronny!«, jaulte Siggi genervt und schenkte ihm eine Furcht einflößende Grimasse. »Siehst du das? Ich brauche keinen Mittelfinger, ich kann das mit meinem Gesicht!«

Juliet lachte. Die beiden kabbelten sich den ganzen Tag. Sieglinde war das Urgestein im Büro und die ehrlichste und hilfsbereiteste Haut unter der Sonne. In allem, was sie tat, war sie leidenschaftlich: beim Rauchen, Kaffeetrinken, Feiern und vor allem beim Lästern. Jeder fragte sich, wie jemand, der so negativ daherredete, gleichzeitig ein so herzensguter Mensch sein konnte. Unter ihrer bärbeißigen Art war sie immer gut gelaunt und brachte die gesamte Mannschaft zum Lachen. Und besonders blühte sie auf, wenn sie neue Bekanntschaften machte. Die scannte sie innerhalb von einer Minute gründlich durch und sezierte sie mit Genuss bis in die letzte Muskelfaser. Der Nachteil war, dass sie mit ihrer Meinung nie hinterm Berg hielt.

Ronny, der zwei Jahre nach Juliet eingestellt worden war, war bereits am ersten Tag von Siggi zusammengefaltet und in eine ihrer Schubladen gesteckt worden. Ronnys Schädel war damals glatt rasiert, die Augenbrauen dicht, die Augen darunter braun und sanft. Auf jedem Finger prangte ein OM-Tattoo und er trug mehrere Ketten um den Hals. Er sah aus wie ein Mönch, der aus Versehen von Tibet nach Europa gebeamt worden war.

Siggis Blick war langsam von seinem Gesicht über das gebatikte Hemd und die schlabbrigen Hosen zu den auch im Winter nackten Füßen geglitten, die in ausgelatschten Sandalen steckten. »Junge«, hatte sie nach dreißig Sekunden geschnarrt. »Brauchst den Mund gar nicht aufzumachen. Ich weiß genau, wie du tickst. Leute wie du haben die komplett bescheuerte Einstellung, dass Geld die Menschen versklavt und was Schlechtes ist. Deswegen verachtest du die Arbeit, die du dafür tun musst. Gleichzeitig denkst du, du bist was Besseres, weil du OM singst und zwei Sanskritworte beherrschst. Und wir anderen sind unsensible, arme Würmer, die noch nicht mal einen Schimmer haben, wovon du redest. Also, min Jung, eines will ich dir gleich mal stecken: Mit mir nicht! Wer sein Ding nicht gern macht, braucht hier gar nicht erst anzufangen, verstanden?«

»Frau Hämmerlein!«, hatte Herr Neuweger gezischt und sich mit einem entschuldigenden Lächeln an Ronny gewandt, dem an der Nasenspitze anzusehen war, dass er drauf und dran war, auf seiner Sandale kehrtzumachen und die Flucht zu ergreifen.

Aber er war geblieben. Hatte Juliets Beteuerungen, dass Sieglinde ein hundert Kilo schwerer, liebenswerter Engel war, mit dem man Pferde stehlen konnte, Glauben geschenkt. Denn Sieglinde wartete geradezu darauf, dass jemand ihre Hilfe brauchte, und ihre größte Freude war es, sich mit voller Kraft einzusetzen.

Schon während seiner ersten Arbeitswoche bekam sie heraus, dass Ronny von einer Weltreise zurückgekommen war, von der er nie mehr hatte zurückkehren wollen, und dass er Schwierigkeiten hatte, eine Wohnung zu finden, da ihm die Gehaltsnachweise fehlten. Sieglindes Mundwinkel waren nach dieser Auskunft am untersten Zipfel ihres Kinns zu finden und Ronny war sich sicher gewesen, es sich nun endgültig mit ihr verdorben zu haben.

Juliet hingegen hatte in sich hineingegrinst. Sie wusste, je tiefer die Mundwinkel hingen, desto höher krempelte Siggi die Ärmel hoch. Und genauso war es.

Innerhalb einer Woche hatte Sieglinde Ronny eine Unterkunft verschafft, inklusive gebrauchter Möbel und Küchenutensilien, die sie von ihrem riesigen Bekanntenkreis eingesammelt hatte. Danach hatte sie in seiner neuen Wohnung eine Party geschmissen, auf der sie von Essen und Getränken bis hin zum DJ alles auf eigene Kosten organisiert hatte. Die Party war der Hammer. Praktisch von Beginn an hatten die Leute an der Decke getanzt, einschließlich der Nachbarn, die herzlich eingeladen worden waren. Ronny war die Spucke weggeblieben. Er hatte Sieglinde ständig umarmt, mit ihr getanzt und getrunken und war feierlich und mit unzähligen Trinksprüchen in Siggis Freundeskreis, der aus lauter derartig herzlichen Rabauken zu bestehen schien, aufgenommen worden.

Ja, und an diesem Abend hatte Ronny zum ersten Mal laut gelacht, seine Augen hatten gestrahlt und besoffen, wie er war, hatte er Sieglinde laut ins Ohr geflüstert, dass alle es hören konnten: »Ey, Siggi, ehrlich, auf'm Himalaja war ich nich so glücklich wie hier!«

»Siehste, min Jung«, hatte Sieglinde geplärrt und ihm die Wange getätschelt. »Sag ich doch. Glück liegt auf der Straße rum. Musst nur die Augen aufmachen.«

Es stellte sich heraus, dass Ronnys spirituelles Gerede sich herrlich mit Siggis Prophetentum ergänzte. Zwischen den beiden war eine innige Freundschaft gewachsen.

Ronny war also über Siggis abfällige Bemerkung bezüglich der Seegurke keineswegs sauer und fragte Juliet nun neugierig: »Im Ernst, du hast dich verliebt?«

»Ja«, seufzte Juliet. »Mit Haut und Haar!«

»Na endlich!«, mischte sich Sieglinde ein. »Wann stellst du uns das Prachtexemplar vor?«

»Nee, Siggi, lass gut sein. Ob das jemals was wird, ist fraglich.«

»Ronny! Find raus, wo der arbeitet! Ich spionier dem mal hinterher!«

»Auf keinen Fall!«, rief Juliet empört. »Das lässt du schön bleiben!«

»Wo habt ihr euch denn kennengelernt?«, wollte Ronny wissen.

»Auf einem Begräbnis. Ich habe die Rede gehalten.«

»Interessant«, äußerte Siggi. »Endlich kapier ich, warum du das machst. Ist ja auch 'ne Art Singlebörse. Ich habe übrigens auch vor, Trauerredner zu werden. Für bestimmte Berufssparten.«

»Wie meinst du das denn?«

»Na, zum Beispiel für Kaminkehrer. Da kann ich sagen: Er kehrte nie wieder. Oder für Spanner! Endlich ist er weg vom Fenster. Oder für Klempner: Sein Leben war hart. Dauernd hat er ins Klo gegriffen ...«

Ronny und Juliet brachen in Lachen aus, während Siggi fröhlich weiter textete. Juliet war froh drum, lenkte sie es doch von ihren immer gleichen Gedankengängen ab, die sich nur um eines drehten: die Party am Wochenende.

Belinda hatte Lorenz informiert, dass Juliet eingeladen war. Wenn er absagen würde, wäre das eine klare Antwort.

Lorenz kam. Ihr Herz klopfte wie verrückt, als er ins Zimmer trat, und wie beim ersten Mal durchfuhr sie ein elektrischer Schlag, der flüssiges Feuer durch ihre Adern strömen ließ.

Aber er wich ihr aus, bemühte sich so sehr, auf Abstand zu bleiben, dass sie von Minute zu Minute mutloser wurde. Nicht nur, dass er sie nie ansprach, er brachte es fertig, so zu tun, als sei sie gar nicht anwesend.

Juliet fühlte sich abgestraft und zurechtgewiesen. Ihr Herz tat schrecklich weh. Als sich die Runde nach dem Dessert in die Bibliothek begab, setzte sie sich frustriert in Belindas großes Wohnzimmer und hatte gerade beschlossen zu gehen, als plötzlich Schritte auf dem Parkett hallten. Langsam wandte sie sich um. Lorenz steuerte auf sie zu, zwei Sektgläser in der Hand. Ihr Herz hämmerte gegen ihre Rippen, als er ihr eines davon hinhielt und ihr in die Augen schaute.

In Juliet schaltete etwas um. Entschlossen nahm sie ihm die Gläser aus der Hand, stellte sie ab, trat auf ihn zu, nahm seinen Arm und legte ihn sich um ihre Taille. Der Körperkontakt ließ die Funken aufstieben, aber Lorenz' Arm fiel schlaff herunter, sobald sie ihn losließ.

»Juliet«, flüsterte er. »Was soll das?«

Sie antwortete nicht, ergriff diesmal seine beiden Arme, schlang sie um sich, sicherte sie mit ihren Händen, hob ihm ihr Gesicht entgegen und öffnete leicht die Lippen.

»Küss mich«, flüsterte sie.

Lorenz' Blick war wie hypnotisiert auf die feuchte Öffnung ihres Mundes gerichtet.

Beglückt merkte sie, dass sein Körper schon längst mit ihr kommunizierte – und ließ seine Arme los. Diesmal blieben sie nicht nur, wo sie waren, sie griffen fester zu. Juliet entfuhr ein sanftes, kleines Seufzen, das sämtliche Barrieren in ihm sprengte.

Wild drückte er seine Lippen auf die ihren, stieß seine Zunge in ihren Mund, wühlte in ihrem Haar, presste ihren

Körper an sich, taumelnd vor Verlangen. Sein Kopf war vollkommen außer Kraft gesetzt, er fühlte nur noch Lust, nur noch Begehren, wollte sie spüren, nackt, ihre Haut auf seiner Haut, wollte dieses herrlich prickelnde, lebendige Pulsieren nicht wieder verlieren und in diesen Rausch eintauchen bis zu seiner Vollendung.

Doch Juliet riss sich los. Mit brennenden Augen, aufgewühlt, erhitzt starrten sie sich an.

»Juliet«, krächzte er verwirrt. »Es tut mir leid ... ich dachte, du willst das auch.«

»Ja, ich will es auch«, erwiderte sie heiser. »Aber ich war schon mal zu schnell. Und ich will, dass du es auch willst. Wirklich willst.«

Als er ihr in die Augen blickte, stand darin eine so rückhaltlose Liebe, dass er sie am liebsten sofort in sein Auto gepackt hätte und zu ihm gefahren wäre. Er dachte an seine Frau, Marielle. Mit ihr war alles ruhig und durchdacht verlaufen. Vom ersten Date über die Verlobung bis zur Hochzeit. Aber wohin hatte ihn das gebracht? Zu einer gescheiterten Ehe! Zum Teufel mit der Vernunft! War es nicht besser, jetzt und sofort seinen Gefühlen zu folgen?

»Würdest du ... würdest du heute Nacht mit mir kommen?«, raunte er. Ihm war fast schwindlig vor Begierde, doch im selben Moment überfielen ihn alle angstvollen Gedanken, die man in seiner Situation haben konnte: Er kannte sie nicht wirklich! Was, wenn sie ihn danach erpresste? Ihn anzeigte? Wenn in der Zeitung stand, dass Professor Dr. Lorenz Ehrenberg mit Studierenden schlief!

Juliet registrierte die Veränderung in seinen Augen und wich einen Schritt zurück. »Nein«, antwortete sie. »Ich ... ich will dich nicht nur für eine Nacht.«

Damit drehte sie sich um und ging, obwohl es das Letzte war, wonach ihr war. Sie mochte sich gar nicht vorstellen, wie das gewesen wäre, wenn sie mit zu ihm gefahren wäre! Alle Härchen an ihrem Körper standen senkrecht, als zögen sie sie zu ihm zurück. Ihre Brust spannte und zwischen ihren Beinen trommelte es geradezu. Bevor sie es sich anders überlegen konnte, fuhr sie nach Hause.

Am nächsten Tag schon rief Lorenz sie an.

~※~

Sie trafen sich heimlich. Fuhren getrennt in entferntere Orte, gingen ins Kino oder zum Essen in eine andere Stadt, unternahmen Spaziergänge im Wald, redeten, kamen sich näher. Die Gespräche zwischen ihnen waren gehaltvoll. Juliet hatte schnell erwachsen werden müssen und sich mit Themen beschäftigt, die Lorenz entgegenkamen.

Er konnte sich dem Zauber zwischen ihnen nicht lange entziehen. Juliet machte ihn mit ihrer »Du kriegst mich nur, wenn du mich ganz willst«-Taktik wahnsinnig. Verflucht noch mal, er wollte sie ganz! Jetzt! Sofort! Er liebte es, mit ihr zusammen zu sein, liebte ihre Fröhlichkeit, unaufhörlich brachte sie ihn zum Lachen. Und der Blick, mit dem sie ihn ansah! Diese unendliche Liebe darin! Lorenz fieberte jedem Treffen genauso entgegen wie sie. Oh, diese Zeit war so herrlich, sie war aufgeladen mit Sonne und Schmetterlingen im Bauch.

Der Abend kam, an dem er sie zu einem Absacker zu sich nach Hause einlud – nach drei langen Monaten – und sie zustimmte. Während der Fahrt klopften ihre Herzen dumpf und schnell. Beide sprachen sie kein Wort.

Erst als sie vor seiner Haustür standen, fragte sie: »Lorenz, bist du sicher?«

»So sicher war ich mir noch nie!«, antwortete er ernst und nahm ihr Gesicht in seine Hände. Hingebungsvoll küsste er sie. Die Glut flammte auf, wurde zum Feuer, zum Flächenbrand, der sich rasend schnell ausbreitete. Aus dem Absacker wurde nichts, Lorenz schob sie durch das Haus in sein Schlafzimmer, zog sie auf dem Weg dorthin aus, drängte sie zum Bett, ertastete ihre Haut, ihre Rundungen, stöhnte auf. Beide fielen mit den ersten Sekunden in einen alles umfassenden Rausch. Ihre Münder schienen zu verschmelzen, ihre Hände zogen sich gegenseitig die letzten Kleidungsstücke vom Körper. Es war wie eine Offenbarung, als ihre nackte Haut aufeinandertraf.

Juliet war wie von Sinnen, genoss seine Hände, genoss es, ihn überall anfassen zu können, wäre am liebsten in ihn hineingekrochen und fieberte dem Akt der Vereinigung entgegen. O ja! Genauso hatte sie es sich vorgestellt, gewünscht, erträumt! Sie wand sich um ihn, wölbte sich ihm in einer solchen Bereitschaft entgegen, dass Lorenz Mühe hatte, nicht schon vorher die Beherrschung zu verlieren.

Ihr Atem hechelte an sein Ohr, als er in sie einzudringen begann. Doch unversehens stieß er an ein Hindernis. Erschrocken öffnete er die Augen. Ihre Kiefer waren vor Schmerz zusammengepresst. Entsetzt hielt er inne.

»Juliet«, keuchte er fassungslos. »Du ... du bist noch Jungfrau?«

»Gleich nicht mehr«, wisperte sie. »Mach weiter, Lorenz. Bitte.«

»Du hattest noch nie einen Freund?«

»Doch, zwei. Aber wir haben nur gefummelt.«

Und als er immer noch bestürzt verweilte, bog sie seinen Kopf zu sich, biss ihn leicht in die Lippen, bewegte auffordernd ihr Becken, flüsterte ihm heiße Dinge ins Ohr, bis er aufstöhnte, sich wieder zu bewegen begann, ihre Hände sich ineinander verschränkten und er schließlich wie ein Krieger entschlossen und mit vollem Bewusstsein zustieß. Juliet blieb die Luft weg und ein Schrei entfuhr ihr.

»Juliet«, stöhnte Lorenz. »Juliet ...«

Sie spürte sein Delirium, spürte, dass er kurz vor der Explosion stand, dennoch gab er ihr Zeit, verharrte, bewegte sich nur sanft, stupste immer wieder vor, schob sie an, bis ihre Lust hochschoss wie eine Rakete. Alles, was sie wahrnahm, war, dass er in ihr war, dass er sie ausfüllte und dass sie das niemals mit einem anderen hätte erleben wollen. Ein Glücksgefühl erhob sich in ihr, sprudelte über, bis sie meinte, vor Intensität nur so zu bersten. Zeitgleich entfesselte der Akt in ihr eine solch wilde Leidenschaft, dass Lorenz Hören und Sehen verging und ihm war, als ob sie über ihn herfiele, statt er über sie.

Es war eine erfüllende Nacht, eine herrliche Nacht, eine erschöpfende und gleichzeitig Leben spendende Nacht. Eng umschlungen schliefen sie ein, selig, glücklich – einem gemeinsamen Morgen entgegen.

Die Sonne schien, als sie aufwachten, einander erneut erkundeten und Lorenz kurz danach ein weiteres Attribut Juliets entdeckte: ihre häusliche Ader.

Mit ein paar Handgriffen und scheinbar in Minutenschnelle war sie in der Lage, den Tisch in einen Garten Eden zu verwandeln. Sie ließ sich die Küche zeigen, schickte Lorenz duschen und kreierte aus dem, was sie im Kühlschrank fand, ein Frühstück, das eines Fünfsternehotels würdig war.

Lorenz' Welt war wie verzaubert. Alles war neu, anders, wunderbar! Alles schien mit Licht übergossen. Er liebte ihren Mix aus Bereitwilligkeit, Experimentierfreudigkeit und vor allem ihre Art, ihn anzusehen. Um ihn war es restlos geschehen. Er schwebte im siebten Himmel. Und so blöd es klang: Ihr Blut in seinem Bett erfüllte ihn mit zärtlichem Stolz. Ob das nun sexistisch war oder nicht – er hatte sie erobert, er war ihr Erster gewesen. Dieses Gefühl machte etwas mit ihm.

Wie schon in der ersten Nacht angeklungen war, erwies sich Juliet im Bett alles andere als scheu. Er genoss diese herrlich exzessiven Nächte mit ihr und konnte auf einmal seine Frau verstehen, die ihn deswegen verlassen hatte, weil diese Art von Sexualität zwischen ihnen nicht möglich gewesen war. Aber er genoss auch Juliets Vermögen, das Haus mit Wärme zu füllen. Sie verwandelte sein Wohnzimmer in eine gemütliche Oase, zauberte in der Küche Leckereien und tat tausend Dinge, die Marielle nie in den Sinn gekommen wären. Es dauerte nicht lange, da wünschte er sich sehnlichst, dass Juliet da wäre, wenn er von der Arbeit nach Hause kam.

Ein Dauerlächeln lag auf seinem Gesicht, er war beschwingt, aufgeräumt und lebensfroh und hatte noch nie so viel gelacht wie in dieser Zeit.

»Hey, Lorenz«, witzelte Belinda. »Bist du in den Jungbrunnen gestiegen? Du wirkst ja um zehn Jahre jünger!«

Jedem fiel auf, dass die Schwermut von Lorenz abgefallen war wie eine alte Haut.

Auch einer seiner besten Freunde, Hubert Hepphausen, äußerte sich erstaunt über seinen Esprit und wollte den Grund dafür wissen. Aber gerade Hubert konnte sich Lorenz nicht mitteilen, denn der stand seiner Ex sehr nahe und hatte Lorenz nach Kräften unterstützt, wieder Fuß bei ihr zu fassen. Daher reagierte er ziemlich angesäuert auf Lorenz' ausweichende Antworten.

Juliet befand sich wie Lorenz auf Wolke sieben. Er war einfach alles für sie, und alles, was sie wollte, war ein Leben, eine Familie mit ihm. Sie war restlos glücklich.

∽✺∾

Die Idylle endete nach etwa einem halben Jahr, als sie beschlossen, ihre Beziehung öffentlich zu machen. Sie endete, als Marielle weinend vor Lorenz' Tür stand, ihn zurückwollte und fassungslos feststellte, dass inzwischen eine blutjunge Rivalin in ihrem Haus wohnte.

»Wie alt ist sie?«, tobte sie außer sich. »Sechzehn? Lorenz! Das ist Wahnsinn! Du setzt deine Karriere aufs Spiel! Du weißt genau, was sie sagen werden! Dass du ein Lustmolch in der Midlife-Crisis bist! Dass deine Studentinnen vor dir nicht mehr sicher sind! Du ruinierst alles, was du erreicht hast!«

Lorenz wurde blass. Instinktiv schürte Marielle seine tiefsten Ängste.

»Wir sind noch nicht geschieden, Lorenz«, beschwor sie ihn. »Es gibt einen Weg zurück. Denk an Becky und Josie!«

»Herrgott noch mal!«, platzte es aus Lorenz heraus. »Hast du an Becky und Josie gedacht, als du wegen Roger gegangen bist? Ich will nicht zurück! Ich war noch nie so glücklich wie jetzt.«

Marielle zuckte zurück. Ihre Augen loderten auf – in Hass und Eifersucht. »Du wirst es bereuen! Du wirst es bitter bereuen! Und die Kinder werden dieses … Flittchen niemals akzeptieren!«

»Marielle, ich bitte dich, bleib fair!«

Aber Marielle war weit davon entfernt – und schuf für alle Beteiligten eine tränenreiche Zeit. Blind vor Eifersucht beschmutzte sie selbst das Nest, in das sie sich wieder setzen wollte, indem sie Gerüchte und Gift streute und sich bei jedem über die Ungeheuerlichkeit ereiferte, dass Lorenz einer zwanzigjährigen grauen Maus verfallen war, die mit rein gar nichts aus der Masse herausstach. Juliet sei dumm wie zehn Meter Feldweg, eine einfältige Bürokraft ohne jeden Hintergrund, eine Dorfmatratze, die meinte, sich einen gut verdienenden Akademiker angeln zu können. Marielle spielte das Opfer und drehte das Ding so um, dass es aussah, als hätte Lorenz sie wegen einer Jüngeren verlassen und nicht sie ihn.

Lorenz war erschüttert. Natürlich hatte er geahnt, dass die Reaktionen zu Beginn hochkochen würden, aber nicht in diesem Ausmaß. Und vor allem nicht so dauerhaft! Doch Marielle war die Chemikalie, die den Sud überlaufen und so eskalieren ließ, dass aus der Sache buchstäblich ein Sexskandal wurde. Schockiert registrierte Lorenz, wie das Gift seine Wirkung entfaltete.

Zeit seines Lebens hatte er nie etwas anderes erfahren als Anerkennung und Respekt. Er war ein gern gesehener, begehrter Gast auf allen möglichen Veranstaltungen gewesen, eine Persönlichkeit, die in einigen Aufsichtsräten saß, und von jeher ein Frauen- und Mädchenschwarm. Aber war das vorher lediglich ein netter Umstand, gewann die Schwärmerei der Studierenden durch seine Beziehung zu Juliet einen völlig anderen Beigeschmack. Marielle sorgte dafür, dass ihre Prophezeiungen eintraten, und Lorenz kam schlecht damit zurecht, geschnitten und schief angesehen zu werden. Selbst sein gutes Aussehen wurde ihm nun negativ ausgelegt.

Er war hoch belastet, ebenso Juliet, weil sie der Grund dafür war. Etliche Bekannte Marielles, die als Unternehmertochter einen festen Platz in der High Society innehatte, warnten Lorenz ein ums andere Mal.

Besonders Hubert Hepphausen redete ihm permanent ins Gewissen. »Lorenz, ich bin dein Freund, das weißt du … und das mit Juliet …« Er brach ab, suchte nach Worten. »Es ist nicht nur, dass sie so jung ist … sie ist …«

»Hubert, ich will das nicht hören!«

»Aber sie ist nicht vorzeigbar«, platzte es aus Hubert heraus. »Ich meine, sie hat noch nicht mal Abitur! Du bist Akademiker. Das ist doch nicht dein Niveau! Marielle ist eine völlig andere Liga, eine Frau von Welt! Sie passt zu dir! Mensch, Lorenz, wie lange wird es dauern, bis das Mädchen meint, dass du zu alt für sie bist? Und dafür riskierst du alles, was du dir aufgebaut hast?«

Diese fiesen Keime arbeiteten in Lorenz und multiplizierten sich. Etliche berufliche wie private Einladungen blieben aus und jeden Misserfolg schob er dem Umstand zu, dass sein

Umfeld seine Beziehung verurteilte. Nicht jeder dachte so wie Hubert und Konsorten, aber Lorenz fokussierte sich auf die, die ihm nicht mehr wohlgesonnen waren.

All das tat weh, hinterließ feine Narben. Juliet fühlte sich enorm schuldig. Es wurde Lorenz peinlich, sie auf Veranstaltungen als seine Partnerin vorzustellen. Deshalb zog sie sich bewusst zurück, ging nur noch auf ausgesuchte gesellschaftliche Anlässe mit und konzentrierte sich darauf, zu Hause ihre Rolle zu spielen. Das schien ein funktionierendes Arrangement zu sein, trotzdem hatte sich die Angst, ihn zu verlieren, tief in ihr eingenistet. Sie wurde ernster – und unsicherer.

Jeden Tag kämpfte sie um Lorenz, war so feinfühlig, wie sie nur konnte. Sie redeten, fanden oft Erlösung im Bett und versprachen sich, das zusammen durchzustehen. In den Momenten, wenn Lorenz weinte, liebte sie ihn fast am meisten. Dann war er so verletzlich und offen, gab seinen Frust zu – und alles war besser danach. Daraus erwuchsen viele intensive, aufbauende Momente, die der Beziehung Tiefe gaben. Auch die Kinder fühlten sich wohl bei Juliet, vertrauten ihr immer mehr. Es war, als prüften die zwei den Boden, auf dem sie liefen, da er ja schon mal unter ihnen eingestürzt war. Aufatmend stellten sie fest, dass er diesmal hielt. Die sanfte Josie hatte es Juliet von Beginn an leichter gemacht, und irgendwann warf sich ihr auch Becky an den Hals.

Beruflich hatte sich ebenfalls eine Lösung gefunden. Es stellte sich heraus, dass Juliet ein gutes Gespür für Struktur und Wortwahl hatte. Probehalber schusterte ihr Lorenz ein paar Essays seiner Studenten zu, die sie korrigierte und lektorierte. Aushänge am Schwarzen Brett der Uni sowie Werbung auf deren Homepage sorgten dafür, dass sie sich mit Korrekturarbeiten einiges dazuverdienen konnte. Sie reduzierte ihren Bürojob auf zwei Tage in der Woche, stellte ihre eigenen Bedürfnisse zurück, kümmerte sich um Kinder, Haus und Garten – und um Lorenz.

Die Jahre vergingen. Juliet befand sich nun in einem Alter, das man eher akzeptierte, und die Kontinuität ihrer Beziehung hatte dem Gerede spürbar das Wasser abgegraben. Der Sturm war überstanden.

Sie atmete auf. So lange hatte sie darauf gewartet! Fünfzehn intensive Jahre! Sie spürte die Änderung so deutlich. Nie war Lorenz zärtlicher gewesen als im letzten halben Jahr. Sie erinnerte sich gut an den entspannten, befreiten Ausdruck auf seinem Gesicht während Josies Masterfeier.

Niemals hätte sie sich träumen lassen, dass er frei sein wollte von ihr.

»Wir waren viel zu lange zusammen ... Es war ein Fehler, Juliet, ein Fehler ... ich möchte mich von dir trennen. Ich möchte, dass du auszieht.«

🎵 Solid Ground 🎵

Michael Kiwanuka

In Juliets Brust klaffte ein großes Loch. Der Schmerz, alles verloren zu haben, tobte in ihr. Lorenz! Die Liebe ihres Lebens! Wie sollte sie ohne ihn leben? Sie konnte das nicht! Ein ums andere Mal brach sie zusammen und heulte sich die Seele aus dem Leib. Ihr verweinter Blick glitt über die lieb gewordenen Dinge; sie konnte nicht fassen, dass dieses Leben zu Ende sein, sie Lorenz nie mehr küssen, nie mehr lieben sollte. Ein Laut entrang sich ihr, als sie sich der Konsequenzen bewusst wurde. In der nächsten Sekunde meldete sich Trotz. Sie würde nicht gehen! Sie würde um ihn kämpfen! Wie sie es immer schon getan hatte! Doch noch während sie das dachte, verließ sie der Mut. Er hatte die Jahre mit ihr völlig anders empfunden als sie. Hatte wie ein Gefangener seine Strafe abgesessen. Erneut fuhr ihr der Schmerz wie ein Schwert durch den Körper. Völlig am Ende setzte sie sich in ihrem kleinen Büro an den Schreibtisch, starrte eine Weile vor sich hin. Eine Woche. Danach würde ihr Zuhause eine von Lorenz organisierte Studentenbude sein. Nach fünfzehn Jahren Partnerschaft? *Ich wollte wegen der Kinder nichts sagen ... ich will frei sein.*

Plötzlich schoss unsägliche Wut in ihr hoch. Jetzt wollte er frei sein! Jetzt, wo alles durchgestanden war!

Ein lang gezogener Schrei gellte durch das Haus. Ihre Arme schlugen gegen die Wand, ihre Füße traten gegen den Schrank, ihre Hände rissen Bücher aus den Regalen, wischten Unterlagen vom Tisch. Kerzen, Fotos und sonstiger Krimskrams fielen von den Fachböden herunter. Es half nicht viel. Alles, was sie erreichte, war, dass sie außen das Chaos schuf, das sie innen empfand.

※

Sie legte sich schlafen. Selbst das fühlte sich nicht mehr richtig an. *Es ist nicht mehr dein Bett,* flüsterte ihr eine Stimme zu. *Wer weiß, wer hier demnächst statt deiner liegen wird!* Ihr Herz machte einen Satz. Angst kroch hervor. Wie würde ihr Leben künftig ausschauen?

Sie holte ihren Rechner ans Bett und rief eine Immobilienseite auf. Als sie Mietpreise checkte, wurde ihr noch mulmiger zumute. Verdammt, das Geld würde sehr, sehr knapp werden! Was kostete eigentlich das Zimmer, das Lorenz ihr organisiert hatte? Sie stand auf, der Zettel lag noch auf dem Küchentisch und der Betrag versetzte ihr einen Kick in den Magen. Vierhundert Euro! Ohne Nebenkosten! Die Korrekturarbeiten warfen nicht viel ab, waren auch in der letzten Zeit weniger geworden. Bei Neuwegers hatte sie einen 450-Euro-Job. Trauerreden hatte sie seit Jahren keine mehr gehalten.

Ihr Herz klopfte laut und unregelmäßig, ihr Blick fiel auf den blinkenden Anrufbeantworter. Fünf Anrufe auf Band.

Mechanisch drückte sie drauf.

Rebecca: »Herzlichen Glückwunsch zu eurem Jubiläum! Habt ihr schön gefeiert?«

O nein, er hatte den Kindern nichts gesagt! Wollte er das ihr überlassen? Sie wurde wütend. Wie feige war das denn?!

Der zweite Anruf stammte von Josie, die ebenso an ihren Jahrestag gedacht hatte und hinzufügte, sie rechne fest damit, dass es bald eine noch schönere Feier gebe.

Juliet wusste nicht, wohin mit ihrem Schmerz. Eine noch schönere Feier. Eine Hochzeit. Stattdessen hatte er ihr den Laufpass gegeben!

Dritter Anruf: Belinda, die sie zu einer kleinen Nachfeier einlud.

Vierter Anruf: Ein Handwerker, der um Terminbestätigung bat.

Fünfter Anruf: Hubert Hepphausen.

»Hallo, alter Freund«, tönte seine sonore Stimme vom Band. »Ich hoffe, dein Haus und dein Herz gehören endlich wieder dir. Du sagtest ja, dass du es letzte Woche durchgezogen hast, bevor du noch mal Blumen kaufen musst.« Er lachte meckernd. »Sie dürfte also schon ausgezogen sein. Daher wage ich es nach langen Jahren wieder, auf deinen AB zu sprechen – und kann dir gar nicht sagen, wie es mich freut, dass du endlich auf mich gehört hast!«

Juliet verschlug es die Sprache. Hubert! Der steckte hinter alldem! Hubert, der nie eine Gelegenheit ausgelassen hatte, gegen sie zu hetzen! Immer wenn Lorenz sich mit ihm getroffen hatte, war er tagelang nicht zu gebrauchen gewesen. Er hatte also schon vor einer Woche mit ihr Schluss machen wollen? Hatte letztlich keine Skrupel gehabt, sie das Essen vorbereiten zu lassen und in dem Glauben zu wiegen, er mache ihr einen Heiratsantrag?

Die Wut tobte wie ein Hurrikan in ihr, drängte sie, sich mit ihrer Zukunft zu beschäftigen, um sich nicht ganz so hilflos zu fühlen. Aufgewühlt stapfte sie in ihr verwüstetes Büro und begann Ordnung zu schaffen, als ihr ein Karton mit

Gutscheinen in die Hände fiel, die Lorenz ihr im Laufe der Jahre zu verschiedenen Anlässen geschenkt hatte.

Gutscheine, die sie nie eingelöst hatte. Eigentlich hätte Lorenz doch nach dem dritten Versuch schnallen müssen, dass es nicht das war, was sie wollte, dachte sie gallig: eine Reise alleine irgendwohin.

Doch der nächste Gedanke folgte auf dem Fuß: Eigentlich hätte *sie* doch schnallen müssen, dass er sie mit jedem Gutschein zum Gehen aufgefordert hatte! Mit jedem Gutschein klargemacht hatte, dass sie nicht gut genug für ihn war!

Bitter fächerte Juliet die Karten auf ihrem kleinen Schreibtisch auf. Eine Reise in den Lake District für eine Person, in ein kleines Cottage. Exklusive Flug. Zum Nachdenken und Relaxen. Ein Aufenthalt in einem Romantikhotel im Wert von … für eine Person. »Eine kleine Auszeit für dich.« Oder hatte er Auszeit von ihr gewollt?

»Ein Wochenendretreat deiner Wahl. Ein Persönlichkeitsseminar deiner Wahl … ein Wochenendkurs deiner Wahl, ein Seminar deiner Wahl. Alles Liebe, dein Lorenz.«

Juliet war erschüttert. Sie hatte nicht zu jedem Fest Gutscheine bekommen, aber nun, da sie mit fast gleichem Wortlaut vor ihr lagen, komprimierte sich die Botschaft zu einer Aussage: *Mach was aus dir und lass mich in Ruhe.*

Ihr Herz war bleischwer. Und doch erschien ihr das im zweiten Moment wie ein Silberstreifen am Horizont. Was, wenn sie sich änderte? Wenn sie sich entwickelte? Ronny fiel ihr ein. Er war damals ganz aufgeregt gewesen, als sie ihm erzählt hatte, dass sie eine Reise in den Lake District zum Geburtstag bekommen hatte. Denn in dieser Ecke praktizierte ein bekannter Persönlichkeitstrainer oder Lebenscoach oder wie immer sich diese Leute nannten. Sie hatte sich die Adresse aufgeschrieben, fand sie wieder und googelte den Mann. Steve Mahony.

»Du bist so viel mehr, als du denkst!«, prangte es fett auf seiner Homepage. Juliet las den Text darunter lediglich quer. Vielleicht war das eine Chance, Lorenz wiederzugewinnen?

Sie suchte nach einem Foto von Mahony, aber mehr als ein sehr kurzer Lebenslauf und eine E-Mail-Adresse waren nicht zu finden.

Spontan schrieb sie ihn an. »Sehr geehrter Mr Mahony, was kostet ein Seminar bei Ihnen und wie lange dauert es? Geben Sie auch Workshops in Deutschland? Ich befinde mich gerade in einer Krise und wäre für Ihre Hilfe sehr dankbar.«

Mit einem Zischlaut verschwand die Mail und sie nahm die letzte Karte zur Hand. Ein Gutschein, der sich von den anderen unterschied. Ihr Geschenk zu ihrem dreißigsten Geburtstag: Fünf Tage Kreta. Für eine Person. Exklusive Flug.

Du kommst doch mit, hatte sie ihn so oft gefragt. *Klar, mein Engel, wenn es sich einrichten lässt*, hatte er jedes Mal geantwortet. Aber es hatte sich nie einrichten lassen. Fünf lange Jahre nicht. Sie war so blind gewesen! So verhaftet in ihrem Denken, dass er und sie glücklich wären.

Wieder schmerzte ihr Herz unsäglich. Die nächste Welle heftiger Trauer und Verzweiflung überflutete sie. Sie schleppte sich ins Bett, wälzte sich von einer Seite auf die andere, bis sie in einen erschöpften Schlaf fiel.

~⁂~

Fünf Uhr nachmittags. Zwei Teekannen waren schon leer getrunken. David bestellte Kaffee. Sie würde nicht kommen, das war ihm inzwischen klar. Aber er hätte mit dem Gefühl, sie verpasst zu haben, weil er vor der Zeit gegangen war, nicht leben können. Schlecht gelaunt harrte er also aus. Nicht zuletzt, weil er seine Hoffnung nicht aufgeben wollte, an die er sich beharrlich und unvernünftig klammerte.

Doch selbst wenn sie käme – woher nahm er die Gewissheit, dass das eine fruchtbare Begegnung werden würde? Sie konnte ihn nicht retten. Er hatte sich schlicht in eine blödsinnige Idee verrannt.

»Allie«, sagte er zu seinem Plüschtier. »Wir sollten gehen, oder?«

Friedfertig grinste ihn das Alpaka an.

»Heißt das jetzt ›Wie blöd kann man sein?‹ oder ›Warte noch ein bisschen‹?«, hakte David nach, registrierte im nächsten Moment errötend, dass die Leute am Nebentisch sich amüsiert anstupsten – und blieb sitzen.

♪ Ghosts ♪

Simon and the Island

Am dritten Tag standen nach Büroschluss ein zutiefst beunruhigter Ronny und eine grimmig dreinblickende Sieglinde vor ihrer Tür. Juliet hatte sich krank gemeldet und keinen Anruf beantwortet – und sie reagierte nun auch nicht auf das Klingeln. Doch die beiden ließen sich nicht abwimmeln, riefen energisch ihren Namen, drohten, ein Fenster einzuschlagen oder die Polizei zu verständigen, bis Juliet ihnen entnervt öffnete.

Beiden verschlug es bei ihrem Anblick die Sprache.

»Herr des Himmels, was ist denn mit dir passiert?«, stürzte es aus Sieglinde heraus. »Du siehst ja aus wie ausgekotzt!«

Juliet drehte sich einfach um. »Kommt rein«, sagte sie tonlos und ging Richtung Küche. »Kaffee?«

Mit jedem Schritt, mit jedem Handgriff wurde ihr klar, dass sie das alles in wenigen Tagen aufgeben musste. Die gemütliche Essecke, die geräumige Küche ... sie riss sich zusammen. Das brachte sie jetzt nicht weiter.

Sieglinde und Ronny setzten sich auf die Bank, nach wie vor im Mantel, den sie erst auszogen, als Juliet ihnen eine dampfende Tasse Kaffee hinstellte. Sie selbst hatte sich einen Espresso gemacht, an dem sie lustlos nippte.

Neugierig sah Siggi sich um. »Schicke Bude«, bemerkte sie. Juliet versetzte es einen Stich.

»Juliet, was ist los?«, fragte Ronny betroffen. »Ist die Feier nicht gut gelaufen?«

»Es gab keine. Lorenz hat sich von mir getrennt.«

»Er hat ... waaas?« Ronnys Stimme überschlug sich fast. »Er wartet euren Jahrestag ab, um dir zu sagen, dass *Schluss* ist?«

»Das ist nicht fein«, bemerkte Sieglinde düster. »Gar nicht fein. Habt ihr euch gestritten?«

»Nein, überhaupt nicht«, antwortete Juliet und berichtete kurz, was abgelaufen war. Ronny war fassungslos.

»Er setzt dich einfach so an die frische Luft? Gibt dir eine Woche, um auszuziehen?«, echauffierte er sich. »Wo willst du denn jetzt hin?«

»Tja, das ist gerade meine dringlichste Frage.« Ihr Hals schnürte sich zu.

»Hätte dich ja gern aufgenommen«, beteuerte Sieglinde. »Aber du weißt, wie es bei mir zugeht. Da läuft leider nix. Aber ich tu mich mal um.«

»Nein, Siggi, lass. Ich finde schon was.«

»Du kannst erst mal bei mir wohnen«, bot Ronny an. »Meine Couch gehört dir, solange du willst!«

»Danke, Ronny. Kann sein, dass ich das für ein paar Nächte in Anspruch nehme.«

Sie verfiel in Schweigen.

Sieglinde überlegte sichtlich, ob sie die nächsten Worte aussprechen sollte, aber sie wäre nicht Siggi gewesen, hätte sie sich dagegen entschieden. »Juliet«, röhrte sie mit ihrer rauen Stimme. »Hör mal, ist zwar nicht schön, das alles hier, aber du bist doch noch jung. Dir stehen alle Wege offen.«

»Mag sein«, sagte Juliet düster. »Aber ich kann ohne Lorenz nicht leben.«

Siggis Augenbrauen zogen sich unheilvoll zusammen. »Das ist doch Quark«, donnerte sie. »Du atmest, trinkst Kaffee und redest mit uns! Du lebst also. Leben geht demnach auch ohne Lorenz. Vielleicht sogar besser als mit. Wie wäre es, wenn du das mal ausprobierst?«

»Siggi, du Trampeltier!«, schimpfte Ronny. »Für solche Ansagen ist es echt noch zu früh!«

»Nö, das kann nicht früh genug sein!« Sieglinde starrte ihn stirnrunzelnd an. »Ich wundere mich nämlich gerade sehr. Das Mädel da hat Trauerreden gehalten. Also, meine Schöne. Was hast du denn den Leuten immer so erzählt, wenn ihre Liebsten gegangen sind?«

»Ja, aber Lorenz lebt noch!«, fauchte Juliet. »Und ich will ihn zurück!«

Eine steile Falte erschien zwischen ihren Augen und Siggi erkannte, dass in Juliet etwas kippte. »Er hat gesagt, es gibt keine andere, also werde ich um ihn kämpfen! Es ist dieser verdammte Hubert! Dieser fiese Giftzwerg! Er hat Lorenz die ganzen Jahre bearbeitet! Immer, wenn Lorenz bei ihm war, kam er völlig belastet und verdreht zurück!«

Sie bemerkte nicht, wie Sieglinde und Ronny stumm einen Blick wechselten.

»Ich hasse ihn!«, fuhr Juliet heftig fort, und man konnte förmlich den Zündstoff spüren, der sich in ihr zu einer Bombe zusammenbraute. »Ich habe noch nie einen Menschen gehasst, aber Hubert hat unser Glück von Beginn an sabotiert! Er hat unsere Beziehung und mein Leben zerstört!«

Besänftigend legte Ronny seine Hand auf die von Juliet. »Hey, Juliet, ich weiß, es tut weh. Aber die Lösung kann nicht sein, gegen Hubert zu kämpfen.«

»Warum nicht?«, gab sie vor Wut kochend zurück und riss ihre Hand aus der seinen. »Weil er Akademiker ist und ich nur ein blödes, ungebildetes Huhn? Meinst du das?«

»Nein«, warf Sieglinde grob dazwischen. »Ronny meint, dass du mal anwenden sollst, was du selbst den Leuten empfiehlst. Ob nun einer gestorben oder sonst wie gegangen ist, spielt keine Rolle. Fakt ist: Dein Lorenz ist weg. So. Und was sagst du den Leuten? Dass ihr Leben nicht zerstört, sondern anders geworden ist. Also, dein Leben ist anders geworden. So ist das nun mal.«

Ein tiefer Atemzug entfuhr Juliet. Sie presste die Augen und die Lippen zusammen, versuchte, sich zu beherrschen, doch die Bombe in ihr explodierte. »Ich *habe* es angewendet!«, schrie sie mit geballten Fäusten und Tränen in den Augen. »Ich habe so vieles verloren! Ich werde nicht auch Lorenz verlieren! Weil er lebt! Er lebt, versteht ihr? Und solange er lebt, werde ich ihn nicht aufgeben!«

Sie brach in Tränen aus, legte die Arme auf den Tisch und weinte dermaßen, dass ihr ganzer Körper sich schüttelte. Sofort setzten sich Ronny und Sieglinde neben sie und nahmen sie in den Arm.

»Ach, meine Kleine«, murmelte Siggi. »Nicht verzweifeln. Glaub mir, das geht vorüber, das ist nur im Moment so schlimm, es geht vorbei, ganz sicher.«

»Wein dich aus, Juliet«, raunte Ronny, der Feinfühlige. »Das ist gut, lass es raus. Du kannst auch heute gleich mit zu mir, dann bist du nicht allein.«

Sie strichen über ihren Rücken, drückten sie, gaben ihr Wärme. Für ein paar Sekunden fühlte sie sich geborgen. Doch sowie sie sie wieder freigaben, kehrte die Kälte zurück. Verloren kauerte sie auf dem Stuhl.

»Hör mal«, ließ sich Sieglinde erneut vernehmen. »Schönmalerei hilft dir jetzt nichts, mein Schnuckelchen, du solltest lieber den Tatsachen ins Auge sehen. Und Tatsache ist, dass du in den letzten Jahren deine Fröhlichkeit verloren hast. Die solltest du wiederfinden.«

Juliet schwieg verstockt.

»Vielleicht ist diese Krise ja ein Aufruf«, wagte sich auch Ronny vorsichtig vor. »Vielleicht hat Lorenz nicht so unrecht, wenn er sagt, dass du dich selbst finden solltest.«

Völlig erstaunt über den Verlauf des Gespräches hob Juliet den Kopf. Doch wieder kochte diese unkontrollierbare, fremde Wut in ihr hoch. »Verdammt, Ronny, was soll das mit dieser blöden Selbstfindung?«, rief sie angepisst, obwohl sie selbst darüber nachgedacht hatte. »Ich war glücklich! Wozu soll ich in irgendwelche Sümpfe abtauchen und Dreck aufwirbeln, ohne den es sich viel besser lebt?«

»Weil du nicht wirklich glücklich warst«, erklärte Sieglinde ungerührt. »Woher willst du denn wissen, ob es nicht ein noch größeres Glück gibt als das mit Lorenz?«

»Also, ich finde, Siggi hat recht«, begab sich Ronny in deren Kielwasser. »Vielleicht geht es weniger darum, Schlamm aufzuwühlen, als herauszufinden, was sonst noch auf dich wartet.«

Aufgebracht sah Juliet ihre Freunde an. Ihr Weltbild brach einmal mehr zusammen. Sie öffnete den Mund, aber Siggi kam ihr zuvor.

»Mäuschen«, schnarrte sie. »Du weißt selbst, wie oft du geweint hast. Diese fünfzehn Jahre waren ein endloser Kampf!«

»Den wir zusammen gekämpft haben!«, verteidigte sich Juliet heiser, aber auch verwirrt. »Wir haben so vieles gemeinsam durchgestanden! Ich meine, ich kann mich doch nicht einfach umdrehen und mein Glück mit einem anderen versuchen!«

»Es wird dir am Ende nichts anderes übrig bleiben«, stellte Siggi lakonisch klar. »Früher oder später ... Und, meine Fresse, was ist so schlimm daran? Du bist nicht die Erste und nicht die Letzte, die verlassen wurde.«

Fassungslos, dass Siggi das so trocken sah, wanderte Juliets Blick zu Ronny, aber der hieb in die gleiche Kerbe.

»Wenn es stimmt, dass in jeder Krise eine Chance steckt, solltest du herausfinden, welche das in deinem Fall ist.«

In Juliet wehrte sich alles gegen diese mitleidlose Art, gleichzeitig rüttelte es sie gehörig durch. Sie kam sich vor wie eine Ohnmächtige, die man mit schmerzhaften Ohrfeigen wieder ins Leben zurückholte. In ein Leben, das sie so nicht wollte. Sie hatte Mühe, die Sichtweise der beiden zu akzeptieren, und war froh, als sie sich verabschiedeten.

Ronny nahm sie fest in die Arme. »Du weißt: Meine Tür steht dir immer offen.«

Sieglinde drückte sie kurz, strich ihr über die Wange. »Wenn Mist passiert, merkst du, wie's in dir aussieht, Putzelchen. Halt die Ohren steif!«

Die Haustür fiel ins Schloss. Juliet war wieder allein. Gedanken tanzten in ihrem Kopf.

Du bist nicht die Erste und die Letzte, die verlassen wurde.

Ja, die Welt war voll von gescheiterten Ehen, Partnerschaften und desillusionierten Menschen. Erst neulich hatte sie einen Bericht darüber gelesen, dass die Leute nicht mehr wissen, wie das geht, zusammenzuleben, miteinander zu leben ... dass sie ständig beziehungsunfähiger wurden. Na, super, tolle Zukunftsaussichten!

Sie war immer so stolz darauf gewesen, Rebecca und Josefine eine glückliche Beziehung vorzuleben. Auch das hatte dieser Hubert zerstört! Wieder wallte diese unbändige Wut in ihr auf, überdies gemischt mit Rachegefühlen. Überfordert von dieser Flut schnappte sie sich eine Flasche Crémant und stürzte das erste Glas in einem Zug hinunter. Ihre Welt begann sich zu drehen, verschob Paradigmen.

Ronny hatte recht. Einen Kampf mit diesem Hubert zu führen – darauf hatte sie keine Lust. Solange Lorenz auf ihn hörte, war das keine Grundlage. Überhaupt: Wollte sie auf einem Pulverfass hocken, das von Hubert angesteckt werden konnte? Und einen Partner, der im Prinzip nicht zu ihr stand? Der Zorn loderte in ihr und sie klappte ihren Laptop so heftig auf, dass sie für eine Sekunde meinte, ihn aus den Scharnieren gerissen zu haben. Wie ferngesteuert tippten ihre Finger Buchstaben in die Suchleiste. Sekunden später öffnete sich eine Seite für all jene, denen es ähnlich ging wie ihr.

Geschlecht? Weiblich.

Sie suchen? Einen MANN! Ich will keine Schokolade! Ich will einen mit Arsch in der Hose!

Was ist Ihnen wichtig? Welche Motive und Ziele bestimmen Ihr Leben?

Aus ihrem Mund kam ein Schnaufen. Teufel, was waren das für Fragen? Böse Fragen! Beide hätte sie vor Kurzem mit nur einem Wort beantwortet: Lorenz! *Meine Güte, Juliet, ich bin doch kein Lebensinhalt*, klang es in ihrem Ohr.

Die Fragen rissen die Grenzen ihres Denkens so schnell auf, dass ihr schwindlig wurde. Das Feuer hatte sie erfasst und mit grimmiger Begeisterung arbeitete sie sich durch den Katalog. Der Alkohol machte sie leichtsinnig, blendete jede Vernunft aus und ließ sie mehr und mehr den Eindruck gewinnen, sie könne sich hier einen Wonneproppen designen. Es gab nicht nur einen Lorenz!

Juliet steigerte sich in diese Gewissheit hinein, auch wenn ihr vernebeltes Hirn ihr klarzumachen versuchte, dass die Realität nicht ganz so rosarot war, wie es ihr der Alkoholgehalt im Crémant vorgaukelte. Trotz und Rebellion tosten in ihr, brannten Barrieren nieder und legten eine ihr völlig fremde Abenteuerlust frei.

Das Portal fragte sie sogar, in welcher Art Haus und wo sie leben wollte! *Wunderbar*, freute sich ihr besoffenes Hirn. *Wenn schon Tapetenwechsel, dann richtig! Ich will weg! Ganz weit weg!*

Ohne zu zögern, gab sie Deutschland, Österreich und UK an.

Doch das nächste Statement drang wie ein Dampfstrahler durch ihren Alkoholdunst.

Es fällt mir schwer, mich ohne meinen Partner wohlzufühlen.

Juliet schluckte, die nächste Aussage bremste ihren Enthusiasmus weiter aus.

Es beunruhigt mich, meinem Partner nicht das Richtige bieten zu können.

Was sollte ein zukünftiger Bewerber denn von ihr halten, wenn sie »Trifft zu« ankreuzte? Das klang ... schwach!

Um einiges ernüchtert und deutlich lustloser machte sie weiter, aber die Sinnlosigkeit dieser Aktion wuchs mit jedem Haken, den sie setzte, und jedem Buchstaben, den sie schrieb.

Name? Bibi Blocksberg.
Das Besondere an mir ist ...
Wenn ich einen Traum hätte ...
Es macht mich glücklich, wenn ...

Resigniert nahm sie die Finger von den Tasten, wurde ihr bewusst, dass sie Lorenz zutiefst liebte. Dass es nie einen zweiten Lorenz geben würde. Dass das hier ein unsinniges Ausweichmanöver war, das sie für eine Weile vom Schmerz abgelenkt hatte.

Sie starrte auf den Bildschirm. Als wolle das Portal sie dazu überreden, es sich nochmals zu überlegen, öffnete sich ein Fenster. Ein üppiges Buffet von knapp dreihundert potenziellen Lebenspartnern fächerte sich vor ihr auf. Sie schluckte.

Förster, Küchenleiter, freier Unternehmensberater, Systemadministrator, Freelancer IT, Dr. Ing. Luft- und Raumfahrttechniker, Arzt ... Nein, was sollte das ... sie wollte keinen anderen Mann. Sie wollte Lorenz – und sie sollte sich lieber einen Plan zurechtlegen, wie sie ihn wieder zurückgewinnen konnte. Er war ihr Glück, niemand sonst.

In der Sekunde, in der sie den Rechner schließen wollte, blinkte ein Signal auf wie eine Polizeikelle, die sie bat, rechts rauszufahren und diesem Gedanken nicht weiter zu folgen.

Eine Nachricht erschien auf ihrem Bildschirm.

»Hey, Sonnenschein, bin neu hier. Wie du. Aber es würde mich glücklich machen, wenn ich dich glücklich machen könnte. Schreib mir.«

Sie stierte auf die Zeilen. Im ersten Moment klangen sie kitschig, im zweiten taten sie weh. Sie beschloss, diesem Glücklichmacher am besten gleich eine vor den Bug zu knallen. Einfach, weil sie irgendwohin musste mit dieser Bitterkeit in ihr.

»Vergiss es«, tippte sie verdrossen. »Wir haben gerade mal 56 Soulpoints. Oder wird das so was wie eine persönliche Challenge? Da verzichte ich dankend drauf.«

Damit schloss sie die Seite. Ihr war speiübel.

♪ Gaze ♪

Moux

Sie schwankte ins Bad, fiel ins Bett, wachte nach ein paar Stunden auf, weil ihr Magen die Alkoholmenge wieder loswerden wollte. Ihr war unsagbar schlecht, gerade noch rechtzeitig schaffte sie es ins Bad und übergab sich mehrmals. Erschöpft trank sie danach ein Glas Wasser, setzte sich im Bademantel wieder an ihren Schreibtisch. Starrte auf den Monitor.

Was sagst du denn den Leuten, wenn ihre Liebsten gegangen sind?

Sie öffnete den Ordner mit ihren Reden. Sie hatte sie lange nicht mehr angeschaut, hatte alles verbannt. Dokumente purzelten ihr entgegen. Gehaltene Reden, unfertige Reden, Ideen für Reden. Sie klickte letztere an.

Was bereuen Menschen am meisten, wenn sie sterben?

Darunter stand eine aus dem Internet kopierte Liste, die sie in dieser Nacht mit völlig anderen Augen las.

Sterbende bereuen es, nie ein Risiko eingegangen zu sein, dauernd vor irgendetwas Angst gehabt zu haben, nie gereist zu sein ...

Ihr Herz machte einen Satz. Ihre Augen streiften die Gutscheine, wanderten zurück zum Bildschirm. All diejenigen, die diese Aussagen getroffen hatten, waren tot. Sie konnten nichts mehr besser machen.

Ich wünschte, ich hätte nicht so viele böse Gedanken gehabt.
Ich wünschte, ich hätte mir erlaubt, glücklicher zu sein.
Der letzte Satz war wie ein Rätsel, das es zu lösen galt.

»Finden Sie Ihr Glück!«, schob sich plötzlich ein Schriftzug ins Zentrum ihres Bildschirms, und darunter: »Sie haben neue Nachrichten!«

O Mann, das Datingportal! Sie hatte vergessen, sich auszuloggen! Sie musste das Konto deaktivieren!

Sie klickte auf den Account, ein einzelner Satz blinzelte sie an.

»Hey, Bibi, bist du noch wach?«

Die kleine Frage änderte schlagartig ihre Stimmung. Berührte sie. Das klang so intim. Es klang nach ... Verbundenheit. Sie spähte zur Uhr. Drei Uhr morgens. Da war jemand, der nicht schlafen konnte – wie sie. Der vielleicht auch unglücklich war – wie sie. Sie starrte die Zeile an. Und auf einmal wurde ihr gewahr, wie still es im Zimmer war. Anders still als sonst. Eine belebte Stille. Plötzlich meinte sie, sein Herz klopfen zu hören, meinte sie zu spüren, wie nervös er auf ihre Antwort wartete. Ein feiner Faden begann sich zu spinnen, waberte durch die Nacht, suchte Kontakt. Langsam setzte sie ihre Finger auf die Tastatur und sowie sie den ersten Buchstaben gedrückt hatte, war ihr, als flöge der unsichtbare Faden zu diesem Unbekannten hin und hake sich ein. Die Leitung stand. Zart und instabil.

»Ja«, schrieb sie zögerlich. »Wie ich sehe, du auch.«

Ihr Blick ging zu seinem Namen. David.

Eigentlich wollte sie ihm nur erklären, sich aus Versehen angemeldet zu haben, aber er begann, sie in eine Unterhaltung zu verwickeln. Eine, die ganz anders war als erwartet. Er wirkte wissbegierig, empfindsam und ja, so lebensfroh, dass sie ihr eigenes Unglück umso mehr spürte und ihre Antworten bitter und abweisend färbte.

Verwundert stellte sie fest, dass sich David davon nicht beeindrucken ließ – und er ungewöhnliche Fragen stellte. Nichts zu ihrer persönlichen Situation, nur Dinge über ihren Beruf, Dinge, die sie beantworten konnte, ohne dass es groß schmerzte. Tat er das aus Empfindsamkeit? Ein zaghafter Zauber begann den Chat zu durchdringen, bis er sie mit seiner Frage »Heißt das, du glaubst jetzt nicht mehr an das Gute?« wieder an ihr Elend erinnerte und sie erneut schroff wurde. Aber alles war anders mit diesem Typen. Statt verärgert zu sein, bat er sie aus heiterem Himmel um ein Date. Was sollte das?

»Also, David, ist echt nicht persönlich gemeint, aber noch mal: Ich will kein Date. Ich bin nur aufs Portal, um das Konto zu deaktivieren.«

»Scheiße! Heißt das, du willst komplett raus? Für immer? Tu das nicht! Bitte!«

Die Panik, mit der er das schrieb, transportierte sich direkt zu ihr. Juliet fühlte buchstäblich, wie er sie an den Schultern fasste und schüttelte. Perplex nahm sie ihre Finger von den Tasten, stierte auf die halbe Zeile, die sie verfasst hatte, als sie mitbekam, dass er bereits fieberhaft zu einer weiteren Nachricht ansetzte. Eine, die sie nicht lesen wollte, und sie beeilte sich, ihm zuvorzukommen.

»Und daher logge ich mich jetzt endgültig aus. Ich wünsche dir …«

Sie kam nicht dazu, es abzuschicken. Bing! Seine Antwort war auf ihrer Netzhaut, drang in ihr Gehirn, bevor ihr Finger auch nur in die Nähe des Sendepfeils gekommen war.

»Tu mir den Gefallen und bleib hier!«

»Ich gebe gleich mein Foto frei, wenn dich das beruhigt!«

Ein Bombardement an Bitten erschien auf dem Bildschirm. Verdutzt irrten ihre Augen über diese flehenden Aufforderungen. Was war denn das für einer? Der war ja hinter einem Date so verzweifelt her wie der Teufel hinter einer

Seele! Sah er so unvorteilhaft aus, dass er meinte, nur bei einem grauen Mäuschen wie ihr landen zu können? Da fiel ihr ein, dass sie ja kein Foto von sich hochgeladen hatte. Das wurde immer abstruser! Wieso bestand er so auf diesem Date? Ganz sicher war der pervers! Er schien ihre Gedanken zu erraten. Ein neuer Beschuss traf ein.

»Ich weiß, das hört sich seltsam an!«

»Aber ich bin nicht verrückt, ich bin ein ganz normaler Mensch!«

»Wir treffen uns in einem öffentlichen Restaurant deiner Wahl!«

Sie schluckte. Diese Hartnäckigkeit ... Erinnerungen stürzten auf sie ein, ließen sie Parallelen ziehen ... ihr wurde unwillkürlich schwach zumute. Die Filmspule lief rückwärts, flog zurück zu einem grauen Novembertag, sie roch schwarze, nasse Erde ...

»Nur ein Date! Bitte! Ein erstes!«, brachte sich David wieder hektisch ins Bild, als wolle er nicht, dass sie in Retrospektiven abtauchte. »Wenn ich dir nicht sympathisch bin, gehe ich dir danach nie mehr auf die Nerven! Versprochen! Ich bin zwar kein Brad Pitt, aber ich sehe nicht so schrecklich aus, dass ich jedem Date hinterherlaufen muss. Ich bin wirklich an dir interessiert. Sehr interessiert!«

Sie schüttelte den Kopf. Konnte der Gedanken lesen?

»Sag mir, was ich tun muss, dass du dich mit mir triffst!«

»Warum zum Henker bestehst du so darauf?«, fragte sie verstört. »Weil ich Trauerrednerin bin?«

»Weil du anders bist.«

»Woher willst du das wissen? Nur weil ich mich mit dem Tod beschäftige? Sag mal, du bist nicht zufällig pervers?«

»Ganz sicher nicht! Ich bin einfach spontan! So spontan, dass ich mich morgen mit dir in einen Zug setzen würde, ohne zu wissen, wohin er fährt und wer du bist.«

Ihr verschlug es die Sprache. Wieder streiften ihre Augen die Gutscheine. Irgendetwas war komplett unheimlich an der Sache.

»Was ist an Interesse so falsch?«, bohrte er nach.

»Nichts. Ich verstehe es nur nicht. Und deine Spontaneität erst recht nicht«, schrieb sie zurück. Erneut wurde ihr flau – was hatte Lorenz damals zu ihr gesagt?

»Okay, sorry, ich bin zu schnell vorangestürmt.«

Sie keuchte. Er konnte nicht wissen, dass er ihre Verwirrung noch mehr aufmischte. Umso mehr, als er sie bat, mit ihm zu atmen. Völlig gebannt ließ sie sich darauf ein, atmete tief ein und aus. Das tat gut. Es beruhigte tatsächlich. Und zauberte sogar ein winziges Lächeln auf ihr Gesicht.

»Okay«, schrieb sie. »Ich habe geatmet.«

»Das ist gut! Sehr gut! Bitte, verrätst du mir deinen Namen?«

»Juliet.«

Sie spürte, wie er aufatmete. Sie wusste das so klar, als hörte sie den Seufzer, der den Ausstoß begleitete, als fühlte sie seinen Luftzug an ihrem Hals. Doch seine nächsten Worte kickten ihr mit voller Wucht in den Magen.

»In drei Tagen ist Sonntag. Ich gehe davon aus, dass du da nicht arbeiten musst. Wie ich sehe, wohnst du nicht weit von mir. Ich kenne deine Stadt. Da gibt es ein uraltes Café, in das ich früher gern gegangen bin. Es heißt ›Coffee & Bubbles‹ …«

Juliet keuchte und wich auf ihrem Stuhl ein wenig zurück. Schockiert verfolgte sie, wie das Foto vom »Coffee & Bubbles« auf ihrem Bildschirm auftauchte wie ein Geist aus der Vergangenheit.

»Ich bestelle zwei Gläser Champagner«, sprudelte David derweil weiter. »Ab zwei Uhr werde ich auf dich warten – den ganzen Nachmittag. Und ich werde erst gehen, wenn sie schließen.«

In ihrem Kopf drehte sich alles. Ehe sie nachdenken konnte, tippte sie: »Und wie erkenne ich dich?«

Doch als er ihr erklärte, er brächte sein Plüsch-Alpaka mit, kam sie wieder zur Besinnung. Sie stand auf, als könne sie damit den Abstand zu ihm vergrößern. Was war das hier? Was tat sie da? Sie würde den Teufel tun und sich mit jemandem treffen, der sich spontan mit ihr in einen Zug setzen wollte, mit zweiundvierzig Jahren ein Plüsch-Alpaka besaß und Trauerreden geil fand. Ging's noch schlimmer?

Doch sie wusste, das war nicht der eigentliche Grund. Sie war bis zum Anschlag aufgewühlt.

»Wirst du kommen?«

»Ich glaube nicht, David«, schrieb sie mit zitternden Fingern. Wieder fiel ihr Blick auf die Gutscheine, die ihr zuzuzwinkern schienen, weg von diesem seltsamen Gespräch, weg von David, hin zu sich selbst.

Aber genau das schien er nicht zulassen zu wollen. Obwohl er nichts mehr schrieb, spürte sie seine Gegenwart, spürte sie, dass er ihr nah war, dass er um dieses Date kämpfte, auf eine Weise, die schrecklich wehtat und verdammt nach Sehnsucht schmeckte. Sie atmete schwer. Eine Träne rollte ihre Wange hinab, über ihre bebenden Lippen. Müde schloss sie die Augen. Als sie sie wieder öffnete, ploppte eine neue Nachricht auf dem Display auf.

»Bitte komm.«

Die beiden Worte rissen das Loch an Erinnerungen endgültig auf und sie stürzte hinein. Ihr Herz schmerzte unsäglich. In einer Kurzschlussreaktion klickte sie auf das Zahnradsymbol und deaktivierte das Konto, ohne zu antworten.

Aber David war nicht weg. Er war live irgendwo da draußen. Es gab ihn. Er war ein lebendiger Mensch. Mit einem Herzen, das sie deutlich gespürt hatte, das ihr unvermutet nah gekommen war. Nein, er war nicht weg. Er war in ihrem Kopf.

Und in drei Tagen würde er im »Coffee & Bubbles« sitzen.

🎵 Final Days 🎵

Michael Kiwanuka

Schlaflose Nächte, müde, verweinte Tage. Wehen Herzens packte sie. Alles in ihr wehrte sich dagegen. Ständig spielte sie mit dem Gedanken, einfach zu bleiben, Lorenz zum Reden zu zwingen. Überhaupt hoffte sie, dass ein Gespräch alles wieder einrenken konnte – so wie damals. Gleichzeitig ahnte sie, dass sie ihm mit einer anderen Geisteshaltung gegenübertreten sollte, einer, die sie noch nicht hatte. Einer, die sie erwerben wollte. Je länger sie darüber nachdachte, desto attraktiver erschien ihr die Idee, die seit gestern in ihr Fuß gefasst hatte. Nach einem einsamen Abendessen fächerte sie die Gutscheine auf ihrem Schreibtisch auf, fuhr ihren Rechner hoch und fand eine Antwortmail von Steve Mahony vor. Ihr Herz machte einen Satz. War das ein Zeichen? Er hatte nur eine Zeile geschrieben.

»Liebe Juliet, Sie können mich gerne anrufen.«

Die Nummer stand dabei, aber zuvor besuchte sie noch einmal seine Seite und las den Text, den sie bisher lediglich überflogen hatte, genauer durch.

Du bist so viel mehr, als du denkst!

Das Leben läuft nicht immer rund, das erfahren wir alle. Doch Mensch zu sein bedeutet, die Situationen, in denen wir leben, so formen zu können, wie wir das wollen. Meist jedoch werden die Menschen von den Situationen geformt – und damit beginnt ein Kreislauf, der sie immer weiter vom Glück entfernt.

Die Neurophysiologie kennt diesen Ablauf: Geschieht im Außen etwas Negatives, folgen negative Gedanken und Gefühle auf dem Fuße. Diese wiederum bilden Filter, durch die wir die Welt sehen – und die uns das Negative bestätigen, bis es zur Gewohnheit wird. Unser Kopf und unsere Denkweisen haben uns im Griff – und nicht wir sie. Schleichend und unbewusst haben wir uns selbst konditioniert. Aber jeder weiß, dass Gedanken Energie und somit negative Gedanken niedrig schwingende Signale sind, die Entsprechendes anziehen. So weit, so gut.

An dieser Stelle wird meist empfohlen, unsere Denkmuster und damit die Signale zu ändern, bis die gewünschten Lebensumstände eintreten. Das ist grundsätzlich richtig und wichtig. Es ist wichtig, das Gehirn neu zu vernetzen. Denn eines ist wahr: Wir können uns ins Elend denken – oder ins Glück.

Das Problem ist nur: Wie schafft man das? Gehörst du zu jenen, die gute Gedanken denken und dennoch läuft das Leben nicht so, wie du willst? Oder versuchst du, gute Gedanken zu denken, und es gelingt dir nicht?

Sei beruhigt – du bist nicht der/die Einzige, dem/der es so ergeht. Man sollte an mehreren, vor allem aber an der richtigen Schraube drehen. Versteht man das Prinzip dahinter, wird alles ganz leicht.

Wie das geht? Buche mich. Ich helfe dir.

Hoffnung flog in ihr Herz, das leise zu klopfen anfing, als wolle es dem Autor des Textes applaudieren. Diese Zeilen berührten sie zutiefst. Es war genau das, was sie jetzt brauchte. Für einen Anruf war es zu spät, aber die letzten Minuten bestärkten sie endgültig in ihrem Vorhaben. Sie nahm die Gutscheine in die Hand. Jeder war für sie ein Tor zu etwas Neuem. Und so verbrachte sie die nächsten Stunden damit, Workshops und Seminare zu googeln, erstellte eine Liste und fasste neuen Mut.

Sie wollte weiter an Liebe glauben, daran, dass das hier lediglich eine Krise war.

Eine Krise, die sie nutzen wollte.

༺✤༻

Der Sonntag kam. Juliet rief Becky und Josie an, erreichte beide nicht, informierte sie über WhatsApp und packte weiter. Bis auf die Möbel in ihrem kleinen Office gehörte alles Lorenz, woher sollte sie das Geld für eine Einrichtung nehmen? Sie hatte nie viel verdient und jeden Cent in den Haushalt gesteckt. Ihr winziges Finanzpolster würde sie für eine Kaution brauchen. Am Montag musste sie mit Neuwegers reden, um wieder Vollzeit arbeiten zu können.

Eine Kiste nach der anderen stapelte sich im Hausflur. Am Nachmittag machte sie sich Kaffee, holte tief Luft und rief Lorenz an. Zu ihrer Überraschung nahm er sofort ab.

»Juliet«, rief er und wirkte geradezu erfreut. »Wie geht es dir?«

»Danke. Ich packe gerade.«

Ihr Herz klopfte wie wild. Er klang so aufgeräumt ... vielleicht hatte er es sich anders überlegt?

»Du packst? Sehr gut!«, ließ er sich noch erfreuter vernehmen, was den kurzen Hoffnungsstrahl schlagartig in sich zusammenfallen ließ. Er räusperte sich, wollte etwas sagen, aber sie kam ihm zuvor.

»Warum ich anrufe: Ich möchte die Gutscheine einlösen, die du mir geschenkt hast.«

»Gutscheine?«, fragte er verdattert. »Welche Gutscheine?«

»Deine Geburtstags- und Weihnachtsgutscheine. Ich würde sie gerne in Anspruch nehmen.«

»Die hast du noch? An die erinnere ich mich schon gar nicht mehr! Welchen willst du denn einlösen?«

»Alle.«

»Alle?« Er klang entsetzt.

»Es ist keine Verjährungsfrist darauf vermerkt. Also – alle.«

»Äh ... und wie viele sind das?«

»Sieben.«

Als er nichts darauf sagte, hakte sie etwas schnippisch nach. »Okay, wie machen wir das am besten? Soll ich dir die Rechnungen schicken und du überweist mir das Geld?«

Ihm schmeckte das gar nicht, das war deutlich zu spüren.

»Die Dinger sind doch uralt«, protestierte er. »Ich habe noch nicht mal mehr eine Ahnung, was das alles war, und dachte, die hast du längst weggeworfen! Schick mir doch erst mal eine Liste per Mail. Dann sehen wir weiter.«

»Was heißt das, *dann sehen wir weiter*?« Zwischen ihren Augenbrauen entstand eine steile Falte. »Das sind Geschenke!«

»Die du nie gewürdigt hast! Und jetzt willst du, dass ich alle auf einmal zahle? Ist doch nur verständlich, wenn ich einen Überblick möchte.«

Juliet kochte. Lorenz' unvermuteter Widerstand brachte ihre Pläne in Gefahr. Sie merkte, wie wieder dieser Zorn in ihr hochschoss. Oh, wie konnte nur so viel Wut in ihr sein? Beim kleinsten Anlass flammte sie auf und sie konnte sich nicht dagegen wehren! Aber so leicht wollte sie nicht aufgeben.

»Gut«, antwortete sie mühsam beherrscht. »Ich schicke dir die Liste. Aber ich habe schon feste Buchungen, es wäre also gut, wenn du mir ...«

»Mal langsam, Juliet. So nicht«, unterbrach er sie verärgert. »Erst will ich die Übersicht, alles Weitere klären wir. Ach ja, und noch was. Leg mir bitte alle Schlüssel auf den Tisch, wenn du das Haus verlässt. Und vergiss nicht den Garagenöffner.«

Juliet wurde bleich. Zutiefst verletzt und ohne ein weiteres Wort beendete sie das Gespräch. *Leg mir alle Schlüssel auf den Tisch.* Das tat so verdammt weh! Sobald am Dienstagabend die Haustür ins Schloss fiel, konnte sie nicht mehr zurück. Mit gemischten Gefühlen betrachtete sie ein Foto von Lorenz, das auf der Fensterbank stand, und war kurz davor, es gegen die Wand zu pfeffern. Ihre Hand zuckte. Ihr Herz stand unter Hochdruck. Die Uhr tickte laut, als wolle sie sie an etwas erinnern. Es war halb vier. Sonntag. Heute war Sonntag! Ein schemenhaftes Bild in einem viereckigen Rahmen tauchte in ihrem Kopf auf.

Hey, Sonnenschein! Es würde mich glücklich machen, wenn ich dich glücklich machen könnte.

Ihre Schultern sackten nach unten. Sie wünschte sich so sehr, Lorenz hätte das zu ihr gesagt.

♩ Collide ♩

Tom Speight

David konnte nicht mehr sitzen. Er hatte zwei Kannen Tee, eine große Tasse Kaffee, zwei Stücke Kuchen plus einen Espresso intus und war zum Sterben müde. Er versuchte zu lesen, aber jedes Mal, wenn die Türglocken bimmelten, hob er automatisch den Kopf, bis er sich vorkam wie ein Pawlow'scher Hund. Das Lokal war voller geworden. Aus Langeweile flocht er Zöpfe in das Kopfhaar seines Alpakas und frisierte es ständig neu.

»Mann, Allie«, murmelte er. »Du musst mal zum Friseur, wie wär's mit Strähnchen? Oder 'nem Iro?« Seufzend platzierte er das Alpaka hierhin und dorthin, damit Juliet es gleich sehen konnte. Doch niemand näherte sich seinem Tisch. Und wenn sich jemand suchend umsah, dann nach einem freien Platz.

O verdammt, dümmer konnte man seinen Nachmittag nicht verschleudern! Und er hatte noch knapp zwei Stunden vor sich! Keine Ahnung, wie er das durchstehen sollte. Übellaunig starrte er in sein Buch, als plötzlich Leben in sein Plüschtier kam.

Jemand nahm es hoch und sagte gleichmütig: »Hi, Allie, hübsche Frisur. Bist zwar nicht mehr ganz weiß, hab dich aber trotzdem erkannt. Ist der Typ da dein Herrchen?«

David schoss hoch. Juliet! Sie war hier! Ungläubig starrte er sie an. Ohne jedes Lächeln sah sie ihm kurz in die Augen. Ihr Blick wirkte verwundet.

Ihm fiel auf, dass sie völlig ungeschminkt war. Ihr hellbraunes Haar war zu einem Pferdeschwanz gebunden, aus dem sich einige Strähnen gelockert hatten, auf der Nase tanzten ein paar vorwitzige Sommersprossen. Sie sah irgendwie niedlich, aber total unscheinbar aus, trug einen weiten Pulli und Jeans, die nähere Angaben über ihre Figur nicht zuließen. Nichts erweckte den Anschein, als ob sie sich für dieses Date in irgendeiner Weise zurechtgemacht hätte. Eher wirkte sie, als sei es ihr völlig egal, was er von ihr hielt. Wenig später wusste er, dass es genauso war. Gleichgültig begrüßte sie ihn.

»Hi, ich bin Juliet, hast du dir ja sicher gedacht.«

»Hallo, Juliet!« Aufgeregt nahm er ihre Hand. »David Schneider. Ich kann dir gar nicht sagen, wie ich mich freue, dass du hier bist.«

»Ja, ich wundere mich gerade selbst darüber.«

Ein intensiver, blumiger Duft erreichte sie. Kam der von ihm? Sie starrten sich kurz in die Augen. Er neugierig, sie ausdruckslos.

»Setz dich doch«, forderte er sie auf.

Sie nahm Platz. Stumm. Mit Allie auf dem Schoß, die sie umklammerte, als sei es ihr und nicht sein Plüschtier.

»Möchtest du ... möchtest du ein Glas Champagner? Ich konnte ihn ja nicht vorher bestellen, weil ich ja nicht wusste, ob du ...«

»Nein, danke«, unterbrach sie ihn und musterte ihn teilnahmslos. David war einen halben Kopf größer als sie, damit kleiner als Lorenz und schmal gebaut. Er wirkte jungenhaft mit seinem glatt rasierten Gesicht. Sein blondes Haar glänzte im Licht, seine Augen waren grau wie die ihren, nur heller. Zwar sah er annehmbar aus, kam aber nicht im Ansatz an Lorenz' Charisma heran. Im Gegensatz zu ihr hatte er sich mit seinem Outfit Mühe gegeben, trug zu seiner Jeans ein weißes Hemd mit Weste und Jackett. Es sah schick aus. Und auf seinem Rucksack lag eine farblich passende Schiebermütze.

David fuhr sich durch sein Haar und wusste nicht, was er sagen sollte. Dieser graue Blick machte ihn ganz kirre! Und diese überaus kühle Art! Wollte die ihn frosten? Sein Hirn war wie leer gepustet und er fand überhaupt keinen Anfang. Dass sechsundfünfzig Soulpoints weit weg von angestrebten hundert waren, erfuhr er eben am eigenen Leib. Bei der brauchte man ja fünf Wärmflaschen im Bett! Und selbst dann fror man noch!

Sie bemerkte seinen ernüchterten Blick und wandte sich ab. So was hatte sie gerade noch gebraucht! Die Bedienung kam, Juliet bat um Tee, starrte danach zum Fenster hinaus, als bereue sie es, etwas bestellt zu haben, und machte nicht die geringsten Anstalten, auch nur irgendetwas zu einer Konversation beitragen zu wollen. Die Stimmung war höchst angespannt. Mehr noch, sie war schwermütig, denn Juliet kämpfte um Fassung und ihr Schmerz waberte aus jeder Pore.

Verkrampft suchte David nach einem Einstieg: »Du wirkst kein bisschen so, als ob du eine neue Beziehung suchst.«

Erstaunt sah sie ihn an. »Habe ich das nicht mehrmals erwähnt?«

»Warum hast du dich bei ›Datingheart‹ überhaupt angemeldet?«

»War ein kurzer Aussetzer. Bin ja auch nach zwei Stunden wieder raus. Ich hatte mich nur in den kostenlosen Probemonat eingeklinkt.«

Er lachte verblüfft und funkelte sie angeregt an.

»Du warst nur zwei Stunden drin? Und in genau diesen zwei Stunden haben wir uns getroffen? Mann, wenn das mal nicht ein kleines Zeitfenster ist! Ich ...«

»Tu mir bitte einen Gefallen und bring jetzt nicht die Nummer mit Schicksal und diesem Mist.«

Davids Lächeln und der Glanz in seinen Augen erloschen schlagartig. Juliet bekam das noch nicht einmal mit. Aber tapfer bemühte er sich weiter, eine Unterhaltung in Gang zu bringen, was sich als verdammt zähes Unterfangen erwies. Sie war nicht wirklich unfreundlich, brachte jedoch nicht mal ein kleines Grinsen zustande, und wenn sie antwortete, dann so einsilbig, dass man die Lust auf weitere Fragen verlor. David wurde von Minute zu Minute frustrierter. So eine blöde Zimtzicke! Ein Gletscher war kuschelig gegen die! Und dafür hatte er sich den Hintern wund gesessen?

Juliet erging es nicht viel anders. Schon auf dem Weg zum Café hatte sie sich gefragt, welch dummem Impuls sie diesmal folgte, und ihr war klar geworden: Dieses Date war eine reine Ansammlung aus Frusthandlungen.

Sie war aus Frust – und betrunken – in ein Datingportal gestolpert. David hatte sie mit ein paar hübschen Worten geködert, die sie sich eigentlich von Lorenz gewünscht hätte, und ihr Entschluss zu kommen war aus weiterem Frust über das letzte Telefonat mit ihm entstanden. Deswegen hing sie hier ab. Aus Frust und mit Frust! Zeitverschwendung! Sie sollte sich lieber auf ihr Vorhaben konzentrieren! Lorenz zurückgewinnen, herausfinden, was sie an sich ändern könnte, was sie falsch gemacht hatte, wo die Chancen lagen!

Noch heute würde sie Mahony anrufen und alles mit ihm besprechen. Ja, das fühlte sich richtig an. Endlich klärte sich der schwarze Dunst in ihr, wurde sie sich Davids Anstrengungen und ihrer feindseligen Ausstrahlung bewusst, bekam sie mit, wie sich David zutiefst resigniert und enttäuscht zurücklehnte.

Juliet schämte sich. Er hatte ihr garstiges Verhalten nicht verdient.

Sie atmete tief durch, wandte sich ihm zu und berührte ihn leicht an der Hand. »Entschuldige, David«, murmelte sie zerknirscht. »Ich … ich war eben mit meinen Gedanken woanders. Was hast du gesagt?«

Ihre Blicke trafen sich und eine kleine Pause entstand, die eine echte Verbindung knüpfte. Endlich erkannte er Leben in ihren Augen und ehrliches Interesse. Verblüfft über diesen massiven Sinneswandel wiederholte er: »Ich habe dich gefragt, ob du mir nicht erzählen willst, was passiert ist.«

Ihre Augen blieben auf ihn gerichtet, musterten ihn nachdenklich. David wurde rot, was sie noch weicher werden ließ.

»Ich meine, wir haben alle Enttäuschungen erlebt, sonst wären wir wohl nicht auf einer Datingplattform gelandet«, fügte er hinzu. »Und wenn man sich mit jemandem trifft, muss das ja nicht gleich die große Liebe bedeuten. Wäre doch schön, wenn sich Freundschaft daraus entwickelt. Vielleicht entspannt dich das etwas?«

Im Grau ihrer Augen glomm ein Funke auf. Ihre Schultern bewegten sich sichtbar nach unten, ihre Lippenenden nach oben. Ihre gesamte Ausstrahlung änderte sich, als fände ihre Seele in ihren Körper zurück. Selbst ihre Stimme klang anders.

»Danke, David, das ist lieb von dir. Tut mir echt leid, dass ich den Einstieg versaut habe. Es ist recht frisch bei mir. Bin noch ein wenig paralysiert.«

»Nichts ist versaut«, beteuerte er versöhnlich und unmäßig erleichtert, dass das Ganze eine andere Richtung bekam. »Würde es dir helfen, mir davon zu erzählen?«

Sie lächelte zum ersten Mal. David empfand das als Sieg.

»So spannend ist das nicht. Mein Partner hat mich aus heiterem Himmel verlassen, obwohl ich dachte, wir seien glücklich. Er war es anscheinend nicht.«

»Das heißt, ihr habt euch gar nicht gezankt und gestritten?«

»Nein, im Gegenteil. Ich war überzeugt, er macht mir nach fünfzehn Jahren endlich einen Heiratsantrag. Stattdessen hat er Schluss gemacht. Mit einem großen Blumenstrauß und einem Dank für die schöne Zeit.«

»Oh, fuck«, kommentierte David betroffen. »Das ist hart. Und er hat keinen Grund genannt?«

»Doch.« Sie presste ihre Lippen zusammen und sah zum Fenster hinaus. »Lorenz ist zwanzig Jahre älter als ich. Mir hat der Altersunterschied nie etwas ausgemacht. Aber er ist Professor an der Uni und die ersten Jahre waren …« Sie brach ab. »Egal. Da hängen viele Dinge dran. Lorenz will frei sein. Das war seine Begründung.«

Voller Mitgefühl fragte David: »Wann war das?«

»Vor fünf Tagen.«

»Ach du Schande! Dann bist du ja noch voll im Schockmodus!«

»Genau. Also … du kannst sicher verstehen, dass ich an keiner Beziehung interessiert bin.«

»Ja, kein Ding. Bin ich ja auch nicht.«

»Okay«, sagte sie verwundert. »Und warum sitzen wir dann hier?«

»Warum wir hier sitzen …?«

»Ja, warum hast du so auf diesem Date bestanden?«, fragte sie verständnislos, »wenn du keine Beziehung willst?«

»Sagte ich auch bereits mehrmals«, erwiderte er, während sich das Rot seiner Wangen intensivierte. »Weil ich dich interessant finde.«

»Komm schon, David! Das ist alles ein wenig merkwürdig. Ich meine, sechsundfünfzig Soulpoints, kein Foto von mir, null Interesse an einer Partnerschaft … und du drängst auf dieses Date, als ob dein Leben davon abhinge?«

»Was ist falsch daran, sich mit einem Menschen treffen zu wollen, den man interessant findet? Und warum kann man nicht jemanden interessant finden, gerade weil man wenig gemeinsam hat? Und warum kann man sich nicht mit jemandem treffen, einfach so, ohne eine Beziehung eingehen zu wollen?«

Sie stutzte.

»Ja, der Gedanke hat was«, gab sie zu. »Aber wie ist das bei dir? Willst du keine Beziehung, weil es bei dir auch noch zu frisch ist?«

»Nein, ich hatte schon ewig keine mehr.«

»Und warum nicht?«

»Weil ich nicht an Beziehungen glaube.«

Juliet lachte verdutzt. »Das wird ja immer verworrener! Du glaubst nicht an Beziehungen?«

»Glaubst du denn daran?«

»Natürlich tue ich das. Unverrückbar.«

»Bitte? Obwohl dein Partner dich gerade so abserviert hat? Obwohl …«

Etwas ungeduldig wehrte sie ab. »Warte mal, nur damit ich das verstehe – du glaubst nicht an Beziehungen und bist auf einem Datingportal unterwegs?«

»Ist nicht seltsamer als jemand, der an Beziehungen glaubt und gerade mal zwei Stunden dort verbringt. Ich wüsste nicht, was schräger ist!«

»Das ist nicht schräg! Ich bin aus Neugier rein, habe mich entschlossen, um meinen Partner zu kämpfen, und bin wieder raus.«

David sah aus, als hätte sie ihm einen Kinnhaken versetzt. Entgeistert starrte er sie an. »Du willst ihn wieder? Warum das denn?«

»Weil ich ihn liebe?«

»Und was machst du, wenn er keine Beziehung mehr will?«

»Also, ich glaube, dass er selbst nicht recht weiß, was er will. Vielleicht haben wir ja nur eine Krise. Wenn ich es nicht versuche, werde ich nie wissen, was dabei rauskommt.«

»Ich kann dir genau sagen, was dabei rauskommt! Die alte Schiene, die ihr immer gefahren seid«, fauchte er hitzig. »Das kommt raus! Jeder will bloß den alten Status quo wiederherstellen, und alles bleibt, wie es war! Ihr streitet euch, versöhnt euch wieder, vergewaltigt euch gegenseitig und alles endet in einem faulen Kompromiss, und das nur, um nicht alleine alt werden zu müssen!«

Überrascht über diesen unverhältnismäßigen Ausbruch ruhte ihr Blick auf ihm. Ein Blick, der ihn nervös machte. Seine Finger zerrissen das Zuckertütchen auf seiner Untertasse und die Körnchen verstreuten sich auf den Tisch. Seine Wangen hatten sich erneut gerötet, sein Gesichtsausdruck war verstockt, seine Augen glühten.

Juliet bemerkte, wie seine Hände sich öffneten und wieder schlossen, als suchten sie etwas. Ein zweites Zuckertütchen zum Zerfetzen? Trotz seiner zweiundvierzig Jahre wirkte er gerade sehr kindlich auf sie, und ihr wurde das Alpaka auf ihrem Schoß bewusst. Langsam setzte sie es auf den Tisch und lehnte es an die Wand. Wieder zuckten seine Hände, aber er nahm das Tierchen nicht.

»Wie lange gibt es Allie schon?«

Dass er diese Frage nicht erwartet hatte, konnte sie an seiner Verwirrung erkennen.

»Ich schätze mal, mein ganzes Leben«, antwortete er, räusperte sich und versuchte, von sich abzulenken. »Und du meinst wirklich, deinen Mann zurückerobern zu können? Wie willst du das denn anstellen?«

Sie zögerte. »Er hat mir empfohlen, mich erst mal selbst zu finden. Und genau das habe ich vor.«

»Tust du das, weil er es empfohlen hat oder weil du dich wirklich selber finden willst?«

Wieder schwieg sie ein paar Sekunden. »Spielt doch keine Rolle. Ich hoffe, es kommt in jedem Fall was Gutes dabei raus.«

»Und darunter verstehst du, dass ihr wieder zusammenkommt?«

»Ja, ich glaube an glückliche Beziehungen. Die Schuld auf andere zu schieben, wenn etwas schiefläuft, ist nie die Lösung. Lorenz und ich haben so wundervolle Zeiten erlebt. Ich glaube fest daran, dass es wieder so werden kann – wenn ich herausgefunden habe, was ich falsch gemacht habe.«

David sah aus, als hätte er inmitten einer dichten Menschenmenge Abführmittel geschluckt, ohne Aussicht auf eine Toilette weit und breit.

»Was ist?«, fragte Juliet ungewollt belustigt. »Klingt das so absurd für dich?«

»Ehrlich, Juliet«, schnaubte er. »Ich find's nicht absurd. Ich find's krank. Du willst dich ändern, um ihm zu gefallen? Warum suchst du dir nicht einfach einen Mann, der dich so mag, wie du bist?«

»David, du verstehst da was falsch«, wehrte sie sich. »Ich will mich ändern, um mich weiterzuentwickeln. Eine Beziehung bedeutet immer Entwicklung! Sie ist nie ein Status quo! Und Krisen sind immer eine Chance!«

Verflixt! Was stellte dieser David für Fragen? Und so direkt! Erst im Chat, jetzt live! Er nahm kein Blatt vor den Mund, war so geradeheraus und aufrüttelnd wie Siggi.

»Das sind alles Floskeln«, behauptete er im Brustton der Überzeugung. »Man kann sich nicht ändern. Man kann sich maximal für den anderen verbiegen – und das ist genau das, was du vorhast. Das ist Stress pur! Du willst erahnen, wie er dich haben will. Hast du wahrscheinlich sowieso die ganze Zeit gemacht! Du lebst dein Leben, um es ihm recht zu machen! Und wo bleibst du?«

»Nein, ich lebe mein Leben, um glücklich zu sein. Mit ihm! Weil ich ihn liebe. Wieso bist du der Meinung, dass man sich nicht ändern kann?«, fetzte sie angestachelt zurück. »Es gibt einen ganzen Markt dafür! Ist doch gut, wenn man über seine momentane Situation hinausdenken möchte. Es heißt so schön, dass wir das anziehen, was wir in uns drin haben. Also werde ich erforschen, was in mir ist, und ändern, was nötig ist, damit ich das anziehe, was ich mir wünsche. Ich will die Welt mit anderen Augen sehen und nicht mit den eingefahrenen Ansichten der letzten fünfzehn Jahre! Lorenz hat ganz recht – ich sollte ihm dankbar sein für diesen Schubs!«

Davids Gesicht spiegelte pure Abwehr wider, während sie von ihren eigenen Worten elektrisiert war und sich bestätigt fühlte, den angedachten Weg weiter zu verfolgen.

»Also, ehrlich, Juliet, deine Meinung in Ehren, aber sieht er das genauso? Außerdem: Wenn du dich änderst, weißt du doch gar nicht, was du danach anziehst! Vielleicht ist dein Lorenz auch etwas, was mit alten Denkweisen zu tun hat, die dir nicht guttun – und es ist das, was das Schicksal dir sagen will?«

Ein verblüffter Laut entfuhr ihr.

»Wow«, stieß sie geplättet hervor. »Das war ja mal eine Entgegnung. Das ... das muss ich erst mal sacken lassen, David.«

Eine Pause entstand, in der sie sich beide taxierten. Juliet aufgewühlt, David angeregt und neugierig.

»Ziehst du auch in Betracht, dass du, wenn du dich geändert hast, ihn gar nicht mehr willst?«, bohrte er weiter.

»Nein, das glaube ich eher nicht. Lorenz war und ist meine große Liebe.«

»Siehst du, diese Ansicht gibt mir das Gefühl, dass du dich für ihn verbiegst.«

»Und wo ist deiner Meinung nach der Unterschied zwischen ›sich verbiegen‹ und ›Weiterentwicklung‹?«

Langsam wurde sie ein wenig sauer. David merkte es nicht.

»Sich verbiegen ist, wenn du für deinen Partner Dinge tust, die ihm gefallen, nur damit Ruhe und Frieden herrschen«, erklärte er eifrig. »Wenn du einfach willst, dass ihr zusammenbleibt, ohne darüber nachzudenken, was das mit dir macht. Das ist … ein Gefängnis. Eine Dauer-Vergewaltigung. Eine Lebenslüge. Wie bei den meisten. Es endet stets so, früher oder später.«

»Meine Güte«, gab sie gereizt zurück. »Das ist ziemlich verabsolutierend. Ist das der Grund, warum du eine Partnerschaft scheust? Weil du keine Lust hast, an dir zu arbeiten? Einfach Schluss zu machen, wenn etwas nicht passt, ist ja wohl die erbärmlichste Lösung!«

»Und genau das, was dein Lorenz getan hat. Er hat ja noch nicht mal mit dir geredet! Hat dich eiskalt gegen die Wand laufen lassen! Hat er je die Absicht erkennen lassen, an sich zu arbeiten? Oder hat er nur Forderungen an dich gestellt?«

Ihr fiel zum dritten Mal die Kinnlade herunter. Seine Worte staken wie Pfeile in ihrer Brust. Unwillkürlich atmete sie schwer und ihre Augen wurden dunkel.

»Okay«, stieß sie hervor. »Das ist ziemlich harter Tobak für ein erstes Date.«

Bestürzt sank David in den Sitz zurück. Ihm wurde erst jetzt bewusst, was er alles von sich gegeben hatte. Sein Augenausdruck änderte sich. »O Mann, Juliet, bitte verzeih! Ich hätte dir meine Meinung nicht einfach so um die Ohren hauen sollen, ist ein echter Defekt von mir. Entschuldige bitte.«

Sie schwieg verschnupft. David tat es schrecklich leid, sie verletzt zu haben, und in einer hilflosen Geste nahm er Allie, hob sie vor Juliets Gesicht und strich mit dem Pfötchen sanft über ihre Wange.

»Juliet«, flehte er im Falsett. »Liebste Juliet ... bitte, sei ihm nicht böse. David ist manchmal einfach ein Idiot. Also eigentlich meistens.«

Der Plüsch kitzelte ihre Nase, sie lächelte schief und wich dem Alpaka aus, das sie freundlich und friedfertig angrinste.

»Schon gut, Allie.«

David zog Allie an sich, ließ sie drei Sekunden später über den Tisch zu Juliet hoppeln und wackelte vor ihr hin und her.

»Darf ich dich trotzdem noch etwas fragen?«, quiekte er.

»Nur zu. Ich muss ja nicht antworten.«

David lachte leise und ein warmer Glanz kam in seine Augen. Juliet fing seinen Funken auf und erwiderte ihn, wider Willen angetan von seinem kindlichen Eifer und dem Enthusiasmus, mit dem er Fragen stellte. Davids Blick verhakte sich mit ihrem, er wollte etwas sagen, aber heraus kam kein Ton. Seine Wangen wurden rot – schon wieder –, was Juliet ein amüsiertes Lächeln entlockte.

»Du hattest eine Frage«, erinnerte sie ihn.

»Ich ... äh, o ja, stimmt. Also, ich wollte wissen, wie du deinen Mann zurückgewinnen willst, ich meine, konkret. Wie soll das funktionieren? Vor allem das mit dem ›sich ändern‹?«

»Da habe ich schon ein paar Ideen.«

»Die wären?«

Er rückte so weit vor, dass sich die Tischplatte in seinen Magen drückte. Seine Unterarme lagen auf dem Tisch, mit beiden Händen hielt er Allie fest, deren Knopfaugen genauso gespannt wirkten wie die seinen. Es war ein süßes Bild und Juliet entfuhr ein kleines Lächeln. Davids Interesse tat ihr gut. Das Gespräch tat ihr gut. Seine Worte, so schmerzhaft sie auch waren, sortierten das Chaos in ihr. Trotzdem antwortete sie eher ausweichend. »Ich habe eine Liste, die ich im Laufe der nächsten Monate abarbeiten möchte.«

»Eine Liste?« David wurde zu ihrer Verwunderung immer aufgeregter. »Hast du sie dabei? Darf ich sie sehen? Bitte!«

Seine Augen brannten vor Aufregung und es war ihm anzumerken, dass tausend Gedanken in seinem Kopf herumschwirrten – die Juliet nur zu gerne gekannt hätte, weil sie sein enormes Interesse und noch weniger seine wachsende Begeisterung nicht verstand. Sie wollte gerade antworten, als die Bedienung an den Tisch trat, um das leere Geschirr abzuräumen.

»Wollt ihr noch was?«, fragte sie.

»Zwei Gläser Champagner, bitte!«, orderte David. »So kalt es nur irgendwie geht! Du trinkst doch einen mit, Juliet, oder?«

»Meine Güte, ist dir so heiß, dass du eine Abkühlung brauchst?«

»Ja, mir ist heiß«, antwortete er mit glänzenden Augen. »Seit Langem mal wieder!«

Juliet war verwirrt. War das jetzt doch eine Anmache?

Da bat er ein weiteres Mal: »Darf ich deine Liste sehen? Ich bin so megagespannt!«

»Gib's zu, du willst sie nach Strich und Faden einstampfen!«

»Nein! Großes Ehrenwort! Im Gegenteil! Ich finde es großartig, was du vorhast!«

»Du findest das großartig? Warst du nicht eben der Meinung, es wäre totaler Blödsinn? Und man könne sich nicht ändern?«

»Ich finde unsere Kontroverse großartig! Und wer weiß, vielleicht überzeugst du mich ja vom Gegenteil!«

Sie lachte kopfschüttelnd, während der Champagner auf den Tisch gestellt wurde.

»Perfekt!«, freute sich David. »Jetzt können wir deinen Neustart begießen!«

Er grinste sie so spitzbübisch und aufgedreht an, dass sie sich nicht dagegen wehren konnte, von seiner Stimmung angesteckt zu werden.

Sie stießen an, sahen sich ein weiteres Mal forschend in die Augen, instinktiv das Geheimnis des anderen ergründen wollend. Etwas irritiert trank Juliet von dem prickelnden Zeug und hatte das Gefühl, es steige ihr in derselben Sekunde in den Kopf.

»Auf die neue Juliet!«, toastete David feierlich und hob das Glas noch einmal. »Auf … ja, genau, was wünschst du dir denn alles? Ich meine, außer Lorenz. Steht das auch auf deiner Liste?«

Wieder hatte er sie kalt erwischt und das Lächeln schwand von ihrem Gesicht. Was wünschte sie sich außer Lorenz? Dieser David brachte einen Anstoß nach dem anderen!

»Oh, bitte, lass mich sie sehen!«, bettelte er. Er tatschte Allies Pfötchen aneinander und piepste: »Bitte, bitte! Bittteee!«

»Mann, bist du ein Kindskopf!« Juliet prustete los und holte ein kleines Notizbuch aus ihrer Tasche. »Sei aber nicht enttäuscht. Es ist nichts Weltbewegendes und außerdem erst ein grober Ansatz.«

»Oh, danke, Juliet!«, strahlte David. »Weißt du was? Ich genieße das sehr hier mit dir! Ich *wusste*, dass du interessant bist! Mehr als interessant!«

Nach wie vor konnte sie seine Euphorie nicht nachvollziehen und warf ihm einen skeptischen Blick zu. »Du bist so emotional, wie man es normalerweise einer Frau zuschreibt«, stellte sie fest.

Er antwortete mit einem verschmitzt-charmanten Lächeln, eines, das diesmal ihre Wangen färbte, und etwas verlegen schob sie das aufgeklappte Büchlein in die Mitte des Tisches, damit sie beide hineinschauen konnten.

»Zur Erklärung vorab: Ich habe etliche Gutscheine bekommen, die ich einlösen will. Daraus will ich eine Reise stricken, die zu mir selbst führt.«

David gab es einen sichtbaren Ruck. Eine Million Gedanken schienen in seinen Kopf zu strömen. »Wow«, hauchte er elektrisiert. »Eine Reise zu dir selbst!«

»Genau. Und auf meiner Liste stehen Möglichkeiten.«

Synchron senkten sie die Köpfe über das Büchlein, während Juliet halblaut daraus vorlas.

»Kreta soll der Anfang sein. Sonne, Strand, Meer, Runterfahren, Bestandsaufnahme. Ein Retreat für mich selbst sozusagen.«

»Ein Retreat für dich ... Oh, das klingt einfach genial!«

Ein weiterer Strom an Gedanken schien sich in Davids Kopf zu ergießen, was Juliet an seinem leicht abwesenden Blick erkannte. Was war nur mit dem Kerl los? Doch ein paar Sekunden später war er wieder ganz bei ihr.

»Weiter habe ich einen Gutschein für ein Cottage im Lake District, und dort will ich ...«

»O mein Gott! Wie geil ist das denn?« David kriegte sich fast nicht mehr ein. »Der Lake District! Beatrix Potter! William Wordsworth! Lake Windermere! Der größte See Englands! Eine der schönsten Gegenden überhaupt! Warst du da schon mal?«

»Nein, noch nie. Du etwa?«, antwortete sie und fragte sich, warum sie diesen Gutschein nie eingelöst hatte. Weil sie mit Lorenz hatte reisen wollen? Mann, dieses Date mit David setzte sekündlich neue Impulse!

»Sogar oft! Der Lake District liegt übrigens nicht weit von der schottischen Grenze entfernt. Du musst dir unbedingt die Highlands ansehen!«, schwärmte er. »Die sind so gigantisch! Was hast du dort vor?«

»Ich möchte zu Steve Mahony, der ist eine Art Coach und gibt Seminare, in denen es genau darum geht: sich selbst zu finden.«

David schien fast durchzudrehen.

»Das ist ja der Hammer!« Er strahlte und war völlig aus dem Häuschen. »Der absolute Hammer!«

»Sag mal, David, leidest du unter einer Persönlichkeitsstörung?«

»Bitte? Wie kommst du denn darauf?«

»Weil du von alldem so begeistert bist, aber vor wenigen Minuten noch stocksteif behauptet hast, man könne sich nicht ändern?«

»Ja, irgendwie packt mich das gerade total. Du bist absolut inspirierend, Juliet! Oh, ich bin so froh, dass du gekommen bist! So froh!«

Dass diese Erklärung nicht ausreichte, konnte er an ihrer argwöhnischen Miene erkennen. Er wurde tiefrot, beugte sich wieder über das Büchlein und wurde, wenn möglich, noch aufgeregter.

»Workshop Atmen, entdecke deine innere Kraft, menschliche Wahrnehmung ... Indien mit Baba ... Vergebungsseminar ... Himmel!«, rief er fiebrig. »Was bitte ist ein Vergebungsseminar?«

»Ich nehme mal an, ein Seminar, das sich mit Vergebung beschäftigt?«, schmunzelte Juliet amüsiert.

David nickte mit glänzenden Augen. »Und Baba?«

»Ein indischer Guru, den mir mein Arbeitskollege empfohlen hat.«

»O mein Gott«, japste er. »Das ist so mega! Ich fass es nicht!«

Tatsächlich wirkte er, als ginge das alles über seinen Verstand hinaus. Völlig weggetreten wollte er das Büchlein zuklappen, aber Juliet hinderte ihn daran.

»Warte, es steht noch was auf der nächsten Seite.«

Fast andächtig blätterte er um. Erstaunt registrierte sie, dass seine Finger dabei zitterten. Doch bei ihrem letzten Punkt hielt er verblüfft inne.

»Du willst Elle McArthur finden und mit ihr reden? Schreibt die nicht Liebesromane?«

»Ja, tut sie, aber ich finde, sie ist gehaltvoll.«

»Da gibt es aber weit bessere als die! Wieso ausgerechnet McArthur?«

»Weil ...« Juliet zögerte und gestand danach freimütig: »Weil ich ihr vor Jahren mal geschrieben habe. Und sie geantwortet hat. Auf eine Weise, die mich heute noch berührt.«

Er schwieg für ein paar Sekunden.

»Und du meinst, die lässt dich so einfach in ihr Wohnzimmer?«

»In ihr Wohnzimmer will ich doch gar nicht. Aber vielleicht trifft sie sich mit mir in einem Café. Oder auf einer Messe.«

»Also, die Frau hat sich bis jetzt nirgendwo blicken lassen. Bisher jedenfalls nicht.«

»Woher weißt du das denn?«

»Juliet, ich bin Journalist! Ich bin in dieser Welt zu Hause! Und ich habe etliche Kollegen, die es mehrmals erfolglos versucht haben. McArthur war noch nie auf einer Buchmesse.«

»Oh! Das wusste ich nicht. Aber was soll's. Ist nicht so wichtig. Wäre nur ein Bonbon obendrauf.«

David lehnte sich zurück, den Kopf voller Gedanken.

»Wann beginnst du?«, fragte er.

»Sobald ich alles geregelt habe. Die Urlaubsplanung, Finanzen und so.«

»Ich dachte, das sind Gutscheine«, wunderte er sich.

»Schon, aber es fallen doch Nebenkosten an. Und gerade weiß ich gar nicht, wie meine Zukunft aussieht.«

Ihr wurde ein wenig flau im Magen, als sie sich das Gespräch mit Lorenz ins Gedächtnis rief. *Schick mir die Liste, dann werden wir sehen.* Die Stunde mit David war so motivierend gewesen, dass sie das nun erst recht durchziehen wollte. Es passte ihr nicht, von Lorenz' gutem Willen abhängig zu sein.

Ernüchtert schaute sie aus dem Fenster. Draußen war es dunkel und mit dem Gedanken, nur noch zwei Nächte in ihrem Zuhause bleiben zu können, sank ihre Stimmung.

David kaute auf seiner Unterlippe, stierte auf die Tischplatte, noch immer das Büchlein in der Hand. Als sich Juliet ihm wieder zuwandte, zog sie es vorsichtig aus seinen Fingern.

»Ich glaube, es ist Zeit zu gehen«, sagte sie.

»Alles klar, ich gehe auch. War ja lange genug hier.«

»Das ist richtig. Du hast satte fünf Stunden hier verbracht! Ich bin fast versucht, ein schlechtes Gewissen zu haben.«

»Musst du nicht. Die letzte Stunde hat alles rausgerissen!«

Mit einem äußerst sympathischen Lächeln setzte er seine Schiebermütze auf. Er sah süß damit aus. Vor allem, weil er Allie nicht in den Rucksack steckte, sondern im Arm behielt, als sie nach draußen gingen und voreinander standen.

»Das war schön mit dir, Juliet«, sagte David warm. »Vielen, vielen Dank, dass du gekommen bist.«

»Ja, ich freu mich auch, dass ich mich dazu entschieden habe. Du warst sehr anregend.«

Juliet merkte, wie sich ein Kloß in ihrem Hals bildete. Sie wollte nicht allein sein. Hier draußen auf der Straße kam ihr ganzer Jammer zurück. Wo war Lorenz? Vielleicht doch schon bei einer anderen? Eine Flut an Ängsten überfiel sie.

»Wir ... wir könnten doch ab und zu mal abhängen«, hörte sie David sagen. »Mit meinen Freunden und so. Ich habe eine nette Clique ... Hast du mal Lust, sie zu treffen? Auf ein Bier?«

»Lässt sich sicher einrichten ...« Ihre Stimme wackelte, er räusperte sich.

»Bekomme ich deine Nummer?«

»Gib mir deine. Ich melde mich, okay?«

David nahm ihr Handy, tippte seine Nummer hinein, merkte, dass es ihr nicht gut ging.

»Ich würde dich gern wiedersehen, Juliet. Einfach so, als Freund. Vielleicht kann ich dir helfen, deinen Lorenz wiederzubekommen.«

Juliet lächelte schwach. David klang so süß und aufrichtig. Ein Freund. Das war genau das, was sie jetzt brauchte. Sie fühlte sich einsam und wollte nicht zurück in ein Haus, das nach Abschied roch.

»Das ist lieb von dir, David, danke. Aber ich wüsste nicht, wie das gehen sollte.« Verdammt, nun schoben sich auch noch Tränen hoch. Gewaltsam drückte sie sie nach unten, riss sich zusammen.

»Tschüss, Allie«, sagte sie heiser und kitzelte das Alpaka am Bauch. »Pass auf deinen David auf, hörst du? Und sag ihm, er soll dich mal waschen.«

Sie sah hoch in Davids Augen, in denen sich ihr eigener Schmerz widerspiegelte. Es war kaum auszuhalten.

»Wiedersehen, David.«

»Hoffentlich«, erwiderte er leise. »Und hey, Juliet, gib nicht auf, okay? Ruf mich an.«

Ihr eigenes Unglück stand in seinem Gesicht, sein Wunsch, ihr helfen zu wollen, brachte sie an den Rand ihrer Beherrschung. Schnell drehte sie sich weg, schlug den Mantel enger um sich und hastete die Straße hinunter. David schaute ihr hinterher.

Sie spürte seinen Blick wie einen Windstoß in ihrem Rücken, der sie vorantrieb.

※

David hingegen schwebte nach Hause. Er war dermaßen aufgeladen mit Energie, dass er den Aufzug verschmähte und zwei Stufen auf einmal nehmend nach oben raste. Schwungvoll riss er die Tür zu seiner Wohnung auf, warf sein Jackett auf die Couch, schaltete das Handy aus, klappte den Rechner hoch und hieb auf die Tasten ein, bis die Fingerkuppen glühten. Erst nach Stunden machte er eine Pause, um sich einen Kaffee zu holen.

Ideen und Anregungen fluteten in einer Geschwindigkeit auf ihn ein, dass er tausend Dinge auf einmal tat. Er erstellte eine Mindmap, ein Brainstorming, legte mehrere Dokumente im Rechner an, googelte Steve Mahony, versuchte, ähnliche Seminare zu finden, verlor sich in Beschreibungen und Rezensionen, schrieb Trainer an, notierte sich Termine, Orte, Preise, pinnte eine Notiz nach der anderen an sein Whiteboard und beschrieb es mit Einfällen, die aus ihm herausquollen wie Wasser aus einer Quelle. Das Brett war gespickt mit Inspirationen und das Zimmer ein Chaos voller Zettel und Notizen.

Mann, Mann, Mann, das war einfach gigantisch! Das konnte ein Megaprojekt werden! Das war Input pur! Und endlich mal etwas anderes! Alle würden begeistert sein! Allen voran Gero! Oh, war das herrlich, wieder loslegen zu können! Aber er brauchte Juliet für all das. Sie war der Dreh- und Angelpunkt. Sie hatte ihm die Ideen geliefert und er hoffte, hoffte, hoffte, dass sie die Verbindung nicht abreißen lassen würde. O verdammt, warum hatte sie ihm ihre Nummer nicht gegeben? Wenn sie seine Seminarliste sehen könnte, wäre sie bestimmt Feuer und Flamme! Aber so musste er wieder einmal warten. Erst um Mitternacht aktivierte er sein Handy, nicht zuletzt, um zu checken, ob sie sich gemeldet hätte.

Mehrere verpasste Sprachanrufe waren drauf, keiner war von Juliet. Dafür hatte Gero acht Mal angerufen und ihm eine recht saure Nachricht mit der Bitte um Rückruf hinterlassen.

David ignorierte sie. Konzentriert arbeitete er noch eine weitere Stunde, ging ins Bett, konnte aber vor Aufregung kaum schlafen. Die nächsten Ideen sprangen in seinen Kopf, die er notieren musste, sofort! Er holte den Laptop, stierte unentwegt mit dem stereotypen Stoßgebet »Bitte, Juliet, ruf an! Ruf mich an!« auf das Handy, bis er den Rechner endgültig zuklappte und sich schlafen legte.

Juliet. Nein, er wollte nichts von ihr, aber ihr dunkelgrauer Blick erinnerte ihn an den Himmel in Schottland, an regensatte, dunkle, von der Sonne hinterleuchtete Wolken. Mit diesem Bild schlief er ein, ein seliges Lächeln auf dem Gesicht.

❦

Morgen war es so weit. Jedes Mal fuhr ihr ein Adrenalinstoß durch den Körper und machte sie schwach. In das von Lorenz organisierte Zimmer wollte sie nicht, daher hatte sie sich auf die Schnelle eine spottbillige Übergangsbleibe besorgt, die sie nur hundert Euro kostete, kurzfristig beziehbar war und jederzeit gekündigt werden konnte. Es war ein winziges, schmuddeliges Zimmer ohne Küche. Ihre Sachen konnte sie gar nicht mitnehmen, sondern musste sie in einer Halle der Neuwegers lagern. Aber für ein paar Wochen würde es gehen. Sobald sie wieder Vollzeit arbeitete, würde sie sich nach etwas anderem umsehen.

Juliet packte letzte Habseligkeiten zusammen, als sich Josie und Becky per Skype meldeten.

»Wir sind umgefallen, als wir deine Nachricht gelesen haben!«, rief Becky außer sich. Sie war ihrer Mutter sehr ähnlich, achtete akribisch auf ihre Figur und war stets wie aus dem Ei gepellt. »Juliet, warum hat er das getan? Wir haben ihn angerufen, er ist so anders als sonst!«

»Ja, das Gefühl habe ich auch«, erwiderte Juliet traurig. »Vielleicht ist es nur eine Phase. Aber wie geht es euch, meine Süßen?«

»Das ist doch unwesentlich! Wie geht es dir?«

»Bin beim Packen.«

»Ich bin so sauer auf Papa«, grummelte Josie. Mit ihrer Brille und dem kaum geschminkten Gesicht war sie das totale

Gegenstück zu ihrer Schwester. Sie aß gern, was man ihr auch ansah, und war völlig uneitel. »Juliet, du weißt, wir sind für dich da. Wenn wir was tun können, sag es uns.«

»Danke, das ist süß von euch. Ich … ich habe selber keine Ahnung, was nun wird.«

Sie redeten noch ein Weilchen, dann legte Juliet auf. Sie saß am großen Esstisch, an dem sie das zelebriert hatten, was ihr das Wichtigste auf der Welt war: Familie. Warum wurde ihr das andauernd verwehrt?

Bitter wandte sie sich ab, konnte in der Nacht kaum schlafen, betrat nach Büroschluss am nächsten Tag mit wundem Herzen ein letztes Mal das Haus, das fünfzehn Jahre lang ihr Heim gewesen war. Wie unheilvolles Donnergrollen drang das Motorengeräusch des 7,5-Tonners an ihr Ohr. Kartonweise trugen Ronny und ein Mitarbeiter der Firma ihr vergangenes Leben in den Laster.

Zwei Stunden später war ihre Existenz hier gelöscht. Juliet sah sich ein letztes Mal um. Legte beklommen die Schlüssel auf den Tisch. Als die Tür hinter ihr zuschnappte, kam sie sich vor wie ausgesetzt.

Weitere drei Stunden später fand sie sich in einem schimmeligen Zimmer wieder, das lediglich Platz für eine Einmeter-Matratze und ein paar Kartons bot und dessen Bad so schäbig war, wie sie sich gerade fühlte.

Ihr neues Leben hatte begonnen und sie wollte nur noch fort.

♫ Let It Go ♫

David Wilcox

Mit einem seltsamen Gefühl im Magen steckte Lorenz den Schlüssel ins Schloss, verharrte ein paar Sekunden vor der Tür, bevor er sie bewusst aufstieß. Endlich konnte er ohne gemischte Gefühle nach Hause kommen, ohne diesen unterschwelligen Groll. Juliet war fort. Und er war frei.

Die Zeit mit ihr war schön gewesen, aber so viele Jahre hatte ihr Anblick ihn daran erinnert, wie viel Reputation und Lebensqualität sie ihn gekostet hatte. Dieser Unmut war gewachsen, hatte sich verfestigt – er war ihn nicht mehr losgeworden.

Zu oft hatte er darüber nachgedacht, wo er stünde, wenn sie sich nie getroffen hätten, wenn er ihrem grauen Blick und dieser massiven Sexualität standgehalten hätte. So lange hatte er geglaubt, die Leute würden sich irgendwann beruhigen, aber Hubert hatte ihn stets eines Besseren belehrt. Hatte ihm die Meinungen der Kollegen zugetragen, ihm gesagt, alle hofften, er käme wieder zur Vernunft. Ohne Hubert hätte er diesen Schritt nie geschafft. Doch endlich war der Makel von seiner Weste, er musste nur noch die Reste entfernen und seinen Ruf wieder sukzessive aufbauen.

In dem Bewusstsein, tun zu können, was er wollte, hängte er seinen Mantel in die Garderobe. Das Haus war still. Es war kühl. Es duftete nicht. Weder nach Essen noch nach sonst irgendetwas. Genau das empfand er als Freiheit.

Er schaltete das Licht an, drehte die Heizungen auf und begab sich in die Küche. Sie hatte ihre Geräte mitgenommen. Das war okay, er hätte ohnehin nichts damit anfangen können. Aber es wirkte unvollständig und er beschloss, ein paar Sachen gleich nachher im Internet zu besorgen. Beschwingt ging er nach oben, duschte und zog sich bequeme Sachen an. Ihre Badseite war leer. Ihr Nachttisch war leer. Die Schränke waren leer. Ein Stich durchfuhr ihn, es war ungewohnt, aber auch prickelnd. Lange Jahre hatte er alles der Familie unterordnen müssen, seinen Zeitplan, seine Interessen, sein Leben. Nun war er wieder sein eigener Herr.

Wieder unten angekommen öffnete er eine Flasche Rotwein und setzte sich auf die Couch im Kaminzimmer. Der Holzschacht war leer, aber Lorenz hatte keine Lust, Scheite aus dem Schuppen zu holen, und nahm sich stattdessen eine Decke. Doch ohne das prasselnde Feuer blieb es trotzdem kühl. Und es war so verdammt still im Haus! Er war froh, als das Telefon klingelte. Hubert war dran.

»Lorenz! Mein Bester, wie fühlst du dich?«

»Danke, ich fühle mich gut. Sehr gut.«

»War die beste Entscheidung deines Lebens, glaub mir.«

Lorenz schwieg. Im Moment vermisste er Juliet. Vermisste die Wärme, die sie immer vermittelt hatte. Der Schmerz in ihren Augen kam ihm in den Sinn, als er ihr gesagt hatte, dass er sich von ihr trennen wollte. Ein Schmerz, den er erst im Rückblick richtig wahrnahm.

»Es ... es war schon ein Schock für sie«, antwortete er daher mit belegter Stimme, »... und die Forderung, in einer Woche auszuziehen ...«

»Bist mal wieder viel zu sentimental! Und machst dir eine Menge unnötiger Gedanken«, widersprach Hubert. »Ich frage mich sogar, ob du nicht die ganzen Jahre Scheuklappen auf den Augen hattest. Offensichtlich geht es ihr besser als dir. Sie hat sich ja erstaunlich schnell getröstet.«

Lorenz verfärbte sich.

»Wie bitte?«

»Tja, da staunst du, was? Sie hat am Sonntag im ›Coffee & Bubbles‹ mit einem blonden Typen Champagner getrunken, der dauernd ihre Hand gehalten hat. Und nicht nur das. Die beiden haben recht munter die Köpfe zusammengesteckt.«

»Recht munter die Köpfe zusammengesteckt?«, wiederholte Lorenz fassungslos. »Wie … wie meinst du das? Dass sie sich geküsst haben?«

»Nein, das nicht, aber sie haben eine äußerst vertrauliche Unterhaltung geführt. Ich übertreibe ganz sicher nicht, wenn ich sage, dass die beiden auch ohne Kuss sehr intim gewirkt haben. Helga fand das auch.«

»Du scherzt! Das … das passt überhaupt nicht zu Juliet! Es ist doch gerade mal eine Woche her, dass ich ihr … dass wir uns …«

»Ja, wer weiß, was alles eine Woche her ist«, knurrte Hubert, hochbefriedigt über den Schock, den er Lorenz versetzt hatte. »Ich fand das ja auch alles sehr merkwürdig.«

»Warte mal, Hubert, willst du mir gerade verklickern, dass sie einen anderen hat?«, krächzte Lorenz, dem die Essenz der Aussage endlich in den Kopf drang.

»Ich berichte lediglich, was ich gesehen habe«, stellte Hubert klar. »Mehr nicht. Im Übrigen braucht es dich nicht zu interessieren. Ein Grund mehr, an dich zu denken! Und vor allem: kein schlechtes Gewissen zu haben!«

Hubert schweifte zu Beruflichem ab, aber Lorenz hörte nur noch mit halbem Ohr hin. An sich selbst denken! Gerade konnte er an nichts anderes denken als an Juliet, die mit einem blonden Kerl im Café gesessen hatte. Aufgewühlt beendete er das Gespräch.

Sie hatte einen anderen? Der Satz zog wie heißer Sirup durch seine Eingeweide. Lorenz schnaubte ungläubig. Das war unmöglich! Er war immer ihre große Liebe gewesen! Ihre einzige! Vom buchstäblich ersten Augenblick an! Fünfzehn lange Jahre! Sie hatte nie jemanden außer ihm angeschaut! Nie!

Sein Herz klopfte. Unruhig begab er sich in die Küche, die wirkte, als sei sie eingeschläfert worden, und knipste die Deckenleuchte an. Erst jetzt fiel ihm eine kleine Vase mit einer einzelnen Rose auf, die den ominösen Blumenstrauß überlebt hatte. Hatte Juliet eine Nachricht hinterlassen? Aber statt eines Briefes entdeckte er ein Glitzern im dunklen Rot der Blume. Ein in Weißgold gefasster Solitär steckte am Blütenblatt. Ein Diamant, ein Geschenk von Juliet, für das sie damals ihr letztes Geld ausgegeben hatte. Hatte. Er erinnerte sich noch gut an den glühenden Liebesbrief, in dem sie ihm versichert hatte, dass er für immer und ewig ihr Solitär sei.

Warum hatte sie ihn an die Rose gesteckt? Um ihm zu sagen, dass der Solitär keine Gültigkeit mehr hatte?

Es braucht dich nicht zu interessieren, drang Huberts knarrende Stimme in seinen Kopf.

Verdammt, es interessierte ihn aber! Es interessierte ihn mehr, als es ihm lieb war!

Das mulmige Gefühl in Lorenz breitete sich aus wie ein Virus. Er schüttete den Rotwein wie Wasser in sich hinein und tröstete sich mit dem Gedanken, sich schlicht an seinen neuen Status gewöhnen zu müssen. War doch mehr als normal.

Wieder setzte er sich auf die Couch, nahm ein Buch in die Hand und starrte hinein. Wenn das wahr war ... Wenn sie wirklich einen anderen hatte ... nein, das konnte nicht sein ... aber Tatsache blieb: Sie ging jetzt schon mit anderen aus.

Mit dieser Schlussfolgerung schoss Wut in ihm hoch. Und dafür hatte er seinen Ruf ruiniert? Sich jahrelang gequält?! All diese Demütigungen ertragen? Dafür, dass sie sich umdrehte und fröhlich mit anderen flirtete? Darum war sie kühl am Telefon gewesen! Darum hatte sie nicht wissen wollen, wie es ihm ging! Und nun war ihm auch klar, wofür sie die Gutscheine brauchte! Um sie mit ihrem Lover zu verbraten! Und er sollte zahlen? *No way, meine Gute*, dachte er finster. *Fünfzehn Jahre sind genug. Das Ding mach ich nicht mit! Ganz sicher nicht.*

Aber es rumorte in ihm wie verrückt. Schließlich rettete er sich in jenen Gedanken, der ihn zu diesem Schritt getrieben hatte: Nun war endlich weg, was ihm über die Jahre so viel Kummer bereitet hatte: der Dorn, der sein Image vereiterte. Ein Dorn namens Juliet. Dass es erst mal schmerzte und blutete, wenn man einen Stachel entfernte, war doch klar. So etwas brauchte einfach Zeit.

⁂

Jedes Mal, wenn Juliet in das Zimmer kam, das nun ihr Zuhause war, hätte sie heulen mögen. Die Gegend war versifft, der Mietkomplex aus den Siebzigern total heruntergekommen und sie hatte Nachbarn, denen sie auch am helllichten Tag nicht begegnen wollte. Das Haus war voll von ungeguten Geräuschen, Schreien und Streit. Oft drang süßlicher Marihuanageruch durch die Flure. So schlimm war ihr das Zimmer bei der Besichtigung gar nicht vorgekommen, aber schon nach der ersten Nacht wollte sie nur noch weg. Fieberhaft suchte sie nach Alternativen, was sich als schwierig herausstellte. Meist waren die Wohnungen schlicht zu teuer oder lagen ungünstig.

Neuwegers waren nicht da, so hatte sie noch nicht nach einem Vollzeitjob fragen können.

Jeden Tag sehnte sie sich stärker nach Lorenz und dem Leben, das sie geführt hatte. Längst hatte sie ihm die Liste mit den Gutscheinen geschickt, dazugeschrieben, dass sie noch recherchiere, wo es genau hingehen solle, da sie die Reisen für ihre Weiterentwicklung nutzen wolle, und hoffte, hoffte, hoffte, dass allein ihre Bemühungen Eindruck schinden würden. Aber Lorenz antwortete nicht – das brachte sie schier um den Verstand. Blass saß sie auf ihrem Stuhl im Büro.

»Mäuschen, wie geht es dir?«, fragte Siggi.

»Könnte besser sein«, brummte sie. »Ich hoffe, ich kann bald mit Lorenz reden.«

»Lass doch erst mal ein wenig Zeit ins Land gehen, damit der Staub sich legt und du klarer siehst.«

»Ich sehe klar«, gab Juliet etwas gereizt zurück. »Nämlich, dass ich so nicht leben will. Und nicht ohne Lorenz.«

Ronny war der Einzige, der Juliets neue Bleibe kannte, und er hatte ihr hoch und heilig versprechen müssen, es niemandem zu verraten. Aber auch er meinte: »Juliet, wenn du den Break nicht nutzt, ist das Desaster für gar nichts gut. Dann geht alles nur so weiter wie bisher. Außerdem: Je mehr du dich an etwas klammerst, desto mehr leidest du. Du bist die Erste, die das wissen müsste.«

Unglücklich biss sich Juliet auf die Lippen.

»Aber ich liebe ihn, Ronny«, sagte sie leise. »Es zerreißt mir das Herz zu wissen, dass es vorbei sein soll. Wir können doch ändern, was nicht gut war. Wenn er nur mit mir reden würde!«

»Ich weiß nicht«, sinnierte Siggi. »Als du hier anfingst, warst du so fröhlich! Du bist mit den Jahren immer ernster geworden, Juliet.«

»Und ein Anfang besteht darin, etwas anderes als das Gewohnte in Betracht zu ziehen«, setzte Ronny hinterher. »Sonst wäre es kein Anfang.«

Juliet antwortete nicht darauf. Sie konnte und wollte nicht in Betracht ziehen, ohne Lorenz zu sein.

※

Die Tage waren trüb, sie waren leer, sie wurden trostlos. Ihr Strohhalm, die Seminare, schien in utopische Weiten zu entschwinden, denn von Lorenz kam nicht eine Silbe und Juliet steigerte sich immer weiter in ihre Verzweiflung hinein.

Ob es blöd wirkte, ihn ein weiteres Mal anzuschreiben? Niedergeschlagen saß sie auf ihrer Matratze und öffnete ihr Postfach, als ihr die Mail von Steve Mahony ins Auge fiel.

Sie können mich gerne anrufen.

Spontan wählte sie seine Nummer und wartete mit klopfendem Herzen auf ein Freizeichen. Eine leise, heisere Stimme meldete sich.

»Hallo, Mr Mahony, ich hoffe, ich störe nicht …«, begann sie verlegen. »Ich bin Juliet, ich habe Ihnen eine Mail geschickt und Sie …«

»Juliet!«, rief er so erfreut, als habe er sehnlichst auf ihren Anruf gewartet. »Ja, natürlich erinnere ich mich! Wie geht es dir?«

Seine Worte waren wie zwei offene Arme und Juliets Augen füllten sich unwillkürlich mit Tränen. »Ich … bitte verzeihen Sie, mein Englisch ist nicht so gut und …«

»Dann sprich Deutsch mit mir«, antwortete er freundlich mit einem superweichen Akzent. »Meine Frau ist aus Deutschland, also alles kein Problem. Und sag ruhig Du zu mir.«

»Oh, das ist ja wunderbar, danke, Steve«, hauchte sie erstickt.

Ein Schwall an Herzensgüte begleitete seine Worte, schuf eine kleine, delikate Pause, trieb einen Keil in ihren Kummer und brach ihn auf. In diesem Riss spürte Juliet nicht nur sein Lächeln, sondern auch eine hohe Energie, die zu ihr schwang, die sie auffing – und trug. Sehnsucht stieg in ihr hoch, schmerzhafte Sehnsucht, nicht nach Lorenz. Es war eine Sehnsucht, die viel tiefer ging, die ihr Herz zum Überlaufen brachte. Das Schweigen dauerte an, ohne peinlich zu sein, und ihr war, als nutze Steve diesen stillen Raum, um auf anderer Ebene mit ihr zu kommunizieren. Ein Feld schien sich aufzubauen. Informationen schienen zu fließen. Etwas Uraltes regte sich in den Tiefen ihres Seins, als erwache etwas zum Leben, das ewig darauf gewartet hatte, von ihr beachtet zu werden. Es war ein seltsames Gefühl. Lebendig, warm, vertraut und fremd. Juliet war verwirrt.

»Erzähl mir, wie geht es dir«, drang Steves Stimme weich an ihr Ohr.

»Nicht so gut«, antwortete sie. »Ich … das kommt dir jetzt sicher lächerlich vor, aber vor etwa zwei Wochen hat mich mein Partner verlassen. Er war fünfzehn Jahre lang der Mann meines Lebens und er ist es immer noch. Er wird es immer sein.«

»Woher weißt du das?«, gluckste Steve.

»Weil ich ihn sehr liebe. Und weil ich ohne ihn nicht leben kann.«

Steve lachte. Es klang, als amüsiere er sich über etwas besonders Niedliches, das ein Kind gesagt hatte. »Das ist, als ob du mir erzählst, dass du trotz gesunder Beine ohne Krücken nicht laufen kannst. Das willst du doch nicht wirklich von dir denken, oder?«

»Nein«, erwiderte sie verdutzt. »Es ist aber so, dass ich anscheinend Signale aussende, die nicht die Lebensumstände anziehen, die ich mir wünsche. Deshalb will ich mich ändern.«

»Das heißt, du bist unzufrieden mit dir?«

»Irgendetwas muss ich falsch machen. Meine Lebensumstände zeigen mir ja, dass etwas nicht stimmt.«

»Vermutlich hast du deine Lebensumstände angezogen, weil du genau das glaubst: dass etwas mit dir nicht stimmt.«

Juliet schwieg ein paar Sekunden.

»Aber du schreibst doch selbst, dass entsprechende Ereignisse von Gewohnheiten und Denkmustern geschaffen werden. Die sich ändern lassen.«

»Richtig. Deswegen wäre es ganz gut, das Denkmuster zu ändern, etwas stimme nicht mit dir«, schmunzelte er.

»Wenn es das ist, was meine Beziehung rettet, werde ich das angehen.«

»Hey, Juliet«, sagte Steve. »Schau ein wenig tiefer! Du handelst nicht aus Größe, sondern aus Mangel. Weshalb machst du dich so klein? Also, wenn du glaubst, du lernst in meinem Seminar, wie du deine Krücke zurückbekommst, solltest du mich nicht buchen.«

Juliet entfuhr ein Laut.

»Oh, verflixt!« Steve lachte. »Ich meinte damit natürlich nicht, dass dein Ex-Partner eine Krücke ist!«

Seine unkomplizierte Herzlichkeit war wie eine Wärmflasche auf ihrem Bauch, sie zauberte ein Lächeln auf Juliets Gesicht.

»Weißt du«, fuhr Steve fort, »Bei allem, was dir widerfährt, geht es schlicht darum, deine eigene Größe wiederzuentdecken. Was sich daraus ergibt, solltest du offenlassen. Das fügt sich von allein.«

»Das hört sich zwar toll an, aber ich weiß nicht, wie das funktioniert und was das ist, diese innere Größe. Es … es war für mich nicht immer leicht, Steve. Auch nicht vor dieser Beziehung. Und ich will endlich mal Sicherheit in meinem Leben.«

»Das ist Sinn meines Seminars. Dir eine Sicherheit zu vermitteln, die dich nie mehr verlässt.«

»Das hört sich traumhaft an!«

Steve lachte leicht. »Wäre aber gut, wenn du dich diesbezüglich von alten Vorstellungen löst. Unsicherheit entsteht, wenn du versuchst, Sicherheit in der Welt zu finden. Dann wird das Leben zum Kampf. Das ist wie beim Schwimmen. Wenn du dich anstrengst, auf der Wasseroberfläche zu bleiben, versinkst du. Sobald du jedoch zu sinken versuchst, trägt dich das Wasser. Es ist das, was ich in meinen Workshops zu vermitteln versuche.«

»Sich tragen zu lassen«, flüsterte Juliet. »Das klingt trotzdem irgendwie nach Sicherheit.«

»Ja, kostet aber Mut und Vertrauen. Denn dann musst du dich der Strömung überlassen und genau das kannst du gerade nicht. Du willst dein Leben kontrollieren und feste Ergebnisse, weil dein Kopf dir sagt, du brauchst dies oder jenes, um glücklich zu sein. Diese Art Sicherheit wäre, als würdest du fließendes Wasser in einen Eimer füllen. Aber im Eimer fließt das Wasser nicht, und du wirst ewig enttäuscht sein, weil du nicht in die Strömung kommst und das Leben nie so leicht ist, wie du es gerne hättest. Wenn du fließendes Wasser willst, musst du dich hineinbegeben, also mitten ins Leben mit all seinen Herausforderungen und mit dem Ziel, dein Licht zu finden.«

»Willst du mir gerade verklickern, dass ich lernen soll, ohne Lorenz glücklich zu sein?«, fragte sie ein wenig bang.

»Nein, eher will ich dir verklickern, mit dir glücklich zu sein. Ich will dir verklickern, dass es keinen Grund gibt, nicht glücklich zu sein, auch wenn du nicht hast, was du willst. Dass jede Situation dafür da ist, dich zu erheben.«

»Das sind schöne Sätze, aber im Grunde ist das hart.«

»Ist es das? Was ist denn die Alternative? Du erlebst etwas Negatives und nutzt es nicht, darüber hinauszuwachsen. Damit entscheidest du dich, ewig innerhalb der Beschränkungen dieses negativen Erlebnisses zu leben. Ich finde, *das* ist hart.«

Puff, Steve versetzte ihr einen Stromschlag nach dem anderen. Juliet fühlte sich, als hätte er ihr einen Defibrillator auf die Brust gesetzt.

»Ich verstehe«, erwiderte sie leise. »Es ist nur so, dass ich schlicht Angst habe, es nicht zu schaffen, weißt du? Mich nicht darüber erheben zu können.«

»Angst hat jeder Mensch ab und zu«, antwortete er sanft. »Es wäre utopisch zu sagen, man fühlt sie nie mehr. Aber du musst ihr doch nicht unterliegen.«

»Und wie schaffe ich das?«

»Schau, der Grund für alle miesen Gefühle ist immer der gleiche. Du hast vergessen, wie groß du bist, Juliet. Es wird Zeit, dich mit dir selbst bekannt zu machen. Das ist der Inhalt meiner Kurse.«

»Was kostet ein Seminar bei dir?«, fragte sie angeregt. »Und wie lange dauert es? Hast du denn Termine frei?«

»Wenn du die vorgeschlagenen zwei Wochen machst, zweitausend Euro. Und Termine habe ich leider erst im Sommer frei.«

»Im Sommer«, wiederholte sie enttäuscht. Es war Ende Februar! Am liebsten wäre sie sofort zu ihm geflogen! Ihr war, als hätte Steve einen Funken in ihr befreit, der unter der Asche ihrer Trauer verborgen gewesen war. Ein Funke, der wie ein vergessenes Juwel aus ihrer Seele leuchtete. Plötzlich spürte sie Ruhe, Kraft und Zuversicht in sich, und das dringende Bedürfnis, diesem Funken, diesem Uralten nachzugehen, wurde übermächtig. Steve schien zu wissen, was in ihr vorging.

»Hör mal, ich halte im Spätfrühling einen Workshop in Deutschland, zusammen mit meiner Frau.«

»In Deutschland!«, rief sie mit leuchtenden Augen. »Wo denn?«

»Ich schick dir den Link, der Kurs wäre eine prima Grundlage für den Sommer. Wir nennen es Herzseminar. Aber ich möchte dich zu nichts drängen.«

»Nein, nein, ich bin dir sehr dankbar. Ich will ja etwas tun!«

Steve lachte. »Na«, schmunzelte er, »dann hoffe ich, dass wir uns bald persönlich kennenlernen.«

»Ja, das hoffe ich auch.« Juliet fühlte sich ganz warm inndrin und viel, viel besser als vorher.

»Also, liebe Juliet, erwarte nicht das Schlimmste, sondern Wunder«, sagte Steve zum Abschluss. »Und Wunder treten ein, wenn man aus seinem Leben eine Liebesaffäre macht. Kannst du dein Leben lieben, auch wenn du nicht das vorfindest, was dein Kopf erwartet? Dein Kopf suggeriert dir Mangel. Aber in deinem Herzen liegt Fülle, eine unendliche Fülle! Die Welt ist voller Schönheit und Überfluss. Versuch mal, dich darauf zu konzentrieren, auch wenn das Außen dir gerade etwas anderes zeigt. Versprichst du mir das?«

»Ja, das verspreche ich dir.«

»Und ruf mich an, wenn es dir nicht gut geht, okay?«

Juliet seufzte glücklich. Dieser Mann tat einfach gut.

♫ Hell or High Water ♫

Passenger

Nach diesem Telefonat war sie total aufgedreht und verspürte Mut für alles auf der Welt. Sie musste unbedingt ihr Vorhaben verwirklichen! Am nächsten Tag rief sie Lorenz an. Er ging nicht ran. Daraufhin schrieb sie ihm, dass sie davon ausgehe, dass er für die Seminarkosten aufkomme, und kündigte an, die Buchungen vorzunehmen.

Fünf Minuten später traf seine Antwort ein. Juliet traute ihren Augen kaum, als sie den Text las.

»Liebe Juliet«, stand da. »Nachdem du so lange gebraucht hast, diese Geschenke zu würdigen, hast du sicher Verständnis dafür, dass ich erst mal meine Finanzen klären möchte. Da ich in den nächsten Monaten beruflich sehr eingebunden bin, kann ich mir deine Angelegenheit erst gegen Ende des Jahres ansehen. Viele Grüße, Lorenz.«

Juliet fiel aus allen Wolken. *Deine Angelegenheit? Gegen Ende des Jahres?* So fertigte man eine quengelige Klientin ab, aber doch nicht seine langjährige Lebenspartnerin! Und was meinte er mit »Finanzen klären«? Es war ihm nie besser ergangen! Seine Töchter verdienten beide eigenes Geld, sein Haus war abbezahlt, er bekam fette Gehälter von der Uni und von mindestens fünf Unternehmen Aufsichtsratsvergütungen! Das war schäbig! Er musste wissen, dass sie nichts hatte!

Aufgebracht und aufs Tiefste verletzt stierte sie auf die Zeilen. Was war nur in ihn gefahren? Er war nie geizig, aber auch nie der Freigebigste gewesen. Hatte er ihr deswegen Gutscheine geschenkt? Weil er darauf gehofft hatte, dass sie sie nicht einlösen würde?

»Das ist nicht fair, Lorenz«, schrieb sie wütend zurück.

»Ansichtssache. Immerhin hast du lange Zeit von meiner Großzügigkeit gezehrt«, konterte er.

Der Zorn schlug in hohen Flammen in ihr hoch. Sie hatte von seiner Großzügigkeit gezehrt? Und das, was sie während der Jahre eingebracht hatte, zählte gar nichts? Ein Euro von ihr war fünfmal so viel wert wie ein Euro von ihm!

»Ich habe ebenso meinen Anteil geleistet!«, hackte sie erbost in die Tasten und stieß einen kleinen Wutschrei aus.

Alles, was sie verdient hatte, hatte sie für ihn und die Kinder ausgegeben! Seit sie im Haus gewesen war, hatte er sich die Kosten für Haushaltshilfe und Gärtner gespart. Sie hatte Lebensmittel gekauft, Pflanzen für den Garten, Geschenke für die Kinder – alles von ihrem Geld. Es war kaum eigenes für sie selbst zurückgeblieben. Mit zugeschnürter Kehle wartete sie auf seine Antwort, aber er ging einfach off.

Die Botschaft war klar. *Du nervst! Lass mich in Ruhe!*

Dumpf klopfte ihr Herz gegen ihre Rippen, wie Trommeln, die eine unheilvolle Zukunft verkündeten. Seine Reaktion zerstörte jede Hoffnung auf Versöhnung und nicht nur das: Sie fühlte sich zurückgestoßen und minderwertig. Konnte sie es ihm verübeln, wenn er eine selbstbewusste und unabhängige Frau an seiner Seite wollte? Sie sah sich mit Lorenz' Augen und radierte alles Positive von sich weg. Übrig blieb eine nicht lebensfähige Person, die seiner nicht würdig war, aber geheiratet werden wollte. Ihr wurde schlecht. Sie dachte an Steve und ein Stein fiel ihr in den Magen. Das hieß, dass sie dieses Seminar nicht machen konnte! Zweitausend Euro, plus Flug, plus zwei Wochen Unterkunft ... Wie sollte das gehen?

Wenn sie schon im nächsten Monat Vollzeit arbeiten könnte ... wenn sie rigoros sparte und es noch eine Weile hier in diesem Zimmer aushielt ...

Zweifelnd sah sie sich um, atmete tief ein, als könne sie damit die Fesseln sprengen. Sie musste reden! Mit irgendjemandem! Sie wurde wahnsinnig in diesen schimmligen vier Wänden! Deprimiert starrte sie auf den Bildschirm des Laptops. In einem bunten Mosaik leuchteten ihr die letzten Suchanfragen entgegen: Lake District, Schottland, Griechenland, Indien, die vielen Seminare, die sie gegoogelt hatte – und dazwischen ein markantes rotes Feld.

»Finden Sie Ihr Glück! Da draußen wartet jemand auf Sie! Kontaktieren Sie ihn noch heute!«

Ehe sie nachdenken konnte, griff sie ihr Handy und tippte auf Davids Nummer. Er meldete sich so schnell, dass sie meinte, er habe auf ihren Anruf gelauert. Als sie ihren Namen sagte, verstärkte sich dieser Eindruck.

»Juliet!«, rief er, und seine Stimme überschlug sich fast vor Freude. »Ich fasse es nicht! Du rufst an! Wie wunderbar! Wie geht es dir?«

Seine gute Laune war ein solcher Gegensatz zu ihrer schwarzen Stimmung, dass sich ein Kloß in ihrem Hals bildete. »Gut«, presste sie mit gespielter Heiterkeit und den Tränen nah hervor. »Und du? Wie geht es dir?«

»Super! Hervorragend! Vor allem, weil ich deine Stimme höre!«

Juliet konnte seine Begeisterung kaum ertragen.

»Das ist so toll, dass du anrufst!«, sprudelte er weiter. »Was machen deine Pläne?«

»Sind erst mal auf Eis gelegt.« Mit Entsetzen merkte sie, dass ihre Stimme bebte.

»Oh«, antwortete David gebremst. »Wie ... wie kommt das denn?«

»Ich ... ich fürchte, das war eine Nummer zu groß für mich.«

»Aber wieso denn? Es sind Gutscheine! Die zahlt doch dein Ex.«

Ein Stein lag auf ihrer Brust. Sie konnte nicht antworten, diese verdammten Tränen verstopften schon wieder ihre Kehle. Instinktiv suchte sie nach einem eleganten Abgang. »Tja, das Leben spielt nicht immer so, wie man will«, quetschte sie hervor.

»Ja, das ist wahr«, bestätigte er mitfühlend. »Aber wer weiß, auf welche Wege das Schicksal dich damit lenkt. Vielleicht ist es noch zu früh, um es negativ zu bewerten.«

Sie biss sich auf die Lippen. *Erwarte ein Wunder, Juliet*, hörte sie Steve sagen und wusste, sie würde ihre Tränen nicht mehr lange zurückhalten können.

»Okay, also mach's gut, David. Ich ...«

»Hey, Moment mal, war das jetzt alles? Warum hast du mich angerufen?«

»Einfach so.« Ihre Stimme zitterte verräterisch und sie räusperte sich verlegen. »Die Werbung von ›Datingheart‹ ist hochgepoppt und ich hab an dich gedacht. Wie geht es Allie?«

»Die ist sauer, weil ich sie in die Waschmaschine gesteckt habe.«

Sie lächelte schwach. »Na, dann grüß sie von mir. Vielleicht sieht man sich ja mal wieder.«

»Wäre toll! Am Donnerstag ist Cliquentreffen. Komm doch mit! Und weißt du was? Ich schau mal, ob ich dir helfen kann.«

»Wieso solltest du das tun? Wir kennen uns doch kaum.«

»Immerhin haben wir einen sehr intensiven Nachmittag miteinander verlebt.«

»Das stimmt. Aber lass gut sein, David. Ich komm schon klar.«

»Hey, Sonnenschein, so hörst du dich gerade nicht an. Gib mir einen oder zwei Tage, ich helfe dir. Und ich melde mich, okay?«

»Ja, natürlich, kannst du gern machen.«

Mutlos legte sie auf. Lorenz' Worte tanzten in ihrem Kopf und nahmen ihr jede Hoffnung.

David hingegen kriegte sich fast nicht mehr ein vor Freude.

Sie hatte angerufen! Er hatte ihre Nummer! Er stieß seine Faust nach oben und war kurz davor, einen Luftsprung zu machen. Bis in die Haarspitzen motiviert setzte er sich an seinen Schreibtisch und telefonierte mit gefühlt tausend Leuten, bis er hatte, was er wollte.

༶

Tags darauf hatte Juliet endlich ihr Gespräch mit Neuwegers. In den letzten Tagen hatte sie eine kleine, süße Wohnung entdeckt und hoffte, schon im nächsten Monat von Teil- auf Vollzeit umgestellt zu werden. Sie brauchte das Geld dringend und hielt es in diesem Zimmer nicht mehr aus. Eine ganze Flasche Schimmelspray war schon draufgegangen, aber die schwarzen Flecken waren nicht verschwunden, stattdessen begann ein Husten sie zu quälen. Und der Geruch aus dem Bad schien jeden Tag schlimmer zu werden.

Doch Beate Neuweger eröffnete ihr bedauernd, dass die Auftragslage sehr schlecht sei. Sie sah nicht nur keine Chance, sondern hatte sogar gehofft, Juliets Stelle ganz streichen zu können, in der Meinung, sie sei versorgt. »Wir können dich maximal noch bis Ende des Jahres hier beschäftigen«, bedauerte sie. »Von dem Minijob könntest du ohnehin nicht leben, du musst dich so oder so nach was Neuem umschauen, Juliet. Das tut uns so leid. Auch das mit Lorenz.«

»Mir tut es auch leid wegen eurer Aufträge«, erwiderte Juliet erstickt. »Ich hoffe, es wird wieder besser.«

»Kommst du denn zurecht?« Beate strich ihr leicht über die Wange.

»Ja, alles gut«, log Juliet. Aber nichts war gut. Sie hatte sich schon lange nicht mehr so erbärmlich gefühlt wie an diesem Tag. Und hatte keine Ahnung, was an diesem Leben sie lieben sollte.

˜❊˜

Zu Juliets Überraschung meldete sich David zwei Tage später tatsächlich wieder bei ihr.

»Hey, Sonnenschein!«, rief er und wirkte aufgedreht wie ein Springkreisel. »Ich habe die Lösung deines Problems! Können wir uns treffen? Am besten so bald wie möglich?«

Er machte es total dringend. Bereits am nächsten Tag saßen sie sich während ihrer Mittagspause in einem Bistro gegenüber.

Wie beim ersten Mal kam sie ungeschminkt und in sehr lässiger Kleidung, was schlicht daran lag, dass sie nur zwei Kisten mit den allernötigsten Sachen im Zimmer stehen hatte. David erschrak ein wenig, als er sie sah. Sie schien wie erloschen.

»Ist alles okay, Juliet?«, erkundigte er sich beunruhigt. »Du wirkst ziemlich down.«

»Nein, alles gut. War bei unserem Telefonat nur supermies drauf. Tut mir leid, dass ich dich damit überfallen habe.«

»Du hast mich nicht überfallen. Ich bin sehr froh, dass du mich angerufen hast.«

Wortlos rührte er eine Weile in seinem Tee, schien einen Anfang zu suchen.

»David, ich muss in einer knappen Stunde zurück sein«, ergriff sie die Initiative. »Ist übrigens sehr lieb von dir, dass du dir Gedanken machst. Es könnte dir doch egal sein.«

»Das war es mir von Beginn an nicht«, erklärte er leise, fasste zögernd ihre Hand und sah ihr tief in die Augen. »Juliet, ich habe dir gesagt, dass ich keine Beziehung will.«

»Ja, alles gut«, erwiderte sie befremdet und ruckelte an ihrer Hand. »Ich denke, meinerseits klargemacht zu haben, dass ich …«

»Nein, nein!«, unterbrach er sie hektisch. »Warte … das meine ich nicht! Lass mich anders anfangen. Also … wie du weißt, bin ich Journalist.«

»Guter Einstieg! Ich denke, es ist an der Zeit, dass du auch mal was über dich …«

Er hob leicht die Hand. »Kommt alles noch, verspreche ich dir. Erst mal geht es um dich und wie ich dir helfen kann. Was hältst du von einem Joint Venture?«

»Ein Joint Venture?«

»Genau. Ich schreibe für das Magazin ›Lifestyle & Happiness‹ und bin ständig auf der Suche nach interessanten Themen. Deine Pläne haben ganz schön was in mir losgetreten. Wie wäre es, wenn wir diese Workshops, die du planst, zusammen machen?«

»Zusammen?«

»Ja, zusammen. Es gibt so tolle Seminare! Deine Auswahl haben wir natürlich auch berücksichtigt. Ich habe bei der Redaktion nachgefragt. Sie sind von der Idee begeistert und möchten eine ganze Artikelreihe bis mindestens Ende des Jahres daraus machen. Thema ›Selbstfindung und Beziehung‹! Ein halbes Jahr Workshops! Du mit deiner, ich mit meiner Einstellung. Und jetzt kommt der Clou: Sie übernehmen alle deine Kosten. Seminargebühren, Übernachtungen und sämtliche Spesen.«

Juliet stand der Mund offen. »Wie bitte? Sie übernehmen die Kosten? Ja, aber was ist die Gegenleistung? Die Redaktion zahlt das doch nicht einfach so, die wollen bestimmt was dafür!«

»Die Gegenleistung besteht darin, dass du deine Gefühle, deine Entwicklung, deine Erfahrungen und so weiter mit mir besprichst und ich darüber schreibe.«

»Heißt das, du willst meine Gefühlswelt in einem Magazin veröffentlichen?«

»So krass würde ich das nicht ausdrücken. Ich möchte über die Seminare berichten, die Locations ablichten, solche Dinge.«

»Dann mach das doch! Wozu brauchst du mich dabei?«

»Weil ich beide Seiten der Medaille beleuchten will, deine und meine. Frau und Mann. Es wäre so viel spannender mit dir!«

»Kann ich mir vorstellen, dass mein seelischer Striptease für dich und deine Leser spannend ist!« Sie stieß einen unwilligen Laut aus.

»Juliet, es ist spannend, weil wir gegensätzliche Meinungen haben. Du hast behauptet, eine Beziehung sei ein Entwicklungsding. Ich sage, sie funktioniert nur zeitlich begrenzt oder ist maximal eine Zweckgemeinschaft. Außerdem meinst du, man könne sich ändern – was ich ebenfalls infrage stelle.«

»Kein Problem«, warf sie ein. »Du hast deine und ich meine Meinung.«

»Ja, schon klar, aber ich würde gerne wissen, wer von uns recht hat.«

Juliet schnaufte verblüfft. »Was zum Teufel wird das?«

»Ein Experiment! Ein Projekt! Eines, in dem wir unsere Ansichten erforschen! Du warst es schließlich, die gesagt hat, man sollte mal andere Dinge machen als gewohnt.«

»David! Du drehst mir das Wort im Mund um! Ich ... das hört sich alles so ... so exhibitionistisch an. Ich bin doch kein

Versuchskaninchen! Außerdem will ich mein Innenleben nicht vor jemandem ausbreiten, den ich nicht kenne. Und schon gar nicht vor Publikum.«

Betroffen lehnte sich David zurück. »Aber wieso denn? Das Publikum weiß nicht das Geringste von dir. Es ist die Win-win-Situation schlechthin. Du bekommst alles bezahlt. Und wenn schon Laborratten, wären wir es beide.«

Mit dem letzten Satz wurde er tiefrot. Aufgewühlt sah ihn Juliet an, in ihrem Kopf rotierte es.

»Es ist allemal besser, als gar nicht zu reisen!«, bearbeitete David ihre unfertigen Gedanken. »Ich kann bei der Redaktion Seminare rausschinden, die du dir nie leisten könntest! Workshops, die dich weiterbringen! Du wärst auf deinen Lorenz überhaupt nicht angewiesen!«

Das Argument war die Kanonenkugel, die sauber durch ihre Mauer schoss. David merkte es und lud nach. »Stell dir vor, welche Möglichkeiten sich auf diesen Reisen eröffnen! Was du an Neuem siehst und entdeckst und erfährst! Wer weiß, was noch alles daraus entsteht!«

»Was meinst du denn damit?«, fragte sie misstrauisch.

»Dass du durch diese vielen neuen Eindrücke neue Anregungen bekommst! Für dein Leben, deine Zukunft! Frischen Stoff! Wie willst du denn neu werden, wenn du ständig Altes tust?«

Treffer. Versenkt. Nachdenklich lehnte sie sich zurück.

»Und du machst das alles mit? Ich bin nicht die Einzige, die seelisch die Hosen runterlässt?«

»Klar, ich bin bei jedem Seminar dabei. Ich muss ja Notizen machen.«

»Machst du bloß Notizen oder absolvierst du auch die Seminare?«

»Ich ... natürlich absolviere ich die Seminare. Juliet, schau, du hast von gemeinsamer Entwicklung gesprochen. Wieso sollte das nur zwischen Ehepartnern möglich sein? Wieso kann es nicht auch einfach zwischen zwei Menschen passieren, die sich zufällig gefunden haben? Und dass wir nicht zusammen sind und nicht zusammen sein wollen, erleichtert vieles. Lass uns einfach zwei Leute sein, die sich auf ein Abenteuer einlassen. Ein Seelenabenteuer! Es ist *dein* Projekt! Für *dein* Glück. Für *dein* Leben!«

Ihre Lippen zuckten. Mit den letzten Sätzen hatte er die Tür ganz weit aufgestoßen, das spürte er.

David nahm seine Teetasse vom Tisch. »Stoß mit mir an, Juliet«, raunte er. Seine Augen glitzerten warm, tauchten in ihr dunkleres Grau, setzten Funken hinein. »Auf die Juliet, die du werden willst. Auf eine glückliche Zukunft. Auf die Reise ins Glück!«

Langsam hob Juliet ihm ihre Tasse entgegen und stieß gegen die seine. »Das ... das hört sich schön an«, sagte sie leise.

Ja, das klang wahrlich nach Abenteuer! Es klang magisch. Es spiegelte genau das wider, wonach sie sich gerade schrecklich sehnte. Aufbruch. Umbruch. Ausbruch. Hoffnung! Der Funke in seinen Augen landete in ihrem Herz und entfachte es. *Auf die Juliet, die du werden willst.* Heiß durchdrang sie der Gedanke, jemand werden zu wollen, der Lorenz das Wasser reichen konnte – und das hörte sich krank und erstrebenswert zugleich an.

David beobachtete sie. Sein Herz klopfte. Würde sie Ja sagen?

»Und?«, hakte er aufgeregt nach. »Was denkst du?«

Juliet sah in seine erwartungsvollen Augen, und der praktische Aspekt kam ihr in den Sinn. »Das ist nicht so einfach, David, das kostet ziemlich viel Zeit und ich muss arbeiten ...« Sie biss sich auf die Lippen. »Ich denke darüber nach, okay?«

Er nickte, sichtlich enttäuscht. Sie stand auf. »Wann musst du Bescheid wissen?«

»Gestern!« David erhob sich ebenfalls und mit der Bewegung schwebte sein blumiger Duft zu ihr. »Mensch, Juliet, es wäre so toll, wenn du Ja sagst! Spann mich bitte nicht länger auf die Folter als nötig!«

Juliet musste lächeln. »Was ist, wenn ich Nein sage? Geht dann jemand anderes mit?«

Sie hatte erwartet, dass er das bejahen würde, aber wie aus der Pistole geschossen antwortete er: »Nein, entweder mache ich das mit dir oder gar nicht.«

»Warum?«, fragte sie verblüfft.

David wurde tiefrot. »Weil du so bist, wie du bist. Und so, wie du bist, bist du genau richtig. Ich könnte es mit niemandem sonst durchziehen. Ruf mich an, okay?«

Er machte das Zeichen fürs Telefonieren und ging. Verdattert schaute sie ihm hinterher. Der Mann gab ihr ein Rätsel nach dem anderen auf – und genau das hielt sie zurück.

🎵 I Can See the Change 🎵

Celeste

»Meine Güte, wo bist du denn gewesen?«, rief Siggi, als Juliet zurück ins Büro kam. »Du siehst aus, als hättest du gerade fünf Einhörner auf einmal gesehen.«

»So ähnlich! Gerade eben hat mir jemand einen total verrückten Vorschlag gemacht.«

Als sie den beiden vom Verlauf ihrer Mittagspause erzählte, geriet Ronny fast in Ekstase, während Siggi wie ein Buddha auf ihrem Stuhl hockte und ihre Mundwinkel mal wieder weit nach unten hingen. Ronnys Lippenenden taten das Gegenteil.

»Das ist ja wie ein Sechser im Lotto!«, hechelte er begeistert. »Warum passieren mir solche Dinge nicht?«

Erstaunt fragte sie: »Hältst du das für eine gute Idee?«

»Da fragst du noch? Der bezahlt dir alle Seminare? Geht es noch geiler? Und du darfst sie dir auch noch aussuchen? Leute wie Mahony? Weißt du, was die kosten?«

»Ja, das weiß ich. Aber ich kenne den Typen doch gar nicht wirklich!«

»Wenn ich Seminare besuche, kenne ich die Leute dort überhaupt nicht. Und als ich auf Reisen war, hab ich mich auch einfach mit jemandem zusammengetan. Wo ist das Problem?«

»Immerhin soll ich meine Innenwelt nach außen kehren.«

»Unter Pseudonym! Es erfährt kein Mensch, wer dahintersteckt. Also ehrlich, Juliet, ich würde nicht eine Sekunde zögern! Das ist voll geschenktes Geld! Mehr als das! Eine Chance! Lebensqualität! Weisheit! Das nimmt dir keiner mehr!«

Hilfe suchend lugte Juliet zu Siggi, deren Augen wie bei einem Tennismatch zwischen Ronny und ihr hin- und hergegangen waren.

»Also, diese Selbstfindungsidee ist komplett bescheuert«, plärrte sie.

»Du hast doch selbst gesagt, ich soll in mich gehen!«

»Ja, um dir jemand Neues zu suchen! Wenn du deinen Prof wiederhaben willst, ist dein Problem schneller gelöst, als du meinst. Wirf dir ein sexy Fähnchen über, mach dir ein paar High Heels an die Füße und pimp dein Gesicht auf. Dann stell dich dahin, wo dein Lorenz dich sieht, und klimpere mit den Wimpern. Wirst mal sehen, wie schnell der sich wieder umdreht!«

»Mann, Siggi, das ist voll billig«, protestierte Ronny.

»Nein, das ist praktisch. Weil es das ist, worauf der reagiert. Und was diesen David angeht: vorstellen!«, kommandierte sie. »Damit du nicht noch mal in die Kloschüssel greifst!«

»Siggi! Ich habe mit Lorenz nicht in die Kloschüssel gegriffen! Und das mit David ist eine ... rein berufliche Sache!«

»Berufliche Sache! Was du nicht sagst!« Siggi verdrehte die Augen nach oben. »Habt ihr euch auf einem Datingportal getroffen oder habt ihr euch auf einem Datingportal getroffen? Na? Na?«

»Ja, schon, aber weder er noch ich wollen eine Beziehung.«

»Ihr seid also auf einem Datingportal, um niemanden kennenzulernen. Für wie blöd hältst du mich? Also, denk dran, meine Süße: Der größte Schritt in einer Beziehung ist nicht der erste Kuss, sondern der erste Furz!«

Ronny seufzte genervt. »Hey, Siggi! Kapier doch! Juliet steht vor einem tiefgreifenden Prozess in ihrem Leben! Sie ist dabei, ein völlig anderer Mensch zu werden, und du ...«

»Juliet soll aber kein anderer Mensch werden«, polterte Sieglinde. »Und weißt du warum, du spiritueller Klugscheißer? Weil sie ein guter Mensch ist. Wieso soll ausgerechnet so jemand sich ändern?«

»Damit sie endlich auch weiß, dass sie ein guter Mensch ist«, gab Ronny zurück. »Damit sie endlich weiß, dass es genügt, wenn sie es weiß. Und damit sie endlich aufhört, für andere gut sein zu wollen.«

Siggi warf Ronny eine Kusshand und einen anerkennenden Blick zu. »Das war mal eine richtig gute Ansage, Ronnylein. Hab ich dir schon verraten, dass ich dich liebe?«

»Und ich träume jede Nacht von dir, Siggi«, gab Ronny feierlich zurück.

Mit allen möglichen Gefühlsregungen gesegnet wandte sich Juliet ihrer Arbeit zu. Trotz Ronnys Begeisterung war sie unsicher, ob sie das tun sollte. Und der Grund dafür war in erster Linie David. Sie wusste nicht, ob sie sich ihm gegenüber öffnen wollte.

Lieber Gott, betete sie. *Sag mir, was ich tun soll! Schick mir ein Zeichen!*

❦

Der liebe Gott erhörte sie schneller als gedacht. Als Juliet nach Hause kam, lag eine Mail von Lorenz in ihrem Postfach. Wilde

Hoffnung überfiel sie und ihr Herz schlug schneller. Hatte er es sich anders überlegt? Aber der Inhalt ernüchterte sie total.

> Hallo Juliet, deine Vollmacht für das Haushaltskonto ist ab heute widerrufen. Es kommen noch Schreiben hier für dich an, bitte Postanschrift ändern. Wegen der Gutscheine: Einigen wir uns darauf, dass ich dir vorerst einen davon bezahle. Ich bitte um detaillierte Auflistung der Kosten.
>
> Gruß, Lorenz

In Juliet setzte etwas aus. Mit von Zorn verdunkelten Augen starrte sie diese Nachricht an.

Hätte er sie in diesem Moment gebeten zurückzukommen, wäre sie nicht sicher gewesen, ob sie das gewollt hätte. Für ein paar Sekunden stand sie wie eingefroren im Zimmer, doch mit dem nächsten Atemzug rief sie David an und gab ihm ihr Okay.

Er jubelte am Telefon so laut, dass sie meinte, das ganze Haus könne ihn hören. »Juliet!«, schrie er. »Das ist einfach fantastisch! Wenn du jetzt hier wärst, würde ich dich packen und im Kreis herumwirbeln! Gib mir deine E-Mail-Adresse! Ich habe unglaublich viele Seminare ausgegraben!«

»Und deine Redaktion zahlt das wirklich alles?«, vergewisserte sie sich.

»Klaro! Fällt alles unter Recherchearbeit! O Mann, ich freu mich so! Danke, dass du mitmachst, Juliet! Ich bin sicher, dass wir eine tolle Zeit erleben!«

Juliet konnte sich nicht mitfreuen. Ihr Blick fiel auf die kleinliche, unpersönliche Mail von Lorenz und ihr Herz stürzte ab. Ihr war, als wäre er bereits jetzt unwiderruflich für sie verloren.

»Ja«, sagte sie traurig. »Das hoffe ich auch. Dann ... schick mir mal die Liste, David, ich schau sie mir an. Mach's gut. Und danke für alles.«

Damit legte sie auf.

✼

Perplex hielt David sein Handy von sich. Warum klang sie so traurig? Weinte sie etwa? Fast war er versucht, ihr eine WhatsApp zu schreiben, als das Handy erneut läutete.

Es war Gero – sein x-ter Versuch, David zu erreichen. Hektisch nahm er an.

»Gero! Dich schickt der Himmel! Gerade wollte ich dich ...«

»Mich schickt der Himmel? Wohl eher die Hölle! Aus meinen Nasenlöchern quillt eine rot-schwarze Wutwolke, in meiner Hand halte ich einen fetten Dreizack, den ich dir am liebsten in deinen knochigen Hintern rammen würde!«

»Steck den Dreizack weg und hol dir was zu schreiben!«

»Steck das Telefon weg und schick mir endlich was Handfestes!«

»Ist bereits in deinem Postfach!«

»Es ist etwas in meinem Postfach? Von David Schneider? Das glaube ich erst, wenn ich es sehe. Wehe, es stimmt nicht!«

»Sogar mit Anhang!«, beteuerte David triumphierend. »Mach ihn auf! Du fällst um!«

»Hoffentlich ist das nicht wieder nur ein Lorem-ipsum-Text wie neulich«, unkte Gero misstrauisch.

»Nein, ein handfester Plan für die nächsten Monate! Projekte der allerersten Güte! Aber du musst eine der Deadlines trotzdem um ein paar Monate verlängern.«

»Ich wusste, das Ding hat einen Haken«, stöhnte Gero wenig begeistert.

»Lies erst mal in Ruhe und ruf mich wieder an!«

Zehn Minuten später war ein aufgeregter Gero am Apparat. »Wow, David! Das ist … außergewöhnlich! Tatsächlich mehrere Projekte in einem! Und diese Juliet macht mit? Das ist … ja, verflucht, das Ding lässt sich auch an andere Magazine verkaufen! An viele! Hört sich gut an! Sehr gut sogar! Mensch, das ist echt grandios!«

»Kannst du einen Vertrag vorbereiten?«, fragte David aufgedreht zurück. »Und dich erkundigen, ob sie mit der Verlängerung einverstanden sind? Die rechtfertigt sich ja durch die Dauer des Projektes.«

»Mit etwas so Handfestem in der Tasche sehe ich Chancen. Aber wenn wir schon mal dabei sind …«

»Alter, halt mich nicht von der Arbeit ab! Ich muss das alles mit Juliet abklären!«

Gero lachte. »Sag mal, läuft was mit der? So quecksilbrig habe ich dich ewig nicht mehr erlebt. Eigentlich noch nie, um genau zu sein.«

»Also, wenn was läuft, dann das Projekt! Und was Juliet angeht: Die ist nett, aber völlig reizlos. Ich will nichts von ihr und sie nicht von mir. Die will ihren Mann zurück. Und genau das werden wir jetzt mal angehen.«

»Apropos *angehen* – du nimmst an diesen Seminaren teil?«

»Klar. Ich muss ja drüber schreiben.«

»Ähm … du weißt aber, dass das manchmal ziemlich ins Eingemachte geht?«

»Gero, mein Job ist es, darüber zu berichten. Mehr will ich nicht. Und mehr wollt ihr nicht. Da fällt mir gerade noch was dazu ein! Wir könnten doch …«

Sie sprachen noch eine Weile angeregt, bis David mit einem äußerst befriedigten Grinsen auflegte.

Gero hatte recht. So lebendig hatte er sich seit Langem nicht mehr gefühlt. Juliets Zusage war für ihn wie ein dreifaches

Halleluja. Das wurde alles bestimmt superprickelnd! Endlich hatte er mal wieder etwas in Aussicht, das ihn inspirierte, das Ideen wasserfallartig auf ihn einströmen ließ – dieses Gefühl hatte er ewig nicht mehr gehabt.

Singend ging er durch die Tage, erstellte einen vorläufigen Zeitplan, bekam von Gero einen Vertragsentwurf und schickte alles zu Juliet. Er konnte es kaum erwarten, bis es endlich losging.

~*~

Als Juliet den Zeitplan studierte, den David ihr geschickt hatte, wurde ihr mulmig zumute. Wenn sie bei Neuwegers Vollzeit hätte arbeiten können, wären sie sich mit der Urlaubsplanung sicher einig geworden, aber von einem neuen Arbeitgeber konnte sie diese Flexibilität nicht erwarten. Ausgerechnet jetzt kamen auch extrem wenig Korrekturanfragen herein. Wovon sollte sie leben? Sie hatte zu schnell zugesagt! Was sie beruhigte, war eine Klausel im Vertragsentwurf, die ihr zusicherte, ohne Angabe von Gründen jederzeit aussteigen zu können.

Viel Zeit zum Nachdenken blieb ihr nicht. David trieb das Projekt dermaßen schnell voran, dass ihr fast schwindlig wurde. Gleich drei Tage nach ihrer Zusage trafen sie sich erneut – diesmal bei Ronny.

Juliet versuchte, David gegenüber offener zu sein, und merkte ernüchtert, dass er das Projekt geschäftlicher betrachtete als gedacht. Ihre vorsichtigen Vorstöße, etwas Privates über ihn zu erfahren, schmetterte er konsequent ab. Angesichts dessen, dass sie sich ihm öffnen sollte, war das ein komisches Gefühl. Er war aufgeschlossen und oft genug enthusiastisch, aber es blieb eine Barriere zwischen ihnen bestehen. Juliet vermutete, dass sie nicht sein Typ war und er ihre Einstellung Partnerschaften gegenüber nicht mochte. Damit lag sie nicht falsch.

Aufgeräumt saß er am Küchentisch und rieb sich die Hände. Eine Geste, die Misstrauen in ihr weckte.

»Du wirkst, als ob du den Deal deines Lebens eingetütet hättest«, bemerkte sie und war drauf und dran, einen Rückzieher zu machen.

»Ist ja auch ein Superdeal! Für beide Seiten! Mahony ist gebongt! Da sind wir im Sommer! Das Seminar mit seiner Frau steht ebenfalls! Wir haben sogar Elle McArthur angeschrieben und um ein Interview gebeten.«

Juliet schluckte. Steve! Den wollte sie unbedingt erleben.

»Das ist toll«, quetschte sie hervor. »Aber bevor wir weitermachen, wüsste ich gern, wie du dir das alles vorstellst. Ich meine, konkret.«

»Einfacher, als du denkst.« Beruhigend grinste er sie an. »Wir besuchen die Seminare, tauschen uns aus und du sagst mir, welche Erkenntnisse du gewonnen hast. Du bleibst total anonym. Kein Name, keine Fotos, keine Infos, außer, dass du getrennt lebst und deinen Partner wiederhaben willst. Du bringst lediglich deine weibliche Note ein. Das ist alles.«

»Das ist alles?«

»Ja, das ist alles.«

Sie schüttelte verständnislos den Kopf. »Warum nimmst du nicht einfach ein weibliches Redaktionsmitglied mit? Das wäre doch viel einfacher.«

»Einerseits gibt es niemanden, der geeignet wäre oder die Zeit dafür aufbringt, und zum anderen bin ich genau an deiner Einstellung interessiert. Und wenn es dir danach besser geht und du deinen Lorenz zurückgewinnst, hat jeder was davon.«

Wie so oft überzog Röte sein Gesicht.

»Warum wirst du rot?«

»Werde ich das?«

»Und wie! Tiefrot!«

»Passiert mir leider öfter. Hat nichts zu sagen.«

»Und das soll ich dir glauben?«

David wurde womöglich noch röter und warf ihr einen fast schüchternen Blick zu. Ein Blick, der sie berührte, der Geheimnisse barg, ihre Neugier weckte. Forschend sah sie ihm in die Augen. Er wirkte wie ein gescholtenes Kind, auf seinen Wangen waren kreisrunde Flecken. Juliet musste darüber lächeln. Im Sekundenbruchteil war eine völlig andere Atmosphäre entstanden, weicher, sanfter, offener.

Gemeinsam gingen sie die Liste und den Zeitplan durch. Ein Seminar nach dem anderen wurde in den Kalender eingetragen. Als David am Schluss bemerkte: »Von deinen Gutscheinen brauchst du schon mal keinen mehr«, fühlte sich das total befreiend an. Leichter Jubel stieg in ihr auf. Sie musste Lorenz um nichts mehr bitten! Außerdem hatte sie sich entschlossen, zum Auftakt ihren Geburtstagsgutschein einzulösen und nach Kreta zu fliegen. Bald würde sie Sonne auf der Haut spüren! Das Meer sehen und Seeluft riechen! Ihre Augen fingen an zu glänzen.

David beobachtete sie. »Freust du dich endlich?«

»O ja, und wie!«, rief sie mit einer für ihn ungewohnten Begeisterung, als habe der eben erstellte Plan einen Stöpsel in ihr entfernt. »Ich freue mich sehr! Vor allem auf Kreta und Sonne!«

»Oh, bitte, darf ich dabei sein?«, bat David zu ihrer Überraschung. »Wäre doch eine prima Gelegenheit, sich näherzukommen. Und danach weißt du, ob du mit mir kannst oder nicht.«

»Nein, David«, sagte sie abwehrend. »Da will ich für mich sein.«

»Das verstehe ich. Und das respektiere ich auch. Ich miete mich in einem anderen Hotel ein. Und ab und zu sehen wir uns und unternehmen was. Ist doch schöner, als ganz allein zu sein.« Er blickte ihr in die Augen. Sie blieb stumm.

»Hey, Juliet, ich gehe dir ganz sicher nicht auf den Senkel«, fuhr er fort. »Im Gegenteil. Ich möchte, dass du weißt, dass du dir alles, was dich bedrückt, von der Seele reden kannst. Deinen Kummer, deine Sorgen, deine Ängste … Ich höre dir zu. Ich will, dass du eine gute Zeit hast. Das ist mir sehr wichtig.«

Ein warmes Lächeln erschien auf ihrem Gesicht. »Das ist lieb von dir, David. Ja, okay, dann komm mit. Ich hoffe, es wird auch für dich eine gute Zeit.«

»Da bin ich sicher.« Wieder wurde er rot.

»Ist Allie auch dabei?«

»Ohne Allie gehe ich nie aus dem Haus!«

»Wunderbar, dann sind wir ein echtes Dream-Team!«

David hob die Hand, Juliet klatschte sie ab, beide mit einem guten Gefühl im Bauch.

※

Zurück in ihrem Kabuff wählte sie trotzig eines der besten Hotels auf Kreta und buchte – noch trotziger – eine Juniorsuite statt eines normalen Zimmers. Verträumt und voller Vorfreude betrachtete sie Fotos von Kreta, als das Telefon ihr virtuelles Sightseeing unterbrach. Es war Belinda.

»Hallo, meine Kleine, wie geht es dir?«

»Besser. Bin dabei, mein Leben neu zu ordnen. Ich habe viel vor und bin die nächsten Wochen ziemlich unterwegs.«

»Du bist unterwegs? Das sind ja ganz neue Töne! Aber keine schlechten! Was hast du vor?«

In wenigen Worten berichtete Juliet über den Verlauf der letzten Wochen.

»Das hört sich klasse an«, freute sich Belinda. »Schön, dass du aus deinem Kokon mal rauskommst!«

In den fünfzehn Jahren war sie nicht nur für Juliet Ansprechpartner gewesen, auch Lorenz hatte Belinda oft ins Vertrauen gezogen. Juliet konnte nicht an sich halten. »Hat sich Lorenz bei dir gemeldet?«

»Ja, er war sogar bei mir.«

»Und?«, hakte Juliet nervös nach. »Wie ... wie geht es ihm? Was spricht er?«

»Schätzchen, ich weiß nicht, ob du das hören willst.«

»Doch. Will ich. So schonungslos wie möglich.«

Belinda seufzte. »Okay, also ... Er ist wie ausgewechselt, Juliet. Es scheint ihm tatsächlich eine Last von den Schultern gefallen zu sein. Gerade ist er auf jeder Party zu finden, um zu demonstrieren, dass er sich von dir getrennt hat. Und die Frauen liegen ihm zu Füßen.«

Juliet schwieg verletzt. Angst stieg in ihr hoch. Sah sich Lorenz schon nach anderen Frauen um? Je mehr er sich entfernte, umso dringender wollte sie ihn zurück.

»Insofern finde ich super, was du vorhast«, versuchte Belinda, sie aufzumuntern. »Geh deinen Weg. Das ist das Beste, was du tun kannst.«

Aber Juliets Stimmung war im Eimer. »Bitte, erzähl Lorenz nichts davon. Das möchte ich selbst tun«, bat sie Belinda.

Mit offenen Augen lag sie nachts auf ihrer Matratze. Dachte an Lorenz – und an David.

Morgen Abend war ein weiteres Treffen angesetzt, an dem der Vertrag unterzeichnet werden sollte. Wegen der Urheber- und Persönlichkeitsrechte musste sie ihre Zustimmung geben, dass David ihre Aussagen verwenden durfte. Diesmal hatte er ein sehr gehobenes Restaurant vorgeschlagen, das vornehmlich von Geschäftsleuten frequentiert wurde.

»Bist selbstredend eingeladen«, informierte David sie, als sie noch mal kurz miteinander telefoniert hatten. »Gero und ich sind immer froh, mal zu einem anständigen Abendessen zu kommen.«

»Wer ist Gero?«

»Mein Mann für das Rechtliche und ein alter Freund. Er wird morgen dabei sein.«

Ja, David war ... ungewöhnlich. Sie konnte ihn nicht einordnen. Er war eher Junge als Mann, enthusiastisch und doch komplett auf Abstand. Mit seinem schmalen Körperbau war er ein ziemlicher Gegensatz zu Lorenz, der regelmäßig trainierte und dem man das auch ansah.

Davids graue Augen kamen ihr in den Sinn, seine sich so oft rötende Gesichtshaut. Alles an ihm war widersprüchlich. Sicher war nur eins: Zwischen ihnen flogen keine Funken. David war Feuer und Flamme für sein Projekt, aber vollkommen uninteressiert an ihr als Frau. Und genau die wehrte sich, auf ein Versuchsobjekt reduziert zu werden. Sie kam sich vor wie ein Mensch, der sich einem Alien zu Studienzwecken zur Verfügung stellte. Unvermittelt stieß sie einen Laut des Unmuts aus. So betrachtet klang das alles einfach nur krank!

Angesichts des nobleren Ambiente für ihr nächstes Treffen holte sie sich am nächsten Tag ein paar Klamotten aus der Lagerhalle, bevor sie aus dem Büro ging.

Grübelnd stand sie am frühen Abend in ihrem Bad und musterte sich im Spiegel. Ungeschminkt war sie definitiv eine Frau, an der man vorbeisah. Aber sie hatte eines jener Gesichter, die sich mit ein bisschen Make-up völlig verwandelten und die man ohne nicht wiedererkannte. Die Gedanken von gestern Nacht kehrten zurück. Die Ahnung, dass sie für David lediglich ein Experiment war. Wieder stieg Rebellion in ihr hoch. Spontan erstand sie in einer Drogerie eine Farbe, die ihrem Haar einen kupfernen Ton verlieh, bearbeitete es mit einem Lockenstab, ließ es diesmal offen, wählte ein graues, eng anliegendes Strickkleid, steckte ihre schmalen Füße in High Heels und schminkte sich. Mit Wimperntusche hob sie den leicht schrägen Schnitt ihrer Augen hervor, konturierte ihre Wangen, legte einen Bronzeton auf ihre Lippen, schnappte sich ihre Tasche und machte sich auf den Weg.

🎵 You Got Me Thinking 🎵

Joshua Radin

»Und, wie ist sie so?«, erkundigte sich Gero, als er die Tür des Restaurants aufstieß und sie zu ihrem Tisch geführt wurden.

»Kühl«, antwortete David. »Ein unscheinbares Mäuschen. Nicht uninteressant, aber irgendwie fad. Ob aus Liebeskummer oder bewusst, also ›What you see is what you get‹, kann ich nicht sagen. Ist ja auch egal. Ich will echt nix von der.«

Gero strich sich über seinen schwarzen, gepflegten Vollbart. »Hast du überhaupt eine Vorliebe für einen bestimmten Typ Frau?«

»Nö. Nur tough sollte sie sein. Weißt du ja. Alles, bloß kein Hausmütterchen. Nichts ist schlimmer als: ›Ich will das, was du willst, Schatz!‹« Mit dem letzten Satz hatte David seine Stimme verstellt, er klang nicht bloß höhnisch, sondern auch voller Verachtung.

Gero seufzte. »Dann hast du ja jede Menge Auswahl. Frauen, die wie Männer sein wollen, gibt es heutzutage wie Sand am Meer. Also, ich stehe mehr auf Sanftes. Und wenn eine zu mir sagt: ›Ich mach das, was du willst, Schatz‹, dann würde ich das Tag und Nacht ohne jedes Problem genießen!«

David lachte, nicht zuletzt, um die Härte seiner Aussage zu mildern. »Glaub mir, Gero, die meisten sind nur nach außen hin tough. Sobald du ein wenig tiefer gräbst, findest du innendrin ein weiches, matschiges Etwas.«

»Sagt David, der Frauenflüsterer«, spottete Gero. »Und in welche Kategorie fällt dann das nicht uninteressante, kühle Mäuschen, das wir gleich treffen?«

»In die allerschlimmste!«, stieß David hervor. »Ihr Partner wirft sie nach fünfzehn Jahren mit einem Blumenstrauß raus und alles, was ihr dazu einfällt, ist, dass sie ihn wiederhaben will!«

»Was ist falsch daran? Wenn sie ihn liebt?«

»Nee, du, die riecht danach, einem Mann alles recht machen zu wollen, nur damit er bei ihr bleibt!« Auf Davids Wangen hatten sich zwei hektische rote Flecken gebildet.

»Also, David Rosenrot«, feixte Gero, »umso gespannter bin ich auf deine Texte, wenn du mit jemandem unterwegs bist, dessen Einstellung du schon von vornherein scheiße findest.«

»Das ist ja genau der Reiz«, erklärte David. »Dass die so völlig anders tickt. Sie meint, sie könne sich ändern! Nur, um sich noch besser anpassen zu können! Und hör auf mit dem Rosenrot! Sag das bloß nicht in ihrer Gegenwart!«

»Alles klar, Rotkäppchen. Ich werde mich benehmen. Ich hoffe, du tust das auch! Da vorne schaut sich übrigens gerade jemand um. Ist sie das?«

»Wo denn?« Davids Augen irrten durch den Raum.

Gero stupste ihn an und deutete mit dem Kopf Richtung Eingang des Restaurants.

»Nein, das ist sie nicht«, erwiderte David im Brustton der Überzeugung. »Die sieht völlig anders ...«

Jäh verstummte er, denn die Frau winkte ihm zu. Davids Blick fiel auf die Tasche, die an ihrer Schulter hing – und die Tasche kannte er. Ihm klappte die Kinnlade herunter.

»Hattest du nicht gesagt, sie sei unscheinbar?«

Mit einem überaus erfreuten Lächeln auf dem Gesicht beäugte Gero die junge Frau, die sich ihnen näherte, und erhob sich, um sie zu begrüßen.

David stand der Mund immer noch offen. Nervös registrierte er das Leuchten in Geros Gesicht, als er Juliet entgegenging, ihr die Hand reichte und sie lange in der seinen hielt.

»Guten Tag, Frau Marburg«, begrüßte er sie warm. »Ich bin Gero Meixner. Wie schön, Sie kennenzulernen. David hat mir schon viel von Ihnen erzählt.«

»So viel kann das nicht gewesen sein«, konterte sie. »Die Enthüllungsorgie steht ja noch bevor. Und bitte, sagen Sie Juliet zu mir.«

»Wunderbar, ich bin Gero.« Sie schüttelten sich nochmals die Hand und das Glitzern in Geros Augen verstärkte sich. Die war ja bildhübsch! Und wirkte keine Spur weinerlich und devot, wie David sie dargestellt hatte. Ein breites, herzliches Lächeln lag auf seinem Gesicht, aber auch Juliet war von dieser Begegnung angenehm überrascht. Gero war in Davids Alter, ein bisschen beleibt, was seiner Attraktivität aber keinen Abbruch tat. Im Gegenteil, er wirkte unglaublich warmherzig, supersympathisch und strahlte eine Heiterkeit aus, die ihr Herz in Sekundenschnelle aufschloss. Sie lächelten sich an – es war klar, die beiden mochten sich von der ersten Sekunde an.

Sprachlos beobachtete David die Szene und brachte sich mit einem Räuspern ins Bild. Juliet wandte sich ihm zu.

»Juliet!«, rief er laut und merkte in der gleichen Sekunde, dass das viel zu überschwänglich rüberkam. »Schön, dich wiederzusehen! Ich hätte dich ... äh ... ich wollte sagen, du siehst toll aus.«

»Danke, David«, erwiderte sie zurückhaltend. Solche Reaktionen auf ihr verwandeltes Äußeres war sie gewohnt – und sie mochte sie nicht. Genau deswegen lief sie lieber ohne Make-up durch die Gegend.

Nachdem die Stimmung nach Davids Begrüßung merklich abgekühlt war, bemühte sich Gero, sie wieder anzuheizen.

»Setzen wir uns doch«, schlug er freundlich vor. »Was möchtest du trinken, Juliet?«

Sie bat um Wasser. Gero winkte der Bedienung, während David wie ein Klotz am Tisch saß und nichts zu sagen wusste. In seinem Kopf rumorte es, und ihm war noch nicht mal klar, warum und weswegen. Missmutig stierte er aus dem Fenster und versuchte, diesem Gefühl einen Namen zu geben.

Währenddessen verwickelte Gero Juliet mühelos in ein Gespräch und sie lachte herzhaft über seine Witze. Aber nicht nur das: Ihre Augen glänzten warm und intensiv. Das hatte David noch nie an ihr gesehen. Sie wirkte ganz anders! Ihre Wangen hatten Farbe und sie saß nicht zurückgelehnt am Tisch, wie sie es bei ihm, David, fast die gesamte Zeit über getan hatte, sondern aufrecht, mit lächelndem Mund und blitzenden Augen. Ihm war, als sähe er sie zum ersten Mal.

Beim Essen unterhielt sie sich fast ausschließlich mit Gero, was Davids Stimmung nicht besonders aufhellte. Schließlich räusperte er sich. »Vielleicht sollten wir uns mal um den Vertrag kümmern«, brachte er sich etwas unwirsch in Erinnerung. »Juliet hatte noch Fragen deswegen.«

»Ach ja, der Vertrag, natürlich.« Gero nahm seine Aktentasche vom Boden und zog ein Bündel Papiere heraus. »Ist das okay für dich«, vergewisserte er sich zuvorkommend, »wenn wir das jetzt besprechen?«

»Ja, natürlich. Dann haben wir es hinter uns.«

Sie gingen die Details durch, die im Wesentlichen darin bestanden, dass David ihre Aussagen verwenden durfte. Auch ihre Bedingungen waren sauber aufgelistet, die Klausel, jederzeit aussteigen zu können, sowie die Bestätigung der Übernahme aller im Rahmen der Reisen anfallenden Kosten. Juliet entfuhr bei der Summe ein beeindruckter Laut. Es war ein vierstelliger Betrag, der allein für sie in dieses Projekt investiert wurde.

Sie sah auf. Direkt in Geros Augen. »Das ist sehr, sehr großzügig«, murmelte sie. »Vielen Dank, ich werde so kooperativ wie möglich sein.«

Wieder war dieses Leuchten in ihrem Gesicht, das David so fremd war. Und das ihn anmachte. Zu seinem Entsetzen bemerkte er überdies, wie Geros Blick ganz weich wurde.

»Bei Weitem nicht so großzügig wie das, was du tust, Juliet«, erwiderte er sanft. »Mir ist durchaus bewusst, dass dich das jede Menge Mut kostet.«

Geros Liebenswürdigkeit war wie Balsam auf ihrer Seele, sie fühlte sich unendlich zu ihm hingezogen. David saß mit halb offenem Mund daneben und kam sich wie ein stumpfer Idiot vor. Wie machte Gero das nur? Solche Sätze wären ihm nie eingefallen, zumindest nicht in diesem Moment! Seine Wangen färbten sich wieder mal rot und er fühlte sich dringend aufgerufen, sich bemerkbar zu machen.

»Ähm ... ja, genau, Juliet«, quetschte er hervor. »Auch von meiner Seite aus großen Dank.« Aber im Gegensatz zu Gero klang er hölzern und unecht.

Juliet nickte leicht und wandte sich wieder Gero zu.

»Komm doch nächste Woche mal mit in unsere Stammkneipe«, schlug Gero munter vor. »Dort lernst du den Rest unserer Bande kennen.«

Ihr spontanes »Ja, gern!« fiel mit Davids »Hab ich ihr auch schon vorgeschlagen!« zusammen. Wieso sagte sie bei Gero so schnell zu, während sie bei ihm eher zögerlich gewesen war?

Verdrossen schloss David den Mund. Verflixt, was sollte das werden? Mit einem Mal sah er dem Projekt mit gemischten Gefühlen entgegen. Was, wenn sie ihm gegenüber weiter so dichtmachte? Stumm brütete er vor sich hin, beteiligte sich kaum am Gespräch und brannte auf eine Gelegenheit, mit Juliet alleine reden zu können.

Die kam, als Gero auf die Toilette ging. Doch kaum war er zur Tür raus, als die Temperatur am Tisch erneut abzusacken schien. David registrierte das mit Entsetzen. Stumm nippte Juliet an ihrem Wasser, eine peinliche Pause entstand. Er spürte, dass sie beide nach einem unverfänglichen Thema suchten. Verdammt, mit Gero war die Unterhaltung nur so geflutscht! Warum nicht mit ihm? Er war tiefrot, und ehe er nachdenken konnte, drehte er seinen Stuhl in ihre Richtung und beugte sich zu ihr vor, sodass ihre Gesichter lediglich Zentimeter voneinander entfernt waren. Erstaunt wich sie etwas zurück, unsicher, was sie von dieser Nähe halten sollte. Doch in diesem Moment des Zurückweichens stieß er ein fast erschrockenes Keuchen aus und hielt reflexartig ihre Hände fest, als wolle er sagen: »Nicht! Bleib bei mir!«

Verblüfft sah sie ihm in die Augen. Der Ausdruck darin überwältigte sie. Eine Vielfalt an Gefühlen, gepaart mit seinem Unvermögen, auch nur irgendetwas davon verbal ausdrücken zu können, erreichte sie. Zum ersten Mal war ihr, als ob er die Wand zwischen ihnen durchschritten hätte, und so zog sie ihre Hände nicht nur nicht zurück, sondern drückte die seinen beruhigend und hielt auffordernd und ernst Augenkontakt. David wusste nicht, wie ihm geschah. Ihre Hände waren warm, hielten ihn, vermittelten Sicherheit. Gleichzeitig bröckelte etwas in ihm, er fühlte sich ungeschützt. Ehe er sichs versah, drängte ein Sturm an Emotionen nach außen.

»Juliet«, begann er, überwältigt von diesem so gefühlsreichen Moment. »Mir ist tatsächlich erst jetzt richtig klar geworden, wie intensiv das Projekt für dich ist. Mich derart in dein Innerstes schauen zu lassen, mir zu vertrauen, das ist etwas Besonderes. Ich möchte, dass du weißt, dass ich das schätze. Dass ich das ehre. Und dass ich mir von Herzen wünsche, dass wir eine gemeinsame Basis finden.« Er wollte noch mehr sagen, aber ihm fehlten die Worte, stattdessen wurde er wieder mal rot.

Ein kleines Lächeln stahl sich in ihre Augen. Ein Lächeln, das ihn irgendwie glücklich machte. »Das hängt von einem guten Teil auch von dir ab, David«, sagte sie sanft. »Wie offen du sein kannst.«

Ihr Blick war so tief wie der Marianengraben und David spürte, wie seine Wangen brannten, wie viel inniger ihr Lächeln wurde und ein zärtlicher Ausdruck in ihre Augen trat. Eine köstliche Schwäche ergriff ihn und für eine Sekunde hatte er das untrügliche Gefühl, sie wolle ihm über seine erhitzte Wange streichen wie einem Kind. Ob ihre Hand kühl war? Seine Augen wurden tiefdunkel. Unbekannte, wirre Gefühle wogten in ihm empor und fanden ihren Weg zu ihr.

Er rückte noch näher an sie heran, wollte zu weiteren Beteuerungen ansetzen, als Gero zurückkehrte.

»Na, ihr beiden, kommt ihr euch schon näher?«, fragte er mit einem schiefen Grinsen.

Verlegen löste Juliet ihre Hände aus Davids und fand, es sei der passende Moment, um sich zu verabschieden. Eine Minute später war sie verschwunden.

Gero sah David an und zog eine Augenbraue hoch.

Aber David reagierte nicht darauf. Er starrte den Tisch an. Er hatte keine Ahnung, was das eben gewesen war.

⚜

Als die beiden Männer kurz danach auf der Straße standen, sagte Gero: »Mensch, Alter, ich beneide dich um das Projekt. Ich fürchte allerdings, du unterschätzt das.«

»O nein, mein Freund«, knurrte David. »Ich unterschätze gar nichts. Vor allem nicht unsere Deadlines.«

»Genau das meinte ich«, seufzte Gero. »Seit ich Juliet kenne, sehe ich das alles mit anderen Augen.«

»Wieso das denn?«, fragte David erstaunt.

»Alter, du hast keine Ahnung, worauf du dich da eigentlich einlässt!«

Mit diesen kryptischen Worten wollte er gehen, aber David hielt ihn zurück.

»Warte, wie meinst du das?«

»Find's selber raus. Ach, übrigens, nachdem sie ja so gar nicht dein Fall ist, hast du sicher nichts dagegen, wenn ich Juliet date?«

»Doch!«, rief David sauer, und seine Wangen färbten sich flammend rot. »Hab ich! Das lässt du schön bleiben, hörst du? Das ... das verfälscht die Ergebnisse!«

Aber Gero lachte. »Welche Ergebnisse, du rosarotes Orakel? Du bist der Letzte, dem ich zutraue, auch nur irgendeinen Ausgang berechnen zu können.«

»Ach, und wieso nicht?«

»Weil du die wichtigsten Faktoren nie berücksichtigst. Und blinder bist als ein Maulwurf!«

Damit ließ er ihn endgültig stehen. David beobachtete, wie er pfeifend die Straße hinunterlief und etwas in sein Handy tippte. Er wurde noch unruhiger. Gero hatte seit eben Juliets Telefonnummer – schrieb er sie etwa bereits an?

♪ Most Anything ♪

Sage

Lorenz las seine letzten beiden Nachrichten an Juliet durch und hätte sich am liebsten in den Hintern gebissen. Das hatte sie nicht verdient! Sie hatte recht. Es waren Geschenke. Er hatte überreagiert.

Je länger er allein in seinem Haus saß, desto mehr Erinnerungen überfielen ihn. Wie sehr hatte er damals unter der Trennung von Marielle gelitten, wie weh hatte das alles getan. Sein schlechtes Gewissen ließ ihn abgeklärter über Huberts Beobachtung im Café denken: Vermutlich hatte Juliet ihren Job als Trauerrednerin wieder aufgenommen und sich mit einem Klienten getroffen. Diese Leute wurden leicht emotional. Wie oft hatte sie erzählt, dass die Hinterbliebenen weinten, wenn sie Informationen über den Verstorbenen preisgaben. Und wie viele hatte sie in den Arm genommen und getröstet. Es war also nicht ungewöhnlich, wenn jemand sie an der Hand fasste und sie die Köpfe zusammensteckten. Nur in einem hatte Hubert recht: Es sollte ihn nichts mehr angehen.

Hubert war ein echter Freund. Er hatte Lorenz immer unterstützt, speziell in dieser Sache, und ja, es waren schon etliche Einladungen eingetrudelt, auf die er die letzten fünfzehn Jahre hatte verzichten müssen. Langsam begann er sich wieder als etabliertes und geachtetes Mitglied zu fühlen. Das tat verdammt gut! Und diese Ruhe im Haus! Kein Geklapper, keine Stimmen, die ihn in seiner Inspiration störten, keine Fragen nach der Abendgestaltung. Er war frei.

Er versuchte eine halbe Stunde lang, Juliet anzurufen, um sie persönlich zu fragen, was Sache war, aber sie ging nicht ran. Schließlich gab er es auf, er musste los zu einem abendlichen Treffen mit Kollegen.

Entspannt saß er mit seiner Männertruppe im Barbereich, als plötzlich die Tür aufging und Juliet hereinkam. Als sähe er sie das erste Mal, fiel ihm auf, wie feinsinnig sie wirkte, mit dem ihr eigenen, leicht melancholischen Flair, das sie umgab und auf das er einst so heftig reagiert hatte. Wusste sie, dass er hier war? Suchte sie ihn? Das sähe ihr ähnlich! Sie hatte immer schon die Initiative ergriffen, wenn es um ihn ging. Sein Herz schlug ein wenig schneller, während alte, diametrale Gefühle von ihm Besitz ergriffen: Das Verlangen, mit ihr im Bett zu liegen, all die herrlichen Dinge mit ihr tun zu können, ihre Wärme zu spüren – und die Blickwechsel, die seine gesetzten Kollegen stets ausgetauscht hatten, wenn sie auf seine junge Frau getroffen waren. Ihr Getuschel, das er jahrelang als Dauerrauschen in den Ohren gehabt hatte, die Mienen ihrer Gattinnen, die sich über Juliets Jugend aufregten.

Er saß innerhalb der Gruppe vorne links an der Tür. Juliet hätte ihn nur sehen können, wenn sie sich umgedreht hätte. Aber sie drehte sich nicht um. Sie blickte Richtung Restaurant und winkte jemandem zu. Belinda?

Doch Hubert, der Juliet ebenso erspäht hatte, warf ihm einen vielsagenden Blick zu. Juliet verschwand, und nach etwa zehn Minuten stand Hubert auf, begab sich in ihre Richtung und kam wenige Minuten später zurück.

»Eines ist sicher«, flüsterte er Lorenz verschwörerisch zu. »Kunden, die eine Trauerrede von ihr wollen, sind das ganz sicher nicht. Überzeug dich selbst.«

»Wie, sind das mehrere?«, fragte Lorenz verwirrt zurück.

»Zwei sehr attraktive Typen«, antwortete Hubert süffisant. »Und der Ältere genau ihr Beuteschema. Ich glaube, den kenne ich sogar ...« Er verfiel in Grübeleien.

Lorenz tat so, als interessiere ihn das nicht, aber er hockte wie auf Kohlen. Erst als die Gruppe sich aufzulösen begann und sich auch Hubert verabschiedet hatte, suchte er die Toiletten auf und warf auf dem Rückweg einen Blick in das Restaurant. Juliet stach ihm sofort ins Auge. Sie saß mit einem blonden Mann am Tisch, nah beieinander. Sehr nah beieinander. Und dieser Mann, viel jünger als er, umklammerte ihre Hände und verringerte gerade den Abstand zwischen ihnen noch mehr, als wolle er sie küssen. Verdammt, Hubert hatte recht! Das sah äußerst intim aus! Fassungslos verließ Lorenz das Restaurant. In ihm rumorte es und er hatte Mühe, sein Gefühlschaos zu sortieren. Das musste der Typ aus dem Café sein! Den traf sie wieder? Konnte sich Juliet einfach so umdrehen und ihn vergessen? Nach ein paar Wochen schon? Lorenz wusste nicht mehr, was er denken sollte.

Kaum zu Hause angekommen rief er Belinda an.

»Hallo, Belinda, hast du mal in der letzten Zeit Kontakt mit Juliet gehabt?«, fiel er mit der Tür ins Haus.

»Ja, wir haben neulich telefoniert. Warum fragst du?«

»Ich wollte nur wissen, wie es ihr geht. Sie hat bei unserem letzten Kontakt ziemlich deprimiert gewirkt.«

»O nein, ihr geht es richtig gut! Sie hat etliche interessante Bekanntschaften gemacht und die nächsten Wochen viel Spannendes vor. Du musst dir keine Gedanken machen.«

Belinda meinte es gut. Sie wollte Lorenz die Schuldgefühle nehmen, ihm vermitteln, dass Juliet weit von Suizidgedanken entfernt war. Aber ihre Worte entfalteten eine ganz andere Wirkung. Vor allem, weil Belinda auf seine Frage, was Juliet denn so vorhabe, nichts preisgeben wollte, und er den Eindruck bekam, dass Juliet sie zum Stillschweigen verdonnert hatte.

Er war empört. Hubert hatte kein bisschen übertrieben! Anscheinend war er seit Jahren blind durch diese Beziehung gestolpert! Und doch zweifelte er.

Das passte nicht zu Juliet. Hatte er sie mit seinem harschen Abschied so verletzt, dass alles in ihr zerbrochen war? Schließlich kannte er ihre Vergangenheit – und das, was zwischen ihnen passiert war. Hatte das tiefere Spuren hinterlassen als gedacht? War er … zu alt für sie? Der Gedanke riss wie die Geschosse einer Schrotflinte mehrere Löcher in sein Selbstbewusstsein. Löcher, aus denen Ungewissheit kroch.

Er lief ins Bad, betrachtete sich im Spiegel. Er war noch immer ein stattlicher Mann. Er sah noch immer super aus. Er war eine gute Partie, ein nicht unbegabter Liebhaber und mit fünfundfünfzig im besten Alter. Aber das Bild von Juliet und diesem blonden Typen verfolgte ihn – und ließ ihn nicht mehr los.

※

Zwei Tage später erreichte ihn eine Mail von ihr.

> Lieber Lorenz, ich habe mich dazu entschlossen, den Gutschein einzulösen, den du mir zu meinem dreißigsten Geburtstag geschenkt hast, und mich für das »Caramel Beach« auf Kreta entschieden. Wie vereinbart, schicke ich dir eine detaillierte Rechnung und möchte mich von ganzem Herzen für dieses großzügige Geschenk bedanken. Es ist für mich

etwas Besonderes und ich werde es mit allen
Sinnen genießen.

Liebe Grüße, Juliet

Diese Nachricht ließ reichlich viel Interpretationsspielraum. *Mit allen Sinnen genießen?* Wie meinte sie das? Es war *etwas Besonderes?* Warum?

Lorenz kochte. Sie flog nach Griechenland – und ganz bestimmt nicht allein! Mit diesem blonden Kerl! Das war also ihr spannendes Vorhaben! Sie machte sich auf seine Kosten eine schöne Zeit! Ein teureres Hotel hätte sie ja kaum finden können!

Es war richtig gewesen, sich von ihr zu trennen. Er sollte sie einfach vergessen. So schnell wie möglich. Aber das war einfacher gesagt als getan.

♫ Perfect Man ♫

Max Frost

Vor dem Treffen mit Gero und Juliet war sich David seiner Sache sehr sicher gewesen. Beziehungsweise war er sich seiner Meinung über Juliet sehr sicher gewesen. Ein graues Mäuschen, das sich einen langweiligen Prof in Strickjacke geangelt hatte und nun Sturzbäche an Tränen vergoss, weil der ihr den Laufpass gegeben hatte.

Doch mit ihrem letzten Auftritt hatte sie alle bisherigen Eindrücke komplett über den Haufen geworfen. Mann, wer hätte gedacht, dass ein bisschen Schminke so viel ausmachte? Aber es war nicht nur die Schminke. Es war, als hätte sie ihm die Tür zur Vielfalt ihres Wesens geöffnet, besser gesagt, zur Vielfalt seiner Vorurteile! Zudem machte es ihn nervös, dass sich Gero so gut mit ihr verstanden hatte. Gero, der auf Kuschliges stand. Verflixt, aber diesmal hatte sie alles andere als kuschlig gewirkt! Wo war das reizlose Entchen mit dem Pferdeschwanz geblieben? Wie war sie wirklich? So langsam ahnte er, was Gero mit seinem Satz gemeint haben könnte. *Du hast keine Ahnung, worauf du dich da eigentlich einlässt.* Ja, das wusste er nach diesem Treffen tatsächlich nicht mehr, und das machte ihn überaus nervös.

Wenig später fand er sich am Laptop wieder, wo er das Wenige, was er über Lorenz wusste, in die Suchleiste eingab: Vorname, die Bezeichnung »Professor«, sein Fachgebiet und die Uni, an der er lehrte. Eine Sekunde später strahlte ihn ein dermaßen attraktiver Mittfünfziger an, dass David ein lautes und erschrockenes »Fuck!« entfuhr.

Das war ihr Professor? Der sah ja aus wie ein Model! Für alle möglichen Branchen! Davids Bild von Juliet änderte sich erneut. Er ertappte sich dabei, wie er einen kritischen Blick in den Spiegel warf und sich mit diesem lässigen, akademischen, titelüberhäuften Adonis verglich. Angespannt las er sich die Infos über Ehrenberg durch und fuhr sich schließlich fassungslos mit beiden Händen übers erhitzte Gesicht.

»Okay«, stieß er aufgewühlt hervor. »Okay. Du bist also kein langweiliger Prof, der mit Pfeife und Thrombosestrümpfen vorm Kamin sitzt und an Windeln für Männer denkt.«

Fassungslos klickte er sich durch Fotos, versuchte herauszufinden, was ihn an dem Kerl so sehr irritierte. Das kinnlange, grau melierte Haar? Die Sonnenbrille, die er auf manchen Fotos trug und die ihn aussehen ließ wie einen Filmstar auf dem roten Teppich zur Oscarverleihung? Seine Outfits von Jeans und T-Shirt bis hin zum glamourösen Smoking? Die Tatsache, dass man nicht sagen konnte, in welchem dieser Outfits er besser aussah? Herrgott noch mal, der Typ war heiß! Sowie er das dachte, wusste David, dass es genau das war, was ihn so störte: Lorenz schwitzte Erotik aus jeder Pore aus! Und Juliet, so wie sie sich gestern präsentiert hatte, passte wunderbar zu diesem Wahnsinnstypen. Sie war die graue Eminenz, die seinen Glanz verdoppelte. Ein Glanz, der wieder auf sie zurückfiel. Ihre subtile Sinnlichkeit, die selbst ihre unsäglichen Schlabberpullis nicht vollständig hatten verbergen können, stach ihm nun geradezu ins Auge und brachte ihn zum Schwitzen. Weder musste sie ihre Brüste zur Schau stellen, noch ihre Beine zeigen, um anregend zu wirken. Es war ein Fluidum, das sie umgab wie ein Duft.

David stieß seinen Stuhl zurück, starrte auf das Bild auf dem Monitor und dachte an sein Vorhaben. Er musste sich auf das Projekt fokussieren! Das Ganze rein beruflich angehen!

Doch der Knoten in seinem Magen wurde dicker. Was würde passieren, wenn sie ihr Innenleben vor ihm ausbreitete und dasselbe von ihm verlangte? Was würde das mit ihm machen? Geros Worte offenbarten ihre wahre Bedeutung. Ja, er hatte tatsächlich keine Ahnung, worauf er sich da eingelassen hatte!

Er war nicht in Juliet verliebt, dazu mochte er zu vieles nicht an ihr. Diese leichte Melancholie, die sie umgab, ihre für ihn devote Einstellung in Bezug auf Beziehungen, die Tatsache, dass sie ihrem Ex-Partner hinterherrannte und sich nicht lösen konnte … Sie vertrat mit ihren Ansichten so ziemlich alles, was er verabscheute. Vor allem aber weckte sie Erinnerungen, ganz tief unten in ihm, brachte Magma in Bewegung, das sich unaufhaltsam nach oben zu schieben begann. Er hatte das dringende Gefühl, Vorsichtsmaßnahmen ergreifen zu müssen, damit es nicht zum Ausbruch kam. Resigniert starrte er die Decke an. Es wäre nicht das erste Mal, dass er eine Frau vergraulte. Darin war er Meister.

※

»Was ist eigentlich mit diesem David?«, fragte Siggi. »Läuft da was? Wie alt ist der Kerl? Hoffentlich nicht wieder einer, der auf die Rente zusteuert und auf Babys allergisch reagiert? Noch eine Pleite solltest du dir nicht leisten, Poppelchen. Mein Vorschlag: Lass mich das Ganze in die Hand nehmen! Damit du einen fürs Leben findest und nicht nur für fünfzehn Jahre. Vor allem einen, der dich zum Lachen und nicht zum Weinen bringt. Wann triffst du den Zeitungstypen wieder?«

»Am Donnerstag«, antwortete Juliet. Es wurmte sie, dass Siggi ihre Beziehung als unglücklich deklarierte. »Ich treffe mich mit seiner Clique. Aber hör mal, Siggi, was David angeht, da ...«

»Sehr gut. Da nimmst du mich mit«, schnitt ihr Siggi das Wort ab.

»Nein, das geht nicht. Ich sehe die Leute doch auch zum ersten Mal! Und zu deiner Info: Ich will nichts von David. Ich will Lorenz wieder. David hilft mir bloß dabei.«

Irritiert schüttelte Siggi den Kopf. »Also, warte mal, Mäuschen, damit das die doofe Siggi auch kapiert: Ein Mann, den du nicht wirklich kennst, hilft dir, also einer Frau, die er auch nicht wirklich kennt, einen Mann wiederzuerobern, den er überhaupt nicht kennt? Geht's noch? Du nimmst mich mit. Basta.«

Ronny prustete los, schlug Siggi anerkennend auf die Schulter. »Ich halte das für eine gute Idee«, ließ er verlauten. »Und selbstredend bin ich auch dabei.«

Die beiden grinsten sich verständnisinnig an und stupsten ihre Fäuste aneinander.

»Supi!«, sagte Siggi, als hätte Juliet zugestimmt. »Wir schaukeln das Kind schon. Wenn es denn mal endlich auf der Welt ist! Und ich bin Patentante!«

»Ja, vielen Dank auch, dass ihr euch so rührend um meine Familienplanung kümmert«, schmunzelte Juliet. »Ich frage erst mal David, ob das okay ist, dass ihr mitkommt.«

»Kannste gerne machen«, gab Siggi ungerührt zurück. Und an Ronny gewandt: »Ronny! Check doch mal, wo das stattfindet! Damit wir wissen, wo wir hinmüssen, wenn der Typ Nein sagt.«

Als David ihr den Ort des Cliquentreffens durchgab, fragte er: »Soll ich dich abholen?«

»Nein, das wäre der totale Umweg für dich. Hör mal, ich könnte mit zwei Arbeitskollegen fahren, hättet ihr was dagegen, wenn die dabei wären?«

»Nein, überhaupt nicht. Wir sind total offen. Geht es dir gut, Juliet?«

»Danke, ja.« Sie hustete leicht. »Freue mich schon auf deine Freunde.«

»Und ich freu mich auf dich! Bin gespannt, wie du die Runde findest.«

»Tja, ich bin gespannt, wie ihr meine Arbeitskollegen findet. Ich hoffe, wir sind kompatibel«, erwiderte sie.

»Wir sind mit jedem kompatibel«, versicherte ihr David. »Wir haben das Wort ›Toleranz‹ erfunden.«

Juliet war nicht ganz beruhigt, als sie auflegte. Lorenz war von Siggi und Ronny wenig begeistert gewesen, als er sie das erste Mal getroffen hatte. Unentwegt hatte er auf Ronnys tätowierte Finger und seinen Ohrring gestiert, was Siggi dazu veranlasst hatte, ihm eine provokante Bemerkung an den Kopf zu werfen. Lorenz hatte das unmöglich gefunden und Juliet spüren lassen, dass er von ihrem Umgang nicht viel hielt.

Daher war sie nervös und die Fahrt mit den beiden keineswegs geeignet, um ihre Bedenken zu zerstreuen.

»Fein, dass du uns mitnimmst«, erklärte Siggi eifrig, während sie es sich auf dem Beifahrersitz bequem machte. »Wenn der Zeitungsmensch nichts taugt, pfeffere ich ihm gleich mal um die Ohren, dass er dich in Ruhe lassen soll.«

»Oh, nee, Siggi, bitte nicht!«, stöhnte Juliet. »Setz dich einfach dazu und sei so still wie möglich!«

Ronny lachte, als hätte sie einen besonders guten Witz gerissen. Siggi und still, das war wie Feuer ohne Hitze – das ging nicht.

Juliet war also einigermaßen nervös, als sie die Tür zur Kneipe aufstieß und sich suchend umsah. Gero entdeckte sie als Erster, winkte ihr erfreut zu und stand auf, um ihnen entgegenzugehen. David tat es ihm nach.

»Welcher von den beiden isses denn nu?«, flüsterte Siggi weithin hörbar.

»Der Blonde«, informierte sie Ronny, ebenfalls ohne die Stimme zu senken.

»Der Blonde. Aha.« Ungeniert beäugte sie ihn.

»Schön, dich wiederzusehen, Juliet«, sagte David mit einem erheiterten Seitenblick auf Siggi.

»Ebenso«, erwiderte sie. »Also, das hier ist Ronny und ...«

»... ich bin das Orakel von Delphi«, stellte sich Siggi selbst vor. »Das ist wörtlich zu nehmen, mein Süßer. Du kannst mich aber auch Nofretete nennen oder Aphrodite ... oder einfach nur Siggi. Geht auch.«

Gero und David brachen in schallendes Gelächter aus.

Mit grimmigem Gesicht streckte Siggi Gero die Hand hin. »Hübsch, dein Bart«, bemerkte sie. »Stehst auf Kuschliges, was? Hm, aber ob die Juliet zu dir passt ... na, ich weiß nicht. Die ist nämlich nicht nur kuschlig, die kann auch richtig was im ...«

»Siggi!«, zischte Juliet und rammte ihr den Ellbogen in die Seite. Verständnislos zog Siggi die Augenbrauen hoch, walzte, ohne sie weiter zu beachten, auf Katie zu, stemmte die Hände in die Hüften und musterte sie von oben bis unten.

»Ronny!«, rief sie laut, als stünde der weit von ihr entfernt. »Komm mal her! Ich hab da was für dich! Ein echt fetziges Stückchen!«

»Hör einfach nicht hin«, empfahl Ronny, als er Katie die Hand gab. »Siggi hat so einen Drang, alle Welt auf ihre Art glücklich machen zu wollen.«

»Sie scheint aber einen guten Riecher zu haben«, entgegnete Katie und trieb Ronny damit eine sanfte Röte ins Gesicht. »Außerdem mag ich Originale«, fuhr sie fort. »Das sind wir alle hier! Herzlich willkommen! Hey, Georg! Schieb mal 'ne Runde von deinem Pflaumenzeugs rüber!«

»Oh, das gefällt mir hier!«, schnarrte Siggi hochzufrieden. »Das gefällt mir hier, Poppelchen!«

Inzwischen war sie bei Peter und Tina angekommen und winkte Juliet heftig mit der Hand zu. »Mannomann, Juliet, gute Gesellschaft! Gute Gesellschaft! Guck mal, der da! Der sieht ja aus wie ein Gemüsebauer im Ruhestand. Der hat was Gütiges an sich, nicht?«

Sie wandte sich an Peter. »Sag nix! Bestimmt bist du Sozialarbeiter und zähmst 'ne Meute Jugendlicher wie seinerzeit der Pater Flanagan. Gott, was hab ich diese Filme geliebt! Und das da ist deine Frau? Eine süße Maus.«

Die ganze Gruppe kicherte über Siggi, die sich wie selbstverständlich den Platz an der Stirnseite des Tisches nahm und die Runde in ihrer Gesamtheit taxierte.

»Ein feiner Haufen«, resümierte sie, als alle saßen. »Und der mit dem Vollbart ist ein echter Wonneproppen, Juliet. Ich glaube, der wär doch was für dich. Mit dem Blonden ... hm, das ist tatsächlich nicht so einfach mit dem. Aber putzig isser auf alle Fälle.«

Gero bekam einen Lachanfall. »Putzig!«, prustete er. »David! Hast du jemals ein so schönes Kompliment bekommen? Der putzige David!«

David wurde über und über rot, was Siggi noch putziger fand, und unwillkürlich sprang ihm Juliet bei.

»Glaub mir, Siggi, David ist nicht putzig«, versicherte sie ihr. »Der kann draufhauen wie du!«

»Wenn er hinterher alles wieder glatt streichelt, ist das okay«, parierte Siggi ungerührt. »Wär doch super, wenn du mal einen hättest, der sagt, was er denkt.«

Die Röte in Davids Gesicht intensivierte sich so sehr, dass Siggi stutzte und offensichtlich ansetzte, ihn zu sezieren, doch Peter rettete David.

»Bist du verheiratet, Siggi?«, wollte er wissen.

»Klar, Mann. Aber aus Neugier teste ich Juliets Methode mit dem Datingportal. Hab mir 'ne zweite Schneeschaufel gekauft. Ich paarschippe jetzt!«

Die Runde brüllte vor Lachen. Der Wirt brachte den Schnaps, und obwohl Juliet alles verabscheute, was über den Alkoholgehalt von Wein hinausging, kippte sie den Shot nach hinten, völlig geflasht, wie unkompliziert und selbstverständlich sie in Davids Gruppe aufgenommen worden waren. Das lag nicht an Siggis schnoddrigem Humor. Das lag an den Leuten hier, die warmherzig und vorurteilsfrei waren. Es war völlig anders als das, was sie bisher kennengelernt hatte. Ein Wort gab das nächste, weder die Witze noch das Gelächter rissen ab. Die Gesichter glühten, die Münder lachten, die Augen glänzten. Jede Sekunde war gefüllt mit Herz und Gefühl. Ronny war hin und weg von Katie, die wie er um die ganze Welt gereist war. Einer sprudelte mehr als der andere, sie zählten Orte auf, die sie kannten, und schwärmten von denen, die noch vor ihnen lagen. Keine Frage, die beiden schwammen auf einer Welle.

Juliet unterhielt sich mit Peter und Tina, die sie auf Anhieb mochte. Peter war im Ruhestand und hatte tatsächlich im Sozialwesen gearbeitet, zuletzt als Oberamtsrat. Er wirkte ruhig und strahlte etwas Väterliches aus. Juliet war total angetan von ihm.

Am meisten aber staunte sie über David. Er war hier so anders! Richtig locker, natürlich und witzig! Nicht nur schien er in die Clique total eingebunden zu sein, sondern sogar so etwas wie einen Nesthäkchenstatus innezuhaben. Vorsichtig bohrte sie bei Tina und Peter nach.

»Woher kennt ihr David?«, fragte sie.

Die beiden wechselten einen Blick, bevor Peter antwortete: »Wir hatten mal ein soziales Projekt miteinander, über das David geschrieben hat. Seitdem sind wir den Kerl nicht mehr losgeworden.« Er lachte. »Er kommt dauernd mit irgendwelchen Ideen auf uns zu! Du kennst das ja inzwischen auch.« Freundlich zwinkerte er Juliet zu.

»Ja, er kann ganz schön hartnäckig sein«, bestätigte Juliet. »Schreibt David schon lange für ›Lifestyle & Happiness‹?«

»Er schreibt generell schon lange, nicht nur für dieses Magazin«, erwiderte Tina. »Das dürften so zwanzig Jahre sein, oder, Peter?«

»Länger! Er hat immerhin mit siebzehn angefangen!«

»Mit siebzehn!«, staunte Juliet.

»Ja, er ist ziemlich etabliert in der Branche. Und macht auch wirklich gute Sachen.«

»Apropos schreiben!«, krähte Sieglinde dazwischen, die mit halbem Ohr mitgehört hatte. »Wie geht das denn jetzt überhaupt weiter mit dem blonden Romeo dahinten und meiner Julia? Wenn ich das richtig sehe, bist du also der Meister, der ihr Problem mit dem Professorenlover lösen will?«

David lachte. »Nö, das macht sie selbst, was, Juliet? Wir gehen nur zusammen auf die Seminare, dann wird das schon.«

»Seminare!«, blökte Sieglinde. »Also, wenn das die Lösung ist, hätte ich lieber das Problem zurück. Die eiern euch doch nur die Ohren voll und ziehen euch Geld aus der Tasche.«

»Siggi, du hast noch nie einen Seminarraum von innen gesehen«, mischte sich Ronny seufzend ein. »Warum buchst du nicht mal eines und überzeugst dich selbst, dass das was bringt? Oder traust du dich nicht?«

»Hab ich jemals vor irgendetwas gekuscht?«, grollte Sieglinde und sah wie eine Wikingerfrau aus, die das Nudelholz hervorholte. »Mann, Ronny, ich war schon immer Hardcore!« Und an Juliet gewandt: »Ich gehe mit!«

»Das würde ich mir genauer überlegen, Siggi. Wir wollen bis nach Indien und ...«

»Indien?«, schrie Siggi entsetzt. »Wozu soll das denn gut sein?«

»Tja, meine Gute ...« Ronny grinste süffisant. »Das ist Hardcore-Transformation!«

Siggi rang dermaßen nach Luft, dass es aussah, als erlitte sie gerade einen Herzschlag. »Indien!«, quiekte sie. »Das ist mein erstes Wort! Fehlt nur noch, dass du Juliet zu deinem Rauschebart-Guru in der gelben Kutte schleppst, der die gleichen Sandalen wie du anhat!«

»Genauso isses, Siggi.« Ronny nickte. »David und Juliet machen ein Retreat.«

»Jesus, Maria und Josef!«, bollerte Siggi. »Meld mich an! Und mein Hans muss auch mit! Das wird sensationell! So 'ne Type wie den wollte ich immer schon mal treffen! Wer ist noch dabei? Na, los! Hoch die Hände!«

Begeistert sah sie sich um und blickte in überraschte Gesichter. Zögernd hob Ronny die Hand. Katie neben ihm tat eine Sekunde später dasselbe. Er zuckte zusammen.

»Was?«, japste er. »Du gehst mit? Das wusste ich ja gar nicht!«

»Ich auch nicht. Hab mich eben entschieden.« Katie grinste ihn an.

»Und patsch!«, erklärte Siggi. »Bei euch hat's gefunkt! Ach, wie mich das freut! Na, wunderbar! Wir fliegen nach Indien! Was zum Teufel ist ein Retreat?«

»Etwas, was dir schwerfällt, Siggi«, antwortete Ronny. »Da muss man lange den Mund halten. Man nennt es *schweigen*. Und nur zur Info: In Indien ist es heiß. Sehr heiß. Und manchmal auch nicht sehr sauber.«

»Mir egal. Ich nehm feuchtes Klopapier und Desinfektionsspray mit, Hauptsache, ich habe mal 'nem echten Guru die Hand gegeben. Du musst das unbedingt fotografieren, Ronny, hörst du? Das poste ich bei Facebook! Ich hoffe, ich muss dem Typen nicht die Füße küssen.«

Es war nach Mitternacht, als sie die Runde aufhoben und sich auf der Straße voneinander verabschiedeten. Juliet umarmte alle, bis sie schließlich vor David stand, mit dem sie an diesem Abend gar nicht wirklich hatte reden können. Sanft strich er ihr über die Wange.

»Ich wollte dich den ganzen Abend fragen, wie es dir geht.«

Ihr Blick wurde weich. Es war lieb, dass er an ihrer Gemütsverfassung interessiert war.

»Es geht mir sehr gut, David«, lächelte sie. »Das war total schön heute. Du hast eine echt tolle Clique. Danke, dass wir dabei sein durften.«

»Jetzt bist *du* rot geworden«, stellte er fest. »Warum?«

»Weiß nicht, vielleicht, weil das ungewohnt ist.«

»Was?«

»Dass mich jemand so oft fragt, wie es mir geht.«

Das helle Grau seiner Augen schimmerte, seine Lippen zuckten. »Ich möchte, dass es dir gut geht«, versicherte er leise. »Das musst du mir glauben. Gute Nacht, Juliet.«

»Gute Nacht, David«, erwiderte sie, etwas verwundert über die Eindringlichkeit in seiner Stimme. Nachdenklich setzte sie sich kurz danach neben Ronny, während Siggis Mundwerk sie ununterbrochen von hinten beschallte.

»Also, weeßte was«, schnarrte sie. »Das ist genau das Richtige für dich, mein Kind. Was bin ich beruhigt, dass du endlich ein paar Leutchen um dich hast, für die du keine Seminare machen musst, damit die dich mögen! Wobei ich das mit den Seminaren natürlich jetzt völlig anders sehe. Mann, Mann, Mann, stellt euch doch nur vor: Sieglinde Hämmerlein und ihr Hans gehen Ende des Jahres nach Indien! Was doch alles aus einem Pflaumenschnaps entstehen kann! Das Zeuch hat's aber auch in sich! Dat brennt der Kerl ganz bestimmt selber und schwarz obendrein, da geb ich euch Brief und Siegel drauf ...«

Sie quatschte ununterbrochen, selbst, als sie ausstieg und die Tür schon längst zugeschlagen hatte, hörten Ronny und Juliet sie noch quasseln. »Wenn ich das meinem Hans erzähle! Dass wir nach Indien fliegen! Pass ma uff, der steht gleich senkrecht im Bett, na, ich hoffe mal, dass das auf alle seine Körperteile zutrifft ... dat wär ja heut ein Sechser mit Zusatzzahl ...!«

Ronny und Juliet kicherten vor sich hin, winkten aus dem Fenster und fuhren weiter. Es wurde still im Wagen.

»Was denkst du?«, fragte Juliet nach einer Weile.

»Also, Katie ist der Hammer«, schwärmte er. »Meinst du, ich hab 'ne Chance bei ihr?«

»Na ja, sie hat ihre Hand für Indien erst gehoben, nachdem du deine oben hattest.«

Ronny lächelte verträumt. »Wie sieht es bei dir aus?«

»Du kennst mein Ziel.«

Ronny schwieg.

»Was?«, bohrte sie nach. »Komm schon. Du kannst sagen, was du denkst.«

Er zögerte kurz und platzte dann heraus: »Es wäre so viel besser, wenn du das Ergebnis offenlassen würdest. Und einfach mal loslässt, was du bisher gedacht hast. Alles, was du bisher gewollt hast! Sonst kennst du lediglich deine eigene, kleine Vorstellung von Glück und wirst blind für alles andere, selbst für Größeres.«

Juliet kommentierte das nicht. Denn das war genau das, was sie nicht konnte. Sie *wollte* nun mal ein bestimmtes Ergebnis. Für sie war das das Größte. Nach wie vor war sie von dem überzeugt, was sie Lorenz vor fünfzehn Jahren ins Ohr geflüstert hatte: *Wir sind füreinander bestimmt.*

🎵 Ashes on Your Eyes 🎵

Deb Talan

Zwei Tage später fand der erste Wochenendkurs statt. David holte Juliet am Samstagmorgen an einer Bushaltestelle ab, etwa einen Kilometer von ihrer Adresse entfernt. Niemals hätte sie ihn vor das versiffte Mietshaus gelotst, in dem sie hauste.

»Na«, grüßte er sie. »Alles fit?«

»Klar, und du? Hast du so was schon mal mitgemacht?«

»Noch nie.«

Amüsiert nahm sie wahr, dass er nervös war.

»Du bist also noch Jungfrau«, stellte sie grinsend fest. »Wie süß!«

Er wurde wieder mal knallrot, was ihr einen Heiterkeitsausbruch bescherte.

»Irgendwann finde ich heraus, warum du ständig so rot wirst!« Sie kicherte.

»Was Gott verhüten möge!«, entfuhr es ihm.

Juliet lachte. »Oh, glaub mir, in manchen Dingen bin ich äußerst hartnäckig!«

»Allerdings«, gab er zurück. »Gut, dass du dich dabei auf Lorenz konzentrierst.«

Das verschloss ihr den Mund und sie sagte nicht mehr viel. David schien das leidzutun, aber ihm fiel nichts Passendes ein. Eine halbe Stunde später waren sie auch bereits angekommen.

Die Gruppe bestand aus drei Männern und sieben Frauen. Eine knubbelige Mittvierzigerin mit Dutt stürmte freudestrahlend auf sie zu. Nacheinander drückte sie David und Juliet mit einem dicken Seufzer an ihre füllige Brust, freute sich, als wären ihre jahrelang verschollenen Kinder nach Hause gekommen, und juchzte überschwänglich: »Ach, is des schee, dess ihr do seid! Ich bin die Bedra!«

David sah aus, als wäre er vom Panzer überfahren worden, was bei Juliet einen Lachanfall auslöste. Konsterniert flüsterte er Juliet zu: »Ist das die Seminarleiterin?!«

»Nein, die heißt Birte«, wisperte Juliet zurück und verkniff sich ein weiteres Lachen. Gott sei Dank kam die gerade um die Ecke, eine hagere, etwa fünfzigjährige Frau mit fünf Millimeter Haar auf dem Kopf. Sie führte alle in den Übungsraum, in dem Gymnastikbälle, Decken und Yogamatten in einer Ecke lagerten. Überrascht spürte Juliet Davids massiven Fluchtimpuls, sowie er die Schwelle überschritten hatte.

Nach einer kurzen, allgemeinen Begrüßung ging Birte in medias res. »Ziel in diesen zwei Tagen ist, unseren Körper bewusster wahrzunehmen«, verkündete sie. »Wir benutzen ihn jeden Tag und kaum jemand kommt auf den Gedanken, sich mal bei ihm zu bedanken, dass er alles macht, was wir wollen. Im Gegenteil, wenn er krank wird, weil wir ihm nicht den richtigen Sprit gegeben und ihn jahrelang vernachlässigt haben, verübeln wir ihm das auch noch. Obendrein versorgen wir ihn noch nicht mal mit dem nötigen Sauerstoff. Wir haben vergessen, wie man atmet. Also werden wir uns viel bewegen, denn Bewegung baut Stresshormone und Spannung ab. Durch Bewegung aktivieren wir die motorischen Zentren des Gehirns, durchbluten es, verbessern unser Immunsystem und sind inspirierter, kreativer und lernen besser.«

Juliet warf David einen Blick zu. Es war unschwer zu erkennen, dass er sich schrecklich unwohl fühlte.

»Hört sich toll an, was?«, raunte sie ihm aufmunternd zu. »Kreativität! Genau dein Ding!«

»Bei der Geburt verfügen wir über mehr als einhundert Milliarden Nervenzellen im Gehirn«, drang Birtes Stimme weiter an ihre Ohren, »aber die werden erst funktionstüchtig, wenn sie über sogenannte Synapsen mit anderen Zellen verknüpft werden. Und genau die entstehen durch Bewegung. Deshalb machen wir oft einen Spaziergang, wenn wir Inspiration brauchen ...«

Sie sprach weiter, leitete aber relativ schnell zur Praxis über. Fetzige Musik wummerte durch den Raum und die Teilnehmer wurden aufgefordert, zu hüpfen und zu tanzen, ihre Spannung herauszuschütteln und allen Stress loszulassen.

»Wir sind hier in einem geschützten Raum«, schrie Birte in die Musik hinein. »Also schaltet euren Kopf aus und lasst euren Körper tun, was immer er tun möchte!«

Sie machte den Anfang, indem sie den Kopf kreisen ließ und ihre Arme in die Luft warf, als hätte sie einen epileptischen Anfall.

David kam sich selten blöd vor. Er bewegte sich nur vorsichtig, weil er nicht auffallen wollte, und fiel genau deswegen auf. War er der Einzige, der Hemmungen hatte? Geschockt beobachtete er, wie Männer und Frauen wie besessen im Raum herumhopsten, sich schüttelten, mit dem Hintern wackelten und komische Verrenkungen machten. Ein paar Minuten später schon fingen die ersten an, seltsame Laute auszustoßen, was Birte sehr befürwortete.

»Jawoll!«, brüllte sie begeistert. »Raus damit! Befreit euch! Nur keine Scheu!«

Als hätte sie damit den Teilnehmern einen Maulkorb vom Gesicht gerissen, fing die Hälfte wie auf Kommando an, Urlaute von sich zu geben. Tiefes Grölen, verhaltenes Quieken und so mancher Schrei tönten durch den Raum.

David wurde schlecht und er versuchte, sich in der Ecke mit den Gymnastikbällen zu verstecken. Aber bei nur zehn Leuten war das ein sinnloses Unterfangen.

Auch Juliet tanzte und lachte wie die anderen. Automatisch suchte ihr Blick David, der mit einem hilflosen und geschockten Ausdruck auf dem Gesicht in der Ecke stand. Übermütig hopste sie auf ihn zu, nahm seine Hände, schwenkte seine Arme hin und her, aber er blockierte komplett, das Gesicht brandrot vor Scham. Juliet ließ ihn nicht los, tanzte dichter auf ihn zu und flüsterte ihm ins Ohr: »Hey, werd locker! Das macht total Spaß! Wo sonst kannst du dich wie ein Geisteskranker aufführen?«

»Dazu verspüre ich nicht das geringste Bedürfnis!«, zischte er zurück. »Und ich wüsste nicht, wozu das gut sein soll!«

»Es ist dafür gut, dass du dich fühlst. Dass du aufmachst.«

Sie rückte näher, er wich zurück, bis er an der Wand stand und sie ihn tanzend gegen die Mauer drückte. Sein Blick war wie hypnotisiert auf sie gerichtet. Ihre Oberweite streifte leicht seine Brust, ihr Mund war dicht an seinem Ohr und ihre Stimme prickelte wie Kohlensäure seinen Rücken hinunter.

»Na, los, du Fliegenpilz! Komm schon!«, wisperte sie.

David keuchte, bekam einen Schweißausbruch, seine Wangen waren heiß. Sie trat einen Schritt zurück, schwang wieder seine Arme, nach rechts, nach links, nach oben, nach unten, drehte sich an seiner Hand, als würden sie miteinander tanzen. Das half ihm. Sie machte weiter und gab ihn erst frei, als er sich eine Spur freier bewegte.

Der Rhythmus der Musik wurde wilder, die Trommeln dominanter, lauter, hypnotischer. Juliet vergaß sich völlig, tanzte sich in Trance. Ihre Augen waren geschlossen, ihre Füße stampften auf den Boden, sie drehte sich um sich selbst und auf ihrem Gesicht lag ein so schmerzlicher Ausdruck, dass David seinen Blick nicht von ihr lösen konnte. Fühlte tief unten in ihrem Magen ihre Wut, als wäre es seine oder ihre Angst, und verzweifelte Sehnsucht wie einen dunklen Brocken, der sich durch den Tanz von ihrem Organismus loslösen wollte. Mit jedem Aufstampfen, mit jeder Drehung spürte er, wie sie versuchte, dieses schwarze Ding aus sich herauszuschleudern. Die Trommeln dröhnten in seinen Ohren, füllten alles aus, verwickelten ihn in die stampfende Energie, veränderten sein Bewusstsein. Plötzlich hatte er das Empfinden, in ihrem Körper zu stecken, so sehr, dass er den Schrei spürte, der in ihrer Kehle hing – ein Schrei, den sie nicht ausstieß, der aber so dicht an der Oberfläche saß, dass er am liebsten an ihrer statt geschrien hätte. Er zitterte, war kurz davor, ihr einen Stoß zu geben, damit diese Wut endlich aus ihr herauskam, damit diese Qual endlich endete. Etwas in ihm rief ihr zu: »Schrei doch! Schrei doch!«

Aber sein Ruf erreichte sie nicht. David verfärbte sich vor lauter Ohnmacht.

Juliet tanzte. Stumm. Verbissen. Zornig. Den Tränen nah. Doch der Durchbruch blieb aus.

David bebte immer stärker am ganzen Körper. In ihm tobte ein massiver Aufruhr, der ihn zurückschleuderte, ihn in einen Tunnel warf … und ihn wieder diese Hilflosigkeit fühlen ließ, die er so hasste, hasste, hasste. Er war an der Grenze seiner Belastbarkeit, wollte zur Tür. Herrgott noch mal, er musste hier raus! Sein Kopf platzte von diesen Trommeln, platzte von der Fülle an Emotionen, das war ein Irrenhaus hier! Doch kurz bevor der Impuls sich Bahn brechen konnte, drehte Birte die Musik abrupt ab. Der Effekt war gespenstisch.

Die Leute hielten mitten in der Bewegung inne. Wie dichtes Konfetti wirbelten die Empfindungen und Gefühle der

Teilnehmer wild im Raum umher, waberten in der Luft, begannen, zu Boden zu sinken. Birte befand sich wie ein Dompteur in der Mitte des Raumes, bewegte ihre Hände wiederholt langsam von oben nach unten, als dirigiere sie die aufgewirbelten Emotionen.

Stille schwirrte durch die Luft. Eine Stille, die David hören konnte. Eine Stille, die wie eine Leinwand für alle Emotionen im Raum war – und sein Verstand konnte das nicht fassen, fand keine Logik darin. Alles, was seinem Kopf übrig blieb, war, diese Aktion als totalen Schwachsinn zu verurteilen.

Erleichtert und erschöpft ließ er sich auf seiner Matte nieder, als Birte die Teilnehmer dazu aufforderte, und merkte erst jetzt, wie sehr seine Knie wackelten. Doch schon in der nächsten Sekunde ereilte ihn der nächste Schock, denn Birte forderte alle auf, den anderen mitzuteilen, was in ihnen vorginge. David hätte am liebsten gekotzt.

»Ich fühle mich befreit! Total befreit!«, sagte Franz, ein untersetzter Mittfünfziger, begeistert. »Und so locker! Das hat echt gutgetan!«

»Also in mir is da ebbe a Lawine runtergegracht«, näselte Knubbel-Petra weinerlich. »Isch kann euch gar net sage, wie mir grade isch ... ich mein, da war so viel Leid und Qual, und jetzt is des plötzlich weg! Einfach weg! Es isch a Wunder!«

Sie fing an zu heulen. Franz legte den Arm um sie. Einer nach dem anderen brachte seine Erfahrung zum Ausdruck.

David bekam die Panik, je mehr sich outeten. Fieberhaft überlegte er, welch halbwegs brauchbaren Satz er absondern könnte, aber unvermutet rettete ihn ein anderer männlicher Teilnehmer namens Jörg.

»Also, ich kann dazu bisher nichts sagen«, erklärte der. »Das arbeitet alles noch in mir. Es war heftig. Echt heftig.«

»Geht mir genauso«, schloss sich David erleichtert an. »Muss ich erst mal verdauen.«

Juliet schickte ihm einen argwöhnischen Blick. Sie ahnte, wie er den Satz wirklich gemeint hatte.

Es folgte ein längerer Vortrag. Birtes höchst salbungsvolle Stimme reizte David bis aufs Blut. Sie erklärte, dass Atem mehr als nur Luft sei. Es sei Chi, Prana, Lebensenergie, aber auch universelle Energie, die gemeinsam mit dem Blut und der Lymphe durch den Körper fließe. Alle drei Elemente seien dazu da, den Körper zu regenerieren und zu reinigen ...

Sie redete und redete – endlos.

Bereits nach zehn Minuten hätte David Birte am liebsten gefesselt und geknebelt und wusste nicht, wie er den restlichen Tag überstehen sollte. Unauffällig sah er sich im Raum um.

Jörg kratzte das Schwarze unter seinen Zehennägeln hervor. Knubbel-Petra sackte mit dem Kopf andauernd seitlich weg, um hernach mit aufgerissenen Augen extreme Aufmerksamkeit und Begeisterung zu heucheln. Simone versuchte minutenlang mit der Zunge Gemüse aus ihren Zähnen zu pulen. Schließlich nahm sie entnervt und ungeniert den Zeigefinger zu Hilfe, fletschte die Zähne und kratzte ein Fitzelchen Spinat hervor. Franz hob heimlich seine rechte Hinterbacke, ließ einen fahren und erschrak ein paar Sekunden später selbst über den Gestank. Entrüstet sah er sich mit einem »Na, also, wer macht denn so was?«-Gesichtsausdruck um. Juliets Blick traf auf den von David, sie war kurz davor, laut loszuprusten, und wedelte hinter Franzens Rücken mit der Hand vor ihrem Gesicht herum.

Aber es kam noch schlimmer. Denn Birte bat nun alle, das zu notieren, was sie belastete, ihre Sorgen und Nöte, ihr Leid und ihren Kummer. Sie ermunterte die Teilnehmer, zu den Stichpunkten dazuzuschreiben, wo im Körper sie das fühlten.

David drehte fast ab. Pflichtschuldig nahm er sein Notizbuch heraus, malte angepisst Krakel hinein und war froh, es wieder schließen zu können, ohne es wie in der Schule der Lehrerin vorzeigen zu müssen.

Eine Minute später hätte er viel lieber weiter Kringel auf leere Seiten gesetzt, denn Birte leitete eine Stunde mit Atemübungen an, in der sie ihn mit ihrer näselnden Stimme fast an den Rand eines Nervenzusammenbruchs brachte.

»Und wir atmen tiiiiieeef ein ...« Dabei gab sie ein aufmunterndes, schnorchelndes Geräusch von sich. »... uuuuunnnd wieder aaaauuus ... pfffffff ... uuunnnd ganz tiiiiefff und so laaaange wir köööönnnnen wieder aaaauuusss ... pfffffff ... und wer will, darf dem Ausatmen gerne einen Ton mitgeben.«

Zur Demonstration entließ sie ein tiefes, röchelndes »Aaaaaaaaaahhhhhoooohhhhh« aus ihrem Brustkorb, das eines brünstigen Hirsches würdig war. Es klang wie eine kaputte Trompete.

Fast alle kamen Birtes Aufforderung nach und der Raum füllte sich mit Gegröle, Gebrülle und Gestöhne. Simone gab kleine, spitze Schreie von sich, »Ah! Ah! Ah! Aaahhh!«, als hätte sie einen minderwertigen Orgasmus. Petra heulte schon wieder Rotz und Wasser, Jörg röchelte und Franz nutzte die Gelegenheit, Luft aus anderen Öffnungen strömen zu lassen als aus dem Mund. Diesmal mit Geräusch. Hatte Birte ja so angeregt. In David fuhr der Widerstand zum Anschlag hoch. Er kam sich vor wie in der Irrenanstalt. Alles in ihm schrie nach Flucht.

Nach einer gefühlten Ewigkeit beendete Birte das Inferno. Sie erlaubte allen, sich für ein paar Minuten auf den Rücken zu legen und stellte den Timer. David war schwindlig von dem unnatürlichen Schnaufen, obwohl er nur halb mitgemacht hatte. Sein Kopf drehte sich. Er fühlte sich panisch und durcheinander.

Erfreulicherweise schaltete Birte eine wunderbar harmonische Musik hinzu, die ihn wie in einem Lift nach unten fuhr. Dankbar schloss er die Augen und nickte innerhalb weniger Minuten weg. Doch nach viel zu kurzer Zeit rüttelte sie ihn kräftig am Arm.

»Und weiter geht's! Wer wird denn hier schlafen? Wir wollen reflektieren! Kontemplieren! Sinnieren! Aber doch nicht schlafen!«

Ächzend und völlig benommen brachte David seinen Körper in eine vertikale Sitzhaltung und rieb sich die Augen. Juliet hockte ihm schräg gegenüber und warf ihm einen Blick zu, der besorgt, aber auch irgendwie zärtlich war. Er riss sich zusammen.

»Und nun«, kündigte Birte an, »werden wir unseren Achtsamkeitsmuskel trainieren.«

Eine weitere Stunde verging mit Tai-Chi-Übungen, die nach einem Mittagessen, das David eher hungrig als satt zurückließ, fortgeführt wurden. Danach wurde wieder geatmet. »Uuuuunnnd durch das linke Nasenloch eeeinnnn ...«, näselte Birte und zog mit der Luft hörbar Rotz hoch, »uuuuunnnd durch das rechte Nasenloch wieder aaauuus.«

David war kurz vor dem Ausrasten, setzte sich so, dass ihm keiner ins Gesicht schauen konnte, und tat nur so, als ob er mitmache.

Endlich, endlich war der Abend gekommen. Er lechzte unsäglich nach einem Bier und etwas Gutem zu essen, irgendwo, Hauptsache, ganz weit weg von diesem Seminarraum!

Gut gelaunt hakte sich Juliet bei ihm unter, als sie zum Auto liefen.

»Na, und wie war's für dich, Herr Journalist?«, fragte sie übermütig. Sie schien kein bisschen müde, während er sich nach einem dreimonatigen Winterschlaf sehnte.

»Also, wenn das morgen auch nur ansatzweise so weitergeht, bringe ich ein Schlachtermesser und eine Kotztüte mit«, fluchte er. »Ich brauche was Anständiges zu essen! Und ein Bier! Oder einen Cognac! Am besten beides! Komm, lass uns was Nettes suchen, dann ...«

»Aber David! Birte hat doch ausdrücklich betont, dass Alkohol nach diesen Übungen tabu ist. Und essen sollen wir heute auch nichts mehr.«

»Was?« Entsetzt blieb er stehen und starrte sie an. »Wann hat sie denn das gesagt?«

»Vermutlich, als du geschlafen hast?«

»Aber wofür zur Hölle soll das gut sein?«

»Das ist Intervallfasten. Damit dein Magen mal über zwölf Stunden Ruhe hat.«

»Aber er hat keine Ruhe! Ich meine, er gibt keine Ruhe! Hörst du das? Er ist sauer! Er schreit mich an!«

Und tatsächlich, sein Magen röhrte laut und fordernd. Juliet bekam einen Lachanfall.

»Also, wenn du dir was reinziehen willst ... ich verpfeif dich ganz bestimmt nicht.«

»Und du willst dich nur danebensetzen? Das ist voll ungemütlich!«

»Wir könnten in eine Bar gehen, du kannst was essen und ich trinke einen Tee. O mein Gott, das ist ja der Hammer, wie der grölt!«

»Aber er stinkt wenigstens nicht so wie Franz«, maulte David. »Hast du das mitbekommen, wie der gefurzt hat? Ich dachte ja beim ersten Mal, es wäre ein Versehen, aber der hat ja andauernd ...«

»O ja, der Franz!«, prustete sie. »Vermutlich hat er Blähungen. Aber mal abgesehen von deinem Hunger ... Wie geht es dir?«

»Da fragst du noch? Ich habe mich nie beschissener gefühlt! Und diese Petra! ›Schee, dess ihr do seid!‹«, äffte er sie nach. »Nee, ehrlich, ich will nach Hause!«

Juliet bog sich an seinem Arm vor Lachen. »Meine Güte, wie willst du nur den zweiten Tag aushalten?!«

»Wo soll es da bitte noch eine Steigerung geben? Schlimmer als heute kann das nicht werden.«

»Da wäre ich mir an deiner Stelle nicht sicher. Also, wenn ich dich so erlebe … und das Programm von morgen danebenhalte …« Sie machte ein kritisches Gesicht. »Könnte schwierig werden.«

»Ähm, das Programm steht schon fest? Wieso weiß ich das nicht?«

»Vielleicht, weil du die letzte halbe Stunde auf dem Klo verbracht hast.« Juliet kriegte sich fast nicht mehr ein vor Lachen. »Birte hat es ausgeteilt.«

»Zeig mal her!«

»Nee, auf keinen Fall. Ich fürchte, wenn du das liest, gehst du morgen nicht mit!«

Er versuchte, ihre Tasche zu klauen, aber sie rannte feixend weg, er hinterher, bis sie an seinem Wagen angekommen waren und David noch etliche Versuche unternahm, an den Stundenplan zu kommen. Aber alles, was er erreichte, war, dass sie beide bei jeder seiner Bemühungen einen erneuten Lachkrampf bekamen, bis sie schließlich in bester Laune und ohne dass er das Programm gesehen hatte, in eine Bar fuhren, wo sich David zwei Teller Steinpilzravioli in Salbeibutter und ein Glas Rotwein bestellte. Juliet blieb hart und saß vor Wasser und Tee. Sie schüttelte den Kopf, als er seine erste Portion bekam.

»Ist zumindest vegetarisch«, rechtfertigte er sich. »Mmmh, das schmeckt echt lecker! Willst du wirklich nichts? Ich habe die zwei Portionen extra bestellt, weil ich sicher war, dass du mir was wegnaschst.«

»Ist ja süß, dass du an mich denkst.« Sie lächelte und sagte gespielt ängstlich: »Aber führe mich nicht in Versuchung!«

»Und wie ich dich in Versuchung führe!« David hielt ihr das Rotweinglas hin.

»Also mit Alkohol bin ich ganz sicher nicht zu verführen.«

»Wart nur, da gibt es ja noch mehr, zum Beispiel Vanilleeis mit Himbeersoße? Oder sieh mal hier: Sie haben Champagner und Austern auf der Karte!«

»Meine Güte«, witzelte sie. »Wenn du diesen Einsatz im Workshop gebracht hättest …«

»Apropos, wie fandest du das heute?«

»Einfach klasse! Ich habe super viel mitgenommen.«

David verschluckte sich heftig und konnte gerade noch verhindern, dass er den Rotwein aus seinem Mund herausprustete.

»Bitte?«, fragte er fassungslos, nachdem Juliet ihm auf den Rücken geklopft und er sich ausgehustet hatte. »Du konntest diesem Mist etwas abgewinnen? Was zur Hölle soll das gewesen sein?«

»Das Atmen zum Beispiel. Das hat meinen Kopf total leer gemacht. Das war ein wunderbares Gefühl.«

»Wunderbar?«, fragte er verständnislos. »Wieso das denn?«

»Weil ich in diesen Sekunden ohne jeden Gedanken glücklich war. Es war nur kurz, aber immerhin habe ich gemerkt, dass es Gedanken sind, die mich unglücklich machen. Und ich habe zum ersten Mal gemerkt, dass es tatsächlich einen gedankenlosen Zustand gibt. Und weißt du was? In diesem Moment hatte ich das Gefühl, dass sich mein Körper mit Energie füllt. Und als ich aufgeschrieben habe, was mich belastet, was ich weghaben möchte und wo im Körper das sitzt, hat mir das meinen Körper wirklich nähergebracht. Plötzlich wurde mir klar, dass ich ihn vorher gar nicht richtig wahrgenommen habe. Wenn man seine Wünsche und Sorgen ausformulieren muss, wird einem erst mal klar, worum es eigentlich geht.«

Der Ausdruck auf seinem Gesicht hätte gespannter nicht sein können. David hing an ihren Lippen, als verriete sie ihm die Formel, wie man unedle Metalle in Gold verwandelt, und war mit einer Aufmerksamkeit bei ihr, die Juliet über die Maßen verblüffte.

»Und worum geht es?«, wollte er wissen. »Was hast du aufgeschrieben?«

»Was hast *du* denn aufgeschrieben?«, fragte sie zurück. »Zeigst du es mir?«

»Aber sicher doch.«

Sie hatte fest damit gerechnet, dass er sich zieren würde, und schaute nun verdattert zu, wie er das Notizbuch aus dem Rucksack holte und es ihr hinschob. Wütende, krakelige, ineinander verwickelte Ornamente starrten ihr entgegen. Er hatte so fest aufgedrückt, dass sich das Muster auf den Seiten danach auch noch abzeichnete. Betroffen senkten sich ihre Augen in die seinen, ein Blick, der ihm tief in die Seele fuhr. Er schluckte leicht.

»Hey, David«, sagte sie traurig. »Das ist so schade. Warum machst du nicht mit?«

»Geht doch um dich und nicht um mich«, antwortete er heiser.

»Ich dachte, es geht um uns beide.«

»Geht es das?«

Drei Worte, unbedacht herausgerutscht, katapultierten in Lichtgeschwindigkeit die Stimmung in eine andere Dimension. Eine Stimmung, die sich auflud mit einer feinen, prickelnden Energie, die die Voltzahl zwischen ihnen erhöhte. Juliet versuchte, in Davids Gesicht zu lesen, doch er wandte sich mit einem Ruck ab.

»Gehen wir?«, fragte er.

»Sollen wir?«, gab sie den Ball zurück. Er fixierte die Tischplatte, zögerte.

»Ja. Ich denke, wir sollten ins Bett. Wir müssen morgen früh raus.«

Ohne ein weiteres Wort rutschte Juliet von ihrem Barhocker herunter. Stumm legten sie den Weg zu seinem Wagen zurück. Stumm fuhren sie zum Hotel, stumm stiegen sie aus, stumm blieben sie, bis sie vor ihrer Zimmertür standen.

»Gute Nacht, David.« Sie sah ihm in die Augen.

»Gute Nacht, Juliet.«

Keiner von beiden rührte sich, bis Juliet über sein Revers strich und einen nicht vorhandenen Fussel wegfegte.

»Ist Allie bei dir?«

In Davids Gesicht zuckte es.

»Klar doch.«

Sie lächelte. »Gib ihr einen Kuss von mir. Schlaf gut, David.«

Zwei Sekunden später war sie in ihrem Zimmer verschwunden. David ging zu seiner Tür, lehnte seine heiße Stirn an den Rahmen, bevor er sie aufschloss.

Ich dachte, es geht um uns beide.
Geht es das?

Die Frage ließ ihn nicht schlafen.

Wie Juliet prophezeit hatte, wurde der nächste Tag für David noch mal heftig. Franz furzte, Petra heulte, Simone hatte wieder etwas zwischen den Zähnen und Birtes Übungen trieben ihn in den Wahnsinn. Juliet hatte eine völlig andere Wahrnehmung, sie fand alles total super. Aber in Davids Kopf steckte ein dicker Filter, deshalb entwich ihm ein tiefer Stoßseufzer, als sie endlich nach Hause fahren konnten.

»Und hat es dir jetzt was gebracht?«, fragte er übel gelaunt, als er auf die Autobahn einscherte.

»Unbedingt«, antwortete sie. »Birte hat so viele wertvolle Sätze gesagt, die scheinst du überhört zu haben.«

»Kein Wunder! Franz' Pupse haben alles übertönt!«

Juliet lachte. »Ich schreibe meine Eindrücke auf und schick sie dir. Kann ich die Artikel eigentlich vorab lesen?«

»Hast du Angst, dass ich die Seminare in der Luft zerreiße?«

»Exakt.«

»Nein, werde ich bestimmt nicht. Und klar kannst du das lesen. Ich ... ich werde auch reflektieren, versprochen. Es fällt mir nur unendlich viel schwerer als dir.«

Juliet wurde weich. »Ich find's toll, dass du es versuchst.«

Ein zaghaftes Lächeln umspielte seine Lippen, aber er antwortete nicht darauf. Während der restlichen Fahrt schien er über einem dicken Problem zu brüten, und sie ließ ihn in Ruhe.

Sie hatte auch ihre Probleme.

🎵 Fly Away 🎵

Michael Jackson

Vor dem Flug nach Kreta stand Juliet unter Dauerstrom. Sie wollte etwas Bargeld mitnehmen und arbeitete daher alle anliegenden Korrekturanfragen ab.

Aber sie fühlte sich energielos und schlapp. Seit einiger Zeit verfolgte sie ein lästiger Husten, der nicht weichen wollte. Lorenz hatte auf ihre vorsichtige Anfrage, sich endlich auszusprechen, bisher nicht reagiert. Warum nur? Juliets Gedanken zogen die immer gleichen Kreise. Bestimmt war er sauer, weil sie ein so teures Hotel gewählt hatte. Ob Becky und Josie etwas wussten? Sie wollten sich mit ihr treffen, aber es war gar nicht so leicht, alle drei terminlich unter einen Hut zu bringen.

Belinda wollte sie ebenfalls besuchen. Als Juliet ihr sagte, sie befände sich in einer Übergangsbleibe, schob ihr Belinda die Adresse einer alten Dame zu, die den ersten Stock ihres Hauses vermieten wollte.

»Das Haus ist ein wenig abgelegen, aber dafür bekommst du hundert Quadratmeter zu einem Spottpreis!«, versprach Belinda. Die Vermieterin, Frau Grete Kleinecke, wollte primär eine vertrauenswürdige Mieterin, die ihr ab und zu zur Hand ging. Juliet schnaufte. Hundert Quadratmeter! Obwohl sie wusste, dass es wenig Sinn ergab, lieh sie sich Ronnys Wagen und nahm den Termin wahr. Das war ein Fehler, denn schon der Weg durch die Natur machte sie wehmütig, noch mehr das Haus selbst, das am Rand eines idyllischen Dörfchens lag. Und die Wohnung erst! Sie war renoviert und lichtdurchflutet, mit Blick auf Garten, Wiesen und Felder. Juliet war hingerissen, auch von Frau Kleinecke, einer entzückenden, alten Dame, die Juliet allein deshalb als Mieterin präferierte, weil sie auf Empfehlung von Belinda hier war. Sie führte Juliet sogar durch ihre eigenen Räume. Als sie ins Wohnzimmer kamen, gingen Juliet die Augen über.

»Meine Güte«, rief sie. »Sie haben ja eine ganze Bibliothek! Und oh … alle Bücher von Elle McArthur!«

»Das ist meine Lieblingsautorin! Nur das letzte Buch fand ich nicht so dolle, da war wohl der Schwung raus. Ich habe sogar eines mit Widmung!« Sie zog einen Band aus dem Regal.

»Wie sind Sie denn da dran gekommen?«

»Mein Enkel hat das Buch bei einem Preisausschreiben bei Facebook gewonnen und es für mich signieren lassen.«

»McArthur ist auf Facebook?«

»Scheint so. Aber wie denken Sie über die Wohnung?«

Bedrückt stellte Juliet den Band wieder zurück.

»Frau Kleinecke, ich …«

»Ich weiß, dass Sie dieses Jahr viel reisen werden«, unterbrach die alte Dame sie eifrig. »Aber zu wissen, nicht ganz allein zu sein und ab und an Ihre Hilfe in Anspruch nehmen zu können, würde mir genügen.«

»Das wäre gar kein Thema«, versicherte Juliet ihr. »Im Gegenteil … und Ihr Mietpreis ist so unglaublich …« Sie biss sich auf die Lippen, sah bedauernd auf den wunderhübschen Garten. »Aber ich muss trotzdem kalkulieren, ob ich mir die Wohnung leisten kann.«

Das war eine höfliche Lüge. Sie musste nicht nachrechnen, um zu wissen, dass das finanziell nicht drin war. Selbst wenn sie die Miete irgendwie hätte auftreiben können, sie würde ein Auto brauchen, um zur Arbeit zu kommen. Außerdem hoffte etwas in ihr hartnäckig, bald wieder in ihr eigentliches Zuhause zurückziehen zu können. Sie musste unbedingt endlich mit Lorenz reden!

Nach dieser Idylle erschien ihr das küchenlose Kabuff umso trostloser. Hier hatte sie lediglich einen Wasserkocher und eine Kochplatte. Ihr Kleiderschrank bestand aus drei Kartons und ihr Tisch aus einer Obstkiste, die sie an die Matratze zog, wenn sie essen wollte. Sie kaufte sich einen Minikühlschrank, der verdammt lärmte und den sie nachts ausschalten musste, womit er letztlich seinen Zweck verfehlte. Das war kein Dauerzustand, aber all das würde sie angehen, sobald sie mit Lorenz geredet hatte. Sie glaubte fest daran, dass es ein Zurück gab, sofern sie sich nur endlich sehen und sprechen könnten. Nein, sie wollte nicht aufgeben.

Am Abend vor dem Abflug lag sie auf ihrer Matratze und dachte an David. Er hatte sich seit dem letzten Treffen nicht mehr gemeldet, und auch sie hatte ihn nicht angeschrieben. Dass David nichts von ihr wollte, war offensichtlich. Er brachte generell seine Männlichkeit kaum ins Spiel. Ob er schwul war? Vielleicht konnte sie über Gero etwas mehr über ihn erfahren. Ihre Mundwinkel bogen sich nach oben, als sie sich Gero in Erinnerung rief. Er war so sonnig und so warm! Liebte es zu kochen. Wie sie.

Sie hatten ein paarmal telefoniert und innerhalb kurzer Zeit festgestellt, dass außer Freundschaft nichts zwischen ihnen sein würde, aber es tat verdammt gut, einen Freund wie ihn zu haben.

Ein paar Sekunden später strandeten ihre Gedanken wie so oft bei Lorenz und eine Vielzahl widersprüchlicher Gefühle quoll in ihr auf. Massive Wut auf Hepphausen, Ohnmacht, weil sie sich gegen dessen Gerede nicht wehren konnte, und Sehnsucht nach Lorenz. Wenn er jetzt hier wäre, wenn sie sich an ihn schmiegen, am Morgen wieder zusammen mit ihm aufwachen könnte! Oh, wo war nur all das Schöne hin? Wie konnte er all das beiseiteschieben? Ihren sonnigen Alltag, ihre intensiven Nächte! Sie griff nach ihrem Handy, verfasste eine leidenschaftliche Liebeserklärung, in der Meinung, er müsse den Verlust doch ebenso fühlen wie sie.

Doch sie löschte sie wieder, schloss die Augen, zwang alle Gedanken weg. Morgen flog sie in die Sonne. Weiter wollte sie nicht denken.

Lorenz begann tatsächlich den Verlust zu fühlen. Immer öfter blitzte er durch die Wolken aus Groll und Trotz. Auch er checkte oft sein Handy. Seit der Info, sie würde nach Kreta fliegen, hatte sie keinen Pieps mehr von sich gegeben. Das war ungewöhnlich. Sie hatte Disharmonie nie lange ausgehalten, nie ein Problem gehabt, ihm nach einem Streit entgegenzukommen, ihm süße, versöhnliche Nachrichten geschickt, manchmal ein erotisches Foto … aber nun: nichts. Totale Funkstille.

Verdammt, Lorenz, rief er sich innerlich zur Ordnung. *Das hier ist kein Streit! Du hast die Beziehung beendet! Du hast es so gewollt!* Aber der Stachel, dass dieser blonde Typ der Grund für ihr seltsames Verhalten und das Letzte, was er von ihr bekommen hatte, die Rechnung für Kreta war, vergiftete ihn. Nie hätte er gedacht, dass er schnell ersetzbar sein würde.

David und Juliet trafen sich um fünf Uhr morgens an einem Infopoint am Flughafen. Er wirkte müde und wortkarg. Der Flug verlief nicht viel gesprächiger, obwohl sie nebeneinandersaßen. Zwei Stunden später landeten sie in Heraklion.

Die Sonne schien, der Himmel war blau, die Luft roch hier anders. Sobald sie die Stadt hinter sich gelassen hatten, offerierte sich ihnen die griechische Insel mit einer Vielfalt an atemberaubenden Naturschönheiten, die sie schier umwarf. Das Taxi befuhr eine hoch gelegene Straße, die Blicke auf karibisch anmutende Sandstrände freigab, und folgte ihr durch verträumte Dörfer, die von Canyons und bewaldeten oder mit lilafarbenen Blüten übersäten Gipfeln umgeben waren. Die Landschaft öffnete ihre Seelen und taute beide auf.

»Schau doch nur!«, rief Juliet alle paar Minuten entzückt. »Diese Hügel! Und die Farben! Hast du gewusst, dass Kreta so bunt ist?«

»Nein, ich hatte keine Ahnung«, gab David ebenso angetan zurück. »Es ist wunderschön!«

Juliets Augen strahlten, sie fühlte sich wie von der Hölle ins Paradies gekommen. Ständig blickte sie über das Meer, das gegen hohe Felswände brandete oder an anderen Stellen still und ruhig dalag. Das Urlaubsfeeling hatte sie voll erfasst und vertrieb alle Sorgen.

»Oh«, seufzte sie. »Wie ich mich auf den ersten Strandspaziergang freue!«

»Darauf habe ich auch Lust«, stimmte David zu. »Sich ein wenig salzige Luft um die Nase wehen lassen …«

»… und abends ein Glas Rotwein beim Sonnenuntergang«, schwärmte Juliet.

»Wollen wir zusammen zu Abend essen?«, fragte er. »Das wäre doch ein toller Auftakt.«

»Gute Idee! Wir packen aus, treffen uns am Strand und abends zum Dinner!«

Das Eis war gebrochen und schmolz in der Sonne Kretas, das sie mit angenehmen zwanzig Grad empfing, mühelos dahin. Es war Anfang April, und der Frühling hatte die Insel in ein Blütenmeer verwandelt. Der Taxifahrer, erfreut, dass seine Insel ihnen gefiel, steuerte Wissenswertes bei, bis sie am »Caramel Beach« ankamen und ein Hotelmitarbeiter mit einem freundlichen Lächeln den Schlag öffnete.

»Ich kann es kaum erwarten, Sand unter den Füßen zu spüren!«, juchzte Juliet. »Dann in zwei Stunden hier für einen Strandspaziergang?«

»Ja, alles klar! Ich warte im Foyer auf dich! Freue mich auch sehr!«

Sie stieg aus, winkte ihm zu und verschwand im Hotel.

Es war von Beginn an ein Traum. Die Juniorsuite war wunderschön eingerichtet und von Sonne durchflutet. Sie hatte ein richtiges Bett! Einen Schrank! Einen Schreibtisch, einen kleinen Balkon und ein modernes, supersauberes Bad mit einer riesigen Dusche und abgeteilter Toilette! Auf einer Vitrine standen eine Kaffeemaschine und griechische Leckereien, ein Obstkorb und eine halbe Flasche Champagner. Oh, es war herrlich hier!

Außer sich vor Freude packte sie aus, zog sich ein kurzes, schwingendes Sommerkleid über, Flipflops an die Füße und lief nach draußen. Der Traum ging weiter. Ein Meersalz-Pool erwartete sie, dessen Wasser nachts in unterschiedlichen Farben erstrahlte. Um die eine Hälfte des Beckens waren Gazebos aufgestellt, die mit dick gepolsterten Liegeflächen und umgeben von wehenden weißen Vorhängen wie Himmelbetten wirkten. Die weißen Hauswände waren von lilafarbenen Bougainvilleen, Oleandern und Rhododendren überwuchert. Verzaubert folgte Juliet einem Weg, der sie durch ein bogenförmiges, blütenumranktes Tor direkt ans Meer führte.

Der Anblick öffnete ihr das Herz. Ein breites, saftig grünes Stück Rasen erstreckte sich entlang der Hotelanlage. Etwas weiter unten lag der Sandstrand, der mit Liegestühlen, weiteren Gazebos sowie kleinen Tischchen bestückt war. Tief atmete sie die Seeluft ein, lief ans Wasser, grub ihre Zehen in den Sand und ließ die Weite des Ozeans auf sich wirken. Ach, es war wunderschön hier! Das Meer schenkte ihr augenblicklich Ruhe. Gesättigt davon setzte sie sich an einen Tisch, bestellte sich etwas zu essen, legte sich danach auf einen Liegestuhl und genoss die Sonne, bis ihr Timer klingelte.

※

Den Wind noch im Haar, stürmte sie ins Foyer.

Davids Blick fiel auf den Sand an ihren Füßen und entrüstet protestierte er: »Du warst ja schon am Strand! Ich dachte, den wolltest du mit mir entdecken!«

»Von *entdecken* kann nicht die Rede sein. Ich habe dort nur eine Kleinigkeit gegessen«, erwiderte sie, amüsiert über seinen schmollenden Gesichtsausdruck.

»Was? Gegessen hast du also auch schon?«

»Waren wir nicht erst fürs Abendessen verabredet? Von Lunch hat kein Mensch was gesagt! Überhaupt, wieso bist du so …«

Sie brach ab und studierte seine Miene. Er hatte wieder leicht rote Flecken auf den Wangen und sah enttäuscht drein wie ein kleiner Junge, dem man verboten hatte, auf den Rummel zu gehen.

»Ich hab mich extra beherrscht!«, erklärte er beleidigt.

»Oh, wenn ich das gewusst hätte!«, frotzelte sie und nahm ihn ungezwungen an die Hand. »Komm mit, das Hotel ist märchenhaft! Und direkt am Pool gibt es ein Gourmet-Restaurant! Soll richtig, richtig gut sein! Aber auch teuer.«

»Das macht nichts. Wir können nicht von hier weg, ohne es getestet zu haben«, sagte er, versöhnt von ihrer Hand in der seinen. »Das übernimmt die Redaktion. Und weißt du was? Wir buchen gleich!«

Juliet freute sich. Er ging zur Rezeption und bestellte den Tisch. Ungeduldig stand sie daneben. Kaum war er fertig, zog sie ihn mit sich nach draußen und ließ seine Hand dabei nicht los. David wusste gar nicht, wie ihm geschah. Wer hätte geahnt, dass sie so fröhlich sein konnte! Völlig aufgedreht zeigte sie ihm das bisschen, was sie selbst erkundet hatte, und führte ihn schließlich durch den mit Bougainvilleen berankten Torbogen an den Strand.

David erging es wie ihr: Der Anblick des Meeres überwältigte ihn. Er war Balsam für überreizte Nerven und fuhr jede Spannung wie mit einem Regler nach unten. Unwillkürlich atmete er tief durch. »Oh, wie schön!«, seufzte er und machte Anstalten, seine Segeltuchschuhe auszuziehen.

»Lass sie an«, empfahl ihm Juliet. »Sand gibt es nur hier, weiter hinten sind Kiesstrände. Und du hast doch bestimmt auch Hunger.«

Wieder nahm sie ihn an die Hand, eine Geste, die er nicht einzuordnen wusste, und lief mit ihm zu dem Tischchen, an dem sie vorher bereits gesessen hatte.

Die Hauptsaison hatte noch nicht begonnen, das Hotel war nicht voll besetzt, es war still hier. Instinktiv bewahrten sie sich diese wunderbare Ruhe, redeten wenig und brachen nach dem Essen zu ihrem Strandspaziergang auf.

Möwen kreischten in der Luft, das Meer sang sein Lied. Die Sonne wärmte, ohne heiß zu sein, eine leichte Brise ließ die Luft nach Salz schmecken. Der Unterschied zum nasskalten Wetter in Deutschland hätte nicht größer sein können.

Eine Zeit lang war das Knirschen des Kieses unter ihren Füßen das einzige Geräusch. Als sie an ein Stückchen Sandstrand kamen, zog David seine Schuhe aus und lief zum Ufer. Juliet tat es ihm nach. Das Salzwasser umspülte ihre Füße, zog den Sand unter den Fußsohlen weg, füllte ihn mit der nächsten Welle wieder auf. Beide sahen zum Horizont, an dem sich ein paar leichte Wolken gesammelt hatten.

»Okay«, sagte David. »Hier sind wir also.«

»Ja, hier sind wir.«

»Hast du Pläne?«

»Nur den, über mich nachzudenken.«

»Ist es ... ist es okay, wenn ich dir Fragen stelle?«, erkundigte er sich vorsichtig. »Ich meine, wenn es sich ergibt. Beim Abendessen oder so ...«

»Klar ist das okay. Ich will dir ja auch Fragen stellen.«

»Du mir? Warum denn?« Völlig verdattert sah er sie an. Ebenso verdattert sah sie zurück.

»Weil ich auch was über dich wissen will? Das war der Deal!«

»Der Deal ist, dass du die Seminare machst und ich deine Einstellung dazu erfahre«, antwortete er konsterniert.

»Moment mal, soll das etwa bedeuten, dass du mich ausquetschen willst, ich aber umgekehrt nichts von dir erfahre?«

»Aber du kennst doch meine Einstellung zu dem Thema.«

»Du meine auch! Du hast versprochen, alles mitzumachen!«

»Mach ich ja auch. Ich gehe auf jedes Seminar.«

»Das meine ich nicht. Du hast von gemeinsamer Entwicklung gesprochen. Dazu gehört, dass wir uns beide öffnen, nicht nur einer. Das war ein nicht unwesentlicher Grund, diesem Projekt zuzustimmen.«

Er lachte leicht. »Also, ich glaube, der wesentlichste Grund war, dass wir die Kosten übernehmen.«

Juliet schnaubte entrüstet und David beeilte sich nachzusetzen: »Hey, bleib locker, das war nicht böse gemeint. Schau, ich fühl mich nicht verknotet oder so und bin auch nicht auf der Suche nach etwas wie du, also …«

»Ach!«, blaffte sie. »Ich erinnere mal an deine Krakel vom letzten Seminar! Im Übrigen sollte es ein Abenteuer für uns beide sein! Deine Worte!«

»Aber was genau willst du denn von mir?«, rief er perplex. »Dass ich dir irgendwelche Probleme serviere, die ich nicht habe?«

»Nein, ich will dir Fragen stellen und Antworten bekommen! Du hast klar gesagt, wenn schon Versuchskaninchen, dann sind wir es beide!«

»Hör mal, ich reflektiere beim Schreiben der Berichte. Die wirst du ja später lesen. Wo ist das Problem?«

»Das Problem bist du!«, betonte sie sauer. »Du bist nicht ehrlich, David! Und komisch!«

Er wurde brandrot. »Ich bin nicht komisch!«

»Doch, du bist superkomisch! Ich finde es allein schon merkwürdig, dass du keine Beziehung willst. War das immer so?«

»Äh … ja?«

Sie stieß ein kurzes Lachen aus. »Scheint, ich bin nicht die Einzige, die über sich nachdenken sollte! Eventuell gibt es doch ein paar Knoten, die es aufzudröseln gilt?«

»Weil ich keine Partnerin will?«, biss er mit blitzenden Augen zurück. »Weil ich nicht dem Aberglauben des Mainstreams verfallen bin, ohne jemanden an meiner Seite ginge es nicht? Weil ich mich nicht in diese Zwänge einfüge? Das findest du komisch? Und warum findest du es komisch? Weil es nicht in dein braves, konditioniertes Weltbild passt?«

»Nein, weil ich ziemlich sicher bin, dass du vieles verdrängst, statt dich damit auseinanderzusetzen«, fauchte sie. »Nun hast du die Gelegenheit, deine Einstellung unter die Lupe zu nehmen, und machst nichts draus!«

»Meine Einstellung ist mit Sicherheit gesünder, als dem Phantom einer glücklichen Beziehung nachzujagen und letztlich ein Leben im Frust zu verbringen!«, fetzte er zurück. »Wieso müsst ihr Frauen überall ein Problem ausgraben, wo keines ist? Warum macht ihr dauernd alles kompliziert?«

Juliet gab einen unwilligen Laut von sich, schnappte sich ihre Schuhe und trat ohne ein weiteres Wort den Rückweg an.

»Was?«, rief er ihr hinterher. »Was habe ich denn jetzt wieder Falsches gesagt?«

Sie wandte sich um. »Ich habe keine Lust auf diese Art von Unterhaltung!«, rief sie zurück. »Kreta ist meine Zeit! Ich lege mich jetzt in die Sonne. Allein! Ohne dich! Geh du in dein Hotel! Und bleib dort!«

»Wie! Was heißt das? Wir wollten doch heute Abend zusammen …«

»Wenn du dich nicht an Vereinbarungen hältst, muss ich das auch nicht! Und ob ich überhaupt was mit dir unternehme, sehen wir noch!« Damit drehte sie sich endgültig um und stapfte zurück.

Frustriert trat David nach dem Wasser, dass es nur so aufspritzte. Weiber! Das fing ja gut an! Und da fragten die sich ernsthaft, warum Männer es vorzogen, alleine zu sein! Das lag ja wohl auf der Hand!

❦

Noch immer kochend setzte sich Juliet auf einen Liegestuhl nah am Meer und brütete über den letzten Wortwechsel. Ein freundlicher Hotelangestellter brachte ihr eine Flasche Wasser, einen Teller mit Obst und breitete ein Handtuch über die Liegefläche. Dankbar streckte sie sich aus, entspannte sich und sah wenige Minuten später alles ein wenig gemäßigter. Sie sollte das Ganze als das betrachten, was es war: ein Businessabkommen. Sollte

David doch dichtmachen! Sie jedenfalls würde das Beste aus den Seminaren rausholen.

Diesmal schlief sie fest ein und wachte erst auf, als die Sonne tiefer stand und nicht mehr wärmte. Sie suchte ihr Zimmer auf, zog sich einen Espresso aus der Maschine, naschte von dem Halva und setzte sich mit ihrem E-Reader aufs Bett, um ihre virtuelle Bibliothek mit Strandlektüre zu bestücken. Auf der Produktseite fand sie jede Menge Vorschläge, auch Titel von McArthur. Elle war inzwischen auf Facebook, Twitter und Instagram vertreten. Neugierig rief Juliet deren Seite auf und erschrak nicht schlecht. McArthur hatte sage und schreibe über einhunderttausend Follower! Und der Messenger bei Facebook war aktiv! Sie sog die Luft ein. Die Frau musste doch mit Nachrichten zugeschüttet werden! Das Profilfoto zeigte eine blonde, hübsche Frau zwischen dreißig und vierzig, die so warmherzig wirkte, dass man ihr am liebsten sofort alle kleinen und großen Sorgen anvertraut hätte. Juliet kannte das Bild – es wurde schon seit Jahren verwendet. Damals hatte sie Elle über eine Verlagsadresse angeschrieben, die sie irgendwo gefunden hatte. Sie konnte es bis heute noch nicht fassen, dass diese ihr geantwortet hatte, und zwar ebenso warmherzig, wie die Frau auf dem Foto aussah. Ob Elle auch über Facebook zurückschrieb?

Bevor sie der Mut verließ, verfasste sie ein paar Zeilen und schickte sie ab.

Wieder schweiften ihre Gedanken zu Lorenz. Sie hatte ein Doppelbett ... Was wäre, wenn sie ihm vorschlagen würde, für ein paar Tage hierher zu fliegen? Unschlüssig griff sie nach dem Handy, konnte sich nicht durchringen, spähte auf die Uhr. Abendessen gab es ab sieben, auf David hatte sie allerdings absolut keine Lust. Außerdem widerstrebte es ihr, gleich die weiße Fahne zu hissen. Sie beschloss, ein paar Tage auf Abstand zu gehen. Es war ihr Urlaub! Und den wollte sie genießen.

🎵 Before Dawn 🎵

Ola Gjeilo – Night

David war über die Maßen frustriert von Juliets Abgang. Er wanderte noch ein wenig am Strand entlang, ging danach auch auf sein Zimmer. Sie würde sich am Abend bestimmt melden. Wer hatte schon Lust, in einer solchen Kulisse alleine zu sein!

Aber Juliet meldete sich nicht. Er wurde nervös. Sie würde doch keinen Rückzieher machen? Das Projekt hatte ihn mit allen Sinnen gepackt – er wollte und konnte nicht davon lassen und seine so lässig dahingesagte Offerte, jederzeit aussteigen zu können, war nichts weiter als ein Lippenbekenntnis. Rechtlich konnte sie das zwar jederzeit tun, die unschöne Wahrheit aber war, dass er sich ihren Ausstieg nicht leisten konnte.

Schlecht gelaunt saß er beim Essen und beruhigte sich mit der Annahme, dass sie bestimmt einfach nur müde war.

Als aber der nächste Tag auch ohne jedes Lebenszeichen von ihr verstrich, wurde er unruhig. Mehrmals rief er sie an, schrieb Nachrichten, die gar nicht erst durchgingen. Hatte sie ihn geblockt? Belämmert saß er zum zweiten Mal ohne Begleitung am Tisch. Fast. Mit ihrem verschmitzten Gesichtsausdruck lehnte Allie am Ständer mit der Getränkeempfehlung und sah ihm aus schwarzen Knopfaugen beim Essen zu.

»Na, Alter«, schien sie zu feixen, »hast ja mal wieder alles richtig gemacht.«

David war kurz davor, ihr den Mittelfinger zu zeigen, bestellte eine Flasche Rosé, kam sich unter all den Paaren und Familien deplatziert vor und griff öfter zum Glas, als ihm guttat. Er war der Einzige, der allein war! Er starrte auf Allie, und die erste Begegnung mit Juliet kam ihm in den Sinn. Wie sie das Alpaka in die Hand genommen und mit ihm geredet hatte. Wie lange Allie auf ihrem Schoß gesessen hatte. Er musste lächeln, als er daran zurückdachte. Seine Gedanken kreisten um sie. Ihr grauer Blick verfolgte ihn.

Es war halb zehn. Nicht zu spät, um noch mal bei ihr vorbeizuschauen und sie auf einen Drink einzuladen. Sollte er einfach an ihre Tür klopfen? Zum x-ten Mal versuchte er, sie zu erreichen. Teufel, was trieb die denn den ganzen Tag? Konnte man sich so lange mit sich selbst beschäftigen?

Das täte dir auch mal ganz gut, sagte eine innere Stimme zu ihm. Er scheuchte sie weg, wollte sich frustriert Wein nachschenken, aber die Flasche war leer. Kurz entschlossen ging er an die Bar, Allie im Arm, und orderte einen doppelten Whiskey. Und da saß er. Ein blonder, zweiundvierzigjähriger Mann mit einem Plüsch-Alpaka auf dem Schoß. Einige neugierige und belustigte Blicke erreichten ihn. Genervt verlangte David die Rechnung und wankte davon.

Doch als er im Foyer des Hotels stand, hatte er nicht die geringste Lust, die vier Wände seines Zimmers anzustarren, kehrte auf dem Absatz um, ließ sich vom Barkeeper eine Flasche Bier und ein Minifläschchen Schnaps geben, lief ans Meer, zog seine Schuhe aus, krempelte die Hose hoch und setzte sich auf einen Liegestuhl nah an der Brandung. Verdrossen beobachtete er die Wellen, die seine Füße in sanften Intervallen vom Sand befreiten.

»Also, Allie«, sagte er zu dem Alpaka. »Das ist ja mal wieder voll die Scheiße, was?«

In seinem Suff war ihm, als rolle das Tierchen genervt von seinem Selbstmitleid die Augen nach oben.

»Ey, du Sonderlama«, brummte David missmutig. »Schau mich nicht so an! Mir geht's so schon schlecht.«

Er trank einen Schluck Bier, bohrte die Flasche in den Sand und sah mit Allie im Arm über das Meer. Ein frischer Wind blies ihm ins Gesicht, der ein wenig die Trunkenheit vertrieb, und ihm wurde plötzlich bewusst, wie überirdisch schön die Kulisse rings um ihn herum war.

Schwarze und graue Wolken trafen sich mit dem Meer, standen als dichte Wand am Horizont, lösten sich nach oben auf in unzählige, durchbrochene, hellgraue Quellwolken, die wie Federn am Himmel schwebten, hinterleuchtet von einem tief stehenden, silbrigen Mond. Fasziniert beobachtete David, wie der Wind sanft und still das Gefüge der Wolken änderte, das Himmelsbild mit jeder Sekunde neu gestaltete, der Mond gemächlich zu wandern schien, völlig losgelöst von den Ereignissen und dem Wirrwarr hier auf der Erde.

»Bleib ruhig, mein Junge«, schien er zu sagen. »Ich scheine morgen wieder.«

So dumm sich das anhörte, aber der Satz nahm den Druck weg und machte Platz für etwas, was er lange nicht mehr gespürt hatte: tiefe, entspannende Ruhe. Minutenlang saß er auf der Liege, trank sein Bier, streichelte Allie und seufzte tief.

»Was sachst du eigentlich zu dem ganzen Zeuch?«, fragte er sie, inzwischen ziemlich abgefüllt. »Das mit Juliet und so.«

Als sie nichts von sich gab, betrachtete er sie kritisch. »Bist du beleidigt?«

Eine Sekunde später schlug er sich mit der Hand an die Stirn. »Ach so!«, lallte er. »Jetzt verstehe ich! Warte mal ... Ich hab was für dich. Was ganz Feines.«

Er zog das Schnapsfläschchen aus der Hosentasche, schraubte den Deckel ab und hielt es Allie an die Schnute.

»Süße, was sagste nun!«, brabbelte er, während er das Alpaka wie ein Baby hielt, dem er die Flasche gab. »Extra für dich besorgt! Macht dich bestimmt gesprächiger.«

Er hickste und ein Schuss Feigenschnaps landete auf Allies Gesichtchen.

»Fuck!«, fluchte David. »Was machste denn wieder?« Er kippte den Inhalt der Flasche in den eigenen Mund und wischte Allie sauber.

»Halt still«, lallte er. »Sonst sacht die Juliet wieder, dass du stinkst. Also, was hältst'n jetzt von der? Ist das 'ne Zicke oder ist das 'ne Zicke?«

Er quetschte mit seinen Fingern die Region um das Schnäuzchen zusammen, sodass es aussah, als würde Allie den Mund bewegen.

»Ehrlich, Mann, die Juliet ist in Ordnung, aber dein Projekt ist scheiße«, piepste er mit verstellter Stimme.

»Warum ist das scheiße?«, fragte er erschrocken, als habe tatsächlich Allie zu ihm gesprochen.

»Na, weil du scheiße bist!«, quiekte Allie aufgeregt. »So was Blödes kann nur dir einfallen. Wahrscheinlich produsssierst du bloß wieder jede Menge Mist. Ich seh's kommen!«

»Allie, du alte Unke, begreif doch, das Bbrrojekt is 'ne Riesenchance! Und grad meine einssige! Des weißte selbst. Mach's bloß nich kaputt, du ... du Gewitterziege!«

Ungnädig starrte Allie ihn an, während Davids Kopf stetig benebelter und das Empfinden, Allie spräche tatsächlich zu ihm, immer realer wurde.

»Ich glaub, du hast Angst«, blaffte Allie ihn an.

»Nö. Hab keine Angst«, ereiferte sich David. »Wovor denn?«

Lachte das Alpaka ihn aus? Sein besoffenes Hirn suggerierte ihm, dass es ein spöttisches Meckern von sich gab. Unwillkürlich lösten sich seine Finger von Allies Wangenpartie und sie sah wieder friedlich und lieb aus. Und leblos.

»Komm schon, Sweetie«, drängelte David. »Red mit mir. Is doch sonst keiner da.«

Seine Gedanken flogen zu Juliet, zum Moment nach der Vertragsunterzeichnung, als sie, statt sich von ihm loszureißen, seine Hände noch fester gehalten und ihm tief in die Augen geschaut hatte. Unvermittelt stand er auf, schaufelte eine kleine Kuhle in den Sand und setzte das Plüschtier hinein. Dann zog er das Handy aus der Tasche und schob Allie so lange hin und her, bis er das Tierchen, das Meer und den Mond im Fokus hatte. Er schoss ein Foto, leerte die Bierflasche, tippte mit wackligen Fingern auf dem Display herum und schickte die Aufnahme an Juliet mit der Bildunterschrift: »SOB! Dea Flt kpmmt! Rotte mch!«

Als das Foto auf dem Display erschien, prustete er besoffen los. Der weiße Plüsch des Alpakas wirkte wie statisch aufgeladen, als stünden ihr vor Entsetzen alle Haare zu Berge. David steigerte sich in einen Lachanfall, sein Kopf begann sich schneller zu drehen.

»Alter«, lallte er, während er sich die Tränen aus den Augen wischte. »Du siehst ausss, als obde in 'ne Schsttteckdose gegriffen hättst! Wwweisste was? Du kannst dich noch ma nüsslich machen.«

Er kicherte sturzbetrunken, hob Allie aus der Sandkuhle, steuerte wieder mit den Fingern ihr Schnäuzchen und brachte trotz seines Zustandes die bewunderungswürdige Akrobatik zustande, Allie zu filmen.

»Hallo, llliebe Schulliet«, lallte er mit Pumucklstimme ins Mikro. »Hier is Allie. Das All… das Allbagga. Kennst mich hoffentlich noch. Dess hier is alles viel ssu schön für ein allein. Guck ma, da isser Mond … siehste den? Unn sogar 'n paar Glissersterne, echstra für dich.« Er schwenkte das Handy zum Himmel und wieder zurück zu Allie, deren Schnütchen sich heftig bewegte. »Kannste mal vorbeikommen? Ma kurz?! Bitte!« Davids alkoholisiertes Hirn hakte sich an dem letzten Wort fest. »Biiiitte!«, ließ er das Alpaka aufheulen und knuffte seine Finger in die Schnute, dass die Backen nur so hervorsprangen. »Biiiiitteee! Biiiittteee, komm doch! Das Wasser isso na-hass … Und ah! Hilfe! Die Flut kommt! Rette mich! Rette mich!«

Allie wackelte in seiner Hand gefährlich umher. David ließ sie los, filmte ihren Sturz, während er kläglich dazu schrie: »O nein! Ssu spät …! Aaahhhhh!«

Batsch. Allie landete auf dem Sand. David bekam Schluckauf. Ihm war gar nicht bewusst, dass er weiter filmte, als er Allie liebevoll auf den Liegestuhl bettete, ihr Bäuchlein streichelte und mit unverstellter Stimme quiekte: »O Mann, Allie, du bis ja voll besoffen. Was soll die Schuliet denn vonner denkn? Schlaf ma besser, Sweedie. Haste drotzdem gut gemacht. Vvvielleich kommtse ja.«

Er hickste heftig, drückte mit tattrigen Fingern auf »Stopp«. Mit einem Zischlaut flog das Video zu Juliet, danach legte sich David zu Allie auf die Liege und starrte die Sterne an.

»Weißte, wieso ich Romantik so hasse?«, murmelte er. »Weil man dann irgendwie doch jemand dahamm will. Dann is die Welt wirklich suu schön für ein allein.«

Das Rauschen des Meeres wiegte ihn in den Schlaf. Erst als die Flut den Liegestuhl umspülte und kalte Gischt in sein Gesicht spritzte, wachte er wieder auf. Ächzend rappelte er sich hoch, rieb sich die Schläfen, linste auf sein Handy. Keine Nachricht. Nicht ein Pieps, noch nicht mal ein blöder Smiley.

Frustriert nahm er seine Schuhe in die Hand und informierte sein Alpaka.

»Scheiße, Allie, ich glaub, wir hamm verkackt.«

Er schleppte sich ins Hotel und fiel ins Bett. Mit Allie, die er fest umklammerte.

⁂

Juliet hatte David am ersten Abend noch eine versöhnliche Nachricht geschickt.

»Hey, David, hoffe, du bist okay und nicht sauer. Ich bin es jedenfalls nicht. Aber ich würde trotzdem gerne ein paar Tage für mich sein, um runterfahren zu können. Ich melde mich und freu mich auf unser Dinner am Pool!«

Danach hatte sie das Gerät abgeschaltet und zwei relaxte Tage am Meer verbracht. Zwei Tage, in denen sie sich mit dem Schicksal irgendwelcher Bücherhelden abgelenkt, Musik gehört und in der Sonne gedöst hatte. Ihre Haut tankte Licht, ihre Lungen waren mit Seeluft gefüllt, ihr Energielevel war wieder im oberen Bereich.

Erst am dritten Abend aktivierte sie das Handy, aber es dauerte, und sie vergaß es auf dem Zimmer, als sie zum Dinner ging. Dort traf sie auf ein Ehepaar, mit dem sie einen netten Abend verbrachte.

Kurz nach Mitternacht kehrte sie zurück, wollte den Wecker auf ihrem Handy stellen – und bekam einen Schock. Ihre Nachricht an David vom ersten Abend war erst jetzt durchgegangen! Eine Reihe beunruhigter Anfragen erwartete sie, die letzte von vor einer halben Stunde.

»Oh, verdammt«, stöhnte sie halblaut. Der musste ja denken, sie sei total beleidigt! Beunruhigt las sie seine Nachrichten, doch mit dem Klick auf das Alpaka-Video prustete sie laut los und bekam einen Lachanfall. Aufgekratzt wollte sie zu einer

Antwort ansetzen, als sie unwillkürlich innehielt und noch einmal auf »Play« drückte.

David war sturzbetrunken, so viel war klar. Aber klar war auch, dass es für ihn normal war, mit Allie zu reden, als sei sie seine beste Freundin – und das rührte sie. Und dieses »Rette mich, rette mich!« klang trotz verstellter Stimme irgendwie echt. Oder bildete sie sich das ein?

Mit einem Mix an Gefühlen sah sie auf das Display. Ob er Allie gerade an seine Wange drückte? Unschlüssig strichen ihre Finger über die Tastatur, tippten, löschten, verharrten.

»Hey, Allie«, schrieb sie schließlich. »Hoffe, du kannst schwimmen und hast die Flut überlebt! Vor allem die Alkoholflut! Bevor ihr zwei wieder in Gefahr geratet: Wie wäre es morgen Vormittag mit einem Tagesausflug nach Rethymno? Frag doch mal deinen Chef und sag ihm, dass ich mich sehr freuen würde. Tut mir so leid, dass meine erste Nachricht nicht durchging.«

Sie tippte auf »Senden«. Es kam keine Reaktion. Okay, mit der Alkoholmenge im Blut hörte David bestimmt kein Piepsen mehr. Wer weiß, ob die zwei morgen überhaupt hochkamen! Sie musste kichern und setzte vorsorglich eine weitere Nachricht ab.

»Wenn ich bis elf nichts von euch höre, findet ihr mich am Strand.«

Sie löschte das Licht. Aber es dauerte eine Weile, bis sie einschlafen konnte.

⁂

David schlief bis in den Mittag hinein und wäre wahrscheinlich auch dann noch nicht aufgewacht, wenn er nicht vergessen gehabt hätte, das »Bitte nicht stören«-Schild an seine Tür zu hängen.

So aber streckte das Zimmermädchen nach mehrmaligem Klopfen den Kopf herein und plärrte: »Housekeeping! Hello-ho! Housekeeping!«

David fuhr hoch. Wie? Was? Hatte er ein Meeting verpennt? Er brauchte eine volle Minute, um in die Wirklichkeit zurückzufinden, checkte die Uhrzeit auf seinem Handy und stieß einen lauten Fluch aus. Im nächsten Moment registrierte er, dass Juliet geantwortet hatte und sie alles andere als sauer war. Er bedauerte zutiefst, den Ausflug nach Rethymno versemmelt zu haben.

»Das machen wir morgen! Unbedingt!«, murmelte er. »Allie, Süße! Gott sei Dank! Sie hat sich gemeldet!«

Bestürzt hielt er inne. Allie! Da war doch was ... Allie im Sand ... der Mond ... die Flut ... sein Hirn versuchte, den gestrigen Abend zu rekonstruieren, aber da war ein großes Loch. Schließlich nahm er den Nachrichtenverlauf auf seinem Handy zu Hilfe. Ihn traf der Schlag, als er seine Videobotschaft abspielte. Das durfte nicht wahr sein! Was musste Juliet nur von ihm denken? Dass er ein alkoholkranker, beziehungsunfähiger Psychopath mit Vorliebe für Kuscheltiere war?

»Oh, fuck!«, ächzte er. Da traf eine weitere Nachricht von Juliet ein.

»Bin am Meer! Wie wär's mit einem Kaffee? Wenn du willst, komm rüber!«

Er antwortete ihr, sprang unter die Dusche, packte die Hotelstrandtasche und lief die wenigen Minuten über den Strand zu Juliet.

Sie begrüßte ihn völlig zwanglos und verlor kein Wort über den gestrigen Abend. Krampfhaft suchte David nach einer Gelegenheit, sein kindisches Video zu rechtfertigen. Aber es ergab sich keine, bis er endlich erkannte, dass nicht die geringste Notwendigkeit dazu bestand. Langsam verließ die Spannung seine Muskeln und er streckte sich auf dem Liegestuhl aus.

»Hast du über dich nachgedacht, Juliet?«, wollte er wissen.

»Nein. Ich hatte keine Lust. Ich habe gelesen. Und du? Was hast du gemacht?«

Er lachte leise. Auf einmal war es ganz einfach, sich selbst auf die Schippe zu nehmen. »Ich habe Alpaka-Videos gedreht. Und mich mit Allie unterhalten. Unter anderem.«

Sie grinste ihn an, geradezu liebevoll und ja, irgendwie mütterlich. David wurde ganz anders zumute. Scheu lächelte er zurück und der warme Glanz in ihren Augen verstärkte sich. Beide vertieften sich in ihre Bücher, verbrachten einen sonnigen, unaufgeregten Tag am Meer. David schlief ein paar Stunden und schwamm danach ein paar Runden. Seine Lebensgeister waren wiedererwacht und in ihm war ein warmes, sattes Gefühl. Heute Abend fand ihr gemeinsames Dinner statt. Er freute sich tierisch darauf. Dieser Nachmittag hatte etwas in ihm verändert. Er fühlte sich auf eine Weise geerdet, die ihm ganz fremd vorkam. Aber es war schön. Es tat gut.

Er hoffte inständig, nicht wieder irgendeinen Bock zu schießen und dieses Schöne zu zerstören.

♫ Holding Back the Years ♫

Simply Red

Draußen war es bereits dunkel, als sich Juliet für den Abend zurechtzumachen begann. Im Gourmet-Restaurant wurde um elegante Garderobe gebeten. Daher wählte sie ein langes, dunkelblaues Kleid, dessen Rückenausschnitt mit überkreuzten Strassbändern versehen war, steckte ihr Haar hoch und trug ein wenig Farbe auf.

Sie war zwanzig Minuten zu früh fertig – eine Zeitspanne, in der man nichts Sinnvolles mehr anfangen konnte. Sinnierend musterte sie sich im Spiegel. Es war ihr manchmal selbst unheimlich, wie stark sich ihr Gesicht mit ein wenig Make-up veränderte. Ungeschminkt war sie eine Frau, an der man vorbeisah, mädchenhaft und unscheinbar. Aber mit Make-up hinterließ sie einen Eindruck von mondän bis verrucht. Lorenz hatte lange nur das Mädchenhafte an ihr gekannt. Es war Belinda, die diese andere Juliet aus ihr herausgeholt hatte.

»Wenn du mit Lorenz unterwegs bist, musst du klotzen und nicht kleckern!«, hatte sie ihr geraten, als die ersten Anfeindungen laut geworden waren, und ihr kurzerhand einen Termin bei ihrem Visagisten verpasst.

Nie würde Juliet den Abend vergessen, an dem sie sich zum ersten Mal aufgedonnert hatte. Lorenz hatte sie sprachlos angestarrt, als sie aus dem Bad gekommen war. Alles war anders gewesen in dieser Nacht. Die Art, wie er ihr die Autotür geöffnet, wie er sie seinen Bekannten vorgestellt hatte. Nicht verlegen und peinlich berührt wie sonst, sondern mit Besitzerstolz. An diesem Abend hatte er nicht beunruhigt, sondern mit Genugtuung die Blicke der anderen Männer – und die von deren Frauen – registriert. War ihr kaum von der Seite gewichen und hatte so offensichtlich zu ihr gestanden, dass er damit ihrer Beziehung eine völlig andere Note verlieh. Eine, die jede giftige Unterstellung im Keim erstickte. Juliets Herz hatte vor Jubel die Decke durchstoßen und war direkt im Himmel gelandet.

Als sie nach Hause gekommen waren, hatte er kaum an sich halten können. Hatte den Reißverschluss am Rücken geöffnet, während der Grad seiner Erregung mit Fallen ihres Kleides bis zum Anschlag hochfuhr. Oh, wie hatten sie sich geliebt! Glücklich war ein armseliger Ausdruck für diese Nacht! Sie erschauerte, als sie an die vielen pikanten Szenen zwischen ihnen dachte, an Lorenz' Hände, seinen Körper, sein Gesicht, wenn er liebte, wenn er sich lieben ließ – o mein Gott, wie sehnte sie sich nach ihm!

Sie war so sicher gewesen, an diesem Abend eine neue Stufe in ihrer Partnerschaft erklommen zu haben. Aber dieses Erlebnis hatte sich nicht wiederholt, sie verstand bis heute nicht, warum.

Wieder blickte sie in den Spiegel. Sie wollte verdammt noch mal wahrgenommen werden! Ihre Hände griffen in den Schminkbeutel, holten Farben hervor. Das Ergebnis machte sie übermütig. Einem Impuls folgend schoss sie ein Selfie und schickte es an Lorenz mit der Bemerkung »Miss me!«.

Bereits eine Minute später vermeldete ein Signalton den Eingang einer Nachricht. Ein Keuchen entfuhr ihr. Er hatte geantwortet! So schnell! Mit klopfendem Herzen checkte sie das

Handy – und war bodenlos enttäuscht. Es war nur David, der ihr mitteilte, unten in der Bar auf sie zu warten, und anfragte, ob er schon was für sie bestellen könne.

Ernüchtert steckte sie das Smartphone in die Clutch, warf einen letzten Blick in den Spiegel. Sie war nicht jemand, den man einfach so observieren konnte! Und noch weniger war sie ein Studienobjekt! Zum Teufel mit den Männern!

Mit dieser Rebellion im Kopf trug sie eine zusätzliche Lage Lippenstift auf und machte sich auf den Weg zur Bar.

David spürte sie, als sie noch gar nicht zu sehen war, und schluckte, als sie in Sichtweite kam. Vor allem aber warf ihn ihr ungewohnt offenes Lächeln um. Das war … ja, wie war das eigentlich? Herausfordernd? Angriffslustig? Wie ferngesteuert stand er auf und kam ihr ein paar Schritte entgegen. Er trug einen dunkelblauen Anzug mit Weste, der ihm ausnehmend gut stand.

»Juliet, du siehst traumhaft aus«, sagte er bewundernd und hauchte ihr rechts und links zwei Küsse auf die Wangen.

»Danke, du ebenfalls«, erwiderte sie. »Ich mag deine Westen. Und du riechst gut.«

Sie sog seinen Duft ein, diesen für Männer untypisch blumigen Duft, und umarmte ihn eine Sekunde länger, als nötig gewesen wäre. Eine Sekunde, die einen Unterschied schuf. David wurde es anders zumute. Seine Wangen erhitzten sich, geradezu schüchtern erwiderte er ihr Lächeln und setzte sich neben sie auf die dicken Polster. Ein Windlicht brannte auf dem Tisch. Das Wasser des Pools glitzerte in bunten Farben, leichte Hintergrundmusik unterstrich die pittoreske Atmosphäre der griechischen Frühlingsnacht. Angeregt von diesem unvermutet romantischen Beginn reichte ihr David ein Glas, fest entschlossen, den feinen Faden, der sich am Nachmittag gesponnen hatte, nicht wieder zu zerreißen.

»Wie geht es dir, Juliet?«, fragte er.

»Ich denke nicht nach, also geht es mir gut«, erwiderte sie lächelnd. »Diese Kulisse hier lädt zum Verdrängen aller Probleme geradezu ein.«

»Das ist allerdings wahr.« Er sandte ihr einen verschmitzten Blick. »Wohnst du noch bei deinem Freund Ronny?«

»Ich habe nicht bei ihm gewohnt. Ich suche noch nach was Passendem.«

»Ja, aber du musst doch irgendwo wohnen ... bei deinen Eltern? Was sagen die eigentlich zu deiner veränderten Lebenssituation?«

»Nichts. Sie sind tot.«

»Sie sind ...« In seinen Augen spiegelte sich Bestürzung. »Beide?«

»Ja, beide.«

»Aber ... du bist doch erst fünfunddreißig!« David war völlig durch den Wind. »Das ... das tut mir sehr leid!«

»Muss dir nicht leidtun. Es ist lange her.«

David fiel von einem Loch ins nächste.

»Wie lange denn?«, fasste er fassungslos nach.

»Knapp dreißig Jahre.«

Er brauchte eine Weile, bis er die Tragweite ihrer Aussage begriff.

»Bitte?«, ächzte er. »Du warst ... du bist ...«

Sie seufzte ein wenig genervt. »Vollwaise, exakt. Um es kurz zu machen: Ich war sechs, als meine Mama an Krebs starb, sieben, als mein Papa ging – und mit sechzehn verlor ich meine Oma, die mich aufgenommen hatte. Ich habe keine Familie. Keine Eltern, keinen Bruder, keine Schwester, keinen Onkel, keine Tanten. Niemanden. Ich bin, was Verwandte angeht, mutterseelenallein auf dieser Welt. So, nun weißt du's.«

David saß mit offenem Mund neben ihr, einen Gefühlsmix auf dem Gesicht, der ihr Rätsel aufgab. Da war tiefe

Betroffenheit, Entsetzen, Mitgefühl, ja, aber auch ein Glitzern in seinen Augen, das sie nirgendwo einordnen konnte.

»Vielleicht kannst du jetzt besser nachvollziehen, warum mir Familie so wichtig ist«, fügte sie hinzu. »Ich habe wenig Träume, aber das ist einer davon: eine eigene Familie mit dem Mann, den ich liebe. Alle, die ich je geliebt habe, sind gestorben. Um keinen konnte ich kämpfen. Um Lorenz schon. Er ist nicht tot.«

Sie reckte ihm ihr Kinn entgegen, in David drehte es sich nur noch.

»Herrgott, Juliet«, stieß er bestürzt hervor, »ich war das absolute Trampeltier! Es tut mir schrecklich leid! Hältst du deshalb Grabreden? Um mit deiner Trauer fertigzuwerden?«

»Nein. Dreißig Jahre sollten genug sein, um damit abzuschließen. Aber Tod und Abschied begleiten mich mein ganzes Leben, und ich will wissen, warum das so ist.«

David schwieg, sichtlich erschüttert, und sie lenkte auf ihn über. »Was ist mit dir? Leben deine Eltern noch?«

»Nur mein Vater«, antwortete er. »Meine Mutter ist vor ein paar Jahren gestorben. Auch Krebs.«

»Wie kommst du damit zurecht?«

»Na ja, es war ein langer Kampf. Und ein schrecklicher obendrein. Sie hat stark gelitten und ehrlich – es war furchtbar, nichts tun zu können, und ich …«

Er brach ab, wirkte zum ersten Mal total in sich gekehrt. Der Blick, den er Juliet zuwarf, war zu gleichen Teilen abwehrend und Hilfe suchend. Sie wollte weiterfragen, aber er kam ihr zuvor.

»Erzählst du mir, wie du Lorenz kennengelernt hast?«

Seine Stimme war weich wie nie zuvor und sein Blick tief wie noch nie. Er schien innerlich Raum zu schaffen, um alles von ihr empfangen zu können. Nicht nur ihre Worte, ihre gesamte Seele – und diese Bereitschaft bewegte sie.

Gedankenverloren trank sie einen Schluck und beschloss, offen zu sein, in der Hoffnung, dass David dann auch offen zu ihr war.

Bereits mit ihren ersten Worten tauchte er in die Aura ihrer Vergangenheit ein, wurde zum Eingeweihten. Die Erinnerung trug sie beide in Lichtgeschwindigkeit auf den Friedhof zurück. David meinte, den Nieselregen zu fühlen, die Erde zu riechen, verspürte den heftigen Stromschlag, als sie Lorenz das erste Mal gesehen hatte, wurde überflutet von ihrer Liebe zu diesem Mann und ihrer heftigen Sehnsucht.

Er hörte zu. Gefesselt, gebannt, mit einer Aufmerksamkeit, die jenseits war. Beide waren in einer anderen Dimension, bekamen kaum mit, wie der Ober sie zu ihrem Platz am Pool brachte, wie sie ihr Essen wählten, eine Flasche erlesenen Weines auf ihrem Tisch landete, der Gruß aus der Küche serviert wurde. All das war Nebenschauplatz, rauschte wie ein Hintergrundgeräusch an ihnen vorbei, während Juliet von dem Kampf erzählte, den sie mit Marielle und der Society ausgefochten hatte, vom Getuschel und Geflüster, das Lorenz und sie hatten ertragen müssen.

»In den letzten Jahren lief es super«, schloss sie wehmütig. »Ich war so überzeugt, dass endlich unsere Zeit gekommen war. Nie hätte ich vermutet, dass Lorenz komplett anders über all das dachte. Niemals.«

David hing an ihren Lippen mit einer Intensität, die ihre Erzählung samt der entsprechenden Gefühlswelt in seiner Mimik widerspiegelte. Er litt mit ihr, fühlte mit ihr, so sehr, dass Juliet seine Gänsehaut auf ihrem Arm spüren konnte. Noch nie hatte sie jemanden erlebt, der dermaßen rückhaltlos zuhören konnte wie David. Er war live in ihrer Geschichte, erlebte alle Emotionen, erfasste die unausgesprochenen Zwischentöne in sämtlichen verästelten Nuancen, und das schuf eine Intimität zwischen ihnen, die Juliet zutiefst verwirrte.

David ging es nicht viel anders. Während ihrer Erzählung war ihm tatsächlich, als stecke er in ihrem Körper. Er vernahm den süßen Stich im Herzen, wenn sie Lorenz ansah, erfasste die enorme Erotik zwischen ihnen, obwohl sie nicht ein Wort darüber verloren hatte. Lorenz' Fotos mit seinem unleugbaren Charisma erschienen vor seinem inneren Auge. Gegen diesen Typen war er absolut farblos! Eine nichtssagende Welle gegen einen Ozean an Leidenschaft! David hätte am liebsten geweint, als ihm klar wurde, was das Ende dieser Beziehung für Juliet bedeutete. Und ein weiteres Gefühl stieg in ihm auf: Wut auf Lorenz, weil er all das gewusst und sie auf schmähliche Weise abserviert hatte.

Der Ausdruck in seinen Augen war unbeschreiblich, als er heiser sagte: »Was muss das nur mit dir gemacht haben, als ich das ›Coffee & Bubbles‹ vorgeschlagen habe! Kein Wunder, dass du aus dem Datingportal geflüchtet bist.«

»Ja, das war seltsam«, bestätigte sie versonnen. »Und nicht nur das.«

Eine Zeit lang herrschte Schweigen zwischen ihnen. David bebte innerlich, nahm ihre Hand.

»Danke, Juliet. Danke, dass du mir das erzählt hast. Danke für dein Vertrauen.«

Der Ober unterbrach diesen innigen Moment, servierte das Dessert. David holte tief Luft. Geradezu gequält fragte er: »Juliet, warum willst du ihn wieder? Er hat dich so verletzt!«

»Das ist dein Eindruck, weil ich es gebündelt erzählt habe. Es gab auch viele schöne Zeiten. Wenn jeder gleich bei einer Verletzung aufgeben würde, wäre das doch ein Armutszeugnis. Du wirfst ja deine Arbeit auch nicht hin, weil du mal einen Misserfolg erlitten hast.«

»Aber er hat dich dauernd verletzt. Und benutzt!«

»Benutzt? Wie kommst du denn darauf?«

»Weil er dich in der Sekunde, in der er seinen Kindern nicht mehr unbedingt ein Heim bieten musste, zum Teufel gejagt hat! Er war nicht ehrlich! Er hat schön die Jahre abgewartet.«

Obwohl sie selbst bereits in diese Richtung gedacht hatte, reagierte sie verschnupft.

»Nein, er hat Rücksicht auf seine Kinder genommen, weil er sie liebt.«

»Komm schon, Juliet, das ist naiv! Du verklärst ihn!«

Schneller als gedacht begann die Stimmung zu kippen.

»Man muss auch das Gute sehen, gerade in einer solchen Situation«, schnappte sie. »Die meisten machen selbst das, was schön war, nieder. Sie sehen nur, was ihnen fehlt, und gar nicht mehr, was eigentlich toll am anderen ist.«

»Den Vorwurf musst *du* dir jedenfalls nicht machen«, konterte er. »Du hebst ja deinen Lorenz dauernd in den Himmel! Wieso tut er das nicht? Wenn man den Worten glaubt, die er dir an den Kopf geworfen hat, scheinst du ihm ja das Leben zur Hölle gemacht zu haben! Hätte er nicht der Erste sein sollen, der das Schöne sieht? Hätte er sich von dir getrennt, wenn er es getan hätte?«

Sie sog scharf die Luft ein und ihre Augen verdunkelten sich. Hätte sie nur nichts erzählt! Dieser David versaute ihr ständig die Stimmung! Sie wollte das nicht hören. Sie wollte die Chancen sehen!

»Ich denke durchaus, dass er das Schöne sieht«, erwiderte sie mühsam beherrscht. »Das hat er ja erwähnt. Und wenn ich ihm egal wäre, könnte ihm auch meine Entwicklung egal sein. Dann hätte er nicht gesagt, ich solle mich selbst finden.«

»›Finde dich selbst‹ hört sich halt ein wenig besser an als ›Fahr zur Hölle‹ und ›Endlich bin ich dich los‹.«

»David!«, rief sie aufgebracht. »Du bist unmöglich!«

»Nein, ich sehe nur klarer, weil ich nicht involviert bin. Du verscheuerst dich an ein Ego! Du willst dich ändern, um dich zum tausendsten Mal seinen Bedürfnissen anzupassen! Und wenn du dich änderst, wer bist du denn dann? Eine Idealvorstellung von Lorenz?«

David registrierte nicht, wie sie zusammenzuckte und ihr die Tränen in die Augen traten. Verstockt schwieg sie, aber sein Bemühen, ihr zu einem Durchbruch zu verhelfen, machte ihn so unsensibel, dass er nicht daran dachte aufzuhören. Stattdessen beugte er sich zu ihr vor.

»Juliet, ich kann mir gut vorstellen, dass du Lorenz nicht mehr willst, wenn du dich selbst findest. Weil du ihn dann nicht mehr brauchst.«

»David, es geht nicht darum, ihn zu brauchen. Ich liebe ihn!«

»Nein, du brauchst ihn, weil du allein nicht glücklich sein kannst! Weil du es noch nicht einmal versuchst!«

Das kam so heftig und aggressiv heraus, dass sie zurückfuhr. Auch David erschrak, realisierte endlich, dass er mit Keulen auf sie einschlug und sein feiner Faden längst gerissen war.

»Juliet, es tut mir leid!«, rief er bestürzt.

Ihr Gesichtsausdruck ließ deutlich erkennen, dass sie die Nase gestrichen voll hatte und seine Abbitte die Dolchstöße nicht ungeschehen machte. Verzweifelt versuchte David zu retten, was zu retten war.

»Weißt du, das ist eine der Fragen, die ich mir selbst nie beantworten konnte: Wenn man jemanden liebt, braucht man ihn, aber wenn man ihn braucht, ist es doch keine Liebe mehr.«

»Es ist einfacher, als du denkst«, gab sie verschnupft zurück. »Ich liebe Lorenz und möchte mit ihm zusammen sein. Und ich glaube, dass er mich auch liebt. Dass er nur total negativ beeinflusst ist. Von diesem Hubert.«

»Das wirft ein noch schwächeres Licht auf Lorenz.«

»Hör mal«, fauchte sie wütend und verletzt. »Es reicht langsam. Wie viele langjährige Beziehungen hattest du, dass du überhaupt mitreden kannst?«

Ihre Frage verschloss David den Mund. Mit blitzenden Augen beugte sie sich zu ihm vor. »Wie viele, David?«

»Keine.«

»Keine? Du bist zweiundvierzig und hattest noch keine Partnerin länger als ein Jahr?«

»Keine länger als drei Monate.«

Sie stieß einen Laut aus.

»Ja, wunderbar! Wieso sollte ich auf die Meinung von jemandem hören, der noch nicht mal den Ansatz einer Ahnung hat, was eine Beziehung ist? Du drehst also schon ab, bevor es überhaupt eine werden könnte! Weichst jeder Schwierigkeit aus, um sie nicht angehen zu müssen! *Das* ist schwach!«

»Okay, meinetwegen, aber wenn du das als schwach empfindest, ist es dein Lorenz erst recht!«

»Nein, das ist er n...«

»Das ist er sehr wohl«, fiel ihr David so drängend ins Wort, als hinge sein Leben davon ab, sie zu überzeugen. »So wie du mir die Geschichte erzählt hast, hat er die schwierigen Parts alle dir überlassen! Und schiebt dir obendrein die Schuld für seinen Imageverlust zu. Du musst dich ja schrecklich gefühlt haben! Hat er in diesen fünfzehn Jahren eigentlich auch nur einmal erkannt, wie sehr *du* leidest? Was wäre denn gewesen, wenn er schlicht zu dir gestanden hätte?«

Juliet hatte bereits eine hitzige Erwiderung auf der Zunge, aber seine Worte und sein Gesichtsausdruck bremsten sie. Weder konnte sie Aggression darin finden noch Rechthaberei, eher war es ein verzweifelter Versuch, sie vor etwas beschützen zu wollen. Es war ihm so verdammt wichtig, dass sie verstand, was er meinte. Warum? Was ging ihm so nah? Ihr Blick änderte sich, wurde forschend. Aber wieder kam er ihr mit seiner Frage zuvor.

»Juliet.« Er klang geradezu gequält. »Hast du nicht alles getan, damit er sich wohlfühlt, dein Leben rund um seins gestaltet und versucht zu erraten, was er gerade denkt?«

Sie antwortete nicht. Davids Augen bekamen einen sonderbaren Schimmer.

»Siehst du«, sagte er leise. »Ich habe es gewusst.«

Wieder blieb sie stumm, sah ihm weiter in die Augen, durch sie hindurch in seine Seele – und mit einem Mal erkannte er, dass sie nicht aus Betroffenheit schwieg, sondern weil sie in ihm zu lesen begann. Dass er sich mit seinen Aussagen gerade selbst charakterisierte und viel von sich preisgab. Verstört lehnte er sich zurück und verschränkte die Arme vor der Brust.

»Ich habe nicht gesagt, dass es bei uns so gelaufen ist«, erwiderte sie schließlich.

»Es ist aber so gelaufen«, behauptete er. »Weil die meisten Ehen so sind. Weil immer einer kuscht. Weil es nie ein Miteinander ist, sondern nur ein ...«

»... fauler Kompromiss«, vollendete sie, und erschrocken stellte er fest, dass Tränen in ihren Augen glitzerten. »Schon klar. Nieder mit der Ehe! Nieder mit allem, was nicht auf Anhieb funktioniert! Ich weiß nicht, David, deine Ansicht ist mir zu billig. Ich glaube an Liebe. Dass es dabei auf und ab geht, ist doch normal! Und sich anzupassen, was du so verteufelst ... das bedeutet nicht, sich aufzugeben. Es bedeutet nur, sich selbst nicht so wichtig zu nehmen.«

»Und wie wichtig nimmt sich Lorenz? Wie wichtig ist ihm sein Image? So wichtig, dass er dich ...«

»Bist du denn glücklich, David?«, schnitt sie ihm heftig das Wort ab. »Oder ist dein Single-Leben auch bloß ein fauler Kompromiss?«

Er stieß einen Laut aus, als sie sich ein weiteres Mal zu ihm vorbeugte.

»Hör mal, du Beziehungsexperte«, zischte sie. »Ich habe einige Fragen an dich. Würdest du es nicht schön finden, wenn dich jemand lieben würde, so wie ich Lorenz liebe? Eine Liebe, die bei Schwierigkeiten nicht aufgibt? Möchtest du nicht jemanden an deiner Seite, der dich samt deiner Fehler akzeptiert? Für den du nicht perfekt sein musst? Lorenz muss für mich nicht perfekt sein. Das musste er nie – und ja, ich habe mich angepasst. Ich habe es gern gemacht. Es hat mir nie etwas ausgemacht.«

Ihre Lippen bebten, ihre Augen waren feucht. Sie ahnte Davids Entgegnung: Lorenz hätte es doch genauso sehen müssen. Heftig Luft holend blickte sie zu Boden, aber diesmal sagte David kein Wort.

Sie stürzte den Inhalt ihres Glases hinunter und stellte es auf den Tisch. »Okay, David«, entschied sie, »lass uns das Thema beenden. Es führt zu nichts. Es ist *mein* Urlaub und ich habe keine Lust, mich mit beziehungsunfähigen Jungs herumzustreiten!«

Bumm. David wurde tiefrot und fühlte sich schrecklich. Verdammt! Er war so bemüht gewesen, diesen Abend nicht zu vergeigen, und hatte es mit Glanz und Gloria getan! Warum konnte er nicht einfach die Klappe halten? Und das mit den *Jungs* ... Rot vor Scham dachte er an das Video mit Allie und an Lorenz, diesen supererotischen Adonis, der das Wort »Männlichkeit« gepachtet hatte.

»Bitte, Juliet«, krächzte er tief beschämt. »Ich wollte dich nicht verletzen, wirklich nicht.«

Sie atmete tief aus und kreuzte die Arme vor der Brust. Unausgesprochen hing ihre Antwort in der Luft: *Hast du aber.*

Beide brüteten sie vor sich hin. Und in diesem Schweigen sank der Inhalt des Disputs auf Grund wie Schlamm in einem

Teich, wurden ihre Sinne wieder empfänglich für die Schönheit der Umgebung. Für die Sterne am Himmel, die sanfte Brise, die vom Mond beleuchteten Wolken, die verträumte Musik, die die Nacht noch samtiger zu machen schien.

Juliets Herz war wund. Davids Worte staken darin, und heraus troff eine immense Sehnsucht nach Lorenz, nach seinen Armen, in die sie sich werfen wollte, seinen Händen, die sie streichelten, und ja, auch nach dem, was David so brutal aufs Tapet gebracht hatte: dass er zu ihr stand. Instinktiv griff sie nach ihrer Tasche und wollte gehen, als David unvermittelt aufstand und fragte: »Möchtest du tanzen?«

»Bitte?« Fassungslos starrte sie ihn an, als habe er sie gerade aufgefordert, sich vor allen Leuten auszuziehen.

»Ich habe gefragt, ob du tanzen möchtest«, wiederholte er mit fast trotzigem Gesichtsausdruck. Seine Hand deutete zu der Fläche, wo sich etliche Gäste in der Romantik lauschiger Songs wiegten.

Als sie nicht antwortete, knöpfte er sein Jackett zu und streckte ihr seine Hand mit einem Ausdruck hin, als bräche es ihm das Herz, wenn sie jetzt Nein sagen würde. Zögernd reichte Juliet ihm die Hand. Er atmete auf, zog sie sanft vom Stuhl hoch und führte sie zur Tanzfläche.

Ernst verschränkten sich ihre Blicke für einen Moment ineinander, bis Juliet ihre Wimpern senkte und ihre Hand erneut bewusst in die von ihm dargebotene legte. Mit dieser Geste passierte etwas in David. Ihm war, als ergebe sie sich ihm. Es lag so viel Anmut und gleichzeitig Stolz in dieser Bewegung, dass ein leises Begreifen in ihm hochstieg. Das war kein Sichergeben, es war eine Chance, die sie ihm gewährte, ihre Bereitschaft, ihm trotz allem zu vertrauen, und sie erwartete, dass er das würdigte.

Sanft schob sich seine Hand durch die Bänder auf ihre nackte Haut am Rücken, noch sanfter zog er sie an sich. Sie spürte die Wärme seines Körpers, während er begann, den Takt aufzunehmen, mit ihr in Schwingung zu kommen. Er führte überraschend gut, dirigierte sie mit seinen Händen, mit zarten Aufforderungen seiner Wange. Juliet reagierte auf jede kleine Nuance. Ihr Mund war auf Höhe seines Halses und David fühlte, wie seine Schlagader ihr entgegenzuklopfen schien. Fühlte ihren Körper in seinen Händen, der seinen Bewegungen folgte, sich ihm subtil hingab. Eine Haltung, die einen Sturm an widersprüchlichen Empfindungen in ihm lostrat, von denen er nicht wusste, ob er sie genießen oder verabscheuen sollte. Doch kristallklar durchfuhr ihn die Erkenntnis, dass der Tanz anders nicht möglich war. Dass genau das seinen Genuss ausmachte. Juliet ahnte nicht nur die nächste Bewegung voraus, nein, es bestand ein absoluter Gleichklang zwischen ihnen. Jedes Organ in ihren Körpern, jede Zelle, selbst ihr Herzrhythmus schienen fein aufeinander abgestimmt zu sein. Ein verklärtes Lächeln erschien auf seinem Gesicht, als er Juliet leise seufzen hörte. Ihr Atem hauchte an seinen Hals. David wünschte sich, sie würde noch näher kommen, wünschte sich, ihre Lippen würden seine Haut berühren.

Juliet bemerkte nicht, wie David den wehmütigen Ausdruck auf ihrem Gesicht verschlang, der so gar nicht zu der seligen Hingabe an den Tanz zu passen schien. Es war ein Gesichtsausdruck, wie er ihn noch nie zuvor bei einer Frau gesehen hatte. Ein Ausdruck, der ihre Sehnsucht widerspiegelte, nach Wärme, nach Geborgenheit. Unwillkürlich traten Tränen in seine Augen und das heftige Verlangen ergriff ihn, er wäre es, dem diese Sehnsucht galt.

In diesem Gleichklang verstand er zum ersten Mal, was Hingabe bedeutete. Welches Vertrauen, welche Kraft, welcher Mut darin lagen – und wie schön das war, wenn einem dieses Vertrauen geschenkt wurde. In ihm bröckelte etwas, sein Herz begann zu hämmern, als hätte es Angst ohne diese Mauer um es herum. Im selben Moment glitt ihre Hand auf seine Brust, fing sein Herzklopfen auf – und beruhigte ihn sanft. David stockte der Atem. Ein Strom durchflutete ihn, ein Strom, der schmerzhaft schön war, und er verstand nicht, warum. Er verstand gar nichts mehr. Er verstand nur, dass er sich wünschte, dieser Tanz möge nie vorübergehen und dieses intensive und gleichzeitig federleichte Gefühl nie enden.

Doch es endete wenige Sekunden danach. Die Töne verklangen. Die Band machte Pause. Für ein paar Sekunden standen Juliet und David noch voreinander, als bräuchten sie Zeit, sich energetisch voneinander zu lösen. Dann folgten sie den anderen, suchten ihren Tisch auf. Juliet nahm Tasche und Schal und wandte sich David zu.

»Ich gehe jetzt«, sagte sie leise, »du verstehst das sicher.«

Er nickte. Ja, das verstand er. Dieser Tanz war ein Höhepunkt, der nicht verwässert werden durfte. Ehe er realisierte, was er tat, nahm er stumm ihre Hand und küsste sie.

Ein verträumtes Lächeln umspielte ihre Mundwinkel. Sie wandte sich um, raffte ihr Kleid und lief die große Freitreppe zum Foyer hoch.

David sah ihr nach. Er hatte noch nie einer Frau die Hand geküsst – und noch nie etwas so Vollkommenes erlebt wie die letzte Viertelstunde. Selbst der Abschied war perfekt.

Verzaubert machte er sich auf den Weg in sein Hotel. Sein Herz fühlte sich völlig anders an als sonst.

Auch Juliet war angenehm verwirrt. Was war das eben gewesen? Wie hatte ein Streit eine solch magische Wendung erfahren können?

»Möchtest du tanzen, Juliet?«

Diese Worte prickelten, kribbelten, streichelten sie. Wieder fühlte sie Davids Arme, seine heiße Wange an der ihren und den Kuss auf ihrer Hand.

🎵 Me without You 🎵

Mads Langer

Der Tag hatte mit David geendet, der nächste Morgen begann mit ihm. In einer halben Stunde wollten sie sich im Foyer treffen. Juliet packte Geld und Handy in ihre Tasche, während ihre Gedanken zum gestrigen Gespräch switchten.

Lorenz hat dich ausgenutzt, hörte sie David in ihrem Kopf. *Er sucht die Schuld nur bei dir, aber er selbst tut gar nichts.* Energisch schob sie das weg. So kam sie ihrem Ziel kein Stück näher! Sie und Lorenz mussten endlich reden!

In einem plötzlichen Entschluss rief sie ihn an. Er ging nicht ran. Sie schrieb eine Nachricht.

»Lorenz, was ich wissen muss: Ist dein Entschluss unwiderruflich?«

Sie rechnete nicht damit, dass er antwortete, da er ja bisher auf noch gar nichts reagiert hatte, doch zwei Minuten später erschien seine Antwort.

»Warum willst du das wissen?«

Verdammt! Das klang so unfreundlich!

»Ich würde gern so einiges wissen. Wenn ich ehrlich bin, kann ich das alles noch gar nicht fassen.«

»Ich kann auch so einiges nicht fassen.«

Alarmiert rief sie an. Diesmal nahm er ab. Das erste Mal nach Wochen hörte sie wieder seine Stimme und zitterte innerlich.

»Was kannst du nicht fassen?«, fragte sie.

»Das wirst du besser wissen als ich«, gab er sehr verhalten zurück.

»Nein, ich habe keine Ahnung! Sag mir, was du damit meinst.«

»Ich meine, dass ich all die Jahre über völlig blind gewesen bin.«

»Inwiefern? Red bitte Klartext!«

Lorenz befand sich in der Zwickmühle. Er hatte im Grunde nichts in der Hand. Vor allem mochte er nicht den eifersüchtigen Gockel spielen, war er es doch gewesen, der sie an die Luft gesetzt hatte. Aber dieses Foto, das sie ihm gestern geschickt hatte! Erregender hätte sie sich nicht präsentieren können! Sie wusste, dass er dieses Kleid liebte! Und dazu die herausfordernde Nachricht »Miss me!«. Das klang wie: »Du kannst mich mal! Mir geht es auch ohne dich gut!«

Für wen hatte sie sich so aufgedonnert? Was für ein Spiel trieb sie? In ihm brodelte es. Zu wissen, dass er ihr dieses Tête-à-Tête auch noch finanzierte, brachte ihn zur Weißglut.

»Wozu hast du den Diamanten an eine Rose gesteckt?«, fragte er kühl. »Du weißt, dass es für mich in diesen Jahren alles andere als leicht war, aber wenn mich eines bei der Stange gehalten hat, dann die Aussage des Solitärs. Scheint so, als ob das alles eine Farce war, um nicht zu sagen, eine Lüge!«

Juliet fiel aus allen Wolken. »Wie bitte?«

»Sei ehrlich: Bist du alleine auf Kreta?«

Sie stockte kurz. Doch lang genug, dass in Lorenz die Alarmglocken schrillten.

»Ich bin allein in diesem Hotel und allein in diesem Zimmer!«, antwortete sie stirnrunzelnd. »Und mit dem Solitär liegst du richtig. Damit wollte ich dir sagen, dass du für mich der Einzige warst und bist!«

Verstört verstummte sie, atmete tief ein und aus. Dachte unwillkürlich an den Tanz mit David, während Lorenz die Stimmung erschnupperte wie ein Spürhund das Wild. Sie erahnte sein Misstrauen und holte tief Luft. »Bevor es zu Missverständnissen kommt, möchte ich dich darüber informieren, dass im Nachbarhotel tatsächlich jemand sitzt, mit dem ich geschäftlich zu tun habe.«

»Geschäftlich. Auf Kreta. Aha.« Er glaubte ihr kein Wort.

»Lorenz«, sagte sie eindringlich, »du hast gesagt, ich solle mich selbst finden. Genau das tue ich. Kreta ist der Auftakt. Danach besuche ich noch viele andere Seminare. Das mache ich, weil ...«

»Warte mal ... Seminare? Auf meine Kosten? Und das alles mit diesem Mann?«

»Nicht auf deine Kosten. Und ja, mit diesem Mann. Er ist Journalist, er schreibt für ›Lifestyle & Happiness‹ und seine Redaktion übernimmt das.«

»Juliet, das klingt total verworren! Was genau schreibt der Typ? Wie kommst du überhaupt zu dem? Kennt ihr euch schon länger?«

»Nein, gar nicht! Er verfasst eine Artikelreihe über das Thema ›Selbstfindung‹. Ich habe ihn in einem Datingportal ...« Sie stoppte abrupt und merkte, dass sie sich endgültig verfahren hatte.

»Ein Datingportal? Du hast dich also sofort nach jemand anderem umgesehen? Juliet, entschuldige, aber das lässt tief blicken.«

»Nein, Lorenz, du siehst das völlig falsch! Herrgott noch mal, als du Schluss gemacht hast, war ich am Ende, und ich bin es noch! Ich hatte getrunken, ich war unglücklich und ja, ich hab mich in diesem Portal angemeldet, bin aber gleich wieder raus. Aber in dem kurzen Zeitfenster habe ich David kennengelernt und daraus ist diese Sache entstanden.«

Das hörte sich ziemlich unglaubwürdig an. Verzweifelt biss sie sich auf die Lippen. Lorenz hatte auch Schwierigkeiten, darauf zu antworten. In ihm arbeitete es, währenddessen klopfte es in Juliets Handy an. David war im Foyer, sie war schon fünf Minuten über der Zeit. Aber letztlich begriff sie den Grund für Lorenz' Fragerei. Er war eifersüchtig! Ihr Herz jubelte auf. Fieberhaft überlegte sie, wie sie dieses Zipfelchen nutzen könnte – und tat das einzig Richtige: Sie ließ es los.

»Lorenz, ich muss los. Ich habe seit fünf Minuten ein Meeting. Aber können wir reden?« Als er nicht antwortete, platzte es aus ihr heraus: »Ich will dich wiederhaben, Lorenz, und ich werde alles dafür tun! Deshalb bin ich hier!«

Lorenz' Herz wurde weich. »Ich ... wir werden sehen, Juliet.«

»Nein, nicht ›Wir werden sehen!‹. Du bist mir ein Gespräch schuldig!«, rief sie verzweifelt.

»Ja, das stimmt. Ich melde mich, Juliet, versprochen.«

Er legte auf. Juliet stand wie festgenagelt im Raum. Ihr Herz klopfte wie verrückt. Dieses Telefonat war Hoffnung pur! Alles würde gut werden, davon war sie plötzlich überzeugt. Eine Glückswelle durchflutete sie, so stark, dass sie trotz der drängenden Zeit unter den Emoticons einen Diamanten suchte und ihn mit vielen, vielen Kuss-Smileys versah. Fieberhaft tippten ihre Finger: »Ich liebe dich, Lorenz!«, danach raffte sie in aller Eile ihre Tasche, nahm die Schuhe in die Hand und rannte barfuß ins Foyer, wo ein übernervöser David auf sie wartete.

Er hatte eine schlaflose Nacht hinter sich. War gar nicht erst ins Bett gegangen, sondern hatte wie blöd auf seinem Laptop herumgehämmert, bis ihm die Augen zugefallen waren. Aber er hatte nicht schlafen können, und wenn, hatte er von diesem Tanz geträumt. Von Juliets Gesicht, ihrem Körper, der ihm so willig gefolgt war. Von ihren Worten ... *Würdest du es nicht schön finden, wenn dich jemand lieben würde, wie ich Lorenz liebe?*

Aber ihn hatten auch jede Menge Zweifel befallen. Was mochte sie nur von ihm denken? Dass er sie anmachte, nachdem er vorher verbal auf sie eingedroschen hatte? Bestimmt war sie sauer auf ihn. Er wäre auch sauer auf so jemanden wie ihn. Plötzlich deutete er auch ihr letztes Lächeln und ihre Worte völlig anders. *Ich gehe jetzt. Du verstehst das sicher.*

Natürlich verstand er das! Er wäre längst gegangen, hätte keine Minute länger als nötig mit einem solchen Holzklotz wie ihm zusammengesessen! Ein Gedanke jagte den nächsten.

Er war höllisch unsicher, kam viel zu früh ins Foyer und wurde mit jeder Minute Verspätung unruhiger. Als Juliet zehn Minuten über der Zeit war, rief er an. Besetzt. Verdammt, was war los?

Doch plötzlich sah er sie durch die Halle rennen. Er konnte kaum fassen, mit welch überschäumend guter Laune sie ihm entgegenflog, die Schuhe in der Hand, mit diesem Lachen im Gesicht, und so glücklich, mehr als glücklich, ihn zu sehen! Seine Miene hellte sich auf, sein Herz weitete sich. Strahlend warf sie sich ihm an den Hals, drückte ihn fest und innig und sprudelte enthusiastisch los: »Sorry, dass ich so spät bin, aber stell dir vor, ich habe gerade mit Lorenz telefoniert! Er klang total anders! Er hat versprochen, dass er mich anruft! Dass wir über alles reden! Oh, ich bin so froh! Ich bin so glücklich!«

Sie trat einen Schritt zurück, in jeder Hand einen Schuh und drehte sich ein paarmal um sich selbst. »Ist das nicht klasse?«, jubelte sie.

Das Lächeln gefror auf Davids Gesicht. Augenblicklich verfiel der Abend zu sentimentalem Kitsch. Was hatte er sich da eingebildet? Er kam sich vor wie ein Idiot, aber Juliet sah ihn erwartungsvoll und Beifall heischend an.

»Das ... das ist toll!«, quetschte er mit dünnem Lächeln hervor.

»Ja!«, jauchzte sie und hüpfte aufgeregt herum. »Das ist mehr als toll! Aber jetzt gehen wir! Ich freu mich tierisch!«

Beschwingt kletterte sie zu David auf den Rücksitz des Wagens, begrüßte freudestrahlend den Taxifahrer, der, von ihrem Enthusiasmus angesteckt, fast die gesamte Fahrt über mit ihr schwatzte. Um ihn besser verstehen zu können, klemmte sie sich zwischen die zwei Vordersitze und bemerkte nicht, dass David sich mit keiner Silbe an der Unterhaltung beteiligte. Sie drehte sich ab und zu halb zu ihm hin und wiederholte, was der Fahrer ihr an Sehenswürdigkeiten und Locations empfahl.

»David, hast du das mit der Fortezza gehört? Und dem Kloster?«

Der Fahrer überzeugte sie, erst zum Kloster Arkadi zu fahren und von dort eine Wanderung nach Pikris zu machen. Er erbot sich, sie danach nach Rethymno zu bringen. Juliet war begeistert.

Kurz vor Ende der Fahrt ließ sie sich in ihren Sitz plumpsen, strich David leicht übers Bein, schmiegte sich an ihn und seufzte: »Oh, ich freu mich auf die Zeit mit dir!«

Endlich konnte er wieder lächeln – und hatte allen Grund dazu. Die Natur zeigte sich in ihrer vollen Pracht. Alles grünte und blühte. Der Pfad zum Kloster war wie eine Wanderung durchs Paradies. Feigen-, Eukalyptus-, Oliven- und Maulbeerbäume bestimmten das Bild, und vor allem wilde Orchideen, die in schier unendlicher Vielfalt überall hervorsprossen, einige bis zu einem Meter groß. Wilde Tulpen, roter Mohn, Anemonen und Pfingstrosen vervollständigten das Farbenmeer. Es war ein Augenschmaus, so reich an Schönheit, dass sie Mühe hatten, das alles zu erfassen. Der Anblick des

Klosters inmitten dieser Sinfonie überwältigte sie völlig. Eden konnte nicht schöner sein.

Auch Pikris bot einen sensationellen Blick auf das Mittelmeer. Still saßen sie in einem Hain aus Johannisbrotbäumen, Eichen und Zypressen, fühlten sich erhaben in dieser wunderbaren, göttlichen Natur. Juliet spürte in diesen Sekunden so viel Dankbarkeit, dass sie ihren Kopf an Davids Schulter lehnte und tief ausatmete. Sanft legte er seinen Arm um sie und hielt sie fest.

Eine halbe Stunde später brachte sie der Taxifahrer zurück ins umtriebige Rethymno. Vom großen Hafen aus waren schon die Überreste der venezianischen Fortezza aus dem 16. Jahrhundert zu sehen, die hoch über dem Meer thronte.

»Der Ausblick muss fantastisch sein!«, frohlockte Juliet voller Tatendrang. David, angetan von ihrer unbeschwerten Art, hatte längst seine gute Laune wiedergewonnen. Wer hätte gedacht, dass sie so quirlig war! Während sie zwischen den Ruinen umherliefen, flachsten sie herum, posierten auf dem alten Theaterplatz, rezitierten, was sie an Gedichten auswendig wussten, und machten Fotos von sich.

David hielt ein witziges Plädoyer über das Single-Dasein, sodass sich Juliet vor Lachen nur so bog. Ach, es war einfach wunderbar hier! Die Sonne schien, der Himmel war blau, auf den Festungsmauern wehte ihnen ein kräftiger Wind um die Nase und die Grillen zirpten in einer Lautstärke, die schier ohrenbetäubend war. Begeistert nahm Juliet die Zikaden mit ihrem Handy auf.

»Der natürlichste Gesang der Welt!« Ihre grauen Augen strahlten. »Neben den Vögeln natürlich.«

Sie fotografierte noch andere Dinge und David beobachtete sie heimlich. Wie meistens war sie ungeschminkt, aber er entdeckte immer mehr an ihr, was er mochte: das Grau ihrer Augen. Den Schwung ihrer Lippen. Ihr glänzendes Haar. Die

Sommersprossen auf der Nase. Die Art, wie sie etwas anfasste. Vor allem aber bewegte ihn ihre Fröhlichkeit, die sein Herz aufbrach und die er nach dem gestrigen Abend noch weniger verstand.

Genau diese Heiterkeit ließ ihm nicht viel Zeit zum Nachdenken. In bester Laune erklommen sie den höchsten Punkt der Ruine an der Festungsmauer. Der Ausblick über die Stadt und über das azurblaue Meer war gigantisch. Wieder schlang Juliet in einer spontanen Geste ihren Arm um David, lehnte sich seufzend an ihn, ein seliges Lächeln im Gesicht. David wagte kaum, sich zu rühren.

Kurz danach begaben sie sich in die Altstadt und hatten den Eindruck, dort sei seit Jahrhunderten die Zeit stehen geblieben. Von Blüten überwucherte Gässchen und eine Vielfalt an süßen Lädchen erwarteten sie. Die Atmosphäre war heiter und freundlich, niemand drängte sie, etwas zu kaufen, und die Lokale waren so malerisch und einladend, dass sie Mühe hatten, sich für eines zu entscheiden.

Entspannt saßen sie schließlich in einem idyllischen Gartenrestaurant und ließen sich die Sonne aufs Gesicht scheinen. David hatte in diesen Tagen Farbe bekommen, was das Blond seines Haars und seine hellen Augen intensivierte. Sein schmales Gesicht zierte ein Dreitagebart, der ihm das Jungenhafte nahm. Und wie immer umgab ihn dieser blumige, frauliche Duft. Nachdenklich beobachtete ihn Juliet, während er ihr Wasser einschenkte und ein paar Witze über dies und das machte.

»Ich hab dich gegoogelt, David«, sagte sie. »Du schreibst ziemlich divers. Über Wirtschaft, Politik, Soziales … und dein Bericht über die jugendlichen Straftäter war echt heftig.«

»Ja, dieser Bericht hat mich auch ziemlich mitgenommen. Aber mich interessieren Menschen und ihre Gefühle. Das läuft recht gut.«

»Das sehe ich. Jedenfalls kannst du dir einen schicken BMW leisten.«

»Ich hatte Glück, Gero ist Anteilseigner von ›Lifestyle & Happiness‹, da beziehe ich ein festes Gehalt. Und ich schreibe ja nicht ausschließlich für ihn. Unsere Artikelreihe wird in verschiedenen Versionen von mindestens fünf anderen Zeitschriften aufgenommen.«

»Du liebe Zeit, und diese Versionen musst alle du schreiben?«

»So ist es. Aber mir macht das Spaß, das war von jeher mein Traum.«

»Muss toll sein, wenn man seine Träume verwirklicht«, sagte sie nachdenklich.

»Dafür ist das Leben da, oder? Welchen Traum hast du? Verrätst du ihn mir?«

»Ich ...« Sie wurde rot. »Nein. Weil Träume sonst nicht wahr werden. In dieser Hinsicht bin ich abergläubisch.« Sie lachte verlegen und lenkte auf ein anderes Thema über.

Nach dem Mittagessen schlenderten sie zum Hafen und setzten sich unter einen Baum nahe an der Ufermauer. Beide hörten sie dem Meer zu, fühlten diese wunderbare Ruhe, eine Ruhe, die sie verband.

Nach einer Weile berührte David Juliet sanft an der Hand.

»Hey, Juliet«, begann er. »Wegen gestern ... Deine Geschichte hat mich total aufgewühlt. Ich wollte mich bei dir bedanken. Für ... alles.«

»Schon gut, David.«

Sie rupfte einen Grashalm aus. David legte sich auf die Seite.

»Darf ich noch was fragen? Oder tut dir das weh?«

Sie lächelte leicht. »Was möchtest du denn wissen?«

»Wie waren deine Eltern zu dir? Oder hast du alles verdrängt?«

»Nein, im Gegenteil«, erwiderte sie leise. »Ich hab versucht, die Erinnerungen festzuhalten. Hab sie aufgeschrieben, so gut ich das als Zweitklässlerin konnte.«

»Du ... hast sie aufgeschrieben? Was denn zum Beispiel?«

Seine Augen waren so tief wie ein Brunnen. Juliet verlor sich ein wenig darin, bevor sie ihren Blick wieder dem Grashalm zuwandte.

»Alles, was ich an ihnen geliebt habe«, erwiderte sie leise. »Meine Oma hat mir dazu geraten. Es war gut, aber es tat auch sehr weh, weil es mir bewusst machte, was ich verloren habe.«

»Heißt das, du hattest liebe Eltern?«

»Ja, ich hatte liebe Eltern. Mama war so, wie man sich eine Mama wünscht. Sie hat alles heimelig gemacht. Bei uns hat es immer nach Kuchen gerochen. Und mein Papa war schrecklich verliebt in sie.« Sie verstummte.

Vorsichtig fragte David weiter. »Woran ist er gestorben?«

»Er hat sich umgebracht.«

Ein Laut entfuhr ihm. Völlig erschüttert setzte er sich auf, unfähig, etwas zu sagen.

»Solange Mama da war, war auch mit Papa alles in Ordnung«, fuhr Juliet fort. »Wir waren eine glückliche Familie. Papa liebte mich, aber als Mama krank wurde, gab es mich nicht mehr wirklich. Und mit Mama starb auch er. Jeden Tag verschwand er ein bisschen mehr. Und ja, eines Tages war er schließlich ganz weg.«

Sie biss sich auf die Lippen, warf David einen Blick zu. Das Innere seiner Augen war rot.

»Aber, Juliet, was hat das mit dir gemacht? Wie hast du dich gefühlt?«

»Wie im freien Fall. Meine Oma war damals noch berufstätig und kam immer am Wochenende zu uns. Sie brachte mir das Kochen bei, Dinge, die man wissen muss, um einen Haushalt zu schmeißen. Papa war alles egal. Wenn nichts mehr zu essen im Haus war, bin ich mit ihm einkaufen gegangen, aber ich konnte Mama nicht ersetzen.«

»Wer hat dafür gesorgt, dass du zur Schule kommst und all das?«, forschte er mit wachsendem Entsetzen. »Du warst doch gerade mal sechs!«

»Dafür habe ich selbst gesorgt.« Juliet seufzte tief. »Papa war depressiv. Er ist über den Tod von Mama nicht hinweggekommen. Er hat sich hängen lassen, verstehst du? Und so ist er auch gestorben. Er hat sich erhängt.«

Davids Lippen bebten. »Bitte sag nicht, dass du ihn gefunden hast.«

»Doch«, antwortete sie leise. »Es war kein schöner Anblick.«

David schnaufte heftig, stieß einen Laut aus. Sein ganzer Körper zitterte.

»O mein Gott«, stieß er hervor. »Das kann nicht sein, das kann nicht sein!«

Verwirrt über seine heftige Reaktion legte sie ihre Hand auf seinen Arm. »Hey«, versuchte sie, ihn zu beruhigen. »Es ist doch schon …«

Aber David hörte sie gar nicht. »Du musst ja völlig paralysiert gewesen sein!«

»Ich weiß nicht. Ich war ein Kind. Es war ein bisschen wie im Film. Da draußen passiert etwas und innen ist etwas, was dich schützt.«

»Was dich schützt?« David war völlig außer sich. »Was dich schützt?«, wiederholte er.

»Ja, etwas, was dir eine Atempause gibt, bis dein Kopf es begreifen kann. Und ohne meine Oma wäre ich wohl durchgedreht. Sie war mein Engel. Sie war es, die mir erklärte, dass in mir etwas sei, das immer auf mich aufpasse, etwas, das ich immer fragen könne, wenn ich Antworten brauche. Sie hat mir aus der Katha-Upanischad vorgelesen, in der sich ein Teenager mit dem Tod unterhält. Was mich faszinierte, war, dass der Tod so überaus höflich und freundlich zu dem Jungen war. Das hat mir zu einem anderen Verständnis von Sterben und Tod verholfen.«

»Welches?« David Stimme war heiser.

»Dass der Tod kein Abschied ist. Dass nichts wirklich voneinander getrennt existiert. Dass wir alle verbunden sind. Dass jede Änderung in mir eine Änderung in anderen und damit in der gesamten Welt hervorruft. Hervorrufen muss. Wir sehen nur weder gleich die Auswirkungen, noch können wir das Ganze überblicken.«

»Aber ... das sind doch keine Sätze, die einem Kind in einer solchen Lage helfen!«

»Aber sie haben mir geholfen. Es gibt irgendwo einen Sinn. Und den will ich finden. Ich will daran wachsen, verstehst du? Lorenz lebt. Und wenn ich etwas in mir bewege, bewege ich auch etwas in ihm.«

In David tobte ein Sturm. Sein Kopf war voll, sein Herz war voll und alles lief über. Verstohlen glitt sein Blick zu ihr. Sie umfasste ihre Knie, blickte übers Meer.

Mit leicht zittriger Stimme fragte er: »Denkst du gerade an Lorenz?«

»Nein.«

»Woran dann?«

»Dass mir noch nie jemand diese Fragen gestellt hat wie du heute.«

Sie wandte sich ihm zu. »Du wühlst mich auf, David«, murmelte sie. »Mit deiner Fragerei.«

»Du wühlst mich auch auf, Juliet. Mit deinen Antworten.«

Wie so oft antwortete sie mit diesem vieldeutigen, zärtlichen Lächeln. Ein Lächeln, nach dem er süchtig zu werden begann. Eigentlich war es gar kein Lächeln. Es war eine Ahnung, lediglich ein Hauch davon, und so winzig, dass es mühelos in seine Seele schlüpfte und sich dort niederließ. Scheu sahen sie sich in die Augen, eine Sekunde davon entfernt, eine Grenze zu überschreiten, doch ein Motorboot ratterte dröhnend an der Ufermauer vorbei und der Moment zersplitterte wie Glas.

Sekunden später standen sie auf. Doch der Zauber des Tages setzte sich sanft und leise wie Feenstaub in ihre Seelen und versah sie mit Glanz.

༺❀༻

Zwei Tage voller Sonne und Ruhe folgten, die filigrane Stimmung hielt an. Juliet genoss jede einzelne Sekunde, tankte auf, begann, von Dingen zu träumen, die ihr vorher nie in den Sinn gekommen waren: ein Leben in der Sonne. Auf eigenen Füßen stehen. Nicht abhängig von der Gunst eines anderen sein. Rebellische, gewagte Träume, die ihren bisherigen Horizont durchstießen. Träume, die aber auch von der Hoffnung beseelt waren, damit bei Lorenz punkten zu können. Stets lag ihr Handy griffbereit. Sie hoffte auf ein Lebenszeichen, aber er meldete sich nicht. Der Morgen, an dem sie mit ihm telefoniert hatte, schien ein Höhepunkt gewesen zu sein, der im Sand verlief.

Die Unruhe kehrte zurück. David schrieb viel und sie ließ ihn in Ruhe. Sie trafen sich am Abend zum Essen, tagsüber machte jeder sein Ding. Allerdings wirkte er deutlich feinfühliger, preschte mit seiner Meinung nicht mehr so vor und war oft in Gedanken versunken. Waren sie zusammen, fragte er ihr ein Loch in den Bauch, konfrontierte sie mit ihren Ansichten, stocherte in der Asche ihrer Vergangenheit, war aufrichtig interessiert. Nach einer Woche wusste David fast mehr über sie als Lorenz in den gesamten fünfzehn Jahren.

Er wollte wissen, wie es ihr bei ihrer Großmutter ergangen war, wie sie das Begräbnis ihrer Eltern empfunden hatte und nicht allzu lange danach das ihrer Oma. Und immer schien er dabei mehr zu fühlen als sie. Er lachte herzhaft, als sie erzählte, wie sie den Pfarrer angepfiffen und ihre erste Trauerrede aus dem Stegreif gehalten hatte. Seine Augen waren voller Betroffenheit, als sie von den vielen Weisheiten berichtete, die ihr ihre Oma zu vermitteln versucht hatte, und von dem Gefühl, völlig allein auf der Welt zu sein. Dieses Gespräch fand an ihrem letzten Abend statt. Mit hochgekrempelten Hosen saßen sie am Strand. David hatte Allie dabei, die er zwischen sie gesetzt hatte wie ein Kind.

»Was war mit Freunden?«, bohrte er. »Oder Schulkollegen? Gab es da niemanden?«

»Doch, klar, aber ich bin mit meiner Altersgruppe nie wirklich zurechtgekommen. Ich meine, ich habe Bücher über den Tod gelesen und sie haben sich über den neuesten Haarschnitt unterhalten. Ich mochte Ältere schon immer lieber.«

Sie hob Allie aus dem Sand und kitzelte ihn damit an der Nase. »Wer hat dir Allie geschenkt?«

»Meine Mama.« Abrupt erhob er sich und klopfte sich den Sand von der Hose. »Tut mir leid, Juliet, aber ich muss noch was tun.«

»Klar«, antwortete sie sarkastisch. »Vor allem musst du mir ausweichen, nicht?«

Sie war ebenfalls aufgestanden und funkelte ihn an. »Glaub bloß nicht, dass ich so schnell aufgebe! Du entkommst mir nicht!«

David hatte keine Ahnung, ob er das begrüßen oder fürchten sollte.

✿

Wehmütig fand sie sich am nächsten Tag in der Abflughalle wieder.

David war voll in seinen Arbeitsmodus eingetaucht, hämmerte so schnell auf seine Tastatur ein, als gäbe es einen Schnellschreibwettbewerb zu gewinnen.

»Schreibst du am Artikel?«

»Ja, bin mittendrin in Rethymno.«

»Darf ich mal lesen?«

Er schob ihr den Rechner hin. »Klar, bin aber noch nicht zufrieden.«

Ihre Augen flogen über den Text. »Das ist ja nur ein Reisebericht über Rethymno«, stellte sie erleichtert fest.

»Was hast du denn gedacht?« Erstaunt sah er sie an. »Dass ich Privates von dir preisgebe? Mit Kreta reißen wir das Thema an.« Er scrollte an die entsprechende Stelle. »Hier, lies mal rein, daran feile ich aber noch.«

Interessiert schaute Juliet auf den Bildschirm.

»Liebst du mich, weil du mich brauchst, oder brauchst du mich, weil du mich liebst?«, lautete die fette Überschrift.

> Fast jeder hat an seinem Partner etwas auszusetzen, aber ist es gut, sich zu ändern, oder soll der Partner einen so nehmen, wie man ist? Was bedeutet es, sich in einer Beziehung zu entwickeln? Ist der Partner der Spiegel des anderen? Funktioniert eine Beziehung nur als Zweckgemeinschaft? Gibt es wahre Liebe? Diesen Fragen werden Maria und Lukas in den nächsten Wochen nachgehen und viele spannende Seminare dazu absolvieren. Ihre Ansichten sind kontrovers – umso aufschlussreicher werden die Berichte sein. Begleiten Sie uns auf einer intensiven Reise – zu sich selbst.

»Wow!« Juliet war beeindruckt. »Das klingt gut!«

David zeigte ihr, was die Redaktion vorbereitet hatte, den Scherenschnitt einer männlichen und weiblichen Person, die Rücken an Rücken mit verschränkten Armen im Profil abgebildet waren.

»Darunter kommt eine kurze Situationsdarstellung, so was wie: ›Lukas, 39, überzeugter Single, glaubt nicht an Beziehungen. Ist er pessimistisch oder realistisch?‹ ›Maria, 35, ist von ihrem langjährigen Partner verlassen worden, hält aber unverrückbar an der Liebe fest. Ist sie optimistisch oder blauäugig?‹«

Juliet lachte. »Ehrlich, das würde mich auch interessieren«, gluckste sie. »Jetzt bin ich doppelt gespannt auf unseren Weg!«

Er grinste sie leicht abwesend an und war in der nächsten Sekunde schon wieder abgetaucht. Das änderte sich während des gesamten Fluges nicht mehr.

Nicht nur das frustrierte Juliet. Je weiter sie sich von der sonnigen Insel entfernten, desto mehr graute ihr vor dem muffigen Zimmer und ihren finanziellen Problemen. Verdrossen warf sie David einen Blick zu. Ein Fremder hätte nicht unbeteiligter sein können! Wo war die Intimität der letzten Woche hin? Erst als sie die Passkontrolle hinter und ihre Koffer neben sich hatten, wurde Juliet wieder Bestandteil seiner Wahrnehmung.

»Hat sich Lorenz eigentlich schon gemeldet?«

»Nein, bisher nicht.«

»Hältst du mich auf dem Laufenden?«

»Wir sind doch sowieso die nächsten Wochenenden zusammen.«

»Aber auf den Seminaren kann man nicht reden. Ich will wissen, wie es innendrin bei dir aussieht«, entgegnete er und tippte auf ihr Herz.

Sie lächelte schwach. Seine Anteilnahme tat gut und gleichzeitig weh. »Das muss ich dir ohnehin mitteilen. Steht im Vertrag.«

»Hey, das würde ich auch so wissen wollen«, erwiderte er ernst. »Es waren wunderbare Tage mit dir auf Kreta, Juliet.«

»Ja, es war wunderbar. Ich würde am liebsten wieder zurückfliegen.«

Die Wehmut in ihrer Stimme war kaum auszuhalten und seine Augen verdunkelten sich.

»Warte erst, bis wir im Lake District sind! Das wird mega!«, versuchte er, sie aufzumuntern.

Sie straffte sich, knuffte ihn leicht am Arm, brachte ein Lächeln zustande. »Na, bis dahin sind es noch ein paar Tage. Bis bald, David. Und steck Allie in die Waschmaschine, bevor du sie mit ins Bett nimmst. Sie ist bestimmt voller Sand.«

Damit drehte sie sich um und ging. David sah ihr lange nach. Niemand hatte Allie bisher so akzeptiert wie Juliet. Für sie war natürlich, was andere als gestört empfunden hatten. Sein Herz war voll und sein Kopf war voll – und alles kollidierte miteinander.

♫ Lord Is It Mine ♫

SUPERTRAMP

Die Ankunft in der verranzten Bude nach dem sonnendurchfluteten großen Zimmer auf Kreta kam dem Absturz aus tausend Meter Höhe gleich. Der Schimmel in den Ecken schien sich ausgeweitet zu haben, der kleine Kühlschrank, den sie während ihrer Abwesenheit geleert und ausgeschaltet hatte, sprang nicht mehr an und im Bad roch es schlecht. Sie ekelte sich jede Sekunde, die sie hier sein musste. Die ersten Wochen hier hatte sie schlicht mit der Aussicht auf Kreta überstanden. Aber nun holte die Realität sie ein. Nach zwei Tagen fing sie wieder an zu husten, ein Dauerregen verdonnerte sie dazu, mehr Zeit in der schäbigen Bleibe zu verbringen als gewollt. Sie konnte niemanden einladen und wollte auch nirgendwohin, denn Busfahren kostete Geld. Die Tage wurden düster.

Es war kaum noch Ablenkungspotenzial vorhanden, nur zwei kleinere Korrekturarbeiten lagen vor. Warum lief das ausgerechnet jetzt so schlecht?

Sie versuchte, einen Aushilfsjob in der Nähe zu finden, aber viele der Seminare fanden am Wochenende statt, sodass ein Job als Verkäuferin nicht infrage kam. Also schränkte sie sich ein, kaufte ausschließlich Billigwaren und ließ oft das Abendessen ausfallen.

Juliet war verzweifelt. Etliche Tage waren inzwischen ins Land gegangen und von Lorenz kam kein Pieps. Fast stündlich starrte sie aufs Handy. Sie musste mit ihm reden!

»Mädel«, plärrte Siggi, die sie genau beobachtete. »Lass das endlich! Du warst doch mit diesem blonden Romeo unterwegs, hat der dich nicht auf andere Gedanken bringen können?«

»Siggi, das war geschäftlich, außerdem …«

»Außerdem ist Gero auch sehr hübsch.«

»Gero ist lieb, aber nicht mein Fall. Und ich nicht seiner.«

»Weil er ein paar Kilo zu viel hat? Das ist kuschelig, glaub mir, ich …«

»Bitte, Siggi, lass das.«

Ronnys Blick streifte sie. Ein sanfter Schimmer umgab ihn, er war total verliebt in Katie und die beiden hatten sich ein paarmal getroffen. »Versuch, Lorenz mental loszulassen«, empfahl er. »Akzeptier alles so, wie es ist. Widerstand kostet Energie. Und die brauchst du doch jetzt für deine Transformation.«

»Haste schön gesagt, Ronnylein«, lobte Siggi. »Das mit der Transformation war zwar unnötig, aber den Rest kannste stehen lassen.« Und an Juliet gewandt: »Gib dem Leben doch mal die Chance, dich zu überraschen! Wer bist du denn, dass du weißt, was gut für dich ist?!«

Juliet wollte das nicht hören. Noch immer empfand sie die Situation als Auszeit vom Normalen, war sie sicher, mit einem klärenden Gespräch zwischen ihr und Lorenz würde alles wieder ins Lot kommen. Auf diese Traumvorstellung fixierte sie sich.

Sie schrieb ihren Bericht zum Atemseminar und bat David, ihr den seinen zu schicken, damit sie sich ein wenig daran orientieren konnte. Das Korrigieren lag ihr im Blut, also schlug sie ein paar Änderungen vor und sandte ihm beide Texte zurück. Zehn Minuten später klingelte ihr Telefon.

»Mann, Juliet, das ist druckreif«, rief David anerkennend. »So lassen wir das!«

Verblüfft registrierte sie, dass er kein bisschen angepisst war, so wie sie es manchmal bei Lorenz erlebt hatte, wenn sie seine Vorträge durchgegangen war.

»Es stört dich nicht, dass ich was geändert habe?«

»Woher denn, ich habe so viele Deadlines an der Backe, dass ich gar nicht weiß, wo mir der Kopf steht. Übrigens bin ich total geflasht, was du alles aus dem Furzseminar bei Birte gezogen hast!«

»Hättest du auch, wenn du anders rangegangen wärst.«

»Ja, macht mich echt nachdenklich. Hat sich Lorenz gemeldet?«

Und bums saß sie wieder auf ihrem Gedankenkreisel.

»Nein«, antwortete sie verdrießlich und hustete verhalten. Ihr Kopf schmerzte.

»Hey, Juliet, gib nicht auf, bestimmt hat er viel zu tun.«

Ja, das war das, was Juliet auch gern glauben wollte.

Halbherzig suchte sie nach einer neuen Bleibe, nahm an den Cliquenabenden teil, die in unregelmäßigen Abständen stattfanden. Die rissen sie wenigstens für ein paar Stunden aus ihrer Stimmung heraus. Doch an diesem Abend war sie sehr wortkarg, hatte Mühe, den lästigen Hustenreiz zu unterdrücken, und ihr war ein wenig schwindlig. Der erste Artikel war veröffentlicht worden und hatte gute Resonanz gefunden. Gero hatte für jeden eine Ausgabe mitgebracht, die Siggi wieder mal perfekt kommentierte.

»Kreta ist idyllischer als dein Gemüsegarten, Peter«, stellte sie fest und fixierte über ihre Lesebrille hinweg David und Juliet. »Also, wenn man sich da nicht näherkommt, heiß ich wie mein Mann.«

»Siggi, wir waren in unterschiedlichen Hotels!«, informierte sie David.

Der Laut, den sie von sich gab, ersetzte die Frage: *Für wie blöd hältst du mich, mein Junge?* Während sie mit aufmerksamem Blick die Fotos betrachtete, brummelte sie: »Je gescheiter die Leute sind, desto weniger wissen sie, was Liebe ist. Sie machen alles furchtbar kompliziert. Sie verstehen nicht, dass man ein so einfaches Ding wie Liebe nicht verstehen kann. Ich frage mich nie, warum ich Hans liebe. Ich tu's einfach. Der Kerl ist alles andere als perfekt, aber da sieht man mal, dass man auch krumme Bananen essen kann. Am Geschmack ändert das nichts.«

Wie immer erntete sie jede Menge Gekicher – und bestärkte unwillentlich Juliet in ihrer Meinung. Ja, eine Beziehung musste nicht perfekt sein. Zu lieben reichte.

※

Mit David absolvierte sie in den folgenden Wochen ein paar kleinere Seminare, die zwar Anstöße gaben, aber an der Oberfläche blieben. Oft ging es um die Wirkung positiver Gedanken, wie toll sich diese auf das Immunsystem auswirkten, dass man damit Angenehmes im Leben anzöge … Dinge, über die Juliet schon viel gelesen und mit Ronny oft gesprochen hatte und die sie ein wenig nervten, weil die Realität trotz positiver Gedanken nie so eintrat, wie sie sich das ausmalte.

Trotzdem versuchte sie, zuversichtlich zu sein, aber immer öfter boykottierten Wut und Frust ihre Bemühungen, gefolgt von Angst. Es kostete immens Energie, sich dagegen zu wehren. In jedem Seminar hoffte sie auf brauchbare Hinweise, wie sie damit umgehen sollte. Aber da kam nicht viel.

Und noch ein Ärgernis stellte sich ein. David drückte sich praktisch vor jeder Gruppen- oder Partnerübung. Er blieb nur, wenn es sich um Vorträge handelte. Mit gerunzelter Stirn hatte sie mehrfach erlebt, wie er Referenten seinen Journalistenausweis zeigte, um sich danach beobachtend auf einen Platz in der Ecke zu setzen. Umso ausgiebiger befragte er auf den Heimfahrten Juliet über ihre Empfindungen. War sie anfangs von dieser Wissbegierde angetan gewesen, änderte sich das im gleichen Maße, wie er sich weigerte, etwas von sich preiszugeben und die Übungen mitzumachen. Ihr Unmut wuchs. Ihre Frustration wuchs. Das Einzige, was sie bei der Stange hielt, war die Aussicht auf Steves Seminare – das mit seiner Frau und das im Lake District. Aber die waren noch so lange hin!

Erwarte nicht das Schlimmste, Juliet, sondern Wunder, hatte Steve gesagt. *Und Wunder treten ein, wenn man aus seinem Leben eine Liebesaffäre macht ...*

Das fiel ihr gerade verdammt schwer. Dreimal hatte sie Lorenz noch angeschrieben, jede Nachricht war unbeantwortet geblieben.

♫ What We Had ♫

SODY

Der Freitagabend kam, ein Hoch war gemeldet und Juliet auf dem besten Weg, in eine Depression hineinzustolpern. Sie weinte, als sie daran dachte, dass sie auf dem grünen Hügel, wo sie so lange gewohnt hatte, die Terrassentüren bei diesem wunderbaren Frühlingswetter weit geöffnet hätte, sodass Sonne und Wind ins Haus geströmt wären. Sie hätte im Garten gearbeitet, draußen den Tisch gedeckt ... o mein Gott, wo war sie nur gelandet!

Schließlich entschloss sie sich, die Initiative zu ergreifen. Das war schon immer ihr Rezept gewesen und es hatte sie bislang nicht im Stich gelassen. Dieser Gedanke hielt in der Schwärze des Tages eine Fackel hoch.

Sie stellte sich unter die eklige Dusche, aus der das Wasser als dünnes Rinnsal floss, zog ein hübsches Kleid an und schnappte sich ihr Fahrrad. Es waren etwa sechs Kilometer zu Lorenz' Haus, der letzte ging ziemlich bergauf in den bewaldeten Villenteil der Stadt. Nach einer Weile hatten sich dunkle Flecken unter den Achseln gebildet und das Make-up floss von ihrem Gesicht. Die Lungen taten ihr weh, und als sie endlich oben angelangt war, atmete sie schwer und hatte Mühe, ihr Herz zu beruhigen, das wild gegen ihre Rippen pochte. Lorenz' Haus lag am Ende einer Sackgasse, die von der Hauptstraße nicht einzusehen war, und als sie den kleinen Weg nach unten ging, schwante ihr etwas.

Das Haus war hell erleuchtet, Gelächter, Stimmengewirr und Musik drangen heraus und unten stand der Lieferwagen einer Cateringfirma. Es roch nach Barbecue und Grillfeuer, sie hörte Gläser aneinanderklirren und Lorenz' Stimme, der gut gelaunt etwas durch das Wohnzimmer rief. Die Terrassentüren standen offen, die Leute tanzten – eine Party war in vollem Gange. Lorenz feierte, die Bude war proppenvoll. Wie ein glühendes Schwert durchfuhr es sie: Alle waren gekommen – weil sie nicht mehr da war. Mit wundem Herzen drückte sie sich gegen den Lieferwagen.

Und da hörte sie Hubert Hepphausen, der auf Lorenz' Ruf ebenso laut antwortete und in Gelächter ausbrach. Hass glomm in ihr auf, in einer Stärke, dass ihr fast übel davon wurde. Hass auf diesen Mann, der ihr Leben zerstört hatte, gefolgt von Schuldgefühlen, weil sie doch so nicht fühlen sollte. Aber die Emotionen übermannten sie und besetzten ihre Seele.

Geduckt schlich sie sich an eine Stelle im Gemüsegarten, die ihr einen unbemerkten Einblick ins Geschehen gewährte. Und da sah sie Lorenz. Er tanzte mit Belinda. Auf eine Weise, die Juliets Herz wie einen defekten Fahrstuhl in den Keller sausen ließ.

Als der Song zu Ende war, registrierte sie messerscharf, dass Lorenz Belinda nicht losließ. Sein Arm blieb um ihre Taille geschlungen, als wolle er gleich mit ihr weitertanzen. Aber sie tanzten nicht mehr. Sie lösten sich auch nicht voneinander. Arm in Arm schlenderten sie zum Buffet, wo Lorenz Belinda ein Häppchen in den lachenden Mund steckte.

Ein fetter, stacheliger Kloß bildete sich in Juliets Hals. Belinda war die perfekte Partie! Belinda hatte alles! Sie war ein angesehenes Mitglied der Society, mehr als wohlhabend und obendrein mit der richtigen Herkunft gesegnet. Und Hepphausen, der den beiden am Hintern klemmte, machte das Lorenz wahrscheinlich in jeder Sekunde bewusst. Überdies war sie eine charismatische Erscheinung – wie Lorenz. Nach dem Tod ihres Mannes hatte sie nur noch ein paar diskrete Tändeleien gehabt, nie mehr etwas Festes. Zum ersten Mal fragte sich Juliet, warum.

Betäubt kauerte sie im Gemüsebeet und wusste nicht, wohin mit so viel Schmerz. Lorenz war glücklich. Ohne sie.

Er ist befreit, hörte sie Belinda sagen, *ihm ist eine Last von den Schultern gefallen*. Ein Schluchzen entrang sich ihr, das sie erschrocken erstickte, als sich zwei Gestalten auf ihr Versteck zubewegten. O mein Gott, das wäre das Letzte, wenn sie im Gemüsebeet erwischt werden würde! Doch die beiden, zwei Frauen, stoppten am Gartenschuppen und zündeten sich ihre Zigaretten an. Monika Liebermann und Helga Hepphausen. Beide waren nie einer Einladung von ihr gefolgt.

»Tja«, sagte Monika gerade und schnippte Asche weg. »Wer hätte gedacht, dass wir dieses Haus noch mal von innen sehen.«

»Du weißt ja, wenn Hubert mal einen am Haken hat ...«

»Und was macht das Mädel jetzt?«

»Keine Ahnung. Hubert sagt, ohne Lorenz ist sie maximal ein Sozialfall.«

»Helga!«, brüllte es da vom Haus her. »Wo steckst du? Lorenz hat einen uralten Whiskey ausgegraben! Den darfst du dir nicht entgehen lassen!«

Nach etwa fünf Minuten verschwanden die beiden im Haus. Juliet fühlte sich tonnenschwer, als sie vom Grundstück huschte und ihr Rad nach Hause schob.

Lorenz und Belinda. Deshalb hatte er sich nicht gemeldet! Der Gedanke brachte sie fast um.

※

Am Sonntag stand ein Tageskurs an, in dem es explizit um Paararbeit ging, daher hatte die Redaktion David und sie als Lebenspartner angemeldet. Juliet war alles andere als gut drauf, hatte das restliche Wochenende düster vor sich hingebrütet. David holte sie wie immer ab, aber wie so oft war er müde, und so fiel ihm ihre Einsilbigkeit nicht weiter auf. Juliet sehnte sich dringend nach ein bisschen Trost und jemandem, mit dem sie reden konnte, doch kaum hatte der Referent verkündet, viele Übungen parat zu haben, verschwand David sang- und klanglos.

Somit konnte Juliet die Übungen nur beobachten, aber nicht mitmachen. In ihr brauten sich schwarze Wolken zusammen. David tauchte auch mittags nicht auf. Die Gruppe pilgerte zum Italiener, aber Juliet drehte ab, als sie die Preise der Speisekarte an der Hauswand sah, kaufte sich in einem Supermarkt ein Sandwich und setzte sich auf eine Parkbank.

In ihr brodelte und wütete es. Ihre Gedanken schweiften in eine völlig andere Richtung. Warum tat sie sich das an? Warum suchte sie sich nicht einen Job und eine anständige Wohnung? Der Preis dafür wären die Seminare … trotzdem, so viel hatten die nicht gebracht! Und David hielt sich überhaupt nicht an ihre Vereinbarung. Ja, aber was war mit Indien? Und Steve? Zu dem wollte sie unbedingt! Sie konnte sich noch deutlich an dessen Herzensgüte erinnern, die sie so mühelos aus ihrem Tief geholt hatte, und wurde das Gefühl nicht los, er würde ihr helfen können. Konnte sie es allein schaffen? Mit einem Vollzeitjob hätte sie die Gebühren irgendwann zusammen, aber das wäre frühestens in einem Jahr. So wie jetzt konnte sie auf keinen Fall weitermachen. Sie war ein Sozialfall! Sie hatte fünfhundert Euro zum Leben! Davon musste sie hundert Euro Miete, Essen und die Krankenversicherung bezahlen. Die paar Korrekturarbeiten machten das Kraut nicht fett – sie konnte das nicht mehr!

Juliet war körperlich wie seelisch an der Grenze. Irgendwie stand sie das Seminar durch und war geladen bis oben hin, als am Ende des Tages David mit dem Wagen vor der Tür stand. Wortlos setzte sie sich neben ihn und schlug die Tür zu.

David zuckte zusammen. »Ähm … hast du was?«

Ihr verschlug es kurz die Sprache.

»Das fragst du noch?«, fauchte sie mit glühenden Augen und hustete. »Du hast mich nun schon zum dritten Mal in Folge allein gelassen! Das ist gegen jede Vereinbarung!«

»Ist es nicht! Ich mache die Seminare mit – *das* ist Teil der Vereinbarung!«

»Ach! Und wo warst du heute?«

»Heute kam mir was dazwischen. Sonst war ich jedes Mal dabei!«

»Das ist nicht wahr! Ständig haust du ab! Du hast gesagt, du machst alles mit!«

»Nein, ich habe gesagt, ich reflektiere beim Schreiben!«

»Verdammt, David, du drehst ständig alles so hin, wie du es brauchst!«

»Du musst gerade etwas sagen! Du drehst erst recht alles so hin, wie du es brauchst! Du tust das alles bloß, um Lorenz wiederzubekommen! Und du sagst, du willst dich ändern? Den Teufel tust du!«

Sie stieß einen kleinen Wutschrei aus. »Von jemandem, der zu feige ist, um auch nur eine einzige Übung mitzumachen, lasse ich mir das ganz sicher nicht sagen! Weißt du was? Du kannst mich mal! Ich mache das nicht mehr mit!«

David erstarrte und nahm automatisch den Fuß vom Gas. »Was … was heißt das?«

Juliet holte tief Luft. »David, es tut mir leid, aber ich kann nicht mehr. Ich steige aus.«

In David wurde es dunkel. Mit quietschenden Reifen fuhr er rechts ran und sah ihr entsetzt in die Augen. »Juliet, nein, bitte nicht! Das kannst du mir nicht antun!«

»Doch, das kann ich«, sagte sie heiser. Ihr Brustkorb tat ihr weh, ihre Augen wurden nass und sie musste schon wieder husten. »Nimm Katie mit.«

»Nein! Ich mache das nur mit dir! Mit keiner anderen!«

»Hab ich gemerkt. Du warst den ganzen Tag nicht da.«

»Es tut mir leid! Es tut mir schrecklich leid! Ich verspreche dir, dass es nie mehr vorkommt!«

Flehend sah er sie an, sein Herz klopfte so stark, dass sie es hören konnte.

Aber Juliet war mit den Nerven am Ende und wollte nur noch weg. »Nein, David. Ich will nicht mehr«, sagte sie leise. »Ich … ich kann wirklich nicht mehr. Es … es ist nicht so einfach für mich, wie du denkst.«

»Frage ich zu viel? Ist es das? Sag mir, was ich ändern soll. Ich tue alles, nur, bitte geh nicht! Du wolltest doch Neues erleben! Wir stehen doch erst am Anfang. Wir haben die besten Seminare noch vor uns!«

David war außer sich, wusste nicht, was er zuerst sagen sollte, um sie zum Weitermachen zu bewegen.

Aber Juliet fühlte sich furchtbar erschöpft, und die Aussicht auf Monate in diesem Zimmer machte sie krank. »Ich muss einen anderen Weg finden, David. Meine Rechnung geht nicht auf.«

»Das ist noch gar nicht raus! Du gibst viel zu früh auf!«, beschwor er sie panisch. »Bitte, bitte mach weiter! Bitte, bitte vertu nicht diese Chance, nur, weil Lorenz sich nicht gemeldet hat!«

»David, versteh doch.« Sie war den Tränen nah. »Es ist nicht nur deswegen. Ich …«

Sie starrte auf den Boden, heiße Tränen schoben sich nach oben. Sollte sie ihm erzählen, wie es um sie stand? Sie hob den Blick, drehte den Kopf weg, biss sich auf die Innenseiten der Wangen, um nicht weinen zu müssen.

Davids Augen brannten, auf seinen Wangen hatten sich tiefrote Flecken gebildet und er konnte ihren Schmerz kaum ertragen. Behutsam legte er seine Hand auf ihre Schulter, und als hätte er einen Mechanismus betätigt, purzelten dicke Tränen ihre Wangen hinunter. Davids Herz brach vollends auseinander.

»Hey, Juliet«, flüsterte er und zog sie an sich, so weit es die Mittelkonsole zuließ. »Es tut mir schrecklich leid, wirklich. Bitte, geh nicht. Ich verspreche dir, nicht mehr abzuhauen.«

Sie weinte. Stumm. David streichelte sie hilflos, aber sie drückte sich von ihm weg.

»Ich möchte bitte nach Hause.«

Die Fahrt verlief schweigend, der Abschied war kurz und David völlig am Boden zerstört.

⁂

Zu Hause angekommen war er nicht in der Lage, sich auf seine Arbeit zu konzentrieren. Niedergeschlagen lief er in den Park, das Herz in Aufruhr.

Was sollte er tun, wenn sie ausstieg? Ohne sie konnte er nicht weitermachen! Sie war der Grund, warum es wieder bei ihm funktionierte, warum ihn wieder Leben durchdrang. Und das lag längst nicht mehr am Projekt. Das Ding ging inzwischen so viel tiefer, so erschreckend tief!

Ratlos setzte er sich auf eine Parkbank, vergrub das Gesicht in seinen Händen. Ihre Geschichte … es konnte kein Zufall sein, dass er auf sie getroffen war! Ihre Augen kamen ihm in den Sinn, ihre Tränen, ihr Lachen. Auf Kreta hatte sie so oft gelacht, war fröhlich gewesen! Was war passiert? Sie hatte kurz nach der Trennung einen gefassteren Eindruck gemacht als jetzt. David starrte vor sich hin. Es musste etwas passiert sein, von dem er nichts wusste.

Und er beschloss, das herauszufinden.

🎵 Bitter Sweet Symphony 🎵

Max Giesinger & Mic Donet

Juliets Ungewissheit erreichte ein Höchstmaß, sodass sie über ihren Schatten sprang und sich wie fünfzehn Jahre zuvor in die hinterste Reihe des Hörsaals setzte, in dem Lorenz seinen Vortrag hielt. Sein Anblick brachte sie fast um und ihre Augen brannten vor Sehnsucht. Oh, er war so anbetungswürdig! Diese Hände hatten sie gestreichelt, diese Lippen sie geküsst, an allen Stellen ihres Körpers, hatten sie in Ekstase versetzt. Streichelten sie jetzt Belinda? Ihr Blick schweifte durch die Reihen. Fast alle jungen Frauen himmelten ihn an, verfolgten ihn mit glänzenden Augen. Juliet schluckte und Eifersucht auf diese jungen Dinger befiel sie, die meinten, bei ihm landen zu können.

Lorenz hatte sie in den ersten Sekunden bemerkt – und sein Herz flatterte. Er bemühte sich, sie auszublenden, aber das gelang ihm nicht wirklich.

Warum hatte er sich nicht gemeldet, wie er es versprochen hatte? Weil die Gefühle in ihm stritten. Weil das Haus verdammt leer war ohne sie, weil er es mit allen möglichen Menschen füllen musste, um nicht an sie denken zu müssen. Weil er es mittlerweile hasste, alleine im Bett zu liegen, und nicht wusste, ob er stark bleiben konnte, wenn sie ihm gegenüberstand. Er wollte nicht als Schwächling dastehen. Vor allem nicht vor Hubert, der ihn dauernd beglückwünschte, welchen gravierenden Schritt er mit dieser Trennung vollzogen hätte. Lorenz war furchtbar durcheinander.

Juliet wartete, bis alle gegangen waren. Ihr Herz hämmerte wie ein Specht gegen ihre Rippen, als sie die breiten Stufen zu ihm hinunterstieg. Mit ausdrucksloser Miene und verschränkten Armen lehnte sich Lorenz gegen das lange Pult.

»Hallo, Lorenz«, begann sie mit bebender Stimme. »Wolltest du mich nicht anrufen?«

»Ja, wollte ich. Aber, Juliet … ich weiß nicht, was das bringen soll.«

Ihr fiel die Kinnlade runter. »Du fertigst mich nach fünfzehn Jahren in fünf Minuten ab und das war's dann? Ich habe dich gefragt, ob deine Entscheidung endgültig ist. Das hast du noch immer nicht beantwortet. Du kannst es jetzt tun.«

Ihr war, als hätte sie ihm mit dieser Aufforderung eine geladene Pistole in die Hand gedrückt, auf sich gerichtet, und ihn gebeten, jetzt abzudrücken.

Lorenz presste die Kiefer aufeinander. »Juliet, bevor ich solche Fragen beantworten kann, brauche ich Abstand.«

»Du hattest Abstand!«, rief sie entnervt. »Wochenlang!«

Verzweifelte Hoffnung schlug in ihr hoch. Er war sich nicht schlüssig! Er hatte nicht abgedrückt!

Lorenz schwieg verstockt.

»Wir waren so glücklich, Lorenz! Wir hatten so viel! Oder hast du vielleicht schon jemand anderen?«

Bang dachte sie an Belinda. Aber er antwortete spontan: »Nein, da ist niemand.«

Ein erleichterter Seufzer entfuhr ihr.

»Dann lass uns reden, Lorenz«, beschwor sie ihn. »Bitte, lass uns reden. Das bist du mir schuldig.«

Juliets Liebe erreichte ihn wie feiner Nebel, der sich sanft auf ihn legte. Lorenz wurde weicher.

»Okay, gut. Reden wir«, gab er heiser nach. »Wenn es dir so viel bedeutet.«

Er checkte sein Handy. »Nächste Woche Mittwoch, geht das?«

»Ja, natürlich! Ich freue mich. Wir ... wir könnten spazieren gehen.«

Die Freude in ihren Augen war unerträglich. Herrgott, sie fehlte ihm! Und wie stets kribbelte ein Ameisenhaufen über sämtliche Körperteile, wenn er nur in ihre Nähe kam.

»Nein«, wehrte er schroff ab. »Wir treffen uns in einem Restaurant. Ich kümmere mich darum.«

Juliet ahnte, was in ihm vorging, und Hoffnung flog in ihr Herz. Instinktiv trat sie einen Schritt zurück, um ihm Raum zu geben.

»Okay, dann bis Mittwoch, Lorenz.«

Sie lächelte scheu und verließ den Hörsaal. Es tat gut zu spüren, dass er ihr hinterherschaute. Der Zauber war noch da! Er war noch da! Alles würde gut werden!

Zuversicht durchdrang ihre Seele und automatisch dachte sie an David. David, der immer wissen wollte, wie es ihr ging und was in ihrem Leben passierte. Ein Lächeln erschien auf ihrem Gesicht, als sie mindestens zehn Nachrichten von ihm im Chat entdeckte, in denen er beteuerte, wie leid ihm alles tat. Das brachte sie zum Nachdenken.

Es stimmte: Die besten Workshops lagen noch vor ihr. Und wenn sie ehrlich war, hatte sie von den bisherigen Ergebnissen nicht viel angewendet. Sie musste aktiv üben! David hatte recht, wenn er sagte, sie gebe zu früh auf.

Ihre Gedanken glitten zum Beginn der letzten Fahrt – und zu ihrem Ende. Sie sah sein gerötetes Gesicht vor sich, seine Augen, die so viel erzählten und deren Sprache sie nur bruchstückhaft verstand. David hatte den Blick eines Kindes, das ungewollt hatte erwachsen werden müssen und irgendwo zwischen den Welten stecken geblieben war. Ein Blick, der sie unendlich berührte und verband. Versonnen rief sie sich sein Lachen ins Gedächtnis, seinen blumigen Duft – und sein verzweifeltes Flehen, nicht auszusteigen.

Auf der Matratze lag ihr Notizblock mit den Aufzeichnungen des letzten Seminars. Bevor die Seminarreihe losgegangen war, hatten sie beschlossen, sich nach jedem Kurs ein spontanes Fazit zu schicken, das mit den Worten begann: »Was ich aus dem Seminar mitgenommen habe …«

Juliet schloss die Augen. Ihre Finger setzten sich auf die Tasten und vollendeten den Satz.

»Lieber David, was ich aus dem letzten Seminar mitgenommen habe, ist Folgendes: Es gibt nichts, wofür es sich zu schämen lohnt. Jede Begegnung ist ein Abenteuer. Und auch, wenn man glaubt, es bewege sich nichts, ist alles im Fluss. Manche Zeiten sind dafür da, um Luft zu holen.«

Die Luft schien zu prickeln, als sie ihm die Zeilen zuschickte. Sie legte sich auf den Rücken, das Handy in der Hand, wartete – und spürte ihn. Eine Sekunde später war seine Antwort da.

»Ich hole Luft. Tief.«

※

Am nächsten Morgen hatte sie weitere Nachrichten von David auf dem Display, die letzte wieder eine Videobotschaft mit Allie, die auf einem Tisch saß und von David wie beim Kasperletheater von hinten bewegt wurde.

»Juliet«, piepste das Alpaka freundlich grinsend in die Kamera. »Der David ist ein Volltrottel, aber bitte, bitte, mach weiter! Tu's für mich! Es ist mit diesem Knallkopf sonst nicht auszuhalten! Schick ihm dein Okay! Biiiitteee!!«

Juliet lachte lauthals und schüttelte den Kopf. So was konnte nur David bringen!

»Hi, Allie«, schrieb sie schmunzelnd. »Nur für dich! OKAY!«

Eine Sekunde später rief David an.

»Juliet!«, schrie er überschwänglich ins Telefon, wie sie es von ihm kannte. »Oh, ich bin so froh! Ich bin so happy! Mein Tag ist gerettet! Und nicht nur der Tag! Das ganze Jahr! Mein ganzes Leben! Ich verspreche hoch und heilig, alles mitzumachen!«

»Ich nehme dich beim Wort, David!«

Sie spürte, wie seine Augen strahlten, wie der ganze Kerl strahlte, und ihr Herz wurde weit.

David wusste tatsächlich nicht, wohin mit seiner Freude. Sie machte weiter! Sein Herz hüpfte in seiner Brust.

»Wie geht es dir?«, fragte er wie so oft.

»Besser. Stell dir vor, Lorenz trifft sich mit mir! Wir gehen zusammen essen!«

»Oh, wow, das sind gute Nachrichten! Wann seht ihr euch denn?«

»Nächste Woche Mittwoch. Am liebsten hätte ich mich schon mit ihm am Wochenende getroffen, aber wir haben ja unseren nächsten Kurs. Ach, David, vielleicht gibt es ja bald ein Happy End!«

Sie stockte. »Gott, das wäre so wunderbar!«, brach es aus ihr heraus. »Wenn dieser Abend ein Durchbruch wäre! Mir würde ja bereits ein kleines Stückchen in diese Richtung genügen!«

In David entstand ein mulmiges Gefühl. Würde sie dann doch aussteigen? Was wäre dann mit ihm?

༺❈༻

Das Wochenende kam. Juliet packte.

Mit heißem Blick sah sie sich in ihrem muffigen Zimmer um. Vielleicht würde sie bald hier raus sein? Wieder zu Hause sein? Die Hoffnung ließ sich schwer eindämmen.

Träumend saß sie im Wagen, ganz weit weg von David, der ab und an eine Bemerkung fallen ließ, die sie nur einsilbig beantwortete.

»Denkst du an das Date mit Lorenz?«, fragte er schließlich.

»Andauernd«, gab sie zu. »Ich bin so aufgeregt, dass ich mir jetzt schon in die Hosen mache.«

»Hältst du es für wahrscheinlich, dass er umschwenkt?«

»Alles ist möglich. Ich hoffe nur nicht, dass Hubert durch ihn spricht.« Sie verstummte ein paar Sekunden, dann zischte sie: »Dieses Arschloch!«

»Hey, das ist heftig«, kommentierte David erstaunt.

Tiefrot geworden presste Juliet die Lippen aufeinander.

»'tschuldigung«, murmelte sie. Aber ein Seitenblick auf sie verriet David, dass ihr das Wort alles andere als leidtat. Im Gegenteil. Ihre Hände waren geballt, in ihren Augen funkelte Wut und ihre Unterlippe war vorgeschoben. David musste lächeln und legte seine Hand auf ihr Bein.

»Lorenz ist ein erwachsener Mann, der kann für sich selbst denken.«

Juliet nickte, aber sie bezweifelte diese Aussage. Lorenz *hatte* sich von Hepphausen beeinflussen lassen. *Ohne Lorenz ist die maximal ein Sozialfall.* Sie *war* ein Sozialfall. Und in dieser Position wollte sie einen Akademiker zurückerobern, der eine vorzeigefähige Partnerin an seiner Seite suchte? Mit einem Mal stürzte ihre Zuversicht in sich zusammen und sie fühlte sich wieder winzig klein.

»Meinst du, ich soll mich aufdonnern?«, fragte sie David nervös.

»So wie auf Kreta?« David lachte. »Unbedingt! Du hast super ausgesehen!«

»Ja, aber dann denkt er, ich spiele mit meinen Reizen, das will ich auch nicht.«

»Hm, da ist was Wahres dran. Weißt du was? Gero und ich kommen vorbei zur Styleberatung, okay?«

»Sag mal, habt ihr nichts anderes zu tun?«

»Doch! Aber für dich machen wir das! Als Team sind wir unschlagbar!«

Sie lachte und sah David warm an. Für sie war es allerdings ein No-Go, David wissen zu lassen, wie armselig sie wohnte.

»Seid ihr eigentlich mit Elle McArthur weitergekommen?«, lenkte sie ab. »Sie hat inzwischen einen Facebook-Account.«

»Hab's mitbekommen. Und nein, hab bis jetzt noch nichts weiter gehört. Wann hast du ihr überhaupt geschrieben?«

»An meinem achtzehnten Geburtstag.«

Die Stimmung änderte sich mit ihrer Antwort augenblicklich.

»Wie ... wie hast du diesen Geburtstag verbracht?«

»Ich habe ausgeschlafen, mir Frühstück gemacht und es mir ans Bett gebracht. Danach bin ich in die Stadt gegangen und habe mir ein Geschenk gekauft. Dreimal darfst du raten, was! Die Neuerscheinung von Elle McArthurs ›Rosen im Winter‹! Und mit diesem Buch habe ich zum ersten Mal in meinem Leben das ›Coffee & Bubbles‹ betreten. Es sah so edel aus und ich hatte mich nie reingetraut. Erst an diesem Tag – und es war wunderbar! Ich mochte den Plüsch und das vornehme Getue sofort.«

»Du warst ganz allein? Es ... es war niemand da, der mit dir gefeiert hat?«

»Es war ein Samstag. Im Büro hätten sie sonst sicher was organisiert.«

David schluckte.

Lächelnd saß sie neben ihm, in Erinnerungen versunken. »An diesem Nachmittag habe ich auch zum ersten Mal in meinem Leben ein Glas Champagner getrunken. Das Zeug ist mir ziemlich in den Kopf gestiegen.« Sie lachte verträumt. »Vielleicht habe ich deshalb am Abend eine Kerze angezündet und an Elle geschrieben.«

Eine feine, intime Stimmung hatte sich im Wagen ausgebreitet. Wieder hörte David mit einer Intensität zu, die jenseits des Normalen war. Juliet sah sein Herz klopfen und seine Halsschlagader pulsieren. Sein Blick war atemberaubend schön.

»Darf ich wissen, was du Elle geschrieben hast?«

»Ich habe ihr von meinem Traum erzählt.«

»Und der wäre?«

»Verrat ich dir nicht.«

Das war so schnell aus ihr herausgeschossen, dass er gekränkt nachfragte. »Und warum nicht?«

»Du erzählst mir ja auch nichts von dir.«

»Heißt das, du würdest mir deine Träume verraten, wenn ich etwas von mir erzähle?«

»Könnte gut sein!«

»Was willst du denn wissen?«

»Ob es mal eine Frau in deinem Leben gab, die du so richtig tief geliebt hast.«

»Das würde reichen, um mir deinen Traum zu verraten?«

»Könnte gut sein!«

»Okay, also, ja, es gab eine Frau in meinem Leben, die ich heftig geliebt habe. Sehr heftig sogar.«

»Und sie ist der Grund, warum du nicht mehr an Beziehungen glaubst?«

»Exakt.«

»Gibt es diese Frau immer noch?«

»Wie meinst du das? In meinem Leben?«

»Ja, ob du sie zurückhaben willst, so wie ich Lorenz wiederhaben möchte.«

David krallte sich ans Lenkrad, als wäre es ein Rettungsring, und blieb ihr für Sekunden die Antwort schuldig. Schließlich antwortete er leise: »Ja, ich würde sie verdammt gern wiederhaben. Sie ist präsenter, als mir lieb ist.«

Seine Wangen hatten sich tiefrot gefärbt, seine Augen glühten, aber seine Miene verschloss sich und sein Finger tippte auf das Display. Musik dröhnte durch das Wageninnere und Juliet verstand. Seine Auskunftsbereitschaft war erschöpft. Aber er fragte auch nicht mehr nach ihrem Traum.

❦

Das Seminar war ein Zusammenschluss mehrerer Referenten und begann mit einem Vortrag, der davon handelte, wie man im Leben das erreichte, was man wollte.

»Geist und Materie sind eins«, erklärte der Sprecher. »Das Universum selbst ist immateriell, es ist mental und spirituell. Unser Leben ist ein ständiger Dialog mit dem Universum …«

Juliet schrieb eifrig mit. David erkannte, wie sie versuchte, so viel wie möglich für das Date mit Lorenz herauszuholen, um den Verlauf mit ihren Gedanken zu beeinflussen. Er wusste nicht, was er davon halten sollte. Sie war ganz weit weg von ihm, träumte oft vor sich hin und war eindeutig mehr bei ihrem Date als im Seminar.

Am Nachmittag wartete ein nächster Referent auf sie. Als sie in den Raum zurückkamen, war dort ein Stuhlkreis aufgebaut. David zuckte so heftig zurück, dass er gegen Juliet stieß. Unwillkürlich fing sie ihn auf, erhaschte den Ausdruck seiner Augen und war alarmiert. Was machte ihn so panisch? Dass er sich diesmal nicht drücken konnte?

Etwa zwanzig Leute saßen im Kreis, der Seminarleiter stand wie ein Dompteur in der Mitte, ein attraktiver, aber aggressiv wirkender Mittvierziger, der eine Erleuchtungserfahrung in

Kolumbien gehabt hatte und nun den Menschen begreiflich zu machen versuchte, dass sie die Welt aus einer völlig falschen Perspektive sahen.

Viele Sätze von ihm waren schön, David schien sich ein wenig zu beruhigen.

»Laufen Sie wie ein großes Danke durch die Welt«, empfahl der Referent. »Hören Sie nie auf zu hinterfragen, wer Sie wirklich sind. Den größten Gefallen, den Sie sich tun können, ist, Ihre Persönlichkeit, dieses Ich, zu vergessen, denn das müssen Sie ständig unter Beweis stellen – und das erzeugt Stress.«

Damit konnte Juliet etwas anfangen, aber auf die Frage, wie man denn die Persönlichkeit loslassen könne, hatte der Mann keine echte Antwort. Im Gegenteil. Er unterbrach die Leute mitten in ihrer Frage und fiel über jedes Wort her, das sie äußerten. Schließlich forderte er zu einer Übung auf, die veranschaulichen sollte, dass sie nicht das seien, was sie glaubten zu sein, und bat um einen Freiwilligen. Niemand meldete sich.

»Tja«, sagte er. »So viel zum Thema ›Mut‹. Herr Schneider, Sie haben sich bisher kaum beteiligt. Kommen Sie doch mal zu mir in die Mitte.«

Wie zu erwarten, wurde David brandrot, doch diesmal war Juliet weit davon entfernt, darüber zu lächeln. Im Gegenteil. Eher entstand in ihr der Drang, David zurückzuhalten. Schwer beunruhigt beobachtete sie, wie er brav seinen Stuhl in die Mitte des Kreises zog und sich dem Referenten gegenübersetzte, während sein Unbehagen aus jeder Pore quoll. Nein, das war nicht nur Unbehagen. Es war Qual. Es war Angst. Wie erstarrt saß er auf diesem Stuhl, während Juliets Herz laut zu klopfen anfing. Sie wusste, David tat das ihretwegen. Er schwitzte, sein Hemd war am Rücken nass und sie fühlte sich genauso schrecklich wie er.

Der Seminarleiter taxierte David, ein leichtes Lächeln kräuselte seine Lippen.

»Lassen Sie uns herausfinden, wer Sie zu sein glauben«, begann er und schlug ein Bein über das andere. »Fangen wir bei Ihrer Kindheit an.«

»Was ... was möchten Sie denn wissen?«, fragte David heiser.

»Alles«, erwiderte der Mann ungerührt. »Weil das nämlich der Ursprung für eine Persönlichkeit ist, die Sie nicht sind und nicht brauchen.«

Er wartete. David schwieg. Die Stimmung wurde dicht. Sie wurde drängend. Juliet war es, als schnüre es ihr den Hals zu, während die anderen Teilnehmer leise, verständnislose Laute von sich gaben.

»Herr Schneider, ich gehe davon aus, dass Sie das Seminar gebucht haben, weil Sie etwas ändern wollen.« Der Trainer beugte sich zu ihm vor. »Sie haben jetzt die Möglichkeit dazu.«

David schwieg weiter. Sein Blick wurde fast panisch. Warum beendete der Seminarleiter das nicht? Er musste das doch als Erster erkennen!

»Das ist ein Geschenk!«, rief eine Teilnehmerin David vorwurfsvoll zu. »Ein Geschenk!«

»Genau!«, fiel ein anderer ein. »Ist doch dumm, wenn du das nicht annimmst!«

»Du musst dich öffnen«, ermutigte ihn ein Nächster. »Du bist total verklemmt!«

David duckte sich, als bekäme er Schläge. Sein Blick war blind.

Juliet geriet zunehmend außer sich.

»Wie wär's mit ein bisschen Mut?«, attackierte ihn der Seminarleiter. »Nutzen Sie die Chance auf ein freies Leben! Oder sind Sie einer von ...«

Das war der Moment, der Juliet überkochen ließ, und ehe sie auch nur eine Sekunde nachdenken konnte, sprang sie auf und schrie: »Hören Sie sofort auf damit!«

Wutentbrannt baute sie sich vor dem Seminarleiter auf. »Wissen Sie was? Stecken Sie sich Ihre Erleuchtung woanders hin! Ich pfeife drauf! Lieber bin ich unerleuchtet und weiß dafür, was Respekt ist und wie man Menschen behandelt! Los, David, wir gehen!«

Sie packte seine Hand, riss ihn so energisch hoch, dass der Stuhl umfiel, zerrte ihn aus dem Raum, schlug mit Karacho die Tür hinter sich zu und stieß einen Wutschrei aus.

»Und so jemand wird auf Menschen losgelassen!«, schrie sie erbost gegen die Tür, bevor sie mit David im Schlepptau nach draußen stürmte.

Fassungslos starrte er sie an, als sie vor seinem Wagen standen. »Was ... was war das denn eben? Du wolltest doch, dass ich mitmache.«

»Aber nicht so!«, erklärte sie aufgebracht. »Komm, lass uns heimfahren.«

David nickte. Während der ganzen Fahrt blieb er schweigsam. Ein Sturm tobte in ihm, würfelte alles durcheinander.

Auch Juliet schwieg, immer noch erbost, als ihr Handy ein Nachrichtensignal von sich gab.

»O mein Gott, es ist Lorenz«, hauchte sie. »Hoffentlich sagt er nicht ab!«

Aber er gab ihr lediglich das Restaurant und die Uhrzeit durch. »Das Lokal ist etwas weiter weg«, schrieb er dazu. »Ich hole dich ab. Freu mich auf dich.«

Juliet stieß ein Keuchen aus und drückte das Gerät an ihr Herz.

»Was ist?«, fragte David gespannt.

An der nächsten roten Ampel hielt sie ihm das Display hin und ließ ihn die letzten Chateinträge lesen.

»Das ist ein gutes Zeichen!«, jubelte sie. »Ein gutes Zeichen, findest du nicht?«

»Ja, sieht ganz danach aus«, stimmte er zu. Kurz danach hielt er auf ihre Bitte an einer Kreuzung. Mit einem verträumten Lächeln, ganz weit weg von ihm stieg sie aus und holte ihre kleine Reisetasche vom Rücksitz.

»Bis bald, David. Und drück mir die Daumen!«

Er schwieg für eine Sekunde, bevor er antwortete: »Ich wünsche dir das Allerbeste, Juliet. Und bin in Gedanken bei dir.«

Ihre Augen waren ein Ozean voller Hoffnung und Sehnsucht. Ein Ozean, der David vollständig wegriss – in Erinnerungen. Und keine guten.

♪ Dreaming ♪

Emily James

Lorenz war aufgewühlt. Seine Töchter hatten ihm ziemlich die Leviten gelesen.

»Dass du kein Baby mehr willst, kann ich ja noch nachvollziehen, aber Juliet wäre die Letzte gewesen, die nicht mit sich hätte reden lassen«, fauchte Becky ihn an.

»Also, wenn meinem Freund das Gerede der Leute wichtiger wäre, könnte er mir gestohlen bleiben!«, fügte Josie enttäuscht hinzu. »An deiner Stelle würde ich mal überlegen, ob du nicht etwas sehr Wertvolles wegwirfst. Ihr habt so super harmoniert!«

»Ja, nach außen hin!«, schnappte Lorenz zurück. »Aber, verdammt, kommt mal eine von euch auf die Idee, auch meine Gefühle zu berücksichtigen? Das, was mir wichtig ist?«

»Doch!«, blitzte Becky ihn an. »Liebst du Juliet wirklich nicht mehr? Und findest du das, was ihr hattet, nicht wichtig?«

Lorenz schmetterte die Fragen ab, aber sie verunsicherten ihn. Der Thrill, in ein stilles Haus zu kommen, war schneller vergangen als gedacht, während Juliet jede Menge Spaß und sogar eine neue Clique hatte! Das alles kochte in ihm wie ein Brei, dessen Zutaten er nicht genau definieren konnte. Manchmal schmeckte er die Angst heraus, einen Fehler gemacht zu haben, manchmal mischte sich der fade Geschmack bei, nicht mehr ihre Nummer eins zu sein. Nach all den Jahren, in denen er sich ihrer Liebe immer sicher hatte sein können, fühlte sich das ungewohnt an – und er erkannte: Ja, er wollte, dass sie ihn liebte. Und ja, er fühlte sich nach wie vor angezogen. Aber … das war schwach! Lorenz war verwirrt. Es ärgerte ihn, dass er vor diesem Treffen nervöser war als gedacht.

Als er vor dem Spiegel stand, kamen die Gedanken von vor ein paar Wochen zurück. War er zu alt? Die weibliche Welt und das letzte Gespräch mit Juliet im Hörsaal bewiesen, dass er nichts zu fürchten hatte. Herrgott, er sollte nicht so denken! Er atmete tief durch und gab sich dennoch mit seiner Garderobe an diesem Abend besonders viel Mühe.

Auch Juliet wählte ihre Kleidung sorgfältig aus. Sie war aufgeregter als vor ihrem allerersten Date mit ihm.

Es war ein lauer Frühlingsabend und die Wahl des Restaurants, das mit einem bezaubernden japanischen Garten bestach, ließ Hoffnung in ihr aufflackern. Dort hatten sie einen der schönsten Abende ihrer Beziehung verbracht. Überhaupt erinnerte vieles an alte Zeiten. Das Kribbeln im Bauch, dieses heiße Gefühl … Ihr Herz raste, als Lorenz mit seinem Jaguar vorfuhr.

»Du siehst toll aus«, begrüßte sie ihn, während er ihr einen unverbindlichen Kuss auf die Wange hauchte. Ihre Stimme zitterte. »Du bist ein so schöner Mensch, Lorenz.«

Er lachte gerührt und öffnete ihr die Tür. »Du siehst auch gut aus, Juliet«, erwiderte er. »Es scheint dir nicht schlecht zu gehen.«

Darauf antwortete sie nicht und auch er wusste nicht recht, wie er weitermachen sollte. Die Konversation stotterte wie ein Motor mit Fehlzündung vor sich hin, flackerte auf, lief ein kurzes Stück und erlosch wieder. Doch wie untergründiges Wurzelwerk verästelte und verband sie die subtile, erotische Körperkompatibilität zwischen ihnen. Juliet starrte auf Lorenz' Bein, das das Gaspedal trat, auf seine Hände, die das Lenkrad hielten. Ihre Brüste spannten, zwischen ihren Beinen wurde es feucht und am liebsten hätte sie ihm an Ort und Stelle die Kleider vom Leib gerissen. Lorenz erging es nicht viel anders.

»Wie geht es *dir*, Lorenz?«, fragte sie und wandte sich ihm leicht zu.

»Hervorragend«, gab er zurück. »In der letzten Zeit habe ich viele soziale Kontakte, die in der Versenkung verschwunden waren, wiederbeleben können.«

»Meinst du die Kontakte, die unsere Beziehung verurteilt haben?«

»Die Kontakte, die mir von jeher wichtig gewesen sind.«

»Hört sich ganz so an, als seist du nach wie vor froh über deine Entscheidung«, gab sie schnippisch zurück, weil ihr diese ewig gleiche Argumentation auf die Nerven ging.

»Ich denke, es ist gut, wenn jeder von uns weiß, was er will und braucht«, entgegnete er verhalten.

»Und es ist das, was du willst? Die Anerkennung von Leuten, die dir vorschreiben, wie deine Partnerin zu sein hat? Ich dachte, du bist ...«

Sie brach ab, biss sich auf die Lippen. Sie war viel zu schnell und obendrein mit einem falschen Ton beim Thema gelandet.

Lorenz' Kieferknochen drückten sich durch die Wangenhaut und er antwortete nicht. Kein gutes Zeichen! Er war sauer und ließ es sie spüren. Wortkarg liefen sie vom Parkplatz zum Restaurant, um wenig später in angespannter Stimmung in einem Ambiente zu sitzen, das an Idylle kaum zu überbieten war. Kleine rote Lampions mit japanischen Schriftzeichen hingen in grazil geformten Bäumen. Im dezent beleuchteten Seerosenteich wiegten sich sanft hohe Gräser und

Schilfrohr. Ihr Tisch befand sich auf einem Holzdeck, umgeben von Zierkirschen und Zwergapfelbäumchen, die in voller Blüte standen. Juliet ermahnte sich, die verbitterte Stimmung der letzten Wochen nicht durchdringen zu lassen. Sobald die Getränke vor ihnen standen, nahm Lorenz den Faden wieder auf.

»Also, du dachtest, ich bin …? Sag's ruhig, Juliet.«

»Ich dachte, du denkst größer, Lorenz«, erwiderte sie leise. »Ich dachte, du bist über so ein Gerede erhaben.«

»Ich bin ein Mensch, der in einem sozialen Gefüge lebt. Dir brauche ich nicht zu sagen, wie weh das tut, wenn man ausgegrenzt wird. Du hast genauso drunter gelitten! Du warst auch nicht glücklich!«

»Ich *war* glücklich, Lorenz«, stellte sie richtig. »Ich hatte dich und das hat mir genügt.«

»Juliet, sei ehrlich. Du warst es nicht. Außerdem willst du eigene Kinder.«

»Auf die ich verzichten würde, um mit dir zusammen sein zu können.«

Das war ihr so spontan herausgerutscht, dass sie beide perplex schwiegen. Juliets Wangen waren gerötet und sie begutachtete den Satz, der zwischen ihnen stand. Bisher war sie nur darauf fixiert gewesen, Lorenz wiederzubekommen, ohne wirklich darüber nachzudenken, welchen Preis sie zu zahlen bereit war. Doch ihr auf Versöhnung ausgerichtetes Gehirn siebte das Positive aus seinen Worten heraus.

»Ich finde es schön, dass du darüber nachgedacht hast, was mich glücklich machen könnte«, hakte sie vorsichtig ein.

»Genau das hat mich zu diesem Schritt veranlasst. Weil es um unser beider Glück geht.«

»Lorenz, wenn ich dir zu deinem Glück nicht reiche, ist das eine Sache. Aber warum kannst du nicht akzeptieren, dass du alles bist, was ich je wollte?«

»Bin ich das?«, fragte er. »Wie ich gehört habe, hast du ziemlich schnell neue Bekanntschaften geknüpft.«

»Meinst du David? Das ist geschäftlicher Natur. Das hab ich dir auch schon gesagt. Er hat mir das Angebot mit der Seminarreihe unterbreitet.«

»Ach, ja, die Seminarreihe. Was genau ist das?«

Juliet beugte sich zu ihm vor.

»Lorenz, mir ist durchaus klar, dass du mit Beginn unserer Partnerschaft darunter gelitten hast, dass ich kein Aushängeschild für dich bin. Ich will mich nicht jedes Mal schuldig fühlen, weil ich nicht das bin, was du gerne hättest. Oder was deine Akademikerfreunde von der Partnerin eines Professors erwarten.«

»Juliet, bitte, ich …«

Lorenz fühlte sich unbehaglich, als er sie das so direkt aussprechen hörte, während sie fortfuhr: »Und deshalb tue ich das, wozu du mich all die Jahre aufgefordert hast. Ich erweitere meinen Horizont. Ich will dich zurück, Lorenz. Weil ich dich liebe. Weil du für mich der Mann meines Lebens bist. Du bist mein Solitär. Und du wirst es immer sein.«

Lorenz wusste nicht, was er denken und fühlen sollte. Sie saß auf der Kante des Stuhls und ihr Oberkörper war ihm so weit zugeneigt, wie es der Tisch zuließ. Sie schenkte ihm diesen Blick, den er so liebte, der sein Herz vitalisierte, den er brauchte und vermisste. Die Anspannung ließ sie zittern und in ihren Augen schimmerten Tränen. Ein Strom an Empfindungen durchströmte ihn und er gewahrte, wie lebendig er sich in ihrer Gegenwart fühlte. Wie damals im Café! In diesem Moment wünschte er sich, er wäre in der Lage, einfach nur diese Liebe fühlen zu können, ohne Wenn und Aber. Sein Blick fiel auf ihre Finger, die sie vor Aufregung heftig knetete. Finger, die ihn massiert und ihm unendliche Freuden bereitet hatten. Ehe er sichs versah, umfasste er ihre Hände mit den seinen. Der

Hautkontakt ließ das alte, vertraute Feuer erglühen, wärmte sie beide. Der Strom floss.

Juliet senkte die Lider und atmete aus, schien fast zu ihm hinzufließen. Ihre Lippen bebten. Ihr Mund öffnete sich leicht. Ein kleiner Atemstoß kam heraus und in Lorenz erschienen Bilder, wie sie sich unter ihm gewunden, wie sie im Rausch ihren Kopf nach hinten gebogen hatte, mit eben diesem geöffneten Mund, in den er alles Mögliche hatte hineinstoßen wollen. Heiß schoss die Flamme in ihm hoch.

»Juliet«, flüsterte er und drückte ihre Hände. »Ich …«

Er hatte ein »Ich vermisse dich« auf der Zunge und brachte es nicht über die Lippen. Hilflos streichelte er mit seinen Daumen über ihren Handrücken. Juliet öffnete die Augen. Zaghafte Hoffnung leuchtete darin, Hoffnung, die er ihr nicht geben wollte. Nein, diesmal durfte er sich nicht einlullen lassen! Fast abrupt zog er seine Hände zurück. Juliets Herz fiel in einen Schacht, das Licht in ihren Augen erlosch. Lorenz tat das weh, er räusperte sich.

»Wer ist dieser David?«

»Er heißt David Schneider«, antwortete sie ernüchtert. »Er ist Journalist, schreibt für ›Lifestyle & Happiness‹ und macht eine Reportage über Selbstfindung. Deswegen übernimmt seine Redaktion auch die Kosten.« Sie hielt kurz inne. »Ich wäre so froh, wenn du diesem Weg eine Chance geben würdest.«

Wieder blickten sie sich in die Augen, bis sich ein kleines Lächeln in die von Lorenz hineinstahl.

»Ich liebe dich«, sagte sie leise und versuchte, sein Lächeln festzuhalten. »Ich liebe dich so sehr.«

Lorenz konnte sich nicht dagegen wehren, dass diese Worte ihn wärmten, dass er unendlich froh war, sie zu hören. Und doch blieb er in Habachtstellung. »Was für Kurse sind das?«

Ermutigt von seinem Interesse, wagte sich ihr Enthusiasmus vorsichtig hervor. »Alles rund um das Thema ›Persönlichkeit‹.

Ich habe schon etliche Seminare hinter mir, das nächste ist ein Herzseminar. Wusstest du, dass unser Gehirn ...«

»Ein Herzseminar«, unterbrach er in einem Ton, der unmissverständlich klarmachte, was er davon hielt. Er runzelte seine Stirn.

»Du hast den Lake District erwähnt. Machst du dort auch ein Seminar?«

»Ja«, erwiderte sie unsicher. »Das wird mein wichtigstes. Dort sitzt ein bekannter Mentalcoach, Steve Mahony, der überragende Rezensionen für seine ...«

»Ja, aber was genau macht er?«

»Das ist nicht so einfach zu erklären. Er schneidet sein Training auf die Bedürfnisse seiner Klienten zu, weil ja jeder mit einem anderen Background zu ihm kommt.«

»Juliet, er muss doch einen Inhalt haben, eine Methode, irgendetwas, was man benennen kann«, beharrte Lorenz und zog sein Handy aus der Tasche.

Juliet fühlte sich immer unbehaglicher, weil ihr klar wurde, wie Lorenz die Auswahl ihrer Kurse beurteilte. »Lass mich das einfach mal durchziehen, Lorenz. Ich denke, es ist besser, danach darüber zu berichten als davor.«

Aber Lorenz hatte Mahony bereits gegoogelt und schnaubte empört. »Geht's noch? Der verlangt zweitausend Euro, ohne preiszugeben, was er bietet? Das stinkt doch nach Scharlatanerie!«

»Lies mal seine Bewertungen«, verteidigte ihn Juliet. »Alle, die bei ihm waren, reden davon, dass sie sich transformiert fühlen. Außerdem habe ich mit ihm selbst gesprochen, und er ...«

Wieder fiel er ihr ins Wort. »Juliet, denk doch mal klar! Sie *fühlen* sich transformiert! Und ich dachte, du willst was aus dir machen! Woher willst du denn wissen, ob diese Bewertungen echt sind?«

»Ich habe das überprüft. Das ist kein Fake.«

»Du hast das überprüft.« Lorenz' Miene war pure Enttäuschung, und auf seiner Stirn stand der Satz: *Jetzt weiß ich wieder, warum ich gegangen bin.*

Juliet wurde bleich. Seine Missbilligung stach tief unten in ihren Magen und aus diesem Loch quoll nichts Gutes. Ihr Blick begann zu flackern.

»Und so was soll dein Leben besser machen?«, fuhr er auch schon fort. »Was soll denn dabei rauskommen?«

Sie war den Tränen nah und völlig vor den Kopf gestoßen. Das, was sie als Chance gewertet hatte, war für ihn nichts als Bauernfang und Betrug? Welche Antwort sollte sie darauf geben? Es wäre die immer gleiche wie sonst auch: *ein Leben mit dir.*

Zu oft gesagt, zu oft betont. Trotz regte sich in ihr.

»Ich erwarte mir davon Erkenntnisse, wie es mit meinem Leben weitergehen soll und was mich persönlich glücklich macht.«

Sein Schweigen war beredter als jede abfällige Bemerkung und brachte in Juliet endgültig etwas zum Kippen, als hätte er mit seiner galligen Meinung Säure in ihren Organismus gegossen und damit einen chemischen Prozess in Gang gesetzt, der ihr Gefühlsleben neu aufkochte und völlig unberechenbare Reaktionen zusammenzubrauen begann.

Eine Zeit lang stocherten sie angespannt und stumm in den Resten ihres Gerichtes herum, das wie eine japanische Landschaft arrangiert worden war. Ein Gemüse-Vulkan, kurz vor dem Ausbruch. Appetitlos legte Juliet das Besteck weg. Der Ober kam, räumte die Teller ab, bot ein Dessert an.

Aber ohne ihr überhaupt Gelegenheit zu geben, etwas zu äußern, verlangte Lorenz die Rechnung. »Getrennt bitte«, fügte er hinzu.

Juliet versetzte es einen Schlag, sie verkniff sich ein Keuchen. *Getrennt bitte?* Das Lokal war krachteuer, und da er es ausgesucht hatte, hatte sie das Abendessen als Einladung verstanden. Lorenz musste doch wissen, dass es ihr finanziell alles andere als gut ging! Oh, was war nur mit ihrem Herzen los? Es tobte herum wie ein wild gewordenes Pferd, das sich nicht zähmen ließ.

Mühsam quetschte sie hervor: »Du hast meine Frage noch nicht beantwortet, Lorenz. Ist deine Entscheidung endgültig?«

»Was ist schon endgültig?«, gab er zurück. »Du stellst unlogische Fragen, Juliet. Im Moment weiß ich nur eines: dass ich Abstand brauche. Ich will mein Leben leben, wie ich es für richtig halte.«

In ihrem Bauch züngelte Wut. »Das hast du doch immer getan«, presste sie böse hervor. »Du hast unentwegt das durchgesetzt, was du gewollt hast. Du erinnerst dich hoffentlich.«

»Sehe ich anders«, parierte er kühl.

In ihren Augen flackerte ein ungutes Glühen. Seine Sätze hatten einen Dämon zum Leben erweckt, der sich aus den Tiefen ihrer Seele nach oben zu wälzen begann. »Okay, und was machst du jetzt, was du während unserer Beziehung nicht tun konntest? Partys feiern?«

Mit einem warnenden Ausdruck in den Augen lehnte er sich zurück und vergrößerte den Abstand zu ihr. »Du weißt, was ich tue. Ich baue mir meinen Ruf wieder auf.«

Sein unausgesprochener Nachsatz hing wie Gift in der Luft: *... den du mir kaputt gemacht hast.*

Juliet schloss kurz die Augen, ihr war kotzübel. »Okay. Dann war's das für dich?«

»Wie ich eben sagte, alles ist offen. Du kannst dich ja mit deinen *Seminaren* weiterentwickeln.« Er malte Gänsefüßchen in die Luft. »Wer weiß, vielleicht hat das Ganze irgendwann doch noch mal eine Chance.«

Juliet hätte ihn am liebsten in den Teich gestoßen. Obwohl es genau das war, was sie eine halbe Stunde zuvor geäußert hatte, wirkte es aus seinem Mund wie ein herablassendes Tätscheln ihrer Wange. Schlimmer noch. Sie fühlte sich verhöhnt. Die in ihr schwelende Wut schoss in einer mächtigen Stichflamme empor und setzte alles in Brand. Mühsam versuchte sie, dieser Gefühle Herr zu werden, während der Ober die Rechnungen brachte.

Hundertfünfzig Euro für einen Hauptgang, eine winzige Vorspeise und ein Glas Sekt ... Stumm legte sie ihr letztes Geld auf den Tisch.

Ihr Herz schlug in einem völlig anderen Rhythmus, brachte ihr gesamtes System durcheinander. Sie hatte wacklige Knie, als sie aufstand, und sprach kein Wort mehr, während der gesamten Fahrt nicht, selbst, als Lorenz sie etwas fragte, blieb sie stumm.

Verwundert und leicht genervt schüttelte er den Kopf. Frauen! Wenn sie nicht bekamen, was sie wollten, waren sie beleidigt! Aber Juliets Gemütsschwere durchzog den Wagen so massiv, dass dies selbst an Lorenz nicht vorbeiging und ihm langsam dämmerte, was er an diesem Abend alles so von sich gegeben hatte. Jäh schlug seine Stimmung um, machte ihn empfänglich für ihr Leid, ihre Herzensqual – und die immerwährende Sinnlichkeit zwischen ihnen. Entschuldigend legte er seine Hand auf ihren Rock.

Als hätte er sie damit zum Leben erweckt, flüsterte sie erstickt: »Lorenz, wenn du mich wegschickst, werde ich mich ändern. Und wenn ich mich ändere, weiß ich nicht, ob es ein Zurück gibt.«

Er streichelte ihr Bein. Ihr Muskel erzitterte unter seinen Fingern und ein erotischer Strom jagte durch seinen Arm direkt in seine Lenden. Sie waren an der Bushaltestelle angekommen, aber er ließ seine Hand, wo sie war. Die Stelle auf ihrem Oberschenkel wurde heiß und mit einer fast unmerklichen Bewegung wandte sie sich ihm zu. Eine subtile Aufforderung, die Lorenz das Blut durch den Körper trieb.

Langsam strich er mit der Hand nach oben, schob ihren Rock hoch, fühlte die Wärme ihrer Haut, die Hitze zwischen ihren Beinen. Und über allem simmerte ihre Liebe, ihre Sehnsucht nach ihm, konzentrierte sich zum Strahl, der von ihrem Herzen direkt in seines floss. Juliet hatte die Augen geschlossen, saß regungslos auf dem Polster. Lorenz wusste, wenn er sie jetzt fragte, ob sie mit zu ihm käme, würde sie es tun. Sie würde jede Chance nutzen. Das Pulsen in seinem Unterleib verstärkte sich, jagte Bilder, Erlebnisse, Szenen mit ihr durch seinen Kopf. O ja, das wäre fantastisch, Juliet in seinem Bett zu haben ... all das erneut zu erleben, was sie miteinander getan hatten ...

Juliet hielt die Lider weiterhin gesenkt. Wie damals, als sie das erste Mal in seinem Wagen gesessen hatte, drückte sich ihr Becken leicht in den Sitz.

Die kleine Bewegung fegte alle Bedenken in Lorenz hinweg. Herrgott, er sehnte sich nach ihr! Er wollte sie! In einem heftigen Schwall ergoss sich schwüle Sinnlichkeit in den Wagen, überflutete sie beide. Ihre ewige Liebe strömte ihm entgegen und er wollte nur noch eins: Sie spüren, sie im Arm halten, sie lieben. Seine Hand glitt hinter ihren Rücken, um sie zu sich herzuziehen.

Juliet sah ihm mit einem solchen Schmerz in die Augen, dass sein Herz nur so dahinschmolz. »Küss mich, Lorenz«, flüsterte sie.

Er nahm ihr Gesicht in seine Hände, auf seine unvergleichliche Art. Ihre Lippen fanden wie zwei Magnete zueinander, das altvertraute Feuer hüllte sie ein, ließ sie vergessen, ließ sie schweben, im Himmel der Lust – oh, es war so schön! Weich schlangen sich Juliets Arme um seinen Hals. Ihre Finger streichelten seinen Nacken, fuhren durch sein Haar, wanderten zwischen seine Beine. Lorenz stöhnte auf und wäre am liebsten in sie hineingekrochen. Seine Zunge in ihrem Mund reichte ihm nicht, er wollte mehr!

»Juliet«, flüsterte er. »Wir könnten zu dir gehen ... das ist näher.«

»O ja ...«, hauchte sie in sein Ohr und biss ihn sanft ins Ohrläppchen. »Das wäre wunderbar. Du ahnst nicht, was ich alles mit dir anstellen würde ...«

Lorenz verging fast vor Verlangen, bedeckte ihr Gesicht mit Küssen. »Wo wohnst du ...?«

»Und morgen?«, raunte sie. »Was ist morgen, Lorenz?«

»Denk nicht an morgen«, murmelte er, während er sanfte Küsse auf ihre Augenlider setzte. »Nur ans Jetzt.«

Juliet schob sich dichter an ihn heran, küsste ihn mit einer Leidenschaft, dass ihm Hören und Sehen verging und sein erregtes Glied fast die Hose sprengte. Doch im nächsten Moment riss sie sich los, stieg aus, schlug die Autotür so fest zu, dass der ganze Wagen schaukelte, und lief die Straße hinunter. Verdattert starrte ihr Lorenz nach, bis sie hinter der nächsten Hausecke verschwunden war.

※

In ihrem Mund war der Geschmack von Lorenz, ihr Gesicht war erhitzt, ihr Magen fuhr Achterbahn. Der knappe Kilometer, den sie noch zu gehen hatte, machte ihren Kopf kaum klarer. Im Gegenteil. Er schien sich mit immer mehr zu füllen, bis sie das Gefühl hatte, platzen zu müssen. In dem engen Zimmer wurde es noch schlimmer. Sollte sie Ronny anrufen? Ihre Hand ergriff das Handy. Einige verpasste Anrufe, einige Nachrichten.

»Hi, Juliet, hier Gero, wenn du mal Zeit für ein Date finden würdest, wäre das phänomenal! Mach dir eine dicke Notiz in deinen Kalender! Ich koche für dich!«

Der nächste Anruf war von David.

»Hallo, Juliet, konntest du schon über den Artikel schauen? Und wie war dein Date? Hoffe, es geht dir gut!«

Sie wusste nicht, ob es ihr gut ging. In ihr rasten so viele Gefühle kreuz und quer, dass sie meinte, wahnsinnig zu werden. Am liebsten hätte sie laut geschrien. Was war das für ein Abend gewesen? Diese letzten zwei Monate … im Grunde hatte sie sie nur in der betäubenden Begierde verbracht, Lorenz zurückhaben zu wollen. War das nun nicht mehr so? Sie konnte noch nicht einmal diese Frage klar beantworten.

Gehetzt blickte sie sich um. Sie musste hier raus! Sie brauchte Luft! Natur! Sonne! Verdammt, wie sah ihr Konto inzwischen aus? Ein paar Klicks später wusste sie: Es stand böse im Minus. Ihr Herz klopfte wie nach einem Sprint. Hätte sie sich heute Abend anders gefühlt, anders gehandelt, anders reagiert, wenn sie die Taschen voller Geld gehabt hätte? Wenn sie in den Augen anderer jemand wäre? Darum geht es nicht, machte ihr eine hämische Stimme klar, sondern darum, dass Lorenz dich niemals so behandelt hätte, wenn du die Taschen voller Geld hättest. Wenn du jemand wärst.

Oh, das klang so abgrundtief falsch! Juliet schluchzte verzweifelt auf.

In der nächsten Sekunde wurde ihr klar: Jede Hoffnung war zerstört. Er wollte sie nicht zurück. Und aus diesem Loch hier kam sie nur raus, wenn sie die Seminare aufgab.

Du kannst dich ja mit deinen Seminaren weiterentwickeln, höhnte Lorenz in ihrem Inneren, und Trotz regte sich in ihr. Wenn sie aufgab, würde sie ihn nur bestätigen, und das war das Letzte, was sie wollte! Es musste irgendwie gehen! Sie musste sich endlich um die drastisch gesunkene Anzahl der Korrekturarbeiten kümmern!

Sie öffnete den Laptop, wählte sich in die Homepage der Universität ein, um Anzeigen zu schalten. Doch gleich die Startseite schlug ihr ein dickes Brett ins Gesicht. Ein Banner verkündete: »Neu! Neu! Neu! Der Sprachservice für unsere Studierenden! Wir korrigieren, lektorieren und geben dir jede erdenkliche Hilfe bei Bachelor-, Masterarbeiten oder Dissertationen – völlig kostenlos!«

Juliet blieb die Spucke weg. Nun wusste sie, warum keine Anfragen mehr hereinkamen!

Nie hätte sie gedacht, sich noch erbärmlicher fühlen zu können als fünf Minuten zuvor. Übermächtig wuchsen die Minderwertigkeitskomplexe in ihr, nahmen ihr jede Kraft und jeden Mut. Sie rutschte an der Wand nach unten, presste die Stirn auf die Knie. Es hatte keinen Sinn. Nichts hatte einen Sinn. Ihr Plan war kläglich gescheitert.

∽✾∾

Ich liebe dich, Lorenz. Ich liebe dich so sehr.

Lorenz fuhr nach Hause. Aber die Erregung wollte nicht abklingen. Juliets verzweifelt-melancholische Stimmung verfolgte ihn, ihre Stimme, ihr Gesicht, ihre Augen, aus denen die Liebe nur so geleuchtet hatte. Zu Hause wurde es noch schlimmer. Allein in seinem großen Schlafzimmer sehnte er sich schrecklich nach ihr. Was hätte er dafür gegeben, wenn sie jetzt neben ihm liegen würde! Ja, was? Die Frage umkreiste ihn wie die Erde die Sonne. Oder war es nur der Sex, der ihm fehlte? Immerhin wusste er, dass dieses wunderbare Zusammenspiel zwischen zwei Partnern keine Selbstverständlichkeit war.

Grübelnd wälzte er sich von einer Seite auf die andere und begann sich mies zu fühlen, als er den Verlauf des Abends rekonstruierte und ihm klar wurde, wie arrogant er sich verhalten hatte. Er hatte sich über ihre Zukunftspläne und Hoffnungen lustig gemacht. Und nicht nur das. Er hatte mit ihr gespielt.

Du kannst dich ja mit deinen Seminaren weiterentwickeln. Hatte er das wirklich gesagt? Wie angepisst wäre er gewesen, wenn ihm das jemand in diesem Tonfall an den Kopf geknallt hätte? Sie tat es schließlich für ihn! Was war eigentlich in ihn gefahren? Sein Herz stach vor Scham, als er sich an ihren gequälten Blick erinnerte, an ihre Worte. *Du hast unentwegt das durchgesetzt, was du gewollt hast. Du erinnerst dich hoffentlich.*

Ja, er erinnerte sich. Auch daran, dass sie ihm selbst das verziehen hatte. Er atmete ein wenig auf. Dann würde sie ihm auch diesen Abend verzeihen. Juliet liebte ihn. Darauf hatte er sich stets verlassen können. Heiß flammte diese Gewissheit in ihm auf, machte ihm klar, welch ein Geschenk das war. Eines, das er an diesem Abend dauernd zurückgewiesen hatte! Der Damm in ihm brach. Herrgott noch mal! Ja! Er vermisste sie! Er wollte sie hier haben! Er musste das wiedergutmachen! Hektisch nahm er sein Handy vom Nachttisch und tippte.

»Liebe Juliet, es war ein so schöner Abend mit dir. Ich habe nachgedacht. Ich würde mich freuen, wenn wir das wiederholen und weiterreden könnten.« Er zögerte, dann setzte er hinzu: »Über alles.«

Ihre Antwort kam postwendend. Erleichtert atmete er auf.

»Ich habe auch nachgedacht, Lorenz«, las er. »Wir sollten uns nicht mehr sehen. Ich werde dich nicht mehr anrufen und ich möchte auch nicht, dass du mich kontaktierst. Gruß, Juliet.«

Die Gesichtszüge entglitten ihm. Ungläubig flogen seine Augen über den Text. *Gruß, Juliet?* Sonst hatte sie immer mit »Tausend Küsse, deine dich liebende Juliet« unterschrieben. Sonst hatte sie süße, kleine Smileys mit Herzchen und Kussmündern geschickt! Erst beim dritten Mal Lesen begriff er, was das bedeutete: Er hatte den Bogen überspannt. Sie hatte sich von ihm abgewandt, und sie klang nicht so, als ob sie vorhatte, das wieder zu ändern.

Lorenz fiel in einen tiefen Schacht.

♪ Confessional ♪

Mike Leon Grosch

Du kannst dich ja entwickeln, dann werden wir sehen, ob das alles eine Chance hat.

Wieder spürte sie die Messerstiche, loderte Wut auf, gefolgt von tiefer Resignation. Doch mitten in diesem Chaos kam ihr Birtes Satz in den Sinn: *So wie du dich fühlst, so atmest du. Aber du kannst auch so atmen, wie du dich gern fühlen möchtest.*

Es fiel ihr unglaublich schwer, aber sie setzte sich hin und atmete auf die Weise, die ihr Birte für solche Situationen beigebracht hatte. Und tatsächlich, ihr Kopf klärte sich, ihr Herz wurde ruhiger und sie fühlte einen winzigen Abstand zu ihren Emotionen.

In dieser Sekunde kam Lorenz' Nachricht herein. Wo sie sonst in Jubel ausgebrochen wäre, runzelte sie jetzt die Stirn, und ihre Finger tippten Worte, die nicht von ihr kamen. Es war, als ergriffe jemand resolut das Ruder, jemand, der genau wusste, was zu tun war. Das Ergebnis versetzte sie in Erstaunen.

»Ich habe auch nachgedacht, Lorenz«, stand im Display. Sie hatte nicht nachgedacht.

»Wir sollten uns nicht mehr sehen.« *Doch! Ich will dich sehen! Ich brauche dich! Mehr denn je!*

»Ich werde dich nicht mehr anrufen und ich möchte auch nicht, dass du mich kontaktierst. Gruß, Juliet.«

Das konnte nicht sie gewesen sein! Niemals! Wo waren die Herzchen? Sie hatte noch nie mit »Gruß, Juliet« unterschrieben! Sie schluckte. Sie hatte den Eindruck, als treibe sie seit Wochen auf dem offenen Ozean und habe gerade das lang ersehnte Rettungsboot verschmäht. Verzweiflung erfasste sie. Wie sollte es weitergehen?

Das ist nicht die Frage, meldete sich eine Stimme in ihr. *Frag dich, was du willst!*

Verwundert registrierte sie diesen Dialog in ihrem Kopf, als eine Sprachnachricht von David auf dem Display erschien. Mechanisch berührte sie den Abspielpfeil.

»Juliet, wie war dein Date? Bist du schon zu Hause? Geht es dir gut? Ruf mich an, wenn du mich brauchst!«

David! Sie sah auf die Uhr. Es war zwanzig Minuten nach zehn. O ja, sie brauchte jemanden! Dringend! Jemanden, der einfach nur da war! Der nicht fragte, der keine Ratschläge gab, der nicht urteilte, der sie einfach in den Arm nahm! Ach, warum hatte sie keine Mama, bei der sie sich ausheulen konnte? Einen starken Papa, der seine Arme beschützend um sie legte … einen liebenden Menschen … irgendjemanden!

Sie wollte nicht schon wieder weinen, versuchte, sich abzulenken, wandte sich dem Rechner zu. Facebook benachrichtigte sie über den Eingang einer neuen Nachricht im Messenger. Juliet stutzte.

»Elle McArthur hat Ihnen eine Nachricht geschrieben.«

Elle McArthur hatte ihr auf ihre Nachricht, die sie auf Kreta verfasst hatte, geantwortet?! Freudig schockiert öffnete sie Facebook. Die Ernüchterung folgte auf dem Fuß.

Hallo, Bibi, danke, dass du meine Seite gelikt hast und für dein Interesse an meinen Büchern und meiner Person. Das meiste wurde schon in verschiedenen Interviews beantwortet, ein Link ist eingefügt. Du kannst gerne auf mich zurückkommen, falls dir diese Antwort nicht ausreicht.
Viele Grüße, Elle McArthur

Ein Standardtext. Bestimmt hatte Elle eine Agentur, die solche Anfragen erledigte. Wer wollte ihr das übel nehmen?

Deprimiert klickte Juliet den mitgeschickten Link an und überflog das Interview. Wie erwartet war es das Übliche: Elle hätte einfach mal angefangen zu schreiben … Wer hätte gedacht, dass das erste Buch gleich ein Bestseller werden würde … Sie sei so dankbar. Bla, bla, bla …

Juliets Stimmung stürzte vollends ab und wurde bitter. In diesem Zustand antwortete sie Elle.

»Liebe Frau McArthur, ich danke Ihnen für Ihre Nachricht. Ich habe tatsächlich eine Frage: Haben Sie diese Zeilen selbst geschrieben? Es ist verständlich, wenn Sie sich solche Aufgaben abnehmen lassen, aber sollte es so sein, würde ich Sie mit weiteren Fragen nicht behelligen wollen. Für eine offene und ehrliche Antwort wäre ich dankbar.«

Das klang voll beleidigt, aber das war ihr egal. Es gab Wichtigeres als McArthur.

Erschöpft von ihrem Gefühlschaos schleppte sie sich ins Bad und schminkte sich ab. Aber als sie in ihre von Wimperntusche verschmierten Augen schaute, wurde ihr bewusst, dass sie ihren Frust an jemand völlig Unschuldigem ausgelassen hatte. Sie seufzte tief, trocknete sich das Gesicht, steckte sich die Zahnbürste in den Mund und aktivierte

Facebook, um die Nachricht zu löschen. Es war zu spät. Elle hatte ihr geantwortet! Eilig spülte Juliet ihren Mund aus und setzte sich im Schneidersitz auf das Bett. Ihr Herz begann zu pochen.

»Liebe Bibi«, stand da. »Natürlich habe ich das selbst geschrieben. Ich picke mir von den persönlichen Nachrichten manchmal welche heraus und antworte.«

Ihr Handy vermeldete, dass David kurz nach seiner ersten Nachricht eine zweite hinterlassen hatte, aber Juliet hatte ausschließlich Augen für den Messenger.

»Du hattest Fragen«, schrieb Elle. »Welche sind das?«

Aufgewühlt starrte Juliet auf den Satz.

»Ja, ich habe Fragen«, schrieb sie. »Können Sie mir sagen, wie Sie damit umgehen, wenn Träume nicht wahr werden? Wenn einer nach dem anderen platzt?«

Sie dachte an ihre Mama, an ihren Papa, ihre Oma … Lorenz … an so vieles andere. Ihre Augen wurden feucht.

»Kämpfen Sie darum? Lassen Sie sie los? Und wenn Sie sie loslassen, tragen Sie dann nicht ein ständiges Verlustgefühl mit sich herum? Das Gefühl, aufgegeben oder versagt zu haben?«

Juliet kam es wie ein Wunder vor, als die nächste Antwort eintraf. Sie chattete mit Elle McArthur!

»Das sind viele Fragen«, schrieb die Autorin. »Also erstens glaube ich daran, dass Träume wahr werden können. Aber es gibt falsche und richtige Träume, besser: gute und nicht so gute Intentionen. Genau diese befeuern deine Träume. Mancher Kraftstoff ist eben kein Kraftstoff, sondern nur schnell brennendes Papier, das lediglich Asche erzeugt, verstehst du?«

»Ja«, flüsterte Juliet, ohne es hinzuschreiben.

»Welchen Traum träumst du?«, wollte Elle wissen.

Juliet schluckte. »Ich habe Ihnen schon mal davon geschrieben. Ich hatte nie viele Träume. Eigentlich nur zwei.«

Es kam nichts mehr. Juliet wartete und hörte nebenbei Davids Message ab. Den Hintergrundgeräuschen war zu entnehmen, dass er in einer Kneipe war.

»Hi, Juliet! Muss ich mir Sorgen machen? Um ehrlich zu sein, ich *mache* mir Sorgen. Wie war dein Date? Ich sitze mit Gero in einer Bar und der Kerl langweilt mich von früh bis nachts. Komm vorbei! Du wärst die beste Ablenkung, die ich mir wünschen könnte!«

»Nicht nur deine, Alter!«, tönte Geros Stimme dazwischen. »Sag ihr, dass ich darauf brenne, mit ihr auszugehen!«

»Brenn allein! Juliet ist beschäftigt für die nächsten Monate!« Gero ließ sich nicht beeindrucken.

»Hey, Juliet, hast du meine Nachricht erhalten?«, rief er. »Hoffe, du hast mal Zeit für ein Essen!«

»Das lässt du mal schön bleiben«, protestierte David, und Juliet konnte im Geiste sehen, wie seine Wangen sich rot färbten. »Du willst sie bloß mit deiner Protzküche beeindrucken!«

Sie hörte Gero lachen. »Hey, Juliet, David wird gerade zum Hummer! Krebsrot! Das ist der Neid! Er gehört zu den Typen, die Schwierigkeiten haben, eine Dose Ravioli zu öffnen. Im Übrigen habe ich ... Mann, du Affe, was hast du denn vor? Gib mir mein Handy wieder!«

»Erst, wenn du mir meins wiedergibst!«

»Hör auf, darauf herumzutippen! Wir telefonieren schon mit Juliet! Alles, was du kriegst, ist ein Besetztzeichen! Genau wie im richtigen Leben!«

Juliet hörte, wie die beiden sich vor Lachen kugelten. Sie alberten dermaßen herum, dass sie sie darüber total vergaßen.

Bing! Der Signalton des Messengers katapultierte sie zurück in die Intimität der vorherigen Minuten. Juliet legte das Handy weg, während das Geblödel der beiden samt der Kneipengeräusche weiterlief.

»Du hast mir schon mal geschrieben? Wann?«

»Vor siebzehn Jahren.«

»Vor siebzehn Jahren?« Ein lächelnder Smiley begleitete die Worte. »Habe ich geantwortet?«

In diesem Moment endete die Sprachnachricht von Gero und David und die Hintergrundgeräusche verstummten schlagartig. Zurück blieb eine wunderbare Stille. Aufatmende Stille. Sie war wie eine Öffnung, in die sie sich fallen lassen konnte. Und Juliet fiel. Mit jeder Sekunde tauchte sie tiefer in diese sanfte Leere hinein. Magie machte sich breit.

Ihre Finger zitterten beim Verfassen ihrer Antwort.

»Ja, Sie haben geantwortet. Sogar sehr lieb. Darf ich Sie was Persönliches fragen?«

»Sicher, aber sag Du zu mir. Das ist wohl so üblich in sozialen Medien. Und es gefällt mir auch besser.«

Juliet lächelte und in ihr wurde es weich.

»Ich würde so gern wissen, wie alt du bist.«

Sie meinte, Elle ein wenig lachen zu hören.

»Ich werde im Juli dreiundsechzig. Mein Foto ist also nicht mehr das aktuellste. Ich hoffe, du bist nicht enttäuscht.«

»Nein, im Gegenteil«, flüsterte Juliet, bevor sie schrieb: »Ich finde, dreiundsechzig ist ein wunderbares Alter.«

Das Alter einer Mutter. Wieder schmerzte ihr Herz vor Einsamkeit.

»Wie alt bist du, Bibi?«

»Fünfunddreißig.«

»Okay, also jung genug für alle Träume dieser Welt :-). Was sind die deinen? Magst du mir davon erzählen?«

Juliets Kehle war eng, sie war unendlich froh, nicht sprechen zu müssen.

»Das fällt mir schwer.«

»Warum?«

»Weil sie alle geplatzt sind. Weil ich verdammt Angst habe, dass du mir sagst, es seien falsche Träume, Hirngespinste für die

Schublade, Träumereien ohne Sinn und Verstand. Und ich will mich nicht noch leerer fühlen.«

Sie spürte Elles Betroffenheit, als wäre es ihre.

»Träume sind meist ohne Sinn und Verstand. Das macht sie so attraktiv. Ich werde sicher kein Urteil über deine Träume fällen, Bibi. Das machst du wohl schon selbst. Aber bedenke: Die Formulierung eines Traums ist die erste Form der Manifestation. Wenn du dich damit nicht wohlfühlst, stimmt etwas nicht. Entweder mit dir oder mit der Intention dahinter. Erzähl mir, wovon du träumst. Oder geträumt hast.«

Völlig aufgelöst saß Juliet vor dem Rechner. Bisher hatte es noch niemand geschafft, innerhalb so kurzer Zeit und mithilfe so weniger Worte ihre Welt zu erschüttern. Sie vergrößerte Elles Profilfoto, betrachtete die braunen, leuchtenden, warmen Augen.

»Ich träume von einer Familie. Und ich würde gerne Autorin sein. So wie du. Ich komme mir blöd vor, wenn ich dir das schreibe. Das tun sicher viele.«

»Hast du mir das damals auch geschrieben?«

»Nur das mit dem Berufswunsch.«

»Was habe ich geantwortet? Weißt du das noch?«

»Ja, ich habe es abgespeichert.«

»Würdest du mir das schicken?«

»Ja, sicher.«

Juliet kopierte den Text ohne die Anrede, setzte ihn in den Messenger und las die Sätze noch mal mit. Jeder davon traf sie in dieser Nacht mitten ins Herz.

> Ich kann die Ehrfurcht vor deinem Traum und den Gedanken, er sei zu gewaltig, gut verstehen. Ich weiß, wie klein man sich angesichts einer großen Vision fühlen kann. Aber unser Kopf hat immer Bedenken, sich auf etwas

Neues einzulassen. Er fühlt sich wohler, wenn alles vertraut läuft. Aber damit beugen wir uns einer Stimme, die uns Zügel und Geschirr anlegt. Diese Stimme redet uns alles aus, vor allem unsere Träume. Am lautesten ist sie, wenn es darum geht, etwas anders zu machen als sonst. Wenn wir uns verändern wollen, hält sie uns zurück mit Sätzen wie »Das wird nie was« oder »Jetzt ist nicht der richtige Zeitpunkt«. So etwas zu glauben ist ein selbst gemachter Kerker. Tu, was du tun willst. Mit jedem Schritt lernst du. Wenn du dich verkriechst, gewinnst du gar nichts. Daher sind Träume etwas Wunderbares, denn sie sind mächtige Abrissbirnen, die gegen die Mauern in deinem Inneren donnern, oder – wenn dir das Bild besser gefällt – Vögel, die über diese Mauern hinwegfliegen und mehr sehen, als dein kleines Ich es jemals könnte. Ich wünsche dir, dass du den Mut hast, deine Grenzen zu sprengen.

Nach einer Weile schrieb Elle: »Scheint immer noch ein guter Ratschlag zu sein :-).«

»Ja«, hauchte Juliet.

»Du schreibst, deine Träume seien geplatzt. Verzeih mir, das klingt vielleicht etwas platt, aber du bist fünfunddreißig. Da ist Familie möglich. Und du kannst immer noch Autorin werden. Hast du denn schon was geschrieben?«

»Jein. Ich habe ein kleines Büchlein mit Trauerreden verfasst. Aber das wollte damals keiner haben.«

»Was heißt *damals*?«

»Vor fünf Jahren.«

»Dann würde ich das noch mal versuchen. Die meisten Autoren werden anfangs abgelehnt, das ist ganz normal. Aber zuerst prüfe die Intention hinter deinen Träumen und gib dir Zeit dafür. Sich mit seinen Träumen zu beschäftigen, bedeutet, sich mit sich selbst zu beschäftigen. Dann können wir den zweiten Schritt angehen.«

Juliet wusste nicht, wie ihr geschah. Das klang, als hätte Elle vor, die Konversation weiterzuführen. Sie wagte kaum, diese Frage zu stellen, aber Elle befreite sie von diesem Problem.

»Gute Nacht, Bibi«, schrieb sie. »Ich werde mich mal in die Horizontale begeben. Schlaf gut – und träum was Schönes!«

Ein verschmitzt lachender Smiley begleitete Elles Worte. Ihr Bild verschwand aus der Chatleiste. Aber der Zauber des Dialogs hing wie ein Goldhauch im Zimmer. Bewegungslos saß Juliet vor ihrem Laptop und fühlte sich verwandelt.

Das Telefon klingelte sie aus dieser Verzauberung. Sie konnte nicht rangehen. Niemals hätte sie jetzt mit jemandem sprechen können – außer mit Elle. Sie wartete, bis die Nachricht aufgesprochen war, und hörte sie ab.

»Hi, Juliet, ich bin's noch mal, David! Gero hat mich vorhin völlig aus dem Konzept gebracht. Ich bin ein wenig unruhig, weil du dich nicht meldest. Wie war dein Date? Schick mir doch wenigstens einen Smiley, damit ich weiß, dass es dir gut geht.«

Ein Lächeln erschien auf Juliets Gesicht. Das war so lieb von David!

Zutiefst nachdenklich stellte sie sich ans Fenster, schaute in die Nacht, nach oben in den Sternenhimmel und schloss die Augen. In ihrem Herzen war ein warmes Gefühl. Der Wortwechsel mit Elle hatte allen Zorn zum Verschwinden gebracht und Mut und Zuversicht erweckt. Und plötzlich stand ihr Entschluss fest, die Seminare durchzuziehen, egal, wie hart es werden sollte. Beim Herzseminar würde sie Steve persönlich kennenlernen, und endlich würde sie die Kurse mit der richtigen Einstellung absolvieren. Nicht, um Lorenz wiederzugewinnen, sondern um dem Menschen nahezukommen, mit dem sie am meisten zu tun hatte und den sie am wenigsten kannte – sich selbst. Alles andere war nebensächlich. Auch Lorenz.

Diese Erkenntnis schaufelte eine Tonne Druck von ihrer Seele und jede Zelle in ihrem Körper atmete befreit auf. Es wurde leicht in ihr.

Wenn du dich anstrengst, auf der Wasseroberfläche zu bleiben, versinkst du. Sobald du jedoch zu sinken versuchst, trägt dich das Wasser.

Eine immense Ruhe erfasste sie. Erstaunt nahm sie wahr, dass sich ein sanftes Glücksgefühl in ihr regte. Ihr Blick fiel auf Davids letzte Nachricht.

»Hey, David«, tippte sie. »Mir geht es gut, vielen lieben Dank, dass du fragst. Freue mich sehr auf die nächsten Seminare mit dir.«

Sie löschte das Licht und atmete tief durch. Eigentlich, so hatte sie das Gefühl, begann ihr Abenteuer erst jetzt.

※

Am nächsten Morgen machte sie sich einen Instantkaffee, schmierte sich auf ihrer Obstkiste, über die sie ein rot kariertes Tuch gebreitet hatte, ein Brot und holte tief Luft.

Wenn die Korrekturen wegfielen, musste sie sich eben doch mit Trauerreden über Wasser halten. Für eine konnte sie zwischen dreihundert und fünfhundert Euro verlangen. Mit fünf Reden im Monat war sogar daran zu denken, hier auszuziehen. Ein echtes Ziel! Sie machte sich daran, alle Bestattungsunternehmen im Umkreis abzutelefonieren.

Das Angebot an Trauerrednern war in den letzten Jahren angestiegen. Juliet ließ sich nicht entmutigen. Sie erstellte sich ein Profil in einer Vermittlungsagentur für Trauerredner und rief anschließend Josie an, um zu fragen, wie viel eine Homepage kostete. Die Antwort ernüchterte sie.

»Wenn du etwas Professionelles willst, so um die drei- bis fünftausend Euro«, erwiderte Josie. »Ich könnte dir was basteln.«

»Nein, das kann ich nicht bezahlen, Josie.«

»Spinnst du? Ich will doch kein Geld von dir!«

»Moment mal, du machst eine Arbeit, die drei- bis fünftausend Euro wert ist, und willst nichts dafür? Nein, das …«

»Juliet, ich freu mich, wenn ich mal was für dich tun kann! Ich habe nur nicht gleich Zeit dafür.«

»Wann könntest du denn?«

»So in einem Vierteljahr?«

Juliet erschrak. Du liebe Zeit! Bis dahin war sie verhungert! Aber wenn es nicht anders ging … »Okay, dann warte ich, bis du Zeit hast, danke, Josie.«

»Keine Ursache. Hör mal, ich komme nächstes Wochenende nach Hause. Können wir uns sehen?«

»Klar können wir uns sehen! Das wäre wunderbar!«

»Super! Schick mir deine Adresse und wann es für dich passt! Wir könnten zusammen essen! Ich lechze nach deinem Süßkartoffelauflauf!«

»Ach, weißt du, wir treffen uns besser in einem Café«, wehrte Juliet ab und hustete. »Hier ist es ein bisschen eng.«

Josie wunderte sich und war insgeheim enttäuscht, weil Juliet sich immer überschlagen hatte, für sie etwas zu kochen. Niemand hatte ihr das Gefühl des Nachhausekommens so vermittelt wie Juliet. Josie hatte gehofft, wenigstens diesen Teil aufrechterhalten zu können.

Sie seufzte. Es war unheimlich schade, dass sich ihr Papa von Juliet getrennt hatte.

Zwei Tage später holte David Juliet um sieben Uhr morgens zum Seminar ab. Sie war angeschlagen und bekam diese Erkältung einfach nicht los. Besorgt fragte David: »Wie geht es dir?«

»Ein bisschen vergrippt, aber sonst geht es mir gut.«

»Wie war der Abend mit Lorenz? Hast du ihm von deinem Vorhaben erzählt? Konntet ihr euch endlich aussprechen?«

»Ja, habe ich. Von einer Aussprache kann allerdings nicht die Rede sein.«

»Nicht? Du hast so aufgeräumt geklungen.«

Sie schwieg, weil sie David nichts von der Unterhaltung zwischen ihr und Elle erzählen mochte. Die gehörte nur ihr und war viel zu intim.

David wartete auf mehr. Als sie nicht weiterredete, hakte er nach. »Willst du nicht darüber sprechen?«

»Das fällt mir schwer«, gab sie zu, »weil du das ja nur wegen deiner Berichte wissen willst.«

»Nein, das stimmt nicht. Ich bin ehrlich an deiner Geschichte interessiert.« Er wurde wieder mal brandrot.

»Wahrscheinlich bist du eher daran interessiert, mir zu beweisen, dass du mit deiner Single-Theorie recht hast.«

»Nein, ich bin an der Diskussion mit dir interessiert. Am Austausch.«

»Austausch beruht auf Gegenseitigkeit. Erzählst du dann auch was von dir?«

»Natürlich.« Wenn möglich, wurde David noch röter.

»Natürlich?« Sie zog die Augenbrauen hoch, ein winziges Lächeln in den Augen. »Das war bisher alles andere als natürlich!«

»Das stimmt. Aber für dich mache ich das.«

»Ja, wunderbar! Schieß los!«

»Wie, *schieß los*, womit denn? Im Moment arbeite ich ununterbrochen, da gibt es nichts zu berichten.«

»Mensch, David, stell dich nicht so an! Du hast doch eine Vergangenheit! Erzähl mir was von deiner letzten Freundin!«

»Komm schon, fang du an! Erzähl mir, wie dein Abend war! Dann fällt mir das leichter!«

»*No way*«, lehnte sie kategorisch ab. »Entweder du gibst jetzt auch endlich mal von dir was preis, oder du erfährst von mir gar nichts mehr!« Demonstrativ verschränkte sie ihre Arme vor der Brust.

David umklammerte das Lenkrad so fest, dass sich die Knöchel weiß durch die Haut drückten. Seine Augen waren stur auf die Fahrbahn gerichtet und nicht nur seine Wangen, auch seine Ohren waren rot. Er wirkte total verkrampft, und zu Juliets Verwunderung begann er zu schwitzen. Eine seltsame Atmosphäre breitete sich im Wagen aus. Sie wollte gerade ein paar beruhigende Worte äußern, als er unversehens hervorstieß:

»Okay, also ... sie war blond? Vielleicht auch brünett. Oder rothaarig. Keine Ahnung. Ihre Augen waren blau, grün oder braun. Sie hatte 'ne gute Figur. Wir haben uns in einer Bar getroffen. Ich war betrunken. Sie war betrunken. Ich hab sie abgeschleppt und es wurde ein Desaster. Es war nicht mal möglich, mit ihr zu frühstücken. Egal. Wir haben uns trotzdem wiedergesehen. Es war jedes Mal scheiße. Nach zwei Wochen war Sense.«

Das hatte er in einem Ton herausgepresst, den Juliet gar nicht erfassen konnte. Was war das? Verachtung? Frust? Verzweiflung ... Hass? Die Wucht seiner Gefühlsexplosion warf sie um. Schweigen breitete sich aus, während sich der Staub der Detonation langsam legte und zu all den Gefühlen, die in David wüteten, auch noch tiefe Verlegenheit hinzukam. Juliet spürte es.

»Wie lange ist das her?«, fragte sie sanft.

»Vielleicht ein Jahr.«

»Dazwischen war gar nichts?«

»Ein paar Nächte, an die ich mich nicht erinnern kann. Und die Frauen hoffentlich auch nicht.«

»Und davor?«

»Nichts, was man Beziehung nennen könnte. Die längste hat zwei Monate gehalten. Vermutlich, weil ich in diesen acht Wochen viel unterwegs war.«

»Aber du hast erwähnt, dass es mal jemanden gab, den du gerne wieder in deinem Leben haben würdest. War das deine erste Beziehung?«

»Exakt. Meine allererste.«

Nach wie vor waren seine Augen wie festgeschraubt auf die Straße gerichtet, stand sein Körper unter Höchstspannung, schossen die Antworten wie Gewehrsalven heraus. Juliet war seltsam berührt von dieser fast kindlichen Art, berührt von seinem Bemühen, sich zu öffnen, obwohl die Unterhaltung pure Folter für ihn war – und war weit davon entfernt, ihn zu verurteilen. Vielleicht war es das, was David unterschwellig wahrnahm. Er spürte sein Herz, wie er es noch nie zuvor gespürt hatte, es fühlte sich aufgerissen an. Ein kleiner Lichtpunkt leuchtete aus diesem Spalt seiner Seele, doch genauso groß war sein Bedürfnis, ihn wieder zuzuschütten, und zwar so schnell wie nur irgendwie möglich. Gleichzeitig wusste er, er hatte keine Wahl. Juliet würde diesen Spalt nutzen – und er sehnte sich im gleichen Maß danach, wie er Angst davor hatte.

»Wie lange hat diese Beziehung gedauert?«

»Mehr als zehn Jahre.«

»Mehr als zehn Jahre!«, wiederholte sie verblüfft.

»Ja, sogar weit mehr.«

Er fühlte ihre Augen auf sich gerichtet und weigerte sich, ihrem Blick zu begegnen. Ein Schweißtropfen lief ihm die Schläfe hinunter. Verwundert nahm Juliet den Tropfen wie ein Beweisstück mit ihrem Finger auf. Fragend blickte sie David an. Sie standen gerade an einer Ampel, und endlich wandte er sich ihr zu. Seine Augen waren so beseelt und reich an widersprüchlichen Gefühlen, dass ihr die Luft wegblieb. Ihr Blick sank in den seinen, ihre Lippen öffneten sich leicht. Sie starrten sich an, bis der Motor des BMWs automatisch ansprang, weil die Ampel auf Grün wechselte.

»Dann ... geht es dir im Grunde so wie mir?«, fragte Juliet leise. »Du hattest eine langjährige Beziehung, die zerbrochen ist. Nur dass wir gegenteilige Schlüsse daraus gezogen haben. Ist es das, David?«

Er antwortete nicht und sie wagte weitere Vermutungen.

»Packt dich deswegen die Reportage so sehr? Weil du Antworten möchtest? Andere als die, die du dir bisher gegeben hast?«

»Ich ... ich habe viele Gründe für diese Reportage. Das ist nur einer davon«, antwortete er und fühlte sich sichtlich unwohl. »Juliet, ich will in dieser Hinsicht ehrlich sein. Meine Situation ist anders als deine. Komplett anders. Sie ist ... komplizierter. Und es ist nicht leicht, darüber zu reden.«

»Das verstehe ich«, erwiderte sie warm. »Aber ich freue mich, dass du mir das anvertraut hast. Danke, David. Bei passender Gelegenheit werde ich weiterfragen, okay?«

David schwieg verdutzt. Sie bedankte sich? Für diese drei Sätze, die so gut wie nichts aussagten? Ein so winziges Zugeständnis genügte ihr? Erstaunt glitt sein Blick zu ihr. Ein leichtes Lächeln umspielte ihren Mund. Ihre Hände lagen ruhig auf ihrem Schoß, und auf einmal fragte er sich, was sie tun würde, wenn seine Hand die ihre suchen würde. Es schien ihm in diesem Moment die natürlichste Geste der Welt zu sein, und doch blieben seine Finger am Steuer kleben. Mann, was war das für eine Atmosphäre hier in diesem Wagen? Halt suchend richtete er seine Aufmerksamkeit auf den Verkehr. Juliet seufzte. Er mutmaßte, sie sei wegen seiner Schweigsamkeit genervt, und wurde erneut eines Besseren belehrt.

»Also, was den Abend mit Lorenz angeht …«, begann sie. »Ich könnte jede Menge Positives herausfiltern, allerdings bin ich mir zum ersten Mal nicht sicher, ob es nicht das ist, was du mir vorgeworfen hast: Schönmalerei, weil ich will, was ich will.«

Ein heißer Strom durchfuhr David. Dieses unerwartete Eingeständnis war wie ein Rammbock gegen die Mauern in seinem Inneren und unvermutet wurde ihm flau im Magen.

»Was … was war denn positiv?«, fragte er heiser.

Seine Reaktion überraschte Juliet. Sie hatte Jubeln erwartet, Genugtuung, dass sie sich seiner Meinung annäherte. Aber David hatte eher verwirrt geklungen.

»Lorenz hat mich geküsst. Er wollte die Nacht mit mir verbringen«, antwortete sie nachdenklich.

David schluckte. »Und? Habt ihr?«

»Nein.« Sie biss sich auf die Lippen. »Eine Stunde später hat er mir geschrieben, dass er mich wiedersehen will. Und reden will. Über alles.«

»Das ist doch genau das, was du gewollt hast! Das ist wirklich positiv! Es scheint wieder anzulaufen.«

»Nein, tut es nicht. Ich habe den Kontakt abgebrochen.«

Wie geschockt David war, konnte sie daran erkennen, dass er rechts ranfuhr, den Motor abstellte und ihr fassungslos in die Augen starrte. »Du … hast den Kontakt abgebrochen? Aber warum denn nur?«

»Weil … weil du recht hattest. Weil es sein kann, dass ich mich an etwas klammere, was mir nicht guttut. Weil ich erkannt habe, wie wichtig es ist, mich selbst zu hinterfragen. Mein Leben. Alles.« Sie zögerte kurz und fuhr sehr leise fort: »Und weil es tatsächlich sein kann, dass ich Lorenz danach mit anderen Augen sehe. Das tue ich jetzt schon.«

»Heißt das … du liebst ihn nicht mehr?«

David zitterte geradezu, und sie konnte sich keinen Reim darauf machen.

»Weiß ich nicht«, antwortete sie. »Ich weiß nur, dass ich ihn im Moment weder sprechen noch sehen will.«

Bestürzt ließ sich David in den Sitz sinken. »Was ist denn passiert, dass du so anders denkst?«

»Er war gestern irgendwie arrogant und hat sich ziemlich abfällig über das geäußert, was ich vorhabe, die Seminare und so ... Das ging mir total gegen den Strich.«

»Juliet«, sagte David unglücklich. »Ich habe mich auch abfällig über das geäußert, was du vorhast.«

»Du hast dich abfällig darüber geäußert, dass ich Lorenz zurückwill. Das ist ein Unterschied. Aber die Seminare fandest du toll. Zumindest die Idee.« Sie lächelte schwach in Erinnerung an ihre bisherigen Kurserlebnisse.

»Aber ich habe noch mehr gesagt«, fuhr er fort. »Zum Beispiel, dass man sich nicht ändern kann. Aber du ...« Er brach ab, einen unergründlichen Ausdruck in den Augen.

»Aber ich ...?«

»Du tust es.«

Als sei dies das größte Wunder auf Gottes Erdboden, suchte er ihren Blick. Und doch hatte sie nicht das Gefühl, dass er sie anschaute, sondern in einer anderen Dimension schwebte.

»Hey, wo bist du denn jetzt gerade?« Sie stupste ihn leicht am Arm. Auf Davids Gesicht lag ein Ausdruck, der nicht zu beschreiben war. Seine Wangen glühten und wie stets entlockte das Juliet ein zärtliches Lächeln. Impulsiv streckte sie ihre Arme nach ihm aus und umarmte ihn über die Mittelkonsole hinweg.

»Du bist süß, David«, flüsterte sie ihm ins Ohr. »Ich bin so froh, dass du mich zu diesem Date mit dir überredet hast.« Sie drückte ihm einen Kuss auf die Wange und plumpste in ihren Sitz zurück.

Regungslos saß David am Steuer, brandrot. Juliet lachte und stupste ihn am Arm.

»Und ich lasse nicht locker, bis ich weiß, warum du dauernd so rot wirst!«

»So gut kenne ich dich mittlerweile, um zu wissen, dass du das wahr machst«, brummelte er. Aber sein Lächeln war so weich, wie sie es noch nie zuvor an ihm wahrgenommen hatte. Er wirkte fast verträumt, als er den Motor startete und losfuhr. Keiner von ihnen sprach ein Wort, bis sie das Hotel erreichten.

David hatte einen Early Check-in organisiert, das Seminar begann erst am späten Vormittag. Juliet freute sich tierisch auf ein schimmelfreies Zimmer und ein sauberes Bad. Sowie sie die Tür hinter sich geschlossen hatte, warf sie ihre Kleider ab und stieg für zehn Minuten unter die heiße und in Fülle prasselnde Dusche. Danach fühlte sie sich besser, schminkte sich ein wenig, um ihre fahl gewordene Haut zu übertünchen, und gönnte sich ein ausgiebiges Frühstück.

Für ihre Finanzen hatte sie sich einen Plan zurechtgelegt. Ein halbes Jahr konnte sie das Schimmelzimmer gerade noch ertragen. Bis die Trauerreden anliefen, würde sie den Gürtel eben sehr eng schnallen. Wenn sie sich in Hotels aufhielt, konnte sie sich mit ein paar Sachen eindecken, die ihr Gewissen erlaubte. An den Rezeptionen standen oft Obstschalen, von denen sie sich ein oder zwei Äpfel nehmen konnte. Am Buffet gab es abgepacktes Schwarzbrot, Butter, Marmelade, Nutella und Honig. Sie wollte lediglich so viel nehmen, wie ein stärkerer Esser als sie ohnehin verbraucht hätte. Es würde schon irgendwie gehen.

Das Seminar war nicht besonders spannend. David gähnte während des Vormittags und verschwand für einen Mittagsschlaf im Zimmer. Als er zum Nachmittagsprogramm wiederkam, war sein Haar verstrubbelt, er sah schlaftrunken und total kuschlig aus. Hätte er jetzt Allie im Arm gehabt, wäre Juliet darüber nicht verwundert gewesen. Ihr Herz wurde ganz warm bei seinem Anblick, als er sich, noch immer müde, neben sie setzte und ihr ins Ohr flüsterte: »Gib mir 'nen Stups, falls ich zu schnarchen anfange.«

Sie kicherte, rückte ihren Stuhl ein wenig näher an den seinen heran. »Bevor du kippst«, wisperte sie, »fange ich dich auf.«

Er lachte leicht und sein Duft schwebte zu ihr.

Sie neigte sich ihm zu, die Nase an seinem Hals, und atmete ihn genussvoll ein. »Mmmh«, flüsterte sie. »Du riechst immer so gut. Nach Blumen.«

David wurde so rot, dass sie sich mit Mühe einen Lachanfall verkniff. Der Referent schaute sie ein wenig konsterniert an.

Ertappt nahm David den Stift in seine Hand und spielte damit herum.

Wie hypnotisiert lag Juliets Blick auf seinen Fingern. Es war ihr noch nie aufgefallen, wie zartgliedrig sie waren. Wie musste es sein, wenn sie über den Körper einer Frau fuhren? Welchen Ausdruck hatte sein Gesicht, wenn er liebte? Der Stift, der vorher fast hektisch zwischen seinen Fingern hin- und hergekippelt war, erstarrte mitten in der Bewegung, als erahne David ihre anrüchigen Gedanken – und als sie ihn schlucken hörte, wusste sie, dass es so war. Leicht wandte sie den Kopf und sah ihm in die Augen. Sein Blick war zum Niederknien schön. Seine Augen ein Buch, in dem sie stundenlang hätte lesen und versinken können, ein Buch, das Geheimnisse barg, Mysterien, die sie ergründen wollte.

David spürte dieses erotische Fluidum, das so ganz anders war als der blanke Ruf nach Sex. Was machte sie da? Ein zauberhaftes Lächeln erschien auf ihrem Gesicht. Es war das Lächeln, mit dem sie ihn ansah, wenn er Allie im Arm hatte, wenn er rot wurde, so wie jetzt, doch diesmal war es ausgeprägter. Er fühlte, wie diese verdammte Hitze seinen Körper durchströmte, sein Parfüm intensivierte, hatte den Eindruck, sein Körper dehne sich über seine physischen Grenzen zu ihr hin.

Juliet schloss die Augen, atmete tief ein und wandte sich mit einem verträumten Lächeln wieder nach vorn.

David saß wie elektrisiert auf seinem Stuhl. In der nächsten Sekunde flitzte sein Stift mit einer Geschwindigkeit über das Papier, dass es nur so knisterte.

※

»Du meine Güte, was hast du denn alles aufgeschrieben?«, fragte sie ihn in der Kaffeepause.

»Ich habe nichts mitgeschrieben«, raunte er verschwörerisch zurück, »sondern eine Idee für einen Artikel bekommen.«

»Ach so«, schmunzelte sie. »Und ich dachte schon, dich hat das Seminarfieber gepackt.«

»Nein, eher treiben mich meine Deadlines.« Er seufzte. »Oh, verdammt, ich glaube, das Bett kann ich heute vergessen.«

»Kann ich dir was abnehmen? Ich könnte beide Artikel schreiben, auch den männlichen Part.«

»Das würdest du tun?«

»Klar doch!«

Geradezu glücklich über diese Wendung setzten sie sich nach dem Abendessen in die Bar. Juliet steckte sich die Kopfhörer ins Ohr und machte sich an die Arbeit. Sie war vollkommen darin vertieft und merkte nicht, dass David noch für Sekunden ihr vom Monitor beleuchtetes Gesicht betrachtete, bevor er sich mit einem Lächeln seinem Bildschirm zuwandte. Konzentriert arbeiteten sie die nächste Stunde, bis Juliet eine Version präsentierte, die für David mehr als zufriedenstellend war.

»Du bist richtig gut, Juliet!«, sagte er mit leuchtenden Augen. »Danke! So können wir das abschicken!«

»Dann mach das und jetzt ab ins Bett! Allie wartet sicher bereits!«

»Ein bisschen was muss ich noch tun. Gute Nacht, Juliet!«

Als sie die Treppe hochstieg, flogen seine Finger schon wieder über die Tasten, er war vollständig in seine Welt vertieft. David tat etwas, was ihm Spaß machte. Das wollte sie auch.

Du bist richtig gut, Juliet ... Seine Worte hallten in ihr nach. Plötzlich war Raum da für ihre Träume. Für einen Traum, den sie vielleicht längst in Angriff genommen hätte, wäre Lorenz nicht gewesen. Wäre ihre Fixierung auf ihn nicht gewesen. Eine Flut an neuen Gedanken strömte in ihren Kopf. Sie öffnete noch einmal den Laptop, las ein weiteres Mal den Chat mit Elle und blieb an einem Satz hängen: *Sich mit seinen Träumen zu beschäftigen, bedeutet, sich mit sich selbst zu beschäftigen.*

»Liebe Elle«, schrieb sie spontan als Antwort. »Ich wollte dich nur wissen lassen: Ich arbeite an mir.«

Elles Antwort traf ein, als Juliet schon schlief. Sie entdeckte sie am nächsten Morgen, als sie ihren Hustensaft schluckte.

»Liebe Bibi, du wirst zum Schöpfer! Herzlichen Glückwunsch! Nimm dein Leben in die Hand! Und schreib mir, was du vorhast!«

»Ich habe mir vorgenommen, meinen Traum zu verwirklichen, was heißt: Ich werde ein Buch schreiben. Es ist so lieb, dass du Anteil an meinem Leben nimmst, vielen Dank, Elle, das bedeutet mir viel.«

Ja, sie hatte einiges vor! Das Treffen mit Gero stand an. Und Gero war Agent. Außerdem würde sie in ein paar Tagen Steve und seine Frau Aimee kennenlernen! Juliet hatte das Gefühl, dass endlich alles in den richtigen Bahnen lief. Weil sie frei war.

♫ Gentle Heart ♫

Joshua Hyslop

Steves und Aimees Herzseminar fand in einem alten Gutshof statt, dessen Scheune zu Schulungsräumen umgebaut worden war. Er lag als einzelnes Gebäude weit draußen auf dem Land, umgeben von Obstwiesen und Feldern. Eine einsame Straße führte dorthin. Je näher sie dem Haus kamen, desto stärker ergriff Juliet ein Seelenfrieden, den sie noch nie so gespürt hatte. War das die Natur? Ein Blick auf David verriet ihr, dass es ihm ähnlich erging. Von seiner üblichen Nervosität war diesmal gar nichts zu spüren, obwohl damit zu rechnen war, dass es auch praktische Teile geben würde.

Sobald sie eintraten, fühlten sie sich wie hochgehoben und in eine andere Dimension versetzt. Eine vibrierende Energie lag in der Luft, ging mühelos mit ihren Herzen in Resonanz und erfüllte sie mit Leichtigkeit. Juliets Mundwinkel bogen sich ohne jeden Grund nach oben, in ihren Augen war Glanz und ihre Abgeschlagenheit wie weggeblasen.

Im nächsten Moment eilte eine junge Frau mit ausgestreckten Armen und einem strahlenden Lächeln auf sie zu. Juliet und David fiel unisono die Kinnlade herunter. Das war kein Mensch, der ihnen da entgegenkam, das war ein Rauschgoldengel! Ein Engel mit einer Haut wie Porzellan, intensiv blauen Augen, einem Kirschmund, einer kleinen, perfekt geformten Nase und dicken, braunen, üppigen Locken, die sich bis in den Rücken hinunter kringelten. Ihr langes, schwingendes Kleid unterstrich das Engelhafte umso mehr.

»Guten Morgen!«, rief die Erscheinung. »Ich bin Aimee. Ihr müsst David und Juliet sein!«

»O mein Gott!«, hauchte Juliet unwillkürlich, als Aimee ihre Hände ergriff. »Bist du gerade vom Himmel gefallen?«

Aimee lachte, kein bisschen verlegen. »Ist nicht mein Verdienst, dass ich so aussehe. Und nicht immer hilfreich. Schön, dass ihr da seid! Steve ist im Seminarraum, er schaut gleich mal vorbei.«

Ein weiterer Teilnehmer traf ein, dem sich Aimee ebenso herzlich widmete.

David nutzte die Gelegenheit, Juliet zuzuflüstern: »Wie sieht denn dann Steve aus, wenn der so einen Rauschgoldengel zur Frau hat?«

Juliet kicherte. »Vielleicht wie Jesus?«

Aimee führte die drei Neuankömmlinge zu den anderen Teilnehmern. Die Gruppe war nicht groß, sie bestand aus rund zwanzig Leuten.

»Ich sage Steve Bescheid«, verkündete Aimee und verschwand um die Ecke.

Ein paar Minuten später war sie zurück. Neben ihr humpelte ein Mann mit schütterem hellbraunem Haar, einen halben Kopf kleiner als sie. Sein linkes Bein war abnormal nach innen gedreht, sodass das Knie auf groteske Weise mit dem rechten zusammenstieß. Der Fuß hing wie leblos am Bein und er musste ihn beim Gehen nachziehen. Eine Gesichtshälfte hing nach unten und zeugte von einem Schlaganfall. Doch bevor man sein Aussehen registrierte, nahm man seine Ausstrahlung wahr.

Seine Augen hatten eine Strahlkraft, die Juliet schier umwarf. Der ganze Mann schien zu hundert Prozent aus Wärme und Güte zu bestehen. Wie automatisch erschien ein breites Lächeln auf Juliets Gesicht.

»Steve!«, rief sie. »Wie schön, dich endlich persönlich kennenzulernen!«

»Ich freue mich auch sehr! Herzlich willkommen!«

Als er sie anlächelte, verzerrte sich sein Gesicht recht abenteuerlich. Eigentlich wurde es zur Fratze, wenn man es nüchtern betrachtete, aber es war nicht möglich, ihn so zu sehen. Die Schönheit seiner Seele leuchtete aus jeder Zelle und seine immense Warmherzigkeit ließ Juliet dahinschmelzen. Sie fühlte sich sofort unfassbar wohl in seiner Nähe.

»Hey, und du musst David sein«, wandte sich Steve an ihn. »Ihr seid ja nun als Einzige nicht als Paar hier. Wenn es um die Übungen geht, überlasse ich euch, was ihr mitmachen mögt.«

Er wechselte noch ein paar Worte mit David, aber die Ausstrahlung, die von Steve ausging, war so stark, dass Juliet unfähig war, sich in die Unterhaltung einzuklinken. Seine Schwingung hatte sie voll erfasst, etwas Hohes, Erhabenes schimmerte im Raum, das ihren Blick auf die Welt veränderte. Sie fühlte sich massiv nach innen in eine unendlich wohltuende Stille gezogen. Als Steve in den Seminarraum zurückging, vermied sie instinktiv weiteren Kontakt, stellte sich an ein Fenster und ließ sich mehr und mehr in diese Stille hineinfallen. Stumm gesellte sich David zu ihr. Ein Ast bewegte sich vor dem Fenster, wiegte sich sanft im Wind, Sonne tanzte auf dem Blattgrün und beiden kam es in diesem Moment wie das größte Wunder der Welt vor.

Als sie Aimee wenig später in den Seminarraum folgten, wurde es noch heftiger. Je näher sie dem Raum kamen, desto stärker überfiel Juliet das Bedürfnis, die Augen zu schließen. Kaum saß sie auf einem Stuhl, zogen sich ihre Lider wie von selbst nach unten. In ihr war eine satte Ruhe, eine vibrierende Ruhe, die ihr Herz schweben ließ. Sie verstand das nicht, wollte nur noch tiefer da hineinsinken, zu etwas, das sie zu rufen und auf sie zu warten schien. Dieser Drang war so stark, dass es sie vor Sehnsucht kaum aushielt. Und doch war gleichzeitig tiefer Frieden in ihr.

Leichte Musik durchdrang den Raum. Die Geräusche ringsherum berichteten ihr, dass sich die Teilnehmer einen Platz suchten und ihre Taschen oder Rucksäcke verstauten, aber niemand sprach ein Wort. Die Stille hatte alle in ihren Bann gezogen.

Juliet hätte ewig in dem Zustand verweilen wollen. Als die Musik ausgeschaltet wurde und ein Glöckchen ertönte, fiel es ihr schwer, die Augen zu öffnen.

Aimee stand vorne in ihrem hellgrünen, langen Sommerkleid, Steve saß daneben auf einem Stuhl. Beide verströmten Wärme wie ein Heizofen und unwillkürlich dachte Juliet: *So will ich auch sein. So ruhend, so heiter, so liebevoll.*

Aimee ergriff das Wort.

»Willkommen zu unserem Herzseminar«, begrüßte sie die Teilnehmer heiter. »Das hört sich zwar ziemlich kitschig an, aber wir hoffen, euch überzeugen zu können, dass es alles andere als das ist. Ich gehe mal davon aus, dass die meisten gerade eine immense Sehnsucht spüren. Das ist gut, denn egal, ob es dein Kopf als Sehnsucht nach einer guten Beziehung, mehr Erfüllung im Leben oder was auch immer deklariert, im Grunde ist das die Sehnsucht nach dem Großartigen in dir. Nach *deiner* Großartigkeit. Nach dem, was dich ruft ... und was du bist.«

Aus irgendeinem Grund trieb dieser Einstieg Juliet die Tränen in die Augen, und auch David regte sich neben ihr. Diese Großartigkeit ... das war es, was sie hier fühlte! So stark, dass alles andere in den Hintergrund trat.

»Und daher«, schaltete sich Steve zu, »wollen wir uns heute dem Herzen widmen, dem Tor zu deiner Großartigkeit. Darüber wird enorm viel geredet, Songs geschrieben, Gedichte verfasst, aber kaum jemand nutzt es aktiv. Kaum jemand nutzt seine eigentliche Power. Obwohl wir Floskeln verwenden wie ›Was sagt dein Herz?‹ oder ›Folge deinem Herzen!‹, sind sich viele unsicher, wann der Kopf und wann das Herz spricht.«

»Und obwohl das Wort ›Herz‹ so oft in den Mund genommen wird, vernachlässigen es die meisten«, übernahm wieder Aimee, »außer, wenn es nicht mehr richtig funktioniert – oder wenn es schmerzt. Und selbst dann behandeln wir es wie eine Maschine. Aber unser Herz ist weit mehr als ein Muskel, der Blut durch unseren Körper schickt. Es ist das Element, das uns befähigt, ein erfülltes Leben in jeder Hinsicht zu leben. Es ist das Element, mit dem wir Einfluss auf unseren Planeten nehmen können, denn es bietet Lösungen, die unser Kopf nie finden wird.«

Die beiden waren total eingespielt. Wenn sie redeten, war es, als musizierte ein virtuoses Duo. Es war faszinierend, ihnen zuzuhören.

»Wir leben in einer Welt, in der der Kopf das Sagen hat. Wohin uns das gebracht hat, sehen wir am Zustand unserer Erde. Das ist wie der Zauberlehrling, der seine eigene Magie nicht im Griff hat, weil er den Meister ausklammert. So läuft vieles aus dem Ruder. Es sollte uns zu denken geben, dass in einem ungeborenen Kind zuerst das Herz zu schlagen beginnt und sich das Gehirn erst Wochen danach bildet. Wir sollten uns auch bewusst machen, dass unser Herz ein unabhängiges Nervensystem besitzt. Es hat sogar ein eigenes Gehirn, eine emotionale Intelligenz, ich möchte sogar sagen, universelle Intelligenz, die in keinem Schulsystem der Welt gefördert wird. Noch weniger bekannt ist, dass die Fasern des Herzens direkt mit dem Gehirn verbunden sind. Die beiden verfügen über ein ausgezeichnetes Kommunikationssystem.«

»Dann haben wir zwei Gehirne?«, witzelte einer.

»Nein«, gab Aimee vergnügt zurück. »Drei! Das Herz, den Kopf und den Solarplexus. Ihr kennt das: Wenn wir emotional aufgewühlt sind, spüren wir die Auswirkung oft im Magen als flaues Gefühl oder als Knoten, da sich im Solarplexus wichtige Neurotransmitter und Neuronen befinden. Aber entscheidend ist: Diese drei Gehirne kommunizieren miteinander. Die Fasern des Herzens sind mit denen des Kopfes verbunden und ebenso mit denen des Bauch- und Magentraktes. Wenn alle drei an einem Strang ziehen, sind wir im Gleichgewicht, man spricht von Kohärenz. Aber wenn eines in die eine Richtung zieht und das andere in die nächste, dann entsteht Chaos, dann laufen diese drei Gehirne nicht synchron, sondern gegeneinander. Das kann zu psychischen wie physischen Schäden führen.«

»Wie können sie gegeneinander laufen, wenn sie miteinander verbunden sind?«, wollte Juliet wissen.

»Das hat viele Gründe. Die Hauptursache ist, dass wir das Gewicht unseres Daseins in den Kopf verlagern. Der Kopf kann aber auf universelle Lösungen nicht zurückgreifen und daher fühlen wir uns oft überfordert. Dann entstehen Stress, Gefühle wie Angst, Druck und negative Gedanken. Wir wissen alle, dass positive Gedanken positive chemische Reaktionen in unseren Körpern auslösen. Der Punkt ist allerdings, dass das vielen nicht gelingt. Ängste, Wut oder Trauer sind so stark, dass positive Gedanken wie ein Tropfen Wasser in der Sonne verdunsten.«

Juliet war hellwach. Ja, genau das war ihr Thema! Sie wollte nicht wütend oder ängstlich sein und war es doch oft. Und je mehr sie versuchte, positiv zu denken, umso stärker schien etwas in die Gegenrichtung zu ziehen.

»Der Kopf ist wichtig, gar keine Frage«, übernahm Steve, »aber er sollte dem Herzen untergeordnet sein. Deswegen lasst mich ein paar Worte über unser Gehirn verlieren – und über das berühmte positive Denken, das die Lösung für alles sein soll.«

Er zwinkerte, und das sah dermaßen komisch aus, dass etliche unwillkürlich verhalten lachten – und am meisten lachte Steve. Juliet war total fasziniert von ihm. Noch nie in ihrem Leben hatte sie einen derart egolosen Menschen gesehen. Ja, zum ersten Mal bekam sie mit, wie das war, ohne ein Ego zu agieren. Es schien unmöglich, Steve zu verletzen, unmöglich, ihn zu beleidigen. Aus ihm schimmerte etwas, was weit über die Grenzen seines Körpers hinausging, das ihm diese immense Ausstrahlung verlieh. Mit einem Mal wurde ihr klar, dass er sich null mit diesem Körper identifizierte, in dem er steckte, null mit der Rolle, die er innehatte. Er war identifiziert mit der Energie, die ihn trug. Einer Energie, die wunderschön und erhaben war, die jedes Herz flimmern ließ. Auch bei Aimee war das der Fall. Ihr Äußeres interessierte sie nicht, beide waren absolut präsent bei dem, was sie taten, und ihre Intention, Menschen helfen zu wollen, stand zweifelsfrei im Raum. Lag das daran, dass sie ihr Herz aktiv einsetzten? Wenn das der Fall war, wollte sie, Juliet, das auch!

»Inzwischen ist bis zum Letzten durchgedrungen, dass unser Gehirn veränderbar ist«, erklärte Steve. »Je nachdem, wie wir denken und handeln, formt es sich. Doch der Trugschluss besteht in der Ansicht, für Glück, Liebe und Freude müsse es einen Grund geben. Wir warten darauf, dass im Außen etwas passiert, was für eine Änderung im Inneren sorgt. Daher lassen die Menschen äußere Situationen ihr Seelenleben bestimmen. Geschieht etwas im Außen, was schön ist, fühlen sie sich gut. Geschieht etwas Schlimmes, fühlen sie sich schlecht. Wir lassen zu, dass unsere Gedanken und Emotionen ihre Anweisungen von außen statt von innen erhalten. Aber Erfüllung kommt ausschließlich von innen. Wie Liebe. Sie ist nicht etwas, was du erhältst. Sie ist, was du bist.«

»Wie kann man sich innen erfüllt fühlen, wenn das Leben eine Katastrophe ist?«, fragte einer.

»Es ist eine Katastrophe, *weil* du dich nicht mit deinem Inneren beschäftigst«, gab Steve zurück. »Viele Menschen glauben nicht daran, dass Freude und Liebe in ihnen sind, auch wenn im Außen Chaos herrscht. Schau, du denkst so, wie du denkst, weil irgendetwas im Außen dich dazu gebracht hat. Warum drehst du das Ding nicht um und denkst, was du willst, damit im Außen das passiert, was du möchtest? Dafür brauchen wir die innere Fülle, daraus sollten wir schöpfen. Wir sind in der Regel dankbar für das, was in unserem Leben bereits geschehen ist. Wir sind selten dankbar für das, was geschehen *soll*. Das erwarten wir mit Angst, Spannung und Druck – und wundern uns, wenn es nicht eintritt.«

Juliet entfuhr ein kleiner Laut, und ein kurzer Seitenblick zu David verriet ihr, dass es in ihm ähnlich rumorte.

»Was ist denn eigentlich in unseren Köpfen?«, fragte Aimee in die Runde. »Wir sind längst fremdbestimmt, Medien, Lehrer, Erzieher haben uns geprägt. Dazu gesellt sich das eigene Geplapper im Kopf, das viele nicht abstellen können und mit dem sie sich identifizieren. Daraus bildet sich das Ego. Das Ego ist nichts anderes als eine Ansammlung von Meinungen und Ansichten. Das Nächste ist: Wenn wir beginnen, uns mit dem Inneren zu beschäftigen, stoßen wir auf sehr viel Ungelöstes. Geht es dir halbwegs gut, kannst du es verdrängen. Aber geschehen im Außen schlimme Dinge, kommt das alles zum Vorschein. Der Impuls, es wegzuschieben, ist groß. Die Lösung ist, mitten hindurchzugehen.«

»Was heißt das, mitten hindurchzugehen?«, wollte Juliet wissen.

»Den Widerstand gegen die unangenehme Situation aufzugeben«, antwortete Steve wie aus der Pistole geschossen. »Erst, wenn du die Welt mit allen negativen und positiven Erfahrungen annimmst, bist du offen für Erkenntnisse. Solange du dich wehrst, hat dein Ego beziehungsweise deine Angst dich fest im Griff.«

Steve sprach Juliet aus der Seele. Sie erkannte deutlich, dass genau das bei ihr abgelaufen war.

»Schau«, erklärte er weiter. »Erfahrungen sind dazu da, uns klüger zu machen. Also sollten wir jedes Mal, wenn etwas geschieht, weiser werden. Und wenn uns das Allerschlimmste zugestoßen ist, müssten wir am allerweisesten sein. Stattdessen sind die meisten verbittert. Oder mutlos. Oder beides. Sie sind in der Emotion stecken geblieben und identifizieren sich damit.«

»Ja, aber manche haben Schicksale, wo es verständlich ist, wenn sie negativ denken. Zum Beispiel Menschen, die Traumatisches erlebt haben«, wehrte sich eine Frau.

»Fein, dass du das ansprichst. Das ist eine Falle, meine Süße. Rechtfertigung ist eine Falle. Sie macht uns weis, dass es okay ist, negativ zu empfinden. Lässt uns glauben, wir hätten es nicht nötig, die Dinge zu bearbeiten, die uns belasten. Sobald du gerechtfertigt Wut empfindest, dich ärgerst, enttäuscht oder verletzt bist, mixt du einen giftigen neurochemischen Cocktail in dir. Das sind Gifte, die du selbst trinkst, und dabei erwartest, dass jemand anderes daran stirbt. Unsere Körper unterscheiden nicht zwischen Zeiten, in denen wir recht haben oder falschliegen. Sie bekommen einfach dein Gift zu trinken.«

David zuckte und auch Juliet saß wie angenagelt auf ihrem Stuhl. Sie dachte an Hepphausen – und was David im Kopf hatte, hätte sie nur zu gern gewusst, denn er lief wieder mal rot an.

»Natürlich gehören die schrecklichen Dinge um uns herum genauso zur Wirklichkeit«, führte Aimee den Gedankengang weiter. »Aber sie müssen nicht notwendigerweise zu unserer Wirklichkeit zählen. Wenn wir uns ständig am Außen und an alten Geschichten festmachen, ist Veränderung nicht möglich. Du bleibst stets das eingeschränkte Ich, das du doch nicht mehr sein willst. Wisst ihr, was unser Geist eigentlich ist? Ein Depot aus alten Erinnerungen und Meinungen, die wir von irgendwoher übernommen haben. Ein Müllhaufen, der einen bestimmten Geruch aussendet – und damit Entsprechendes anzieht.«

In Juliet polterte es heftig. Sie hatte Mühe, die Fülle des Gesagten aufzunehmen, denn die beiden schossen eine Granate nach der anderen ab. Gerade lud Steve nach.

»An dieser Stelle möchte ich mal mit einem Mythos aufräumen: Dem Herzen zu folgen, heißt nicht, den Gefühlen zu folgen. Denn die sind oft vom Kopf und von negativen Gedanken erzeugt worden. Lasst mich ein Beispiel geben. Nehmen wir an, du hast das Gefühl, nicht gut oder klug genug zu sein, dann werden innerlich die Chemikalien gemixt, die dich unsicher werden lassen. Jetzt fühlst du dich genauso, wie du denkst. Meist hegen wir diese negativen Gedanken schon so lange, dass sie feste Muster in unserem System bilden. Sie sind uns vertraut. Natürlich weißt du, dass negative Gedanken und Gefühle deine Gesundheit beeinträchtigen, Stress hochfahren, Cortisol ausschütten, den Blutdruck erhöhen und was nicht alles. Und weil dir das bekannt ist, willst du es ändern. Du versuchst, dein Leben umzustellen. Was passiert? Eine Stimme in deinem Kopf suggeriert dir: ›Das bin ich nicht. Das fühlt sich nicht stimmig an.‹ Natürlich fühlt es sich nicht stimmig an! Du bist es ja auch nicht gewöhnt. So folgst du stets der Vergangenheit, sprich, deinen Konditionierungen, und bleibst Opfer statt Schöpfer. Die

Krux ist nur: Negative Gefühle kosten wesentlich mehr, als es im ersten Moment den Anschein erweckt.«

Steve machte eine kleine Pause, und jeder war dankbar dafür. Aimee übernahm wieder.

»Betrachtet euer Energiepotenzial wie euer Gehalt, das ihr jeden Monat verdient. Jeder negative Gedanke plus das darauffolgende Gefühl kosten euch Geld. Sich hier und da mal ärgern, dort gerechtfertigt wütend zu sein, das sind lauter kleine Ausgaben. Wir denken, es sei doch nicht so schlimm, wenn man sich hie und da mal was gönnt. Aber am Ende addieren sich die scheinbar unbedeutenden Beträge zu einer stattlichen Summe, die uns in den letzten Tagen des Monats zum Leben fehlt. Oder für die Reparatur der Waschmaschine, die kaputtgegangen ist. Genauso ist es mit unserem Energiehaushalt. Wir müssen beachten, was uns täglich Energie kostet. Könnten wir sehen, welchen körperlichen Schaden wir jedes Mal in uns anrichten, wenn wir streiten, feindselig oder wütend sind, würden wir es uns zweimal überlegen, ob es die Sache wert ist. Kein Wunder, dass so viele abends total fertig sind und keine Energie mehr haben. Nicht zu reden vom Weltbild, das wir miterschaffen!«

»Aber es gelingt den Wenigsten, ausschließlich positiv zu denken«, zweifelte einer. »Dann gesellen sich Schuldgefühle hinzu, weil man es nicht schafft.«

»Absolut richtig«, bestätigte Aimee. »Hier ist eine kleine, aber sehr bedeutsame Verlagerung notwendig. Wir denken positiv mit dem Kopf. Aber wie wir inzwischen wissen, hat auch das Herz ein Gehirn. Da müssen wir hin. Positives Denken, wie wir es bislang kennengelernt haben, ist der Versuch, das Herz mit dem Kopf zu erreichen. Und das klappt nicht. Wenn du etwas ändern willst, solltest du als Erstes verstehen, dass dein Gehirn dafür keine Impulse von außen braucht. Es braucht sie von innen. Wir müssen das Ding endlich umdrehen. Das, was wir suchen, ist in uns. Liebe, Dankbarkeit, Mitgefühl, Freude und Glück. Das finden wir nicht im Kopf. All das ist in unserem Herzen. Wir sollten also das Gehirn des Herzens nutzen – und damit das Gehirn des Kopfes speisen. Das ist der Weg, wie sich Dinge wandeln, wie sich unser Leben ändern kann. Das ist der Weg des wahren positiven Denkens. Auf diese Weise werden Wünsche wahr. Und auf diese Weise ist eine andere Realität möglich.«

David beobachtete, wie Juliet einen Rahmen um dieses Statement malte, neigte sich zu ihr und fragte leise: »Denkst du dabei an Lorenz?«

»Nein«, wisperte sie zurück. »An meinen Traum.«

Eine köstliche Sekunde lang verharrte David mit seinem Mund nah an ihrem Ohr, erst dann nahm er seine normale Sitzhaltung wieder ein, ein wunderbar friedliches Lächeln im Gesicht.

※

Als sie in die Pause gingen, schwebte Juliet nur so aus dem Raum. Schon der Vormittag war wie ein Bad in der Sonne gewesen, und am Nachmittag ging es genauso gehaltvoll weiter. Aimee übernahm den ersten Part. Sie war traumhaft schön anzusehen, aber noch schöner war das Zusammenspiel zwischen ihr und ihrem Mann, die Blicke, die sich die beiden zuwarfen, die Liebe, die wie Elektrizität zwischen ihnen knisterte. Die beiden verstärkten sich gegenseitig, pushten die ohnehin enorme Frequenz auf noch höhere Ebenen; es war ein Genuss, sie zu beobachten.

»Kümmern wir uns mal um das Herz«, begann Aimee. »Am Vormittag haben wir erklärt, dass es zu psychischen wie physischen Schäden kommen kann, wenn unsere drei Gehirne nicht zusammenarbeiten. Wie kriegen wir das hin? Es ist einfacher, als ihr glaubt! Wir müssen lediglich dem Herzen seine Hoheit zurückgeben.«

»Ich bringe mal ein Bild ins Spiel«, sagte Steve. »Im siebzehnten Jahrhundert hat Christiaan Huygens die Penduluhr erfunden und etliche Exemplare davon angefertigt. Beim Beobachten der Uhren fiel ihm etwas Merkwürdiges auf: Egal, in welcher Position die Pendel starteten, spätestens nach einer halben Stunde schwangen sie alle im gleichen Rhythmus. Nach vielen Versuchen fand er heraus, dass sich alle Uhren nach dem größten Pendel ausrichteten. Und das größte und wichtigste Pendel in unserem Körper ist unser Herz. Der Herzschlag ist so stark, dass er an jedem Punkt deines Körpers gemessen werden kann. Faszinierend ist auch, dass das Herz in der gleichen Frequenz schwingt wie die Sonne. Kein Organ im Körper hat eine höhere elektromagnetische Schwingung, keines eine so große Reichweite und Wirkung auf andere Menschen wie das Herz. Seine Energie ist bis zu einem Abstand von drei Metern vom Körper messbar und sie beeinflusst das universelle Feld fünftausend Mal stärker als die des Gehirns. Könnte das der Grund sein, warum positives Denken, wenn es nur aus dem Kopf kommt, nicht dauerhaft funktioniert? Warum zum Teufel gestehen wir eigentlich dem Kopf eine höhere Bedeutung zu als dem Herzen?«

Aimee hakte ein. »Um dieses Pendel zu aktivieren, genügt es, sich auf den Bereich um das Herz herum zu konzentrieren. Allein das bewirkt einen Stimmungsumschwung. In dem Moment, wo wir uns auf unser Herz fokussieren, synchronisiert es sich mit dem Kopf und dem Solarplexus, synchronisiert sich unser gesamtes System. Wir fühlen uns rund und ausgeglichen. Und das Schöne ist: Da das Herz eine viel höhere Intelligenz als der Kopf hat, ist es in der Lage, negative Muster in unseren Neuronenbahnen zu durchbrechen.«

»Das ist so, weil das Herz mit der universellen Energie verbunden ist«, bestätigte Steve. »Sobald du dein Herz aktivierst, bringst du es in Einklang mit deinem Kopf. Das bündelt deine Energien, und dadurch wird alles viel machtvoller. Nimm Licht als Beispiel! In konzentrierter Form wird es zum Laser und hat unendlich viel mehr Kraft.«

»Aber warum macht es das nicht von alleine?«, fragte David. »Wenn es doch das stärkste Pendel in uns ist. Warum übernimmt es nicht automatisch die Führung wie bei den Uhren von Huygens?«

»Weil sich nur die Dinge verstärken, denen wir unsere Aufmerksamkeit schenken«, erklärte Aimee. »Wann habt ihr euch denn das letzte Mal mit eurem Herzen beschäftigt? Selbst die größte Energiequelle nützt nichts, wenn sie in Vergessenheit gerät. Stattdessen hat der Kopf die Herrschaft übernommen, der Kopf mit all seinen erlernten, oft negativen Gedanken. Negatives, das die Frequenz des Herzens dramatisch verändert. Wenn wir hingegen Herzgefühle wie Liebe, Wertschätzung und Fürsorge aktivieren, wird ein Füllhorn an neuronalen und biochemischen Prozessen in uns ausgelöst, das jedes Organ in unserem Körper positiv beeinflusst. Stresshormone werden reduziert, der Alterungsprozess wird verlangsamt und wir werden buchstäblich intelligenter, weil wir endlich unsere wichtigste Kraftquelle dazuschalten.«

Steve lachte, als die Leute ungläubig raunten.

»Hey«, meinte er. »Ihr kennt das alle! Wie oft grübeln wir über Situationen, wo uns erst danach einfällt, was wir hätten sagen oder tun sollen? Warum fallen uns die besten Antworten erst hinterher ein? Ganz einfach: weil wir uns dann beruhigt haben. Weil unser Herz wieder gleichmäßig schlägt und wir unseren Ärger mit Abstand betrachten können. Und bums! Auf einmal strömen so viele passende Reaktionen auf uns ein, an die wir vorher gar nicht gedacht haben. Richtig?«

Die Teilnehmer lachten bestätigend.

»Die Weisheit des Herzens kann eher gehört werden, wenn der Kopf still ist. Und um den Kopf ruhigzustellen, brauchen wir die Ausrichtung auf das Herz. Das Herz eine Lösung finden zu lassen, ist für die Masse ein geflügeltes Wort, aber keine gelebte Praxis. Das könnt ihr ab heute ändern. Denkt jeden Morgen, wenn ihr aufwacht, an euer Herz. Denkt an es während des Tages ... wann immer ihr könnt.«

»Ihr seid ja nun als Paare hier«, fuhr Steve fort. »Viele von euch beschweren sich, dass es nicht möglich sei, miteinander zu reden. Bitte macht euch bewusst: Die erste Kommunikation, die zusammenbricht, ist die mit eurem eigenen Herzen. Deswegen sind Gesprächstherapien oft wenig sinnvoll, weil nur der Kopf argumentiert. Zuerst sollte die Verbindung mit dem Herzen wieder stehen. Das geht einfach und schnell. Lenkt ein paar Sekunden eure Aufmerksamkeit auf die Gegend um das Herz herum – es wird sich etwas ändern. Im Bruchteil einer Sekunde kommt ihr in Kontakt mit eurer Großartigkeit, oder, wenn ihr so wollt: mit eurem göttlichen Funken.«

Er bat die Teilnehmer, sich bequem hinzusetzen. Leise Musik begann den hellen, sonnigen Raum zu füllen und vermischte sich mit dem Vogelgezwitscher draußen. Wieder hatte Juliet das Empfinden, nach innen gezogen zu werden, in einer solchen Stärke, dass Tränen hochstiegen. Automatisch schloss sie die Augen, lauschte der Flöte, sank in die Melodie. Sanft stimmte Aimee die Teilnehmer auf ihr Herz ein. Sie sagte nicht viel, aber schon mit den ersten Worten weitete sich Juliets Brustkorb, als bekäme er endlich Raum zur Entfaltung. Mit jedem Atemzug schien sich ihr Herz zu vergrößern. Tiefer Frieden ließ sich in ihr nieder, ein Frieden, aus dem leise, beharrliche Lebensfreude entspross. Fein und spiralig drehte sich diese Energie in ihr, um sie herum, schraubte sie nach oben. Juliet seufzte leise. Aus diesem Frieden glomm die Erkenntnis in ihr auf, dass sie aus dieser reinen, puren Energie bestand – und der physische Körper hier auf Erden nur ein winziger, verdichteter Teil einer viel, viel größeren Wirklichkeit war.

»Versucht nicht, es zu verstehen ... fühlt einfach«, klang Aimees Stimme in ihr.

Das war das Letzte, was Juliet von der Außenwelt vernahm, danach driftete sie ab. Gedanken kamen und gingen, doch sobald sie die Aufmerksamkeit zurück zum Herz führte, katapultierte es sie erneut auf diese Ebene, wo sie schlicht glücklich war. Sie hätte noch ewig dortbleiben wollen, aber irgendwann intervenierte der Kopf zu stark. Gedanken kamen – und blieben.

Mit einem silberhellen Klang holte Aimee alle zurück in den dreidimensionalen Raum. Und doch hatte die Schwingung dieses hohen Zustandes einen Abdruck in Juliets Seele hinterlassen, eine Signatur, ein viel größeres Abbild ihrer selbst, das sie daran erinnerte, wer sie wirklich war: Schöpfer ihrer Welt. Schöpfer des Guten. Schöpfer des Glücks. Juliet war völlig verzaubert. Immer wieder juchzte dieses Glücksgefühl in ihr, das von nirgendwoher zu kommen schien. Verwundert und selig wandte sie sich David zu.

Noch völlig weggetreten saß der auf seinem Stuhl und reagierte auf gar nichts. Er schien noch nicht einmal zu atmen, und sein Gesicht war so verklärt, wie es Juliet noch nie bei jemandem gesehen hatte.

Aimee bemerkte es, läutete ihr Glöckchen dreimal, aber David blieb tief versunken. Erst als Steve zu reden anfing, kehrte er langsam in die Wirklichkeit zurück.

»Bevor ihr heute geht, möchte ich euch bewusst machen, wie weitreichend eure eigene Entwicklung ist«, sagte er mit seinem weichen englischen Akzent. »Es geht nicht nur um euch, es geht um uns alle. Inzwischen ist bewiesen, dass unsere Gene nicht uns, sondern wir mit unseren Gefühlen unsere DNS steuern.

Dazu gibt es eine berühmte Versuchsanordnung von Poponin und Gariaev, die menschliche DNS in eine Röhre mit Photonen, also Lichtteilchen, gegeben haben. Ohne die DNS flogen die Photonen völlig ungeordnet herum. In Gegenwart der DNS aber richteten sich die Photonen nach dieser aus. Als man die DNS aus der Röhre entfernte, ging man davon aus, dass die Photonen wieder frei herumschwirren würden, aber sie blieben in der Anordnung, die die DNS hinterlassen hatte. Das heißt, die DNS hat ein Muster in der Feldstruktur hinterlassen – einen Fußabdruck. Max Planck hat das schon vor über fünfzig Jahren erkannt: Wir haben auf unsere Umwelt eine direkte Wirkung, und diese Wirkung ist real. Deswegen ist es wichtig, dass wir negative Gefühle transformieren. Es ist wichtig, dass wir uns auf unser Herz konzentrieren. Wir geben damit unserer Welt und der gesamten Menschheit die Chance auf Glück und Frieden.«

Er wurde still. Aimee war es, die den Faden noch ein wenig weiterspann. »Wenn ihr negative Gefühle in die Welt bringt, schadet das nicht nur euch. Wenn alles miteinander verbunden ist, dann reagiert jeder auf jeden und auf jede kleinste Änderung. Je mehr Menschen sich auf ihr Herz konzentrieren, desto mehr heilende Energie wird in das Feld unseres Planeten gesendet. Mit unseren Absichten lenken wir unser Schicksal und das unserer Erde. Die Lösung für alle großen Probleme auf der Welt ist die Wandlung des Individuums – und damit des Kollektivs.«

⁓✲⁓

Juliet war tief beeindruckt und sehr nachdenklich, als sie zusammen mit David ins Hotel zurückfuhr. Auch David blieb schweigsam. Nicht nur die Worte hatten einen bleibenden Eindruck hinterlassen, vor allem die Energie, die Aimee und

Steve verströmten. Eine Energie, die die Welt schöner und lebenswerter machte. Juliet verstand plötzlich, wie wichtig sie selbst war. Das war kein Egoismus. Ihre Entwicklung war wichtig – zum Wohle aller.

Sie ging früh zu Bett, musste immerzu an ihr Herz denken. Es kam ihr vor wie ein Freund, den sie lange nicht beachtet, lange nicht mehr gegrüßt hatte. Ein Freund, der ohne ein Wort des Vorwurfs geduldig auf sie gewartet hatte und sich unbändig freute, dass sie sich ihm wieder zuwandte.

Eine immense Dankbarkeit durchströmte sie, eine Dankbarkeit, die jede Zelle in ihr neu belebte.

※

David befand sich in der gleichen Stimmung wie Juliet. Heiter und nachdenklich, verzaubert und aufgewühlt. Der zweite Tag bestand aus Paarübungen, die sie nicht mitmachten, aber sie durften die Paare interviewen. Juliet half David dabei, und auch das eröffnete ihnen weitere Horizonte.

Eine Übung bestand darin, die Lebenspartner Gespräche über einen strittigen Punkt führen zu lassen. Im zweiten Durchgang sollten sie die Unterhaltung mit Besinnung auf ihr Herz führen. Zu jedermanns Verblüffung kamen nicht nur völlig andere Worte aus ihrem Mund, die Leute waren auch viel bedachter, ließen Pausen einfließen, die das Gesagte des anderen ehrten und dem Herz Gelegenheit gaben zu antworten. Alles lief viel langsamer und respektvoller ab. Das Faszinierende war, dass viele dadurch ihre zwanghaften Reaktionen erkannten und oft gar keine Verbalisierung mehr nötig war – der Partner ahnte und erfasste schon vorher, was der andere meinte.

Tatsächlich war hier eine Intelligenz am Werk, die nicht nur eine andere Wortwahl parat hatte als der Kopf, sondern auch Schwingungen und Feinheiten wahrnahm. Das war eine völlig neue Lebensqualität.

Juliet fiel es total schwer, sich von Aimee und Steve zu verabschieden, und verspürte ein Gefühl wie Heimweh in sich. Sie wollte nicht von ihnen weg!

»Ich wünschte, es wäre bereits August«, seufzte sie, als sie sie umarmte. »Diese zwei Tage waren so schön!«

Steve lachte und drückte sie leicht an sich. »Jetzt hast du schon mal eine gute Grundlage. Im Sommer kümmern wir uns um deine Altlasten. Das ist toll, dass du das angehst, Juliet.«

Juliet schwieg, hätte am liebsten gefleht: *Lass mich mit dir gehen! Bitte!*

Steve beobachtete sie aufmerksam und nahm ihre Hand. »Hey, Juliet, das, was du möchtest, ist in dir und nicht in mir oder Aimee«, sagte er sanft.

»Es ist aber viel leichter, es mit euch zusammen zu spüren«, murmelte sie. »Ich habe Angst, dass es zu schnell wieder verschwindet.«

»Das wird es nicht, dein Herz ist doch in dir. Es schlägt für dich«, erinnerte sie Steve.

Sie nickte, lächelte, aber diese Sehnsucht war trotzdem da.

Während der Heimfahrt versank sie in Grübeleien, dachte an die Unterhaltung mit Elle. Das nächste mehrtägige Seminar fand erst in zwei Wochen statt, und die Aussicht auf zwei Wochen Schimmelzimmer war nicht erfreulich. Aber sie hatte ein Ziel: Sie würde ihr Buchprojekt angehen und sich endlich um ihren Traum kümmern.

♫ Sail Away ♫

David Gray

Lorenz wusste, er schaute viel zu oft auf sein Handy. Juliets Nachricht hatte ihn aufgewühlt, aber er beruhigte sich damit, dass das schlicht weibliche Taktik war. Egal, was passiert war, sie war immer auf ihn zugekommen. Wieder flog seine Erinnerung in die Vergangenheit. Ja, egal, was passiert war. Bestimmt starrte sie wie er jede Stunde aufs Handy und wartete darauf, dass er diesmal den ersten Schritt machte.

Sollte er?

Er stand in der Küche. Die Geräte, die Juliet mitgenommen hatte, waren nachgekauft, aber niemand benutzte sie. Als er einen Schrank öffnete, entdeckte er in der hintersten Ecke einen rosafarbenen Henkelbecher mit einer goldenen Lotusblüte darauf. Juliet hatte eine Schwäche für schöne Tassen und sich im Laufe der Zeit eine kleine Sammlung zusammengekauft. Diese hier hatte sie wohl vergessen. Wie wunderbar! Ein perfekter Aufhänger, um ihr zu schreiben!

Er fotografierte den Becher und setzte folgende Nachricht dazu: »Diese Tasse war noch im Schrank. Möchtest du sie abholen? Wir könnten zusammen einen Kaffee daraus trinken.«

Das war eine klare Botschaft an sie, denn das war ihr Ritual nach dem Mittagessen gewesen, sich eine Tasse Kaffee miteinander zu teilen. Sein Herz klopfte, als er das Foto verschickte. Die Nachricht erhielt ein Häkchen. Er wartete auf das zweite, aber es blieb aus. Hatte sie keine Funkverbindung? Er zog sich seinen Kaffee aus der Maschine, schaute erneut auf das Display. Das Häkchen blieb allein, so wie auch er.

⁂

Es war Ende Juni. Juliet lebte nun schon fast vier Monate in diesem Zimmer, und die Aussicht, frühestens im Dezember ausziehen zu können, erschien ihr wie eine ewige Zeitspanne. Nach der hohen Energie der letzten Tage wirkte der Raum noch deprimierender auf sie. Sie schlief hier sehr schlecht und der Husten wurde ständig stärker.

Deprimierend war auch ihr Kontostand. Sie wäre so gern mal wieder zum Friseur gegangen, aber das musste alles warten. Um sich zu motivieren, googelte sie den Lake District und versank in die Betrachtung der Fotos. Sie würde zwei Wochen in dieser traumhaften Ecke sein! Danach krempelte sie die Ärmel hoch. Es gab einiges zu tun!

Bisher waren noch keine Anfragen für Trauerreden hereingekommen, aber Elle hatte ihr vor einem Tag eine Nachricht gesandt.

»Du willst ein Buch schreiben? Ein neues, oder redest du von dem, das du schon hast?«

»Beides«, antwortete Juliet ihr. »Das Trauerbüchlein werde ich überarbeiten. Und ich möchte meinen Traum verwirklichen und einen Roman schreiben. Wenn du irgendeinen Tipp für mich hast, wäre ich dir dankbar.«

Elle war nicht online und so schloss Juliet den Messenger wieder, öffnete die Datei mit dem Namen »Trostworte« und machte sich an die Arbeit.

Mittwoch nächster Woche war sie bei Gero eingeladen. Gero war der beste Freund, den man haben konnte, jemand, der hundertprozentig hinter einem stand, und das tat unglaublich gut. Außerdem war er in der Verlagsbranche zu Hause und konnte ihr eine realistische Einschätzung zu ihren Vorhaben geben.

Mit Ronny holte sie am nächsten Tag die Kiste mit den Trauerreden-Flyern aus der Lagerhalle und verteilte sie in Kirchenämtern, auf Friedhöfen und in Supermärkten.

»Wieso hältst du wieder Reden?«, wunderte er sich.

»Ganz einfach. Ich brauche dringend Geld.«

»Ich frage mich schon die ganze Zeit, wovon du lebst. Soll ich dir was leihen?«, bot er sofort an. »Siggi greift dir sicher auch unter die Arme. Ich hab echt Angst, dass die rausfindet, wo du wohnst! Sie macht mich alle, wenn sie erfährt, dass ich dir dabei auch noch geholfen habe!«

Juliet lachte. »Halt einfach dicht! Die paar Monate krieg ich irgendwie rum. Und danke für dein Angebot, aber das geht gar nicht. Reicht, dass mein Konto in den Miesen ist.«

Sie hustete, was Ronny alles andere als beruhigte, und um ihn abzulenken, fragte sie: »Wie läuft es mit Katie?«

Er bekam glänzende Augen, erzählte von Motorradtouren, Kinoabenden, romantischen Picknicks und davon, dass sie einen gemeinsamen Urlaub planten.

»Wow«, staunte Juliet. »Das ist ja ein echter Volltreffer! Ich gönne dir das von Herzen, Ronny.«

»Danke, ich bin megaglücklich!«

Er schwärmte weiter, es war kaum zu ertragen. Juliets Gedanken schweiften zu Lorenz. Sie liebte ihn nach wie vor, aber der verkorkste Abend stand wie ein Warnschild zwischen ihnen und half ihr, auf ihrem Weg weiterzugehen.

Wenn sie nicht an ihrem Skript arbeitete, suchte sie nach Gelegenheitsjobs, lief die Straßen nach einem »Aushilfe gesucht«-Schild ab, half ab und an in einer Reinigung aus, aber der chemische Geruch bereitete ihr stets Kopfschmerzen. Das Wetter war schlecht, öfter als gewollt war sie auf ihr Zimmer beschränkt. Sie versuchte, das Beste draus zu machen, konzentrierte sich auf ihr Herz, begann ein Meditationsprogramm aus dem Internet, was unvermutet schwierig wurde, denn jedes Mal, wenn es hieß, sie solle tief einatmen, endete das mit einem schmerzhaften Hustenanfall.

Zusehends fühlte sie sich körperlich schwächer, bekam am Wochenende ein wenig Fieber, das aber wieder verschwand, und kämpfte jeden Tag darum, die Energie des letzten Seminars wenigstens ein bisschen zu halten.

Der Mittwoch kam und wäre es nicht Gero gewesen, der sie eingeladen hatte, hätte sie abgesagt. Sie fühlte sich alles andere als gut.

Am Nachmittag meldete sich Josie bei ihr. »Hi, Juliet! Ich bin aus beruflichen Gründen jetzt schon zu Hause und stell dir vor, zufällig ist Becky auch hier! Ich habe den Lautsprecher an!«

»Hallo, Juliet!«, rief Becky freudestrahlend ins Mikro. »Wie geht es dir? Ich vermisse dich schrecklich!«

Juliet lachte gerührt. »Ich vermisse euch auch, meine Süßen. So schön, eure Stimmen zu hören!«

»Bevor wir lange reden …«, meldete sich wieder Josie zu Wort. »Becky ist nur bis morgen hier, könnten wir unser Treffen auf heute verlegen?«

»Ach, das ist jetzt aber schade«, antwortete Juliet bedauernd. »Ich habe in drei Stunden eine Verabredung! Und der kocht für mich, das kann ich nicht absagen. Kannst du nicht bis Freitag bleiben, Becky?«

»Nein, leider nicht«, bedauerte sie. »Donnerstag wäre möglich, aber nur bis sieben Uhr dreißig, dann muss ich zum Flieger. Josie bringt mich.«

»Okay, wie wäre es am Donnerstagnachmittag? Abends ist Cliquentreffen ... Josie, wenn du Becky zum Flughafen bringst, könntest du mich in der ›Muskatblüte‹ absetzen? Heimfahren kann ich mit Ronny.«

»Ja, kein Ding!«, stimmte Josie zu. »Meinst du, ich kann mit? Du hast so viel von denen erzählt, ich würde sie gerne mal kennenlernen.«

»Das geht sicher, die sind total unkompliziert. Ach, das ist ja wunderbar, dass ich euch beide mal wiedersehe!« Juliets Stimme zitterte vor Freude. »Schickt mir einfach die Uhrzeit und einen Treffpunkt, aber bitte nix Superedles. Ich komme hin.«

Mit einem warmen Gefühl im Bauch legte sie auf.

Becky schaute ihre Schwester verblüfft an. »Wieso treffen wir uns nicht einfach bei ihr?«

»Sie sagt, es wäre zu eng.« Josie zuckte die Achseln. »Ich hätte auch lieber was bei Juliet gegessen. Darauf hätte ich total Lust gehabt.«

»Hm.« Beckys Stirn blieb gerunzelt. »Wo wohnt sie eigentlich?«

Sie drehte sich um und rief: »Papa! Hast du Juliets Adresse?«

»Nein, leider nicht. Sagt mal, hat Juliet eine neue Nummer?«

»Nö, wieso? Ist immer noch die alte«, antwortete Josie.

Lorenz saß in der Essecke und war ebenso verdutzt wie seine Kinder, wenn auch aus einem anderen Grund. Notgedrungen hatte er das Gespräch mitgehört und es hatte einiges in ihm ausgelöst. Juliet ging aus. Jemand bekochte sie heute. Und morgen traf sie sich mit dieser Clique, von der Belinda erzählt hatte. Seine Nachricht mit dem Foto von der Tasse hatte weiterhin nur ein Häkchen. Das hieß, sie war gesendet, aber nicht bei Juliet gelandet. Warum? Zögernd tippte sein Finger auf den kleinen Hörer bei WhatsApp. Der Anruf wurde nicht weitervermittelt. Er rief sie auf normalem Wege an. Zehn Sekunden später war ihm klar: Sie hatte ihn blockiert. Ein heißer Stich durchfuhr ihn.

Ich möchte nicht, dass du mich kontaktierst. Er hatte das als weiblichen Schachzug eingeordnet ... hatte sie das tatsächlich ernst gemeint?

Es kann dir doch egal sein, servierte ihm sein Kopf als Standardantwort. Ja, genau, es war egal! Mehr als egal! Sollte sie sich doch bekochen lassen! Aber sein Herz bockte und strampelte und machte ihm klar, dass etwas verloren war, was er so leicht nicht wiederfinden würde.

Quatsch, dementierte der Kopf beruhigend. *Du hast nichts verloren, sondern das wieder, was dir wichtig ist.*

Und das, was du mit Juliet hattest, ist nicht wichtig, hörte er seine Tochter fragen.

Lorenz stieß einen unwilligen Laut aus. Wenn doch nur diese Stimmen in seinem Kopf endlich still wären!

♩ Hope Is the Thing with Feathers ♩

Paul Hankinson

Es war ein lauer Sommerabend. Juliet genoss es, im warmen Wind zu stehen und die letzte Abendsonne auf der Haut zu spüren. Sie hatte ein BlaBlaCar ergattert, das sie nun in eine gepflegte Gegend mit teuren Einfamilienhäusern fuhr, deren Größe und Wert sich mit jeder Straße zu steigern schien. Gewagt gebaute Domizile blitzten hinter hohen Hecken hervor. Schließlich hielt der Wagen vor einem großen, schmiedeeisernen Tor, dessen luftige Ornamente den Blick auf eine noble Jugendstilvilla freigaben.

»Fuck!«, entfuhr es dem Fahrer, während sein Blick auf ihr elegantes Outfit fiel. »Was hast du denn heute vor? Ein Casting?«

»So ist es«, flachste sie. »Du findest mich demnächst in der ›Bunten‹. Merk dir mein Gesicht!«

Der Typ lachte, sie stieg aus.

Das Tor öffnete sich automatisch, als sie klingelte, und Geros Stimme tönte durch den Lautsprecher. »Hallo, Juliet! Willkommen! Einfach der Nase nach!«

Ihr Weg führte sie durch einen traumhaften Vorgarten. Juliet bekam fast ihren Mund nicht mehr zu, als sie die riesigen Hortensienköpfe berührte, an einer Rose roch und verzückt eine überdimensionale Waldrebe bestaunte.

Gero stand in der offenen Haustür und grinste von einer Backe zur anderen. »Dir scheint mein kleiner Garten zu gefallen«, stellte er zufrieden fest.

»Kleiner Garten? Ich bin überwältigt!«, begrüßte ihn Juliet. »Aber erst mal vielen Dank für die Einladung.« Etwas verlegen reichte sie ihm ihren kleinen Blumenstrauß. »Ist zwar angesichts deiner Pracht hier eher popelig, aber er kommt von Herzen. Ich habe jede einzelne Blume unter Einsatz meines Lebens selber geklaut.«

Gero lachte und umarmte sie innig. »Danke dir!« Anerkennend musterte er das Gebinde. »Also, wenn du die geklaut hast, musst du floristische Fähigkeiten haben«, witzelte er.

»Tja, Blumen binden kann ich tatsächlich«, murmelte sie. Dass sie gestern Nacht in verschiedenen Vorgärten unterwegs gewesen war, musste er ja nicht wissen. Gero betrachtete sie neugierig. Sie hustete und war froh, sich von seinem forschenden Blick ein wenig abwenden zu können, als sie ihm durch ein elegantes Foyer folgte, das auf einen halbrunden, großen Balkon führte, um dessen Geländer sich Klematisblüten rankten. Ein wunderschön gedeckter Tisch stand dort, mit Blick auf den eigentlichen Garten und das Tal. Juliet blieb die Spucke weg. Jazzige, laszive Dinnermusik perlte durch die Sommernacht. Auf einem Seitentisch stand eine Flasche Champagner im Kühler, die Gero nun frohgemut mit einem Plopp entkorkte. Es war wie im Märchen.

»Gero, das ist einfach nur wundervoll! Wer hat den Tisch gedeckt? Der ist ja ein wahres Kunstwerk!«

»Ich natürlich! Und wie versprochen ist alles selbst gekocht!«

Mit Gero war alles sonnig und leicht. Er zeigte ihr den Garten, sie diskutierten über Veredelungen und Schädlingsbekämpfung, bis die letzten Sonnenstrahlen hinter den Bäumen verschwunden waren. Juliet atmete tief den Duft der Blüten ein und musste gleich wieder husten.

»Heuschnupfen?«, fragte Gero.

»Ja, vermutlich«, antwortete sie, um den besorgten Blick aus seinem Gesicht zu vertreiben. »Kann ich dir in der Küche helfen? Oder, falls du das nicht magst, dir Gesellschaft leisten?«

»Beides wäre wunderbar!«, erwiderte er und lächelte sie an.

Geros Küche war ein ebensolcher Traum wie sein Garten. Juliet kriegte sich fast nicht mehr ein, während er ihr eine Schürze reichte und einen Bund Koriander und einen Kräuterhobel in die Hand drückte. Sie genoss es unendlich, mal wieder frische Sachen unter ihren Händen zu haben, so sehr, dass es ihm auffiel.

»Du zelebrierst es ja geradezu, ein Essen zuzubereiten«, bemerkte er.

»O ja, das tue ich«, antwortete sie beseelt. »In der ayurvedischen Lehre sagen sie, dass die Energie des Kochs in das Essen hineinfließt. Deshalb singen sie in Indien oft Mantras und kochen, wenn möglich, nie mit Hast, sondern bewusst und mit Liebe.«

»Das hört sich toll an! Ich kann dir auf jeden Fall versichern, dass ich viel Freude bei der Vorbereitung hatte!«

Juliet lachte. »Das nehme ich dir sofort ab«, erwiderte sie warm. »Ich wusste übrigens nicht, dass man sich als Agent einen solchen Lebensstil leisten kann.«

»Ich hatte Glück«, erklärte Gero. »Mein Vater hat mir einiges hinterlassen, das Haus hier und seine Agentur mit sehr guten Klienten, an denen ich entsprechend verdiene.«

»Und welche Rolle spielt David in deinem Unternehmen?«

»David ist einer der Gründe, warum es mir so gut geht.«

»Im Ernst?« Erstaunt hielt Juliet mit dem Hobeln inne. »Ich dachte, es sei umgekehrt.«

»Ja, auch, natürlich, er bezieht ja Gehalt, aber für vieles ist David der Impulsgeber. Er kam mit siebzehn in unsere Agentur und war der jüngste Volontär, den wir je hatten. Mein Vater gründete kurz danach ›Lifestyle & Happiness‹ und vertraute mir das Magazin an. Für mich war das eine große Sache. David wurde mir zugeteilt und wir waren uns vom ersten Moment an spinnefeind.«

Gero lachte leicht, als er sich erinnerte und einige Anekdoten zum Besten gab. »Aber er hatte unverkennbar Talent. Wenn ich David und seine Ideen nicht gehabt hätte, stünde ich ganz sicher nicht da, wo ich heute bin.«

Interessiert hörte Juliet zu. Inzwischen saßen sie auf der Terrasse bei einer exquisiten Vorspeise. »›Lifestyle & Happiness‹ gehört dir? David hat gesagt, du bist Anteilseigner.«

»Ja, inzwischen. Wir haben weitere Blätter dazugekauft, sind an der Börse notiert und haben Aktionäre und Aufsichtsräte am Hintern.« Gero grinste.

»Ist das der Grund, warum David für mehrere Magazine schreibt?«

»Exakt.« Gero nickte. »Er ist sehr gefragt. Hast du schon Artikel von ihm gelesen?«

»Ja, ich finde, er hat einen tollen Stil.«

Gero reichte ihr die Platte mit den Antipasti. »Schaffst du eine zweite Portion?«, fragte er. Juliet griff ungeniert zu.

»Die Klienten, von denen du vorhin gesprochen hast … das sind Autoren, oder?«, fragte sie nach, während ihr Herz ein bisschen schneller pochte.

»Ja, genau, wir haben ein gutes Stammpotenzial mit namhaften Autoren.«

Bildete sie sich das ein oder wurde Gero gerade etwas vorsichtiger?

»Ist das wichtig?«, ihr Herz klopfte stärker, »... dass Autoren bereits einen Namen haben?«

»Bei siebzig- bis achtzigtausend Buchtiteln pro Jahr hast du nur so eine Chance. Einen No-Name-Autor aufzubauen kostet einen Verlag zu viel Geld, das macht keiner mehr. Und selbst mit den Werken bekannter Autoren wird der Vorschuss oft nicht eingespielt.«

Juliet konzentrierte sich darauf, Rucola auf die Gabel zu hieven, damit Gero ihre Enttäuschung nicht bemerkte.

»Aber das würde ja bedeuten, dass es kaum eine Chance für neue Autoren gäbe«, folgerte sie. »Und dass es generell mit Tantiemen nicht so rosig aussieht.«

»Die großen Autoren verdienen schon sehr gut. Aber der Rest ...«

»Und was ist mit Selfpublishing?«

»Bin zwar kein Experte, aber die Statistiken berichten, dass der Verdienstschnitt bei fünfzig Euro im Monat liegt. Als das mit dem Selfpublishing losging, war es noch möglich, sich an die Spitze der Charts zu schreiben, aber die meisten verbraten inzwischen bloß Geld und Zeit. Der Markt ist mittlerweile voll. Ich würde sagen, es ist genauso hart wie beim Verlag. Möchtest du noch was?«

Juliet griff ein drittes Mal zu.

»Ja, gern, das schmeckt richtig toll«, argumentierte sie ein bisschen verlegen, als sie die Verwunderung in seinem Blick registrierte.

»Du kriegst den Hauptgang trotzdem rein?«

»Ganz sicher!«

Gero lachte, stand auf, goss rubinroten Wein in bauchige Gläser, holte wenig später die Hauptspeise aus der Küche und stellte die Schüsseln zum Nachlegen auf ein kleines Tischchen. Auch hier leistete Juliet Gero bei einer zweiten Portion Gesellschaft.

»Keine Ahnung, wo du das hin isst«, staunte er. »Aber endlich mal jemand, bei dem ich mich nicht schlecht fühlen muss, weil ich gern esse.« Er tätschelte sein Bäuchlein.

Juliet lachte. »Du bist echt süß, Gero. Bin ich zu indiskret, wenn ich frage, warum du nach zwei Jahren Trennung nicht wieder liiert bist?«

»Tja, ich bin eindeutig nicht aufregend genug«, erklärte Gero. »Ich könnte stundenlang in die Nacht starren, was meine Ex äußerst befremdlich fand. Ich suche also eine Partnerin, die es mit einem Langweiler wie mir aushält.«

»Du bist nicht langweilig«, widersprach Juliet im Brustton der Überzeugung. »Du bist an den langsamen Dingen des Lebens interessiert. Du nimmst dir Zeit für die Wunder um dich herum. Das ist doch schön.«

Gero gab ein kleines Lachen von sich. »Liebe Juliet«, sagte er warm. »Du bist wirklich ein sehr charmantes Persönchen. Wie geht es dir denn momentan mit deinem Ex und so?«

»Bin dabei, mich zu lösen. Die Seminare halten mich auf Trab.«

»Wie schaffst du das eigentlich, wenn du doch berufstätig bist?«

»Ich arbeite nur zwei Tage in der Woche«, erwiderte sie. »Wegen der Seminare kann ich mir keinen Vollzeitjob erlauben.«

Gero verschluckte sich am Rotwein. »Bitte? Aber ... Juliet!«

Betroffen starrte er sie an und sie konnte förmlich sehen, wie es in seinem Kopf zu rattern begann. »Ja, aber ... Herr des Himmels, wovon lebst du denn? Von Sozialhilfe?«

Juliet wurde brandrot und hustete.

»Nein, wenn ich die beantrage, sitzt mir die Agentur für Arbeit im Nacken. Aber die Seminare sind mir das wert. Außerdem lenkt mich David ziemlich ab.« Sie lachte, um den Ernst zu vertreiben.

»War das jetzt positiv oder negativ gemeint?«, fragte Gero, noch immer geschockt.

»Positiv natürlich. Es wird nie langweilig mit ihm.« Sie musste lächeln, ihre Gedanken glitten zu den vielen Begebenheiten mit ihm. Das Allie-Video am Strand, ihre Auseinandersetzungen …

»Und … wie stehst du zu ihm?«, hakte Gero vorsichtig nach.

»Er gibt mir viele Rätsel auf. Ich hatte gehofft, dass du mir ein bisschen was über ihn erzählst.«

Gero zögerte. »Es tut mir leid, Juliet, das sollte er selbst tun. Aber wenn es jemanden gibt, dem er sich öffnet, dann dir. Er ist anders mit dir. Du bist die erste Frau, mit der er so lange so viel Zeit verbringt. Das war noch nie der Fall.«

»Das ist nur wegen der Artikel, Gero. Außerdem stimmt es nicht, dass ich die erste bin. Er hatte doch eine langjährige Beziehung, die …«

»David? Eine langjährige Beziehung?«, unterbrach Gero. »Niemals. Davon wüsste ich.«

»Das hat er mir selbst erzählt«, entgegnete sie verwirrt. »Er meinte, es wären über zehn Jahre gewesen, und ich hatte nicht den Eindruck, dass er lügt.«

»Ach … warte mal … Ich ahne, wen er gemeint haben könnte. Ja, das war wahrhaftig eine lange Beziehung.«

Gero verstummte. Sie hoffte auf mehr, doch er lenkte auf andere Themen über. Der Abend war schön und Geros Gesellschaft wohltuend, aber sie fühlte sich körperlich immer mieser. Juliet war auch ein wenig frustriert, denn Geros Aussagen über die Autorenbranche hatten ihr eine weitere Hoffnung geraubt. Und über David hatte sie auch nichts erfahren.

Nach dem Dessert wurde sie schlagartig müde. Das viele Essen, der Alkohol … ihr Kopf begann zu schmerzen und ihr ständiges Husten wurde ihr peinlich. Früher als gedacht verabschiedete sie sich. Gero organisierte ihr einen Uber-Fahrdienst.

»Vielen Dank für das gute Essen, Gero. Ich habe jeden Bissen genossen«, sagte sie zum Abschied. »Es war wunderschön mit dir.«

»Ich fand es mit dir auch großartig, Juliet. Und ich weiß, dass sich David bei dir wohlfühlt. Pass auf ihn auf, okay?«

»Gero«, seufzte sie ein wenig genervt. »Es wäre einfacher, wenn ich mehr wüsste.«

»Ja, ist mir klar. Aber ich stehe unter Schweigepflicht.« Er versuchte ein schiefes Lächeln. »Aber wenn eine ihn knackt, dann du.«

»Vielleicht will ich das ja gar nicht«, antwortete sie, müde von den Geheimniskrämereien. Ihr Kopf hämmerte immer stärker. »Gerade sehne ich mich nach einer ganz einfachen Geschichte à la ›Wir lieben uns und werden zusammen alt‹.«

»Das kann dir keiner verdenken«, murmelte Gero und öffnete ihr die Wagentür. »Komm gut nach Hause, Juliet, und danke für die Blumen! Ich weiß den Einsatz dahinter zu schätzen!«

Er zwinkerte, schlug die Tür zu und winkte ihr nach, bis der Wagen nicht mehr zu sehen war.

⁂

Juliet übergab sich fast, als sie die Tür zu ihrem Zimmer aufstieß. Der allgegenwärtige Geruch nach Abwasser und Moder trieb sie in einen Hustenanfall, der nicht enden wollte. Es war so heftig, dass der unsichtbare Nachbar neben ihr laut gegen die Wand donnerte und Juliet ihr Gesicht in ein Kissen drückte, um wenigstens ein bisschen die Lautstärke zu ersticken. Erschöpft hielt sie mit nassen Augen die Hand auf ihre Brust. Ihre Lungen taten ihr weh, das beunruhigte sie, und ihr Kopf hämmerte wie verrückt. Verflixt, sie hatte sich eine handfeste Grippe eingefangen. Die konnte sie gar nicht gebrauchen. Trotz der späten Stunde kochte sie sich einen Tee, dachte wehmütig an den verschwenderisch wachsenden Salbei in Geros Garten – und an seine Worte über das Autorendasein. Wieder war ein Traum geplatzt. Klar konnte sie ein Buch schreiben, aber damit Geld zu verdienen, war wohl Illusion. Gero hatte recht. Wer kaufte schon das Buch einer Unbekannten? Geld für Werbung hatte sie ganz sicher nicht. Und noch weniger das entsprechende Know-how.

Es war nicht leicht, dankbar zu sein für Dinge, die noch nicht geschehen waren, vor allem, wenn sie von vornherein totgeredet wurden. Es war auch nicht leicht, mit dem Herzen zu kommunizieren, wenn es so tonnenschwer war wie gerade eben.

~ * ~

Lorenz wählte Belindas Nummer.

»Hallo, Belinda, die Mädchen wollten Juliet einen Überraschungsbesuch abstatten, hast du ihre Adresse?«

»Klar habe ich die. Juliet ist bei einer reizenden alten Dame untergekommen, in einer großen, tollen Wohnung mit Garten!«

»Fein«, sagte Lorenz. Hatte Josie nicht gesagt, es sei bei Juliet zu eng? Ein blöder Gedanke kam ihm. Oder hatte Juliet ihr das vorgegaukelt, weil noch jemand anderes bei ihr wohnte? »Hast du Juliet zwischenzeitlich mal gesprochen?«, erkundigte er sich beunruhigt.

»Nein, ich wollte sie längst besucht haben, aber sie ist ja dauernd unterwegs!«

Grübelnd legte Lorenz auf. Sein Blick streifte ihre Tasse, die auf dem Schreibtisch stand. Er hatte Juliets Adresse. Er könnte sie ihr persönlich vorbeibringen.

Doch schon in der nächsten Sekunde kam ihm das dämlich vor. Womöglich machte ihr neuer Lover ihm die Tür auf! Nein, darauf hatte er wahrlich keine Lust. Er hatte alles richtig gemacht. Und doch fühlte es sich nicht so an.

🎵 Sparks 🎵

Coldplay

Die Hustenanfälle hielten die ganze Nacht an. Juliet kam sich am nächsten Tag vor wie ausgespuckt. Aber sie wollte das Treffen mit den Mädchen auf keinen Fall sausen lassen. Sie hatten sich so lange nicht gesehen! Auch den Cliquenabend musste sie irgendwie durchstehen, denn wenn sie den cancelte, würde Josie sie nach Hause bringen und sich ganz bestimmt nicht damit zufriedengeben, sie an einer Bushaltestelle abzusetzen. Trotz des Aspirins und des Grippemittels, die sie aus der Büroapotheke genommen hatte, fühlte sie sich wacklig und schwach. Vom Aspirin tat ihr der Magen weh, sie übergab sich, bekam kaum Luft, weil sie gleichzeitig husten und spucken musste. Körperlich befand sie sich komplett an der Grenze.

Eine Stunde nach der Einnahme der Medikamente wurde es etwas besser. Nervös zählte sie das Geld in ihrem Portemonnaie. Wenn sie heute nur etwas trank, würde es reichen – aber wie sollte sie die nächsten Wochen herumkriegen? Sich von jemandem Geld zu leihen, kam nicht infrage. Die einzige Möglichkeit, kurzfristig an Bares zu kommen, war,

Lorenz zu bitten, ihr für die Gutscheine einen Pauschalbetrag zu zahlen. Wenn sie diesen gering hielt, würde er es sicher tun. Über die Mädels konnte sie ihm eine Nachricht zukommen lassen – ein Grund mehr, warum sie das Treffen nicht absagen wollte. Trotz der Magenschmerzen schluckte sie eine weitere Tablette, legte sich noch zwanzig Minuten flach und machte sich danach auf den Weg. Sie fühlte sich, als schleppe sie einen Elefanten mit sich herum.

Josie und Becky warteten bereits vor dem Bistro. Sobald die beiden Juliet kommen sahen, quietschten sie los und rannten auf sie zu. Juliet ging das Herz auf, als sie ihr mit ausgebreiteten Armen entgegensegelten und sie in einem fort drückten und küssten. Sie war so überwältigt, dass ihr die Tränen aus den Augen purzelten und sie nicht mitbekam, wie Josie und Becky nach dem ersten Ansturm einen beunruhigten Blick wechselten.

»Ach, ist das schön, euch endlich wiederzusehen, es ist viel zu lange her!«, sprudelte Juliet und hustete in ihre Ellenbeuge. »Ich vermisse euch schrecklich!«

»Wir vermissen dich auch, Juliet«, erwiderte Josie. »Ohne dich ist alles so kühl.«

»Du hast abgenommen«, stellte Becky ohne Umschweife fest. »Und du siehst erschöpft aus. Geht es dir gut?«

»Ja, natürlich geht es mir gut, bin nur heute nicht auf dem Damm. Ich glaube, ich habe mir 'ne Grippe eingefangen. Aber ich wollte auf keinen Fall absagen.«

»Wir wären doch auch zu dir gekommen«, sagte Josie. »Dann hättest du dich auf die Couch legen können und wir hätten dir was gekocht – und Tee gemacht.«

»Genau!«, pflichtete Becky ihr bei. »Und eine Wärmflasche! Wir hätten dir das Gebräu eingeflößt, das du uns immer gegeben hast, wenn wir krank waren. Weißt du noch, Josie, wir sind jedes Mal ausgerissen, wenn Juliet damit ankam!«

»Das Zeug habe ich heute noch auf der Zunge! Und Becky, erinnerst du dich an die fünf Decken und den Holundertee? Wir sind im Bett geschwommen!«

Die beiden beschworen die guten alten Zeiten in einer Intensität herauf, dass Juliet einen psychischen Schwächeanfall erlitt und die Tränen kaum stoppen konnte.

»Ach, meine Süßen«, schluchzte sie, »hört auf damit! Das geht mir viel zu nah!« Sie putzte sich die Nase, versuchte zu lachen und bekam einen erneuten Hustenanfall. Die Innenränder ihrer Augen wurden rot.

Josie und Becky tauschten einen zweiten, weitaus erschrockeneren Blick.

»Entschuldigt«, sagte Juliet, peinlich berührt. »Ihr müsst ja glauben, ich bin am Abkratzen.«

Das war genau das, was die beiden dachten, aber Juliet schaffte es, sie zu beruhigen, und bestellte sich Tee.

»Willst du gar nichts essen?«, wunderte sich Josie.

»Nein, ich bin ja heute Abend mit den anderen verabredet.«

»Aber das ist noch Stunden hin!«, meinte Becky misstrauisch.

»Genau«, warf Josie zeitgleich ein. »Wer sind die denn alle? Und was machst du jetzt? Erzähl doch mal!«

Dankbar stürzte sich Juliet auf Josies Fragen. Sie berichtete von Davids Angebot, schwärmte von ihren neuen Freunden, dem gestrigen Abend mit Gero, von Aimee und Steve und merkte, wie die zwei erleichtert aufatmeten.

»Von Mahony habe ich schon gehört«, sagte Becky. »Der soll mega sein. Das würde mich auch reizen. Seid ihr dort zu zweit oder als Gruppe?«

»Zu zweit«, antwortete Juliet und bezwang mit Anstrengung einen Hustenreiz. »David ist ein echter Eigenbrötler, Gruppen sind für ihn eine Herausforderung.«

Sie lachte, hustete und wechselte das Thema: »Aber jetzt seid ihr dran! Was macht euer Job? Und die Liebe? Immer noch nichts in Sicht?«

»Nö, bei mir ist tote Hose«, berichtete Josie und rückte ihre Brille zurecht. »Ich programmiere von früh bis spät. Das macht kein Mann mit. Ich komme im Moment noch nicht mal unter Leute. Aber Becky hat sich verknallt. In so 'nen Aktienfuzzi, der ...«

»Justus ist kein Aktienfuzzi!«, schnitt Becky ihrer Schwester das Wort ab. »Er ist CEO in einer Firma, die Aktienfuzzis berät!«

Juliet wollte unbedingt Fotos sehen und fragte sie endlos über ihr Leben aus, was beide sehr genossen, denn weder Lorenz noch Marielle zeigten ein so intensives Interesse an ihnen wie Juliet.

»Ach, das ist total schade, dass ihr nicht mehr zusammen seid, du und Papa«, sagte Becky traurig, als sie schließlich im Auto saßen und Richtung Flughafen fuhren. »Wir haben schon so mit ihm geschimpft.«

»Kinder, lasst das bitte. Das bringt doch nichts.«

»Ich glaube, er weiß selber nicht, was er will.« Ernst schob Josie ihre Brille hoch.

»Genau«, maulte Becky. »Der ist voll fremdgesteuert und merkt das noch nicht mal.«

Juliet sagte nichts dazu. Die Wirkung der Tabletten ließ nach und zum lästigen Husten gesellte sich nun massives Kopfweh hinzu. Sie verabschiedete sich von Becky, merkte, wie psychisch labil sie war, weil ihr erneut die Tränen kamen. Wiederholt gaben sie sich das Versprechen, mit dem nächsten Treffen nicht mehr so lange zu warten, dann musste Becky zum Gate.

Juliet fühlte sich wie erschlagen und todmüde, ihr tat alles weh. Sie hatte nicht die geringste Ahnung, wie sie die restlichen

Stunden überstehen sollte, und schloss die Augen, als sie wieder im Wagen saß.

»Alles gut, Juliet?«, fragte Josie alarmiert, als sie immer öfter hustete.

»Nein, so richtig gut geht es mir nicht«, gab Juliet zu.

Ihre Stimme war heiser, ihr Brustkorb schmerzte höllisch und sie war kurz davor, Josie zu bitten, sie nach Hause zu fahren, als diese sagte: »Du ahnst nicht, wie ich mich freue, deine Clique kennenzulernen! Das ist der allererste Abend seit Langem, wo ich mal wieder unter Leute komme! Du hast mich echt neugierig gemacht!«

»Bin sicher, dass du sie magst.« Juliet zwang sich ein Lächeln ab. »Aber mal was anderes, Josie, kannst du die Homepage irgendwie reinschieben?«

»Hm, bin gerade sehr beschäftigt. Warum hältst du jetzt wieder Trauerreden?«

»Ganz einfach, ich brauche Geld.«

»Mann, Juliet, sag das doch gleich!« Erschrocken wandte Josie sich ihr zu. »Das habe ich nicht gewusst! Papa meinte, du bist in Vollzeit bei Neuwegers beschäftigt!«

»Nein, das können die sich nicht leisten. Und wegen der Seminare kann ich nichts Neues annehmen. Das Einzige, was ginge, sind Trauerreden.«

Inzwischen krächzte Juliet nur noch. Eine bleierne Müdigkeit überkam sie, so stark, dass sie beim Reden die Augen schloss und nicht mitbekam, dass auf Josies Gesicht ein entsetzter Ausdruck lag.

»Moment mal … von dem bisschen kann doch keiner leben!«

»Geht schon, muss nur noch ein paar Monate rumkriegen«, nuschelte Juliet.

»Ja, aber Papa zahlt dir doch bestimmt was!«

»Wieso sollte er? Wir waren nicht verheiratet. Mir steht nichts zu.«

Ächzend rappelte sich Juliet hoch. Ein stechender Schmerz fuhr ihr durch die Schläfen, als sie sich nach vorne beugte, um den Umschlag mit den Gutscheinen aus ihrer Tasche zu ziehen.

»Könntest du das bitte Lorenz geben? Das sind Geschenkgutscheine. Ich will nicht den vollen Betrag, ein kleiner Teil in bar reicht mir. Ich hab's reingeschrieben. Wenn er das nicht will, kann er die Gutscheine wegwerfen.«

»Es sind doch Geschenke! Natürlich zahlt er dir den vollen Gegenwert!«, rief Josie empört.

»Na, das wäre ja mal ein Ding«, murmelte Juliet und lehnte sich erschöpft zurück. »Sagst du mir Bescheid, wie er sich entschieden hat? Wir haben nämlich beschlossen, uns eine Zeit lang nicht zu sprechen, und daran will ich mich halten.«

Bedrückt starrte Josie durch die Windschutzscheibe. Sie hatte so gehofft, dass ihr Papa und Juliet wieder zusammenfinden würden, aber gerade sah es gar nicht danach aus.

※

Josies Laune hob sich, sowie sie die Tür zur »Muskatblüte« aufgestoßen hatten. Gelächter und gute Laune empfingen sie. Wie bei Juliets erstem Treffen kamen ihnen David und Gero entgegen und empfingen Josie mit offenen Armen. Josies Augen leuchteten vor Freude und innerhalb von Sekunden war sie mittendrin im Geschehen. Siggi riss ihre derben Witze, Ronny und Katie wurden als das Liebespaar des Monats gefeiert, Peter erzählte Anekdoten aus seinem Leben im Sozialdienst und wie stets bog sich der Tisch vor Lachen. Die Runde wirkte wie ein Energiebooster. Josie war hin und weg und mit verklärtem Blick in ein Gespräch mit Gero, Peter und Tina vertieft. Verstohlen beäugte sie immer wieder David, der wie meistens mit Jeans,

Hemd und Weste bekleidet am Tisch saß, die Schiebermütze auf dem Rucksack, in dem sich, das wusste Juliet genau, Allie befand.

»Oh, ist der schnuckelig«, flüsterte Josie Juliet zu. »Ein Mann, der noch rot wird! Wie süß ist das denn! Juliet, das ist so toll hier! Und Gero! Der ist ja ein wahrer Sonnenschein!«

Mit glänzenden Augen warf sie ihm einen Blick zu, den Gero auffing.

»Stimmt, Gero ist eine Seele von Mensch. Dem verfällt man sofort«, wisperte Juliet zurück und unterdrückte ein Husten.

»Verfallen ist das richtige Wort«, erwiderte Josie, wedelte mit ihrer Hand vor ihrem Gesicht und linste erneut zu Gero hinüber. Juliet glaubte, nicht richtig zu sehen.

»Hey, Josie, meinst du das so, wie ich es gerade auffasse?«

Josie grinste sie an, warf Gero eine kokette Bemerkung zu, der die Gelegenheit beim Schopf ergriff und sich neben sie setzte.

Juliet war froh, dass die beiden sich so angeregt unterhielten. In ihrem Kopf befand sich eine Kreissäge und sie tat so, als höre sie Gero und Josie zu, damit sie keiner ansprach.

In bester Laune bestellte David eine Runde Pflaumenschnaps, von dem sie nicht einen Tropfen hinunterbrachte. Stattdessen nippte sie an ihrem Tee, woraufhin im nächsten Moment eine so massive Übelkeit in ihr aufstieg, dass ihr aus jeder Pore ihres Körpers der Schweiß ausbrach. Mit übermenschlicher Anstrengung versuchte sie, dem Ansturm in ihrem Magen Herr zu werden, um sich nicht am Tisch zu übergeben.

Als kurz darauf Ronny auf die Toilette ging, folgte sie ihm.

»Ronny«, krächzte sie. »Mir geht es nicht gut. Könntest du mich nach Hause fahren?«

Alarmiert musterte er ihr bleiches, feuchtes Gesicht. Sie bibberte, obwohl es draußen warm war.

»Oh, fuck, du gehörst echt ins Bett! Klar fahre ich dich, ich sage nur eben Katie Bescheid.«

»Danke, Ronny. Ich warte draußen auf dich.«

Erschöpft lehnte sich Juliet gegen die Hauswand, entschuldigte sich per WhatsApp bei Josie für ihr abruptes Verschwinden, schloss die Augen und betete, dass Ronny nicht so lange brauchen würde. Wieder musste sie husten, presste ihre Hand gegen den Brustkorb, um den Schmerz zu lindern, als sie endlich Ronnys Schritte hörte. Erleichtert öffnete sie die Augen, aber wer dicht vor ihr stand, war nicht Ronny, sondern David.

»Was ist los?«, fragte er zutiefst beunruhigt. »Ronny sagt, es geht dir nicht gut?«

»Bin nur müde und hab Kopfweh. Bin am Samstag wieder fit.«

Noch während sie ein Lächeln versuchte, knickte ihr linkes Bein weg. Schockiert packte David sie am Oberarm.

»Juliet! Das ist mehr als nur Kopfweh! Ich fahre Ronny hinterher und …«

»Auf gar keinen Fall!«, wehrte sie panisch ab. »Ich … alles, was ich brauche, ist ein bisschen Schlaf. Bitte, David, ich will einfach nur ins Bett, okay?«

Sie weinte fast, jedes Wort tat ihr weh, sie schwitzte und ihr war kalt. Oh, wo blieb denn Ronny? In Davids Augen malte sich tiefe Sorge.

»Juliet, ich kann dich nicht in diesem Zustand alleine lassen!«

»Musst du wohl. Beim Schlafen kannst du mir nicht helfen. Geh wieder rein, wir sehen uns am Samstag.«

Gott, war ihr übel! Und schwindlig! David stand nur Zentimeter entfernt vor ihr. Sein Blick flehte, aber sie wusste nicht, worum, und ihr fehlte jede Kraft. Sie brauchte selbst jemanden und das so dringend, dass sie sich mit aller Macht wünschte, er möge sie berühren, damit sie ihren Kopf an einen mitfühlenden Menschen lehnen könnte, damit endlich dieses schreckliche Gefühl der Verlorenheit weichen würde, das sie zeit ihres Lebens gefühlt hatte. Ihr war so elend, dass sie am liebsten laut geheult hätte. Aber endlich, endlich, tauchte Ronny auf und erlöste sie. Benommen stolperte sie ihm hinterher.

Kaum saß sie im Wagen, sackte sie weg. Ronny musste sie wecken, als sie angekommen waren. Mit letzter Kraft schleppte sie sich die Treppen hoch, fiel auf die Matratze und hustete sich die Seele aus dem Leib.

David stand wie versteinert vor dem Lokal. Eine steile Falte hatte sich zwischen seinen Augenbrauen gebildet. Er wollte gerade wieder reingehen, als Gero sich zu ihm gesellte.

»Wie geht es Juliet?«, fragte er.

»Gar nicht gut! Überhaupt nicht gut!« In Davids Augen stand Panik. »Das gefällt mir nicht.«

»Mir gefällt auch so einiges nicht, David, und damit meine ich nicht ihre Erkältung.«

Beunruhigt wandte sich David ihm zu. »Was weißt du? Sie war doch gestern bei dir! Hat sie was gesagt?«

»Nicht viel, aber ich habe Augen im Kopf und kann denken. Und du solltest dein Hirn auch mal langsam einschalten.«

»Mensch, Gero, red Klartext!«

»Ist dir nicht aufgefallen, dass Juliet abgenommen hat?«

»Doch, aber ...«

»Und dass sie nur Wasser bestellt? Und nie etwas isst?«

»Das stimmt nicht. Sie verdrückt sogar erstaunlich viel! Und sie trinkt immer Wasser, auch wenn wir unterwegs sind.«

»Okay, David, ich vermute, sie trinkt Wasser, weil sie die Spesenpauschale nicht überschreiten will. Und sie isst nur dann viel, wenn sie es nicht selbst bezahlen muss.«

Fassungslos starrte ihn David an. Ein Felsbrocken rutschte ihm in den Magen.

»Was ... was genau meinst du damit?«

Gero strich sich seufzend über den Bart. »Ich dachte anfangs auch, sie sei kein großer Esser. Aber als sie bei mir war, hat sie so reingehauen, als ob sie seit Tagen nichts Anständiges zwischen die Zähne bekommen hätte. Ich fürchte, das kommt der Wahrheit ziemlich nahe. Sie hatte Hunger, David.«

In David drehte sich alles.

»Wie bitte?«, stammelte er. »Sie hatte Hunger?«

»Sie arbeitet nur zwei Tage in der Woche, weil sie einen Vollzeitjob wegen eurer Seminare nicht annehmen kann. Und sie kann keine Sozialhilfe beantragen, weil sie ja eigentlich arbeiten könnte. Du weißt hoffentlich, wie viel man für einen Minijob bekommt, David.«

»Gero!«, stieß David entsetzt hervor. »Das ist ...«

»... eine verdammte Scheißsituation! Ja, da hast du allerdings recht!«

Erschüttert starrte David seinen Freund an. Juliet hatte nie etwas verlauten lassen! Und er, er hatte nie gefragt, sich nie Gedanken gemacht! *Ich steige aus, David, ich kann nicht mehr ... es ist nicht so einfach für mich, wie du denkst ...* die Worte stürzten in seinen Kopf, gewannen eine völlig andere Bedeutung.

»Ich ... ich muss mit ihr reden«, ächzte er. »Sofort!«

»Ja, reden müsst ihr. Aber nicht sofort. Ich glaube, gerade ist sie nicht in der Lage dazu. Gib ihr Zeit, sich zu erholen.«

Verstört und in Gedanken versunken folgte David Gero in den Gastraum, aber beteiligte sich nicht mehr an den Unterhaltungen. Er saß wie auf Nadeln und wartete auf Ronny. Als er zurückkam, sprach er ihn an.

»Hey, Ronny, gibst du mir bitte Juliets Adresse?«

Ronny zögerte und neigte sich ein wenig zu ihm. »Alter, nichts für ungut, aber sie reißt mir den Kopf ab, wenn ich das tue«, raunte er ihm ins Ohr.

Ronnys Antwort hörte keiner, aber Davids Frage hatten alle vernommen.

»Ja, gute Idee«, schloss sich Josie an. »Mir bitte auch gleich. Dann kann ich ihr Tee vorbeibringen.«

»Na, da komme ich doch mit«, verkündete Siggi, und an Josie gewandt: »Wir könnten zusammen fahren. Wie wäre es am Samstagmorgen?«

»Da haben wir ein Seminar«, sagte David. »Hoffentlich ist sie bis dahin wieder fit.«

»Eine Grippe sollte man auskurieren«, gab Josie zu bedenken. In diesem Moment bimmelte ihr Handy. Erfreut rief sie: »Na, wenn das mal nicht Schicksal ist!«

Zur Erklärung hielt sie ihr Handy hoch. »Gerade hat mir mein Papa die Adresse geschickt!«

»Okay«, wunderte sich Ronny. »Dann hat sich das ja erledigt.«

David ließ sich von Josie die Anschrift geben und fuhr schwer besorgt nach Hause. *Sie hatte Hunger, David ...* ihm drehte sich der Magen um. Warum wollte Juliet nicht, dass er ihre Adresse bekam?

Nach einer schlaflosen Nacht rief er bei ihr durch. Sie ging nicht ran. Er versuchte es bis in den Nachmittag, aber erreichte lediglich die Mailbox. Er schickte Nachrichten, bat sie um einen Smiley, einen winzigen Touch auf dem Display, damit er wusste, dass alles okay war. Fragte nach, ob er das Seminar absagen solle ... Keine Reaktion. Gut, er schaltete ja auch oft sein Handy ab, wenn er Ruhe brauchte. Aber der Gedanke half nicht viel. David wurde fast wahnsinnig und sehnte den Samstag herbei.

Übernervös stand er mit dem Wagen so zeitig an der Haltestelle, dass er viermal wegfahren musste, weil die Busfahrer hinter ihm ärgerlich hupten. Jedes Mal, wenn er nach der kleinen Runde wieder am Treffpunkt eintraf, hoffte er, Juliet zu erblicken.

Es war fünfzehn Minuten nach der Zeit. Sein Handy blieb stumm. Juliet tauchte nicht auf.

※

Eine uralte Panik schoss in ihm hoch. Er tippte aufs Navi und trat aufs Gas.

»Die Zielführung ist gestartet«, vermeldete die Stimme. Flüchtig schaute er auf die Karte und stutzte. Fünfzehn Kilometer bis zum Ziel? Das konnte nicht sein! Kam sie jedes Mal mit dem Bus hierher?

Er versuchte weiterhin, Juliet zu erreichen, aber die Leitung blieb tot und sein Herz klopfte immer stärker. Nach einer Viertelstunde stand er vor einem hübschen Haus, hetzte zur Tür und läutete. Eine alte Dame öffnete ihm.

»Juliet Marburg? Die wohnt nicht hier. Sie hat sich die Wohnung angeschaut, aber nicht genommen.«

David fiel aus allen Wolken. Das wurde ja immer verworrener!

»Sie kennen nicht zufällig ihre Adresse?«, fragte er. In seinem Kopf arbeitete es.

»Nein, aber sagen Sie ihr, die Wohnung ist noch frei. Ich will nämlich nicht jeden hier reinlassen und das Fräulein Marburg war so nett.«

»Ja, ich richte es aus.« David brachte ein Lächeln zustande, aber es ging an der alten Dame nicht vorbei, dass er äußerst nervös war. »Tut mir leid wegen der Störung.«

»Keine Ursache, junger Mann. Ich hoffe, Sie finden sie!«

Sie blinzelte ihm verschwörerisch zu, aber David nahm kaum Notiz davon. Noch auf dem Weg zum Wagen wählte er Ronny an, bekam ihn nicht an die Strippe, hinterließ eine Nachricht und versuchte es bei Siggi.

»Siggi, Juliet ist nicht zum Treffpunkt gekommen. Und die Adresse stimmt auch nicht.«

»Die Adresse stimmt nicht? Warte, ich wecke das Mädel von der Buchführung auf, das haben wir gleich. Ich rufe zurück!«

Kaum hatte David aufgelegt, rief Ronny an. David ließ vor Aufregung fast das Handy fallen.

»Ronny«, bellte er ins Telefon. »Du gibst mir jetzt sofort Juliets Adresse!«

»Ich dachte, die hast du?«

»Das war eine falsche! Wir haben Seminar und sie ist nicht aufgetaucht. Sie hat aber auch nicht abgesagt. Also ...«

»Oh, verdammt!«, rief Ronny. »Ich komme!«

»Du musst nicht kommen! Gib mir die Adresse! Ich bin unterwegs!«

In Windeseile tippte David das neue Ziel ein, fuhr zurück, erreichte wieder die Haltestelle. Noch 1,3 Kilometer bis zum Ziel. Doch dieser Kilometer hatte es in sich. War die Gegend generell kein Augenschmaus gewesen, veränderte sich die Häuserlandschaft noch mal drastisch. Graffitibeschmierte Wände, übervolle Mülltonnen, kein Baum weit und breit. David schluckte, als er vor einem heruntergekommenen Mietkomplex hielt und das Navi ihm versicherte, er sei am Ziel.

Zögernd stieg er aus. Hier konnte sie nicht wohnen! Niemals! Das passte nicht zu ihr! Das Klingelfeld war demoliert und beschmiert, ihr Name der einzige, der noch einigermaßen zu lesen war. Die Haustür schloss nicht, was in diesem Fall ein Segen war, denn David kam ohne Probleme rein.

Ein unangenehmer Geruch empfing ihn, als er die versifften Stufen hochstieg und die Namensschilder an den verbeulten, billigen Blechtüren checkte. Ihm war jetzt schon schlecht.

Du weißt hoffentlich, wie viel man für einen Minijob bekommt.

Im dritten Stock wurde er fündig, setzte mit klopfendem Herzen seinen Finger auf den abgewetzten Klingelknopf. Nichts tat sich. David klingelte ein zweites Mal, während ein paar zerzauste Gestalten sich an ihm vorbei die Treppen hochschoben.

»Klingeln funktionieren hier nicht. Musst klopfen«, erklärte einer von ihnen, stieg ein paar Stufen die Treppe hoch, blieb stehen und beobachtete David.

David klopfte. Lauschte. Klopfte lauter. Nichts rührte sich.

»Warte«, sagte der Typ, »das hammwer gleich.« Er kam wieder runter, nahm Anlauf und trat mit Wucht gegen die Tür. Sie sprang auf.

»Und zack!«, grinste er zufrieden. »Haste vielleicht 'n Fünfer für mich, fürs Helfen und so?«

David zog einen Schein aus der Jeans, wartete, bis der Kerl abgedampft war, und schob aufgewühlt die Tür weiter auf. Der Anblick ließ ihn zurücktaumeln.

»Großer Gott!«, flüsterte er.

⁂

Josie hatte ihrem Vater noch am gleichen Abend den Umschlag in die Hand gedrückt und ihm von der Clique vorgeschwärmt. Sie war so aufgekratzt wie schon lange nicht mehr, und Lorenz wusste nicht, was er davon halten sollte. Mit ihm war seine Tochter die letzten Wochen sehr verhalten umgegangen, und nun war sie einmal mit Juliet zusammen gewesen und kam wie mit einem Aufputschmittel versehen wieder zurück?

»Juliet hat echt tolle Freunde! Peter ist so lieb! Seine Frau auch! Und Gero!« Ihr Blick wurde geradezu ekstatisch. »Der ist einfach der Hammer!«

Gero? Diesen Namen hatte er doch erst vorgestern gehört! Von Hubert, der ihn angerufen und beiläufig erwähnt hatte, Juliet gesehen zu haben. Mit einem Gero Meixner.

»Na, da hat sie ja einen fetten Fisch an der Leine«, hatte er süffisant geäußert. »Ich kannte Meixners Vater ... ein äußerst arroganter Typ. Der Sohn ist nicht viel besser. Fette Villa, fettes Auto. Der meint, weil er kräftig geerbt hat, sei er was Besseres ... Ist genau ihr Beuteschema! Daran siehst du hoffentlich, wie sie tickt.«

Er war zu anderen Themen übergegangen, während Lorenz das tiefe Bedürfnis verspürt hatte, die Tasse, die nach wie vor auf seinem Schreibtisch stand, in den Müll zu werfen.

Josies Schwärmereien trugen nicht dazu bei, seine Laune zu verbessern. Noch weniger der Umschlag, den sie ihm übergab. Mit einem bitteren Geschmack auf der Zunge las er Juliets Bitte. Eine Bitte, die sie sehr kühl verfasst hatte. In Lorenz rauchte es. Sie blockierte ihn, aber hatte kein Problem, Geld von ihm zu verlangen? Wenn man Josie reden hörte, musste es ihr fantastisch gehen! Sollte doch Herr Meixner oder dieser David sie finanzieren, so wie er es jahrelang getan hatte!

Gut, er würde ihr den Betrag überweisen, danach sollte er das Kapitel für immer schließen! Bitter pfefferte er die Gutscheine in den Hausmüll und stieß die Schublade zu – um in der nächsten Sekunde resigniert innezuhalten. Herrgott noch mal, warum war er so wütend? Warum freute er sich nicht, dass es ihr gut ging? Das war charakterlich schwach! Aufgewühlt lehnte er sich gegen die Spüle. Zog sein Handy raus. Scrollte nach Fotos aus der Anfangszeit mit ihr. Ihre grauen Augen blitzten ihn an. Ihre Fröhlichkeit, ihr Esprit. Aber je weiter er durch die Jahre ging, desto weniger war dieses Lachen zu sehen. War er daran schuld? *Du erinnerst dich hoffentlich.*

In der letzten Zeit war sie kaum noch unbeschwert gewesen. Das hatte ihm gefehlt, war eine weitere Rechtfertigung gewesen, die Beziehung zu beenden. Aber verdammt, wie verdreht war das? Er hatte ziemlich viel dafür getan, dass es so kam, und warf es ihr nun vor? Und jetzt lachte sie wieder und er verspürte nur Groll? Mit diesem Gedanken wurde ihm endgültig bewusst, dass er nicht wollte, dass sie mit einem anderen lachte, nicht wollte, dass ein anderer sie berührte und ihr das gab, was er nicht zu geben bereit gewesen war. Weil er sie liebte.

Fassungslos glitt Davids Blick über die Szenerie. Die Matratze mit der vermummten Gestalt darauf, die drei aufeinandergestapelten Kartons, eine Holzkiste, die offensichtlich als Tisch diente, die Kochplatte am Boden, abgepacktes Essen aus den Hotels, schwarzer Schimmel an den Wänden – und ein unangenehmer Geruch aus dem Bad.

Das gewaltsame Öffnen der Tür musste sie geweckt haben. Sie lag auf der Seite, die Decke über das Gesicht gezogen, es war klar: Für sie ging ein weiterer Albtraum in Erfüllung, weil er hier war. Weil er das sah. Davids Kehle war wie mit Draht umwickelt, als er sich vorsichtig auf die Matratze kniete.

»Juliet«, raunte er. »Hörst du mich?«

Langsam drehte sie sich zu ihm um. Ihr Anblick schnürte ihm die Kehle zu. Erschüttert registrierte er ihr totenbleiches Gesicht, die dunklen Schatten unter den Augen, die rissigen Lippen, die heiße Haut.

»Du musst hier raus, Juliet«, wisperte er erstickt und den Tränen nah. »Sofort.«

Ihr Mund blieb stumm, aber er hörte die Frage, die in ihrem Kopf war. *Wohin denn?*

»Ich helfe dir«, stürzte es aus ihm heraus. »Ich helfe dir! Ich rufe Gero an. Er hat genug Platz in seinem Haus.«

Entschlossen nahm er sein Handy zur Hand.

»Nein, David«, flüsterte sie heiser. »Bitte nicht. Bitte versteh doch.«

Einzelne Tränen rollten über die Schläfen ins Kissen. Tränen der Scham. Tränen, die keiner Worte bedurften, die seine Seele aufrissen. O ja, er verstand. Er verstand sie besser, als sie meinte. Es war der letzte Rest von Selbstachtung, den sie sich bewahren wollte.

Nie waren seine Augen so voller Wärme wie in dieser Minute, eine Wärme, die Juliet schwach machte, die ihre Sehnsucht nach Berührung und Nähe auf ein Höchstmaß schraubte. Sie drehte sich weg, biss sich fest auf die Innenseite ihrer Wangen, bis der Schmerz größer war als der Impuls zu weinen. Doch die nonverbale Kommunikation zwischen ihnen war zu stark. David wusste, dass sie psychisch wie körperlich an der Grenze war.

Er legte sich neben sie, drehte sie um, zwang sie, ihm in die Augen zu blicken. Die seinen waren so tief wie der Marianengraben und so beseelt, dass sie darin vollständig versank.

»Hey, Sonnenschein«, flüsterte er, »ich verstehe dich, glaub mir. Trotzdem musst du von hier weg. Nichts ist wichtiger als das.«

Sie konnte nicht antworten. Ihre Kehle war zu und Davids Blick nahm ihr jede Kraft, diese verdammten Tränen zurückzuhalten. Unaufhaltsam schoben sie sich nach oben und strömten schließlich lautlos über ihr Gesicht.

Sein Herz zerbarst bei diesem Anblick und Gefühle brachen sich Bahn, unkontrollierbare Ströme, die ihn durchfluteten und komplett die Führung übernahmen.

Er schloss sie in die Arme. Ihr Kopf landete an seiner Brust, sie schluchzte auf und heulte sich die Seele aus dem Leib.

»Es tut mir leid.« Sie weinte. »Es tut mir so leid ... ich dachte, ich schaffe es. Ich dachte ...«

»Nein, bitte, Juliet, sag nicht so was«, wisperte er. »Du brauchst jetzt erst mal Licht und Sonne ... alles wird gut, glaub mir, alles wird gut.«

Sie bekam einen Hustenanfall, drückte sich weg.

David nutzte die Gelegenheit, setzte sich auf und wollte gerade den Notruf wählen, als sich Siggi durch die offene Tür drängelte, gefolgt von Josie. Beide stoppten wie von einer Glasfront gebremst. Siggis Augen wurden riesengroß, ihr Mund klappte auf. Sie brachte kein Wort hervor.

Dafür war Josie umso lauter. »O mein Gott!«, kreischte sie und schlug die Hände vor das Gesicht. »Juliet! Das ist ja furchtbar! Das ist einfach nur furchtbar!«

Josie weinte, Siggi schnaufte, David telefonierte. Vier Personen in dem Zimmer waren ein Problem, und als kurze Zeit später Ronny und Katie dazukamen, war das Chaos perfekt.

Entschlossen hatte David die Führung übernommen. Innerhalb der nächsten fünf Minuten rollte ein Ambulanzwagen an. Alle mussten auf den Gang und die Treppe ausweichen, damit Juliet auf die Trage gelegt werden konnte.

»Was für ein Loch!«, knurrte einer der Sanitäter, als er den wuchernden Schimmel erblickte. »Ich hatte keine Ahnung, dass man so was überhaupt vermieten darf.«

Juliet schwieg zu allem. In ihr tobten die unterschiedlichsten Gefühle, und es waren keine guten. Gleichzeitig fiel ihr das Denken schwer, sie hatte hohes Fieber. David nahm ihre Hand.

»Josie bringt dir ein paar Sachen in die Klinik. Und ich komme nach«, versprach er.

Während die Sanitäter losfuhren, packte Josie eine kleine Tasche, fotografierte mit grimmigem Blick das Bad und das Zimmer und schickte die Fotos an ihre Schwester.

Ihre Welt war nicht mehr die gleiche. Heute Morgen hatte sie Siggi wegen eines Besuches bei Juliet angerufen und die hatte ihr gesagt, dass sie gleich zu ihr fahren wolle. Josie hatte sich ein schnelles Frühstück gemacht und war fast umgefallen, als sie in der Müllschublade Juliets Gutscheine samt ihrer Bitte nach läppischen fünfhundert Euro entdeckt hatte. Fassungslos hatte sie die Karten herausgeholt. Der Wert belief sich auf ein Vielfaches. Und ihr Papa war nicht bereit, diesen kleinen Minibetrag zu überweisen? Obwohl es Geschenke waren? Seit wann war er so schäbig?

Ihre Augen waren tiefdunkel, als sie der Ambulanz hinterherfuhr. Nein, ihre Welt war wirklich nicht mehr die gleiche.

♫ Life in Slow Motion ♫

David Gray

Innerhalb von drei Stunden hatte David verschiedene Telefonate geführt, eine WhatsApp-Gruppe ins Leben gerufen und mit Gero, der ebenso wie er auf dem Weg ins Krankenhaus war, wo die Untersuchungen noch in Gange waren, einen Plan geschmiedet.

Der Arzt hatte aufgrund von Josies Fotos die Hände über den Kopf zusammengeschlagen und Juliet auch noch auf Schimmelpilzsporen durchgecheckt.

»Hoffen wir mal, dass die Mykotoxine nicht die Lunge angegriffen haben«, sagte er.

Juliet hatte eine Spritze bekommen und schlief tief und fest. Josie stand am Fenster und telefonierte gerade mit Becky, als die Tür aufging und Gero hereinkam.

Josies Gesicht leuchtete auf und sie beendete das Gespräch.

»Hey«, sagte Gero erfreut. »Du bist ja noch hier. Wie geht es Juliet?«

»Ist noch zu früh, um was zu sagen. Aber sicher ist: So kann das nicht weitergehen.«

Josie schob ihre Brille nach oben und sah so empört drein, als ob Gero schuld an der Misere wäre. Er musste grinsen.

»Nein, da hast du recht. Wir arbeiten an einer Lösung.«

»Und wie sieht die aus?«

»Wenn du dichthalten kannst, verrate ich es dir vor der offiziellen Skypekonferenz.«

»Ein Kondom platzt eher«, versicherte Josie eifrig. »Und ich kaufe dir zur Belohnung ein Eis, aber nur, wenn es eine richtig gute Lösung ist!«

Gero lachte. Er fand Josie unglaublich süß, schnappte sich einen Stuhl und setzte sich neben sie. Warm musterte er sie und Josie wurde es ganz anders zumute.

»Bin sicher, dass ich mir gleich einen Rieseneisbecher verdiene«, prophezeite er. »Außerdem brauchen wir deine Hilfe.«

Mit Blick auf die schlafende Juliet weihte er sie flüsternd in ihren Plan ein.

Josies Gesicht hellte sich mit jedem Wort mehr auf. »O Mann, das ist einfach geil!«, jubelte sie.

»Hast du denn Zeit für das alles?«

»Na, aber immer!«, rief sie.

»Immer? Wunderbar! Dann blockier doch gleich mal den heutigen Abend. Oder hast du da schon was vor?«

»Und ob ich etwas vorhabe! Ich werde mit meinem Vater mal ein Wörtchen reden! Oder zwei! Oder drei!«

Wütend schnaubte sie durch die Nase und Gero lachte erneut.

»Hey«, schlug er vor. »Wie wär's, wenn du deinen Vater in Ruhe lässt und mit mir zu Abend isst?«

Verdutzt schaute Josie zu ihm hoch. »Wow«, brachte sie irritiert hervor. »Jemand wie du geht mit einem Nerd wie mir aus?«

Gero beugte sich ein wenig zu ihr vor.

»Ich koche auch für Nerds«, schmunzelte er. »Irgendein Vögelchen zwitscherte mir, dass du in der Küche zwei linke Hände hast, aber gutes Essen nicht verschmähst.«

»Was führt dich denn zu dieser Annahme?«, konterte sie keck. »Die drei Kilo, die ich zu viel habe? Oder meine strammen Fußballerwaden?«

»Abgesehen davon, dass ich ein paar Kilo mehr toll finde und Fußballerwaden verehre, habe ich das vor allem an der Art bemerkt, wie du die Pfannkuchen in der ›Muskatblüte‹ verdrückt hast. Da wusste ich, das kann was werden.«

»Du liebe Zeit«, japste Josie. »Ist das jetzt ein Date?«

»Trete ich dir damit zu nahe?«

»Gar nicht! Aber bin ich dir nicht zu jung?«

»Bin ich dir nicht zu alt?«

»Wie alt bist du denn?«

»Ähm … vierzig?«

Josie streckte ihm die Hand hin und er schüttelte sie. »Angenehm. Sechsundzwanzig. Was kochst du denn heute Abend?«

Er grinste sie an. »Das heißt, du kommst?«

Auf Josies Gesicht erschien ein breites Lächeln.

»Logisch! Mit Papa streite ich mich später!«

※

Als Juliet am nächsten Morgen aufwachte, fühlte sie sich erheblich besser. Seit Langem hatte sie mal wieder durchgeschlafen. Draußen regnete es, sie lag in einem sauberen Bett und der Brustkorb tat nicht mehr ganz so weh.

Stets war jemand bei ihr. Josie hatte sich eine ganze Woche freigeschaufelt, Becky hatte sich angemeldet, Peter, Tina, Ronny und Siggi und die Neuwegers besuchten sie und alle brachten etwas mit. Der kleine Tisch im Zimmer war überfüllt mit

Zeitschriften, Büchern, Süßigkeiten und Saftflaschen, Honig- und Marmeladengläsern. Sie wusste gar nicht, wo sie das in ihrem Zimmer unterbringen sollte.

Sie hatte Josie gebeten, Lorenz nichts von alldem zu sagen. Vor allem nichts über das Zimmer.

»Weißt du, wie er auf meine Bitte reagiert hat?«, fragte sie Josie, doch als die betreten zögerte, wurden Juliets Augen dunkel. »Okay, er hat die Gutscheine weggeworfen.«

Für eine Minute herrschte Stille im Raum.

»Juliet«, sagte Josie schließlich unglücklich. »Ich weiß wirklich nicht, was mit Papa los ist, aber ich kann dir das Geld geben ...«

»Nein, auf keinen Fall. Ist schon gut, meine Kleine. Es soll wohl so sein. Ich ziehe das trotzdem durch. Jetzt erst recht.«

Lorenz' Verhalten traf sie sehr. Es war ihr auch unangenehm, dass nun jeder wusste, wie es um sie stand. Aber keiner verlor ein Wort darüber. Auch David nicht, der immer nur kurz hereinhuschte und nie lange blieb. Nachdenklich betrachtete sie ihn, während er eine Vase für die mitgebrachten Blumen organisierte.

Sein Haar war länger geworden und oft charmant verstrubbelt. Er hatte wieder diese blonden Stoppeln im Gesicht, die sie so mochte. Unwillkürlich fragte sie sich, wie sie sich unter ihren Fingern anfühlen würden. Ob sie weich waren oder hart ... wie das wäre, wenn seine Wange sich an ihrem Gesicht rieb, wenn ihre Haut aufeinanderträfe. Nichts an David rief diese alles verschlingende Leidenschaft wie bei Lorenz hervor. Das Gefühl war zart, es war filigran, und zum ersten Mal erschien ihr das Verlangen nach Lorenz dagegen grob und triebhaft. Das erschreckte sie – und sie verdrängte den Gedanken, aber was sich nicht beiseiteschieben ließ, war der innige Moment, als David auf ihrer Matratze gekniet, sie umarmt und sie sein

Hemd nass geweint hatte. Sie ahnte, dass das ein Privileg war, das er kaum jemandem in seinem Leben zugestand.

»Hast du viel zu tun?«, fragte sie ihn.

»Im Moment fliegt mir alles um die Ohren«, gab er zu. »Aber ab Anfang Oktober dürfte das Schlimmste vorbei sein. Jetzt ist nur wichtig, dass du gesund wirst.«

»Damit ich die Seminarreihe weitermachen kann?« Sie lächelte leicht.

»Ach, Juliet. Ich hoffe, du denkst nicht so.«

»Nein«, antwortete sie weich. »So denke ich absolut nicht.«

David schenkte ihr ein süßes, aber leicht abwesendes Lächeln.

»Hey«, stupste sie ihn an. »Wo bist du denn gerade?«

»Entschuldige«, seufzte er. »Ich habe den Kopf total voll. Ich muss auch gleich wieder los. Aber … wir müssen reden, Sonnenschein. Und wir sehen uns ja bald für länger. Bald sind wir im Lake District!«

»Ja«, freute sie sich. »Und bei Steve! Das wird schön! Ganz bestimmt.«

Als er aufstand, hielt sie seine Hand fest.

»Hey, David«, sagte sie leise. »Ich wollte noch Danke sagen. Für alles.«

Seine Miene verdüsterte sich, und er wirkte so unglücklich, dass sie darüber erschrak.

»Es gibt nichts, wofür du mir danken müsstest«, erwiderte er erstickt. »Gar nichts!«

Betroffen sah sie ihm nach, wie er mit großen Schritten das Zimmer verließ. Ob er sich bei Steve endlich öffnen würde? Sie brannte darauf, mehr von ihm zu erfahren.

Um sich abzulenken, nahm sie ihren Laptop vom Nachttisch und registrierte, dass Elle ihr eine Nachricht gesandt hatte.

»Hallo, liebe Bibi, wie kommst du mit deinem Buch voran?«

»Noch gar nicht«, antwortete sie. »Ich muss mein Leben sortieren, mir einen neuen Job suchen und so. Das Buch habe ich mir für den Winter vorgenommen. Aber das Trauerbüchlein habe ich überarbeitet.«

Elle antwortete eine Stunde später. »Hast du vor, damit deine Brötchen zu verdienen?«

»Daran wage ich nicht zu denken. Ist doch schon ein gutes Gefühl, das eigene Buch in Händen zu halten.«

»Aber, Bibi, warum haust du denn vorher schon die Bremse rein? Was hindert dich zu träumen?«

»Vermutlich die Angst vor Enttäuschung. Ein Bekannter erklärte mir, dass das eher unrealistisch sei.«

»Wie soll etwas ins Entstehen kommen, wenn du es von vornherein ausschließt? Wenn du nicht weißt, was du vom Leben willst, weiß es auch nicht, was es dir geben soll. Das ist, als ob du zu deinem Navi sagst: ›Bring mich ans Ziel‹, ohne eines einzugeben, verstehst du?«

Juliet musste über den Vergleich lachen. »Du hast recht, Elle, danke. Groß zu denken ist ziemlich ungewohnt für mich.«

»Dann gewöhn dich dran! :-) Was macht dein erster Traum? Der von dem Mann, den du liebst? Träumst du den immer noch?«

Juliets Finger klebten auf der Tastatur, sie fand keine Antwort. Träumte sie noch von Lorenz?

»Ich kann dir darauf keine Antwort geben«, schrieb sie schließlich. »Weil ich so durcheinander bin.«

»Durcheinander ist immer nur der Kopf«, entgegnete Elle. »Was spricht dein Herz?«

Juliet entfuhr ein verblüfftes Schnaufen. Die letzten Tage war das Herzseminar weit nach hinten gerückt. Nein, sie hatte ihr Herz dazu nicht befragt. Und auf einmal schoss ihr in den Kopf: Hatte sie das jemals getan?

»Du stellst klare Fragen«, erwiderte sie.

»Ich hoffe, du findest eine klare Antwort«, stand in der Sprechblase.

»Ach, Elle, wenn ich heute nicht schlafen kann, bist du schuld!«

Ein schmunzelnder Smiley war die Antwort. »Das ist fein. Ich bin gern der Grund für schlaflose Nächte. Denk dran, manchmal werden Träume auf völlig andere Weise wahr als erwartet. Alles Gute, Bibi!«

Juliet klappte den Rechner zu, Elles Frage im Kopf. Was sagte ihr Herz zu Lorenz? Gedankenverloren rief sie Fotos von ihm auf. Und ja, plötzlich war er wieder da, dieser süchtig machende Stich, der direkt durch ihr Herz stieß, diese alles auslöschende Leidenschaft, die sie bei seinem Anblick verspürte. Fast war sie froh, dass der Mechanismus noch funktionierte. Aber zum ersten Mal überkam sie das Gefühl, dass diese heiße Liebe nach Unglück schmeckt. In ihr wehrte sich alles dagegen. Sie schloss die Augen, erinnerte sich an die Zeiten mit Lorenz, an die Momente voller Lachen, an die Zärtlichkeiten … Doch in der nächsten Sekunde fiel ihr ein, dass Lorenz ihre Gutscheine in den Abfall geworfen hatte, und alles wurde dunkel.

Sie sollte endlich akzeptieren, dass ihre Hoffnung auf ein Happy End zerstört war. Alte Gefühle des Scheiterns und der Hoffnungslosigkeit überwältigten sie und es fiel ihr schwer, ihr Herz um Hilfe zu bitten. Eher fühlte sie sich von ihm im Stich gelassen. Doch bevor ihre Stimmung in den Keller rauschte, fing Elles letzter Satz sie auf: *Manchmal werden Träume auf andere Weise wahr.* Und dafür musste sie loslassen.

※

Die medizinische Betreuung tat ihre Wirkung, Juliet erholte sich schnell. Ihr Husten war nicht verschwunden, aber schmerzte nicht mehr. Am vierten Tag fand eine abschließende Visite statt, der David beiwohnte. Der Arzt erklärte, dass Juliet letztlich einer sehr schweren Grippe erlegen war, da die Schimmelsporen ihr Immunsystem geschwächt hätten. Er gab keine endgültige Entwarnung.

»Das muss beobachtet werden«, sagte der Mediziner. »Tanken Sie so viel Sauerstoff, wie Sie nur können.«

»Dafür sorge ich schon«, versprach David. »Wenn wir im Lake District sind, jage ich sie um den gesamten Windermere.«

Juliet lachte. »Oh, ich kann es kaum erwarten! Am liebsten würde ich auf der Stelle dorthin fahren! Ich sehne mich so nach Steve und Aimee!«

Gemeinsam gingen sie zum Parkplatz. David trug ihre Tasche und einen Karton voller Mitbringsel.

»Ihr habt mir unglaublich viel mitgebracht, für die nächsten Wochen bin ich erst mal versorgt«, stellte sie zufrieden fest, als er die Sachen in den Kofferraum stellte.

»Jetzt kenne ich den wahren Grund für die Seminare!«, frotzelte David halbherzig. »Wegen der Hotels!«

»So ist es. Das war für mich wie Urlaub«, flachste sie, aber David lächelte nicht. Er schlug den Kofferraum zu und lehnte sich dagegen.

»Warum hast du nichts gesagt?«, fragte er gequält.

»Hättest du das getan an meiner Stelle?«

Er starrte auf den heißen Asphalt zu seinen Füßen. »Nein«, gestand er leise und hob den Blick zu ihr. »Aber ich bin froh, dass ich es weiß. Ich ... Juliet, hör zu, ich muss dir dringend was erklären, aber ich brauche noch Zeit dafür. Gibst du sie mir?«

»Wenn du mir versprichst, dass du das wirklich tust«, antwortete sie erfreut. »Klar!«

»Ja, das verspreche ich dir. Ich will das unbedingt. Je eher, desto besser.«

»Wow! Das hört sich ja grandios an! Und du wirst nicht mal rot dabei!«

David lachte erleichtert, stieß sich vom Kofferraum ab und öffnete ihr die Tür.

»Wollen wir?«

»Ja, ab nach Hause«, seufzte sie.

»Aber Sonnenschein, das ist kein Zuhause, das ist ein Loch, das weißt du selbst.«

»Ja, das weiß ich.«

Er blieb stumm, schaltete eine Pianoplaylist ein. Sanfte Töne füllten das Wageninnere und ihre Hand tastete nach der seinen, die auf der Gangschaltung lag.

»Du bist so lieb«, sagte sie und strich mit ihren Fingern über seinen Handrücken. »Du bist ein richtig, richtig guter Mensch, David. So schade, dass du Beziehungen ablehnst. Die Frau, die dich bekäme, könnte sich glücklich schätzen.«

Diesmal wurde er wieder rot, tiefrot sogar. Er fühlte sich mit dieser Ansage offensichtlich unwohl.

»Vielleicht bin ich weniger gut, als du denkst«, erwiderte er finster. »Ich kenne nicht eine einzige Frau, die mit mir glücklich war.«

»Das stimmt nicht«, entgegnete Juliet sanft. »*Ich* bin glücklich, dass du da bist. Sehr glücklich sogar.«

Der bittere Zug in seinem Gesicht verstärkte sich.

»Juliet«, stieß er hervor. »Das ist Bullshit! Wenn ich nicht wäre, wärst du nicht krank geworden. Du hättest längst einen guten Job und würdest wahrscheinlich mit potenziellen Ehemännern ausgehen! Ich bin schuld, dass du in dieser Lage bist!«

»Das sehe ich total anders«, widersprach sie. »Vermutlich hätte ich mich in mein Verlustgefühl hineingesteigert und mich fertiggemacht, ohne überhaupt eine neue Perspektive in Betracht zu ziehen. Und was die Seminare und das Zimmer betrifft: Das war meine Entscheidung, nicht deine. Ich *bin* dir dankbar. Und du *bist* ein guter Mensch, David. Du hast mir geholfen, nachdem wir uns ein einziges Mal gesehen hatten. Ohne dich hätte ich mir viele Fragen nie gestellt und ohne dich wäre mein Leben sturzlangweilig. Ich bin sehr, sehr glücklich, dass es dich gibt, David.«

David wurde diesmal so brandrot im Gesicht und sah so unglücklich drein, dass Juliet in lautes Lachen ausbrach.

»Und süß bist du obendrein! Obersüß!«

Spontan beugte sie sich zu ihm hinüber und schmatzte ihm einen Kuss auf seine unendlich heiße Wange. Sein blumiger Duft umfing sie und genießerisch sog sie ihn ein. »Mmmh«, raunte sie in sein Ohr. »Ich liebe deinen Duft!«

Die Laute prickelten seine Wirbelsäule hinunter. Davids Hände zuckten, als wolle er Juliet festhalten, aber schon in der nächsten Sekunde ließ sie sich wieder in den Sitz zurückfallen – und erhaschte im Augenwinkel ein überraschendes Detail: Wölbte sich da was in Davids Schritt?

Auch ihre Wangen wurden wärmer und unverkennbar breitete sich im Wagen ein sanftes Glühen aus. Verzaubert sah sie zum Fenster hinaus – und stutzte: »David, du hast die Abzweigung verpasst. Wir müssen …«

»Äh, nein … ich muss schnell noch was bei einem Kumpel abgeben. Ich hoffe, es macht dir nichts aus.«

»Nein, woher denn.«

Aber je länger er fuhr, desto klarer wurde das Ziel.

»Du fährst zu Frau Kleinecke!«, rief sie argwöhnisch. »Ich … David, was soll das! Das hat keinen Sinn, ich kann mir ihre Wohnung nicht leisten, das weißt du genauso gut wie ich!«

»Ja, das weiß ich. Aber Frau Kleinecke wollte dich sprechen.«

»Sie will mich sprechen? Woher kennst du sie eigentlich? Und wozu will sie mich …«

»Juliet, könntest du einfach mal still sein? Wir sind in einer Minute da, dann erfährst du eh alles!«

Juliet verstummte. Das Haus war mittlerweile in Sichtweite und der Anblick wunderschön. Die Sonne stand tief, Wind wiegte in sanften Wellen durch die Felder und über das Gras, bewegte die Blätter der Bäume. Mit einem breiten Lächeln stand Frau Kleinecke an ihrem mit Rosen umrankten Gartentor und winkte ihnen zu. Einigermaßen verwirrt stieg Juliet aus.

»Frau Marburg!«, krähte ihnen Frau Kleinecke entgegen. »Das ist so toll, dass Sie vorbeikommen! Ich wollte etwas mit Ihnen besprechen! Geht es Ihnen wieder gut?«

»Guten Tag, Frau Kleinecke«, grüßte Juliet. »Ja, es geht mir gut, vielen Dank. Schön, Sie wiederzusehen.«

»Ich freue mich auch! Ich habe uns einen Tee gemacht. Und haben Sie meine Rosen gesehen? Als Sie das erste Mal da waren, hat ja kaum was geblüht, aber jetzt ...«

Juliets Augen folgten der faltigen Hand, die über die ländliche Idylle glitt. O ja, es war zauberhaft hier!

Eine Minute später saß sie am Tisch der alten Dame, die aufgeregt Tee und Kuchen brachte, und Belanglosigkeiten von sich gab, bis sie endlich zur Sache kam.

»Ich hatte viele Interessenten hier, aber bei keinem hab ich mich wohlgefühlt. Ich fand es sehr schade, dass Sie nicht zugesagt haben. Herr David hat mir gesagt, das war, weil Sie kein Auto haben. Aber ich habe eines. Ich fahre es allerdings nicht mehr. Wie wärс es, wenn Sie das nehmen und dafür meine Wocheneinkäufe erledigen? Oder mich mal zum Arzt fahren? Und was die Miete angeht ...«

Juliet traute ihren Ohren kaum, als Frau Kleinecke vorschlug, sie könne doch auch im Garten arbeiten, ab und zu für sie kochen, ein wenig Wäsche machen und putzen, dann reduziere sich der Mietbetrag auf eine Summe, die für Juliet machbar sein müsste?

In Juliet drehte es sich nur so. »Aber ... das ist doch das volle Verlustgeschäft für Sie!«, wandte sie schwach ein.

»Unsinn! Das ist ein Gewinn für uns beide! Es wäre jemand im Haus und ich müsste nicht jede Nacht Angst haben. Ja, ich weiß, Sie sind zeitweise unterwegs, aber alles ist besser, als völlig allein zu sein! Ihre Tochter hat mir versichert, Sie hätten Geschick im Garten, dann spare ich mir den Gärtner, und ...«

»Meine Tochter? Ich habe keine ... oh, warten Sie ... meinen Sie Josie?«

»Ja, Josie, genau, ein so liebes Mädel«, bestätigte Frau Kleinecke eifrig. »Die ist auch hier, mit den anderen! Alle können es kaum erwarten, dass Sie endlich ...«

»Frau Kleinecke!«, zischte David.

»Ach herrje, jetzt habe ich wohl ... Herr David, das tut mir schrecklich leid! Jetzt habe ich die Katze zu früh aus dem Sack gelassen!«

»Sag mal, was wird hier denn gespielt?« Stirnrunzelnd wandte sich Juliet an David, der mal wieder pumucklrot im Gesicht war.

»Ach, Frau Kleinecke«, seufzte er ergeben. »Was machen wir denn jetzt?«

»Ich würde sagen, wir machen den Sekt auf«, erwiderte die aufgedreht. »Frau Juliet, kommen Sie! Kommen Sie!«

Sie war total aufgeregt, tippelte voraus, winkte den beiden nachzukommen und wetzte in einer solchen Windeseile die Treppe hoch, als fliehe sie vor einem Einbrecher.

Oben angekommen riss sie die Tür auf, quiekte mit sich überschlagender Stimme: »Sie ist da! Sie ist da!«, und hielt sich kichernd die Hände vor den Mund.

Lautes Gejohle ertönte, in dem sich das Ploppen von Sektkorken mit dem hohen Lachen Frau Kleineckes vermischte, die wohl schon lange nicht mehr so einen Spaß gehabt hatte und deren Augen wie zwei Sterne leuchteten.

»Schauen Sie mal! Schauen Sie mal!«, quietschte sie. »Alle Ihre Freunde sind da!«

Und ja, da standen sie, Gero, Peter, Tina, Ronny, Siggi, Katie und Josie und die Neuwegers. Partymusik ertönte, ein nächster Sektkorken knallte, Luftschlangen und Konfetti flogen durch die Luft. Irgendwer blies schillernde Seifenblasen durch ein Röhrchen, die zitternd durch den Raum schwebten und über David und Juliet zerplatzten, während laute Jubelrufe an ihr Ohr drangen.

»Willkommen in deinem neuen Leben!«, übertönte Geros Stimme alle anderen.

In Juliets Kopf war nur noch Chaos. David fasste sie an der Hüfte und schob sie ins Geschehen. Irgendwer drückte ihr ein Glas in die Hand, die Musik dröhnte, nacheinander umarmten sie sie alle, unzählige Küsse landeten auf ihren Wangen, sie fühlte, wie Josies Hand die ihre ergriff, wie deren Mund sich bewegte, ihre Augen strahlten wie die von Frau Kleinecke, die verzückt und begeistert den Tumult in ihrem Haus genoss. Juliet war wie betäubt, verstand kaum, was Josie sagte, die sie, gefolgt von allen, von Raum zu Raum zog. Die Wohnung war mit dem Wesentlichsten eingerichtet. Im Wohnzimmer stand eine alte, bequem wirkende Couch, auf der Kuscheldecken lagen. Es gab sogar einen Fernseher, einen Couchtisch und ein hübsches Regal, auf dem ihre Bücher und ihre persönlichen Dinge aufgereiht waren. Weiter ging's ins Schlafzimmer, das mit einem Schrank ausgestattet war, den wohl Peter organisiert hatte, denn er öffnete die Türen, erklärte etwas dazu, was an Juliet gänzlich vorbeirauschte, so wie alles zu einem nicht fassbaren Rausch wurde: ihre Kleidung, die fein säuberlich im Schrank lag, Ronny, der auf das Bett zeigte, ein richtiges Bett mit Lattenrost, Matratze und einem Nachttisch daneben, Siggis Pranke, die sie in die Küche dirigierte und ihr einen gefüllten Kühlschrank und Schübe voller Grundnahrungsmittel präsentierte. Katie übernahm den letzten Part, führte sie zu einer kleinen Essgruppe, auf der Platten mit Häppchen standen.

Juliet war völlig durch den Wind. Die Wucht dieser Eindrücke war wie ein gewaltiger Wasserschwall, der durch eine kleine Öffnung hindurch sollte. Und es wurde immer noch nachgegossen, denn nun legte David seinen Arm um Gero und bat um Ruhe. Juliet war vollkommen überwältigt und den Tränen nah. Tina und Josie bemerkten es und schlangen jeweils einen Arm um Juliets Taille.

»Liebe Juliet«, begann David, »nachdem du mit Schimmelpilzen maximal noch in Blauschimmelkäse in Berührung kommen solltest, hat Gero eine sehr hilfreiche Idee entwickelt. Was übrigens sehr selten vorkommt, denn meisten spielt er den Sklaventreiber und ...«

»Also, ich weise ganz weit von mir, dass diese Idee von mir stammt«, unterbrach Gero ihn, »die ist ganz allein auf Davids Mist gewachsen und ausnahmsweise ist mal was Brauchbares dabei herausgekommen. Liebe Juliet, das Magazin ›Lifestyle & Happiness‹ fühlt sich sehr geehrt, dich hiermit als fest angestelltes, neues Mitglied begrüßen zu dürfen und ...«

Lautes Aufjohlen, Klatschen und Juhu-Rufe unterbrachen ihn. Gero versuchte, mit erhobener Stimme gegen den Lärm anzukämpfen. »... mit der Aufgabe, offiziell die weiblichen Parts der Artikelreihe zu übernehmen plus sämtliche Deadlines im Auge zu behalten, weil David ...«

»Hey, was soll das!«, rief David dazwischen. »Wehe, das steht im Vertrag!«

»Und ob das im Vertrag steht! Du hast jetzt zwei Sklaventreiber! Haha! Siehst du! Nun haben alle was davon! Also, ihr alle, hoch die Gläser!«

Wieder erhob sich lautes Gejohle und Jubel, alle schauten Juliet erwartungsvoll an, aber ihr hatte es komplett die Sprache verschlagen und in ihrem Kopf drehte sich alles.

»Wartet ... wartet mal«, brach es endlich aus ihr hervor. »Gero, was hast du da eben gesagt?«

Die Frage war an Gero gerichtet, aber sie sah David dabei an.

»Ganz einfach, Sonnenschein«, antwortete der. »Du hast jetzt ein festes Einkommen, mit dem du deine Miete zahlen kannst. Und tust künftig das, was du wolltest: Schreiben.«

Juliet war unfähig, etwas zu äußern, und David nutzte das.

»Und ja, weil das Leben dafür da ist, Träume zu erfüllen, gibt es noch ein Schmankerl obendrauf.«

Juliets Beine wurden schwach.

»Was? Noch was?«, ächzte sie.

»Genau«, erklärte Gero. »Es wird gemunkelt, dass du ein Buch namens ›Trostworte‹ geschrieben hast. Josie hat einen alten Ausdruck davon gefunden … um es kurz zu machen, ich denke, das sollte veröffentlicht werden.«

Erwartungsvolle Gesichter starrten sie an. Tina streichelte beruhigend ihren Arm. Juliets Mund stand halb offen, sie atmete schwer. Sie musste nicht mehr in das versiffte Zimmer? Sie hatte einen Job? Sie konnte die Seminarreihe weitermachen? Und … *ihr Buch wurde veröffentlicht?* Ein Keuchen entfuhr ihr, während die anderen ihr bei dem Versuch zuschauten, das zu begreifen.

»O mein Gott«, flüsterte sie. »Ich weiß nicht, was ich sagen soll. Das ist …«

»Sag einfach Danke«, röhrte Siggi. »Und gut is!«

»Danke!«, brach es aus Juliet heraus. Sie bebte in Tinas Arm wie Espenlaub und klammerte sich an deren Hand. »Danke! Danke! Danke! Danke euch allen! Danke, Frau Kleinecke! Danke, Gero! Und danke …«

»Reicht!«, schnitt Siggi ihr das Wort ab. »So – und jetzt wird gefeiert!«

Die anderen jubelten wieder laut, hoben die Gläser, schrien durcheinander, »September« von Earth, Wind & Fire dröhnte durch den Raum und alle fingen an zu tanzen.

Aber Juliet stand wie festgemeißelt da. Sie kam sich vor wie ein Zuschauer in ihrem eigenen Leben, als liefe dieses gerade in Slow Motion ab. Die Menschen hüpften um sie herum, umarmten sich, umarmten sie, doch in ihr war es unglaublich still. So still, dass sie das spürte, was sie bei Steve gespürt hatte. Eine mächtige, ruhige, verlässliche Präsenz. Ihre Augen schweiften zu David, der so regungslos dastand wie sie. Ohne Zweifel wusste Juliet, dass er das alles in die Wege geleitet hatte. Ihre Blicke trafen sich, versanken ineinander, wie beim Tanz auf Kreta lächelte keiner von ihnen. Die Umgebung wurde unscharf, Geräusche, Stimmen, Musik traten in den Hintergrund. In diesen Sekunden gab es nur sie und David, befanden sie sich in einem anderen Universum. Alles schien zu schweben, war vibrierende Energie. Der Moment hielt an, dehnte sich, bis sich seine Lippen unmerklich nach oben bogen und sich ein scheuer Glanz in seinen Augen spiegelte. Juliet stellte ihr Sektglas ab, wollte auf ihn zugehen, aber in diesem Moment warf sich Josie mit einem Aufschrei an ihren Hals, küsste sie ab und schleuderte sie in die dreidimensionale Realität zurück.

»Oh, ich freue mich so für dich!«, kreischte sie. »Das ist einfach fantastisch!«

Juliet schlang ihre Arme um Josie und presste sie an sich, während das Gefühlschaos in ihr tobte.

🎵 Fool 🎵

The Sweeplings

Lorenz war an diesem Abend unterwegs zu einer Akademikerverabschiedung. Das war ein großes Event, zu dem Kollegen nebst Lebenspartner aus aller Welt eingeladen wurden, und er freute sich darauf, alte Bekanntschaften aufzufrischen. An solchen Abenden war er froh, einen Schlussstrich gezogen zu haben. Zu gut erinnerte er sich an das miese Gefühl, sich selbst in einen Smoking zu werfen, während Juliet danebengestanden hatte. Oder diese vielsagenden Blicke, wenn er sie seinen distinguierten Kollegen und Gattinnen als seine Frau vorstellte.

Aber Juliet war nie beleidigt gewesen, hatte ihn stets mit offenen Armen empfangen. Das war Größe. Hätte er das gekonnt? Lorenz' Herz schmerzte, er konnte sie kaum aus seinen Gedanken verbannen. Oh, diese Nächte mit ihr! Und dieser Abend, als sie das erste Mal den Vamp aus sich herausgeholt hatte! Sie hatte geglänzt! Er hatte die bewundernden Blicke der Männer und den Neid mancher Frauen jetzt noch auf der Netzhaut. Ja, sie waren neidisch, das war alles! Sollten sie doch gackern! Er war fest überzeugt gewesen, damit vielen das Maul gestopft zu haben. Aber Hubert hatte ihm den Zahn am nächsten Tag ruckartig gezogen.

»Was hat sie sich denn *dabei* gedacht?«, hatte er gefragt und Lorenz sorgenvoll angeschaut. »Schlimm genug, dass sie keine Historie hat, aber als Ausgleich ihre Reize zur Schau zu stellen, ist ja mehr als billig. Ach, mein Freund, du hast es nicht leicht.«

Lorenz war aus allen Wolken gefallen, als er Huberts weiteren Äußerungen entnommen hatte, Juliets Eindruck an diesem Abend wäre nicht, wie er geglaubt hatte, glamourös gewesen, sondern hätte einer Frau aus dem Rotlichtmilieu entsprochen. Ein Umstand, über den sich die gesamte Kollegenschaft den Mund zerrisse, informierte ihn Hubert.

Diese Episode hatte eine tiefe Kerbe in die Beziehung zu Juliet geschlagen. Egal, wohin er sich bewegte – er würde niemals weiterkommen. Er liebte Juliet, aber hing zwischen seinen Gefühlen. Hatte so gehofft, diese Herausforderung endlich mal los zu sein und diese Liebe schlicht genießen zu können. Doch das Gespräch mit Hubert hatte jede Zuversicht zerschlagen. Ab diesem Moment war der Groll ungehindert hervorgequollen, hatte gewuchert wie eine bösartige Geschwulst.

Hätte er es verhindern können? Für den Bruchteil einer Sekunde leuchtete ein winziges Ja in ihm auf, zu schwach, um eingefangen zu werden.

Lorenz zog das Handy aus der Tasche und scrollte die Fotos durch, bis er eines von Juliet im Abendkleid fand. Wenn sie jetzt hier wäre ... er wüsste genau, was er mit ihr anstellen, was sie mit ihm tun würde ... in der Badewanne, unter der Dusche ... Schauer durchjagten ihn, Blut schoss in seinen Unterleib. Und nicht nur das, er sehnte sich nach ihrer Wärme und Liebe. Lorenz fluchte leise, drückte das Foto und seine Gefühle weg.

Sie hatte ihn blockiert. Diese Erkenntnis war wie ein Eimer kaltes Wasser über die kurz zuvor empfundene Leidenschaft. Ganz sicher hatte er richtig gehandelt.

Wie erwartet traf Lorenz viele alte Freunde, mit denen er nach der offiziellen Verabschiedung bei einem mehrgängigen Menü zusammensaß. Die Runde war locker, schon zur Begrüßung war Champagner geflossen und jeder Gang wurde von einem entsprechenden Wein begleitet, was die Leute zusehends redseliger machte.

»Wo ist denn deine junge Frau heute Abend?«, erkundigte sich Bruno Westernhagen, einer jener Kollegen, die er lange nicht gesehen hatte.

»Wir sind nicht mehr zusammen«, antwortete Lorenz. »Ich habe es beendet.«

»Ach!«, stieß Bruno verdutzt hervor. »Was hat dich denn diesen Schritt tun lassen? Ihr wart doch ein so schönes Paar! Du hattest sicher triftige Gründe?«

Lorenz verschloss sich. In seiner Wahrnehmung wartete Bruno auf einen kleinen Skandal à la »Ich habe sie mit einem anderen – einem Jüngeren! – erwischt«. Brunos ehrlich gemeinte Freundlichkeit rauschte schlicht an ihm vorbei.

»Die hatte ich«, gab er kühl zurück.

»Wie schade!«, schaltete sich nun eine Frau in das Gespräch ein. »Hubert hat davon erzählt, dass ihr kein Paar mehr seid.«

»Sie war vielleicht doch zu jung«, rechtfertigte sich Lorenz. Aber die Rehabilitation, die er für diesen Schritt erwartet hatte, blieb aus.

»Wer sagt das?«, wandte Bruno grinsend ein. »Der olle Hubert oder du? Wir haben dich alle um diese Beziehung beneidet! Stimmt's?«

Zustimmung heischend sah sich Bruno in der Runde um. Erstaunt registrierte Lorenz, wie viele am Tisch nickten.

»Beneidet?«, fragte er bestürzt.

»Na, hör mal! Wie die dich angesehen hat! So müsstest du mich mal wieder ansehen, Elke, das wär mal was, oder?«

Die Runde lachte und Elke knuffte spielerisch den Arm ihres Mannes. »Na, dann sorg dafür, dass ich Grund habe, dich so anzusehen!«, konterte sie und hatte damit die Lacher auf ihrer Seite. »Ich kann's kaum erwarten!«

»Ihr wart doch so glücklich«, wunderte sich ein Nächster. »Ich kann mich noch an die Anfangszeit erinnern … du bist ja nicht mehr auf der Erde gelaufen! Mannomann! Ihr habt uns allen einen Push verpasst!«

Wieder lachte die Runde.

Aber Lorenz drehte sich der Kopf. »Wir … wir waren auch glücklich«, krächzte er.

»Warum hast du dich dann getrennt?«

Lorenz war verwirrt. Irgendetwas lief hier völlig falsch und er musste herausfinden, was. Mutig setzte er an: »Ich habe immer gedacht, ihr habt die Beziehung verurteilt. Uns verurteilt.«

Inzwischen beteiligte sich der ganze Tisch am Gespräch.

»Klar, zu Beginn war es gewöhnungsbedürftig«, sagte einer. »Ich meine, damals war sie zwanzig!«

»Genau«, hakte seine Gattin ein. »Hubert hat uns erzählt, du hättest dich nur vergnügen wollen, was ich sehr unsympathisch fand. Aber du hast bewiesen, dass du es ernst meintest.«

»Wir hatten alle schon Mitleid mit der Kleinen. Die war ja so was von verliebt in dich. War das schnuckelig, oder?«

Die Runde brach in Gelächter aus. »Wisst ihr noch, wie sie sich das erste Mal so richtig rausgeputzt hat? Ich dachte, ich sei in Hollywood!«

»Das war unvergesslich! Vor allem Helgas Blick!« Brunos Frau senkte ihre Stimme. »Die ist an ihrem Neid fast erstickt!«

»Himmel, die hat so rattenscharf ausgesehen. Jeder hat dich um sie beneidet, Lorenz.«

»Und jede Frau hat *sie* um dich beneidet«, warf eine der Frauen ein. »Ihr wart echt ein tolles Paar.«

»Wieso hast du Schluss gemacht?«

»Ist doch klar! Weil sie jetzt zu alt für ihn ist!«, fiel ein anderer ein und löste eine Lachsalve aus.

»Genau, die nächste Zwanzigjährige muss her!«

Lorenz verfärbte sich. *Wirst mal sehen, wie schnell dein Ruf wiederhergestellt ist*, hörte er Hubert in seinem Kopf. Genau das Gegenteil passierte gerade! Und alle am Tisch warteten insgeheim auf die *triftigen* Gründe für seine Entscheidung! In dem Maße, wie sein Kopf wegen einer Antwort rotierte, erkannte er plötzlich, dass es keine Gründe gab. Zumindest keine triftigen.

»Moment mal«, wehrte er sich erbost. »Ich möchte euch daran erinnern, dass ihr es Juliet alles andere als leicht gemacht habt. Uns nicht leicht gemacht habt! Um genau zu sein, habt ihr uns das Leben zur Hölle gemacht!«

Die Runde verstummte verblüfft.

»Das Leben zur Hölle gemacht? Wie hätten wir das anstellen sollen?«

»Okay«, fauchte Lorenz, »lasst uns offen reden. Wir sind ziemlich geschnitten worden, wurden auf etliche Veranstaltungen nicht mehr eingeladen und …«

»Na, das hast du wohl eher deiner Ex zu verdanken«, stellte Bruno richtig. »Mag ja sein, dass es ein paar dünkelhafte Exemplare unter uns gibt, aber wer richtet sich denn nach denen?«

»Im Übrigen hast *du* dauernd abgesagt! Wir dachten, du bist dir zu fein für unsere harmlosen Abende.«

»Eben! Du warst es doch, der die Kleine nicht mehr mitgenommen hat!«

»Was wir nicht besonders sympathisch fanden«, wiederholte die Frau von vorhin.

»Also, ich hätte mich nicht einfach so wegstecken lassen«, stimmte ihre Freundin zu.

»Wahrscheinlich wollte Lorenz seinen Sex-Appeal in Ruhe auch an anderen Frauen testen«, scherzte Bruno, und erneut brach die Runde in Gelächter aus.

Lorenz konnte partout nicht mitlachen. Er war entsetzt. Hatte er sich die Missachtung fünfzehn Jahre lang lediglich eingebildet? Sich hineingesteigert? Nur die registriert, die ihm nicht wohlgesonnen waren, alles durch eine graue Brille gesehen ... Juliet durch eine graue Brille gesehen? Und Hubert ... Hubert hatte dafür gesorgt, dass diese Brille grau geblieben war? Oder hatte sie ihm sogar erst verpasst? Aber wenn dem so wäre ... ja, wenn dem so wäre, dann hatte er nicht nur etwas Schönes kaputt gemacht, er hatte es gar nicht erst so schön werden lassen, wie es hätte sein können. Weil er geglaubt hatte, was er geglaubt hatte? Das konnte nicht sein! Er war ein erwachsener Mann, der Unterscheidungsvermögen besaß!

In ihm tobte es, während sich die Unterhaltung anderen Themen zuwandte und ihm einmal mehr klarmachte, dass er seinen Ruf und seine Identität viel zu ernst genommen hatte. Dass er sein Leben davon hatte bestimmen lassen, was sein Kopf dachte. Ein Kopf, der gefüllt war mit der Meinung anderer – und dem er gerade sehr misstraute.

Wie betäubt stand er auf, ging auf die Toilette, lehnte am Waschtisch und betrachtete erneut das Foto von Juliet. Ihre Worte vom Abendessen läuteten wie Glocken in ihm. »Ich will dich zurück, Lorenz. Weil ich dich liebe. Weil du für mich der Mann meines Lebens bist ... und es immer sein wirst.«

Er schluckte. Wie konnte sie das sagen und sich so schnell anderweitig orientieren? Oder war das auch eine falsche Wahrnehmung? In diesem Moment hörte er die Toilettenspülung rauschen und Frank kam aus der Kabine. Frank, der sich an der Unterhaltung am Tisch kaum beteiligt hatte.

Mit energischen Bewegungen seifte er seine Hände ein. Ihre Blicke trafen sich kurz im Spiegel.

»Typischer Fall von Egozentrik, das alles. Echt schade, Lorenz, ich hätte dich für klüger gehalten.«

»Egozentrik?«, griff Lorenz tonlos das Wort auf.

»Genau. Bist total fixiert auf dich. Meinst, jeder redet ausschließlich über dich. Solche Annahmen entstehen, wenn man sich zum Nabel der Welt macht. Meinst du, die Leute halten dich für so wichtig, dass sie dich jahrelang zum Tagesgespräch haben?«

»Verdammt, Frank, natürlich nicht! Aber sie haben sich eine feste Meinung gebildet, die sie jedes Mal, wenn ich mit Juliet irgendwo war, aufgefrischt haben!«

»Egozentrik«, beharrte Frank. »Die Welt dreht sich einzig und allein um Lorenz. Alles andere findet keine Berücksichtigung. Jeder schiefe Blick, jede vermeintlich unfreundliche Geste münzt du auf dich. Willst du wissen, warum das egozentrisch ist? Weil du dir nicht eine Sekunde Gedanken machst, in welcher Verfassung der andere wohl sein könnte. Vielleicht hatte der einen schlechten Tag und schaut deshalb ein wenig schräg. Vielleicht hätte er von dir ein aufmunterndes Lächeln gebraucht, statt miese Gedanken unterstellt zu bekommen, die er gar nicht hat. Falsche Wahrnehmung, mein Freund. Filter im Kopf. Gift für jede Beziehung. Leider weit verbreitet. Ist der Grund für das Scheitern der meisten Partnerschaften, weil jeder denkt, seine Emotionen und Gefühle seien das Wichtigste auf der Welt.«

Frank trocknete sich die Hände ab, zog die Brauen hoch und verschwand.

Stumm blieb Lorenz, wo er war. Dieser Abend hatte es in sich. Er stützte sich auf dem Waschtisch ab und starrte sein Spiegelbild an. Ihm war, als hätte man ihm eine Maske vom

Gesicht gerissen. Und der Typ darunter war ihm gar nicht sympathisch. So wollte er nicht sein.

Zutiefst deprimiert verließ er die Party, kippte sich zu Hause einen doppelten Whisky hinter die Binde, schenkte nach, saß am Küchentisch, zu nichts anderem fähig, als vor sich hin zu starren. Selbst seine Gedanken waren eingefroren, als wage sein Kopf nicht, über das nachzudenken, was ihm dieser Abend offenbart hatte.

Wie immer war es still im Haus. Zu still. Er tippte auf sein Handy, las alte Nachrichten, rief Bilder auf. Seine Kehle war wie zugeschnürt. Juliets leuchtende Augen, ihr ewig verliebter Blick gaben ihm den Rest, rissen den Damm endgültig nieder. Lorenz legte seinen Kopf in die Hände und schluchzte. Was hatte er nur angerichtet? Er hatte Jahre verschleudert! Er hatte etwas Wunderschönes kaputt gedacht! Er hatte weder Rückgrat bewiesen noch das geschätzt, was sie ihm gab!

Lorenz weinte. Zum ersten Mal seit Langem weinte er wieder.

»O mein Gott, ich bin so ein Idiot!«, flüsterte er. »Es tut mir leid, es tut mir so leid!«

Eine Flut an Erinnerungen rauschte im Zeitraffer durch seinen Kopf, verharrte bei einzelnen Szenen – und sein Magen drehte sich um, als er an jene dachte, die ihr ihre Fröhlichkeit geraubt hatten. Er war vor ihrer Trauer ausgerissen, hatte sie nicht mittragen wollen, weil es ihn zu sehr belastete. Sie hatte so viel verloren – und er hatte keine Worte für sie gehabt? Hatte nur den Moment herbeigesehnt, wo er sich von ihr befreien konnte? Und sie in der Hoffnung gewiegt, er würde sie heiraten? Hatte an ihrem Jahrestag alles zerstört, was ihr wichtig war? Ihm wurde schwach vor Scham. Kein Wunder, dass sie die Nase voll hatte! Eher war es ein Wunder, dass sie das so lange mitgemacht hatte! In seinem Kopf begann sich ein Was-wäre-wenn-Kreisel zu drehen.

Was wäre gewesen, wenn er zu ihr gestanden hätte? Wenn er allen die Stirn geboten hätte? Und ja, verdammt, was wäre, wenn sie ein Baby gehabt hätten? Es wäre Leben im Haus! Nicht diese tödliche Stille! Juliet wäre glücklich gewesen. Und das hatte sie doch mehr als verdient.

Sein Herz schlug laut und heftig. Er wusste, wo sie wohnte. Er musste das wiedergutmachen. Irgendwie.

※

Die Party war die schönste, die Juliet je gefeiert hatte. Irgendwann waren sie im Garten gelandet, hatten Riesenpizzas bestellt, Rotweinflaschen geöffnet und Windlichter angezündet.

David legte Discomusik auf, und die Erste, die auf der Tanzfläche zu finden war, war Frau Kleinecke, die sich vor Glück über den Tumult in ihrem Haus kaum halten konnte. Ausgelassen tanzten und lachten sie bis in die späten Abendstunden.

Gegen elf Uhr verabschiedete sich einer nach dem anderen. David machte den Anfang, hauchte Juliet einen Kuss auf die Wange, erklärte, noch arbeiten zu müssen, und verschwand. Sie hätte sich so gern persönlich und in aller Ruhe bei ihm bedankt, aber es hatte sich keine Gelegenheit ergeben. Die anderen räumten mit auf, dann gingen auch sie.

Zwanzig Minuten später stand Juliet in ihrer neuen Wohnung und fühlte sich wie in ein anderes Universum versetzt. Verzaubert wandelte sie von Raum zu Raum. Sie konnte sich morgen ein Frühstück machen und an einem Tisch sitzen. Sie konnte heute Nacht bei offenem Fenster schlafen, mit Lavendel- und Rosenduft in der Nase. Sie hatte eine Arbeit. Und … ihr Buch wurde verlegt! Sie fühlte sich wie der reichste Mensch der Welt, und eine Welle von Dankbarkeit und Liebe stieg in ihr auf.

All das hatte sie David zu verdanken.

Als Josie nach Hause kam, saß ihr Vater im Smoking mit einem Cognac bewaffnet in der Essecke der Küche.

»Hey, Josie«, grüßte er. »Du bist ja noch im Land. Wolltest du nicht längst wieder weg sein?«

»Ich musste umplanen«, erwiderte sie kühl und machte Anstalten, in ihr Zimmer zu verschwinden.

»Wo warst du denn?«, fragte er freundlich.

»Auf einer Party«, erwiderte sie kurz, warf ihm ein unpersönliches »Bin müde, ich geh ins Bett, gute Nacht« hin und verschwand nach oben.

Lorenz wunderte sich. Was hatte sie? Warum war sie so kühl? Er hatte gehofft, von ihr ein paar Infos über Juliet zu bekommen, da sie sich neulich getroffen hatten. Fast war er versucht, noch mal an Josies Zimmertür zu klopfen, als ihr Handy klingelte. Er ging dem Geräusch nach, fand das Gerät in ihrer Tasche und beschloss, es ihr zu bringen. Das bot einen willkommenen Aufhänger. Das Läuten war verstummt. Verpasster Anruf von Becky.

Lorenz horchte nach oben. Das Wasser rauschte. Josie duschte immer vor dem Zubettgehen. Unschlüssig stierte er auf das Handy in seiner Hand, und ehe ihn hinderliche Skrupel erfassen konnten, suchte er in Josies Kontaktliste nach Juliet.

Und da war sie. Noch immer mit dem alten Profilbild – er und sie, glücklich in die Kamera lachend, ein spanischer Sonnenuntergang im Hintergrund. Sie hatte das Bild nicht geändert! Sein Herz begann hoffnungsvoll zu klopfen. Plötzlich stellte er sich vor, wie das wäre, wenn er ins Schlafzimmer käme, sie wäre da und er könnte ihren nackten, anschmiegsamen Körper an sich drücken. Wie oft war daraus ein genussvoller Guten-Morgen-Quickie entstanden! Er träumte davon, wie sie zusammen ausgehen, in Urlaub fahren, ein Glas Rotwein am Meer trinken würden …

Das Geräusch des Föhns riss ihn aus seinen Träumereien. Hastig scrollte er durch den Gesprächsverlauf zwischen Juliet und Josie, aber der gab wenig Aufschluss.

Bing! Eine Nachricht von Becky erschien.

»Hat alles geklappt?«, wollte sie wissen. »Wie war's?«

Ohne nachzudenken, tippte Lorenz auf Beckys Nachricht, und ein viel aufschlussreicherer Chat plus jeder Menge Bilder eröffnete sich ihm.

Fotos von einem unappetitlichen Zimmer, mit einer Matratze auf dem Boden, das eher einer Gefängniszelle glich. Er wischte weiter. Das Bad tauchte auf, grüner Span an den Hähnen, eine Dusche, in der man keinen Hund sauber machen wollte, ein Waschbecken, das aussah, als bräche es im nächsten Moment auseinander. Warum schickte Josie ihrer Schwester solche Fotos? Doch mit den nächsten Bildern stockte ihm der Atem. Auf diesen lag auf der Matratze ein in Decken gewickeltes Bündel Mensch. Und endlich war eine erklärende Bildunterschrift dabei.

»Becky, das ist seit Monaten Juliets Bleibe. Sie ist total abgemagert, hat hohes Fieber und einen schrecklichen Husten. Wir schaffen sie gerade ins Krankenhaus. Ruf mich an!«

Schockiert starrte Lorenz auf die Fotos, las sich durch die kleinen Botschaften, versuchte, sich ein Bild zu machen. Wann war das gewesen? Vor einer Woche! Als sie ihn um die fünfhundert Euro gebeten hatte! Sein Herz zersprang fast vor Qual. *Falsche Wahrnehmung! Du bist egozentrisch!* Ein Keuchen entfuhr ihm. Impulsiv riss er eine Jacke vom Haken und rannte nach draußen.

Nach einer schlaflosen Nacht rief er Bruno an, den Kopf voller Zweifel.

»Hör mal, wegen unseres Gesprächs gestern ... Du hast gesagt, ich wäre den Einladungen nicht gefolgt. Ich habe aber gar keine bekommen. Warum nicht? Warum hat das just in dem Moment aufgehört, als ich das erste Mal mit Juliet aufgetaucht bin? Ich bin informiert, Bruno. Hubert hat mir eure Bemerkungen zugetragen. Jede einzelne. Ihr könnt nicht solche Sätze absondern und dann so tun, als ob nichts wäre!«

Am anderen Ende der Leitung blieb es still. Aufatmend meinte Lorenz, einen Volltreffer gelandet zu haben, bis ihn Brunos ungläubige Stimme eines Besseren belehrte.

»Hubert? Sagtest du, *Hubert* hat dir Bemerkungen zugetragen? Von uns?«

»Jede Menge!«, rief Lorenz erbost. »Und jede einzelne war ein Stich in den Rücken!«

»Welche Bemerkungen sollen das denn gewesen sein?«

»Dass Juliet zu jung ist! Dass wir lediglich eine Sexbeziehung haben! Dass ich der geile Prof bin, der auf Jüngere steht und Studierenden nachstellt! Dass Juliet keinen akademischen Grad hat! Eine billige Bürokraft unter eurem Niveau wäre! Soll ich weitermachen?«

»Sag mal, geht's noch? Und auf diesen Kloßkopf hörst du? Eines solltest du wissen, Lorenz, wir verkehren nicht mit Hepphausen. Ich weiß nicht, in welchem Universum du lebst, aber jeder weiß, dass der nicht richtig tickt.«

»Bitte?« Die nächsten Pfeiler seiner alten Welt begannen in Lorenz zusammenzustürzen.

»Hepphausen hat den totalen Knall! Hör mir bloß auf mit dem! Der spioniert jedem hinterher und spielt Moralpolizei, das ist doch krank! Keiner nimmt den für voll. Außer dir vielleicht. Wir haben niemals solche Dinge gesagt, Lorenz. Ja, am Anfang haben wir über den Altersunterschied gewitzelt, nur war das nie böse gemeint. Keine Ahnung, warum das bisher nicht bis zu dir durchgesickert ist, aber Hepphausen hat bereits eine Anzeige wegen Stalking am Hals.«

Lorenz' Augenlider flatterten. »Er hat mir davon erzählt. Er sagte, das wäre ein Student, der sich rächen wollte, weil er ihn aus seinem Seminar geworfen hat.«

»Und du glaubst diesen Mist? Welcher Student ist so blöd und riskiert so was? Hepphausen hat hochgradig spioniert! Frag ihn mal nach Fotos! Bin sicher, er kann dir einiges zeigen.«

»Fotos?«, ächzte Lorenz.

»Ja, Fotos. Von allem und jedem! Solltest du jemals fremdgegangen sein – Hubert weiß es.«

Lorenz verschlug es für Sekunden die Sprache.

»Woher nimmst du das?«

»Er hat versucht, einen Freund von mir zu erpressen, der ihn ebenfalls anzeigen wollte, es allerdings nicht getan hat – weil Hubert Fotos hatte.«

Völlig entsetzt hielt Lorenz den Hörer in der Hand.

»Du verkohlst mich«, brachte er schließlich hervor.

»Wieso sollte ich?«

»Aber ... was hat er denn davon?«

»Die Macht, andere nach seiner Pfeife tanzen zu lassen. Und was den Rest angeht, Lorenz, du behauptest, dass wir deine Frau ablehnen, weil sie keinen akademischen Grad hat? Den hat meine Uschi auch nicht. Aber ich bewundere meine Frau über alles. Sie ist das Herz und das Zentrum unserer Familie.«

Lorenz fühlte sich mit dieser Antwort abgewatscht.

»Aber warum ... warum habt ihr mich von den Veranstaltungen ausgeschlossen? Das ist schließlich Fakt!«, verteidigte er sich schwach.

»Tja, das dürften die Klubs gewesen sein, wo deine Ex Einfluss hat – und Hepphausen Schatzmeister oder Sekretär ist ... oder einen beeinflussbaren Kumpel unter seiner Knute hat. Kapier es doch endlich, Lorenz, der Kerl ist krank! Wieso schnallst du das nicht?«

Lorenz schnappte nach Luft.

»Hör mal«, sagte Bruno in Lorenz' Schockstarre hinein, »wenn man nicht kommuniziert, kommt es nun mal zu Missverständnissen, und du hast dich bewusst ferngehalten. Vielleicht hast du daher Wesentliches nicht mitbekommen. Zum Beispiel, dass es überaus ratsam ist, sich so weit weg wie möglich von einer Bazille wie Hepphausen aufzuhalten. Der liebt Zerstörung. Das ist sein wichtigster und schönster Zeitvertreib.«

»Bruno!«, stürzte es aus Lorenz heraus. »Ich ... ich weiß nicht, was ich davon halten soll! Hubert war die Jahre über für mich stets ein verlässlicher Freund!«

»Find's selber raus, was du davon halten willst. Aber ist dir nie aufgefallen, dass Hubert über alles perfekt informiert ist? Woher kommt das, Lorenz?«

Bruno schilderte ihm noch weitere brisante Details, und in Lorenz herrschte pures Chaos. Als er auflegte, zirkulierte der Inhalt in seinem Kopf weiter und schleuderte Huberts letzte Bemerkungen an die Oberfläche.

Ich habe sie im ›Coffee & Bubbles‹ gesehen ...

Die war mit diesem Meixner unterwegs, ich kannte seinen Vater, ein unangenehmer Mann ...

Du machst dir umsonst Sorgen, ihr geht es besser als dir ...

Ihr ging es überhaupt nicht gut! Sie lag im Krankenhaus!

Sein Ego wehrte sich gegen dieses so völlig andere Weltbild, wehrte sich dagegen, derartig manipuliert worden zu sein.

Am Boden zerstört googelte er Gero Meixner, über den es einen Wikipedia-Eintrag gab, der ihm dessen Wohnort verriet. Er lebte in einer benachbarten Stadt. Wie hatte Hubert mitbekommen, dass Juliet in Meixners Haus gewesen war? Er hatte sich zufällig zu dieser Uhrzeit in dieser Stadt und in genau dieser Straße aufgehalten?

Lorenz ließ sich in seinem Bürostuhl nach hinten fallen. Was hatte er nur angerichtet?! Sein Herz schlug ihm bis zum Hals, als er an das miese Zimmer dachte. Er musste sie sehen. Er musste das irgendwie wieder geradebiegen – aber die Scham lähmte ihn. Wie konnte man so etwas jemandem verzeihen?

♪ Making All Things New ♪

Aaron Espe

Juliet brauchte am nächsten Morgen eine volle Minute, um sich zu erinnern, wo sie war. Vogelgezwitscher drang an ihre Ohren, eine leichte Sommerbrise strich durch den Raum, vor dem offenen Fenster wiegte sich sanft ein Zweig im Sonnenlicht. Ein glückliches Lächeln glitt über ihr Gesicht. Das Paradies könnte nicht schöner sein! Wohlig rekelte sie sich noch ein paar Minuten unter der Decke und wanderte danach durch die Wohnung. Sie hatte Platz! Luft! Sonne! Natur! Ihr Herz, jede Zelle in ihr strömte über vor Dankbarkeit.

Es war ein herrlicher Sommermorgen und von unten zog Kaffeeduft herauf. Als Juliet von ihrem Balkon nach unten schaute, deckte Frau Kleinecke auf der Terrasse einen Tisch.

»Guten Morgen, Frau Kleinecke!«, rief sie.

»Guten Morgen! Wie haben Sie geschlafen? Wollen wir gemeinsam frühstücken?«

Einen schöneren Beginn hätte sich Juliet nicht vorstellen können. Selig stand sie unter der Dusche in dem komplett renovierten Bad und saß zehn Minuten später in einem blumenreichen Garten mit einer heißen Tasse Kaffee in der Hand. Es fühlte sich an wie im Traum. Frau Kleinecke war ebenso glücklich, schwärmte vom gestrigen Abend und machte Juliet all die Wunder noch einmal bewusst.

Mit der Kaffeetasse stießen sie auf das Du an und besprachen die Aktivitäten der nächsten Woche. Juliet überschlug sich fast vor Freude, ein Mittag- und Abendessen kochen zu können.

»Oh, nein, das ist gar keine Mühe«, erklärte sie Grete mehrmals, die Sorge hatte, das wäre zu viel. »Du glaubst gar nicht, wie ich das genieße, in einer anständigen Küche ein Essen zuzubereiten! Das hatte ich so lange nicht mehr.«

Es war erstaunlich, wie sehr man sich über die kleinen Dinge des Lebens freuen konnte. Für Juliet waren jeder Grashalm, jede Blume, jeder Windhauch ein Geschenk. Grete zeigte ihr eine kleine Laube, in der sie ungestört schreiben konnte, und versicherte, dass sie den Garten jederzeit nutzen dürfe. Und oben in Juliets luftiger Wohnung stand ihr kleiner Schreibtisch an der offenen Balkontür, mit Blick in den Garten. Das war das Nächste, was sie kaum begreifen konnte: Sie hatte einen Job! Einen, den sie jetzt schon liebte! Tausend Gedanken schwirrten ihr durch den Kopf. All das wäre nie passiert, wenn Lorenz nicht Schluss gemacht hätte, wenn sie nicht angefangen hätte, sich auf sich selbst zu konzentrieren und ihren eigenen Weg zu gehen. Wenn sie nicht auf David getroffen wäre.

Sie fühlte sich voller Lebenslust und Tatendrang.

»Elle, du hattest recht«, schrieb sie ihr. »Wünsche werden oft auf andere Weise wahr als gedacht. Ich wollte dich wissen lassen, dass ich gerade sehr glücklich bin.«

Elle war nicht online, aber das machte gar nichts. In zwei Wochen würde es losgehen in den Lake District. Juliet freute sich unbändig auf die Reise, darauf, mit David zusammen zu sein, ahnte, dass er sich in der Intimität dieser Tage öffnen wollte. Er hatte sich zurückgezogen, um so viel wie möglich aufzuarbeiten, damit er einigermaßen entspannt die Reise antreten konnte. Sie zählte die Tage, bis sie ihn wiedersehen würde. Längst fühlte sie nicht nur Dankbarkeit für ihn.

Lorenz gehörte nicht zur impulsiven Sorte Mensch. Er musste die Lage sondieren, so viel Informationen wie möglich sammeln, und suchte deswegen das Gespräch mit Josie. Als er am nächsten Morgen herunterkam, stand ihre Reisetasche fertig gepackt an der Tür und sie selbst mit einem Kaffee in der Küche.

»Du gehst?«, fragte er betroffen.

»Ich muss, ich war sowieso länger als geplant hier.«

Sie stellte die Tasse weg, es war klar, sie wollte los. Lorenz tat das weh.

»Wie geht es Juliet?«, wagte er sich vor.

»Gut«, entgegnete sie einsilbig.

»Ist sie … ist sie eigentlich inzwischen wieder liiert?« Sein Herz begann zu klopfen.

Ein ungnädiger Blick streifte ihn. »Wozu willst du das wissen?«

»Weil ich sie mal besuchen wollte, und da wäre es gut, wenn ich Bescheid wüsste.«

»Ich dachte, ihr wolltet euch nicht mehr sehen.«

»Das wollte sie. Nicht ich.«

»Kann ich ihr nicht verdenken.«

»Josie«, versuchte Lorenz zu erklären. »Ich … in den letzten Tagen habe ich mir viele Gedanken gemacht, ich meine … es war nicht leicht mit diesem Altersunterschied und …«

»Oh, hör auf!«, fauchte Josie wütend. »Hör auf damit! Ich kann es nicht mehr hören! Deine ewigen Entschuldigungen dafür, dass du kein Rückgrat hast!«

»Josie!«, rief Lorenz, und Abwehr regte sich in ihm. »Du kannst das nicht verstehen, du …«

»Und ob ich das verstehe!« Josie kam einen Schritt auf ihn zu und sah ihm mit einer Mischung aus Enttäuschung und Frust in die Augen. »Ich verstehe es besser, als du denkst, Papa. Und weißt du, warum? Weil ich mich in jemanden verliebt habe, der vierzehn Jahre älter ist als ich.«

»Du … du hast dich verliebt?«, stotterte Lorenz. »In einen Älteren?«

»Ja, er heißt Gero Meixner. Wir stehen erst am Anfang, es ist also zu früh, etwas darüber zu sagen. Aber eines weiß ich sicher: Gero würde nie, niemals so denken, wie du es jahrelang getan hast!«

Das schlug ein wie eine Bombe. Gero Meixner! Und seine Josie! Lorenz war sprachlos. Josie stellte ihre Kaffeetasse in die Spüle, schwang den Rucksack über ihre Schulter und wollte an ihm vorbei.

»Tut mir leid, Papa, aber ich muss los.«

»Josie, bitte! Ich weiß, dass ich viel falsch gemacht habe. Ich bereue es zutiefst. Und ich suche einen Weg zurück.«

Entgeistert starrte sie ihn an. Lorenz wirkte so sturzunglücklich, dass Mitleid sie überkam. Aber hatte er nicht vor Kurzem noch nicht mal fünfhundert Euro für Juliet übrig gehabt? Ihre Lippen zuckten, ihre Hand umklammerte den Gurt des Rucksacks.

»Ich … weiß nicht, ob es den gibt«, erwiderte sie zögernd. »Manchmal ist es für gewisse Dinge einfach zu spät.«

Ihre Worte waren wie ein glühender Dolchstoß in sein Herz. Er schmerzte so sehr, dass Lorenz nicht wusste, wohin damit. Bezeichnenderweise standen sie an der gleichen Stelle, an der er Juliet vor einem halben Jahr den riesigen Blumenstrauß überreicht hatte. Heute begriff er den Schock, den er ihr versetzt hatte, in vollem Umfang. Denn diesmal fühlte er den Schock selbst.

»Lass uns reden, Josie«, bat er heiser.

»Ich kann nicht, Papa. Gero wartet auf mich. Wir telefonieren, okay?«

Josie ging.

Beklommen setzte sich Lorenz an den Küchentisch. Erinnerte sich an Juliets Versuche, ihn zurückzugewinnen.

»So leicht gebe ich nicht auf«, flüsterte er. »Du hast um mich gekämpft, Juliet. Nun kämpfe ich um dich.«

Sein Kopf begann, einen Plan zu entwerfen.

✦

Zehn Tage waren ins Land gegangen, Juliet hatte sich vollständig erholt. Sie bestand nur noch aus Glück. Diesmal war es leicht, jeden Tag bewusst ihr Herz zu aktivieren, und sie nahm sich vor, das auch in herausfordernden Zeiten anzuwenden. Doch die Früchte dieser Arbeit begannen sich vor ihr auszubreiten.

Gero kam auf einen Kaffee vorbei und eröffnete ihr, dass ihr Name unter die Artikel käme, um ihren Ruf aufzubauen.

»Ist auch wichtig für deine ›Trostworte‹. Damit punkten wir beim Verlag«, sagte er. »Übrigens kommt das Buch Ende November raus, rechtzeitig fürs Weihnachtsgeschäft. Sie zahlen dir schon mal dreitausend Euro vorab.«

»Dreitausend Euro?«, stotterte sie, bleich geworden. »Gero! Ist das wahr?«

»Dürften inzwischen auf deinem Konto sein.«

Juliet umarmte ihn stürmisch, sprang auf und hüpfte jubelnd durch das Zimmer, so laut, dass Grete heraufkam.

Das war so wunderbar! Und es schien immer weiterzugehen.

Zwei Tage später bat Gero Juliet um Ideen für weitere Artikelreihen. Sie war motiviert bis in die Fingerspitzen und die Anregungen sprudelten wie von selbst aus ihr heraus. Ihr Energielevel stieß durch die Decke, sie konnte sich gar nicht vorstellen, wie das Seminar bei Steve und Aimee das noch toppen könnte. Tatsächlich hatte sie sich noch nie so lebendig gefühlt wie in diesen Tagen, freute sich wie verrückt auf die Reise, kochte für Grete vor, packte ihr den Kühlschrank voll und versprach, sich regelmäßig bei ihr zu melden. Aber am meisten freute sie sich auf David.

Sie konnte es kaum erwarten, ihn wiederzusehen!

Endlich war es so weit. Pünktlich um sechs Uhr morgens stand sein BMW vor der Haustür. Mit glänzenden Augen segelte Juliet auf ihn zu, David öffnete seine Arme, sie flog hinein und drückte ihn innig. Erst als sie ein wenig locker ließ, merkte sie, dass er schwankte. Besorgt sah sie ihm ins blasse Gesicht.

»Du warst heute noch nicht im Bett.«

Er schüttelte den Kopf. Die Innenränder seiner Augen waren rot, seine Wangen eingefallen.

»Und abgenommen hast du auch! Wie hast du denn die letzten Wochen verbracht? Mit Zwangsarbeit?«

»Zwangsarbeit trifft es gut.« Mühsam unterdrückte er ein Gähnen.

»Ich fahre«, erklärte Juliet resolut. »Und du schläfst.«

»Da sag ich nicht Nein«, murmelte er.

Juliet setzte sich ans Steuer, er daneben, fröstelnd vor Müdigkeit. Sie beugte sich über ihn, fuhr den Sitz in die Liegestellung, aktivierte die Sitzheizung, holte Allie aus seinem Rucksack und drückte sie ihm in den Arm. Danach strich sie ihm über die Wange wie einem Kind.

»Schlaf«, flüsterte sie.

Dankbar schloss er die Augen. Behutsam breitete sie ihre Jacke über ihn und stopfte sie an den Schultern fest. Ein kleines

Lächeln erschien auf seinem Gesicht, ein Lächeln, das ihr Herz zum Überlaufen brachte – am liebsten hätte sie ihn geküsst. Unaufhörlich flog ihr Blick zu ihm, zu seinem blonden, verstrubbelten Haar, den Stoppeln im Gesicht, dem Plüsch-Alpaka im Arm. Er sah so süß aus! Wie gern hätte sie jetzt mit ihm gekuschelt! Und nie hätte sie gedacht, dieses Kindliche jemals so verführerisch zu finden. Aber die Atmosphäre war jetzt schon aufgeladen mit einer Zärtlichkeit und einer Freude, die ihr Herz singen ließ.

David wachte kein einziges Mal während der zweistündigen Fahrt auf, selbst nicht, als sie im Parkhaus den Motor abstellte. Sanft strich sie ihm das Haar aus der Stirn.

»Hey, ihr zwei«, flüsterte sie. »Aufwachen! Wir sind da!«

Gefangen zwischen Wachsein und Traum streckte David instinktiv einen Arm nach ihr aus, als läge sie neben ihm. Aber sie lag nicht neben ihm und so erwischte er kurz ihre Brust. Ein Seufzen entfuhr ihm und einen Moment lang war Juliet versucht, ihm einen Kuss auf die Lippen zu hauchen. Aber David schreckte hoch und sie entsprechend zurück. Orientierungslos blickte er um sich.

»Wir sind da«, half sie ihm.

»Schon! O Mann, ich bin voll weggeknackt.« Er rieb sich das Gesicht und folgte ihr müde und frierend zum Terminal.

»Soll ich dir einen Kaffee holen?«, fragte sie, als sie in der Abflughalle saßen.

»Nee, danke, ich kann keinen mehr sehen. Mein Magen spinnt total«, erwiderte er und schloss erneut die Augen, sobald sie durch den Check-in waren.

Kaum saßen sie im Flieger, nickte er wieder weg. Aber sowie sie den Fuß auf schottischen Boden gesetzt hatten, schien ein Energiestrom durch seinen Körper zu laufen. Sein gewohnter Esprit brach sich Bahn und er konnte es kaum erwarten, Juliet das Land zu zeigen.

»Du wirst begeistert sein!« Er strahlte. »Eigentlich sollten wir in die Gegenrichtung fahren – in drei Stunden wären wir in den Highlands!«

»Können wir das nicht einbauen, wenn wir zurückmüssen?«, fragte sie, angesteckt von seinem Enthusiasmus.

»Gute Idee! Das machen wir unbedingt! Aber die Lakelands wirken auch schon sehr schottisch – und sind wunderschön!« Seine Augen blitzten wieder und er bestand darauf, das Steuer zu übernehmen.

»Bin total gespannt, was du zum Cottage sagst. Ist echt mega!«

»Du kennst es?«

»Ja, ich war wegen eines Artikels hier. Bin sicher, dass es dir gefallen wird.«

»Die Gegend hier scheint dir gutzutun«, stellte sie fest. »Ich habe dich selten so lebendig erlebt, und das nach einer durchwachten Nacht!«

»Du wirkst auch viel lebendiger, Juliet. Und fröhlich!«

»Das habe ich dir zu verdanken, David. Um ehrlich zu sein, weiß ich gar nicht, wie ich das jemals wiedergutmachen kann.«

David verfärbte sich. »Wofür willst du mir danken? Dass ich dich fast umgebracht habe?«

»Spinnst du? Du hast mich gerettet! Du hast mir die Wohnung verschafft! Einen Job! Die Seminare! Tausend Erkenntnisse! Soll ich weitermachen?«

Er stierte stumm geradeaus.

»Vertraust du mir eigentlich, Juliet?«

»Ja, das tue ich. Aus tiefstem Herzen.«

»Und hast du Lorenz ebenfalls vertraut? Bevor er Schluss gemacht hat?«

»Ja«, antwortete sie zögernd. »Warum fragst du das?«

»Weil er dein Vertrauen enttäuscht hat. Hast du keine Angst, dass es dir mit mir genauso geht?«

»Habe ich Grund dafür?«

»Solche Dinge liegen oft im Auge des Betrachters, nicht?«

»Du sprichst wie immer in Rätseln.« Sie runzelte die Stirn. »Könntest du mal damit aufhören? Wir haben inzwischen so viel miteinander erlebt! Hast du denn genügend Vertrauen zu *mir*? Oder bist nervös wegen Steve?«

»Du nicht?«

»Doch.« Sie starrte zur Windschutzscheibe hinaus. »Ich weiß nicht, was da alles hochkommt. Und ... es ist mir mittlerweile nicht mehr egal, wie du über mich denkst.«

Sie wagte einen Seitenblick zu ihm. Seine Wangen waren nach wie vor gerötet. Oder wieder ...

Er schwieg kurz, bevor er leise sagte: »Mir ist es auch nicht egal, wie du über mich denkst. Das ist es mir schon lange nicht mehr.«

Ein warmes Gefühl durchflutete Juliet und zauberte ein Lächeln auf ihr Gesicht.

»Hey, David«, sagte sie warm. »Ich würde dich nie, niemals, für irgendetwas verurteilen.«

»Ich hoffe, du erinnerst dich daran, wenn es so weit ist, Juliet.«

»In dieser Hinsicht habe ich ein gutes Gedächtnis!«, versicherte sie ihm und grinste schelmisch.

Ein scheues, hoffnungsvolles Lächeln erschien auf seinem Gesicht.

»Und weißt du was?«, fuhr sie fort. »Ich will mit dir zwei wunderbare Wochen hier verleben. In jeder Hinsicht.«

»In jeder Hinsicht?«

David verfärbte sich und sie prustete los.

»Ich würde echt was vermissen, wenn du nicht mehr rot werden würdest! Ich finde das megasüß!«

»Das ist alles andere als süß! Das ist peinlich! Ich bin der einzige Mann in der Selbsthilfegruppe für von Wechseljahren gepeinigte Frauen«, witzelte er.

Juliet lachte. Sie hatte Allie auf dem Schoß und drehte das Radio auf. Gute Laune füllte den Wagen. »Es ist toll, dass wir noch ein paar Tage für uns haben, bevor es losgeht. Oh, ich freu mich riesig!«

Sie riss die Arme nach oben. David ließ sich von ihrem Enthusiasmus anstecken, und so sangen sie frohgemut während der Fahrt die Songs im Radio mit.

Nach zwei Stunden verließen sie die Autobahn. Juliet juchzte in einem fort, als sich ihr die urwüchsige idyllische Landschaft mit ihren Wiesen, Hecken und Schafweiden zu offenbaren begann. Teile des Hadrianwalls, der uralten, moosbewachsenen Mauer zwischen England und Schottland, flogen vorbei, und wenig später kam Lake Windermere, der größte natürliche See Englands, in Sicht. An dessen Ufern lag ihr Ziel, ein kleines Städtchen namens Bowness-on-Windermere. Sonne und Wolken wechselten an diesem Tag einander in rascher Folge ab, das Licht tänzelte auf den Wellen des Sees. Dunkelgraue Wolken wurden von hinten von der Sonne beschienen, was die Farben der Bäume und Blumen auf eine Weise intensivierte, dass Juliet stumm vor Ehrfurcht war. Die Straßen waren schmal, gesäumt von hochgewachsenen Bäumen, deren zusammengewachsene Wipfel über Hunderte von Metern hinweg Baumtunnel bildeten. Es war wie eine Reise durch ein Märchenland. Licht und Schatten spielten Fangen auf der Straße, auf Blättern, Ästen und Zweigen. Die Sonne brach als Lichtsäule durch die Äste, beleuchtete wilde Hortensien und Rhododendren, das zentimeterdicke, smaragdfarbene Moos, bis der Waldtunnel sich öffnete und den Blick auf weite, grüne Ebenen und glitzernde Seen freigab, auf mit Wildblumen übersäte Hänge, tiefe Täler und die Berge im Hintergrund.

Juliet hatte es vollkommen die Sprache verschlagen.

»O mein Gott!«, seufzte sie tief ergriffen, als David Keswick ansteuerte und die Straßen ein wenig breiter wurden. »Ist das schön! David, ist das herrlich hier! Hier könnte ich leben!«

Er lachte verdutzt.

»Hier leben? Das sagst du jetzt schon?«

»Ja, das sage ich jetzt schon. Das ist wie Nachhausekommen! Es ist wunder-, wunderschön!«

Ungezwungen ergriff sie seine Hand und streichelte mit ihren Fingern darüber, während ihr Blick auf der Landschaft lag. David schluckte. Alles in ihm reagierte auf diese Berührung, setzte ein sattes Glück in sein Herz, als bräche darin die Sonne hervor.

In gehobener Stimmung liefen sie durch Keswick, dessen Stadtkern aus kleinen Lädchen mit Krimskrams und vor allem aus Bäckereien bestand, die zum Teil mannshohe Kuchen und Torten in der Auslage hatten.

Juliet kriegte sich vor Begeisterung fast nicht mehr ein. »Wie irre ist das denn?«, rief sie und fotografierte fleißig.

»Lake District nennt man auch den Cake District«, klärte David sie auf.

Juliet lachte. »Das muss ich Josie schicken! Die zieht auch gleich mit hierher, wenn sie das sieht!«

In einem urigen Lokal aßen sie eine Kleinigkeit, danach fuhren sie den nächsten Supermarkt an.

»Was isst du denn gerne?«, fragte sie.

»Gemüse. Kein Fleisch, ab und zu mal ein Stück Fisch, ich bin da eher leidenschaftslos.«

»Hm, da werde ich mal ein paar Leidenschaften in dir wecken«, grinste sie ihn an, ohne die Doppeldeutigkeit ihrer Worte zu bemerken. »Ich kenne ein paar Gerichte, denen kannst du ganz sicher nicht widerstehen!«

Sie drehte sich um, bemerkte nicht den Ausdruck auf seinem Gesicht. Ein Ausdruck, der ihr bedeutet hätte: *Ich kann dir nicht widerstehen.*

Versonnen beobachtete er sie, wie sie Zutaten auswählte und ihm fröhlich zuzwinkerte. War es wirklich erst ein halbes Jahr her, seit sie sich das erste Mal getroffen hatten?

Hey, Sonnenschein! Es würde mich glücklich machen, wenn ich dich glücklich machen könnte.

O ja, er wäre glücklich, wenn er sie glücklich machen könnte! Er würde alles dafür geben! Das Problem war nur: Er wusste, dass die Wahrscheinlichkeit gen null ging. Aber jetzt, in diesem Moment, war sein Herz weit und eine leise, kleine, feine Hoffnung leuchtete darin, die sich nicht ersticken ließ. Juliet riss ihn aus seinen Gedanken, tanzte auf ihn zu, zwei Früchte in je einer Hand.

»Isst du gerne Avocados?«, fragte sie eifrig. »Und magst du Mangos?«

»Ich mag beide«, lächelte er. Sanft strich er ihr eine Strähne aus ihrem Gesicht. Juliet legte beide Früchte in den Wagen und umarmte ihn, stumm und voller Dankbarkeit. David schlang seine Arme um sie, und für Sekunden standen sie so inmitten des Supermarktes, während die Leute ihre Wagen an ihnen vorbeischoben und die Welt um sie herum versank.

※

Sie hatten so viel eingekauft, dass sie Schwierigkeiten hatten, neben den Koffern alles in den Wagen zu bekommen. Inzwischen war es später Nachmittag geworden und der Weg zum Cottage nicht mehr weit.

»In der Nähe gibt es den Steinkreis Castlerigg«, informierte David sie. »Er ist älter als Stonehenge. Interessiert dich so was?«

»Und ob! Nichts wie hin!«

Als sie ein paar Minuten später ankamen, stand die Sonne bereits tief. Ein sanftes Rot färbte die Wolken am Himmel, die Berge und das Tal. Die Felsblöcke bildeten einen weiten Kreis wie Wächter in der Landschaft. Juliet stellte sich in die Mitte des Rings und drehte sich übermütig ein paarmal um sich selbst. Sie trug ihr Haar offen, war heute leicht geschminkt, und David konnte sich an ihrer seligen Miene nicht sattsehen. Sie war so heiter! So quirlig! Es war eine Freude, ihr zuzuschauen.

Juliet öffnete die Augen. »David, das ist magisch! Ich glaube, wenn man von hier Träume in den Himmel schickt, werden sie schneller wahr!«

»Probier's aus!«, empfahl er. »Und lass mich wissen, wenn es funktioniert hat!«

Mit einem Lächeln beobachtete er, wie sie ihr Gesicht gen Himmel hob, ihre Hände auf ihr Herz legte und ihre Wünsche hinaufschickte. In diesen Sekunden drückte ihr Gesicht eine Sehnsucht aus, die David kaum ertrug und in ihm den Drang weckte, zu ihr zu laufen und sie ihr vom Gesicht zu küssen. Ein heißer Strom überlief ihn, als er sich der Tiefe seiner Gefühle bewusst wurde – und sie gleichzeitig abwehrte. In diesem Moment kam Juliet zurück.

»Was hast du dir gewünscht?«, fragte er. »Hast du noch die gleichen Träume wie damals, als wir uns kennengelernt haben? Die du mir übrigens immer noch nicht verraten hast?«

»Jein«, antwortete sie. »Aber was ist mit dir? Hast du keine Träume?«

»Doch, natürlich. Etliche sogar.«

»Verrätst du mir wenigstens einen davon?«

»Ich verrate dir alle meine Träume, Juliet.«

»Meinst du das ernst?«

»Hab ich dir doch gesagt. Ich brauche noch ein klein wenig Zeit dafür.«

»Wie viel Zeit?«

»Ziemlich exakt einen Monat. Würdest du so lange warten?«

»Natürlich!«, rief sie erfreut. »Das ist ja ganz wunderbar, David! Wenn ich alles erwartet hätte, aber nicht das!«

David schüttelte den Kopf, verwundert, mit wie wenig sie sich zufriedengab. Aber Juliet war einfach nur glücklich. Im Steinkreis hatte sie Lorenz in Gedanken aufrichtig alles Gute gewünscht, sich bei ihm bedankt und ihn bewusst und komplett freigegeben. Das Gefühl war unbeschreiblich. Dieses freiwillige Loslassen machte ihr Herz leicht, ließ es nach oben schweben bis in den Himmel. Gleichzeitig war ein so starkes Glücksgefühl in ihr aufgelodert, dass sie meinte, platzen zu müssen. Und David, feinfühlig wie er war, nahm diese Schwingung wahr. Sanft legte er den Arm um sie und Juliet lehnte sich gegen ihn. Bereits dieser erste Tag war eine Offenbarung. Dabei war er noch nicht einmal zu Ende.

※

Auf dem Beifahrersitz stand eine kleine Kiste, in der Lorenz Champagner, einen Blumenstrauß und die Tasse verstaut hatte. Josie hatte ihm keine Details verraten, aber ihm zumindest Juliets Adresse bestätigt. Sein Herz klopfte unverhältnismäßig stark, als er Kurs auf ihre Wohnung nahm. Eine innere Unruhe drängte ihn zur Eile, er durfte keine Zeit verlieren!

Als er vor ihrer Tür stand, stieg seine Anspannung um noch ein paar Grad mehr. Er klingelte, aber niemand öffnete, und so versuchte er es bei Frau Kleinecke.

»Frau Marburg ist gerade im Ausland«, bedauerte diese.

»Wissen Sie, wann sie zurückkommt?«

»In circa zwei Wochen. Kann ich etwas ausrichten?«

»Nein, vielen Dank«, lehnte Lorenz ab, »und bitte sagen Sie ihr nicht, dass ich hier war. Ich möchte sie nämlich überraschen.«

Enttäuscht und beunruhigt setzte er sich in den Wagen. Sie war im Ausland? Zwei Wochen lang? Mit diesem David

Schneider? Das ungute Gefühl wurde stärker und auf einmal ergriff ihn die Angst, dass es zu spät war, dass er Juliet längst verloren hatte.

Ein heißer Strom durchlief ihn. Nein, so durfte er nicht denken! Er musste positiv bleiben! Aber die Tatsache, nichts tun zu können, bis sie wieder da war, brachte ihn schier um den Verstand.

🎵 WE DON'T HAVE TO PUT OUR CLOTHES OFF 🎵

ELLA EYRE

Der Weg zum Cottage schlängelte sich durch etliche dieser zauberhaften Baumtunnel, bis sie eine halbe Stunde später in Bowness angekommen waren. Majestätisch breitete sich mit den letzten Sonnenstrahlen der Lake Windermere vor ihnen aus, umsäumt von sattem Grasland und mächtigen Hügeln, die einen Vorgeschmack auf die Highlands gewährten. Boote schaukelten geruhsam am Ufer. Frieden lag über dieser herrlichen Landschaft, der sich wie ein zartes Blütenblatt in Juliets Herz niederließ. David bog in den Wald ab, folgte einem Pfad, der nach einigen Windungen zu einem herrlichen Grundstück direkt am See führte.

Juliet gingen die Augen über. Riesige, alte Bäume, durch deren Wipfel der Wind strich, schienen sie mit einem leichten, gravitätischen Nicken willkommen zu heißen. Dunkelblaue, dichte Lavendelbahnen flankierten den Weg zu einem ländlich wirkenden, großen Haus, in dessen Garten sich Rosen,

Hortensien und Rhododendren in ihrer Blütenpracht übertrafen. Juliet fühlte einen immensen Stich in ihrem Herzen. Vom ersten Moment an war sie in dieses Anwesen verliebt.

»O mein Gott, David«, flüsterte sie. »Ich kann nicht glauben, dass es so etwas Wundervolles gibt!«

»Aber, Sonnenschein, du hast doch noch gar nichts gesehen! Warte mal, das wird noch besser!«

David fuhr in den Carport.

»Wir räumen später aus«, bestimmte er und holte einen fünfzehn Zentimeter langen Schlüssel aus seiner Tasche. »Ich zeige dir erst mal alles.«

Stumm ließ sich Juliet von David in einen gemütlichen Eingangsraum ziehen, der mit Kamin, Couch und Sessel ausgestattet war und wie ein kleines Wohnzimmer wirkte. Weiter ging es in eine geräumige Küche, in der ein AGA, ein wuchtiger Herd und Wärmespeicherofen, wohlige Wärme verströmte. Ein Küchenblock lud zum Kochen ein, und an der Seite befand sich ein Schrank, in den alle Geräte eingebaut waren, die man sich wünschen konnte. Nahtlos schloss sich der Diningroom mit einem dunklen Holztisch und Platz für acht Personen an.

Das Cottage war riesig. David zeigte ihr ein Wohnzimmer mit hohen Giebeln und dem größten Holzofen, den sie je gesehen hatte, zwei gemütliche Büros sowie einen kaminbestückten Wintergarten mit Blick auf den See, die Berge und den Garten. Schließlich führte er sie in den ersten Stock, in dem sich zwei Bäder und vier Schlafzimmer mit Himmelbetten befanden. Juliet war völlig überwältigt.

»Wie gefällt es dir?«, fragte David. »Du sagst ja gar nichts!«

Sie stieß einen Schnaufer aus.

»Konntest du etwas sagen, als du das erste Mal hier warst?«

»Nein, nicht wirklich. Stimmt.«

»So etwas Schönes und Heimeliges habe ich noch nie in meinem Leben gesehen«, hauchte Juliet. Ihre Stimme zitterte und gerührt schlang David einen Arm um sie.

»Komm, wir tragen die Einkäufe rein und kochen uns was. Ich mache einen Champagner auf, hast du Lust?«

»Da fragst du noch? Das klingt fantastisch!«

Endlich schaffte sie es, ihrer Freude freien Lauf zu lassen. Sie fing an herumzuhüpfen, verstaute mit Wonne die Einkäufe, sang die Lieder der Playlist mit, die David aktiviert hatte, und machte sich mit Feuereifer mit dem AGA vertraut.

Eine wunderbar heitere Stimmung durchzog das Haus. Eine Stunde später standen dampfende Pasta und Salat auf dem Tisch, den Juliet mit Rosen aus dem Garten geschmückt hatte. Schon während des Kochens hatten sie den Champagner geköpft und darüber gesprochen, was sie alles in dieser Woche unternehmen könnten.

David schlug Wanderungen am Lake Windermere, die Besichtigung des Beatrix-Potter-Hauses sowie eine Tour durch den Lake-District-Nationalpark und zum Derwentwater vor. Auch der höchste Berg Englands, Scafell Pike, war lediglich eine Stunde entfernt.

»Das schaffen wir alles gar nicht! Eine Woche ist viel zu wenig«, bedauerte Juliet. Am liebsten wäre sie jetzt schon nie mehr von hier weg. Sie fühlte sich an diesem Ort zu Hause, fühlte sich so anders mit David. Sie mochte es, bei ihm zu sein, mochte sein Lächeln, diese tiefe Verbindung zwischen ihnen und vor allem seine Kindlichkeit. Sie hatte mit ihm viel Intensives erlebt, selbst ihre Auseinandersetzungen waren gehaltvoll gewesen. Alles in ihr zog sie zu ihm hin. Nach dem Abendessen entzündete David das Holz im Wohnzimmerkamin und öffnete eine Flasche Rotwein. Es war urgemütlich auf der weich gepolsterten Couch. Drinnen prasselte das Feuer, draußen der Regen.

Eine leichte Komödie lief, aber der lange Tag, das Essen und nicht zuletzt der Rotwein forderten ihren Tribut. Juliet nickte immer öfter weg, schreckte hoch, wenn ihr Kopf zu sehr zur Seite knickte. David lachte, als es zum dritten Mal passierte.

»Wie wär's mit Bett?«, empfahl er schmunzelnd.

»Nur, wenn du mitgehst«, murmelte sie.

»Klar, bin auch müde.«

Er wollte aufstehen, aber sie packte ihn an der Hand und hielt ihn zurück.

»Nein. Ich meinte, nur, wenn du bei mir schläfst. Oder ich bei dir.«

Er starrte sie an. Eine Flut an Gefühlen sprang ihr entgegen und eines davon war unverkennbar Panik. »Juliet«, sagte er heiser. »Ich ...«

»Wovor hast du Angst? Vor mir? Mir reicht es, dich neben mir zu spüren. Und Allie ist selbstredend auch herzlich willkommen.«

Sie wartete nicht auf seine Antwort, drehte sich um, ging in ihr Bad und schlüpfte danach unter die Bettdecke. Etwa zehn Minuten später legte sich David stumm neben sie. Seine grauen Augen schimmerten im Mondlicht. Er wirkte sehr unsicher.

Wortlos schmiegte sich Juliet an ihn. Seine Haut war noch kühl und sie spürte, wie er sich mit der Wärme ihres Körpers entspannte, wie schüchtern er war und wie gehemmt. Sanft strich ihre Hand über seinen Brustkorb. Ihr Mund war an seinem Ohr.

»Du riechst gut«, murmelte sie, bevor sie einschlief. »Und du fühlst dich richtig gut an.«

Ihr Atem vertiefte sich. Mit einem kurzen Zucken warf ihr Körper jede Spannung ab und wurde unsagbar weich. David war es, als schmelze sie in seinen Armen, und sanft zog er sie dichter zu sich heran, vergrub sein Gesicht in ihrem Haar, die Frage im Kopf: *Wovor hast du Angst? Vor mir?*

»Ich habe keine Angst vor dir, Juliet«, flüsterte er. »Ich liebe dich. Mehr als du ahnst.«

Er konnte nicht schlafen. Er genoss das Gefühl, jemanden im Arm zu halten, der nichts von ihm wollte, nur, dass er da war.

🎵 Whisky and Blankets 🎵

Stu Larsen

Als Juliet am nächsten Morgen aufwachte, war die Bettseite neben ihr leer. Fast leer. Allie lag da und grinste sie an.

»Guten Morgen, Allie«, sagte sie. »Wo ist David?«

Etwas beunruhigt schlug sie die Decke zurück, nahm Allie vom Kissen und sah aus dem Fenster. David hatte den Tisch draußen gedeckt, stellte gerade Eierbecher und eine Karaffe frisch gepressten Orangensaft auf den Tisch.

»Guten Morgen«, rief sie nach unten.

»Guten Morgen, Sonnenschein! Ich hoffe, Allie hat nicht geschnarcht! Komm runter! Frühstück ist fertig!«

Juliet warf sich ein paar Hände kaltes Wasser ins Gesicht und rannte nach unten. David hatte den Brotkorb in der Hand, als sie, wie seinerzeit auf Kreta, auf ihn zusegelte und ihre Arme um ihn schlang. Aber diesmal lachte sie seinetwegen. Diesmal drückte sie sich nicht weg, sondern setzte viele kleine Küsse auf seine Wangen, als hätte sie die tollste Nacht ihres Lebens hinter sich. David umarmte sie samt Brotkorb, schob sie nach draußen an den Tisch und goss ihr Kaffee ein.

Glitzernd breitete sich der See vor ihr aus, ein großartiger Tag bahnte sich an.

Die Tage wurden herrlich, sie waren gefüllt mit Sonnenschein, Gesprächen und Picknicks. Sie wanderten nach Grasmere, zu einem Lädchen aus dem Jahre 1854, wo in Haube und Schürzen gekleidetes Personal das berühmte Grasmere Gingerbread verkaufte, besichtigten das erstaunlich gut erhaltene Häuschen von Beatrix Potter, deren Geschichte Juliet begeisterte. In einer Zeit, in der Frauen weder Karriere noch Eigenständigkeit zugesprochen wurde, war Beatrix erfolgreiche Autorin gewesen. Mit ihrem Verdienst hatte sie sechzehn Quadratkilometer Land erworben, es dem National Trust vererbt und damit ein wunderschönes Stück Natur vor Immobilienhaien gerettet. Juliet war tief beeindruckt.

Die Landschaft selbst war unglaublich vielfältig. Manche Hügel waren karg und schroff, aber mit der nächsten Drehung erschloss sich dem Auge plötzlich sattes, grünes Grasland, auf dem Wildblumen sprossen und Schafe weideten. Quirlige Bächlein teilten die Wiesen, die sich im weiteren Verlauf zu einem Fluss und nicht selten in einen Wasserfall verwandelten. Und wo es ihnen gefiel, breiteten sie ihre Decke aus und dösten in der Sonne.

»Ich will nie mehr hier weg«, murmelte Juliet oft, während ihr Kopf auf Davids Bein lag. »Ein kleines Häuschen, ein Kräutergarten, ein Lamm im Garten … mehr bräuchte ich nicht.«

»Ich dachte, du willst als Journalistin groß rauskommen«, schmunzelte er. Auch er war völlig verzaubert von diesen unbeschwerten Tagen und dem so unkomplizierten Zusammensein mit Juliet. Noch nie hatte er so etwas erlebt und es erschien ihm wie das Tor zu einem neuen Leben.

»Nein, gar nicht«, antwortete sie auf seine Frage. »Mir reicht ein einfaches Leben. Außerdem ist es unrealistisch.«

»Ich finde es klasse, dass du nicht mehr brauchst. Aber ich finde, unrealistisch ist ein Traum nur, wenn du es nicht wagst, die kleinen Schritte zu gehen, die zu einem großen Ergebnis führen.«

Juliet lachte. »Das klingt total schön, David. Ja, du hast recht. Und stell dir vor: Gerade denke ich wirklich über einen sehr alten Traum von mir nach. Das ist alles entstanden, seit ich dich kenne! Du bist die reinste Inspirationsquelle!«

»Du auch, Juliet«, erwiderte er ernst. »Das bist du für mich seit unserem allerersten Tag.«

»Hoffentlich ändert sich das nicht, wenn Steve meine dunklen Seiten zum Vorschein bringt«, flachste sie.

»O nein«, widersprach er überzeugt. »Du kannst sicher sein, dass das nicht so sein wird. Dunkle Seiten schrecken mich nicht.« Er grinste etwas schief.

Unwillkürlich fragte sie: »Wie heißt eigentlich deine alte Liebe?«

»Gabi.«

»Willst du sie zurück?«

»Nein, das geht nicht. Will ich auch nicht. Ich will …« Er biss sich auf die Lippen. »Hör zu, Juliet, in einem Monat erfährst du alles, vielleicht auch früher. Ich baue inständig auf dein Versprechen.«

»Dass ich dich nicht verurteile?«

»Genau das.«

»Hey, David, warum zweifelst du daran?«

»Weil ich dich verstehen könnte, wenn es anders wäre«, erwiderte er. »Und weil du nicht weißt, was ich dir erzählen werde.«

Sie seufzte. »Was gäbe ich für ein Maschinchen, mit dem ich die Zeit einen Monat vorstellen könnte!«

David machte es fassungslos, wie sehr sie zu ihm stand, und seine Hoffnung verdichtete sich, dass sie ihr Wort halten würde.

Alles an ihr zog ihn zu ihr hin, und als sie aufbrachen, nahm er ihre Hand und behielt sie in der seinen.

Juliet war vollkommen glücklich darüber. Glücklich über dieses Leben hier. Glücklich mit David, der alles tat, damit sie sich wohlfühlte, und der jeden Abend mit Allie im Arm zu ihr ins Bett kam. Es hätte lächerlich wirken können, aber Juliet liebte diesen Anblick – und so seltsam es klang: Er weckte Verlangen in ihr, tiefes Verlangen. David war extrem kuschelig. Obwohl er sie nur ab und zu keusch streichelte, passierte etwas in ihr, wenn sie ihn im Arm hielt. Es war wie eine Zärtlichkeitsexplosion, eine, die über reines sexuelles Verlangen hinausging.

Versonnen legte sie in dieser Nacht ihren Kopf auf seinen Brustkorb, malte Figuren auf seinen Bauch, ertastete eine Narbe am Unterleib, wanderte weiter nach unten. Sanft schoben sich ihre Finger unter den Bund seiner Boxershorts. Ein Seufzen kam aus ihrem Mund, als ihre Hand ihn ganz umschloss und sein Glied spürbar zu wachsen begann. David war erregt, sehr erregt, doch abrupt umfasste er ihr Handgelenk und stoppte sie.

»Lass das, Juliet«, sagte er heiser. »Bitte.«

»Warum?«, flüsterte sie.

»Weil ... du mir zu viel bedeutest.«

Er ließ ihr Handgelenk los, drehte sich auf die Seite und zog die Decke über den Kopf.

Juliet erstarrte. Der erste Impuls war, sich zurückgewiesen zu fühlen, doch als sie sich auf ihr Herz konzentrierte, entdeckte sie plötzlich eine kleine Lücke zwischen sich und dieser Emotion. Das war ein ganz seltsames Gefühl. Denn aus diesem Spalt ergoss sich ein riesiger Pool an Mitgefühl und Wärme. Nein, sie fühlte sich nicht verletzt. Eher fühlte sie diese Größe, von der Steve und Aimee gesprochen hatten, eine Größe, die sie über das Ego und dessen Spielchen hinaushob.

So beugte sie sich über ihn und drückte ihm einen Kuss auf die Schläfe.

»Schlaf gut«, flüsterte sie.

Schuldbewusst drehte David sich um. Seine Augen fragten: *Du bist nicht böse?*

Ihr Blick glitzerte warm in der Dunkelheit, ihre Lippen senkten sich auf die seinen, hauchten einen Kuss darauf. Aufatmend und dankbar schlang David seine Arme um ihren weichen Körper.

»Juliet«, flüsterte er in ihr Ohr. »Ich ... du ...«

»Schschsch«, machte sie und drückte sich an ihn. »Morgen sind wir bei Steve. Und irgendwann ist der Monat um. Ich warte.«

♩ Medicine ♩

Tom Speight

David war schon beim Frühstück unruhig. Sie sprachen beide nicht viel, als sie sich auf den Weg machten. Steve wohnte in Windermere, das mit Bowness-on-Windermere zusammengewachsen war, aber beide Städte hatten sich ihren eigenen Ortskern bewahrt. Sein Haus lag dreißig Minuten Gehweg vom Cottage entfernt. An diesem Tag jedoch regnete es, daher nahmen sie den Wagen und standen kurz danach vor einem Fachwerkcottage – direkt an der Straße.

Erstaunt meinte David: »Irgendwie dachte ich, Steve und Aimee leben in der Einöde.«

»Das habe ich mir auch so vorgestellt«, antwortete Juliet. »Aber es sieht schnuckelig aus.«

Steve stand winkend und lachend an der Tür, wobei sich sein Gesicht wieder recht abenteuerlich verzog.

»Kommt rein! Kommt rein!«, rief er. »Herzlich willkommen!«

Seine Freude, sie zu sehen, war echt, seine Umarmung wie eine Lichtdusche. Die Wirkung war noch stärker als beim ersten Mal. Steve strahlte eine Offenheit und Wärme aus, die Juliet wie David feuchte Augen bescherte und ihre Herzen in einem

Lift nach oben fuhr. Bewegt betrachtete ihn Juliet, ergriffen von dieser hohen Schwingung, die wie ein hochfrequenter Ton alles durchdrang und jede Zelle in ihr zum Vibrieren brachte. In seiner Gegenwart fühlte man sich einfach heil. Jedes Staubkorn wurde lebendig, jede Spinnwebe ein Kunstwerk. Seine Präsenz verwandelte den Blick auf die Welt. Man erkannte Schönheit überall, weil Steve etwas ausstrahlte, das aus den Tiefen seines Seins kam.

Aimee eilte ihnen entgegen, umarmte sie ebenfalls, sie wechselten ein paar Worte, dann führte Steve sie zügig in einen kleinen Anbau Richtung See, in dem drei Sessel, ein kleiner Couchtisch und eine Liege standen.

»Nehmt Platz«, sagte er mit seinem weichen englischen Akzent. »Ich bin so gespannt darauf, wie es euch geht! Juliet, erzähl doch mal!«

»Es geht mir so viel besser, Steve«, sprudelte sie, bis oben hin angefüllt mit dieser Energie. »Gerade eben geht es mir sogar so gut, dass ich mich frage, warum ich hier bin!«

Steve lachte. »Vermutlich, damit es so bleibt? Und du in deiner nächsten Krise gleich weißt, was zu tun ist.«

»Ich hoffe mal, dass keine mehr kommt!«

Er blinzelte ihr zu. »Ja, das wäre toll. Mit der Einstellung, die du gerade hast, würdest du eine Krise wohl gar nicht erst als eine empfinden und wie Wasser um sie herumfließen. Das ist klasse, Juliet.«

»Ob ich schon so weit bin, weiß ich nicht«, ruderte sie zurück. »Wie du schon mal gesagt hast, ist es leicht, sich gut zu fühlen, wenn im Außen alles stimmt.«

»Na, dann arbeiten wir mal daran, dass du das auch in miesen Situationen schaffst«, schmunzelte Steve. »Meine Methode ist ganz einfach. Ich ziehe an einem Fädchen, bis die ersten Knoten zum Vorschein kommen. Die dröseln wir dann auf, okay? Wie denkst du denn inzwischen über die Situation mit Lorenz?«

»Manchmal überwältigen mich schon noch Wut und Groll. Das geht so schnell, dass ich mich gar nicht dagegen wehren kann«, gestand sie. »Ich verstehe, dass man üben muss, sich davon zu distanzieren, aber das ist verdammt schwer.«

»Deswegen bist du hier«, konstatierte Steve lächelnd. »Damit es rascher geht. Das ist die Schraube, an der wir drehen können. Denn diese Wut steckt in deinem Emotionalkörper, der lässt dich noch nicht los. Das ist der Teil in dir, der alle Erlebnisse und die dazugehörigen Gefühle gespeichert hat und sie festhält. Der Teil, der den chemischen Cocktail unentwegt verlangt, mit dem du deinen Körper dein Leben lang gefüttert hast, und eventuell viele Leben zuvor ebenfalls. Wenn dieser Emotionalkörper seinen Drink nicht bekommt, erschafft er außen ein Drama. Immer und immer wieder. Das ist eine feinstoffliche Angelegenheit und das kann man nicht mit Denken lösen.«

Nachdenklich lehnte sich Juliet zurück. Das stimmte. In ihrem Leben zeichnete sich ganz klar ein Muster ab.

»Schau«, fuhr Steve fort. »Gefühle sind Energie. Und Energie kann man nicht zerstören, das weiß jeder Physiker. Aber du kannst sie umwandeln. Genau das geschieht hier. Das ist auch dieses ›Mittenhindurchgehen‹, von dem wir mal gesprochen haben. Nicht ausreißen, sondern sich damit konfrontieren. Und für die Verwandlung des Negativen brauchen wir diese Intelligenz in dir. Die schwingt so hoch, dass … hey, David«, unterbrach er sich, ohne ihn angesehen zu haben. »Du hast ein Problem damit?«

In Davids Gesicht spiegelte sich pure Abwehr.

»Steve, ich weiß nicht, ob ich Altes aufwärmen will. Ich bin froh, dass es weg ist.«

Verblüfft hob Juliet den Kopf. So hatte sich David noch nie ausgedrückt. Steve lächelte ihn an.

»Verständlich. Aber du spürst ja selbst, dass es nicht weg ist. In dir rumort noch eine Menge Groll, David. Vergebung ist total befreiend! Und du würdest nicht mehr diese Last mit dir herumtragen. Das wäre doch schön, oder?«

Mit großen Ohren folgte Juliet der Unterhaltung.

»Es ist aber nicht damit getan, ›Ich vergebe dir‹ oder ›Es tut mir leid‹ zu sagen. Das funktioniert nicht!«, sperrte sich David.

»Richtig«, stimmte Steve zu. »Vergebung muss auf einer höheren Ebene stattfinden. Wenn du die Opfer-Täter-Schuld-Perspektive einnimmst, wird das nichts. Denn als Opfer sagst du: ›Ich habe es angezogen.‹ Als Täter sagst du: ›Ich bin schuld.‹ Diese Sichtweisen implizieren weitere negative Gefühle. Einen Fehler zu machen und sich hernach dafür zu verurteilen, ist wie eine schlechte Geldanlage, für die man auch noch Zinsen zahlt. Und da ist bei dir schon eine Menge Kapital den Bach runtergeflossen, David. Wird Zeit, dass du mal richtig lebst!«

Er beugte sich zu ihm und sagte mit einer Intensität, die Juliet Gänsehaut über die Haut jagte: »Es gibt keine Fehler, David, es gibt nur Erfahrungen. Vergebung braucht nichts anderes als deine Bereitschaft.«

»Steve«, erwiderte David gequält. »Manche Dinge kann man nicht ungeschehen machen.«

»Natürlich kann man Dinge nicht ungeschehen machen, aber meist zieht man falsche Schlüsse daraus, unter denen man dann ein Leben lang leidet. Das willst du doch nicht, David, oder? Vergebung ist Transformation von Unglück in Glück. Glück, das du verdient hast. Glück, dessen du dich endlich für wert halten solltest.«

Die Eindringlichkeit von Steves Worten nagelte David auf seinem Sessel fest. Aber er wehrte sich dagegen, es begann spürbar in ihm zu brodeln, dennoch machte Steve unbeirrt weiter.

»Vergebung bedeutet auch Verantwortung. Es bedeutet, Verantwortung für deinen eigenen, inneren Zustand zu übernehmen. Und bitte, versteh das richtig, es heißt nicht, Schuld auf sich zu laden, sondern Möglichkeiten zu finden, wie du deine Situation besser machen kannst, statt nach Schuldigen zu suchen. Nun kommt aber dein Ego ins Spiel. Es sucht ein Feindbild, auf das es sich stürzen kann, und lenkt dich wunderbar von dieser Verantwortung ab. Dann sagst du: Du bist schuld, dass es mir so und so geht. Damit gibst du deine Macht ab und bleibst ewig gefangen in Wut und Groll. Es wird höchste Zeit, dass du das sein lässt. Dein Körper wird das nicht mehr lange mitmachen. Du siehst doch, wie es nach außen drängt.«

Voller Mitgefühl glitt sein Blick über Davids gerötete Haut, über seinen Körper, der wieder mal Hitze abstrahlte, Schweiß absonderte, versuchte, Gift loszuwerden. Das wurde in diesen Sekunden so klar, dass Juliet kaum zu atmen wagte. Sie spürte, wie Davids Herz jagte, wie er überlegte, einfach abzuhauen, wie er es sonst immer getan hatte. Die Atmosphäre war gespannt wie vor einer Explosion. Knallte es? Würde er jetzt schon gehen?

Aber Steve senkte seinen Blick und entschärfte die Bombe. Instinktiv fühlte sich Juliet aufgerufen, die Aufmerksamkeit von David abzulenken. Er schien ihr dankbar zu sein.

»Du sprichst ständig von dieser Präsenz, Steve. Meinst du damit das berühmte Sich-Finden?«

Steve lachte leise.

»Ja, das hört sich immer großartig an, nicht? Was meinen die Leute damit, wenn sie sagen, sie wollen sich finden? Meistens endet es damit, dass sie den Abfallhaufen in ihrem Kopf untersuchen.«

Er lachte kurz. »Alle Welt ist unterwegs, um sich zu finden, aber es geht eher darum, sich zu verlieren. Diesen Abfallhaufen eben, mit dem sich die Leute fälschlicherweise identifizieren.

Wer bist du, ohne dieses Mülleimerkonstrukt, von dem du glaubst, dass du es bist?«

Juliet wurde nachdenklich.

Steve setzte nach. »Wenn ich dich frage, wer du bist, würdest du mir deine Geschichte erzählen. Du würdest mir erzählen, was du getan hast, was dir passiert ist, würdest alles rausholen, was in der Mülltonne liegt. Aber es geht doch eher darum zu verstehen, dass du genau das *nicht* bist. Dass du viel mehr bist. Dass du etwas viel, viel Größeres bist. Viele Probleme wären allein dadurch gelöst, wenn die Leute ihre Persönlichkeit nicht so wichtig nehmen würden. Wenn sie stattdessen ihre Quelle, ihren Wesenskern leben, der aus Freude, Liebe, Dankbarkeit und Glück besteht.«

»Das sind schöne Worte, aber das ist nicht das wirkliche Leben«, kritisierte David. »Die Realität sieht anders aus. Es *gibt* schlimme Dinge. Und das zu negieren, ist schlicht Verdrängung. Schönrederei! Das hat mit dem wirklichen Leben nichts zu tun.«

Zu ihrer Überraschung löste das bei Steve einen dermaßen heftigen Lachanfall aus, dass ihm die Tränen in die Augen schossen.

Ratlos sahen David und Juliet sich an und hatten keine Ahnung, was daran lustig sein sollte.

»*Das hat mit dem* wirklichen *Leben nichts zu tun?*«, japste Steve. »Oh, David, das ist ein echt universeller Witz!« Er wischte sich die Lachtränen weg. »Was ist denn das wirkliche Leben? Hast du jemals darüber nachgedacht? Meinst du mit *wirklichem Leben* den Gedankenhaufen in deinem Kopf? Das Konzept, das du dir über das Leben gebildet hast? Das, was du obendrein als schlimm und böse bezeichnest und behauptest, es sei *wirklich*? Ich würde eher sagen, du hast es zu deiner Wirklichkeit *gemacht*. Verzeih mir den Ausdruck, aber das ist eine Abfallhaufen-Realität. Das ist, als ob einer ins Kino geht, sich einen Horrorfilm reinzieht und behauptet, das sei die

Wirklichkeit. Immerhin hat er es ja mit eigenen Augen gesehen! Wer wollte daran zweifeln?«

Er lachte noch mehr und zwinkerte ihnen mit nassen Augen zu, was aufgrund seiner halbseitig gelähmten Physiognomie so absurd aussah, dass Juliet unwillkürlich losprusten musste – und gleich darauf rot wurde.

»Oh, entschuldige, Steve, ich wollte nicht über dich lachen!«, beteuerte sie verlegen.

»Ja, aber ich wollte, dass du über mich lachst«, gab er kichernd zurück und zwinkerte erneut. »Sieht voll schräg aus, oder? Aimee meint, ich sei der einzige Mensch, der bei anderen mit einem Wimpernschlag einen Lachanfall auslösen kann. Ist ziemlich praktisch.«

Juliet war tief bewegt. Wie machte er das nur? Wie konnte man derart uneitel und egolos sein?

»Ja, das *wirkliche* Leben …«, knüpfte Steve an. »Das kann durchaus hart sein, ich weiß. Aber vielleicht zieht ihr einfach mal in Betracht, dass eine viel größere und liebevollere Wirklichkeit existiert. Außerhalb des Kinos. Ich hoffe so sehr, dass ich euch die Augen dafür öffnen kann, dass ihr sie in diesen Tagen am eigenen Leib erfahrt und spürt. Es ist seltsam, nicht? Da wollen alle glücklich sein und trotzdem hegen viele Menschen Gedanken, die ihnen nicht guttun, genau wie der, den du gerade hattest, David. Der Kopf ist etwas Wunderbares, wir brauchen ihn für praktische Dinge. Aber für nichts sonst. Er ist ein Werkzeug, ein Gebrauchsgegenstand, wie ein Hammer. Wenn du den Nagel in die Wand geschlagen hast, legst du den Hammer weg. Kein Mensch käme auf die Idee, dauernd Nägel in die Wand zu schlagen, nur, weil er einen Hammer in der Hand hält. Aber den Kopf lassen wir ununterbrochen und unkontrolliert denken. Er macht uns buchstäblich wahnsinnig. Und das spiegelt sich in unserer Welt.«

»Aber lässt sich das Denken denn kontrollieren? Mir fällt das ungemein schwer«, hakte Juliet ein. »Und außerdem frustriert es mich, weil ich es nicht schaffe.«

»Kann ich mir gut vorstellen. Es geht nicht um Kontrolle, meine Süße. Es geht darum, zu erkennen, welchen Stellenwert Denken und Gedanken haben. Das änderst du dadurch, dass du statt dem Kopf dem Herzen die Hoheit übergibst. Allein daran merkst du, wie sehr er dich im Griff hat. So viele sitzen im Gefängnis ihres Kopfes und meinen aber, frei zu sein. Das sind sie nicht. Sobald du den Kopf als eine Instanz erkennst, die dich übernommen hat, hast du einen entscheidenden Schritt Richtung Freiheit getan. Denn in dem Moment hast du einen Unterschied und damit eine Trennung zwischen dir und dem Kopf erschaffen. Du verstehst: Du bist nicht der Kopf. Das macht frei. Sobald du Gedanken beobachten kannst, merkst du, dass du nicht jedem Gedanken glauben und schon gar nicht folgen musst. Gedanken sind da, sie werden immer da sein – aber sie übernehmen dich nicht mehr. Das ist damit gemeint, wenn es heißt, du sollst frei von Gedanken sein. Frei von ihrem Zugriff, verstehst du?«

Juliet lachte ein wenig verblüfft. »Dann macht es nichts, Gedanken zu haben, auch wenn es mal ein negativer ist?«

»Exakt. Jeder hat mal negative Gedanken, aber solange du dich nicht von ihnen fesseln lässt, ist alles gut. Lass mich noch ein Beispiel bringen, um das Prinzip zu verdeutlichen. Wenn ich meine Hand bewegen will, erwarte ich, dass sie sich so bewegt, wie ich das möchte. Dann verfüge ich über einen Körper, der mir nützt und dient. Nun stellt euch vor, die Hand würde nicht aufhören, sich zu bewegen. Obendrein bewegt sie sich, wie sie will, weil sie sich von mir komplett abgekoppelt hat und ein Eigenleben führt. Damit wird sie unkontrollierbar und zu einer potenziellen Gefahr. Du würdest dich mit dieser Hand, von der du nicht weißt, was sie als Nächstes tut, nicht aus dem Haus wagen. Wenn du ein Auto hättest, das fährt, wohin es will, und sich von dir nicht steuern ließe, würdest du einsteigen?«

»Wow.« David war beeindruckt. »Das ist eine ganz neue Perspektive übers Denken.«

»Ja, nicht? Das nennt man unbewusst: Wenn Leute nicht aufhören zu denken, ja, den meisten noch nicht mal bewusst ist, *was* sie denken! Dass sie nur das wiederkäuen, was ihnen von Medien und anderen Leuten in den Kopf gepflanzt wird. Und die nennen sich frei? *Das* ist Schönrederei! Noch dazu schütten diese Gedanken Stoffe aus, die sie unglücklich machen. Was tun sie, um das zu ändern? Sie nehmen eine Pille. Was macht die? Sie verändert ihre Chemie im Inneren, sodass sie für ein paar Stunden Heiterkeit, Frieden, Glück oder vielleicht sogar Liebe verspüren. Aber warum produzieren wir diese Chemie nicht selbst? Warum holen wir uns die Signale für Glück und Freude nicht von innen, statt von außen? Wir können die äußere Situation nicht immer kontrollieren. Aber wir können vollständig über unser Inneres bestimmen. Und dafür brauchst du die Verbindung zu deiner Quelle.«

»Aber ... warum spüre ich diese Quelle nicht? Oder zumindest nicht ständig?«, wollte Juliet wissen.

Steve lachte. »Wie oft hast du dich denn während deines Lebens an diese Instanz erinnert? Wie oft versucht, ihr nah zu sein? Was du tun kannst, ist, still zu sein. Wenigstens für ein paar Momente. Stille beginnt damit, Gedanken nicht mehr so wichtig zu nehmen. Halte einfach ein wenig Abstand zu ihnen. Nimm sie nicht so ernst. Auf diese Weise entsteht ein kleiner Spalt – und aus diesem leuchtet Licht hervor. Das ist das Licht deines Seins. Damit kannst du die Lebensumstände anziehen, die du möchtest. Zum Beispiel eine gute Beziehung. Das war zumindest dein Ziel bei unserem ersten Telefonat.«

»Ja«, murmelte sie. »Das stimmt.«

»Ich würde gerne eine Frage für unsere Leser stellen«, brachte sich David wieder ins Gespräch ein. »Mittlerweile spricht man oft davon, dass es in einer Beziehung nicht darum geht, den anderen glücklich zu machen. Dass man sich selbst glücklich machen muss. Wie siehst du das?«

»Auf einer tiefen Ebene ist das richtig, aber deine Formulierung sagt schon viel aus: dass man es *tun* muss. Glück und Liebe sind aber Zustände. Man kann sie nicht tun. Und damit verkommt eine tiefe Erkenntnis mal wieder zur Binsenweisheit. Ich habe Klienten, die sagen allen Ernstes zu ihrem Partner: ›Mach dich selber glücklich. Ich bin dafür nicht zuständig.‹ Oder, aus der anderen Perspektive: ›Ich muss mich glücklich machen, weil mein Partner zu blöd dafür ist.‹ Dann erzählen sie mir ganz stolz, dass sie nur noch das tun, was ihnen Spaß macht. Sie kapieren nicht, dass sie die Lösung ihres Problems wieder nach außen verlagert haben. Im Außen muss etwas sein, damit sie sich innen gut fühlen. Wenn du aus Freude bestehst, multiplizierst du Freude in der Partnerschaft. Aber viele multiplizieren nur ihre Probleme. Und das ist der Grund, weswegen die meisten Menschen zusammen sind: Angst – nicht Liebe.«

»Oh, klasse, dass du das sagst!«, rief David befriedigt. »Ganz meine Meinung!«

»Das habe ich nicht gesagt, damit du diese These verfestigst«, stoppte Steve ihn. »Du willst doch etwas ändern, oder? Aber allgemein läuft es durchaus so: Menschen fühlen sich unvollständig und wollen jemanden, der ihnen gibt, was ihnen scheinbar fehlt. Sie versuchen, Liebe und Wohlbefinden aus dem Partner herauszuquetschen. Das ist ein Deal, aber keine Liebe. Er soll tun, was der andere, oder besser, dessen Ego, meint, zum Glück zu brauchen ...«

Juliet hing an Steves Lippen, aber mit seinem nächsten Satz entglitten ihr die Gesichtszüge.

»… zum Beispiel, geheiratet zu werden.«

»Moment mal«, protestierte sie. »Bei mir war das keine Angst, sondern Liebe auf den ersten Blick. Und mein größtes Glück war, wenn Lorenz glücklich war!«

»Hm. Vielleicht war es eher so: Du tust alles, von dem du glaubst, dass er es möchte, damit er im Gegenzug das tut, was du willst, nämlich dich heiraten.«

»Steve!«, rief Juliet empört. »Das ist eine ziemlich verdrehte Ansicht der Dinge!«

»Warum? Du hast mir doch geschildert, welches Gefühl in dir hochgeschwappt ist, als er Schluss machte: Wut. Warum warst du wütend? Weil du nicht bekommen hast, was du wolltest?«

»Nein, weil ich mit ihm zusammen sein will! Das ist doch ein natürliches Bedürfnis, wenn man jemanden liebt. Und dass man traurig ist, wenn es zur Trennung kommt.«

Sie merkte nicht, wie David zusammenzuckte. Merkte nicht, dass sie ins Präsens gerutscht war.

»Okay, klar, eine Trennung ist kein freudiges Ereignis«, half ihr Steve und grinste. »Ich meine, wenn Aimee mich verlassen würde, könnte ich das auch nicht verstehen, wo ich doch so saugut aussehe.«

Juliet konnte nur schwach darüber lächeln, aber in Steves Augen war ein so liebevoller Ausdruck, dass sie ihm nicht böse sein konnte.

»Okay, Juliet, da haben wir schon mal einen Knoten. Lass uns den mal aufdröseln. Gehen wir mal von der Annahme aus, dass nicht nur Liebe, sondern auch Mangel euch zusammengeführt hat. Eure Seelen wollen etwas miteinander lösen, und Liebe ist das, was euch dabei hilft. Genau darum tauchen Schwierigkeiten und negative Gefühle auf. Die sind eure Wegweiser. Nehmen wir an, du fühlst dich in herausfordernden Situationen mit Lorenz klein, miserabel, minderwertig … was auch immer, dann ist wichtig zu erkennen: Lorenz ist nicht der Grund, warum du dich so fühlst. Er ist derjenige, der aus dir rausholt, was du bearbeiten sollst. Als wir das erste Mal telefoniert haben, sagtest du, du wollest dich endlich mal sicher fühlen. Seine Seele weiß das. Und die sagt nun, bildlich gesprochen: ›Ich muss Juliet irgendwie helfen, ihre eigene, von mir unabhängige Sicherheit zu finden.‹ Was passiert also? Er macht Schluss.«

»Okay, okay, warte mal«, warf Juliet stirnrunzelnd ein. »Heißt das, dass wir unter Umständen noch zusammen wären, hätte ich meine Herausforderungen während der Partnerschaft bearbeitet?«

»Gut möglich«, räumte Steve ein. »Lorenz muss allerdings auch seine Arbeit tun. Die Transformation des einen zieht den anderen natürlich mit. Wenn einer nach oben will und man zusammenbleiben möchte, muss der andere auch nach oben wollen. Das ist nicht immer der Fall und daher hätte es auch sein können, dass die Trennung schneller vonstattengegangen wäre, weil ihr euch in verschiedene Richtungen bewegt. Schau, letztlich geht es darum, einen Partner zu haben, mit dem man Glück leben kann. Du schwingst mit deinem Partner in dieser hohen Energie. Jeder Tag ist neu und frisch und von Routine ganz weit weg. Wenn du erkannt hast, wer du bist, gibt es keine Lücken, die ein Partner füllen muss. Du bist voll. Du bist ganz. Auf dieser hohen Ebene erwartest du nichts mehr – und damit ist auch dein Partner total frei, verstehst du?«

Juliet nickte langsam. *Ich will frei sein*, tönte es in ihrem Kopf.

Steve lächelte leicht.

»Warum kommen Menschen immer weniger miteinander aus? Weil sie mit sich selbst nicht auskommen. Aber wenn sie noch nicht mal mit sich leben können, können sie es auch nicht mit einem anderen. Und wenn sie nicht mal mit einem anderen zusammenleben können, wie soll dann ein globales Miteinander funktionieren? Daher ist es so wichtig, in der kleinsten Zelle anzufangen: bei sich selbst. Und deswegen ist es ganz wunderbar, dass ihr hier seid. Ihr erlöst euch – und damit die Welt.«

David und Juliet blieben stumm. Steve rappelte sich mühsam vom Stuhl hoch.

»Geht ein wenig an den See. Wir machen in einer halben Stunde weiter.«

🎵 Just Us 🎵

Geir Gudmundson

Juliet schenkte zwei Becher mit Tee voll und reichte David einen davon. Wortlos nahm er ihn entgegen. Erschrocken stellte sie fest, dass auf seinem Gesicht der verschlossene Ausdruck wie zu Beginn ihrer Bekanntschaft lag. Sie wollte etwas sagen, aber er kam ihr mit einer banalen Bemerkung über das Wetter zuvor und marschierte zum See. Ein mieses Gefühl wallte in ihr auf. Eines, das sie bei Lorenz oft gehabt hatte, wenn er von einer Veranstaltung oder von Hubert zurückgekehrt war.

Aufgewühlt setzte sie sich in den Garten und holte ihr Handy heraus. Josie hatte ihr eine Nachricht geschrieben.

»Liebe Juliet, ich habe mit deiner Homepage angefangen und bräuchte noch Texte von dir. Unabhängig davon ist hier viel passiert. Kannst du mich anrufen?«

Juliet runzelte die Stirn. Das hörte sich beunruhigend an.

»Ist alles in Ordnung?«, tippte sie. »Geht es dir gut?«

Die Antwort kam so schnell, als habe Josie vor dem Handy Wache gehalten.

»Mir geht es hervorragend! Können wir reden?«

»Nein, leider nicht. Bin bei Mahony, heute ist unser erster Tag, Handy ist nicht erwünscht. Ich melde mich, wenn es vorbei ist, okay?«

»Oh, wie schade! Es gibt so viel Neues!«

»Aber nichts Negatives?«

»Nein, gar nicht!«

Erleichtert lächelte Juliet, war gerade dabei, einen Abschied zu formulieren, als Josies nächste Nachricht eintraf.

»Wie denkst du eigentlich über Papa und dich?«

Juliet versetzte es einen Stich. Aber entschlossen schrieb sie: »Es ist vorbei, Josie. Er wollte es so und ich habe es akzeptiert.«

»Bist du mit David zusammen?«

»Warum willst du das wissen?«

»Weil es Papa sehr leidtut, was er getan hat. Und zwar alles.«

Heftig und hart klopfte ihr Herz gegen die Rippen. Sie ließ das Handy sinken und sah zu David, der einsam am Steg stand. Ein weiteres »Ping!« von Josie, die ihr einen Grübelsmiley schickte, riss sie aus ihren Gedanken.

Juliet drückte auf das Mikro. »Josie, wir sind am Anfang eines sehr intensiven Seminars, in dem alles aufgemischt wird. Was dabei herauskommt, weiß ich nicht. Lass uns in einer Woche telefonieren, okay?«

Damit schaltete sie das Handy komplett ab und ließ es in die Tasche gleiten. Aber das verstörende, prickelnde Gefühl blieb. *Es tut ihm leid. Und zwar alles.* Warum ausgerechnet jetzt? Ihr Herz schlug unregelmäßig, als sie sich wieder neben David setzte, und sie hatte das unheimliche Gefühl, dass er es spürte.

Den Rest des Tages füllte Aimee mit Yoga- und Atemübungen, und zum Abschluss stand eine Meditation an. Beide fühlten sie einen leichten Schwindel in ihrem Kopf. Juliet spürte Davids Unruhe, als sie sich auf die Matten niederließen. Sie war so sehr mit ihm verbunden, dass sie die Hitze spüren konnte, unter der er so oft litt.

Beruhigend tastete ihre Hand nach der seinen. Fast gequält blickte er in ihre Augen, als wolle er sich versichern, dass die wunderbaren Erlebnisse der letzten Woche nicht schon wieder vorbei waren. Juliet dachte nicht nach. Spontan neigte sie sich ihm zu und hauchte ihm einen Kuss auf die Wange. Erst ab diesem Moment entspannte er sich, schloss die Augen und atmete aus. Behutsam führte Steve sie in die Stille.

»Ihr spürt ja die Energie hier«, sagte er. »Keine Ahnung, was die mit euch macht. Vertraut ihr einfach. Wenn ihr weinen müsst, weint. Wenn ihr das Gefühl habt, einen Purzelbaum schlagen zu müssen, nur zu.«

Juliet beobachtete, wie David die Lippen zusammenpresste, als wehre er sich jetzt schon gegen das, was rauswollte. Sie selbst schwamm auf einer diffusen Welle, die sie sachte hin und her schaukelte. Es passierte nicht viel. Es war wie die Ruhe vor dem Sturm.

※

Die Stimmung war eine ganz andere, als sie am frühen Abend wieder im Wagen saßen und die wenigen Kilometer zum Cottage fuhren.

»Geht es dir gut?«, erkundigte sich Juliet, als sie wenig später in der Küche standen. »Du wirkst so verschlossen. Wie früher.« Sie klang traurig.

»Ich ahne nur, dass das nicht leicht wird bei Steve«, murmelte David.

»Aber vielleicht wird es hinterher umso schöner.«

Er lächelte, strich ihr leicht über die Wange.

»Das ist meine Hoffnung.«

»Meine auch. Hey, ich weiß, wie ich dich aufheitern kann! Ich koche dir dein Lieblingsessen und du kannst noch ein wenig arbeiten.«

»Das ist so lieb von dir, Juliet, danke.«

Aber auch beim Abendessen wirkte er aufgewühlt und unruhig, blieb wortkarg. Es kam keine rechte Unterhaltung in Gang. Juliet legte die Gabel weg.

»Denkst du an deine alte Beziehung?«

»Nein. An dich.«

Ein schüchternes Lächeln begleitete seine Worte, danach versank er im Nirgendwo. Es kam nichts mehr. Notgedrungen hing auch Juliet ihren Gedanken nach, bis er aus heiterem Himmel fragte: »Hast du eigentlich noch Gefühle für Lorenz?«

Sie zögerte.

»Fünfzehn Jahre sind eine lange Zeit. Ich kann das nicht einfach ausknipsen wie einen Lichtschalter. Aber gerade bin ich froh, dass ich ihn nicht sehe.«

Ihre Antwort war nicht Fisch, nicht Fleisch. Wieder hatte sie den Eindruck, dass David mehr spürte, als ihr lieb war. Mit gemischten Gefühlen dachte sie an den Chat mit Josie und trank nervös einen Schluck Rotwein. Als sie das Glas auf den Tisch stellte, fiel ihr plötzlich auf, wie still es um David war. Als säße er in einer Gefängniszelle und es gäbe nichts, was er tun könnte, außer auf den Tod zu warten. Das war so stark, dass sie betroffen nach etwas suchte, um diesen Bann zu brechen.

»David ... es fällt mir nicht leicht, das zuzugeben, aber du hattest in vielem recht.«

»Was meinst du?«

»Dass meine Leidenschaft für Lorenz einer unguten Denkweise entsprungen sein könnte. Diese Zeit mit dir ist so anders. In mir ist viel durcheinander. Dabei hat die Arbeit mit Steve noch gar nicht wirklich begonnen.«

»Wir wissen beide nicht, was danach sein wird, oder?«, sagte er wehmütig. »Es ist wie ein Sprung von den Klippen.«

Sanft streichelten ihre Finger seine Hand.

»Steve hat versichert, dass wir in uns etwas entdecken, was uns über alles hinweghilft. Unsere wahre Stärke.«

Sie merkte, dass es nicht das war, was er zu hören gehofft hatte. Ein kleines, trauriges Lächeln umspielte seinen Mund. Stumm hob er ihre Hand an seine Lippen und küsste sie innig. Juliet atmete ein, wartete auf mehr, aber er ließ den Moment verglühen.

Sie gingen früh schlafen, sprachen nicht mehr viel, irgendwie fehlten ihnen die Worte.

༄

Am nächsten Tag regnete es wieder, das entsprach ihrer Stimmung. Diesmal saß Aimee mit im Raum. Trotz der hohen Energie waberte eine Spannung mit, vergleichbar mit der Fahrt auf einer Achterbahn, wenn der Waggon steil bergauf fuhr und man wusste, dass die Schreckmomente noch bevorstanden.

»Habt ihr Fragen zu gestern?«, begann Steve.

»Ja«, meldete sich Juliet. »Es heißt doch immer, dass der Partner der Spiegel seiner selbst ist. Findest du das auch?«

»In gewisser Hinsicht. Denn dein Partner tut Dinge, die dir nicht passen, und du tust Dinge, die ihm nicht passen. Anders ausgedrückt weckt der Partner den Emotionalkörper des anderen. Da kannst du ansetzen.«

»Und wie?«

»Wie du es im Herzseminar gelernt hast. Eine kleine Lücke zwischen dir und deinen Gedanken schaffen. Wenn du für einen Moment die Rolle vergisst, die du spielst, in deinem Fall die Rolle der Juliet, die von allen verlassen wurde, entsteht ein Raum in dir. In diesem Raum ist Weisheit. Und aus diesem heraus solltest du handeln. Man kann aus jeder Situation lernen, wenn man nicht darin versinkt.«

In David regte sich Widerstand.

»Ich mag diese Ansicht nicht, aus jedem Scheißerlebnis etwas Gutes zu machen«, sagte er heftig. »Du meinst wirklich, dieses imaginäre Selbst macht das Leben besser? Das scheint sowieso nur ein paar Individuen vorbehalten zu sein, die schlicht Glück hatten und spontan erwacht sind. Die machen eine Lehre draus und behaupten, es könne jeder erfahren.«

»Es kann ja auch jeder erfahren.«

»Komm schon! In tausend Jahren vielleicht!«

Steve lachte. »Kennst du die Geschichte von dem Mann, der auf dem Weg in einen Ashram war? Er läuft eine Straße entlang und fragt einen Passanten, wie weit er laufen müsse, um anzukommen. Der Passant kratzt sich am Kopf und sagt: ›Ich schätze mal, so ungefähr zwanzigtausend Meilen, wenn Sie weiter in diese Richtung laufen. Aber wenn Sie sich umdrehen, sind es nur zwei.‹«

David blieb die Skepsis ins Gesicht geschrieben und Steve wandte sich an Juliet.

»Bist du bereit, ein wenig tiefer zu schauen?«

»Natürlich«, erwiderte sie, überrascht über diesen Frontalvorstoß, während ihr Herz zu klopfen begann.

»Willst du mit mir lieber allein sein oder soll David hierbleiben?«

»Er soll hierbleiben.«

Das war ihr so schnell herausgerutscht, dass sie selbst erstaunt darüber war.

»Okay, meine Süße«, sagte Steve lächelnd. »Dann wollen wir mal!«

🎵 A Message to Myself 🎵

Roo Panes

Juliet fühlte sich wie vor einer Operation. Unsicher suchte sie Davids Augen, erwartete einen ebenso unsicheren oder abwehrenden Blick zurück, aber auf dessen Gesicht lag ein Ausdruck, der sie jäh zu Tränen rührte. Er wappnete sich. Er war fest entschlossen, alles zu tun, was in seiner Macht stand, um ihr beizustehen. Dieser unerwartete, kompromisslose Rückhalt schnürte ihr die Kehle zu.

Steve bat sie, sich auf die Liege zu legen, deckte sie gut zu. Ein Lächeln erhellte sein unregelmäßiges Gesicht und seine Augen leuchteten mit einer solchen Güte, dass Juliet jede Scheu und jede Angst verlor.

»Darf dich Aimee berühren?«, fragte er. Sie nickte vertrauensvoll. Aimee saß im Fersensitz hinter ihr, schob sanft ihre Finger unter Juliets Rücken, massierte ihre Schultern und den Nacken. Die Berührung war wie Samt und Seide. Juliet entspannte sich völlig unter Aimees Händen und wurde weich. Schwer sank ihr Körper in die Polster. Aimee berührte bestimmte Punkte an Juliets Schlüsselbein, an ihrem Kopf, an der Stirn, ihrem Hals und murmelte etwas dazu. Ein angenehmer Wirbel entstand in Juliets Kopf, und als Aimee ihre Finger von ihrem Körper nahm, war ihr, als würde sie schweben. Alles war leicht, sie flog im Nirgendwo, schwerelos und sorgenfrei. Ihre Mundwinkel bogen sich nach oben. Es war ein einzigartiger, neuer und doch vertrauter Zustand, das Empfinden, überall zu sein, keinen Körper zu haben, aus frei schwingenden Molekülen zu bestehen, die sie beliebig zusammensetzen konnte. Sie war nicht in Hypnose, im Gegenteil, sie bekam alles mit, hörte den Wind in den Bäumen, Kinderrufe vom See, Autos von der Straße. Steves Stimme drang an ihr Ohr, forderte sie sanft auf, zu der Zeit zurückzugehen, als ihre Eltern noch lebten.

Juliet war in der nächsten Sekunde dort, tauchte in das Leben ein, das im Hologramm des Universums nach wie vor existent war. Sie buk Sandplätzchen, saß auf der Schaukel, spürte die Sonne auf ihren runden Kinderwangen. Steve fragte sie, wie ihre Mama ausgesehen habe, wie ihr Papa, und Juliet schmeckte die Küsse ihrer Mutter auf ihrem Gesicht, fühlte deren Arme sich fest um ihren schmalen Kinderkörper schlingen, die Wange an der ihren, hatte ihre Stimme im Ohr. Ach, und nun erlebte sie den köstlichsten aller Momente: Ihre Mama holte sie vom Kindergarten und der Schule ab, sie empfing den süßen Stich, wenn sie sie kommen sah, das Glücksgefühl, sich in ihre Arme werfen zu können, als ahne sie, dass ihr nicht viele solcher Augenblicke vergönnt sein würden. Eine heiße, traurige Liebe füllte den Raum, voller Sehnsucht und dem Geruch nach Abschied.

»Und dein Papa?«, fragte Steve leise. »Wie war er?«

Juliet wandte sich ihrem Vater zu und erschrak. Er empfand die gleiche, wenn nicht noch heftigere Liebe für ihre Mutter wie sie. Auch er fühlte diesen immensen Stich bei ihrem Anblick. Hatte nur Augen für sie. Sein ganzes Leben drehte sich um sie. Sie war sein einziger Lebensinhalt, sein Grund zu leben. Inmitten dieser Beschreibung begriff Juliet die Parallele zu

Lorenz. Sein Anblick, der sie stets umwarf ... die heiße, sehnsüchtige Liebe ... es war exakt dasselbe.

Verwirrt verstummte sie. Steve ließ ihr Zeit. Doch mit seiner nächsten Frage fing sie an zu zittern, und ohne die Augen zu öffnen, wusste sie, dass David mit ihr zitterte.

»Geh zurück zu dem Moment, als deine Mutter starb«, flüsterte Steve.

Juliet blieb stumm. Eine schwarze Mauer baute sich vor ihr auf.

»Deine Mama möchte dir was sagen, Juliet«, hörte sie Steve wispern. »Gib ihr die Chance. Sie wartet schon so lange darauf.«

Ein Atemstoß drang aus Juliets Mund. Sie war in einer anderen Dimension, suchte ihre Mutter, suchte die Verbindung, aber nichts als Dunkelheit umfing sie. Orientierungslos trieb sie in der schwarzen Einsamkeit umher, spürte, wie Panik sich ihrer bemächtigte, so stark, dass etwas in ihr ihr zurief: »Hau ab! Mach, dass du hier wegkommst!«

Sie zitterte stärker, und Steve änderte seine Frage. »Wo warst du, als sie starb?«

Juliet schluckte. Es dauerte lange, bis sie antwortete. »In meinem Zimmer. Die Sanitäter haben Mama geholt. Mein Papa ist mit ihr gefahren.«

»Und du?«

»Sie haben mich vergessen.« Sie stockte. »Es ging alles so schnell. Sie haben mich vergessen.«

Im nächsten Moment brach ein klagender Laut aus ihrem Mund, der den Schmerz, die Angst und das Verlassensein des kleinen Mädchens zum Ausdruck brachte. Ein Tränenstrom begann über ihre Wangen zu laufen. Juliet hörte, wie jemand schrie: »Mama! Mama! Wo bist du? Mama!«, und ihr wurde erst eine halbe Minute später klar, dass sie das selbst war. Bebend schloss sie den Mund, ihre Augenlider flatterten, als suche sie das Universum noch immer nach ihrer Mama ab.

Aber Mama kam nicht. Sie war weg. Sie sah sie nie wieder. Alles, was ihr blieb, war eine Urne voller Asche. Asche, die kein Gesicht und keine Arme hatte. Keinen Mund, der sie küsste, keine Hände, die sie streichelten. Erstarrt lag Juliet auf der Liege. Das Loch, das der Tod ihrer Mutter gerissen hatte, war greifbar.

»Ich konnte mich nicht verabschieden«, wisperte sie gequält. »Ich konnte mich nicht verabschieden. Sie war einfach weg.«

»Und dein Papa?«, hakte Steve behutsam nach.

»Papa war genauso tot wie ich«, flüsterte sie. »Wir waren beide tot. Es war eine tote Zeit.«

»Erzähl mir, wie es dir ging«, bat Steve. »Welche Schlüsse hast du gezogen?«

Im Flüsterton berichtete Juliet vom letzten Jahr, einem Jahr voll prägender Schuldgefühle. Ihr Papa sah über sie hinweg. Sie war nicht ihre Mama. Sie war es nicht wert, beachtet zu werden, nicht wichtig genug, dass er für sie leben wollte. Ihre Versuche, sich bemerkbar zu machen, scheiterten allesamt. Ihr Vater vernachlässigte alles. Sich selbst, sein soziales Leben und damit auch das seines kleinen Mädchens. Juliet fühlte nicht mehr viel, als er sich ein Jahr später erhängte. Ihr Herz fiel in den Winterschlaf, darauf wartend, dass der Frühling in ihrem Leben irgendwann wieder Einkehr hielt, darauf wartend, wachgeküsst zu werden, aber nichts brachte ihr diesen schmerzhaft-süßen Stich zurück, der ihr sagte, dass ihr Herz lebendig war. Erst an einem grauen, nassen Novembertag war es so weit. Lorenz! Sein Anblick durchstach den Panzer, ließ ihr Herz jubeln, fachte die heiße Sehnsucht wieder an. Es war genau das Aroma, das sie vermisst hatte: leidenschaftlich und von Beginn an von Abschied durchdrungen.

Juliet atmete aus, als sie das durchschaute.

»War es Liebe?«, fragte Steve.

»Ja, definitiv«, antwortete sie, deutlich ruhiger. »Es war Liebe. Aber keine freie Liebe. Die Angst, ihn zu verlieren, war von vornherein eingeschlossen.«

»Verstehst du, warum er gehen musste?«, schob Steve sacht nach. »Seine Seele will, dass du deine wirkliche Stärke findest. Will dir helfen, den Glauben aufzulösen, dass du es nicht wert bist, dass jemand bei dir bleibt. Lass es los, Juliet.«

»Okay«, wisperte sie, ohne zu wissen, wie sie das bewerkstelligen sollte. Sie klang unendlich traurig und verloren, nicht im Mindesten erlöst. Eigentlich fühlte sie sich hundsmiserabel und wollte nur noch weg. Steve blieb stumm. Enttäuscht und in der Meinung, sie seien fertig, begann sie, sich unter ihrer Decke zu regen, als seine Stimme sich ein weiteres Mal erhob.

»Juliet«, flüsterte er. »Wer hat dich noch verlassen? Da ist noch jemand. Wer ist das?«

Die Stimmung im Raum schien zu gefrieren. Juliet verfärbte sich. Sie blieb stumm.

»Juliet?«

Sie atmete heftig. »Ich kann nicht«, krächzte sie. »Ich kann nicht.«

Steve wartete. Ihre Blockade stand so deutlich im Raum wie ein undichter Atommeiler, der schleichend sein Gift in die Umwelt schickte.

David saß im Schneidersitz schräg hinter Juliet. Sein Gesicht war gequält. Er war ohnehin empfindsam, aber hier tauchte er so vollständig in Juliets Gefühlsleben ein, dass er fast wahnsinnig darüber wurde. Als sie weiterhin schwieg, begann er ebenso heftig zu atmen wie sie. Steve wandte ganz leicht den Kopf, und als sei das eine Aufforderung, setzte sich David plötzlich an Juliets Seite. Er berührte sie nicht, ahnte, dass sie das aus dem meditativen Zustand reißen würde. Aber sein Herz strömte zu ihr hin, in dem dringenden Bedürfnis, ihr zu helfen. Aus Juliets Mund ertönte ein klagender Laut, als hätte David sie angestupst. Ihre Augen blieben geschlossen, sie schüttelte leicht den Kopf, atmete schwer. Ihre Hände packten die Decke, um sie von sich zu werfen. Sie wollte weg! Musste raus hier! Raus! Sie begann zu hecheln.

»Nein, Juliet, bitte bleib hier! Ich bin's, deine Mama!«, tönte plötzlich eine Stimme in ihr Ohr. Juliet erstarrte. Verwirrt.

»Hallo, meine Kleine«, wisperte die Stimme. »Endlich habe ich Gelegenheit, dir zu sagen, dass ich noch immer jede Sekunde an dich denke. Ich habe zwar meinen Körper nicht mehr, aber ich bin hier, bei dir. Und Papa auch …. Spürst du uns? Wir lassen dich nicht im Stich. Wir schauen dir beim Leben zu. Und wir warten darauf, dass du glücklich wirst. Dafür bist du doch auf die Welt gekommen. All das ist nur geschehen, damit du etwas verstehst. Bitte, finde es. Bitte, Juliet, lass diese Gelegenheit nicht verstreichen. Denn wenn du es findest, finden es auch wir.«

David brach ab. Tränen liefen ihm über sein Gesicht und Juliet weinte mit ihm.

»Aber warum?«, flüsterte sie. »Warum eine so harte Lektion? Warum hättet ihr nicht einfach bleiben können?«

»Weil du es sonst nie erfahren hättest«, raunte David und hatte keine Ahnung, woher diese Worte kamen. »Weil du nie gesucht hättest. Nie so tief gegraben hättest. Bitte, Juliet. Sprich es aus: Wer ist noch von dir gegangen?«

Juliet wurde still. Um ihren Mund lag ein bitterer Zug. Die Sekunden dehnten sich, ihre Lippen zuckten und schließlich hauchte sie so leise, dass David sich über sie beugen musste, um sie zu verstehen:

»Mein Kind.« Ihre Wangen schienen einzufallen. »Mein Baby.«

Sie schluchzte auf. Ihr Gesicht verzog sich und einzelne, stumme Tränen begannen über ihre Schläfe zu laufen.

»Du hattest ein Baby?«

Juliet zuckte. Ihre Augen brannten und blind starrte sie an die Decke.

»Ja, ich hatte ein Baby«, flüsterte sie. »Ich war außer mir vor Freude. Aber ich hatte Schuldgefühle ... Lorenz wollte es nicht ... und das fühlte mein Kind. Es fühlte, dass ich mich schuldig fühlte. Ich habe es nicht wirklich willkommen geheißen ... Im fünften Monat hörte sein Herz auf zu schlagen. Mein Kind war tot. Es hat nicht bei mir bleiben wollen. Niemand will das.«

David biss sich auf die Lippen, seine Wangen waren nass, während Juliet wie eingefroren wirkte. Steve mischte sich ein.

»Was ist mit dem Baby passiert?«

Sie schwieg, schloss die Augen. Regungslos lag sie auf den Polstern. Steve stellte die Frage ein zweites Mal. Sie antwortete wieder nicht, wirkte wie tot. Bei der dritten Wiederholung zuckte ein Muskel in ihrem Gesicht. Ein Orkan aus Trauer und Leid überwältigte sie, so greifbar, dass die anderen drei unwillkürlich die Muskeln anspannten, um dem standzuhalten. Juliet zog die Decke über ihren Kopf und erlag einem heftigen Weinkrampf. Sie konnte sich gar nicht mehr beruhigen, ihr Körper schüttelte sich und David litt jede Sekunde mit. Seine Wangen waren heiß, sein Blick ein Flammenmeer. Aber er berührte sie nicht.

Steve wollte gerade seine Frage wiederholen, da näherte sich David Juliets Ohr und hauchte hinein: »War es ein Mädchen?«

»Es war ein kleiner Junge.« Ihre Stimme war seltsam monoton, als müsse sie ihre Gefühle abstellen, um darüber reden zu können. Und doch war jedes Wort von einer so tiefen Trauer durchdrungen, dass es kaum auszuhalten war. »Mein süßer, kleiner Junge. Sein Name war Elias und ich wollte ihn ...« Sie brach ab.

»Du wolltest ihn ...?«

»Ich wollte ihn begraben«, wisperte Juliet erstickt. »Ich wollte nicht wieder einen Abschied ohne Worte, ich wollte bei meinem Kind sein. Ich hatte das Gefühl, dass mein Baby sich so verloren fühlen muss wie ich, und das brachte mich fast um. Ich wollte nicht, dass Elias glaubt, ich hätte ihn im Stich gelassen. Ich wollte ihm noch so vieles sagen. So vieles …«

Sie wischte sich mit beiden Händen über die nassen Wangen.

»Es gibt Friedhöfe für Frühgeburten, man nennt sie Schmetterlingsfelder. Die Schwester hat mir versprochen, ihn in ein Kistchen zu betten und mir zu geben.«

»Hat sie es nicht getan?« Aimees Stimme klang unendlich sanft.

»Doch.« Auf einmal verließ jede Spannung Juliets Körper, als gäbe sie auf.

»Lorenz war das zu viel. Er hat dem Personal gesagt … er hat gesagt … sie sollen Elias entsorgen. Er wurde in den Müll geworfen. In den Organabfall. Sie haben mein Baby weggeworfen. Ich wollte ihm doch noch so viel sagen, aber er war weg, er war einfach weg … wie Mama und Papa … Ich konnte mich nicht verabschieden …«

Juliet weinte. Der Schmerz war wie eine Strömung, gegen die sie ankämpfte und die sie dennoch mitriss.

»Ich habe versucht, ihm etwas zu schreiben. Aber alles in mir war tot. Ich habe es so oft versucht. Aber ich konnte nicht. Ich habe nie mehr eine Trauerrede gehalten. Es kam mir schrecklich falsch vor. Ich hatte keinen Trost für mich. So hatte ich auch keinen mehr für andere.«

»Welche Schlussfolgerung hast du aus alldem gezogen?«, fragte Steve sanft.

»Niemand will ein Leben mit mir.«

Bevor Steve darauf reagieren konnte, wisperte David: »Das ist nicht wahr, Juliet. Es ist nicht wahr. Dein Baby ist aus dem gleichen Grund gegangen wie deine Eltern. Weil es dich unendlich liebt.«

Steve sandte ihm einen undefinierbaren Blick. Aimee kam hinzu, legte ihren Arm um Davids Schulter und zog ihn ein wenig zurück.

»Juliet«, wisperte Steve. »David hat recht. Es ist nicht wahr. Es ist ein unguter Schwur und den lösen wir jetzt auf, damit du das nie mehr anziehst, okay?«

Juliet nickte, aber alles an ihr drückte pure Hoffnungslosigkeit aus. David brach es schier das Herz. Aimee hielt ihn fest. Dankbar lehnte er sich an sie, hörte Steve zu, brauchte selbst diese Erlösung und atmete mit jedem Wort freier. Schritt für Schritt eliminierte Steve mit Juliet diesen falschen Glauben, auf eine so wunderschöne, feine Weise, dass sich die Energie im Raum schlagartig hob. Juliet hatte das Empfinden, Licht durchflute ihren Körper, jede einzelne Zelle, jeden DNS-Strang von ihr, bis sie sich wie ein leuchtendes, federleichtes Wesen empfand. Auf ihrem Gesicht lag tiefer Frieden.

Die verwandelte Energie tanzte an der Decke, schien sie zu durchstoßen und wie ein Meteorschweif ins Universum zu schießen. Juliet flog mit diesem Licht, fühlte, wie sie sich ausdehnte, auflöste, eins war, selig, glücklich und frei.

»Das ist dein wahres Sein, Juliet«, flüsterte Steve ihr zu. »Präg es dir ein. Das bist du. *Das* ist die Realität.«

Unwillkürlich horchte David auf. Unwillkürlich setzte sich diese Botschaft. Er konnte kaum seinen Blick von Juliet lösen und wehrte sich leicht, als Aimee ihn sanft, aber bestimmt nach draußen schob.

※

Steve blieb noch ein Weilchen bei Juliet, dann verließ auch er den Seminarraum und begab sich zu seiner Frau in die Küche.

»Erstaunlich, wie schnell Juliet das hat loslassen können«, sagte er nachdenklich.

»Sie hatte ja auch wunderbare Hilfe.«

»Vielen Dank für die Blumen!«, flachste er und wurde wieder ernst. »Nein, ehrlich, David war der Hammer.«

»Allerdings. So was Sensibles ist mir schon lange nicht mehr untergekommen.«

»Hey, muss ich jetzt eifersüchtig werden? Du hast einen Adonis an deiner Seite, vergiss das nicht!«

Aimee lachte und drückte ihrem Mann einen Kuss auf den schiefen Mund.

»Ich glaube, David ist besser darin, anderen zu helfen, als sich selbst«, sinnierte sie.

»Ja, das stimmt. Er scheint einiges mit sich herumzutragen.«

Beide blickten auf die einsame Gestalt am Ufer des Sees.

»Hm«, machte Steve. »Sieht nicht so aus, als ob er es loswerden will.«

⁂

Als Juliet wieder in die dreidimensionale Welt eintauchte, fühlte sie sich wie von einem Panzer befreit und total transparent. Genau das war sie auch. Steve und Aimee betonten mehrmals, dass der Körper sich an den neuen Energielevel gewöhnen müsse und sie viel Ruhe brauche. Für den nächsten Tag kündigten sie ein passendes Programm mit Meditation und Yoga an. David schien darüber sehr erleichtert.

Juliet war in einem total offenen Zustand, als sie zurückfuhren, und der war so schön und so frei, dass David ständig das Wasser in den Augen stand. Sie schien selbst verwundert und unentwegt liefen auch ihr Tränen die Wangen hinunter, von denen sie nicht hätte sagen können, welcher Art sie waren. Tränen des Schmerzes, die sie sich nie erlaubt hatte, oder Tränen des Glücks, weil etwas weg war, was sie seit Urzeiten belastet hatte.

Zu Hause angekommen suchte sie den See. David ließ sie allein, aber als der Abend kam, entzündete er Holz in einer Feuerschale, wickelte Juliet in eine Decke, drückte ihr einen Becher Tee in die Hand und setzte sich neben sie. Ihre Augen waren rot geweint, auf ihrem Gesicht lag jedoch dieser unsagbare Frieden, ein Einverständnis mit der Welt, das ihn demütig machte.

Die Sonne war untergegangen, die ersten Sterne blinkten am Himmel. Juliet schloss die Augen, nahm Davids Gegenwart wie einen zarten, umarmenden Hauch wahr. Es war so anders als die Leidenschaft, die sie für Lorenz empfunden hatte. Feiner, tiefer – und erfüllender.

Nach einer Weile brach sie das Schweigen und flüsterte: »Danke, David.«

Der Blick, mit dem er antwortete, verdrehte alles in ihr, richtete ihr Herz vollkommen neu aus. Ein zaghaftes Lächeln erschien in ihren Augen. Verzaubert lächelte er zurück.

»Wie geht es dir?«, erkundigte er sich behutsam. »Möchtest du was essen? Ich habe uns eine Suppe gekocht.«

Ihr Lächeln vertiefte sich. Ihr Herz wurde warm und weit.

»Du bist so lieb, David. Ich kann dir gar nicht sagen, was ich gerade fühle. Bin noch furchtbar durcheinander, aber es riecht nach ... Freiheit.«

Seine Augen leuchteten warm. Sie lehnte sich an ihn.

»Es ist so wunderbar mit dir«, flüsterte sie.

»Es ist wunderbar mit dir, Juliet«, wisperte er zurück, drückte sie an sich, auf seine schüchterne, zaghafte Art. Lange blieben sie so sitzen, sahen gemeinsam zu, wie der Mond an einem von wilden Wolken durchzogenen Himmel emporstieg.

Das Feuer war heruntergebrannt. David stand auf und legte Scheite nach. Knisternd stoben die Funken nach oben.

Er wandte sich ihr zu, fragte leise: »Könntest du heute eine Rede für Elias halten?«

Sie starrte ins Feuer. »Ich weiß nicht«, flüsterte sie. »Ich habe in meinen Trauerreden stets dafür plädiert, den Verstorbenen ein Lächeln zu schicken. Liebe, Freude und alles Gute. Bei meinen Eltern und meiner Oma habe ich das gekonnt. Aber nicht bei Elias. Ich konnte das, was ich sagte, nicht leben.«
»Kannst du es jetzt?«
Ihre Lippen zitterten.
»Nein. Ich ... ich würde ihn nur mit meiner Sehnsucht überfallen. Ich wünsche mir immer noch, er wäre bei mir geblieben.«
David zögerte.
»Juliet ... ich habe versucht, einen Brief an Elias zu schreiben. In deinem Namen. Ich ... vielleicht hilft er dir.«
Verblüfft schaute sie auf. Sein Blick war atemberaubend schön. Der Moment bei Steve kam ihr in den Sinn. Davids kindlicher Gesichtsausdruck, entschlossen, ihr zu helfen, obwohl sein Herz genauso gerast hatte wie das ihre. Ein heißes, belebendes Gefühl durchdrang sie.
»Liest du ihn mir vor?«
David nickte, zog ein Papier aus der Hosentasche, setzte sich im Schneidersitz vor sie hin und faltete es auf. Er tat das so andächtig, dass ein gewaltiges, dankbares Gefühl in ihr aufwallte und wie eine Parfümwolke nach außen drang. Im selben Augenblick atmete er durch die Nase ein, als könne er ihren Dank tatsächlich riechen. Liebe durchwehte die Nacht wie Schwaden und seine Worte waren wie Tropfen aus Licht.

Lieber Elias,

ich bin Juliet, deine Mama. Damals ging alles so schnell, die Ereignisse haben sich überschlagen. Aber du und ich wissen, dass es keine Zeit gibt, und daher bin ich sicher, dass dich meine

Worte erreichen. Heute schicke ich dir keine Trauer und keine Schuldgefühle, heute schicke ich dir meine unendliche Liebe und wünsche mir, dass sie auch dich befreit. Ich möchte dir sagen, dass ich einverstanden bin mit dem, was geschehen ist und wie es geschehen ist. Ich weiß, warum du gegangen bist. Ich verstehe deine Botschaft. Trotzdem wünsche ich mir und träume ich davon, dass wir uns im Tanz der Zeit wiederbegegnen werden. Endlich kann ich dir sagen, was ich dir schon immer sagen wollte: Ich liebe dich, Elias, ich schicke dir alle Liebe, die ich im Herzen trage, egal, wo du gerade bist. Möge diese Liebe dich auf ewig behüten. Möge sie dein Schutz sein, auf jedem Weg, den du gehst. Möge sie dir Kraft geben, wann immer du sie brauchst. Mögest du frei sein von jedem negativen Gefühl und mögest du glücklich sein und voller Freude. Vergiss nie, wer du wirklich bist. Ich werde es auch nicht vergessen, denn in dem Maße, wie wir uns erinnern, bleiben wir uns nah. Lass uns zwei Seelen sein, die sich der Freude und der Liebe verschrieben haben und in dieser für immer verbunden sind.

In ewiger Liebe, deine Mama

Die Nacht war still. Aus dieser Stille entstand der Gesang der Zikaden, das Geräusch der Wellen, das Rauschen des Windes, der Klang der Sterne, der Hauch ihres Atems – und des Lebens.

Davids Trauerrede stieß das Tor zu ihrer Seele endgültig auf. Ihr gesamtes System wurde resettet, ihr war fast schwindlig von der Wärme und Zuversicht, die sie durchströmten. Stumm beobachtete sie, wie er den Zettel zusammenfaltete, in die Hosentasche steckte und es vermied, sie anzuschauen. In einer spontanen Geste kniete sie sich vor ihn hin, nahm sein Gesicht zwischen ihre Hände und hauchte ihm einen innigen Kuss auf die geschlossenen Lippen.

Kurz danach gingen sie zu Bett. Es gab nichts zu sagen.

Sie war schon kurz vor dem Einschlafen, als David sie an sich zog und flüsterte: »Weißt du was? Ich kann mir zum ersten Mal im Leben vorstellen, ein Kind zu haben. Und es zu lieben.«

Sie drehte sich in seinem Arm zu ihm hin.

»Das würde bedeuten, dass du dir zum ersten Mal eine Beziehung vorstellen kannst.«

»Ja«, wisperte er. »Weil ich heute verstanden habe, wie schön es ist, Liebe zu teilen. Auf dieser tiefen, hohen Ebene. Weil ich zum ersten Mal gemerkt habe, dass Beziehung auf diesem Level etwas Wunderschönes ist.«

Seine Wange lag an der ihren. Sie sog seinen blumigen Duft ein.

»Denkst du auch anders über die Arbeit mit Steve?«, fragte sie.

»Ich weiß immer noch nicht, ob ich das so kann wie du, Juliet.« Plötzlich brach seine Furcht ungefiltert aus ihm heraus. »Ich … habe Angst, dass es ein Fehler sein könnte. Dass danach alles verloren ist. Dass ich zu tief falle. Dass ich nicht mehr hochkomme und …« Er brach ab, biss sich auf die Lippen, wusste selbst, dass sie mit diesen Worten kaum etwas anfangen konnte. Juliet drehte ihn auf den Rücken, beugte sich über ihn, sah ihm in die Augen.

»Du warst so oft für mich da, David«, flüsterte sie. »Und wenn es so weit ist, werde ich für dich da sein. Wenn du fällst, falle ich mit dir. Und dann stehen wir gemeinsam wieder auf.«

🎵 Jealous 🎵

Labrinth

Lorenz lief wie paralysiert durch die Gegend. Sein Universum hatte sich dermaßen verschoben, dass er meinte, bislang in einem Traum gelebt zu haben. Er versuchte, sich abzulenken, putzte seinen Wagen, räumte Unterlagen auf, aber es hatte keinen Sinn. Sein gesamtes Denken kreiste ausschließlich um Juliet und ein Gespräch mit ihr. Jeden Tag erschien ihm das dringlicher.

Er wusste, dass sie sich im Lake District aufhielt, aber hatte keine Adresse. War da nicht dieser Coach, den sie erwähnt hatte? Wie hatte der noch mal geheißen? Er checkte, wann er mit Juliet essen gegangen war, und suchte in der Chronik nach dem Google-Eintrag. Da war er: *Mahony!* Genau, das war der Typ! Aber es war keine Adresse verzeichnet. Noch nicht mal eine Nummer, nur ein Mailkontakt.

Unentschlossen ging Lorenz einkaufen. Auf dem Weg zur Kasse kam er am Zeitschriftenstand vorbei. Und dort prangte die neueste Ausgabe von »Lifestyle & Happiness«. Er warf das Magazin in den Wagen und stürzte sich zu Hause sofort auf den letzten Bericht mit dem Titel »Wann ist eine Beziehung eine gute Beziehung?«. Darunter stand: »Nach all den Kursen, Workshops und Seminaren haben sich Erkenntnisse herauskristallisiert, die unsere beiden Berichterstatter gleichermaßen erstaunen.«

David Schneider war der Verfasser der linken Spalte, wo es um die männliche Ansicht der Beziehung ging. Lorenz' Herz fing an zu klopfen, als er von dessen Ansichten erfuhr, zwischen den Zeilen las – eine Lektüre, die nicht angetan war, ihn zu beruhigen. Da war was! Das roch er! Wie konnte man zu solch tiefen Erkenntnissen gelangen, ohne intensive Gefühle für jemanden zu hegen? Er konnte es kaum erwarten, Juliets Part zu lesen. Jedes Wort von ihr traf ihn mitten ins Herz. Denn jeder Buchstabe machte ihm klar, dass sie ein völlig neues Selbstverständnis und ein neues Verhältnis zu Beziehungen gewann – eines, das er ihr nie geboten hatte. Verstört las er den letzten Abschnitt.

> Unser wirklich großes Erlebnis steht uns noch bevor: Steve Mahony, der Coach, der tief ins Innere geht. Wir haben keine Ahnung, was uns erwartet, aber seine bisherigen Klienten schwärmen von nachhaltigen, lebenserhebenden Veränderungen. Wer weiß, welche Dämonen heraufgeholt werden? Wer weiß, ob sie aufgelöst werden und welche Auswirkungen das auf unser zukünftiges Leben hat? Wir berichten!

Auf unser zukünftiges Leben? Und: *Wir* berichten? Das klang so intim! Und dieser Schneider schrieb dermaßen feinsinnig, dass in Lorenz alles auf Alarm stand und sich zu seinen Gewissensbissen tiefe Eifersucht gesellte. Sie brannte wie Salzsäure in seiner Seele.

Er besorgte sich sämtliche Ausgaben von »Lifestyle & Happiness« mit der Artikelreihe. Wenn er an einem interessiert war, dann an Juliets Einstellung bezüglich Partnerschaft. Genau wie sie es vor Monaten getan hatte, versteifte nun er sich auf ein Date mit ihr. Wenn sie sich nur wiedersehen, spüren, anfassen könnten, wäre alles wieder gut! Es hatte immer funktioniert. Es würde auch diesmal funktionieren. Davon war er überzeugt.

🎵 If You Should Fall 🎵

Sage

Juliet arbeitete weiter mit Steve und war froh, dass er ihr stets genug Zeit ließ, um das Geschehene zu verdauen, und manche Tage mit Erklärungen, Spaziergängen und Meditationen füllte. Dazwischen gab er ihnen sogar einen Tag frei, damit sich die Eindrücke setzen konnten. Es waren intensive Tage für sie beide, und das Wetter spielte mit.

Zu Davids Erstaunen wurde Juliet mit jedem Tag glücklicher. Eine tiefe Heiterkeit bemächtigte sich ihrer und ruhige Freude schien aus jeder ihrer Poren zu strahlen. Eine Freude, die ihn dazu drängte, ständig ihre Nähe zu suchen.

Plötzlich verstand er, was Steve gesagt hatte: dass es für eine gute Beziehung nichts anderes zu tun gab, als selbst Freude zu sein. Dass Partnerschaft so viel mehr war, als zu versuchen, mit gegenseitigen Ängsten zurechtzukommen. Juliet schenkte ihm Freude, weil sie in diesen Tagen aus ihrer Quelle lebte und sich in dieser nichts anderes befand außer Freude und Liebe. Sie war beschwingt, dankbar und völlig sorgenfrei.

»Ich hätte nie gedacht, dass die Sache mit Elias noch in einer solchen Massivität in mir schlummert«, sagte sie, als sie mit Steve und Aimee beim Tee zusammensaßen.

»Das geht vielen so«, antwortete Steve. »Die meisten wollen sich einfach nur gut fühlen, statt durch diese Ängste hindurchzugehen. Sie lenken sich ab, verdrängen es und was nicht alles. Aber wie erwähnt, Energie verschwindet nicht einfach. Irgendwie muss sie transformiert werden.«

»Aber es kann doch nicht jeder so eine Arbeit machen wie wir hier«, entgegnete Juliet.

»Es gibt ja nicht nur meine Methode«, beruhigte er sie. »Zu jedem kommt das, was zu ihm passt. Hier wird allerdings massiv viel abgebaut, freu dich einfach drüber.«

»Mal 'ne andere Frage«, meldete sich David zu Wort. »Ich kann nicht jedes einzelne Ereignis und obendrein die aus vergangenen Leben aufarbeiten, das würde ja ewig dauern.«

»Nein, das musst du auch nicht. Jeder kleine Schritt, jede gute Tat, jedes gute Wort bringen dich vorwärts, jede Aktion, die du in Richtung Freiheit unternimmst. Irgendwann kippt die Waage. Und dann kippt alles andere mit. Damit ist alles gelöst.«

»Und dieses Muster ... ist das jetzt wirklich total weg? Und kommt nie wieder?«

Juliet wirkte beinahe kindlich, als sie das fragte. Steve strich ihr leicht über den Arm.

»Die Anhaftung ist weg«, versicherte er. »Aber wenn die Ursache verschwunden ist, können noch Wirkungen vorhanden sein. Erinnere dich daran, wenn Kalamitäten auftauchen. Das ist nichts weiter als ein Nachhall. Dein Emotionalkörper ist so sehr an das Alte gewöhnt, dass er es massiv anzuziehen versucht, um sich wieder in vertrautem Terrain bewegen zu können. Sollte es so sein, bleib stark! Denn diesmal bist du gewappnet!«

Er lächelte Juliet zu und sie schmolz in seiner warmen Ausstrahlung.

Oh, die Tage waren so tief! Juliet sank auf Steves Liege in Zustände, die sie nie für möglich gehalten hätte, doch je freier sie wurde, desto angespannter wurde David. Er hatte mit vielem bewiesen, dass er etwas für sie fühlte, trotzdem hielt er sich zurück. Was hatte er erlebt, dass er derart dichtmachte? Juliet wollte mehr, jede Nacht kribbelte es stärker in ihr und jede Nacht wies er sie zurück. Jeden Morgen danach war er unsicher, aber in Juliet hatte etwas völlig anderes die Führung übernommen. Es war ihr unmöglich, sauer zu sein, stattdessen überkam sie tiefes Mitgefühl und sogar Humor. Ihr Kopf hätte nicht gelacht. Der wäre todernst geblieben, hätte sich mies gefühlt und tausend Zweifel gewälzt.

David hingegen konnte ihre scheinbar ungetrübt heitere Laune nicht nachempfinden und suchte andere Erklärungen dafür.

»Hast du wieder Kontakt zu Lorenz?«, forschte er misstrauisch nach.

»Nein«, erwiderte sie erstaunt. »Ich habe dir doch erzählt, dass ich ihn blockiert habe.«

»Blockaden kann man aufheben.«

»Habe ich aber nicht.«

»Gib's zu! Du hast ihm geschrieben!«

»Was hätte ich denn schreiben sollen?«

»Dass du dich geändert hast? Dass du ihn sehen willst?«

»Glaubst du das wirklich?«

Sie starrten sich an. In der nächsten Sekunde sackten seine Schultern nach unten und er fuhr sich unglücklich durchs Haar.

»Juliet«, brach es aus ihm heraus. »Ich glaube, ich habe mich total verfahren. Ich ... die Situation ist ... sie ist ...«

»Sag's doch einfach! Wenn du schweigst, verfährt sie sich noch mehr.«

»Ich weiß! Ich will den passenden Moment abwarten, um alles besser erklären zu können.«

»Dann warte ich mit dir auf den für dich richtigen Zeitpunkt. Ich vertraue dir.«

David entfuhr ein Schnaufen und er riss sie wild in seine Arme.

»Juliet«, flüsterte er in ihr Haar. »Du bedeutest mir so viel. Zu viel. Vielleicht fällt es mir leichter, wenn ich es stückchenweise mache.«

»Kein Problem. Ich werde jedes Stück begrüßen.«

»Und ich werde mit jedem Stück Angst haben, dich zu verlieren.«

»Ich stehe zu meinem Wort, David. Wenn du fällst, falle ich mit dir.«

🎵 Breathe In 🎵

Ward Thomas

Er war ruhelos, als sie am nächsten Tag zu Aimee und Steve wanderten. Es war ein idyllischer Weg am Wasser entlang, durch ein Stück Wald hindurch, aber trotzdem wurde Davids Anspannung mit jedem Schritt stärker.

An diesem Tag unterhielten sich Steve und Aimee mit ihnen über nichts Spezielles. David jedoch störte sich an jedem Wort, wirkte, als ob er sich jeden Moment übergeben müsse. Das wurde noch schlimmer, als es ans Meditieren ging. Seine Abneigung, sich auf die Matte zu setzen, war so greifbar, dass er feindselig und starr im Zimmer stehen blieb. Als Steve David am Arm fasste, schüttelte ihn David gereizt ab.

»Ich kann das alleine«, fauchte er.

»Alles gut, David. Ich dachte nur, du willst dich vielleicht heute lieber hinlegen.«

David wurde rot, wo ein anderer blass geworden wäre. Die Hitze in seinem Körper schien seine Augen zu befeuern. Fiebrig flackerten und irrten sie umher, bis sie auf Juliets Blick trafen. Er schaute weg, verharrte für Sekunden, dann griff er seinen Rucksack.

»Ich ... ich kann das nicht!«, stieß er heiser hervor. »Ich kann das nicht! Nicht so. Nicht hier. Ich ...«

Er brach ab, stürmte zur Tür und war weg.

Bestürzt sah ihm Juliet nach, hin- und hergerissen zwischen dem Drang, ihm zu folgen oder ihn in Ruhe zu lassen. Rat suchend flog ihr Blick zu Steve und Aimee.

»Bleib ein Weilchen hier«, empfahl Steve voller Mitgefühl.

Aber Juliet war unruhig und verabschiedete sich nach einer halben Stunde. Eilig lief sie durch den Wald, schaltete nach Tagen wieder ihr Handy ein, um David anzurufen. Eine Flut an Nachrichten stürzte herein, so viele, dass sie sich auf einen Baumstumpf setzte und sie kurz überflog.

Josie, Becky, Belinda ... auch Gero hatte sich gemeldet, mehrmals, fragte beunruhigt, wie es ihnen ginge und ob es möglich wäre, wenigstens ein bisschen was zu erzählen.

Ehe Juliet nachdenken konnte, rief sie ihn an.

»Juliet, endlich ein Lebenszeichen! Wie geht es dir? Wie geht es David?«

»Mir geht es gut. David nicht ganz so. Er blockt unendlich.«

Gero seufzte. »Das war zu befürchten.«

»Ja, schon, aber hier mit Steve ist das die beste Gelegenheit ever, das loszuwerden, was ihn belastet! Warum nutzt er das nicht?«

»Ach, Juliet, das ist wesentlich komplizierter, als du denkst.«

»Herrgott noch mal, warum könnt ihr nicht einfach sagen, was Sache ist? Soll das ewig so weitergehen?«

»Ich habe David versprochen, nichts preiszugeben, und daran muss ich mich halten«, verteidigte sich Gero. »*Er* muss es wollen.«

»Dann ruf ihn an und frag ihn, ob du mir was sagen darfst! Wenn er es schon nicht kann!«

Gero schwieg für ein paar Sekunden.

»Das mache ich, Juliet«, erwiderte er schließlich. »Das ist vielleicht gar keine so schlechte Idee.«

»Okay.« Unruhig setzte sie sich wieder in Gang. »Ich bin in etwa zehn Minuten zu Hause. Wenn er da ist, frage ich ihn auch. Hast du Zeit, falls er Ja sagt?«

»Die nehme ich mir.«

※

Den letzten Kilometer fing es heftig an zu regnen. Juliet hatte weder Schirm noch Schlüssel, stand patschnass vor der Tür und klopfte mit dem Eisenring gegen das Holz. David öffnete, aber sein abweisender Blick ließ die Erleichterung darüber schnell schwinden. Als sie ihre Jacke aufhängte, sah sie seine gepackten Taschen im Flur stehen.

»Was ... was soll das denn bedeuten?«, fragte sie mit rauer Stimme.

»Ich glaube, es ist das Beste, wenn ich gehe«, antwortete er ruhig.

»O nein«, schoss es aus ihr heraus. »Du gehst nicht! Du haust nicht einfach ab! Wir ziehen das gemeinsam durch!«

Sie verbarrikadierte die Tür mit ihrem Körper, um zu verhindern, dass er an ihr vorbeistürmte, und stierte ihn wütend an, fest entschlossen, ihn mit dieser Tour nicht durchkommen zu lassen.

»Hast du ein Taxi gerufen?«, fragte sie barsch. Er nickte langsam.

»Sag es ab! Wo ist dein Handy?«

Ehe er auch nur die Chance hatte zu reagieren, fuhr ihre Hand blitzschnell in seine Gesäßtasche und zog das Gerät heraus. Sie fing an, eine Stornierung zu tippen, und hatte gerade mal zwei Worte geschafft, als Leben in David kam und er Anstalten machte, ihr das Smartphone aus der Hand zu reißen.

»Gib das her!«, rief er aufgebracht. »Lass das, Juliet, das hat keinen Sinn!«

»O doch, das hat Sinn!«, fauchte sie, hielt ihren Arm hoch, wich vor ihm zurück und rannte die Treppe hinauf. David wetzte hinterher, versuchte sie zu greifen, aber sie entkam ihm, flüchtete ins Bad, warf die Tür zu und schob den Riegel vor. David hatte so viel Schwung drauf, dass sein Körper gegen das Holz donnerte. Sekunden völliger Stille flimmerten in der Luft, bevor ein markerschütternder Schrei und ein heftiger Fußtritt sie zerrissen.

»Mach sofort die Tür auf!«, tobte er wutentbrannt und klang mit einem Mal wie ein völlig anderer Mensch. »Gib mir mein Handy zurück!«

»Vergiss es!«

Mit zitternden Fingern beendete sie die Nachricht an den Fahrer und atmete durch. Gewonnen war noch gar nichts, denn eines war klar: Sobald sie die Tür öffnete, würde David sich sein Handy schnappen und abhauen. Entsetzt hörte sie, wie seine Fäuste gegen das Holz trommelten, wie er mit den Füßen dagegen trat und sich in eine Raserei steigerte, die sie in Angst und Schrecken versetzte.

»Juliet!«, brüllte er. »Mach die Scheißtür auf! Oder ich vergesse mich! Mach auf, verdammt noch mal!«

»Damit du abhauen kannst?«, schrie sie zurück. Aber er hörte sie gar nicht.

»Wenn du nicht sofort aufmachst, schlage ich die Tür ein! Los, verdammt noch mal, oder ich hole eine Axt!«

David stieß einen Urschrei aus und Juliet wurde es anders zumute. Sollte sie Gero anrufen? Steve? Panisch registrierte sie, wie er wie von Sinnen mit Füßen und Fäusten das Holz traktierte. Jeder Stoß war eine Erschütterung in seinem Inneren, jeder Schrei Geröll, das seine Seele hinunterglitt – und zur Lawine wurde. Erschüttert verfolgte Juliet, wie er vor der Tür raste und schrie, wie seine Stimme sich zu überschlagen begann, wie sich seinen Schreien immer mehr Schmerz beimischte – und Tränen.

»Mach auf!«, heulte er. »Lass mich raus! Hörst du? Du sollst mich rauslassen!«

Ihr Herz setzte aus. *Rauslassen?* Sie war doch drin und er wollte rein? In dieser Sekunde begriff sie, dass die geschlossene Tür in David einen Flashback ausgelöst hatte. Dass ihn Erinnerungen überfluteten, er irgendwo war, nur nicht hier.

»Juliet!«, brüllte er wieder. »Ich hole die Axt!«

Mit voller Wucht bolzte er gegen die Tür, dass die Scharniere knirschten und der ganze Rahmen bebte. Aber nicht nur die Vibrationen der Schläge, auch eine tiefe Ohnmacht, Wut und Panik drangen zu ihr, so stark, dass Juliet Mühe hatte, davon nicht mitgerissen zu werden. Sie musste ruhig bleiben!

»Okay!«, rief sie mit wackliger Stimme. »Ich mache auf! Hörst du? Ich öffne!«

»Jetzt!«, schrie er in blinder Wut. »Sofort!«

Ein gewaltiger Fausthieb ließ das Holz erneut erbeben. Juliet legte ihre Hände auf die Fläche, um die Erschütterung abzufangen, drückte ihre Wange dagegen. Ihr Herz klopfte zum Zerbersten. Sie traute sich nicht an den Riegel heran.

»David«, raunte sie mit dem Mund dicht am Holz. »David, hörst du mich?«

»Ja«, fauchte er. »Ich höre dich.«

»Bevor ich aufmache, will ich, dass du mir zuhörst.«

»Das ist ein Trick! Du willst mich verarschen!« Er klang so drohend und unheilvoll, dass sie sicher wusste, er würde in den nächsten Sekunden die Axt holen und die Tür zerhacken.

»Nein, das ist kein Trick«, drängte sie verzweifelt. »David, bitte, hör mir zu! Nur eine Sekunde!« Ihre Stimme zitterte. Ihre Augen waren nass, ihre Worte feine, mit Aufrichtigkeit getränkte Schallwellen, die der massiven Front seiner Wut die Stirn boten.

»Bitte, David ... Kannst du mal kurz durchatmen? Zusammen mit mir? Wie wir es schon mal gemacht haben? Weißt du noch? Als wir uns das erste Mal geschrieben haben? Da haben wir auch geatmet. Ich atme jetzt, David. Ich atme ganz tief ein und lange wieder aus.«

Vor der Tür wurde es still. Juliet presste ihren Körper dagegen, als könnte sie ihr Innenleben zu ihm transportieren. Tatsächlich war ihr, als ob der Schwall ihrer Gefühle durch das feste Material schoss – und ihn traf.

»Ich ... ich habe geatmet«, sagte er schroff. »Was willst du mir sagen?«

»Dass ich dich liebe«, flüsterte sie. »Ich liebe dich, David.«

Sie hing an der Tür wie an einem Stück Treibholz auf hoher See. Stille hatte sich nach ihren Worten ausgebreitet. Eine Stille, die alles in sich trug. Vergangenheit, Gegenwart und Zukunft. Es war ein Innehalten im Wirbel der Geschehnisse, im Hologramm des Lebens – ein Innehalten, das Neuordnung ermöglichte. Sie spürte greifbar Davids Nähe. Seine Wange, seine Hände berührten das Holz auf der Gegenseite. Material, das kein Hindernis für die Schwingungen war, die zwischen ihnen vibrierten, und so merkte sie, wie etwas in ihm fiel. Die Luft flimmerte von seiner Verletzlichkeit und seinem Wundsein.

Mit bebenden Fingern schob sie den Riegel zurück und öffnete die Tür. David stand wie eine Statue davor. Sein Haar war verschwitzt, an seinen Knöcheln klebte Blut und sein Gesicht ... sein Gesicht hatte einen Ausdruck, der mit Worten nicht zu beschreiben war. Er war nicht wirklich hier, und instinktiv erfasste Juliet, dass er in einem Zustand zwischen Vergangenheit und Gegenwart festhing. Ein Zustand, den sie nutzen wollte, um einen neuen Fußabdruck in die DNS seiner Seele und die der Welt zu setzen.

♪ Unlove ♪

Lukas Rieger

Vorsichtig näherte sie sich ihm. Ergriff behutsam seine Hand.
»Komm«, flüsterte sie. »Komm mit.«
Verwirrt ließ er sich von ihr ins Schlafzimmer führen. Es war etwas geschehen, mit dem er nicht gerechnet hatte: Die Tür hatte sich geöffnet. Juliet konnte nicht ahnen, welchen Sturm das in ihm entfachte.
»Müde?«, fragte sie leise. Er nickte.
Sie drängte ihn zum Bett, zog ihm die Schuhe aus, drückte ihn in die Kissen. Ihr Haar strich an seiner Wange vorbei, tief sog er ihren Duft ein und atmete plötzlich auf.
»Du riechst gut«, wisperte er und klang verwundert. Das machte ihr Mut.
Sacht strich sie ihm das verschwitzte Haar aus der Stirn. »Gero hat angerufen. Er erzählt mir, was geschehen ist. Darf er?«
Unruhig setzte sich David wieder auf.
»Tu's für mich, David«, flüsterte sie. »Für uns.«
Er zögerte, gab nach, seine Schultern sackten nach unten.

»Okay. Aber nur einen Teil. Ohne Peter. Das will ich selbst machen.«

»Ohne Peter«, wiederholte sie, ohne zu verstehen, was er damit meinte, nahm das Telefon, drückte auf Wahlwiederholung und aktivierte den Lautsprecher.

»Gero«, sagte sie. »David hat seine Erlaubnis gegeben. Er sagt, ohne Peter.«

»Oh, wie gut!«, entfuhr es Gero. »David, hörst du mich?«

»Ich höre dich«, erwiderte David. Er klang wie ein Automat.

»Das ist so gut! So gut! Egal, was danach passiert, David. Es ist das Beste, was du tun kannst. Aber willst du nicht Tabula rasa machen? Die Gelegenheit ist doch …«

»Auf keinen Fall«, schnitt ihm David das Wort ab. Sein Blick glitt Richtung Tür. Er wollte nicht dabei sein, aber hatte Angst, dass Gero mehr erzählte, als ihm lieb war, daher rollte er sich zur Seite, nahm Allie in den Arm und zog die Decke bis übers Gesicht. Ein kleiner Junge, der sich versteckte, um Schlägen zu entgehen.

Juliet legte das Handy auf die Decke und lehnte sich gegen das Kopfteil. Wenige Sekunden später beamte Geros Stimme sie in Davids Vergangenheit.

»David ist ein Einzelkind, sein Leben lief die ersten Jahre normal. Seine Eltern liebten sich, doch je älter er wurde, umso mehr wurde ihm bewusst, dass es eine ungute Liebe war. Seine Mutter war ihrem Mann hörig, tat alles für ihn – und der erwartete das auch. Es war ein übliches Rollenspiel in dieser Zeit, das allerdings zwischen Davids Eltern zum Extrem geriet. Wenn sein Vater da war, gab es David praktisch nicht. Er wurde mit einer Mahlzeit und seinem Kuscheltier in sein Zimmer geschickt, manchmal ein ganzes Wochenende über, bis sein Vater wieder zur Arbeit ging. Er war Außendienstmitarbeiter in einem technischen Betrieb, oft tagelang am Stück unterwegs. Sobald er weg war, kümmerte sich seine Mutter liebevoll um

David. Dann war er wieder ihr Ein und Alles. David war fixiert auf seine Mutter und ihre Liebe.«

David regte sich unter der Decke, als er das hörte, und Juliet legte ihre Hand auf das vermummte Bündel Mensch neben ihr.

»Alles wurde anders, als seine Mutter herausfand, dass ihr Mann sie betrog. Sie brach darüber zusammen, stellte ihn aufgelöst zur Rede. Er lachte nur, sagte, Männer seien nun mal so, sie solle froh sein, dass er für sie sorge. Davids Mutter unternahm alles, um ihn zu halten, aber je mehr sie sich bemühte, umso mehr verlor sein Vater das Interesse an ihr. Sie war unglücklich, weinte viel, wurde depressiv. Als David elf oder zwölf war, fing er an, seine Mutter zu überreden, sich scheiden zu lassen. Sie wollte nicht. Sie schaffte es nicht, sich von seinem Vater zu trennen, obwohl der zum Trinker geworden war, obwohl er ihr wehtat, körperlich wie seelisch. David musste das alles mit ansehen, er versuchte, seine Mutter zu schützen, aber er war ein Kind und seinem Vater schlicht körperlich unterlegen.«

In diesem Moment strampelte David die Decken von sich.

»Ich kann das nicht hören!«, stieß er hervor. »Gero, ich verlasse mich darauf, dass du dich an dein Versprechen hältst!«

Eine Sekunde später war er zur Tür hinaus. Juliet hatte Angst, dass er zum Flughafen fahren wollte, aber sein Handy war hier. Ohne das würde er nicht gehen. Sie atmete durch.

»Okay, Gero, David ist raus. Machen wir weiter. Vielleicht kannst du dich kurzfassen?«

»Alles klar, Juliet. Ich beeile mich. Also, es war kein Wunder, dass David seinen Vater abgrundtief hasste. Er war nie für ihn da und benutzte andere Menschen für seine Zwecke. Frauen hatten für ihn keinen Wert, außer dem, ihm Befriedigung zu verschaffen. Er kam nicht mehr oft nach Hause, wenn, dann alkoholisiert. Und ja, er … er war nicht zimperlich. Er schlug zu, wenn ihm was nicht passte. Er hat beide geschlagen, David und Gabrielle.«

Juliet entfuhr ein Laut.

»Gabrielle ...«, wiederholte sie mit zugeschnürter Kehle. Gabi! Davids langjährige und einzige Beziehung zu einer Frau war die zu seiner Mutter!

»Aber das Schlimmste war, dass Gabrielle David nicht beistand. Sie half ihm nie. Sie schaute mit der Hand vor dem Mund zu, wie ihr Mann ihr Kind schlug, in sein Zimmer stieß und einsperrte.«

Juliet schluckte. Unwillkürlich nahm sie das Smartphone in die Hand, lief zum Fenster. Es regnete in Strömen. David stand am Steg und ließ das Wasser auf sich niederprasseln.

»Es dauerte nicht lange, bis sich Gabrielles Depression in eine ernsthafte Krankheit wandelte«, mischte sich Geros Stimme in das Bild. »Sie bekam Krebs, sagte es ihrem Mann aber nicht. Sie hatte immer noch Hoffnung, dass er sich ihr wieder zuwenden würde, aber natürlich war das fruchtlos. David kümmerte sich um sie, sprach mit ihr, tröstete sie, kochte für sie und holte den Arzt, wenn es ihr schlecht ging. Immer wieder forderte er sie auf, ihre Sachen zu packen, ihre Träume zu leben, aber für Gabrielle waren das nichts weiter als Hirngespinste.«

»Welche Träume?«, fragte Juliet erstickt.

»Das fragst du am besten David. Tatsache war, sie kapitulierte völlig, unterzog sich keiner Behandlung, schluckte lediglich Schmerzmittel ... bis es selbst David dämmerte, dass sie sterben wollte. Dass sie vorhatte, ihn zu verlassen. Was das im Bewusstsein eines Kindes anrichtet, brauche ich dir nicht zu sagen. Tja, und dann ...«

Gero brach ab. Juliet wartete. Hörte, wie er Luft holte.

»Dann kam die Nacht, als sein Vater mal wieder zu Hause war. Betrunken war. Sex wollte. Er wusste immer noch nicht, dass Gabrielle schwer krank war, und sie tat, als ob nichts wäre, schlimmer noch, war bereit, sich vergewaltigen zu lassen. Diesmal aber kippte etwas in David. Wild entschlossen stellte er sich seinem Vater entgegen, klärte ihn auf, dass Gabrielle Krebs habe. Aber sie fiel ihm zum x-ten Mal in den Rücken, behauptete, das sei nicht wahr. David rastete aus, und als sein Vater ihn wegsperren wollte, wehrte er sich. Es kam zu einem schrecklichen Handgemenge.«

Gero räusperte sich. »Sein Vater schlug David praktisch krankenhausreif, schob ihn in sein Zimmer und schloss die Tür ab.«

»O mein Gott«, hauchte Juliet fassungslos. Ihre Knie wurden schwach, ihre Augen suchten die einsame Gestalt im Regen. »Wie alt war er?«

»Sechzehn.« Gero räusperte sich ein weiteres Mal und mit seinen nächsten Worten musste sie sich setzen. »Gabrielle starb in den frühen Morgenstunden. Ihr Mann war gegangen, er bekam es gar nicht mit.«

Juliet brachte kein Wort hervor. Geros Stimme drang wie aus weiter Ferne an ihr Ohr.

»Und David bekam es auch nicht mit. Er lag bewusstlos und eingesperrt im anderen Zimmer.«

»Gero«, flüsterte Juliet entsetzt. »Sag, dass das nicht wahr ist ...«

»Doch, Juliet, es ist leider wahr. Als er endlich aufwachte, nahm er als Erstes einen unangenehmen Geruch wahr. Ich glaube, David brauchte eine Weile, um zu verstehen, was das bedeutete. Es muss schrecklich gewesen sein. Er konnte sich kaum bewegen. Hatte keine Kraft zu schreien. Die Wohnung lag im sechsten Stock. Seine Tür war zu. Was ihn rettete, waren vier Wasserflaschen, sonst wäre er verdurstet.«

In Juliet drehte sich alles.

»Wie ... wie ist er rausgekommen?«, fragte sie heiser.

»Ein Nachbar hat nach vier Tagen die Polizei gerufen, als der Gestank in den Flur drang. Da haben sie beide gefunden.«

Juliet befand sich in einer Schockstarre. Ihr Blick glitt übers Bett ... zu Allie.

»War Allie bei ihm?« Sie fragte das fast flehend, konnte den Gedanken nicht ertragen, dass David völlig alleine gewesen war.

»Ja. Ach ... Allie«, sagte Gero traurig. »Sie war ein Geschenk von Gabrielle, ein fragwürdiges Trostpflaster. David hatte nur sie – und Bücher. Gabrielle sagte ihm, Allie sei seine beste Freundin ... und so sprach David mit ihr. Aber, Juliet, die Geschichte ist hier noch nicht zu Ende. Alles Weitere muss ich David überlassen. Du hast es ja gehört.«

Juliet wurde es übel. Noch mehr? Sie war bereits jetzt völlig am Boden zerstört.

»Danke, Gero«, sagte sie rau. »Ich lege jetzt auf, wir melden uns.«

Sie schaltete das Handy ab. In ihrem Kopf wirbelten Erlebnisschnitzel durcheinander, Puzzleteile, die sich zu einem Bild zusammensetzten. Der Tag, an dem sie David mitgeteilt hatte, dass sie Lorenz blockiert habe. Ein normales Verhalten für viele – Grenzen sprengend für David. Das Parfüm, mit dem er sich einnebelte ... versuchte er noch heute, den Geruch zu übertünchen? Sie brauchte nicht zu fragen, um zu wissen, dass es Gabrielles Duft gewesen war. Und was musste in ihm hochgekommen sein, als er sie, Juliet, krank in diesem nach Abwasser riechenden Zimmer gefunden hatte?

Sie sprang auf, schnappte sich einen Schirm und lief nach draußen. David kauerte noch immer auf dem Steg. Er fror, war patschnass. Tropfen aus den Augen und vom Himmel rannen seine Wangen hinunter. Stumm hockte sie sich neben ihn, hielt den Schirm über sie beide. Der Regen prasselte auf das Tuch, war für Minuten das einzige Geräusch.

»Ich hasse meine Mutter«, stieß er nach einer Weile hervor. Seine Augen glühten über den grauen See. »Ich hasse sie. Sie ... sie hat mich so verarscht.«

Er wandte sich Juliet zu. Sein Blick war dunkel. »Ich hasse sie«, wiederholte er gequält. »Ich hasse sie!«

Sein Gesicht verzog sich, Tränen strömten aus seinen Augen. Juliet zog ihn an sich. Endlich gab er zu, was er all die Jahre nicht zu sagen gewagt hatte: Hass zu empfinden für einen Menschen, den er unendlich liebte.

»Komm rein, David«, flüsterte sie »Du frierst.«

Widerstandslos ließ er sich mitziehen. Er schlotterte vor Kälte. Sie schälte ihm die nassen Sachen vom Leib, steckte ihn ins Bett, machte ihm eine Wärmflasche und brachte ihm Tee.

David nippte daran, stellte die Tasse auf das Nachtkästchen. Sie lag neben ihm, beide hörten dem Regen zu.

»Ich kann nicht lieben, Juliet«, sagte er leise. »Ich kann es seelisch nicht. Und ich kann es auch nicht körperlich. Ich fühle nichts.«

»Das stimmt nicht. Wenn einer fühlen kann, dann du«, widersprach sie sanft.

David antwortete nicht darauf. Er drehte sich um und zog die Decke hoch. Er glaubte ihr kein Wort.

♪ Love Will Set Us Free ♪

Novum Cordis

Es war tiefe Nacht, als Juliet aufwachte, weil David sich regte. Sie hörte, wie er aufstand, die Toilette rauschte. Als er nicht zurückkam, machte sie sich auf die Suche nach ihm und fand ihn im Diningroom. Er hatte eine Kerze angezündet, ein gut gefülltes Glas Rotwein stand vor ihm. Seine Augen glänzten im sanften Schein. Nie war er ihr männlicher und kindlicher zugleich erschienen. Sie nahm ein Glas aus dem Schrank und setzte sich zu ihm.

»Warst du bei ihrer Beerdigung?«, tastete sie sich vorsichtig vor.

»Es gab keine. Sie wurde verbrannt.«

»Und die Asche?«

»Keine Ahnung. Landete wahrscheinlich im Müll.«

»Hast du … hattest du noch mit deinem Vater Kontakt?«

David schwieg, trank einen großen Schluck, wandte sich ab. Juliet verstand. Er wollte nicht darüber reden. Schweigend saßen sie am Tisch. Der Rotwein wirkte schnell, ihre letzte Mahlzeit war lange her.

»Juliet«, fragte er plötzlich rau. »Hast du das heute ernst gemeint?«

Sein Herz klopfte bis in die Kehle hinauf und diesmal blickte er ihr direkt in die Augen.

»Was meinst du?«

»Das, was du am Nachmittag im Bad gesagt hast. Als die Tür noch zu war. Dass du … dass du mich liebst.«

»Ja«, antwortete sie weich. »Das habe ich sehr ernst gemeint.«

Ihre Antwort ließ seine Lippen erbeben und mit ihnen erbebte Juliets Herz, wurde ihr bewusst, welch langen Weg sie zusammen gegangen waren und wie viel das David abverlangt hatte. Stets war er für sie da gewesen, obwohl er doch selbst ein so schweres Päckchen zu tragen hatte. Eine Welle an Liebe und Dankbarkeit durchflutete sie. Sie ergriff seine Hände, küsste sie und leitete diesen Strom an ihn weiter. David atmete tief.

»Woran denkst du?«, fragte sie ihn.

»An dich«, flüsterte er. »An das, was du gesagt hast. An diese drei Worte. Sie sind überall in meinem Körper. Wie kleine Funken, die das Dunkel verbrennen.«

In ihren Augen glomm es auf.

»Ich gehe morgen zu Steve«, fuhr er fort. »Aber ich würde gern allein dort sein. Macht es dir was aus?«

»Nein, David, absolut nicht. Du weißt, ich freue mich. Ich freue mich sehr.«

Sie lächelte ihn an, stellte ihr Weinglas ab, reichte ihm die Hand.

»Komm«, flüsterte sie. »Du musst dich ausruhen.«

Hand in Hand gingen sie nach oben, kuschelten sich aneinander. Doch David stand noch unter Spannung. Geistesabwesend und unruhig strich seine Hand über ihren Rücken. Und plötzlich fragte er: »Juliet, bist du sub?«

Sie verstand nicht, was er meinte.

»Sub? Was …«

»Ob du devot bist. Unterwürfig. Die Art Frau, die Gefallen daran findet, gedemütigt zu werden. Die das braucht, um Lust zu empfinden. Oder die Sorte, die Gewalt mag.«

Verblüfft antwortete sie: »Nein, ich bin nicht devot. Brauchst du Frauen, die so sind?«

»Ich hasse Frauen, die so sind.«

»Warum denkst du das von mir?«

»Du … du hast auf mich so gewirkt«, antwortete er. »Weil du dich total nach Lorenz gerichtet hast. Hast du im Bett alles gemacht, was er wollte?«

»Nein, eher hat er alles gemacht, was ich wollte.«

Der Satz verschlug ihm für Sekunden die Sprache. Juliet setzte sich auf, sah ihm forschend ins Gesicht.

»Er hat alles gemacht, was ich mochte, und ich habe alles gemacht, was er mochte.«

»Hört sich perfekt an«, erwiderte er mit einer Mischung aus sarkastisch und frustriert.

»Das war es auch.«

David wandte sich ab. Es war klar. Er fühlte sich zu alldem nicht fähig, hatte wohl diese Zweisamkeit noch nie erlebt. In Juliet legte das einen Schalter um.

Sie schlüpfte wieder unter die Decke, drückte sich an ihn.

»David«, hauchte sie. »Würdest du mich lieben?«

Seine Lippen zuckten, er atmete tief ein und wieder aus.

»Nein.«

»Warum nicht?«

»Weil es so schön ist mit dir, Juliet«, flüsterte er wehmütig. »Und weil Sex immer das Ende jeder Beziehung war. Ich habe noch nie eine Frau glücklich gemacht.«

Sie sah ihm ernst in die Augen.

»Vielleicht gehörst du einfach zu denen, die ohne Liebe keinen Sex haben können.«

»Trotzdem habe ich Angst, dich zu verlieren«, raunte er. »Du wirst enttäuscht sein. Du wirst mich mit Lorenz vergleichen. Und ... was ist mit ihm? Ist das wirklich vorbei?«

Ja, was war mit ihm? Alles mit David war völlig anders als das mit Lorenz Erlebte. Diese zügellose Leidenschaft zwischen ihnen war so einfach gewesen. Sie hatten dem nur freien Lauf lassen müssen ... aber hier, hier war Geduld gefragt. Einfühlungsvermögen, die Bereitschaft, enttäuscht zu werden. Die Akzeptanz, dass es nie die Höhen erreichen würde, die sie kannte. All das verlieh dem Ganzen eine zärtliche, tiefe Note.

Sie streckte sich neben ihm aus, ihre Finger wanderten zu seinem Unterbauch, folgten einer pulsierenden Ader, fühlten das Leben darin, glitten tiefer, umfassten sein Geschlecht und verharrten dort. Sie wartete. Spürte, wie seine Männlichkeit unter ihrer Hand wuchs, streichelte sie, drückte sie, sanft, fordernd. David keuchte leicht, sein Becken bewegte sich ihr entgegen. Er wirkte so süß und geradezu unschuldig, dass alles in ihr schmolz. Sie nahm seine Hand, schob sie unter ihr Hemdchen, stöhnte leicht auf. Die weiche Fülle unter seinen Fingern erregte ihn noch mehr, erhitzte ihn, erhitzte sie.

Aber ein paar Sekunden später wusste Juliet, was er mit dem Satz »Du wirst enttäuscht sein« gemeint hatte. Er wollte diese Leidenschaft mit ihr teilen – und konnte es nicht.

Sein Mund stürzte sich auf ihre Lippen, seine Zunge erkundete mit schnellen Bewegungen ihre Mundhöhle. Das war kein Kuss, das war ein Gerangel! Er war unsicher und hektisch, merkte, dass er zu heftig war, versuchte sich an ihren Brüsten – und brachte damit selbst das kleine Flämmchen zum Erliegen, das den Beginn der Aktion erleichtert hatte.

Juliet ließ sich nicht beirren, gab ihm Zeit, zog ihm das T-Shirt aus, aber es wurde nicht besser. Unkoordiniert fuhren seine Hände über ihren Körper. Es war, als ob er ein Instrument spielen sollte, das er nicht beherrschte, und was herauskam, waren Misstöne. David war furchtbar verkrampft, litt unter seinem Unvermögen, Lust in ihr zu entfachen und seinen Erregungsgrad nicht faken zu können, der ebenso gegen null ging. Mit jeder Sekunde verdichtete sich seine Verzweiflung. Trotzdem unternahm er weitere Versuche, wenigstens ein bisschen Glut zu erzeugen, bis sie spürte, dass er am liebsten einfach in sie eingedrungen wäre, nur, um es zu Ende zu bringen.

Rigoros stoppte sie seine Bemühungen, nahm seine Arme von ihrem Körper und drückte ihn in die Kissen. Aus seinen Augen sprachen unendlicher Frust und Scham.

»Juliet«, flüsterte er unglücklich. »Bitte, ich ...«

»Hey«, raunte sie und hauchte ihm einen Kuss auf die blonden Stoppeln. »Alles ist gut. Lass mich einfach mal machen, okay?«

Verwundert blickte er ihr in die Augen. Sein Blick ließ eine heiße Welle an Liebe und Zärtlichkeit in ihr aufsteigen. Ihre Hände glitten seitlich an seinem Körper entlang, zogen ihm mit einer geschmeidigen Bewegung die Boxershorts herunter. Danach streifte sie ihr Oberteil ab.

Weich glänzte ihr Busen im Mondlicht, Davids graue Augen schimmerten und entlockten ihr das süße Lächeln, nach dem er süchtig geworden war. Sie setzte sich auf seinen Unterleib, drückte seine Handgelenke rechts und links neben seinem Kopf in die Kissen. Ihre steifen Brustwarzen berührten seine Haut, ihr heißer Atem fuhr in sein Ohr und unwillkürlich bäumte David sich auf.

Sein Anblick erregte sie, sein wirres, blondes Haar, seine schönen Augen, sein schmaler Körper, vor allem aber dieser so verwunderte, fast schmerzliche Ausdruck in seinem Gesicht. Ein Ausdruck, den sie verwandeln wollte.

Mit nacktem Oberkörper lag sie auf ihm, hauchte ihm ihren heißen Atem über den Hals, küsste die heftig pochende Ader, genoss seine Scheu. Sanft biss sie ihn in die Lippen, streichelte seinen Körper, zart, behutsam, flüsterte Dinge in sein Ohr. Er stand völlig unter dem Bann ihrer Hände und ihrer Stimme, die wie heiße Lava seine Wirbelsäule herunterrann und sein Becken in Bewegung versetzte, als sei es fremdgesteuert. Ihr heißes, feuchtes Fleisch pulste an seinem Unterleib, rieb sich an ihm. Automatisch wollten sich seine Hände auf ihre Hüften legen, aber sie drückte seine Handgelenke wieder in die Kissen.

»Nein«, murmelte sie in sein Ohr und knabberte sanft an seinem Ohrläppchen. »Ich bin dran ... und du genießt einfach, okay?«

Die Hitze loderte in ihm empor ... und was dann geschah, ging über jede Vorstellung hinaus, die er jemals über Sex gehabt hatte.

Sie wurde fordernder, ihre Hände machten sich auf eine Art an ihm zu schaffen, die seinen Unterleib schlagartig zum Leben erweckte. Ihr Körper glühte und ihre Finger, ihr Mund, ihr ganzer Körper machten Dinge mit ihm, die seine Lust in haushohen Wellen aufbranden ließ.

Sie erkundete ihn, streichelte ihn überall, massierte ihn, ließ ihn hecheln, ließ ihn stöhnen. Innerhalb von Minuten explodierte er unter ihren Händen, aber wenn er gedacht hatte, sie gäbe danach Ruhe, hatte er sich gründlich getäuscht. Langsam, stetig, sanft pushte sie ihn wieder hoch, fuhr ihn wie einen Sportwagen, mal schnell, mal langsam. Mal ließ sie das Getriebe aufheulen, mal fuhr sie untertourig, trieb ihn bis kurz vor den Orgasmus, um unversehens abzubrechen, führte seine Erregung bewusst auf einen niedrigeren Level. Danach begann sie von vorne, aber immer nur so kurz, dass er fast wahnsinnig darüber wurde, weil er es nicht so kurz haben wollte, weil er sie ganz spüren wollte, weil er die Vollendung ersehnte, in ihr, die

Verbindung mit ihrem Körper, ihrer Seele, mit allem, was sie ausmachte. Und er wollte sie berühren! Er war wie im Delirium, während sie ihm ins Ohr zu flüstern begann, was sie mochte und dabei so natürlich und ungezwungen war, dass er dem nur zu gern nachkam. Es klappte nicht alles auf Anhieb, aber jedes Aufbäumen, jedes genussvolle Stöhnen von ihr machte ihn glücklich, spornte ihn an. Er verlor die Scheu, wurde mutiger und sicherer, und je weiter sie sich zusammen in Ekstase schaukelten, desto mehr hatte er das Empfinden, mit ihr zu verschmelzen und sich selbst dabei zu verlieren. Alles, was er tun konnte, war, sich diesem Strom zu überlassen, und das fühlte sich herrlich frei an. Es war wundervoll, ihr Seufzen zu hören, bis es in einem Schrei kulminierte, ihr Körper vibrierte, sie sich an seinen Schultern festhielt und kurz danach ihr Oberkörper weich auf ihn sank.

Schwer atmend schmiegte sie sich an ihn. Seine Arme und Beine schlangen sich wie von selbst um sie, sein Mund setzte unaufhörlich Küsse auf ihre Haut, auch noch, als sie schon längst eingeschlafen war. Ein massiver Glücksstrom pulsierte in ihm, eine gewaltige Liebe, die millionenfach erfüllender war als der Orgasmus, den er eben erlebt hatte.

Die Zwischentöne dieser Nacht waren gewaltiger als der eigentliche Akt. David fühlte sich wie in eine neue Dimension des Lebens hineingestoßen.

♪ Bloom ♪

The Paper Kites

Der Morgen nach dieser Nacht war einfach nur bewegend. Als sie aufwachte und ihm mit einem zärtlichen Lächeln ins Gesicht sah, weinte er fast vor Glück. Er wirkte verwundbar, bis ins Innerste durcheinandergerüttelt und gleichzeitig so offen, dass Juliet tief berührt davon war. Davids Herz war in Aufruhr. Es war aufgebrochen und Juliet kam es vor, als wüsste er nicht, wohin mit all den Gefühlen, die nun in Fülle aus ihm herausströmten.

»Wie geht es dir?«, flüsterte sie.

»Kann ich nicht beschreiben.«

Sanfte Küsse landeten auf ihrem Gesicht und beglückt schloss sie die Augen.

»Du bist süß, David. Und ich fand das gestern so …«

Sie verstummte und Hitze stieg in ihrem Körper hoch, eine Hitze, die er spürte, die er erwiderte und ihm ein Lächeln ins Gesicht trieb.

»Sag bloß nicht, dass es putzig war«, brummte er und zog gespielt drohend die Brauen zusammen. Juliet lachte und seufzte tief.

»O nein. Das war alles andere als putzig. Das war schlicht und ergreifend wunderschön.«

»Ich bin lernfähig«, flüsterte er. »Das verspreche ich dir.«

»Das ist gut«, murmelte sie. »Wenn ich dich so ansehe, fallen mir nämlich tausend Spielchen ein, die mir und dir Spaß machen könnten ... die könnte ich dir alle beibringen.«

David lachte, drückte sie an sich und atmete aus. Ein Atemzug, der eine Ladung an alten Gefühlen nach außen transportierte.

»Bleib liegen, ich mache uns Frühstück«, sagte er glücklich und stand auf.

»Und du gehst heute zu Steve?«

»Ja, unbedingt.«

Sie lächelte selig. »Und wann erfahre ich den Rest deiner Story?«

»Auf jeden Fall, bevor wir abreisen.«

»Was? Das sind ja ganz neue Töne! Das wäre ja vor Ablauf des Monats!«

»Genau. Ich ... ich habe eine Überraschung für dich!«, sagte er aufgedreht und doch leicht nervös.

»Oh, David, du elender Geheimniskrämer!«

Sie warf ein Kissen nach ihm, das er geschickt auffing und sofort wieder zurückwarf, während sie bereits das nächste nach ihm pfefferte und ihn zielgenau mit der Ecke im Unterleib traf.

Ächzend ging David in die Knie. »Du sadistisches Weibsbild!«, jaulte er. »Wart nur, bis ich dich kriege!«

Sie schrie auf, als er zu einem Hechtsprung ansetzte, dem sie in letzter Sekunde auswich, rollte sich, nackt wie sie war, vom Bett, stürmte zur Tür hinaus und flüchtete nach unten. Fluchend wetzte David hinterher und trieb sie in den Garten. Sie rannte an den Steg, wandte sich um und blieb stehen.

»Haha! Wie superschlau! Bist in die Sackgasse gelaufen!«, rief er triumphierend. Eine Sekunde später wollte er sie packen, aber sie vollführte eine geschickte Drehung und stieß ihn ins Wasser. David schrie auf, als er ins eiskalte Wasser klatschte.

»Du durchgeknalltes Weib!«, brüllte er japsend. »Du abgedrehtes Etwas! Na warte, das wirst du mir büßen!«

Schadenfroh hopste Juliet am Ufer umher.

»Ich würde dir ja gern die Hand reichen, aber ich fürchte, dein Herz ist gerade voller Rachegedanken!«, feixte sie und warf ihm aus sicherer Entfernung ein Handtuch auf den Steg.

Drohend hievte sich David aus dem Wasser. »O ja, mein Herz schreit nach Rache«, knurrte er, während sie wie hypnotisiert auf seinen Unterleib starrte.

»Du liebe Zeit, was ist das denn?«, spöttelte sie. »Eine Kidneybohne? Wo ist denn die Waffe von gestern?«

»Juliet! Ich arbeite seit Monaten an meinem Selbstbewusstsein und du hast nichts Besseres zu tun, als solche Bemerkungen abzusondern!«

Sie hob grinsend die Hände.

»Frieden! Versöhnungsangebot! Du duschst heiß und ich mache das Frühstück!«

»Wenn du glaubst, du kommst mir so leicht davon, dann hast du dich getäuscht!«, zischte er, riss sie an seinen kalten, nassen Körper, dass sie erschauerte, und küsste sie.

»Hmmm«, kommentierte sie genießerisch. »Das war viel besser als der Erste von gestern. Lass mal sehen …«

Sie lugte nach unten. »Uh! Eine Transformation! Die Kidneybohne ist zur Gurke geworden!«

David lachte und eng umschlungen spazierten sie zum Haus zurück.

»Welchen Namen hättest du deinem Baby gegeben, wenn es ein Mädchen gewesen wäre?«, fragte er.

»Florence. Dann wäre sie mein kleiner Flo gewesen.«

»Florence«, wiederholte David mit leuchtenden Augen. »Florence und Elias. Das klingt total schön.«

Hubert meldete sich bei Lorenz.

»Wie geht es dir, mein Bester?«, rief er aufgekratzt ins Telefon. »Sehen wir uns nächstes Wochenende zur Radtour mit dem Akademikerklub?«

Lorenz wurde schlecht, als er Huberts Stimme vernahm. Er war ohnehin supermies drauf. Josie hatte ihm erzählt, dass Juliet in einem Retreat und somit nicht erreichbar wäre. Sie war bei Mahony! Mit diesem Schneider! Das beunruhigte ihn zutiefst. Teilte sie sich ein Zimmer mit dem Kerl? Er hatte versucht, Mahonys Adresse ausfindig zu machen, aber das war unmöglich. Es hieß lediglich, er praktiziere im Lake District, und der war groß. Er war also gezwungen zu warten, bis sie zurückkam. Das rumorte in ihm, weil er das Gefühl nicht loswurde, dass das für ihn viel zu spät sein könnte. Für Hubert hatte er nicht den geringsten Nerv und überdies keine Ahnung, wie er mit ihm umgehen sollte.

»Wie geht es Belinda?«, wollte Hubert wissen. »Letzte Woche hat sie sich übrigens mit einem interessanten Kontakt aus der Wirtschaft getroffen. Ein Unternehmer, sehr gut aussehend. Sehr vermögend. Sie ist ja nun schon lange allein. Eigentlich dachte ich, dass du eine Chance bei ihr hast.«

»Belinda ist eine alte und gute Freundin«, brachte Lorenz kühl hervor, aber Hubert bremste das nicht im Geringsten.

»Auf jeden Fall eine fantastische Partie«, betonte er, und mit dem neuen Wissen, das Lorenz nun über ihn hatte, wurde ihm bewusst, wie Hubert ihn mit jedem Wort zu steuern versuchte. »Sie hatte nicht viele Affären nach dem Tod ihres Mannes. Könnte ja sein, dass ...«

»Hubert, lass das!«, versetzte Lorenz scharf und suchte nach einem passenden Abgang.

Aber Hepphausen, verwundert, dass Lorenz anders als gewohnt reagierte, lud nach. »Übrigens ist Helga neulich mal zufällig in die Gegend gekommen, wo Juliet wohnte. Lorenz, wirklich. Unter aller Kanone!«

Lorenz wurde anders zumute. »Woher weißt du, wo sie wohnt?«

»Na, weil Helga sie zufällig gesehen hat. Lorenz, das ist unterste Schublade.«

»Kann nicht sein. Juliet wohnt in einem sehr gepflegten Haus auf dem Land.«

»Ja, inzwischen. Nachdem sie wieder einen gefunden hat, der sie aushält«, unterbrach ihn Hepphausen barsch. »Diesen David Schneider, der arbeitet ja mit dem arroganten Meixner eng zusammen. Ich kannte seinen Vater, ein unangenehmer Typ …«

»Das sagtest du bereits«, entgegnete Lorenz gereizt und angewidert. »Hubert, ich muss auflegen, ich …«

»… da hat sie ja die Wahl zwischen Pest und Cholera. Schneider hat eine äußerst gewöhnungsbedürftige Vergangenheit mit seiner Lyrik aus der …«

»Du kennst Schneider?«

»Nicht persönlich, aber ich weiß, wie er mit dem Meixner zusammenkam. Ein dubioser Mensch, sehr zwielichtige Karriere.«

»Wer? Schneider oder Meixner?«

»Schneider! Ich glaube, da gab es sogar mal einen Artikel, wenn du willst, könnte ich …«

»Nein! Mach dir keine Mühe, Hubert.«

Lorenz wollte von dem Gewäsch nichts hören, suchte nach einem guten Abgang, als ihm plötzlich eine Idee kam.

Es war ganz einfach. Lorenz ließ ein paar passende Bemerkungen fallen und Hubert biss an wie ein Hai, der Blut gerochen hatte.

✦

War es von Beginn an im Lake District schön gewesen, wurde es nun paradiesisch.

David arbeitete intensiv mit Steve und Juliet nutzte die Stunden, um dessen Seminare für die Artikel in Worte zu fassen, was alles andere als leicht war.

David war nach seinen ersten Sitzungen total in sich gekehrt, hackte oft selbstvergessen auf seinem Laptop herum, weil er die Erlebnisse auf diese Weise am besten verarbeiten konnte. Aber nach dem dritten Tag begann er zu leuchten und wirkte wie von einer großen Last befreit.

Juliet fühlte tiefe Freude in sich. Sie berichtete Elle, dass sie für ihren Roman schon ein erstes Brainstorming gemacht habe.

»Glückwunsch, Bibi! Aber du brauchst auch eine Strategie, damit dein Buch nicht untergeht.«

»Daran denke ich später. Jetzt muss ich es erst mal schreiben. Ich danke dir so sehr, dass du mir all die Monate über Mut dazu gemacht hast!«

»Ich drücke dir die Daumen, dass es ein Bestseller wird!«

»Ein Bestseller! So groß denke ich gar nicht!«

Elle hatte nicht mehr geantwortet, aber Juliet vermisste nichts. Sie war glücklich. David war wie umgewandelt. Er war fröhlich, spritzig, voller Hoffnung und Lebensfreude. Es kam vor, dass er sie im ganzen Haus suchte, nur, um sie zu umarmen und zu küssen. Und jedes Mal erschien ihm das wie ein Wunder, das spürte sie so deutlich, dass es ihr die Tränen in die Augen trieb.

Die Tage waren voller Sonne und Licht. Licht, das sich im Wasser des Sees brach, das auf Blüten tanzte, in der Luft flirrte, in Regentropfen und im dunstigen Frühnebel reflektierte. Licht, das aus ihren Herzen leuchtete und die Welt und alles darin erhob. Jeden Tag verliebte sich Juliet ein bisschen mehr in David. Der einzige Wermutstropfen war, dieses Stück Land verlassen zu müssen. Sie hatten nur noch wenige Tage hier, arbeiteten an ihren Artikeln und David war voller Vorfreude, bald seine schlimmsten Deadlines von der Backe zu haben. Die Zukunft sah sonnig aus.

Mit dem Geld für die Artikel und dem Bürojob würde Juliet dieses Jahr gut über die Runden kommen. Den Rest des Jahres wollte sie der Fertigstellung ihres Buches widmen und danach einen Vollzeitjob annehmen. Und Ende November wurde ihr Trauerbüchlein veröffentlicht. Vielleicht brachte das ja auch ein paar Tantiemen?

Die Abreise rückte näher. Wehen Herzens aktivierte sie ihr E-Mail-Postfach und fand eine E-Mail von Josie. Ihres letzten Chats eingedenk öffnete sie deren Nachricht zuerst.

> Liebe Juliet,
>
> ich hoffe, dass du diese Zeilen bald lesen kannst. Papa hat nach dir gefragt und ich habe ihm von deinem Werdegang erzählt. Keine Angst, nur das Berufliche. Er weiß nun, dass dein Buch verlegt wird, dass du als Journalistin arbeitest und so weiter. Er ist total begeistert und auch sehr berührt und er möchte, dass du das weißt. Ich kann dir gar nicht sagen, wie es ihm gerade geht. Wir hatten ein langes Gespräch und er ist komplett anders. Er wirkt,

als ob er aus einem Albtraum aufgewacht ist, und er würde unglaublich gern mit dir reden. Da du ihn blockiert hast, bat er mich, einen Brief an dich weiterzuleiten. Du findest ihn im Anhang. Er wäre überglücklich, wenn du ihn liest.

 Alles Liebe, deine Josie

Juliet saß wie betäubt vor dem Rechner. Lorenz! Heiß überfiel sie seine Präsenz. Der Stich war noch da. Zuverlässig traktierte er ihr Herz, zuverlässig rief er die alten Gefühle hervor. Warum? War das nicht gelöst worden? Im selben Moment, da sie den Laptop zuschlug, kam David vom See zurück und gewann unweigerlich den Eindruck, sie verberge etwas vor ihm.

»Was ist los?«, fragte er beunruhigt.

»Lorenz hat mir geschrieben.«

Die Stimmung änderte sich augenblicklich.

»Ich dachte, du hast ihn blockiert.«

»Habe ich auch. Josie hat mir einen Brief von ihm geschickt.«

»Und ... was schreibt er?«

»Ich hab's noch nicht gelesen. Mache ich irgendwann später.«

Das Schweigen, das sich ausbreitete, war beredt. Tausend Fragen hingen in der Luft, Millionen an Gefühlsnuancen – und auf einmal erschienen David die Erlebnisse der letzten Tage fragil und brüchig. Sein Herz klopfte heftig, aber er zwang sich, ruhig zu bleiben. Juliet streckte die Arme nach ihm aus.

»Komm her«, sagte sie warm. »Egal, was in dem Brief steht – er wird nichts ändern, David. Du weißt, dass ich dich liebe.«

»Ach, Juliet«, seufzte er erleichtert. »Das bedeutet mir so viel, dass du das sagst. So viel.«

Sie schlang ihre Arme um ihn. »*Du* bedeutest mir viel, David. Aber du hast noch kein einziges Wort über die Zukunft verloren.«

»Weil sie noch nicht da ist. Weil ich noch daran baue.«

»Ist das die Überraschung?«

»Ja, das ist die Überraschung!« Aber wieder wirkte er eher nervös denn freudig.

»Fein«, erwiderte sie. »Übrigens habe ich auch eine Überraschung für dich! Ein superanregendes Nachhilfeprogramm für unsere sexuelle Weiterentwicklung!«

Sie nahm ein Heft vom Tisch und wedelte damit vor seiner Nase herum. »Das will ich nicht umsonst ausgearbeitet haben!«, grinste sie.

»Du hast ... was?« Entgeistert starrte er auf das Heft, auf das sie tatsächlich »Davids Hausaufgabenheft« geschrieben hatte.

»Juliet!«, rief er entrüstet und lief feuerrot an.

»Was ist falsch daran?«

»Ähm ... die Worte ›Hausaufgaben‹ und ›Nachhilfeprogramm‹?«

»Wie würdest du es denn bezeichnen?«, spöttelte sie.

»Als ... ein Sich-aneinander-Annähern? Oder ...«

»Komm schon! Nenn das Ding beim Namen! Ich gebe dir Nachhilfe! Glaub mir, das macht deutlich mehr Spaß als dein Sichannähern!«

»Oh, fuck«, stöhnte er. »Worauf habe ich mich da bloß eingelassen!«

»Ja, das wirst du dich noch öfter fragen. Ich fürchte, ich bin anstrengend in dieser Hinsicht.«

Sie lachten beide, aber Davids Unruhe verschwand nicht vollständig. Er ahnte, dass Lorenz' Brief Gefahr bedeutete. Alles an Lorenz war gefährlich.

Juliet las den Brief im Schlafzimmer, als David in seinen Arbeitsmodus eingetaucht war. Sie konnte nicht verhindern, dass ihr Herz klopfte.

Liebe Juliet,

noch nie ist es mir so schwergefallen, einen Brief zu schreiben, und noch nie erschien es mir dringlicher. Mein Herz ist so voll und ich wünschte mir, du wärst jetzt hier. Wünschte mir, in deine Augen zu schauen und mit dir persönlich reden zu können.

Seit du den Kontakt abgebrochen hast, ist mir in aller Schärfe bewusst geworden, was du mir bedeutest, wie egoistisch ich war, wie sehr ich dich verletzt, wie viel ich falsch gemacht habe – all die Jahre hindurch – bis zum unrühmlichen Ende. Ich schäme mich zutiefst. Diese fünfzehn Jahre mit dir waren einzigartig, sie waren wundervoll und ich habe das kaputt gemacht. Ich war ein solcher Idiot.

Ich vermisse dich. Ich vermisse dich unendlich. Es war die dümmste Entscheidung meines Lebens, mich von dir zu trennen. Nun will ich nichts sehnlicher als das, was du auch wolltest, von dem ich hoffe, dass du es immer noch willst: Ich will dich zurück. Ich will uns zurück. Ich will ein Leben mit dir.

Würdest du dich mit mir treffen? Können wir reden? Wir könnten im »Coffee & Bubbles« ein Glas Champagner trinken, was meinst du? Ich wäre überglücklich.

Ich liebe dich.

Dein Lorenz

PS: Gestern habe ich den vollen Gegenwert der Gutscheine auf dein Konto überwiesen und möchte mich für mein Verhalten aufrichtig entschuldigen.

Seine Zeilen bewegten sie. Es schwang etwas mit, was vorher nie da gewesen war. Lorenz klang anders. Aber ... sie war inzwischen auch anders. Alles war anders. Ihr Blick glitt aus dem Fenster, über den See, über diese überirdische Idylle des Lake Windermere. Sie dachte an ihre Zeit mit Lorenz, an seine Hände, sein schönes Gesicht, seine Ausstrahlung. Konnte nicht verhindern, dass es sie heiß überlief. Las noch einmal seine Zeilen. Mit ihm im »Coffee & Bubbles« Champagner trinken ... mit ihm reden ... das klang verdammt verlockend. Aber das Geld ... das wollte sie nicht mehr. Es fühlte sich nicht richtig an. Sie checkte ihr Konto und bemerkte zwei Zahlungen. Den eben angekündigten Betrag – und die fünfhundert Euro, die an dem Tag überwiesen worden waren, an dem sie darum gebeten hatte.

※

David hämmerte sich am Laptop die Finger wund. Er befand sich in den letzten Zügen und wollte unbedingt fertig werden. Draußen regnete es, es war spät.

Juliet lag mit offenen Augen im Bett. Was wäre, wenn Lorenz jetzt hier wäre? Sie brannte, allein, wenn sie daran dachte. Ein Brennen, das sie bei David in dieser Form nicht spürte – und auch nie spüren würde, das ahnte sie. Ihr wurde heiß, als ihr in aller Klarheit bewusst wurde, was Lorenz' Brief bedeutete: Sie könnte wieder mit ihm zusammen sein. Und David? Ein Leben mit ihm war noch immer ungewiss, er hatte nie darüber gesprochen. Aber er liebte sie und jedes Mal, wenn sie an ihn dachte, zog ein Lächeln in ihr Herz, funkelten seine hellgrauen Augen sie an, kam ihr seine witzige, aufrüttelnde Art in den Sinn, seine femininen Anwandlungen und das, was er für sie in ihren dunkelsten Tagen getan hatte, als Lorenz sie im Stich gelassen hatte. Und diese erste Nacht mit ihm ... oh, er war so zuckersüß gewesen! Sie verlor sich in Träumereien.

Unten rumorte David herum, etwas fiel herunter und zerbrach. Er stieß einen spitzen Schrei aus.

»Mann, Allie! Grins nicht so blöd! Das kann ich jetzt echt nicht gebrauchen! Und sag's bloß nicht Juliet!«, hörte sie ihn schimpfen.

Ein Schmunzeln glitt über ihr Gesicht. Und auf einmal war alles ganz einfach.

Sie holte ihren Laptop ans Bett und antwortete Lorenz.

Lieber Lorenz,

deine Zeilen haben mich sehr berührt, ich danke dir sehr dafür. Auch für das Geld, aber ich habe es gerade zurück überwiesen.

Was deine Frage angeht: Du weißt ja, dass ich mich auf den Weg zu mir selbst machen wollte. Diese Reise nach innen habe ich mit jemandem unternommen, mit dem mich sehr intensive Erlebnisse verbinden. Und mittlerweile auch intensive Gefühle.

Vielleicht erlischt ja dein Wunsch nach einem Treffen, wenn du das nun weißt.

Ansonsten würde ich mich sehr freuen, dich irgendwann wiederzusehen. Dann können wir unsere gemeinsame Zeit mit einem Glas Champagner im »Coffee & Bubbles«, wo alles begonnen hat, in gutem Einvernehmen beenden. Solltest du das nicht wollen: Tausend Dank für die wunderschönen, wunderbaren Jahre mit dir. Du wirst immer ein Teil meines Herzens sein.

Viele liebe Grüße, deine Juliet

Sie las den Text noch einmal durch. Es fühlte sich so endgültig an! Kurz zögerte ihr Finger, doch dann atmete sie tief durch und schickte ihn ab.

Im Anschluss tippte sie eine WhatsApp-Nachricht an David: »Kommst du?«, und fügte frivolerweise ein Karnickel, ein Hausaufgabenheft, ein paar Sektgläser und einen Wow-Smiley hinzu.

※

Lorenz entdeckte ihre Mail am nächsten Morgen und wurde mit jedem Buchstaben bleicher. Verdammt, sein Gefühl hatte ihn nicht getäuscht! Sie war mit diesem David zusammen! In ihm fiel alles zusammen.

Du hast ja auch alles dafür getan, rief ihm sein Kopf höhnisch zu. Mit klopfendem Herzen las Lorenz ihre Nachricht ein zweites Mal.

»Juliet«, flüsterte er mit zugeschnürter Kehle. »Sag, dass das nicht wahr ist. Bitte, sag, dass das nicht wahr ist!«

Mit einem Mal fuhr ihm ihr Satz von damals im Restaurant in den Kopf: *Wenn du mich wegschickst, werde ich mich ändern. Und wenn ich mich ändere, weiß ich nicht, ob es ein Zurück gibt.*

Hektisch rief er das Foto von David Schneider im Internet auf, verglich sich mit ihm. Das war ein nichtssagender Typ! Ein Hemd! Der hatte keinen Muskel am Leib! Was wollte Juliet denn mit so jemandem? Herrgott, er musste sie sehen! Sie mussten sich sprechen! Verzweifelt fiel sein Blick auf den Kalender. Noch ein paar Tage, bis sie zurückkam. Lorenz' Herz klopfte wie nach einem Sprint.

In dieser Sekunde klingelte sein Telefon. Und dieser Anruf rettete ihn.

❧

David stutzte, als er Juliet mit dem Laptop im Bett sitzen sah.

»Hey«, sagte er vorsichtig. »Du arbeitest ja noch.«

»Hab nicht gearbeitet. Nur meine Mails beantwortet.«

»Du hast Lorenz geschrieben?«

»Exakt.«

Sie klappte den Laptop zu.

»Was wollte er?«

»Einen Neuanfang. Im ›Coffee & Bubbles‹. Inklusive Schampus.«

David wurde zum Hummer.

»Was hast du geantwortet?«

»Dass ich sehr gerne mit ihm ein Glas Champagner dort trinken würde.«

Er schluckte. Mit zugeschnürter Kehle fragte er: »Das heißt, du gehst hin?«

»Ja, wenn er will, dass ich hinkomme.«

»Aber du ... heute hast du gesagt, dass ...«

Er brach ab, starrte sie an. Sie runzelte die Stirn.

»Hast du meine WhatsApp nicht gelesen?«

»Doch! Aber Juliet, ich ...«

»Und wo ist der Sekt? Die Gläser waren ein Wink mit dem Zaunpfahl! Ich hoffe, du hast wenigstens den Rest kapiert!«

»Juliet!«, rief David, mit den Nerven am Ende. »Was soll das? Du willst dich mit Lorenz treffen, ist das dein Ernst?«

»David, reg dich ab. Er wird nicht wollen, dass ich komme.«

»Er wäre ein Idiot, wenn er das nicht wollte! Er hat doch drum gebeten!«

Zwei hektische rote Flecken prangten auf seinen Wangen. Juliet unterdrückte krampfhaft einen Lachanfall.

»Hey, bleib locker, Rosenkind! Ich habe ihm mitgeteilt, dass ich jetzt mit dir zusammen bin. Sind wir doch, oder? Ich habe ihm angeboten, die Beziehung sauber abzuschließen. Wenn er das will, werde ich hingehen.«

»Juliet!«, schrie David empört. »Du verflixtes Luder! Ich bin gerade an einem Herzinfarkt vorbeigeschrammt! Ich … oh, ich fass es nicht!«

Er drehte sich um, riss die Tür auf und stürmte nach unten.

»Was ist los!«, rief sie ihm entgeistert hinterher. »Verstehst du keinen Spaß mehr? Wo willst du denn hin?«

»Den Sekt holen!«, tönte es zurück, und seine Stimme überschlug sich fast. »Und mein Hausaufgabenheft!«

⁓✾⁓

Die Nacht war kurz, zumindest für David. Juliet verlangte ihm in ihrer Rolle als Nachhilfelehrerin ziemlich was ab, aber sie war so herrlich ungehemmt, dass sich David ein völlig neuer Horizont erschloss. Noch nie hatte er während eines sexuellen Aktes so viel gelacht, noch nie war es so erfüllend gewesen. Erst spät schliefen sie ein, aber Davids Wecker klingelte um fünf Uhr in der Früh. Voller Energie sprang er aus dem Bett, während Juliet noch liegen blieb.

Als sie gegen neun nach unten kam, saß er am Esstisch und seine Finger flogen in Highspeed über die Tastatur. Juliet kannte das von ihm und ließ ihn meist in Ruhe, wenn er so selbstvergessen arbeitete. Er bekam kaum mit, dass sie in der Küche hantierte, auf der Terrasse den Tisch deckte, ja, er bemerkte noch nicht mal die Tasse Kaffee, die sie ihm hinstellte.

Juliet machte das nichts aus. Sie frühstückte in Ruhe, blickte über den See, ein gutes Buch in der Hand, und genoss jede einzelne Sekunde.

Gegen elf ertönte ein Jubelschrei aus dem Esszimmer. Neugierig lugte sie zur Tür.

David raste heraus, riss die Arme hoch und schrie: »Fertig! Ich bin fertig! Oh, Juliet, ich hab die Abgabetermine geschafft! Oh, was für ein geiles Gefühl!«

»Hey, Glückwunsch!«, freute sie sich. »Das ist ja wunderbar!«

David umarmte sie und tanzte mit ihr durch den Garten. Er war das reinste Energiebündel.

»Weißt du was?«, rief er enthusiastisch. »Wir laden Aimee und Steve morgen zum Abendessen ein! Und ich habe große Lust, noch eine Woche länger hierzubleiben! Total ohne Druck! Was meinst du?«

»Das wäre ein Traum!«, erwiderte sie. »Aber ich muss zurück. Ich habe einen Job und Frau Kleinecke möchte ich auch nicht länger alleine lassen.«

»Ja, stimmt, das wäre unfair. Dann kommen wir wieder! Wir checken gleich nachher unsere Kalender!«

Er nahm Allie vom Sims, warf sie in die Luft, fing sie wieder auf und drückte ihr einen Kuss auf die grinsende Schnute.

Juliet lachte. »Du bist goldig«, schmunzelte sie. »Wie schön, dass du endlich frei bist und Zeit hast!«

»Ja«, leuchtete er. »Zeit für uns. Zeit für so vieles! Heute Abend gehen wir aus, Juliet. Mach dich schick!«

»Das wird ja immer besser!« Sie grinste diabolisch. »Ich motze mich dermaßen auf, dass du es kaum erwarten kannst, deine Hausaufgaben zu machen!«

David lachte glücklich, wirbelte sie herum und schmatzte ihr einen Kuss auf die Lippen.

»Bäh, David, das war ein Erstklässlerkuss!«, spöttelte sie.

»Ich bin ein Wunderkind, was das angeht, spätestens in der zweiten Klasse mache ich mein Abitur!«

»Das spricht eher für den Lehrer als für den Schüler«, flachste sie. »Glaub bloß nicht, du könntest dich einfach so durchs Abi wursteln …!«

David bekam einen Lachanfall aufgrund ihres Wortspiels.

»O nein«, versprach er mit glänzenden Augen. »Ich werde mein Bestes geben! Jetzt weiß ich endlich, was Buddha gemeint hat mit: Der Weg ist das Ziel.«

Juliet hätte nie gedacht, so restlos glücklich sein zu können. Nach dem späten Frühstück fuhr sie einkaufen und flitzte wegen der Einladung schnell bei Aimee und Steve vorbei. Als sie nach Hause kam, half ihr David beim Einräumen der Lebensmittel.

»Mr Emerson will heute mal wegen der Heizung vorbeikommen«, sagte er. »Bei der Gelegenheit fragen wir ihn gleich nach dem Belegungsplan. Und ab morgen könnten wir über unsere Zukunft nachdenken. Wenn du das willst.«

»Nichts lieber als das!«

Er lächelte nervös. Juliet ahnte, dass er den Abend für den Rest seiner Geschichte nutzen wollte. Sie gierte danach!

David setzte sich für ein paar abschließende Mails auf die Terrasse, sie blieb in der Küche, kochte Tee und bereitete Snacks zu.

Summend holte sie Zutaten aus dem Kühlschrank, sah durch das Fenster ein Auto auf dem privaten Waldweg.

Mr Emerson kam, das traf sich gut, da konnte er gleich eine Tasse Tee mittrinken. Sie stellte eine dritte Tasse heraus, kurz danach wurde schon der Türklopfer betätigt. Juliet ging öffnen. Und prallte zurück.

Lorenz stand vor ihr.

♫ What You Came For ♫

Thomas Dybdahl

Stumm starrten sie sich an. Er fasste sich als Erster.

»Hallo, Juliet«, sagte er heiser. »Darf ich reinkommen?«

Seine sonore Stimme kitzelte in ihrem Ohr, kribbelte in gewohnter Weise ihre Wirbelsäule hinunter. Ihr Herz klopfte wie ein Vorschlaghammer, sie konnte keinen klaren Gedanken fassen. Seine Ausstrahlung wirkte stärker als je zuvor. Weil sie ihn so lange nicht gesehen hatte?

»Wir können uns auch draußen unterhalten, wenn dir das lieber ist«, bot Lorenz an. »Oder irgendwo hinfahren. Aber bitte, Juliet, ich muss mit dir reden. Es ist wichtig.«

Er machte eine winzige Bewegung auf sie zu und trotz der Erlebnisse bei Steve fühlte sie diesen heftigen, sehnsuchtsvollen Stich. Das durfte nicht sein! Sie riss sich zusammen.

»Wie hast du herausgefunden, wo ich bin?«

»Spielt jetzt keine Rolle. Juliet, bitte, ich muss dich sprechen. Es geht nicht nur um meinen Brief. Es geht um viel mehr.«

»Ich …« Sie wandte sich um. Das war Davids und ihr Refugium! Sie konnte Lorenz hier nicht reinlassen! Was würde

David sagen? Gerade wollte sie ihm vorschlagen, sich draußen zu unterhalten, als David um die Ecke bog.

»Juliet? Ist es Mr Emerson? Warum lässt du ihn nicht ... oh!«

Er bremste so abrupt ab, dass er fast das Gleichgewicht verlor. Seine Wangen röteten sich und Juliet spürte, wie Panik in ihm aufkeimte, in einer Wucht, die ihm den Schweiß aus jeder Pore trieb. Die Männer taxierten sich. In Lorenz' Gesicht spiegelten sich Abwehr und grimmige Entschlossenheit – und ... war da auch ein Hauch Verachtung?

Es war das, was Juliet zur Besinnung brachte. Das war das Letzte, was David verdient hatte! Sie atmete durch und ergriff die Initiative.

»Lorenz«, sagte sie energisch. »Das ist David. Ich habe dir von ihm erzählt. David, das ist Lorenz. Er möchte etwas mit mir besprechen. Ist es in Ordnung, wenn er kurz reinkommt?«

Die Männer gaben sich nicht die Hand. David nickte kaum merklich auf Juliets Frage. Sie öffnete die Tür etwas weiter, ließ Lorenz ein. Ihr Herz raste wie verrückt und schon mit dem ersten Schritt, den er tat, hatte sie das Gefühl, dass das falsch war, spürte sie Davids gewaltige Unruhe. Beruhigend drückte sie seine Hand. Lorenz bemerkte es und seine Augen verdunkelten sich. Eine ungute Atmosphäre war entstanden, als sie im Diningroom angelangt waren. Juliet wandte sich David zu.

»Ich glaube, es ist besser, wenn ich mich mit Lorenz allein unterhalte«, sagte sie leise.

»Nein, er kann ruhig bleiben«, erklärte Lorenz. »Ich habe damit überhaupt kein Problem. Im Gegenteil.«

Alarmiert hob Juliet den Kopf. Was sollte das? Lorenz wollte doch Persönliches besprechen? Und was war mit David los? Alles an ihm bebte, seine Hand, die Juliet noch immer hielt, zitterte und war schweißnass. Nach wie vor gab er kein Wort von sich, aber seine Anspannung und das Rasen nach einem Ausweg breitete sich wie Fieber aus und steckte Juliet an.

Auch Lorenz' Herz pumpte, auch er war total aufgewühlt. Die Gefühlsdichte schuf eine unangenehme, bedrohliche Situation. Schweigend standen sie um den Tisch. Juliet wusste nicht, was sie von alldem halten sollte. Sie fühlte sich unwohl.

»Setz dich«, forderte sie Lorenz schließlich auf. »Und sag, was du zu sagen hast.«

Er suchte nach einem Anfang.

»Juliet«, begann er. »Ich habe es schon in meinem Brief geschrieben, aber will es noch mal persönlich sagen: Es tut mir schrecklich leid, wie ich mich verhalten habe. Ich war verblendet, total verblendet. Nicht nur die letzten Monate, all die Jahre war ich es. Mit jedem Tag ohne dich wurde mir das klarer. Und mir wurde auch klar, welches Spiel Hubert mit mir, mit uns getrieben hat. Ich habe den Kontakt zu ihm komplett abgebrochen.«

Juliet schwieg dazu. Lorenz' Worte, seine erotische Präsenz, wühlten sie auf, ließen Bilder aus der Vergangenheit aufblitzen, die sie abgestreift und überwunden geglaubt hatte. Sie kämpfte um innere Ruhe, indem sie sich auf ihr Herz konzentrierte, um Abstand zu den Emotionen zu erhalten, die unkontrolliert in ihr tobten. Noch herausfordernder wurde das, als Lorenz ihre Hände ergriff und wie auf Knopfdruck die Elektrizität zwischen ihnen zu fließen begann. Und David, gesegnet mit seinem sechsten Sinn, bekam das eins zu eins mit. Sanft streichelte Lorenz mit seinen Daumen über Juliets Handrücken.

»Ich liebe dich, Juliet. Ich habe einen Riesenfehler gemacht. Ich habe viele Fehler gemacht und sie tun mir alle schrecklich leid.«

»Es muss dir nichts leidtun«, erwiderte sie und zog ihre Hände aus den seinen. »Es sollte alles so kommen, wie es gekommen ist. Ich mache dir keine Vorwürfe, Lorenz. Dass du dich von mir getrennt hast, war richtig.«

»Juliet, bitte, sag das nicht! Bitte denk an die wunderbaren Zeiten, die wir trotz allem hatten. Bitte, gib uns noch eine Chance!«

David zuckte neben ihr. Sie wusste, ohne hinzusehen, dass seine Augen ein Flammenmeer waren. Warum wollte Lorenz, dass er diesem Gespräch beiwohnte? Das war nicht in Ordnung! Sie straffte sich und sah ihm direkt in die Augen.

»Lorenz, noch vor einem halben Jahr wäre es das Schönste gewesen, was du mir hättest sagen können, aber es hat sich vieles geändert. *Ich* habe mich geändert. Ich liebe David. Und er liebt mich. Wir …«

»Woher weißt du, dass er dich liebt?«, unterbrach Lorenz drohend. »Vielleicht spielt er nur mit dir?«

»Was soll das?«, zischte sie sauer. »Wenn du nichts Besseres zu sagen weißt, ist es sinnvoller, du gehst!«

»Doch, Juliet! Ich habe Besseres zu sagen!« Erregt stand Lorenz auf. »Zum einen, dass ich mir nichts Schöneres vorstellen kann, als dich wieder an meiner Seite zu wissen! Aber ich bin auch hier, um dich zu warnen! Vor genau diesem Mann da, der behauptet, dich zu lieben! Glaub mir, er tut es nicht!«

Wütend schob Juliet ihren Stuhl zurück. »Es reicht, Lorenz …!«

»Nein, warte! Meinst du, ich würde das einfach so behaupten, wenn ich keine Beweise hätte?«

»Beweise? Wofür?«

»Kleines, ich weiß, das wird jetzt nicht leicht für dich, aber ich muss es dir sagen. Oder wollen Sie das selbst tun, Herr Schneider? Jetzt hätten Sie Gelegenheit dazu!«

Davids Blick flackerte, aber er fasste sich.

»Ja, das werde ich selbst tun«, stellte er klar, »unter vier Augen mit Juliet. In Ruhe. Und nicht in dieser feindseligen Atmosphäre.«

»Das könnte Ihnen so passen! Wer weiß, welche Lügen Sie ihr wieder auftischen!« Zornig wandte sich Lorenz an Juliet. »Liebling, du hast überhaupt keine Ahnung, mit wem du es da zu tun hast! Und wo er herkommt!«

In Juliet platzte etwas.

»Hör zu«, fauchte sie aufgebracht. »Es ist mir egal, wo er herkommt! Bei deinen ersten Worten dachte ich ja wirklich, du bist über diesen Dünkel, mit dem du mich jahrelang gequält hast, hinaus! Aber jetzt merke ich, dass das nur noch schlimmer geworden ist!«

»Nein, du verstehst das falsch! Dieser Mann hier hat dich von der ersten Sekunde an betrogen und belogen!«

»Das ist nicht wahr! Er hat mich von der ersten Sekunde an unterstützt und aufgefangen! In Situationen, in denen du mich nach fünfzehn Jahren Partnerschaft eiskalt hast auflaufen lassen!«

»Juliet, ich war eifersüchtig! Es hat mich wahnsinnig gemacht, dass du zwei Wochen nach der Trennung schon jemand anderen hattest! Und ich habe mehrfach beteuert, dass mir mein Verhalten leidtut! Aber wenn du glaubst, dass dieser Mensch dir geholfen hat, ist das dein allergrößter Irrtum! Das Gegenteil ist der Fall! Er hat dich in einer Phase, in der es dir nicht gut ging und du beeinflussbar warst, aufs Übelste für seine Zwecke ausgenutzt und missbraucht!«

Juliet schnappte nach Luft. »Sag mal, spinnst du?«

»Kein Stück! Ich bin hier, um dir die Augen zu öffnen! Für dieses perfide Spiel, das er mit dir treibt!«

Die Erregung war auf ein Höchstmaß gestiegen, keiner von ihnen saß mehr. Lorenz deutete mit dem Finger auf David und rief: »Dieser Mann dort war ein halbes Jahr im Gefängnis wegen schwerer Körperverletzung! Er ist nur deshalb so früh rausgekommen, weil er noch unter das Jugendschutzgesetz fiel und aus unerfindlichen Gründen mildernde Umstände bekam! Hast du dich nie gefragt, welche Funktion sein Freund Peter als Oberamtsrat innehatte? Er leitete eine Strafanstalt! Und *er*«, wieder deutete Lorenz mit dem Finger auf David, »saß ein, weil er versucht hat, einen Mann zu töten! Juliet, du kannst nicht mit so jemandem zusammen sein wollen!«

In Juliet drehte sich alles. Davids Vergangenheit flackerte auf, die Geschichte, die Gero ihr erzählt hatte, sein Nachsatz, dass sie noch nicht zu Ende sei. Aber bevor sie einen klaren Schluss für sich ziehen konnte, schossen weitere Worte auf sie zu. Worte, die sie wie die Munition einer Schrotflinte von oben bis unten durchlöcherten.

»Das ist nicht alles, Juliet!«, stieß Lorenz hervor. »Das einzig Wahre an dieser Person ist die Tatsache, dass er schreibt! Dreimal darfst du raten, wo das begonnen hat! Im Knast! Lyrik aus der Strafanstalt! Er hat sogar einen zweifelhaften Preis dafür gewonnen! Du glaubst mir nicht?«

Außer sich vor Erregung zerrte Lorenz einen Zeitungsausschnitt aus seiner Hosentasche und ließ ihn auf den Tisch flattern. Juliet sah nur kurz auf die Headline, ständig bemüht, die Nerven zu bewahren, aber Lorenz preschte unerbittlich weiter vor.

»Ja, ich weiß, was du denkst! Fehler machen wir alle mal. Er war ja jung! Aber einen Menschen fast zu töten ... nein, Juliet, ich lasse dich keine Sekunde länger mit diesem ... potenziellen Totschläger hier alleine!«

Zitternd wandte sich Juliet an David, der völlig betäubt im Raum stand. Ihre Blicke trafen sich, beide unglücklich, beide voller Schmerz.

»Es war mein Vater«, flüsterte er. »Juliet, es war ganz anders. Es war ...«

»Glaub ihm kein Wort«, fuhr Lorenz dazwischen. »Glaub ihm kein Wort, Juliet! Er meint es nicht ernst mit dir. Er hat es nie ernst gemeint!«

»Woher willst du das wissen?«, quetschte sie hervor, während ihre Augen nass wurden von all diesem Druck. »Er war da, als ich jemanden brauchte! Ich kenne Davids Geschichte! Ich kenne sie besser als du!«

»Nein«, widersprach Lorenz heiser. »Nein, du kennst sie nicht. Gott weiß, was er dir erzählt hat, aber ganz sicher war es nicht die Wahrheit. Er war nie an dir interessiert, Juliet. Er war nur an deiner Geschichte interessiert. Nicht du brauchtest ihn, er brauchte dich! Darum hat er dir geholfen. Damit deine Geschichte weitergeht, damit er Stoff hat.«

»Stoff hat?«

»Ja, Stoff! Für ein Buch! Um ein Buch über dich zu schreiben!«

Alle Farbe wich aus ihrem Gesicht.

»Ein Buch? Über mich …?«

Sie verstand gar nichts. Völlig verstört blickte sie zu David. Sein Gesicht war pure Qual. Er wollte etwas sagen, aber Lorenz hob die Hand.

»Über das, was du mit ihm erlebt hast. Die Seminare, deine Vergangenheit, dein Innenleben, alles. Es kommt demnächst raus. Es ist im Netz bereits angekündigt, daher weiß ich das.«

Eine unheilvolle, dumpfe, mit Druck gefüllte Stille entstand – die Sekunde vor der endgültigen Detonation. Die ahnen ließ, dass das Leben im nächsten Moment nie mehr so sein würde wie zuvor.

Lorenz' Stimme war sanft, rann wie tödliches Gift in ihr Ohr. »Juliet, er ist nicht nur Journalist. Er ist auch Romanautor und veröffentlicht seit Langem unter dem Pseudonym Elle McArthur.«

Juliet fühlte sich, als stürze sie in einen tiefen, tiefen Schacht. Das war ein fieser Traum, es konnte nicht wahr sein, durfte nicht wahr sein ... Sie keuchte auf, wandte sich wie in Zeitlupe zu David um. Sekundenlang starrten sie sich an, während sich ihr langsam und stückweise erschloss, was das alles bedeutete: Er hatte das Buch geschrieben, das eigentlich sie hatte schreiben wollen! Er war Elle! Die mit ihr gechattet hatte! Der sie ihren Traum verraten hatte! Die ihr Mut dazu gemacht hatte! Elle, die genau wusste, was es ihr bedeutete, das Buch zu verfassen! Ein Buch, das ihr David nun gestohlen hatte? Der Genickschuss kam mit dem nächsten Gedanken: Er war nur mit ihr zusammengekommen, um eine Story zu haben?

Ein Tsunami wirbelte in ihr, ihre Augen waren blind und aus ihrem Mund kam kein Ton. Im Raum herrschte blankes Entsetzen. Lorenz lud nach und zerfetzte den Rest.

»Das Foto von McArthur im Netz, die blonde Frau, das ist seine Mutter. Sie hieß Gabrielle. Artur ist Schneiders zweiter Vorname. Daraus hat er das Pseudonym Elle McArthur gestrickt.«

Stumm drehte sich Juliet zu David. Ihr wie ihm liefen die Tränen hinunter.

»Juliet«, krächzte er. »Bitte, lass mich das erklären. Es ist nicht so, wie Lorenz sagt, das ist völlig verzerrt! Es ist ...«

»Alles, was von Ihnen kommt, ist eine Lüge«, herrschte Lorenz ihn an. »Sie haben Juliet von Anfang an für Ihre Zwecke missbraucht! Sie haben ihr Gefühlsleben für Ihren Roman ausgeschlachtet! Dass sie Vollwaise ist! Dass sie verlassen wurde! All ihr Leid! Ihren Kampf aus dem Elend! Elle McArthur, die nach einer langen Kreativitätsblockade endlich wieder einen Roman veröffentlicht! Wie pervers kann man sein?«

»Nein!« David weinte. »Juliet, es ist nicht so, es ist nicht ...«

Er machte einen Schritt auf sie zu, aber Lorenz riss Juliet schützend an sich.

»Wagen Sie es nicht, ihr noch einmal nahe zu kommen!«, zischte er.

Juliet schüttelte Lorenz' Arm ab, wandte sich David zu, in der irrsinnigen Hoffnung, er möge etwas sagen, was sie beide aus diesem Albtraum erlöste. Beide Augenpaare waren voller Schmerz, voller Unglück, voller Wasser.

»David«, flüsterte sie. »Ist das wahr? Bist du Elle McArthur?«

»Ja, Juliet.« Seine Stimme war heiser. »Ich bin Elle. Aber Juliet, bitte, bitte ...«

In ihr stürzte eine Welt zusammen. Ihr wurde schwarz vor Augen.

»Und ... hast du ein Buch über uns geschrieben? Über dich und mich?«

»Ja, aber ...«

»Obwohl du gewusst hast, dass das mein Traum war ...« Ihre Stimme war leise und verwundet. »Und du weißt, ich wäre nie so weit gegangen, über Persönliches zu berichten.«

»Juliet, meine Beweggründe sind ganz anders. Du weißt, dass dein Buch keine Chance hätte, als No-Name-Autor ist es ...«

»Ach!«, unterbrach sie ihn. »Und das gibt dir die Berechtigung, dir meine Geschichte unter den Nagel zu reißen?«

Ein fetter, stacheliger Kloß steckte in ihrer Kehle, sie konnte kaum reden. »Diese Monate mit dir ... das war alles eine Inszenierung? Für dein Buch? Ist das deine Überraschung, David? Bist du deswegen in mein Leben getreten?«

»Nein, Juliet!«, wehrte sich David verzweifelt. »Nein! Wie kannst du das nur glauben!«

Fetzen früherer Unterhaltungen fielen ihr ein. *Du kannst dir alles, was dich bedrückt, von der Seele reden, deinen Kummer, deine Sorgen ...* deshalb hatte er so oft gefragt, wie es ihr ging! *Es wird ganz sicher ein Bestseller, Bibi!* Natürlich wurde das ein Bestseller! Jetzt endlich verstand sie, warum er von ihrer Idee mit den Seminaren so begeistert gewesen war! Warum er mit nach Kreta gewollt hatte! Das Unsagbare sickerte langsam in ihren Kopf.

»Du hast das gemacht, um eine Story zu haben«, flüsterte sie fassungslos. »Lorenz hat recht. Du hast mir nur geholfen, damit ich am Ball bleibe.«

Heftig schüttelte David mit dem Kopf. »Nein«, flüsterte er. »Nein.«

Juliet atmete flach. Ihr Kopf drehte sich, ihr Herz schmerzte unsäglich. Lorenz nahm sie in die Arme, ergriff die Initiative.

»Komm, Kleines. Pack deine Sachen. Ich bringe dich nach Hause.«

Die nächste halbe Stunde verrann in völliger Betäubung, während schemenhaft ein Horrorfilm namens Leben ablief. Erst als Lorenz ihren Koffer in den Gepäckraum wuchtete, ihr Blick verstört und voller Trauer über den See und über das Cottage glitt, erfasste ihr Verstand, dass die herrlichen Tage nicht nur vorbei, sondern pure Illusion gewesen waren.

David war zur Tür gelaufen, und der Drang, ihm entgegenzurennen, irgendeine vernünftige, nachvollziehbare Erklärung von ihm zu bekommen, war so groß, dass ihr Körper in seine Richtung zuckte. In der nächsten Sekunde fühlte sie Lorenz' Körper an ihrem, Lorenz, der sie in den Wagen drängte, sie anschnallte und losfuhr. Fort vom Glück, fort vom Paradies, den sorglosen Tagen, fort von der Liebe – fort von David.

Sie hielt diesen Schmerz kaum aus und hätte am liebsten geschrien. Sie fühlte sich wie nach einer Operation ohne Narkose.

Lorenz saß neben ihr. Aber ihr Herz schrie nach David. Nach der zauberhaften, quirligen Zeit mit ihm, einer Zeit, in der sie sich von guten Geistern umgeben gefühlt hatte, die sie an ihre Träume hatte glauben lassen. Wumm! Der Gedanke stieß sie vollends in die Tiefe. Träume, die er zerstört hatte!

Das Wasser lief ihr in Strömen über das Gesicht und Lorenz brach es fast das Herz. Ab und zu tastete seine Hand nach der ihren, aber sie ließ keine Berührung zu.

Ihr Vertrauen schien endgültig zerstört. Alles, was sie an Positivem in diesen Monaten mitgenommen hatte, wurde nichtssagend und leer.

Am liebsten hätte sie sich vor einen Zug geworfen.

~✼~

Der Rückflug verlief schweigsam. Lorenz fragte nichts, sagte nichts, aber legte oft, sehr oft den Arm um sie. Juliet fühlte sich erschöpft und müde. Manchmal lehnte sie sich an ihn, was er beglückt mit einem sanften Kuss quittierte.

Wenig später saßen sie im Wagen, fuhren Richtung Heimat. Als sie an den ersten Kreisverkehr in ihrer Stadt kamen, wagte Lorenz einen hoffnungsvollen Blick. Nach rechts ging es in das Villenviertel zu ihm, geradeaus in die Ortschaft zu Frau Kleineckes Haus. Juliets Miene war starr, ihre Tränen waren versiegt.

»Ich möchte bitte nach Hause«, sagte sie erstickt. Lorenz presste die Lippen zusammen.

»Okay. Aber ich ... ich würde dich heute ungern allein lassen.«

Sie ging nicht darauf ein. Mit dumpfer Stimme fragte sie: »Wie hast du es herausgefunden?«

Er verriet ihr nicht, dass er Hubert auf David angesetzt hatte. »Ich habe den Klappentext von McArthurs neuem Roman in die Hände bekommen. Der Rest wurde mir ... zugespielt. Was das Buch angeht: Dagegen werden wir rechtlich vorgehen. Ich kenne jemanden, der ...«

»Vergiss es!«, unterbrach sie ihn resigniert. »Ich habe unterschrieben, dass er meine Aussagen verwenden darf, im Glauben, es ginge um die Artikel.«

Ihre Augen wurden dunkel, Davids Gesicht tauchte in ihrem Geist auf, sein Lachen, sein Erröten, seine so lebhafte Art zu reden, sein Enthusiasmus. Sie schluckte schwer. Hatte Gero von alldem gewusst? Hatte der sie auch verarscht?

Lorenz stellte den Motor ab. Es war zehn Uhr abends und es brannte kein Licht mehr bei Frau Kleinecke. Juliet war froh, ihr nicht begegnen zu müssen, und holte ihre Tasche aus dem Fußraum.

Lorenz' Hand fuhr in ihren Nacken, streichelte ihn. »Mir gefällt der Gedanke nicht, dass heute Nacht niemand für dich da ist«, flüsterte er.

»Ist schon okay. Danke fürs Bringen, Lorenz.«

Sie brachte es nicht fertig, ihm auch für den Rest zu danken, wollte gehen, aber Lorenz hielt sie fest.

»Warte, Juliet ... Du hast gesagt, dass man aus allem etwas Gutes machen kann. Vielleicht waren die Wirrungen, die wir durchlebt haben, genau dafür da. Dass wir uns auf neuer Ebene treffen.«

Juliet saß wie eine Statue auf dem Sitz. Verzweifelt versuchte Lorenz, sie zu erreichen.

»Du ... du hast so oft um mich gekämpft. Jetzt kämpfe ich um dich. Egal, wie lange es dauert.«

In Juliet schoben sich die Tränen mit Gewalt nach oben. Sie konnte nichts sagen, alles in ihr schmerzte. Sie nickte kurz, stieg aus, ließ sich den Koffer vor die Tür bringen. Lorenz ertrug es fast nicht, sie so leiden zu sehen. Zum zweiten Mal war er der Überbringer schlechter Nachrichten, zum zweiten Mal war sie innerhalb kurzer Zeit um ihr Glück betrogen worden. Er fühlte sich hundsmiserabel, nahm sie in die Arme, aber sie war wie aus Eis.

»Bitte, lass mich hierbleiben, Juliet«, bat er mit rauer Stimme. »Ich halte dich.«

»Nein, Lorenz. Ich ... ich kann gerade nicht mehr«, flüsterte sie. »Ich brauche Luft. Ich muss allein sein. Gute Nacht.«

Sie drehte den Schlüssel, zerrte den Koffer durch die Tür und schloss sie sofort wieder hinter sich.

Die Seminarreihe war damit für sie beendet – und sie unglücklicher als je zuvor.

✦

Zwei Tage früher als geplant war sie zurückgekommen. Frau Kleinecke erklärte sie, eine heftige Grippe zu haben und nur im Bett zu liegen. Letzteres entsprach im Wesentlichen der Wahrheit. Mit rot geweinten Augen stierte sie die Decke an.

Steve und Aimee meldeten sich, boten sich für Gespräche an. Gero bat um Rückruf, Josie hatte gleich fünf aufgeschreckte Nachrichten geschickt. Juliet benachrichtigte alle, sie wolle nicht gestört werden.

Am Tag ihrer offiziellen Ankunft trafen weitere Anrufe von Peter, Tina, Ronny und Siggi auf ihrem AB ein. Alle fragten, ob sie zum Stammtisch komme, aber niemand sprach das Thema an sich an.

Das fiel Juliet allerdings erst Tage danach auf. Die ersten verbrachte sie damit, tausend bittere Gedanken zu wälzen und das vergangene halbe Jahr mit neuem Filter Revue passieren zu lassen. Davids Bemerkungen, Aktionen, Reaktionen, seine angebliche Fürsorge. Jetzt wusste sie, warum die Berufsbezeichnung Trauerredner ihn getriggert hatte! War ja mal was ganz Originelles, eine Figur mit diesem Berufsbild zu haben. Sie erinnerte sich an seinen Blick, als er erfahren hatte, dass sie Vollwaise war, an das Glitzern in seinen Augen, das sie sich nicht hatte erklären können. Er hatte ihr mit der Wohnung geholfen, weil er es sich nicht hatte leisten können, dass sie die Seminarreihe abbrach. Und die Sitzung bei Steve mit ihrem Baby! Sie wand sich, als sie daran dachte. Ganz sicher war das eine der rührendsten Szenen in seinem Buch. Darum hatte er selber so lange dichtgemacht! *Geht doch um dich und nicht um mich!*

War das der eigentliche Grund, warum er nicht mit ihr hatte schlafen wollen? Weil er es nicht auf die absolute Spitze hatte treiben wollen? Nun konnte er ja behaupten, sie hätte ihn vergewaltigt! Würde diese Sexszene auch im Buch sein? Ihr wurde übel, als ihr klar wurde, wie oft er nach besonders intensiven Erlebnissen auf seinem Laptop herumgehämmert hatte.

Unentwegt drehten sich diese Gedankengänge in ihrem Kopf. Zeitgleich war sie entsetzt, nach einem solch transformierenden Seminar nun wieder voller Wut und Frust zu sein, sogar noch stärker als zuvor. Wo war denn jetzt die Transformation? Das war der Grund, warum sie nicht mit Steve reden wollte. Weil sie sich schämte und selbst seiner Arbeit tiefe Zweifel entgegenbrachte.

Eine kleine Stimme in ihr sagte, dass sie doch einfach nur anwenden müsste, was sie gelernt hatte. Dass ihr Herz in der Lage war, ihr klarere Einsichten zu geben, wenn sie es nur rief. Manchmal klang diese Stimme dünn in ihr durch und brachte sie dazu, zu meditieren und ihr Herz zu öffnen. Das half immer und stets nahm sie sich vor, David anzuhören, wenn er etwas zu sagen hätte. Der Punkt war nur: Sie hörte nichts von ihm. Gar nichts. Er startete noch nicht mal einen Versuch.

♫ The Winding Paths ♫

Regina Mira

Als Juliet wieder zur Arbeit erschien, sahen Ronny und Siggi sie mit großen Augen an. Siggi hatte schon eilfertig den Mund geöffnet, da pfefferte ihnen Juliet entgegen: »Ich will nichts hören. Kein Wort.«

Ihr Mund war eine schmale Linie. Stumm nahm sie Akten aus dem Eingangskorb und fing an zu arbeiten. Siggis Mundwinkel hingen mal wieder unter ihrem Kinn und Ronnys warme, braune Augen streiften Juliet des Öfteren, aber sie schaute jedes Mal weg.

Eine Stunde lang ging das gut, dann schnarrte Siggi: »Du bist jetzt aber nicht wieder mit deinem Professorenlover zusammen?«

Juliet antwortete nicht.

»Bist du oder bist du nicht?«

»Nein, bin ich nicht.«

»Super, das ist alles, was ich wissen wollte«, erklärte Siggi zufrieden. »Ronny! Haste gehört? Klingt nach Plan A!«

»Komm doch am Donnerstag zum Cliquentreffen«, schlug Ronny vorsichtig vor.

Juliets Brauen zogen sich zusammen. »Geht's noch? Nein!«

»Es wäre aber wichtig!«, trötete Siggi. »Los, gib dir 'nen Schubs!«

»Vergesst es!«

»Ronny! Das klingt jetzt doch nach Plan B!«

Ronny schenkte Siggi keine Aufmerksamkeit.

»Hey, Juliet, ist nicht so, dass ich dich nicht verstehe, aber alle Dinge haben mehrere Seiten. Schau auf das Positive: David hat dafür gesorgt, dass du eine anständige Wohnung hast, dass dein Buch …«

»Okay, das reicht«, zischte sie. »Es dürfte wohl dem Letzten klar sein, warum er dafür gesorgt hat. Ich will nicht wissen, wie hoch seine Tantiemen sind, da kann er sich das locker leisten! Was er sich nicht leisten konnte, war, dass ich aufhöre!«

»Juliet, bitte, vielleicht ist es ganz anders, als du denkst! Vielleicht …«

»Kommt das Buch raus oder kommt es raus? Ronny, hör zu, ich will nicht mit dir streiten. Aber tu mir einen Gefallen und sprich nie wieder davon!«

Juliet war noch nie so harsch zu ihm gewesen und wollte das auch nicht. Aber die Wunde war zu frisch und ihre Gedanken streuten fleißig Salz hinein. Siggi hielt natürlich alles andere als den Mund.

»Hör mal, Schnäuzelchen«, sagte sie. »Alles, was wir wollen, ist, dass du offen bleibst. Mehr nicht.«

»Siggi, das ist nicht mit einer Entschuldigung abgetan!«

»Er muss sich auch nicht entschuldigen.«

»Er muss sich nicht …?« Völlig perplex erwiderte Juliet Siggis Blick und fühlte sich wie in einem Paralleluniversum. War denn die ganze Welt verrückt geworden?

»Wisst ihr was?«, sagte sie bitter. »Lasst mich doch einfach nur in Ruhe.«

Alles hatte sich verändert. Der sonnige August war längst einem nüchternen September gewichen. Juliet vermisste die Cliquenabende, konnte die Leute nur noch ohne David treffen – und das war nicht dasselbe. Jeder von ihnen hatte sie schon besucht. Aber wenn sie erwartet hatte, sie würden sie zu einem Gespräch mit David überreden wollen, hatte sie sich getäuscht. Es schien, als ob David dafür keine Notwendigkeit sah, was die Sache noch unerfreulicher machte.

Josie war inzwischen fest mit Gero liiert und total happy. Doch auch die beiden sprachen sie nicht auf David an – sie verstand das nicht. Gero war als Erster bei ihr aufgetaucht, weil sie ihm mitgeteilt hatte, aus der Seminarreihe auszusteigen.

»Gero, hast du von alldem gewusst?«, fragte sie ihn gequält.

»Jein, nicht so. Ich dachte, du bist mit allem einverstanden, auch mit dem Buch. Wir sind doch den Vertrag durchgegangen.«

»Das mit dem Buch stand nicht drin.«

»Es steht drin, dass er deine Aussagen für alles Mögliche verwenden darf, und ich dachte, er hätte dich über das Buch informiert. Trotzdem, Juliet, es ist nicht so, wie es den Anschein hat. Er hat dich überraschen wollen und …«

»Das ist ihm bestens gelungen.«

»… und er will auch nicht, dass wir mit dir über all das reden, also …« Gero biss sich auf die Lippen.

»Klaro«, gab sie sarkastisch zurück. »Gibt auch nicht viel dazu zu sagen.«

Gero seufzte. »Okay, nur so viel: Sein Buch kommt bald raus und …«

»Danke für den Hinweis. Ich werde ganz sicher einen Riesenbogen darum machen!«

Gero räusperte sich. »Auch gut. Dein Trostbüchlein folgt dann ein paar Wochen später.«

»Ach ja, das. Das hatte ich ganz vergessen. Danke.«

Für Juliet hatte selbst die Publikation ihres Buches einen galligen Beigeschmack, gerann sie doch zu einer reinen Gefälligkeit, die sie bei der Stange hatte halten sollen. Es bedeutete ihr nicht mehr viel.

⁂

Die Situation war verfahren und lenkte ihr Leben wieder mal in neue Bahnen. Belinda hatte ihr ein interessantes Jobangebot als Assistentin der Geschäftsleitung zugespielt, das sie Anfang des Jahres antreten konnte.

Es war ein tränenreicher Abschied von Neuwegers nach zwanzig langen Jahren. Juliet hatte als Sechzehnjährige dort angefangen. Es fühlte sich seltsam an, die Büroräume für immer zu verlassen. Schweren Herzens sagte sie Neuwegers Lebewohl, dankbar dafür, dass sie sie so lange über Wasser gehalten hatten.

Die Kündigung markierte einen echten Neubeginn. Endlich, drei Wochen nach dem Desaster, atmete Juliet tief durch und besann sich auf die vielen Botschaften des letzten halben Jahres. Sollte sie all das umsonst gemacht haben? Hatte Steve ihr nicht prophezeit, dass ihr Emotionalkörper sie wieder in altes Fahrwasser drängen würde? Sie erinnerte sich an seine Worte: *Wenn die Ursache weg ist, könnten die Wirkungen noch da sein. Weil dein Emotionalkörper noch so sehr an das Alte gewöhnt ist, wird er massiv alte Konstellationen anziehen, die dich belasten. Wenn das kommt, bleib stark. Schaff eine Distanz zwischen dir und deinen Emotionen, gib ihnen keine Nahrung mehr. Atme in dein Herz. Suche dort die Weisheit, die du brauchst.* Steve hatte noch mehr gesagt, und so langsam rollte ein heilender Satz nach dem anderen in ihr Gedächtnis, gab ihrem Leben wieder Kontur, ließ sie ihren Fokus auf das Positive richten.

Gero hatte sie gebeten, weiterhin für das Magazin zu schreiben, was eine zusätzliche Einnahmequelle war und ihr richtig Spaß machte. Sie lebte in einer tollen Wohnung mitten in der Natur. Das Arrangement mit Frau Kleinecke war fantastisch. Sie hatte inzwischen mehr als ausreichend für ein gutes Leben.

Und dann war da Lorenz, der sich mit solcher Zärtlichkeit und solchem Eifer um sie bemühte, wie sie es sich zeitlebens erträumt hatte. Nun wurde dieser Traum wahr. Er ließ nichts unversucht, wieder bei ihr Fuß zu fassen, rief sie jeden Tag an, schickte ihr süße Nachrichten, lud sie zum Essen ein, ins Kino, ins Theater, ins Konzert – und zu sich nach Hause. Jede Aktion endete praktisch mit dieser Bitte.

Aber Juliet schaffte es nicht, einen Fuß in sein Haus zu setzen. Sie ahnte, das wäre der Beginn von etwas, von dem sie nicht wusste, ob sie es wieder beginnen lassen wollte.

Nach wie vor knisterte es gewaltig zwischen ihnen. Ein Fingerstups von ihr – und sie wären wieder zusammen. So manches Mal reizte sie das, gleichzeitig war es der Grund, der sie abhielt: Es war ein Reiz, der Davids Feinfühligkeit nicht ersetzen konnte.

Aber das ist nicht echt gewesen, hielt ihr ihr Kopf vor. *Das, was Lorenz dir bietet, ist echt! Du könntest mit ihm das haben, was du mit David hattest, er hat sich geändert!*

Ja, er hatte sich geändert. Lorenz freute sich über die Veröffentlichung ihres Büchleins mehr als sie und war voll des Lobes über ihre Publikationen im Magazin. Vielleicht hatte er recht, dass sie beide diesen Umweg gebraucht hatten, um auf anderer Ebene zusammenzufinden. Er war so viel weicher – und offener.

»Ich habe jeden Artikel verschlungen«, schwärmte er bei einem Spaziergang. »Du schreibst wunderbar.«

»Du hast sie gelesen?«, fragte sie ein wenig zerstreut.

Die Blätter der Bäume hatten sich verfärbt, der Oktober ging ins Land und Juliet fragte sich insgeheim, wie die Wälder rund um den Lake Windermere wohl aussahen. Ihr Herz stach vor Sehnsucht und das verwirrte sie.

»Jedes einzelne Wort«, drang Lorenz' Stimme an ihr Ohr. »Ich wollte wissen, was du erlebt hast, wie du denkst. Ach, Juliet, wenn du wüsstest, was das alles in mir ausgelöst hat! Ich möchte diese Tiefe spüren, die du in deinen Artikeln beschreibst. Mit dir.«

Seine Augen waren voller Liebe, gleichzeitig drang die Angst hindurch, sie traue ihm diese Tiefe nicht zu, weil sie sie längst mit einem anderen erfahren hatte. Auch das war ungewohnt: Lorenz so unsicher zu erleben. Er nahm ihre Hand und eine Weile ließ sie es zu, doch irgendwann nestelte sie nach einem Taschentuch und steckte danach ihre Hände in die Jackentaschen. Lorenz schluckte, aber sagte nichts dazu.

Ungewollt schnellten ihre Gedanken immer wieder zu David. An diese wunderbare Zeit mit ihm am Lake Windermere. Sie sah ihn vor sich, wie er zu ihr ins Bett gekrochen war, erinnerte sich an den Ausdruck seiner Augen, kurz vor ihrer ersten Session mit Steve ... an die Trauerrede für ihr Baby ... an den Moment, als er auf der Matratze gekniet und sie in den Arm genommen hatte ... und an seine Geschichte. Dann konnte sie weder Tränen der Rührung noch ein Lächeln verhindern. Er war ihr so nah gewesen, er war in ihrer Seele. Oh, diese vielen kleinen Begebenheiten mit ihm! Hatte er das alles wirklich nur getan, um an ihrem Gefühlsleben teilhaben zu können? Warum suchte er kein Gespräch mit ihr? Es war alles vollkommen widersprüchlich! Lorenz' Meinung, David wäre nie an ihr interessiert und sie nichts weiter als eine Vorlage für seinen Roman gewesen, war ein fieser Zweifel, der sich unaufhörlich zur Gewissheit verdichtete. Der Grund, warum er sich nicht meldete, war einfach: Sie hatte ausgedient.

Sie sollte sich endlich damit abfinden.

»In drei Tagen kommt das Buch raus. Wirst du es lesen?«, fragte Josie, als sie sie besuchte.

»Ganz sicher nicht. Ist mir peinlich genug, dass ihr es lesen werdet. Und die ganze Bundesrepublik!«

»Außer uns paar weiß doch wirklich keiner, um wen es geht. Und wer sich hinter Elle verbirgt. Niemand kann Rückschlüsse ziehen.«

Juliet schwieg.

»Macht es dir was aus, dass David als Jugendlicher gesessen hat?«

»Nein. Das macht mir nichts aus«, murmelte Juliet. »Weißt du denn über alles Bescheid?«

»Ja, Gero hat es mir erzählt. David ist sturzunglücklich. Bitte, lies das Buch. Er hockt jedes Mal wie ein Häufchen Elend am Tisch und sagt fast nichts.«

Juliet besänftigte es ein wenig zu hören, dass David die Sache naheging. Aber zu Josie meinte sie: »Die Buchverkäufe werden ihn bestimmt trösten.«

Josie seufzte. »Ich verstehe ja, dass das alles dumm gelaufen ist, aber ...«

»Wolltest du nicht, dass ich wieder mit deinem Papa zusammenkomme?«, versuchte Juliet zu scherzen.

»Ja, was ist mit ihm?«

»Du weißt, uns verbindet sehr viel.«

»Was heißt das? Denkst du über ein Comeback nach?«

»Ich will gerade überhaupt nicht denken!«

Juliet wandte sich ab. Wenn sie ihr Herz fragte, klopfte es stärker für David als für Lorenz. Das wollte sie nicht, denn sie hatte keine Ahnung, wie sie mit diesem Vertrauensbruch umgehen sollte. Glorifizierte sie nicht einfach die Zeit mit ihm? Er hatte noch nie mit jemandem sein Leben geteilt. Die paar

Tage im Cottage waren kein Maßstab, sie hatten unter einer Käseglocke gelebt. Mit Lorenz hingegen hatte sie fünfzehn lange Jahre verbracht. Lorenz, der ihr jeden Tag die Welt zu Füßen legte, während David nach wie vor stumm blieb.

~❦~

Der Tag, an dem das Buch erschien, ging an ihr nicht vorbei. Es war Wochen vorher schon nicht möglich gewesen, sich davon abzuschotten, auf allen Kanälen lief massiv Werbung. Von Gero wusste sie, dass Lektoren und Korrektoren mit Hochdruck gearbeitet hatten, um das Buch rechtzeitig zur Buchmesse fertig zu haben. Wo sie auch ging und stand, schrie ihr diese verdammte Neuerscheinung entgegen. »WAS ICH DIR NOCH SAGEN WOLLTE«: Ob sie das Internet aufrief, am Zeitungskiosk vorbeilief, einkaufen ging ... stets stierten sie Schlagzeilen und Plakate mit dem Titel seines Buches an.

Auch im Fernsehen wurde das Buch besprochen. Alle äußerten sich positiv überrascht über Elle McArthur, die die lange Abstinenz genutzt hatte, um sich neu zu erfinden, und der ein grandioses Comeback gelungen war. Es gab kein Medium, das sie nicht erwähnte. Die Presse überschlug sich mit Komplimenten für die »neue Elle McArthur«, die mit ihrem Roman in einer Tiefe schürfe, die man der bisher eher seichte Liebesromane schreibenden Autorin nicht zugetraut hatte.

»Das lange Warten hat sich gelohnt!«

»›WAS ICH DIR NOCH SAGEN WOLLTE‹ schießt an die Spitze aller Charts!«

»Wozu doch eine Auszeit gut sein kann!«

»Elle McArthur begeistert mit ihrem neuen Roman nicht nur ihre Leser, sondern auch die Kritiker.«

»Elle McArthur ist ein Coup gelungen. Ein Balanceakt zwischen Unterhaltung und Tiefe, zwischen heiter und ernst, mit klugen Resümees über Beziehungen obendrauf. Zu Recht wird dieses Buch in zwanzig Sprachen übersetzt.«

Zwanzig Sprachen! Ein Laut entfuhr ihr. Das Buch musste für David ein Goldregen sein! Jede Woche stand etwas über dieses verdammte Ding im Netz. Die Euphorie darüber kannte keine Grenzen. In Juliet rumorte es nur so.

»WAS ICH DIR NOCH SAGEN WOLLTE«: Oh, sie würde ihm auch gerne noch etwas sagen! Sie konnte nicht umhin, bitter darauf zu reagieren.

Sie wusste, dass sie selbst niemals diesen Erfolg hätte haben können. Aber Tatsache blieb trotzdem: David hatte ihr ihr Buch gestohlen.

⁂

Jeder schien das Ding zu lesen. Frau Kleinecke war drei Tage lang nicht ansprechbar, saß auf ihrem Ohrensessel und las ununterbrochen. Danach seufzte sie tief und mit verträumtem Blick – und fing von vorne an. Juliet beobachtete sie nervös, aber nichts in Gretes Verhalten ließ darauf schließen, dass sie Juliet und David in dem Buch erkannte. Sie atmete ein wenig auf.

Auch Lorenz hatte sich das Werk bestellt, und es kam pünktlich am Tag der Veröffentlichung bei ihm an. Juliet hatte sich, was ihre Tage und die Affäre mit David anging, sehr bedeckt gehalten, und so stürzte er sich darauf, war gierig zu erfahren, was sie nicht verraten hatte.

Es war ein dickes Buch, es hatte über fünfhundert Seiten, aber Lorenz war von jeder gebannt. Jede von ihnen schickte ihn durch Emotionen, die Juliet in diesen Monaten gefühlt hatte. Er erlebte ihre Panik, als er Schluss gemacht hatte, ihre Verzweiflung, die Kontaktaufnahme via Datingportal mit David, die Hiebe, die ihr sein, Lorenz', Verhalten versetzt hatte, die Missverständnisse zwischen ihnen. Er erlebte aber auch mit, wie sich der Protagonist unaufhaltsam in die Heldin des Romans verliebte, obwohl das nicht sein Plan gewesen war. Als die Passage mit ihrem Baby kam, heulte Lorenz Rotz und Wasser, verfluchte den Autor, verfluchte sich und hätte am liebsten das Buch in die Ecke gepfeffert. Überrascht stellte er fest, dass David niemanden zum Bösewicht stilisiert hatte, weil es keine Bösewichte gab, wie er zwischen den Zeilen klar herausstellte, sondern nur Menschen, die nach ihrem Glück suchten und dabei manche schmerzhafte Erfahrung machten. Es war schrecklich erlösend, darin zu lesen, es tat weh und gut zur gleichen Zeit. Lorenz verschlang die Zeilen über das Herzseminar, verschlang die Gespräche mit Mahony, dessen Name natürlich geändert worden war. Es war eine feinsinnige, tiefgehende Geschichte, die einen Sturm in ihm auslöste und ihn sich klein und gleichzeitig erhaben fühlen ließ. Klein, weil er ahnte, wie engstirnig er das Leben bisher gesehen hatte, groß, weil die Gewissheit durchleuchtete, dieses Hohe, von dem Mahony sprach, auch in sich zu finden.

Es machte ihn überaus nervös, wie David Juliet beschrieb. Hatte er sie in der kurzen Zeit tiefer erkundet als er in fünfzehn Jahren? Lorenz war bewegt und beunruhigt, denn der Roman bescheinigte diesem Kerl ein Einfühlungsvermögen, das ihn zu einem ernsthaften Rivalen machte. Sein Herz pochte, als er das Buch zuschlug. Oh, diese Gefühle darin! Diese Tiefe, dieser Schmerz, die Herausforderungen, die die beiden miteinander ausgefochten hatten, die gegenseitige Unterstützung, das Lachen, die Freude und die Erlösung der Protagonisten ... Lorenz konnte das kaum ertragen.

Und der Schluss ... der Schluss gefiel ihm gar nicht. Den musste er selbst gestalten! So schnell wie möglich! Er hatte das Gefühl, sofort handeln zu müssen und keine Zeit mehr verlieren zu dürfen.

~※~

Zwei Wochen war das Buch nun auf dem Markt. Jeder aus der Clique hatte sie angerufen und gefragt, ob sie es inzwischen gelesen habe, und jedes Mal hatte sie verneint. Danach bekam Juliet nacheinander Besuch von Gero und Josie, Katie und Ronny, Peter und Tina, Siggi und Hans. Und alle brachten ihr ein hübsch verpacktes Buch mit, das ihnen Juliet freundlich, aber bestimmt wieder in die Hände drückte, wenn sie sich verabschiedeten.

»Vielen Dank, aber mir ist gerade gar nicht nach Lesen.«

Sie rührte das Buch nicht an, suchte vergeblich nach diesem lichtvollen Zustand am Lake Windermere, aber wenn er aufflackerte, dann nur für kurze Zeit.

Endlich rang sie sich dazu durch, Steve anzurufen.

»Hey, Juliet!«, rief er erfreut. »Wie geht es dir?«

»Ich vermisse dich, Steve«, sagte sie. »Es ist alles so anders gelaufen, als ich gehofft habe. Du hast ja sicher davon gehört.«

»Ja, das ist toll, nicht? Mach dir keinen Kopf. Das ist lediglich eine Herausforderung. Der Emotionalkörper will nun ein Drama draus machen. Ich hoffe, du gibst ihm keine Gelegenheit dazu.« Er lachte leicht.

»Die Gelegenheit lädt dazu ein«, murmelte sie.

»Genau, sie lädt dazu ein, alte Muster abzufahren. Was sagt denn dein Herz?«

»Das ist komplett durcheinander.«

»Wunderbar! Dann sortiert es sich neu.«

Steve war weit davon entfernt, sich in irgendwelche Katastrophen hineinziehen zu lassen. Seine Ruhe, sein egoloses Sein fungierte wie stets als Lift in höhere Dimensionen. Seit Langem spürte sie wieder ein Lächeln in sich.

»Du weißt, Widerstand gegen eine Situation nimmt dir die Klarheit«, fuhr er fort. »Bleib locker. Wenn dich Kummer und

Wut überkommen, schau in dich hinein und nicht auf deine Umgebung.«

»Das ist das, was ich nicht verstehe. David hat getan, was er getan hat.«

»Aber erinnere dich, als ich gesagt habe, dass die meisten Menschen äußere Situationen ihr Innenleben bestimmen lassen. Das tust du gerade. Nun hast du Gelegenheit, deine Signale von innen zu holen und damit bewusster Schöpfer deiner Realität zu werden.«

»Steve, ich komme an diese Liebe und Freude gar nicht heran! Wie ...«

»Dann geh den ersten Schritt und gib den Gedanken auf, dass das nicht funktioniert. Vor allem mach das Problem nicht noch größer, indem du dich darüber aufregst. Und damit vielleicht sogar ein neues Problem erschaffst.«

»Heißt das, ich soll einfach darüber hinwegsehen?«

»Nein, es heißt, dass du auf deiner hohen Frequenz bleiben sollst – in deinem Herzen, dort, wo Weisheit sitzt. Dein Kopf kann dir nicht helfen.«

»Ach, Steve, warum ist das Leben so schwierig?«

Steve lachte und es klang zärtlich.

»Damit du aufwachst, meine Süße, ganz einfach. Das Leben wird leicht, wenn du akzeptierst, dass es mitunter schwierig ist. Es ist doch nichts Schlechtes, wenn es dich herausfordert. Ohne Hindernisse würdest du geistig einschlafen! Also nutze diese Situation, um zu reifen. Es ist nicht Aufgabe der Umwelt oder irgendeiner Person, dir Freude und Liebe zu bescheren. Es ist deine Aufgabe – besonders in schwierigen Situationen. Jetzt kannst du der Welt eine andere Antwort geben als sonst – siehst du nicht die Chance darin? Nur so kann eine Änderung geschehen. Die ideale Situation ist genau die, in der du dich jetzt befindest. Sie ist deine persönliche, spirituelle Praxis. Liebe ist existent. Sie ist da. Sie wartet auf dich. Du musst sie lediglich aktivieren. *Das* verändert dein Außen. Wie wäre es, wenn du es mal ausprobierst?«

Verständnis flackerte in ihr auf.

»Warum ist das immer so leicht mit dir?«, fragte sie lächelnd.

»Ich tue nichts anderes, als an die Freude in dir zu erinnern. Weil du gerade nicht hinschaust«, schmunzelte er. »Das Leben ist nun mal ein Wechsel aus Ordnung und Unordnung. Nimm die Dinge nicht so ernst. Das tut nur das Ego. Das Bewusstsein, sprich, Freude und Liebe, will sich durch dich manifestieren. Das geschieht, wenn du im Einklang mit dem Moment lebst, wenn du Situationen nicht als Feind betrachtest. Lass etwas Größeres hervorleuchten. Dann wird immer alles gut.«

Das Gespräch half ihr, weil sie erkannte, dass die Basis darin bestand, diesen Widerstand aufzugeben, an Liebe zu glauben und offen zu bleiben für die Botschaften ihres Herzens.

»Hallo, Herz«, flüsterte sie in der Nacht. »Sprich mit mir. Am besten so, dass ein Stumpfkopf wie ich dich verstehen kann. Gib mir ein Zeichen!«

🎵 One Day You Finally Knew 🎵

Chad Lawson

»Ich gebe am Freitagabend eine Party und würde mich freuen, wenn du kommst!«, verkündete Lorenz am Telefon.

»Eine Party!«

»Genau. Weißt du, ich verstehe, dass du mit mir in unserem Haus nicht alleine sein willst, aber diesmal werden viele Leute da sein. Vielleicht fällt es dir dann leichter?«

Juliet war gerührt. *In unserem Haus.* Überhaupt: Ein solcher Vorschlag wäre Lorenz vor Monaten niemals in den Sinn gekommen. Sie staunte, was sich in ihm tat, staunte, dass ihre Änderung tatsächlich vieles in ihm bewirkt hatte. Ein ganzes Räderwerk war in Gang gesetzt worden.

»Ich habe auch Gero und Josie eingeladen«, unterrichtete Lorenz sie. »Die beiden sind aber leider in Rom und können nicht kommen.«

»Find ich schön von dir, dass du die Beziehung so akzeptierst.«

»Tja, ich sollte der Erste sein, oder?«, witzelte Lorenz. »Ich mag Gero. Ich glaube, unsere Josie ist bei ihm in guten Händen.«

»Ja, das ist sie ganz sicher«, erwiderte Juliet lächelnd. »Die liebe kleine Josie! Wer hätte das gedacht!«

»Außerdem … am Samstag kommt doch dein Buch raus«, setzte Lorenz hinzu. »Das ist ein Grund zum Feiern! Wir stoßen um Mitternacht darauf an! Bitte, komm doch!«

Ihr Buch! Lorenz hatte an den Veröffentlichungstermin gedacht! War das das Zeichen, um das sie gebeten hatte? Ein warmes Gefühl durchströmte sie.

»Ich komme gern, Lorenz.«

»Oh, klasse! Ich freu mich! Wirf dich ins Abendkleid, Juliet! Ich kann es kaum erwarten, mit dir zu tanzen!«

Er war dermaßen glücklich und aufgedreht, dass sie nicht umhinkonnte, bewegt davon zu sein. Und mit ihm zu tanzen … sie spürte bereits jetzt das Feuer. Es fühlte sich gut an.

Am Nachmittag wurde für Juliet ein riesengroßer Strauß roter Rosen geliefert. Grete war entzückt und selbst ihre größte Vase reichte nicht. Sie mussten den Strauß auf mehrere Behältnisse aufteilen. Juliets Herz klopfte unregelmäßig, als sie das Minikuvert öffnete. Eine Sekunde lang hoffte sie, der Strauß wäre von David.

»Ich fiebere dem Freitag entgegen!«, stand auf der Karte. »Ich liebe dich über alles! Tausend Küsse, dein Lorenz!«

Juliet presste die Lippen zusammen. Vor Rührung über Lorenz und aus Enttäuschung über David, der sich damit endgültig aus ihrem Leben geschlichen hatte.

Josie und Gero waren die Ersten am Stammtisch, als David hereinkam. Er war bleich, hatte abgenommen, ein blonder Bart zierte seine eingefallenen Wangen.

»Hey, Kumpel, ich würde gerne sagen, schön, dich zu sehen, aber gerade bist du gar nicht schön anzusehen«, versuchte es Gero mit einem Scherz.

»Isst du überhaupt was?«, fragte Josie misstrauisch. »Komm doch mal zu uns. Gero hat mir neulich ein Trüffelrisotto gemacht, auf das ich glatt am selben Abend ein Kilo zugenommen habe. Nicht gut, wenn du so weitermachst, Gero! Meine Fußballerwaden werden gerade zu Butterfässern!«

»Ich liebe Butter«, schmunzelte Gero. »Und dich noch mehr! Also gut, ab morgen wird Sport getrieben und die Ernährung umgestellt.«

»Aber David braucht Risotto«, beharrte Josie.

»Nein, der braucht was anderes«, brummelte Gero, und zu David: »Du hättest gleich mit ihr reden sollen.«

»Ja, wie denn? Sie hätte mich mit Pauken und Trompeten zum Teufel gejagt!«

Sein Blick ging zu Josie.

»Was gibt es Neues?«, fragte er.

»Nicht viel«, erwiderte sie, aber ihr minimales Zögern strafte sie Lügen.

»Komm, spuck's schon aus, Josie.«

Sich sichtlich unbehaglich fühlend antwortete sie schließlich. »Am Freitag gibt Papa eine Party. Juliet hat zugesagt. Sie wird also zum ersten Mal seit einem Dreivierteljahr wieder bei uns sein.«

Davids Kehle wurde eng.

»Und?«, hakte er tonlos nach und wandte sich an Gero. »Bist du auch eingeladen? Als der neue Schwiegersohn?«

»Ja«, antwortete Gero schlicht. »Ja, ich bin eingeladen. Aber Josie und ich haben einen Flug nach Rom in die Oper gebucht.«

David hörte gar nicht richtig zu. Josies Satz »Sie wird das erste Mal wieder bei uns sein« zog eine Brandspur durch seinen Kopf. Er wusste genau, was das bedeutete.

In diese Wunde hinein hagelten Geros Worte wie Salzkörner. »Kumpel, du solltest dich wieder dem Leben zuwenden, Neuem zuwenden. Das hat doch so keinen Sinn.«

Davids Ohren und Wangen waren rot, seine Augen brannten. Er stand auf, schnappte sich seine Jacke und verschwand.

❦

Juliet lag in der Badewanne, versuchte, sich zu entspannen, aber ihr war komisch zumute. In wenigen Stunden würde sie das Haus betreten, in dem sie hatte alt werden wollen. Heute konnte sie den Grundstein dafür legen. Heute konnte sie in Lorenz' Bett schlafen. Sie wusste, dass er darauf hoffte.

Versonnen streifte sie sich das Abendkleid mit den überkreuzten Strassbändern über, das er so liebte … und das sie auch auf Kreta getragen hatte, als sie mit David getanzt hatte. Sie ließ den Lippenstift sinken. Erinnerungen überfluteten sie, brachten ihr seinen blumigen Duft zurück, seine jungenhafte Präsenz, seinen schimmernden Blick … David tanzte wie ein Glühwürmchen in ihrem Geist umher.

Energisch schob sie das weg, machte sich fertig und stand eine halbe Stunde später mit klopfendem Herzen vor Lorenz' Haustür. Er schien dahinter gewartet zu haben, so schnell öffnete er.

Die Aufregung und die Freude, sie hier zu haben, verschlugen ihm die Sprache. Auch Juliet war überwältigt. Unfähig, ihren Gefühlen Ausdruck zu verleihen, standen sie voreinander. Im nächsten Moment erhellte ein fast überirdisches Strahlen Lorenz' Gesicht, seine Arme schlangen sich um sie, drückten sie an sich und ließen sie nicht mehr los. Er war dermaßen bewegt, dass ihm ein kleiner Schluchzer entfuhr. Die Liebe strömte nur aus seinem Herzen, so stark, dass es Juliet die Tränen in die Augen trieb.

»Du bist hier«, flüsterte er in ihr Haar. »Das ist unfassbar schön! Ich kann dir gar nicht sagen, wie es gerade in mir drinnen aussieht.«

Juliet lag an seiner Brust, roch seinen männlich-herben Duft, spürte die Muskeln unter seinem weißen Hemd, den Schutz seiner Arme, die Flammen, die wie stets auflöderten und sie beide wünschen ließen, sie wären alleine. Es fühlte sich gut an. Vertraut und doch neu.

Lange standen sie eng umschlungen in der Diele, bis die ersten Pfiffe ertönten. Pfiffe, bei denen Lorenz früher zusammengezuckt wäre und die ihn jetzt überglücklich machten. Ein junger Mann in langer Barschürze bot ihr von einem Tablett Champagner an. Juliet nahm sich ein Glas und ließ sich von Lorenz ins Getümmel führen. Er hatte nicht nur einen Caterer organisiert, sondern auch einen Pianisten, der am Flügel stimmungsvolle Songs spielte. Viele gut gelaunte Menschen tummelten sich in den Räumen, die Stimmung war ausgelassen und heiter.

Becky stürmte auf sie zu, ihren Freund im Schlepptau, mit hoffnungsvollem Blick und total aufgedreht.

»Ich hätte ja fast nicht mehr daran geglaubt, dich hier wiederzusehen!«, quiekte sie. »Das ist so toll!«

Juliet lächelte verhalten, wollte antworten, aber Lorenz, der es nicht erwarten konnte, ihr zu beweisen, dass die Vorzeichen sich geändert hatten, zog sie voller Besitzerstolz von einem zum nächsten. Juliet traf auf bekannte und unbekannte Gesichter, drückte Hände, lächelte, unterhielt sich. Es war völlig anders als sonst. Wie verkrampft war das früher abgelaufen, in dem Wissen, dass man über sie lästerte – all das war vorbei. Und kein Hubert in Sicht! Die Menschen um sie herum leuchteten, freuten sich, sie kennenzulernen oder sie wiederzusehen. Nur weil Lorenz zu ihr stand? Oder hatten sich lediglich ihre Perspektive und Haltung geändert?

Lorenz schwebte an der Decke. Er sah umwerfend aus in seinem Smoking und war Juliet nie begehrenswerter erschienen. Seine erotische Ausstrahlung wirkte stärker denn je, aber er hatte ausschließlich Augen für sie. Es mutete fast surreal an. Juliet fühlte sich wie im Film.

Nach gefühlt hundert Händen, die sie geschüttelt hatte, stand sie vor Belinda. Es war deren Anblick, der sie aus diesem Schwebezustand herausholte. Sie war liebevoll wie immer, freute sich immens, und doch spürte Juliet genau, dass sie bedrückt war.

»Geht es dir gut?«, raunte Juliet ihrer Freundin ins Ohr, als sie sich umarmten.

»Ja, natürlich, alles okay.« Belinda lächelte. »Ich hoffe, du genießt das hier.«

»Wir reden nachher, okay?«, flüsterte Juliet Belinda zu. »Ich kenne ein gutes Versteck im Gemüsegarten.«

»Oder du kommst die Tage mal wieder zu mir. Ist eh längst überfällig.«

Die beiden Frauen tauschten einen Blick, der angefüllt war mit Emotionen. Ehe sie sichs versah, hauchte Juliet Belinda einen sanften Kuss auf den Mund.

»Hey, hey«, ließ sich Lorenz vernehmen. »Muss ich eifersüchtig werden?«

Zärtlich schlang er den Arm um sie, schnappte sich das Mikro und eröffnete freudestrahlend das Buffet. Die Leute aßen, tranken, lachten. Tanzmusik setzte ein und Lorenz führte Juliet auf die Fläche, die er eigens dafür freigeräumt hatte. Etliche folgten ihnen, und da nicht viel Platz war, standen sie dicht gedrängt aneinander. Seine Finger glitten zwischen die Bänder am Rücken, liebkosten Juliets Haut. Sie erschauerte leicht. Instinktiv entfuhr ihr ein kleiner Seufzer, ihr Körper verlor die Spannung und wurde weich. Lorenz atmete beglückt auf und drückte sein Gesicht in ihr Haar.

»Ich liebe dich«, flüsterte er und presste sie so eng an sich, dass es sie heiß durchflutete. Langsam drang ihr ins Bewusstsein, dass das hier ein totaler Triumph war. Dieser Abend war ein Traumerfüller. Das Gerede war verstummt, auch in ihrem Kopf – und nicht nur das: Lorenz stand zu ihr, kämpfte sogar um sie. Es war ein Sieg auf ganzer Linie. Sie war da, wo sie immer hatte sein wollen. Diese Erkenntnis traf sie mit voller Wucht, woraufhin sie das Bedürfnis verspürte, für ein paar Momente allein zu sein. Einfach, um das greifen zu können.

Sobald sie konnte, floh sie Richtung Gästetoilette, doch die war besetzt, daher ging sie nach oben. Wieder ergriff sie ein unwirkliches Gefühl, als sie die altvertrauten Räume wiedersah – das Schlafzimmer, die Ankleide, das Bad. Sie schloss die Tür hinter sich, überwältigt von den Eindrücken, verwirrt vom Chaos in ihrem Herzen.

»Hallo, Herz«, flüsterte sie. »Sag mir, ob ich heute Nacht bleiben soll. Sprich mit mir!«

Es schien vorsichtig zu jubeln, sie aufzufordern, doch endlich zu erkennen, dass sich ein Traum nach dem anderen verwirklicht hatte. Sie war wieder zu Hause! In wenigen Stunden wurde ihr Buch veröffentlicht! Sie hatte tolle, neue Freunde und dank der Seminare war ihr Innenleben reicher als je zuvor. Und das war erst der Anfang einer Entwicklung, zu der nun auch Lorenz bereit war. Tatsächlich hatte diese Krise viel Gutes produziert. Es lag an ihr, mit dem Rest Frieden zu schließen. Mit David Frieden zu schließen.

Der Gedanke löste eine Sperre und ein sanftes Glücksgefühl erhob sich in ihr, schien sich über ihren Körper hinweg auszudehnen. Kam jetzt alles wieder in Fluss? Neugierig horchte sie in ihr Herz. Als sie die Toilette verließ, hörte sie Lorenz ihren

Namen rufen. Okay, das war das Zeichen, auf das sie gewartet hatte!

Sie hatte bereits die Klinke in der Hand, als ein Blick auf Lorenz' Nachttisch sie abrupt innehalten ließ. Ein Buch lag dort, dessen in Gold gefasster Titel vom Deckenstrahler in Szene gesetzt wurde. »WAS ICH DIR NOCH SAGEN WOLLTE« ... Die Buchstaben tanzten vor ihren Augen, wirkten wie ein sanftes Stoppschild.

Ihr Herz veränderte seinen Rhythmus. David! Und ... Lorenz hatte das Buch gelesen? Was stand da wirklich über sie drin? Tausend Fragen purzelten durch ihren Kopf, verdrängten das Glücksgefühl, machten wieder der Verwirrung Platz.

Erneut rief Lorenz nach ihr, aber ihre Finger glitten von der Tür und ergriffen das Buch. Ein Stich durchfuhr sie, als sie den Klappentext auf der Rückseite überflog. Die Protagonisten hießen Elias und Florence. Sie erfasste kaum den kurzen Text, denn darunter befand sich ein kleiner feiner Schriftzug, der wie der Titel in Gold gehalten war und deshalb ins Auge stach. Und dieser Satz verursachte eine Explosion in ihrem Inneren.

»Hey, Sonnenschein«, stand da, »es würde mich glücklich machen, wenn ich dich glücklich machen könnte. Bitte lies mich.«

Fassungslos starrte sie auf die Vorderseite des Covers. Unter Elles Namen war der eines Co-Autors vermerkt: Allie Sunshine. David hatte tatsächlich sein Alpaka als Co-Autor eingesetzt? Unwillkürlich prustete sie los, und das Bild von David mit Allie unterm Arm erschien vor ihrem inneren Auge.

Ein drittes Mal hörte sie ihren Namen rufen. Sie legte das Buch zurück, eilte nach unten, wo Lorenz Ausschau nach ihr hielt und strahlte, als er registrierte, dass sie oben gewesen war. Ein gutes Zeichen! Sie fühlte sich zu Hause!

Mit großen Schritten kam er auf sie zu und nahm sie in die Arme. Aufatmend lehnte sich Juliet an ihn. Seine Präsenz tat gut, am liebsten wäre sie jetzt mit ihm allein gewesen. Nein, am liebsten würde sie jetzt ... Lorenz ließ ihr keine Zeit, darüber nachzudenken. Er fasste sie an beiden Händen und führte sie zum Flügel, an dem der Pianist Softsongs spielte. Juliet warf einen Blick auf die Uhr. Es war ein paar Minuten vor Mitternacht. Die Caterer hatten Champagnerflaschen geöffnet, die Gläser gefüllt und boten sie reihum an.

Lorenz nahm zwei Sektflöten vom Tablett, klopfte mit einer Gabel gegen eine davon. Der Pianist stoppte sein Spiel. Es wurde stiller.

Neugierig versammelten sich alle um den Flügel, unterhielten sich gedämpft und leise in Erwartung einer Ankündigung.

»Oh, Lorenz, bitte mach nicht so einen Trubel um eine banale Redensammlung«, flüsterte ihm Juliet ins Ohr. Es war ihr peinlich, im Mittelpunkt zu stehen, aber Lorenz ließ die Gabel ein weiteres Mal gegen das Glas klingen. Der silberhelle Ton fuhr die Geräuschkulisse innerhalb von Sekunden auf nahezu null herunter.

Juliet starrte in die Gesichter, die sie umringten. Freundliche Gesichter, gespannte Gesichter, lächelnde Gesichter ... und etwas passierte mit ihr. Ihr Blick traf auf Becky, die sich erwartungsvoll und mit strahlenden Augen an ihren Freund klammerte, wanderte weiter zu Belinda, die mit einem leichten Lächeln ihr Glas hob und deren Herz genauso zu klopfen schien wie das ihre. Laut und dumpf pochte es in Juliets Brustkorb, in den Ohren, im Kopf, im ganzen Raum, drängte sich in den Vordergrund, wie Morsezeichen, die ihr dringend etwas sagen wollten. Bumbum. Bumbum. Bumbum. Sie fühlte sich wie in Trance. Plötzlich stand die Zeit still.

Ihr Bewusstsein erweiterte sich. Erstreckte sich zum Mond am Himmel, der durch die großen Terrassenfenster hereinschien, nahm die Sterne wahr, das unendliche Universum. Sie fühlte sich seltsam. Ihre Sinne wurden überscharf, erfassten die pulsierende Ader an Lorenz' Schläfe, bemerkten das leichte Zittern seiner Finger, als er ihr ein Glas in die Hand drückte, rochen die Aromen im Raum. Herbes, Süßliches, Essensgerüche vermischten sich in ihrer Nase. Ihre Ohren vernahmen die Worte, die aus Lorenz' Mund wie in Slow Motion kamen, stetig untermalt vom Rhythmus ihres Herzens. Bumbum. Bumbum. Bumbum.

»Meine lieben Freunde«, tönte seine Stimme in den leeren Raum ihres Bewusstseins. »In wenigen Minuten ...«, er sah auf die Uhr, »... in genau drei Minuten erscheint ein neues Buch auf dem Markt. Eine Sammlung tiefsinniger Reden mit dem Titel ›Trostworte‹, für Situationen, in denen sich manch einer nach dem Sinn des Lebens fragen mag, verfasst von einem feinfühligen, starken und wunderbaren Menschen – von Juliet Marburg.«

Bumbum. Bumbum. Bumbum. Ihr Herz schien kurz vor dem Bersten, das Lob verflog, es war nicht wichtig, warum nur schlug es so heftig?

Lorenz' Augen leuchteten, sie stieß mit ihm an, hob das Glas den Gästen entgegen, trank einen Schluck, schloss die Augen. Die Kohlensäure bitzelte auf der Zunge und sie ließ den Schluck bewusst so lange wie möglich im Mund, in der Hoffnung, das Prickeln würde sie aus diesem eigenartigen Zustand reißen, das Klopfen ihres Herzens etwas mildern. Bumbum. Bumbum. Bumbum. Nein, es hörte nicht auf. Es blieb wie lästiger Schluckauf. Bumbum. Bumbum. Bumbum.

Lorenz stellte das Glas auf den Flügel, umarmte sie, die Leute applaudierten, so gut es mit einem Glas in der Hand möglich war, der Pianist spielte einen Tusch. Die Gabel schlug erneut gegen das Glas. Juliet registrierte im Augenwinkel, wie die Caterer einen Mitternachtssnack aufbauten. Lorenz nahm wieder das Mikro in die Hand, um ihn anzukündigen, und

Juliet war froh, danach endlich in der Menge verschwinden zu können.

»Meine Lieben«, sagte Lorenz. »Wie ihr seht, ist die Party noch lange nicht zu Ende. Unsere Caterer sind gerade dabei, für euch noch etwas vorzubereiten! Ich hoffe, dass ihr mit uns weiterfeiern werdet! Anlässe gibt es zuhauf. Zum einen Juliets Erfolg, aber der eigentliche Grund dieser Feier, Juliet, bist du.«

Seine Augen waren feucht, als er sich ihr zuwandte. »Mein Engel, Juliet, ich kann gar nicht ausdrücken, was ich für dich empfinde. Kein Wort kann das Glück beschreiben, dich heute Abend hier zu wissen. Ich bin voller Bewunderung für dich. Weil du nie aufgibst, weil du aus allem etwas Gutes machst – und damit auch anderen hilfst, über den Tellerrand hinauszublicken. Du hast mir geholfen, die Welt aus einem anderen Blickwinkel zu betrachten. Du hast mir gezeigt, was wirklich wichtig ist im Leben.«

Juliet schwankte und hielt sich am Flügel fest. Lorenz' Blick war so intensiv. Sein Herz schlug ihr vehement entgegen und seine Hand griff in die Tasche, holte etwas heraus. Kein Taschentuch diesmal, nein, es war ein kleines Kästchen. Ein Kästchen aus edlem Holz, das er aufklappte und das einen funkelnden Brillanten beherbergte. Ahs und Ohs drangen in dumpfen Schallwellen an ihr Ohr und jetzt ... jetzt ging Lorenz auf die Knie. Der Pianist ließ herzzerreißende Töne erklingen.

Lorenz nahm ihre Hand, in der anderen hielt er den Ring. Er sprach die Worte, auf die sie fünfzehn Jahre lang gewartet hatte: »Juliet, willst du mich heiraten?«

Bumbum. Bumbum. Bumbum. Sie konnte nicht denken. Sie konnte Lorenz nur anstarren. Das Herz klopfte seine Morsezeichen. Bumbum. Bumbum. Bumbum.

Die Sekunde dehnte sich, ihr Mund öffnete sich.

»Nein«, flüsterte sie. »Nein, Lorenz. Es tut mir leid. Ich ... ich kann dich nicht heiraten.«

Sie zog ihre Hand aus der seinen, raffte ihr Kleid und stürzte durch die Menge hindurch nach draußen.

※

Es war November, es war kalt, sie war die Straße hochgerannt, hatte weder an ihre Handtasche noch ihre Jacke gedacht und fror erbärmlich. Aber auf keinen Fall konnte sie zurück ins Haus! Gehetzt blickte sie sich um, als sie Schritte hörte. Erst jetzt wurde ihr die Tragweite ihrer Reaktion bewusst. Lieber Himmel, was hatte sie getan? Wie musste es Lorenz gehen! Sie hatte ihm vor allen Leuten einen Korb gegeben!

Die Schritte hinter ihr näherten sich. Belinda war ihr nachgelaufen, Juliets Clutch und ihren Mantel im Arm.

»Ich habe dir ein Taxi gerufen«, sagte sie.

»Oh, danke, Belinda«, stieß Juliet dankbar hervor.

»Warum hast du das getan, Juliet?«

»Fragst du das oder Lorenz?«

»Ich frage für mich.«

Juliet stutzte – und auf einmal war ihr alles klar.

»Oh, jetzt verstehe ich«, flüsterte sie. »Du … du liebst Lorenz! Wie lange schon?«

»Ewig. Ich glaube, mindestens zehn Jahre.«

»Belinda! Zehn Jahre! Das heißt, du hast mich unterstützt, obwohl du selbst in Lorenz verliebt bist?«

»So ungefähr. Er war ja mindestens genauso oft bei mir wie du, und mit der Zeit habe ich Gefühle für ihn entwickelt. Glaub mir, ich habe mich vehement dagegen gewehrt! Als er sich von dir getrennt hat, war er noch öfter bei mir. Wir sind uns nahegekommen, sehr nah. So nah, dass ich dachte …«

Sie verstummte, wandte sich ab. Ihre Augen waren feucht. Juliet umarmte sie.

»Dann … wäre es sicher gut, wenn du jetzt reingehst.«

»Ja ... ja, okay. Auch wenn es vermutlich keinen Sinn macht.«

Das Taxi kam.

»Sag nicht so was, Belinda«, flüsterte Juliet und umarmte sie. »Er braucht dich jetzt mehr denn je. Wir telefonieren, okay?«

Sie drückte Belinda einen Kuss auf die Wange, stieg in den Wagen, winkte ihr zu, bis sie nicht mehr zu sehen war. Aufgewühlt lehnte sie sich in den Sitz zurück.

In ihrem Geist tanzte die Zeile: *Hey, Sonnenschein, es würde mich glücklich machen, wenn ich dich glücklich machen könnte. Bitte lies mich.*

Noch im Wagen lud sie sich die E-Book-Version herunter, konnte es kaum erwarten, zu Hause anzukommen, schmiss die Kaffeemaschine an, drückte drei Espresso raus, schälte sich aus dem Kleid und warf sich auf die Couch.

David fing sie sofort mit den ersten Worten ein, ließ den Zauber der sonnigen Monate wiederauferstehen. Sein Buch begann mit den Worten:

Für J., die Liebe meines Lebens.

Im Sekundenbruchteil stand Wasser in ihren Augen und sie drückte das Tablet an ihre Brust. Lächelnd und mit nassen Augen tauchte sie ein in Davids Welt.

Endlich las sie, was er ihr so lange schon hatte sagen wollen.

♫ Quiet Man ♫

Roo Panes

Die Geschichte begann mit einem kleinen Jungen, für den seine Mutter das Zentrum dieser Welt gewesen war, erzählte von den sorglosen Tagen, den Zärtlichkeiten, von Lachen und Küssen. Vom Schwinden der Idylle, der Wut und Ohnmacht, bis hin zu dem grässlichen Moment, da seine Mutter neben ihm gestorben war. David beschrieb es so anschaulich, dass sie meinte, den Gestank zu riechen und den physischen Schmerz zu fühlen, die seiner Seele und seinem Körper zugefügt worden waren, in einer Zeit, in der er viel zu jung gewesen war, um einen Sinn dahinter zu verstehen. Doch jedes Wort zeugte davon, dass er mit dem Schreiben seine eigene Geschichte verarbeitet hatte, dass dieses Buch Therapie für ihn war.

Sie hatte noch keine fünfzig Seiten gelesen, da wäre sie am liebsten zu ihm gestürmt. Mit wehem Herzen las sie, wie er als Sechzehnjähriger auf der Straße gelandet war, gesegnet mit einer Sensibilität, die sich mit den brutalen Regeln dort nicht vertrug. Er war nicht hart genug, um sich einer Gang anzuschließen, wurde mehrfach verprügelt, versuchte, sich mit kleinen Delikten über Wasser zu halten, bis er wegen Diebstahls vom Jugendamt aufgegriffen und Peter Foster sein Betreuer wurde. Atemlos verfolgte sie seinen Werdegang, verstand ihn mit jedem Buchstaben mehr.

Peter versorgte ihn mit Literatur, weckte seine Liebe zum Schreiben und ließ ihn bei sich wohnen. Juliet merkte gar nicht, wie sie mit ihrer Hand auf dem Herzen dasaß und Peter im Nachhinein für seine Güte dankte. Alles schien sich zum Besseren zu wenden, bis David mitbekam, dass sein Vater die Wohnung auflösen wollte. David hatte noch einen Schlüssel, wollte die persönlichen Dinge seiner Mutter retten, wartete, bis sein Vater das Haus verließ und packte eine Kiste mit Erinnerungen zusammen. Fotos, ihren Parfümflakon, Tagebücher – und Allie. Er war gerade am Gehen, als sein Vater zurückkam und ihm verbot, auch nur irgendetwas mitzunehmen. David wollte an ihm vorbei, doch sein Vater griff zu dem Mittel, das er gewohnt war: Gewalt. Nach wie vor traumatisiert vom letzten Erlebnis, das den Tod seiner Mutter zur Folge gehabt hatte, wehrte sich David panisch. Sein Vater war betrunken, sein Gleichgewichtssinn beeinträchtigt. Er stürzte unglücklich auf die Kante des Bettgestells und verletzte sich ernsthaft. Nachbarn kamen hinzu, die Polizei wurde gerufen, während sein Vater ununterbrochen schrie, sein Sohn habe ihn umbringen wollen, und ihn wegen versuchten Totschlags anzeigte. David kam in Haft. Er saß fünf Monate, weil die Vorwürfe letztlich nicht erhärtet werden konnten. Aber diese Zeit war für ihn die Hölle. Wäre Peter nicht gewesen, Gott weiß, wo er gestrandet wäre. Juliet klopfte das Herz bis zum Hals, als David beschrieb, wie es ihm im Gefängnis ergangen war, und sie erinnerte sich, wie die Presse McArthur für diese einfühlsame Schilderung in den höchsten Tönen gelobt hatte. Aber Juliet litt mit jedem Fußtritt, mit jeder Schikane, mit jeder Demütigung, die ihm widerfahren war. Ihre Augen waren voller Tränen, gleichzeitig stieg Bewunderung für ihn auf. Wie hatte er sich bei alldem nur seinen so herzerwärmenden Enthusiasmus bewahren können? Ihr Herz war übervoll und sie atmete auf, als es Peter endlich gelang, ihn herauszuboxen, und ihm einen Job in der Agentur Meixner verschaffte. Dort lernte er Gero kennen, einen jungen, vom Schicksal begünstigten Unternehmersohn, der sich noch nie wegen irgendetwas hatte Sorgen machen müssen und der ihm obendrein später vorgesetzt wurde. David hasste ihn von Beginn an. Die Animosität schien beiderseitig zu sein, bis Gero zufällig las, was David zu Papier brachte. Gedichte voller Leid und Hoffnung, Kurzgeschichten mit einem Hauch von Happy End. Er war tief bewegt. Ohne David zu fragen, reichten er und sein Vater seine Werke bei einem Wettbewerb ein – und David gewann. Das war die Kehrtwende. Es war das erste Mal, das er mit etwas hervorstach, das erste Mal, bei dem er das Gefühl hatte, dass seine Worte Beachtung fanden. Er fasste Vertrauen zu Gero und eine wunderbare Freundschaft entstand.

Einige Dinge waren im Roman dermaßen verändert, dass Rückschlüsse nicht möglich waren, aber mit dem Wissen, das sie hatte, konnte sie alles auf Davids Leben übertragen. Die Tagebücher seiner Mutter waren voller unvollendeter romantischer Geschichten. Oft hatte David sie gedrängt, aus einer davon ein Buch zu machen, wenn sie sie ihm vorgelesen hatte. Aber nie hatte sie es gewagt, nie daran geglaubt, war lediglich auf ihren Mann fixiert gewesen. Juliet schluckte. Die Parallele war zu dicht, um ignoriert zu werden.

Um mit seinem Schmerz fertigzuwerden, vollendete David eine dieser Romanzen und versah sie mit einem Happy End, eines, wie er es sich für seine Mutter gewünscht hätte. Wieder war es Gero, der ihn drängte, das Buch zu veröffentlichen. Aber David wollte seinen Namen nicht daruntersetzen und erweckte Elle McArthur zum Leben. Es war der Beginn einer beispiellosen Karriere. David brauchte die Heile-Welt-Geschichten, weil er mit der wirklichen Welt nicht zurechtkam.

Doch mit der Zeit wurde das Pseudonym eine Last für ihn. Er wollte auch anderes als Liebesromane schreiben, was allerdings der Verlag nicht befürwortete. Es lief doch super! Warum etwas ändern? Er wollte unter eigenem Namen veröffentlichen, auch mal wie jeder andere Autor auf der Buchmesse Signierstunden geben. Er focht harte Kämpfe aus, die letztlich eine Schreibblockade zur Folge hatten.

Nun kam die weibliche Protagonistin ins Spiel, Florence. Juliet verschlang jede Seite.

David schilderte ihre erste Begegnung auf dem Datingportal, was sie bei ihrem ersten Treffen in ihm ausgelöst hatte – und wie er ihr mehr und mehr verfallen war. Jeder Buchstabe war eine Liebeserklärung an sie. Endlich wurde ihr auch klar, warum er als Elle Kontakt zu ihr aufgenommen hatte. Er wollte das bewerkstelligen, was ihm bei seiner Mutter nicht gelungen war, sie dazu zu bringen, ihre Träume zu leben.

Juliet runzelte die Stirn. Meinte er damit das Schreiben der Artikel?

Gefesselt raste sie über die Zeilen, lachte, wie er mit Witz den Schock beschrieb, als er realisierte, dass seine Worte bei ihr Früchte trugen. Gleichzeitig verstrickte er sich immer tiefer in seine Maskerade und suchte verzweifelt nach einem Ausweg, ohne das Schöne zu zerstören.

Noch einmal erlebte Juliet die Zeit mit ihm am Lake Windermere. Die Liebe zu ihr troff aus jeder Zeile, sie hatte an vielen Stellen Tränen in den Augen.

Um sein Pseudonym zu wahren, hatte David den Rahmen des Romans geändert. Es gab keine Seminarreihe, die Erkenntnisse daraus hatte er in gehaltvolle Gespräche verpackt und die Sessions mit Steve waren in eine Begegnung mit einem indischen Guru umgewandelt worden.

Ja, die Szene mit ihrem Baby war drin, aber so sehr sie sich vorher daran gestoßen hatte, umso wundervoller war es für sie, in seinen Worten darüber zu lesen. Es machte ihr ihren eigenen Erlösungsprozess noch einmal bewusst. Auch die Sexszene, verhalten und diskret erzählt, hatte er nicht ausgelassen, aber Juliet starb fast, als sie erfuhr, was diese Nacht in ihm ausgelöst, welche Befreiung er dadurch erfahren hatte und wie überdimensional die Liebe zu ihr und dem Leben ins Strömen gekommen war. Sie wurde mit jedem Wort glückseliger.

Seine Gedanken drehten sich nur noch um sie. Er hatte eine Lösung für sein Dilemma gefunden und plante eine Überraschung, von ganzem Herzen hoffend, dass sie gelingen möge. Juliet seufzte, fieberte mit Elias und Florence, fieberte dem Happy End entgegen.

Das Buch war dick, zwischendrin schlief sie kurz, wachte wieder auf, machte sich Kaffee und las und las und las. Sie war so megagespannt auf die Lösung, die Elias im Sinn hatte!

Doch wie in der wirklichen Geschichte kam der abrupte Wandel: Elias bekam keine Gelegenheit, seine Überraschung zu offenbaren. Just in dem Moment, da er den Rest seiner Geschichte offenbaren wollte, erledigte das sein Widersacher für ihn. Juliet weinte mit Elias, als dieser in die Idylle am Lake Windermere einbrach und ihm nicht der Hauch einer Chance blieb, Florence zu erklären, was er vorgehabt hatte.

Ja, was zum Teufel hatte er denn vor? Sie wurde immer hibbeliger, flog durch den Text, hätte Florence schütteln mögen, weil sie sich so verschloss und sich so vehement weigerte, das Buch zu lesen.

»Mann, du blöde Kuh!«, rief sie halblaut. »Sei doch nicht so stur!«

Hektisch blätterte sie um und bekam einen Schock. Sie war am Ende angelangt? Elias und Florence kamen nicht zusammen? Das konnte er nicht bringen!

Das Buch endete mit einem Brief an Florence.

Mein über alles geliebter Sonnenschein!

Ich wollte dir noch so vieles sagen ...

... und noch so vieles mit dir erleben. Ich wollte die Welt mit dir entdecken, dein Inneres bis ins Letzte erkunden und meines von dir erkunden lassen, das Leben genießen mit allem, was kommt ... Ist es nicht ironisch, dass ich genau das möchte, wofür ich dich anfangs verurteilt habe? Tatsächlich ist alles, was ich will, ein Leben mit dir. Mit dir in Liebe zu leben, Liebe in die Welt zu tragen, Freude zu multiplizieren. Unser weiser Lehrer hat gesagt, dass Liebe unsere Eigenschaft ist. Dass der Partner der Schlüssel sein kann, der diese Liebe in uns öffnet, und dass wir diese Liebe danach – mit oder ohne Partner – fließen lassen können. Mein über alles geliebter Sonnenschein, du hast diese Liebe in mir aktiviert, und ich lasse sie fließen. Spürst du sie? Sie strömt zu dir, direkt in dein Herz. Öffnest du es für mich? Denn wenn du das tust, kann ich dir endlich sagen, was ich dir schon immer sagen wollte: Ich liebe dich unsagbar. Und ich werde nicht aufhören, dich zu lieben. Ich werde nicht aufhören zu hoffen, dass du diese Zeilen liest. Ich werde jeden Sonntag nach der Veröffentlichung ab zwei Uhr in dem Café sitzen, in dem wir uns das erste Mal getroffen haben, und dort auf dich warten. Und ich werde erst gehen, wenn sie schließen. Ich tue das so lange, bis ich sicher weiß, dass du meine

Liebe nicht erwiderst. Dann sind meine Koffer gepackt und ich mache mich wieder auf die Reise. Aber jede Zelle in mir hofft, dass du mit mir reist.

Kommst du?

Juliet ließ das Buch sinken. Ihr Puls raste nur so.

Welches Datum war heute? Wann war das Buch rausgekommen? Hektisch googelte sie das Erscheinungsdatum. O mein Gott, das war verdammte acht Wochen her! Ihr Herz tat einen Satz. Acht Wochen! Und … heute war Sonntag! Wie spät war es? Halb fünf schon! Wann schloss das »Coffee & Bubbles«? Mit fliegenden Fingern suchte sie die Öffnungszeiten, atmete ein klein wenig auf. Sonntags hatte es eine Stunde länger offen, bis sieben. Das gab ihr eine Chance!

Sie sprang auf, rannte ins Bad und sah in den Spiegel.

»Fuck! Wie siehst du denn aus?«, kreischte sie entsetzt.

Dass sie mehr oder weniger zwei Tage und Nächte lesend auf der Couch verbracht hatte, sah man ihr an. Hektisch stieg sie unter die Dusche, machte sich in Eilgeschwindigkeit fertig, fluchte, als sie beim Tuschen der Wimpern ständig kleckerte und es letztlich länger dauerte, als wenn sie sich Zeit gelassen hätte. Während sie sich anzog, rechnete ihr Kopf die Minuten zusammen. Dreißig brauchte sie, um in die Stadt zu kommen, und wer weiß wie lang, bis sie einen Parkplatz fand! Und dann noch der Weg zum Café! In völliger Hetze schnappte sie sich die Autoschlüssel, rannte zum Wagen, um noch einmal zurückzulaufen, weil sie ihre Tasche samt Geld und Führerschein vergessen hatte. Ihr ganzer Körper stand unter Strom, sie weinte fast, als sie den Gang nicht gleich reinbekam.

Alles in ihr sehnte sich nach David. Am liebsten wäre sie geflogen.

♪ Heartbeat ♪

Sailr

Gero hatte David am Freitagvormittag angerufen.

»Alter, ich will kein Spielverderber sein. Aber ich glaube, es macht keinen Sinn, sich noch mal ins Café zu setzen.«

David spürte den Stich jetzt noch, aber mit Geros nächsten Sätzen hatte sich sein Herz im freien Fall befunden.

»Wieso denkst du das?«

»Josie hat mir gesteckt, dass Lorenz um Juliets Hand anhalten will – und du weißt, wie sehr sie sich das gewünscht hat.«

»Hat sie das Buch gelesen?«

»Ich weiß es nicht, David. Unsere Exemplare jedenfalls nicht.«

Zutiefst deprimiert hatte David aufgelegt. Hatte auf das Whiteboard gestarrt, das inzwischen wieder blank war und an dem ein einziger Zettel hing: ein Plan für eine Weltreise, die er antreten wollte, wenn klar war, dass die Warterei keinen Sinn hatte. Geros Anruf schien der Startschuss zu sein.

Sie ist das erste Mal seit einem Dreivierteljahr wieder bei uns. Dieser Satz machte ihn krank! Das klang so nach … Nachhausekommen!

Er hatte keine Ahnung, wie er den Samstag herumbrachte, wollte am Sonntag nicht aufstehen.

»Hey, Allie«, sagte er traurig. »Ich glaube, wir haben verloren.«

Das Alpaka grinste ihn freundlich an. Es konnte nicht anders, als freundlich zu grinsen.

»Sie kommt nicht!«, setzte David frustriert nach, als wäre Allie zu einer anderen Reaktion fähig. »Sie kommt nicht, verstehst du?«

Das Alpaka lächelte freundlich. Davids Schultern sackten nach unten.

»Lass uns die Weltreise machen, Allie. Wer weiß, vielleicht lernen wir ja eine hübsche Thailänderin kennen. Oder wie wär's mit 'ner Mexikanerin? Auf was stehst du eigentlich, wenn es nicht unbedingt Juliet sein muss?«

Er nahm Allie in den Arm, legte sich mit ihr in die Kissen, dachte an Juliet, sehnte sich schrecklich nach ihr. Aber Gero hatte recht. Es war sinnlos, sich noch einmal ins Café zu setzen. Er holte den Laptop und buchte einen Flug nach Jamaika für Sonntagabend. Danach packte er.

⁂

Sonntag.

Juliet musste drei Runden fahren, bis sie endlich eine weit vom Café entfernte, fragwürdige Parklücke entdeckte. Während der Fahrt hatte sie versucht, David eine Nachricht aufzusprechen, dabei war ihr das Handy unter den Sitz gerutscht. Gehetzt sah sie auf die Uhr. 18.45 Uhr! Sie kramte das Smartphone unter dem Sitz hervor und verfluchte ihre Eitelkeit, die sie dazu gebracht hatte, Stiefeletten mit hohen Absätzen anzuziehen. So schnell es mit diesen Hacken möglich war, rannte sie los, bekam Seitenstechen und checkte dauernd die Uhrzeit. Noch sieben Minuten, noch sechs, noch fünf ... Sie hatte höllisches Seitenstechen, doch der nächste Gedanke verbot ihr, langsamer zu werden. Was, wenn er sich die letzten fünf Minuten schenkte, nachdem er acht Sonntage umsonst gewartet hatte? Sie rannte schneller, stolperte, fiel fast hin, eilte weiter, bis endlich das Café in Sichtweite kam. Ihr Atem ging wie eine Dampflok, als sie die Tür aufstieß.

Gähnende Leere empfing sie. Nicht ein einziger Gast saß mehr hier. Außer einer älteren Bedienung, die die Tische abräumte, und dem Chef, der hinter dem Tresen die Kasse machte, war keine Menschenseele zugegen. Der Schock sackte wie ein schwerer Stein in ihren Magen.

Die Bedienung wandte sich ihr zu.

»Es tut mir leid, aber wir haben bereits geschlossen«, informierte sie sie freundlich.

Juliet nickte unglücklich, konnte nichts entgegnen, weil sie noch außer Atem war. Das leere Restaurant ließ jede Hoffnung in ihr zusammenstürzen und es überwältigte sie eine so heftige Sehnsucht nach David, dass ihr die Tränen in die Augen schossen.

Verwundert über ihre Reaktion sagte die Frau: »Wenn Sie etwas essen möchten, es gibt in der Innenstadt etliche ...«

»Nein, schon gut, vielen Dank«, erwiderte Juliet. Drei Sekunden später stand sie mit zugeschnürter Kehle vor der Tür und rief David an. Er ging nicht ran. Noch nicht mal die Mailbox. Sie tippte auf Geros Nummer und erwischte den Anrufbeantworter.

»Gero, ich suche David. Ich stehe vor dem ›Coffee & Bubbles‹, aber sie schließen gerade. Weißt du, wo ich ihn finden könnte?«

Sie scrollte weiter nach Peters Nummer, aber in diesem Moment rief Gero zurück. Vor Aufregung fiel ihr fast das Handy aus der Hand. Gero war nicht minder aufgeregt.

»Du bist im ›Coffee & Bubbles‹?«, rief er. »O mein Gott! Du hast das Buch gelesen!« Sie hörte, wie er sich umwandte. »Josie!«, schrie er. »Sie hat das Buch gelesen! Sie hat das Buch gelesen!«

»Sie hat das Buch gelesen!«, quiekte es im Hintergrund. »Juliet! Ich fass es nicht! Mann, wie lange kann man zu seinem Glück brauchen!«

Juliet lachte nervös. »Ja, aber David ist nicht hier!«

»Fuck!«, fluchte Gero. »Er hat gesagt, dass er eine Weltreise antritt, wenn er keinen Sinn mehr im Warten sieht. Und er weiß, dass Lorenz dir am Freitag einen Antrag gemacht hat!«

»Oh, bitte sag, dass das nicht wahr ist!« Juliet wurde bleich. »Woher weiß er das?«

»Hat dir Lorenz doch keinen Antrag gemacht?«, wollte Gero wissen. »Ich meine, weil du im ›Coffee & Bubbles‹ bist.«

»Doch, er hat! Aber ich habe Nein gesagt!«

»O mein Gott!«, quietschte nun auch Josie im Background. »Du hast Nein gesagt! Ach du Scheiße! Super, Juliet! Gero, ich muss meinen Papa anrufen! Oh, was für ein Elend! Der arme Kerl! Herzlichen Glückwunsch, Juliet! Verflixt, ich bin total durch den Wind!«

»Ich auch!« Juliet schrie es fast. »Verdammt noch mal, wo ist David?!«

»Vermutlich auf dem Weg zum Flughafen. Oder noch zu Hause, ich weiß es nicht.«

»Gib mir seine Adresse! Auf der Stelle!«, fauchte sie mit Tränen der Verzweiflung in den Augen. »Und seine Flugnummer!«

»Die hab ich nicht. Aber die Adresse schick ich dir aufs Handy!«, versprach Gero. »Ich versuche ebenfalls, David zu erreichen! Wir bleiben in Verbindung!«

Juliet steckte das Handy in die Tasche. Mit brennenden Augen drehte sie sich um – und bekam fast einen Herzinfarkt.

Durch die große Schaufensterscheibe des Cafés sah sie Allie auf der gepolsterten Bank in der hintersten Ecke sitzen, an dem Tisch, an dem sie sich zum ersten Mal mit David getroffen hatte.

Ohne auch nur eine Sekunde nachzudenken, stürmte sie ein zweites Mal in das Café und stürzte auf das Stofftierchen zu.

»Allie!«, rief sie mit sich überschlagender Stimme. »Allie! Oh, ich hab dich so vermisst! Wo ist David?«

Die Bedienung und ihr Chef wechselten einen Blick miteinander und beobachteten Juliet konsterniert, wie sie das Alpaka von der Bank emporriss und glücklich an ihr Herz drückte.

»Allie, du bist da! Wo ist David? Wo ist David?«

Fiebrig wandte sie sich an die beiden hinter dem Tresen, die verblüfft mit dem Gläserpolieren innehielten.

»Hat das jemand vergessen?«, fragte Juliet hektisch und hielt Allie hoch.

Die Bedienung öffnete den Mund, um zu antworten, als Juliet ein Geräusch hinter sich hörte. In Zeitlupe drehte sie sich um.

David stand an der Toilettentür. Er wirkte, als ob er einen Geist sähe.

Juliets Herz hingegen vollführte einen doppelten Salto mit Dreifachschraube.

»David!«, brach es jubelnd aus ihr heraus. »Du bist noch da! Du bist hier!«

In der nächsten Sekunde flog sie auf ihn zu und fiel ihm um den Hals, drückte ihr Gesicht an das seine, sog nach langen Wochen endlich wieder seinen blumigen Duft ein, während das Glück nur so aus ihr herausströmte.

»Was bin ich froh, dass du hier bist! Ich war total verzweifelt, weil Gero sagte, du gingest auf Weltreise, ich dachte, ich hätte dich verpasst! Ich wollte schon zum Flughafen und da sah ich Allie und bin sofort wieder reingestürmt! Ich dachte, du hättest sie vergessen, und nun stehst plötzlich du vor mir! Oh, was bin ich froh!«

Unentwegt sprudelten Worte aus ihrem Mund, gleichzeitig knutschte sie David ab. Er wurde flammend rot, woraufhin sie »Du bist so süüüß!« quiekte und ihn umso fester an sich zog.

Der Chef stieß die Bedienung mit dem Ellbogen an und lachte. Breit grinsend beobachteten die beiden hingerissen die Szene. Endlich ließ Juliet ein wenig von David ab und strahlte ihn an. Er machte noch immer den Eindruck, Wahnvorstellungen zu haben.

»Ich ... ich kann nicht glauben, dass du gekommen bist«, stammelte er völlig überrumpelt. »Gero hat erzählt, dass Lorenz dir einen Antrag gemacht hat. Hat ... er es sich anders überlegt?«

»Nein, aber ich habe Nein gesagt. Und jetzt will ich unbedingt wissen, um welche Überraschung es geht! Deswegen bin ich nämlich auch hier! Du kannst doch den Schluss des Buches nicht einfach so offenlassen!«

»Meine Überraschung?«, wiederholte er verdattert und stutzte. »Moment mal ... du hast Nein gesagt?«

»Ja! Und danach habe ich mir die letzten zwei Nächte um die Ohren geschlagen, um dein verdammtes Buch zu lesen! Was ist jetzt mit der Überraschung?«

Davids Augen strahlten auf wie zwei Glühbirnen, die ans Stromnetz angeschlossen worden waren. Er lachte leise.

»Du hast das Buch gelesen! Wahnsinn! Aber dann kennst du doch die Überraschung!«

»Ähm ... nein?«, gab sie perplex zurück. »Im Buch stand jedenfalls nichts drin!«

Davids Augen leuchteten noch mehr, wenn das möglich war, und er erwachte vollständig aus seiner Starre.

»Warte!«, sagte er elektrisiert und mit dem kindlichen Enthusiasmus, den sie so an ihm liebte. »Das haben wir gleich! Das müssen wir zelebrieren! Unbedingt!«

Er lief zum Tresen, zog zweihundert Euro hervor und fragte: »Reicht das für eine Überstunde und könnte ich noch eine Flasche Champagner dazu haben?«

»Na, aber immer doch! Für eine gute Romanze tun wir alles«, schmunzelte der Chef. »Aber bitte, es genügt, wenn Sie den Champagner bestellen.«

Doch David war außer sich vor Glück und bestand darauf, dass der Inhaber das Geld nahm. Wenig später standen eisgekühlte Gläser und eine Flasche Roederer auf dem Tisch. Der freundliche Gastronom drehte das Schild an der Tür auf »Closed«, servierte Häppchen und Konfekt zum Champagner, zündete ein Windlicht an und schaltete Musik ein.

Juliet stellten sich alle Härchen am Körper auf, als »Moon River« durch den Raum tönte. Wie neun Monate zuvor saßen sie einander gegenüber und sahen sich an.

»Du hast das Buch gelesen«, wiederholte David. Auf seinem Gesicht lag ein so glückseliger Ausdruck, dass ihr ganz anders zumute wurde.

»Von der ersten bis zur letzten Seite. Es ist überragend, David. Ich musste so lachen, weil du Allie als Co-Autor eingesetzt hast. So was kann nur dir einfallen!«

Sie kicherte glücklich und legte ihre Hand auf die seine. Sanft spreizte David ihre Finger, verflocht sie mit den seinen.

»Aber Allie Sunshine ist nicht Allie, sondern du«, erklärte er. »Denn *du* hast das Buch mit mir geschrieben, Juliet. Es ist nicht *mein*, es ist *unser* Buch. Die Hälfte der Tantiemen gehört dir.«

Juliet entglitten die Gesichtszüge.

»Bitte?«, stammelte sie. »Unser Buch?«

»Hey, Sonnenschein, ohne dich hätte ich nicht einen einzigen Buchstaben zustande gebracht, das weißt du selbst. Ich wollte alles perfekt haben, deshalb stand ich so unter Zeitdruck. Die Veröffentlichung deines Trauerbüchleins war für Ende November geplant, also musste meines eine Weile vorher erscheinen.«

»Was hat dein Buch mit meinem zu tun?«, unterbrach ihn Juliet verständnislos.

»*Unser* Buch«, verbesserte David. »Hast du es bis zum Ende gelesen?«

»Natürlich! Sonst wäre ich doch nicht hier.«

»Auch die Danksagung?«

»Nein, dafür hatte ich keine Zeit! Es war halb sechs, als ich durch war, und ich musste los! Zu dir!«

»Ach, Juliet, eine größere Freude kannst du mir nicht machen! Du bist also gekommen, obwohl du die Danksagung nicht gelesen hast?«

»Also, ich verstehe immer weniger!«

Seine Augen glänzten.

»Auf der Dankesseite empfehle ich die ›Trostworte‹ von Juliet Marburg. Wir haben dein Buch als Recherchequelle aufgeführt. Das ist ja gestern rausgekommen, und da inzwischen viele Leser durch unseren Roman darauf aufmerksam geworden sind, hast du jede Menge Vorbestellungen. Du kannst dich also doppelt über den Erfolg unseres Buches freuen, denn ich nehme an, damit schießen auch deine ›Trostworte‹ in den Verkaufszahlen nach oben. Du hast das wirklich nicht gewusst?«

»Nein! Woher denn?«, rief sie verdattert.

»Das macht mir Hoffnung, dass du tatsächlich meinetwegen hier bist!«

Sein Lächeln wurde breiter, als er den Effekt seiner Erklärung in ihrem Gesicht wahrnahm. Juliet machte den Eindruck, als müsste sie eine Matheaufgabe mit vielen Unbekannten lösen.

»Das heißt ...«, stotterte sie verdutzt. »Das heißt also ...«

»Genau, das heißt es. Die Tantiemen kommen zeitversetzt, das erste Geld müsste in diesen Tagen auf deinem Konto landen. Wenn Lorenz nicht einen so ungünstigen Zeitpunkt gewählt hätte, hättest du das alles von mir im Cottage erfahren. Plus den Rest meiner Geschichte. Mann, ich hatte an diesem Tag schon den Schampus kaltgestellt!«

»Oh, David«, flüsterte sie, verblüfft darüber, wie anders sich die Situation nun darstellte.

»Und wegen Elle: Das tut mir nicht leid, Juliet. Ich hab's nie überstrapaziert. Du hast mich angeschrieben und ich habe geantwortet. Ich bin sogar froh, denn so habe ich von deinem Traum erfahren. Einen Traum, bei dem ich dir helfen wollte. Wenn du demnächst ein Buch veröffentlichst, kennen schon ziemlich viele Leute deinen Namen. Auf jeden Fall bist du dann kein No-Name-Autor mehr.«

Juliet blieb stumm, während ihr Herz total verrückt spielte. David neigte sich ihr zu und ergriff ihre Hände.

»Und was ich dir noch sagen wollte: Ich liebe dich, Juliet. Ich liebe dich so sehr, dass ich manchmal gar nicht weiß, wohin damit. Du bist das Beste, was mir in meinem Leben je passiert ist – und ich bin unfassbar glücklich, dass du hier bist.«

Juliets Lippen bebten. David wirkte vertraut und doch anders. Er hatte innerlich einen Riesenschritt getan, wirkte männlicher, selbstsicherer, und als sein Blick sie traf, geriet alles in ihr in Schwingung.

Bewegt fragte sie: »Wo wärst du hingeflogen, wenn ich nicht gekommen wäre?«

»Nach Jamaika.«

»Jamaika! Was willst du dort?«

»Ich habe die Adresse von einem Schamanen bekommen. Ich dachte, den zu interviewen, sei sicher spannend.«

In Juliet arbeitete es, das war deutlich sichtbar. David grinste sie an.

»Warte mal, bevor du irgendwelche Gedanken in deinem Kopf zusammenspinnst ... ich habe noch eine Überraschung für dich.«

»Noch eine? Du hast mir in den letzten zehn Minuten genügend Überraschungen beschert!«

David holte aus seiner Hosentasche ein kleines, mit einer goldenen Schnur umwickeltes Röllchen heraus und überreichte es ihr.

Aufgeregt zog sie das Band ab, rollte das Papier auf und las halblaut: »Elias, Florence, Romy, Jasmin, Etienne, Tim, Vivienne, Arielle, Matilie, Ben, Robin ... was ist das?«, fragte sie verwundert.

»Das sind die Namen der Kinder, die ich mit dir möchte.«

Ihr Herz machte einen Purzelbaum, aber bevor sie reagieren konnte, setzte er hinzu: »Aber ich habe eine Bedingung.«

»Eine Bedingung!« Juliet war völlig überrumpelt. »Welche denn?«

»Du heiratest mich.«

Aus ihrem Mund kam ein Quietschen.

»Du wolltest doch immer, dass ich dir meine Träume verrate«, fuhr er fort. »Das sind sie: mit dir leben, mit dir arbeiten, mit dir Kinder haben ... und mit dir Hausaufgaben machen!«

»Hausaufgaben machen«, wiederholte sie überwältigt. Ihr Kopf war wie leer gepustet.

David strahlte sie an. »Ähm ... und was heißt das jetzt?«

»Ja!!!«, juchzte sie und riss die Arme nach oben. »Das heißt JA! JA! JA!«

Vom Tresen her ertönten Applaus und Jubelrufe. Die Kellnerin lachte gerührt und der Inhaber rief: »Jetzt wird's aber Zeit, dass ihr endlich anstoßt!«

»Nehmen Sie sich auch ein Glas!«, jubelte Juliet völlig aus dem Häuschen. Mit so viel Glück im Bauch konnte sie einfach nicht sitzen bleiben.

David lachte, als sie aufsprang und ihre Arme um ihn warf.

»Ich hab immer geahnt, dass sich im ›Coffee & Bubbles‹ mein Schicksal entscheidet«, sprudelte sie. »Aber niemals hätte ich mir so etwas ausmalen können!«

»Ich erst recht nicht. Das Leben schreibt wirklich die tollsten Geschichten.«

»Apropos! Du hast deinen Lesern das Happy End vorenthalten!«

»Was heißt, wir müssen Teil zwei schreiben.«

Juliet lachte. »Hast du schon einen Titel?«

»Hm, wie wäre es mit ›Wenn Träume wahr werden‹?«

»Das hört sich irgendwie … realitätsnah an!« Ihr Gesicht leuchtete.

»Ja«, flüsterte er und küsste sie sanft. »Weil Träume wie Vögel sind, die über Mauern fliegen.«

Danksagung

Liebe Leserinnen, liebe Leser,

ich hoffe sehr, dass es Ihnen gefallen hat, und würde mich freuen, wenn Sie sich die Mühe machen und eine Rezension bei Amazon verfassen. Es muss nichts Großes sein, aber eine Bewertung hilft nicht nur uns Autoren, sie hilft auch anderen Lesern. Bitte verraten Sie darin nicht die unerwarteten Wendungen … gönnen Sie auch den anderen Lesern die Spannung und eigene Gedankengänge, wo die Geschichte denn hinführen könnte.

Großen Dank, dass Sie das Buch gekauft, geliehen und gelesen haben!

Alles Liebe,
Ihre Subina Giuletti

Mehr von dieser Autorin

Absturz nach oben, Band 1 – Aufbruch
Absturz nach oben, Band 2 – Durchbruch
Absturz nach oben, Band 3 – Ausbruch
Try hard to love me/Versuch doch, mich zu lieben
Tropfen im Ozean
Life Chat – Sag mir, wer du bist
Herzbauchgefühl
Herzschlagfinale
Hey Babe! Irgendwann gehörst du mir
Weil du meine Seele streichelst
Herzgoldstaub
Zeit für Engel … Zeit für dich
Sterne gibt es überall
Moonlight Radio